레오 아프리카누스

LEON L'AFRICAIN
by Amin MAALOUF
Copyright ⓒ Jean-Claude Lattès, 1986
Korean Translation Copyright ⓒ GYOYANGIN Publishing Co., 2025
All rights reserved.
This Korean edition was published by arrangement with
Editions Jean-Claude Lattès (Paris)
through Bestun Korea Agency Co., Seoul

이 책의 한국어판 저작권은 베스툰 코리아 에이전시를 통해
저작권자와의 독점 계약으로 '교양인'에 있습니다.
저작권법에 의해 한국 내에서 보호를 받는 저작물이므로
무단 전재와 무단 복제를 금합니다.

LEO AFRICANUS

레오 아프리카누스

아민 말루프 · 이원희 옮김

차례

제1부   그라나다   13

제2부   페스   121

제3부   카이로   319

제4부   로마   411

역자 후기   519

그렇지만 나 또한 여행가 레오 아프리카누스라는 걸
의심하지 말라.
- 윌리엄 버틀러 예이츠

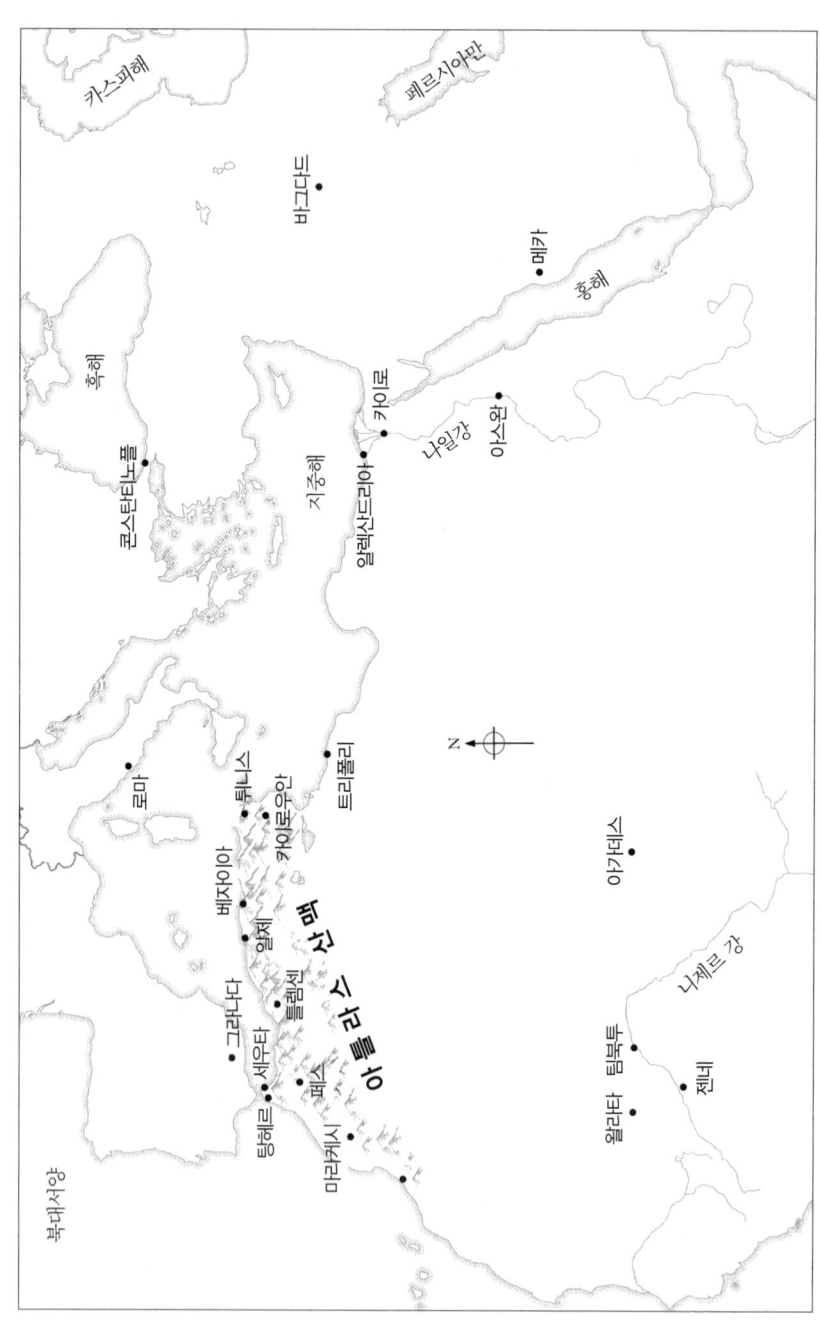

알하산 이븐 무함마드 알와잔 알파시 알자야티, 검량사 무함마드의 아들 하산, 이발사에게 할례를 받았고, 교황에게 세례를 받으면서 이름이 조반니 레오 데 메디치가 된 나는 현재 아프리카누스라 불리지만, 아프리카 출신도, 유럽 출신도, 아랍 출신도 아니다. 사람들은 나를 그라나다인, 페스*인, 자이야티**라고 부르지만 나는 어느 나라, 어느 도시, 어느 부족 출신도 아니다. 나는 길의 아들이며, 내 나라는 카라반이고, 내 인생은 종착지를 모르는 예측할 수 없는 항해와도 같다.

내 손목은 애무하듯 보드라운 비단과 따뜻한 모직, 호화로운 금팔찌, 심지어 노예의 쇠사슬도 경험했다. 내 손가락은 수많은 히잡을 벗겼고, 내 입술은 수많은 처녀의 낯을 붉히게 했으며, 내 눈은 여러 도시가 스러져가는 걸, 여러 제국이 멸망하는 걸 보았다.

아들아, 내 입에서 아랍어, 튀르크어, 카스티야어, 베르베르어, 히브리어, 라틴어 그리고 이탈리아어까지 들을 수 있는 것은 모든

---

* 모로코 북부의 천년 고도이다. 789년에 도시가 세워진 후 마린 왕조를 비롯한 마그레브 지역의 다양한 이슬람 왕국의 수도였다.
** 아랍어로 '기름(zayt)'에서 유래한 말. 기름을 운반하거나 파는 상인을 가리킨다.

언어, 모든 기도가 내게 속해 있기 때문이다. 하지만 나는 그 어느 것에도 속해 있지 않다. 나는 오직 신과 대지에 속해 있으며, 머지않아 그곳으로 돌아갈 것이다.

하지만 아들아, 너는 남아서 나를 추억할 것이다. 너는 내 책을 읽을 것이고, 어떤 장면을 떠올릴 것이다. 긴 여정 끝에 장부를 정리하는 상인처럼, 아프리카 해안으로 돌아가는 갤리선에서 나폴리 사람처럼 입고 글을 쓰고 있는 네 아버지를.

하지만 이것은 내가 한 경험의 일부에 지나지 않거늘. 나는 창조주께 무엇을 얻었고, 무엇을 잃었다고 말할 수 있을까? 창조주께서 내게 빌려주신 시간, 나는 그 시간의 40년을 여행길에서 보냈다. 로마에서는 지혜로운 세월을 보냈고, 카이로에서는 열정적인 세월을 보냈고, 페스에서는 불안의 세월을 보냈고, 그라나다에서는 그저 순수한 세월을 보냈다.

제1부

그라나다

Roma

Granada

Fez

Cairo

Timbuktu

살마 알후라

헤지라력* 894
(1488. 12. 5. – 1489. 11. 24.)

  그해의 신성한 달 라마단은 한여름이었다. 아버지는 해가 지기 전에는 거의 집 밖으로 나가지 않았다. 낮에는 그라나다 사람들이 예민해 있어서 언쟁이 벌어지기 일쑤인 데다 침울한 모습을 보이는 것이 경건한 신앙심의 표시였기 때문이다. 금식을 지키지 않는 사람만 뜨거운 태양 아래 웃을 수 있고, 이슬람의 운명에 관심이 없는 사람만 내전으로 쇠퇴하고 이교도들에게 위협받는 도시에서 즐겁고 기뻐할 수 있기 때문이었다.

  나는 신성한 달이 시작되기 직전 '샤반'**의 마지막 날에 신의 은총을 받고 태어났다. 어머니 살마는 산후조리를 하는 동안 금식을 면제받았고, 아버지 무함마드는 배고픔이나 더위 속에서도 불평하지 않았다. 자신의 성을 이어받고 언젠가는 재산을 물려받게

---

* 이슬람권에서 쓰는 태음력. 예언자 무함마드가 메카의 보수적 특권 상인들과 귀족들에게 박해받아 소수의 무슬림들과 함께 메디나로 이주한 서기 622년 7월 16일을 기원 원년 1월 1일로 한다. 태양력의 1년보다 10~11일이 짧다.
** 이슬람력 8월.

될 아들이 태어났다는 건 모든 아버지에게 기쁨을 누릴 적법한 이유가 되기 때문이다. 게다가 나는 첫아들이었고, 이제부터는 자신이 '아불 하산'(하산의 아버지)이라고 불리게 된 데 으쓱해진 아버지는 내가 누워 있는 이층의 내실을 흘끔거리며 콧수염을 매끈하게 가다듬고, 두 엄지손가락으로 수염을 천천히 쓸어내리면서 한껏 뻐기고 다녔다. 그렇지만 아버지의 기쁨이 아무리 크다고 해도, 어머니의 기쁨만큼 깊고 강렬하지는 않았다. 오랜 산통으로 몸이 극도로 쇠약해졌지만 어머니는 나의 출산으로 새로 태어난 것처럼 느꼈다. 어머니는 나의 출산으로 집안의 부인 중 서열 1위가 되었고, 앞으로 수년간은 남편의 총애를 보장받게 되었기 때문이다.

훗날 어머니는 내게 털어놓았다. 내가 어머니의 두려움을 어느 정도 해소해주었다고. 물론 불안이 완전히 사라진 건 아니었지만. 어릴 적부터 혼인을 약속한 사촌지간인 아버지와 어머니는 혼인한 지 4년이 되도록 임신이 안 돼서 주변의 걱정을 듣고 있었다. 게다가 혼인한 지 2년이 되면서 어머니를 속상하게 하는 소문까지 나돌았다. 한 병사가 무르시아 부근 마을을 약탈할 때 땋아 늘인 검은 머리의 기독교인 여자를 생포해 왔는데, 무함마드가 그 여자를 사와서는 와르다라는 이름까지 지어주고, 중정 쪽으로 난 작은 방에 기거하게 하더니, 급기야는 술탄의 애첩들처럼 그 여자를 이집트인 이스마엘에게 보내 류트와 춤, 글을 배우게 한다는 소문이 파다했다.

어머니는 말했다. "나는 상전인 데다 자유인이고, 그 여자는 노예였으니 우리의 싸움은 대등할 수 없었어. 그 여자는 온갖 무기를 동원해서 네 아버지를 맘껏 유혹할 수 있었지. 얼굴을 가리지 않고도 외출할 수 있고, 노래하고 춤추고 술을 따르고, 눈웃음치며 옷을 벗고 별의별 수작을 다 부리지만, 나는 아내의 도리를 지키면서 몸가짐을 조심해야 해서 네 아버지를 홀리겠다고 천박한 몸짓 같은 건 할 수가 없었어. 네 아버지는 나를 '사촌'이라고 부르면서 정중하게 자유인 '알후라'나 아랍 여자 '알아라비야'라고 칭했지. 와르다는 안주인을 섬기는 하녀로서 나에게 공손했지만, 밤에는 그녀가 안주인이었지."

많은 세월이 흘렀건만 아직도 기억이 생생한지 어머니는 목멘 소리로 말을 이었다. "어느 날 아침, 방물장수 사라가 우리 집 대문을 두드렸지. 호두나무 뿌리로 칠한 입술, 안티몬 가루를 바른 눈, 헤나로 물들인 손톱, 머리끝부터 발끝까지 향내가 배어든 갖가지 빛깔의 주름진 비단으로 휘감은 아주 요란한 차림이었어. 부적이며 팔찌, 레몬 향수, 용연향, 재스민이나 수련 향수를 팔거나 운세를 점쳐주려고 이따금 들르는 여자였지—오, 신이시여, 사라가 어디에 있든 자비를 베푸소서!— 방물장수는 내 눈이 빨간 걸 대번에 알아보고는 이유를 묻지도 않고 마치 펼쳐놓은 책의 페이지를 읽듯 내 손금을 읽기 시작했어."

"사라가 내 손에서 눈을 떼지 않은 채 천천히 내뱉던 말이 지금도 기억나. '우리 그라나다 여자들에게 자유는 기만적인 속박이며, 노예의 속박은 교묘한 자유로다.' 그러고는 아무 말도 덧붙이지 않고 버들 바구니에서 푸르스름한 유리병 하나를 꺼냈어. '오늘 밤, 보리 시럽 한 잔에 이 묘약 세 방울을 타서 남편에게 마시게 하게. 그러면 남편이 램프 불빛에 이끌리는 나방처럼 자네에게 올 거라네. 그리고 사흘 밤, 이레 밤 후에도 마시게 하고.'"

"몇 주일 후 사라가 다시 들렀을 때 나는 이미 입덧을 하고 있었지. 얼마나 기뻤던지 수중에 있던 돈을 몽땅 사라에게 줬어. 네모난 디르함* 동전과 마라베디** 동전 한 움큼이었지. 사라가 내 침실 바닥을 발로 쿵쿵 구르면서 신명 나게 엉덩이를 흔들어댔는데, 그 여자 손에서 찰그랑거리던 동전 소리와 유대인 여자들이 지니고 다니는 방울 딸랑이던 소리가 아직도 귀에 생생해."

어머니는 임신이 절실한 때였다. 신께서 와르다에게 이미 아기를 점지해주었지만, 난처해지는 상황을 피하려고 와르다는 임신 사실을 조심스럽게 숨기고 있었다. 두 달 후, 임신 사실이 알려지자, 그때부터 식구들의 관심은 온통 누가 아들을 낳을지, 두 여자 다 아들을 배고 있다면 누가 먼저 출산할지에 집중되었다. 어머니 살마만 잠을 이루지 못할 정도로 불안에 떨었다. 노예 신분 여성이 출산한 아이라도 법에 따라 자유인 지위를 얻기 때문에 와르다는 아들이든 딸이든 상관없이 아기를 낳은 것만으로도 만족할 터였다.

왕성한 정력을 보여준 것이 몹시 만족스러웠던 아버지는 집 안에서 이런 미묘한 신경전이 벌어지고 있을 줄은 생각도 못 했다. 두 여자의 배가 많이 불러 있던 어느 날 해가 지기 얼마 전, 아버지는 따라나서라고 하고는 평소에 친구들을 만나러 가는 '깃발의 문' 근처 술집으로 향했다. 두 여자는 손을 잡고 몇 걸음 뒤에서

---

* 이슬람 세계에서 사용되던 은화.
** 중세 에스파냐의 구리 동전.

남편을 쫓아갔다. 특히 어머니는 우리 동네 수다쟁이 아낙네들의 비웃음과 남정네들의 탐색하는 시선이 부끄러웠다. 알바이신 마을의 말 많은 백수건달들이 가정집 옥상에 있는 전망대나 커튼 뒤에 숨어서 그들을 훔쳐보고 있었기 때문이다. 그렇게 여자들을 노출했다가 뒤늦게 뭇시선에 부담을 느낀 아버지가 뭔가를 잊은 척하면서 집으로 되돌아가는 사이, 알바이신의 좁은 골목길이 어둠에 잠기기 시작했다. 비가 잦은 봄이라서 진창길이 미끄러운 데다 울퉁불퉁한 돌길은 임산부들에게 아주 위험할 수 있었다.

잔뜩 긴장해서 걸어오느라 지친 데다 당황하고 예민해진 살마와 와르다는 처음으로 한 침대에 쓰러지듯 누웠다. 와르다의 방 침대였다. 살마는 내실까지 도저히 계단을 올라갈 수가 없었다. 반면에 아버지 무함마드는 하마터면 배 속의 아기들을 동시에 잃을 뻔했다는 건 꿈에도 모른 채 서둘러서 술집을 향해 발길을 돌렸다. 어머니 말에 따르면 아버지는 틀림없이 친구들에게서 튼실하고 잘생긴 아들 둘이 태어나길 바란다는 덕담을 들을 겸 이웃인 이발사 함자와 체스를 두러 다시 나간 것이었다.

대문을 걸어 잠그는 소리가 들리자마자 두 여자는 동시에 웃음을 터뜨렸는데 진정되기까지 한참 걸렸다. 15년이나 지난 일을 회상하면서 어머니는 신경전을 벌이던 그때의 유치한 짓거리에 얼굴이 빨개졌다. 와르다는 겨우 열여섯 살이었지만, 당신은 이미 스물한 살에 접어들던 때였다면서 부끄러워했다. 그 순간부터 두 여자 사이에 돈독한 유대가 형성되면서 경쟁 심리가 누그러졌다. 그다음 날, 한 달에 한 번씩 들르는 방물장수 사라가 왔을 때는 어머니가 사라에게 와르다의 배를 만져보게 할 정도로 사이가 좋아졌다. 점술가이기도 했던 사라는 때로는 산파 역할도 하고 안마와 미용, 제모까지 해줄 뿐만 아니라 하렘에 갇혀 사는 헤아릴 수 없이 많은 여자들에게 도시와 왕궁에서 일어나는 소문이나 추문 할 것 없이 별의별 소식을 다 전해주는 고맙고도 꼭 필요한 존재였다. 그런 사라가 와르다에게는 안색이 싱그러운 것이 곱다고 칭찬하면서도 안됐다는 시선을 보내는가 하면, 살마에게는 안색이 칙칙한 것이 못생겨 보여서 다행이라며 그것은 태중에 아들이 있다는 명백한 신호라고 장담했다.

그 진단을 철석같이 믿은 살마는 참지 못하고 바로 그날 저녁 남편에게 그 얘기를 하고야 말았다. 그러면서 이제부터 아내와 첩 중 그 누구도 가까이하면 태아에게 해롭거나 조산할 위험이 있다는 다소 당혹스러운 사라의 주의 사항을 전했다. 주저주저하다 신중하게 전했건만, 그 주의 사항은 내 아버지가 듣기에 몹시 무례한 말이었다. 바짝 마른 장작에 불이 붙듯 단박에 격노한 아버지는 절굿공이로 내리치듯 '개수작' '마귀할멈' '악녀'라는 욕설뿐 아니라 돌팔이, 유대인 나부랭이, 여자는 새대가리라며 비하성 발언을 퍼부었다. 살마는 임신 중이 아니었다면 남편한테 얻어맞았겠지만, 지금은 폭력 같은 건 없다는 걸 알고 있었다. 그래서 살마는 태중에 아기를 품고 있어 얻게 되는 이점을 생각하면 잠시 몸이 힘든 것쯤이야 얼마든지 감수할 수 있다면서 마음을 달랬다.

무함마드는 두 번 다시는 '그 독살스러운 시라'를 집 안에 들이지 말라고 엄격히 금지했다. 아버지는 방물장수의 이름을 '시라'라고 발음했는데, 어머니를 실마, 첩을 '위르다', 문을 '밥' 대신에

'빕'으로, 그라나다를 '기르나타', 술탄의 궁전 '알함라'를 '알힘라'라고 부르는 등 일평생 그라나다 억양을 고수했다. 아버지는 며칠간 기분이 몹시 나빴지만 조심하는 차원에서 해산할 때까지 여자들의 침실에 걸음을 하지 않았다.

출산은 이틀 간격으로 이뤄졌다. 와르다가 먼저 진통을 느끼기 시작했고, 저녁까지는 간간이 오던 산통이 점점 심해지면서 새벽녘에는 방 밖에까지 들릴 정도로 비명을 지르기 시작했다. 아버지는 이발사 함자의 집으로 뛰어가서 대문을 두드리며 모친에게 출산이 임박했음을 알려 달라고 부탁했다. 몇 분 후, 하얀 히잡을 쓴 노부인이 대야 한 개와 수건, 비누를 들고 도착했다. 행운의 손을 갖고 있어서 딸보다는 아들을 훨씬 더 많이 받았다는 소문이 자자한 데다 신앙심이 깊은 노련한 산파였다.

나의 누이 마리암은 정오경에 태어났다. 하지만 아버지는 아기를 거들떠보지도 않고 "난 당신의 기대를 저버리지 않을 거예요!"라고 단언하는 살마에게만 눈길을 주었다. 사라가 알려준 확실한 비법과 거듭된 약속에도 불구하고, 사실 어머니는 확신이 없었다. 하지만 불안과 진통으로 힘든 이틀을 더 보낸 뒤 마침내 남편이 자신을 하산의 어머니라는 뜻인 '움 엘 하산'이라고 부르는 소리를 들으면서 살마는 고대하고 고대하던 소원을 이루었다.

내가 태어난 지 7일째 되는 날, 아버지는 나에게 할례를 행하기 위해 이발사 함자를 불렀고, 모든 친구를 향연에 초대했다. 아직 산후조리 중인 살마와 와르다의 상태를 고려하여 나의 친할머니와 외할머니, 그리고 두 할머니의 하녀들이 음식을 준비했다. 어머니는 향연에 참석하지 않았지만, 슬그머니 내실을 나와서 손님들이 하는 말을 엿들었다고 나에게 고백했다. 그날 어머니는 가슴이 어찌나 벅차올랐던지 아주 작은 것들까지 기억에 새기고 있었다.

손님들은 섬세하게 조각된 하얀 대리석 분수대의 물소리와 수많은 물방울이 대기를 시원하게 해주는 중정에 모여 있었고, 이슬람 공동체에 들어온 나의 탄생과 할례 의식을 축하하는 뜻에서 라마단 기간이지만 예외적으로 금식 의무를 깨트렸다. 이튿날 남은 음식으로 만족해야 했던 어머니의 말에 따르면 왕에게 올리는 진수성찬이나 다름없었다. 주요리는 꿀과 고수, 전분, 아몬드, 배, 제철에 들어선 호두를 넣고 푹 익힌 양고기 요리 '마루지야'였다. 염소 고기에 신선한 고수를 넣어서 끓인 초록색 '타파야'와 말린 고수를 넣어서 끓인 흰색 '타파야'도 있었다. 그리고 마늘과 치즈 소스를 곁들인 닭, 비둘기 요리, 종달새 요리, 사프란과 식초로 버무려 오븐에 구운 토끼 고기 외에도 수십 가지의 후식을 열거할 때는 어머니가 자주 들려주던, 하늘의 분노가 닥치기 전, 친정집에서 열렸다던 마지막 잔치가 기억났다. 계핏가루를 뿌리고 꿀을 얹은 따뜻한 화이트 치즈 파이 '무자바나트', 아몬드와 대추야자 케이크, 잣과 호두로 속을 채우고 장미수로 향을 입힌 페이스트리……. 어렸을 때는 어머니가 그 잔치 얘기를 꺼낼 때마다 군침을 삼키며 기다리던 후식들이었다.

이 향연에서는 손님들이 경건하게 보리 시럽만 마셨다고 말하면서도 신성한 달의 의무를 준수하기 위해 술은 한 방울도 입에 대지 않았다는 말은 차마 덧붙이지 못했다. 안달루시아 지방에서 행해지는 할례 의식은 항상 본래의 종교적 목적은 완전히 잊혀지는 축제의 기회를 제공했다. 예전에 톨레도에서 아미르* 이븐 둘눈이 손자의 할례를 위해 거행한 의식은 아무도 흉내 내지 못할 정도로 호화로웠던 할례 의식으로 아직도 회자된다. 유대인 다니의 관현악단 연주에 맞춰 아름다운 노예 수백 명이 춤추는 동안 과연 사람들이 정말로 포도주나 그 밖의 다른 술을 한 방울도 마시지 않았을까?

어머니는 내 할례 의식에도 악사와 시인이 와 있었다고 강조하면서 내 아버지를 칭송했던 시까지 기억하고 있었다.

이 할례로 그대의 아들은 더욱 환히 빛나리
촛불의 심지를 자를 때 불빛이 더욱 빛나므로.

이발사가 음조를 바꿔 가며 낭송하고 노래한, 사라고사** 출신 고대 시인의 이 시는 의식의 시작과 식사의 끝을 장식했다. 아버지는 나를 품에 안기 위해 단상으로 올라갔고, 그 사이 손님들은 조용히 이발사와 아직 수염도 나지 않은 그의 조수 소년 주위에 모여들었다. 이발사 함자가 손짓하자, 소년이 램프를 들고 중정을 돌면서 각 손님 앞에 멈춰 섰다. 할례를 하는 이발사에게 작은 선물을 해야 하는 풍습에 따라 손님이 소년의 얼굴에 동전을 붙여주면 소년은 기부한 사람의 이름을 외쳐 부르면서 감사를 표하

---

* 왕자나 통치자, 사령관의 칭호로 사용된다.
** 에스파냐 북동부 아라곤 지방의 도시. 사라고사주의 주도이며, 중세에는 아라곤 왕국의 수도였다.

고 옆 사람으로 넘어갔다. 그렇게 기부금을 수거한 뒤에 이발사는 불빛이 밝은 램프 두 개를 가까이 비추게 하고 칼을 꺼내 들고는 적절한 시구를 읊으면서 나를 향해 몸을 숙였다. 어머니는 그 순간 내가 터뜨린 울음소리가 용맹의 신호처럼 온 동네에 울려퍼졌고, 마치 내가 다가오는 온갖 화를 보기라도 한 듯 작은 몸을 버둥거리며 자지러지게 울었다고 말했다. 이윽고 류트, 플루트, 레벡*, 탬버린 연주가 재개되면서 향연은 라마단 기간 중 일출 전에 먹는 '수흐르' 식사 때까지 계속되었다.

하지만 모든 사람이 그 향연에 참석할 기분이었던 건 아니다. 당시 알람브라의 궁정 서기관이었던 아부 마르완, 내가 늘 칼리라고 부른 외숙부는 어두운 얼굴로 향연에 늦게 도착했다. 궁금함으로 가득한 얼굴들이 외숙부 주위로 모여들었고, 어머니는 귀를 쫑긋 세웠다. 한 문장이 귀에 꽂히면서 어머니는 한동안 영원히 잊었다고 생각하던 악몽에 빠져들었다.

"대규모 군사 행진 이후로는 단 일 년도 행복하지 않으니!" 외숙부가 말했다.

빌어먹을 군사 행진! 임신 초기의 입덧처럼 또다시 구역질이 올라오면서 머릿속이 혼미해진 어머니는 백 번도 더 지나다닌 길이건만, 알아볼 수 없게 진창이 된 텅 빈 골목에 맨발로 주저앉아서 울다가, 흠뻑 젖어 흙투성이가 된 빨간 치맛자락으로 얼굴을 감싸던 자신의 열 살 때 모습이 떠올랐다.

---

* 아랍의 현악기 '레바브'가 중세에 에스파냐로 건너가서 나무 악기로 변형된 것. 유럽의 현악기 바이올린이 여기서 나왔다.

"나는 알바이신 마을에서 제일 예쁘고 제일 사랑받는 아이였어. 네 외할머니는—신께서 어머니를 용서해주시길!— 불행한 일을 당하지 않도록 똑같은 부적 두 개를 내 옷에 매달아주셨지. 하나는 보이게, 다른 하나는 안 보이게. 하지만 그날은 부적도 아무 소용 없었어."

*

당시 술탄이던 아불 하산 알리 빈 사드는 만천하에 자신의 권력을 과시하기 위해 한번 시작했다 하면 몇 주일씩 성대한 군사 행진을 벌였다. 오로지 신만 강하시며, 신께서는 교만한 자를 좋아하지 않으시건만! 술탄이 알람브라의 붉은 언덕, '반역의 문' 부근에 짓게 한 계단석에서 아침마다 측근과 함께 방문객들을 맞이하고 국사를 논하는 사이, 론다에서 바스타까지 그리고 말라가에서 알메리아까지 왕국의 방방곡곡에서 병사들이 쉬지 않고 행진하면서 술탄에게 경의를 표하며 무병장수를 기원했다. 그라나다와 인근 마을의 주민들은 어른과 아이 할 것 없이, 알람브라 아래 공동묘지 근처 사비카 언덕에 모여서 끝없이 긴 군사 행진을 구경하는 것이 일상이 되었다. 그 부근에는 어김없이 행상인들이 자리를 잡고 가죽 슬리퍼, 메르게즈 소시지, 도넛, 오렌지꽃 시럽을 팔았다.

행진 열흘째 되는 날은 이슬람력 882년이 저물어 가는 때였다. 새해 첫날인 '라스 앗사나'는 늘 차분하게 맞이하는 설날이건만, 며칠째 계속되는 행진으로 인해 흥청거리는 축제 분위기 속에서 지나갔다. 신년의 첫째 달인 '무하람' 내내 시가행진은 계속되었고, 날마다 형제와 사촌들과 함께 사비카 언덕에 가던 어머니는 날이 갈수록 구경꾼이 늘어날 뿐만 아니라 낯선 얼굴이 점점 많아지는 걸 알아차렸다. 취객들이 거리에 넘쳐나면서 곳곳에서 절도가 벌어졌고, 젊은이들이 패싸움을 벌이다 한 명이 사망하고 여러 명이 다치는 사고까지 일어났다. 결국 상인들을 감독하던 무흐타시브*가 나서서 경찰을 불러야 했다.

그러자 무질서와 폭동이 두려워진 술탄이 마침내 군사 행진 중단을 결정했다. 술탄은 883년 무하람 22일(서기 1478년 4월 25일)이 행진의 마지막 날이라고 선언하면서 마지막 축제인만큼 지난 몇 주간보다 훨씬 성대하게 거행될 거라고 덧붙였다. 그날 사비카 언덕에는 서민 계층 동네의 여자들이 히잡을 쓰거나 쓰지 않은 채로 온갖 신분의 남자들과 뒤섞여 있었다. 내 어머니를 포함해 그 마을의 아이들은 이른 아침부터 꼬까옷을 입고 동전 몇 개를 손에 쥐고서 말라가산(産) 말린 무화과를 사러 나갔다. 불어난 인파 속에는 어릿광대, 마술사, 무용수, 줄타기 곡예사, 공중 곡예사, 원숭이 홍행사, 걸인, 진짜 혹은 가짜 시각 장애인들도 몰려와 있었고, 심지어는 봄이라서 돈을 받고 암말들과 교미시킬 목적으로 종마를 데리고 나온 농부들까지 있었다.

어머니는 그날을 이렇게 회상했다.

"우리는 오전 내내 '타블라' 경기를 보며 환호하면서 박수를 보내고 있었어. 베르베르계 부족인 제나타족 기병들이 구보로 달리

---

* 이슬람법에 따라 무슬림의 일상생활을 감독하는 관리를 가리키며, 칼리파, 술탄 혹은 재상인 비지르가 임명한다.

면서 나무 표적을 향해 차례로 막대기를 던졌지. 누가 성공했는지 보이지는 않지만, 정확히는 '알타블라'라고 불리는 언덕에서 들려오는 함성으로 승자와 패자를 짐작할 순 있었어."

"그때 갑자기 먹구름이 우리 머리 바로 위 하늘을 덮어버렸어. 어찌나 순식간인지 정령이 램프를 끄듯 해가 사라지면서 정오인데도 밤처럼 깜깜해졌지. 그러니 술탄의 명 없이도 경기는 중단되었어. 다들 어깨에서 하늘의 힘을 느꼈으니까."

"번개 한 번, 천둥 한 번, 또 번개 한 번, 으르렁거리는 천둥소리, 이윽고 폭우가 쏟아지기 시작했어. 불길한 저주가 아니라 그저 뇌우라는 걸 알았기에 겁에 질리지는 않았지만 사비카 언덕에 있던 사람들을 따라 나도 비 피할 곳을 찾기 시작했지. 오빠 손을 잡고 있어서 안심했지만, 길이 벌써 진창이 되어서 죽어라 뛰어야 했어. 그때 몇 걸음 앞에서 아이들과 노인들이 갑자기 자빠지는 바람에 뛰어가던 사람들이 그들을 짓밟게 되는 사고가 일어난 거야. 여전히 어두웠고, 공포와 고통의 비명과 앓는 소리가 뒤섞였어. 그러던 중 이번에는 내가 미끄러지면서 넘어졌고, 젖은 치맛자락을 움켜잡느라 오빠 손을 놓치고 말았지. 붙잡을 만한 것이 있는지 둘러봤지만, 아무것도 없었어. 물은 벌써 내 무릎까지 차오르고 있었고, 나는 아마 그 누구보다도 크게 울부짖었을 거야."

"대여섯 번 넘어졌지만 밟히지 않고 간신히 일어났는데 주위에 사람이 별로 없고, 몸을 움직이는 것조차 쉽지 않았어. 오르막길인데 엄청나게 불어난 물이 쏟아지듯 흘러내리고 있었거든. 거기가 어딘지도 모르겠고, 아무리 둘러봐도 아는 얼굴이 없는 거야. 내 오빠들도, 사촌들도 찾을 수가 없었어. 나는 어느 집 대문 처마 밑으로 뛰어들었고, 녹초가 된 몸으로 절망에 빠져 있다 깜빡 잠이 들었지."

"한두 시간쯤 후 눈을 떴을 때는 좀 덜 어두웠지만, 비는 여전히 쏟아지고 있었고, 귀청이 터질 듯 사방에서 천둥 번개가 치는 통에 내가 앉은 포석이 울릴 정도였어. 내가 있는 골목길, 내가 그토록 자주 지나다녔던 길이건만, 급류에 휩쓸리면서 황량해진 골목길을 보고 있자니 거기가 어디인지 전혀 모르겠더라고. 나는 추위에 부들부들 떨고 있었어. 흠뻑 젖은 옷, 뛰다가 잃어버린 샌들, 하도 울어서 눈이 따갑기도 하고, 머리에서 차가운 빗물이 줄줄 흘러내리는 통에 눈을 뜰 수도 없었어. 덜덜 떨다가 가슴이 터질 듯 기침을 토해낼 때 여자 목소리가 나를 부르는 거야. '얘야, 얘야, 이쪽으로 와!' 사방을 둘러보다 머리 위쪽, 아치형 창문에서 줄무늬 머플러와 흔드는 손을 발견했어."

"모르는 사람 집에 들어가면 절대 안 된다고 어머니는 늘 말씀하셨지. 그래서 어렸을 때부터 남자뿐만 아니라 일부 여자들도 경계해야 했어. 그렇지만 망설임은 그리 오래가지 않았지. 서른 걸음쯤 떨어진 거리에서 나를 불렀던 아줌마가 묵직한 나무 대문을 열고 나오더니 빨리 오라면서 말하는데 안심이 되더라고. '네가 누군지 알아, 신을 경외하는 독실한 분, 책방 주인 술레이만의 딸이잖아.' 내가 다가가자 아줌마는 덧붙였어. '이모 집에 가려고 네가 아버지랑 지나가는 걸 여러 번 봤어. 여기서 가까운 코냐세로 거리 막다른 골목에 사는 공증인의 아내 타미마가 네 이모 맞지?' 남자가 보이지 않는데도 하얀 히잡을 쓴 아줌마가 나를 잡아끌고 대문을 잠근 뒤에야 히잡을 벗었어. 아줌마는 구부러진 좁은 복도를 지난 뒤에도 내 손을 꼭 잡은 채로 빗속을 뛰어서 작은 중정을 가로질러 가파른 좁은 계단을 올라 침실로 데려갔지. 아줌마가 창문 앞으로 나를 부드럽게 잡아끌었다. '잘 봐, 이게 바로 신의 분노야!'"

"불안한 마음으로 창밖을 내려다보니 내가 마우로 언덕배기에 있는 거야. 오른쪽으로는 알람브라의 새로 지은 카스바(성채), 왼쪽으로는 저 멀리 오래된 카스바가 보이고, 그 성벽 너머로 우리 마을 알바이신의 하얀 미너렛(사원의 뾰족탑)들이 보였어. 천둥소리는 여전히 귀가 먹먹해질 정도로 요란했지. 천둥 치는 방향을 눈으로 좇다가 그 아래쪽을 보고는 공포의 비명을 지르지 않을 수가 없었어. 내 뒤에서 집주인 아줌마가 중얼거렸지. '신이시여, 우리에게 자비를 베푸소서! 이것이 바로 노아의 홍수로구나!'"

겁에 질린 소녀의 눈에 비친 광경, 어머니는 그 광경을 결코 기억에서 지울 수 없을 것이고, 그 저주받은 행진 날에 그라나다에 있었던 모든 이들도 그날의 악몽을 잊지 못할 것이다. 평소에 소란하지만 평온한 다로강이 흐르던 계곡이 성난 급류로 변해 주위의 모든 걸 휩쓸고 지나가면서 정원과 과수원을 집어삼켰고, 아름드리 느릅나무며 백 년 수령의 호두나무, 물푸레나무, 아몬드나무, 마가목 같은 수많은 거목을 뿌리째 뽑아버렸다. 그러고는 급류가 도심을 덮치면서 마치 전리품을 나르는 타타르인* 정복자처럼 도심을 에워싸며 수백 채의 가옥, 노점, 창고를 파괴했고, 다

---

* 중앙아시아의 몽골계와 튀르크계의 유목민을 모두 통칭한다.

리 위에 지어진 주거지를 쓸어버렸고, 저녁 무렵에는 어느새 강바닥까지 쓰레기 더미가 쌓이면서 거대한 모스크의 마당이며 알카이사리야(전통 시장), 보석 시장과 대장장이들의 시장은 급기야 엄청난 늪으로 변해버렸다. 얼마나 많은 사람이 익사하고, 잔해에 깔려 죽고, 급류에 휩쓸려갔는지 아무도 몰랐다. 해가 지고 하늘이 마침내 악몽을 걷어가고 급류가 도시 밖으로 쓰레기 더미를 휩쓸어가자, 물은 흘러 들어왔을 때보다 더 빠르게 빠져나갔다. 동이 텄을 때 희생자들은 여전히 질척한 땅바닥에 널려 있는 반면에 죽음의 사자는 멀리 떠나고 없었다.

어머니는 담담하지만 단정적으로 말했다. "그건 그라나다가 지은 죄에 대해 내린 당연한 벌이었어. 신께서 그 어떤 것과도 비교할 수 없는 힘을 보여주는 것으로 통치자들의 오만함과 부정부패, 불공정, 퇴폐를 벌하신 거야. 신께서는 우리가 끝내 굽히지 않고 불경한 길을 고집한다면 우리에게 어떤 일이 닥칠지 경고한 것인데 우리의 눈과 마음은 닫혀 있었지."

참사가 일어난 다음 날, 그라나다의 모든 주민은 확신했다. 이 재앙의 주된 책임자는, 신의 진노를 불러일으킨 사람은 다른 누구도 아닌 오만하고 부정부패하고 불공정하고 퇴폐한 술탄, 아부 나스르 사드의 아들이자 그라나다 왕국의 21대이자 끝에서 두 번째 술탄인 아불 하산 알리다. 그 이름을 신께서 모든 기억에서 지워주시기를!

아불 하산 알리는 옥좌에 오르려고 부왕을 폐위하고 감금했고, 권력을 강화하기 위해 그라나다 왕국의 용맹한 가문 아벤세라즈 일족을 비롯하여 명문가 아들들의 목을 베었다. 그렇지만 내 어머니의 눈에 아불 하산 알리 술탄이 저지른 죄 중 가장 용서할 수 없는 것은 이사벨 데 솔리스라는 이름의 기독교도 귀족 가문 출신 포로에게 반하여 소라야라는 이름을 주고, 그 여자가 두 아들을 낳자 결혼식까지 올리고는 왼손잡이라고 불리던 무함마드 9세의 딸이자 사촌이며 자유인인 본처 아이샤와 장남을 멀리한 것이었다.

"어느 날 아침 술탄이 '아라야네스* 중정'으로 측근들을 불러들이고는 연못에서 목욕하는 루미야**를 구경하게 했지." 어머니는 그런 불경한 짓거리를 입에 담는 것 자체가 끔찍해서 얼른 "신이여 용서하소서!" 하고 덧붙였다. 그러고는 이야기를 계속해야 하기에 하늘을 쳐다보면서 다시 한번 "신이여 용서하소서!" 하고 되뇌고는 말을 이었다.

"목욕이 끝나자 술탄은 모두에게 소라야가 방금 나온 연못의 물을 한 사발씩 마시라고 권했고, 다들 그 물의 놀라운 맛을 운문과 산문으로 극찬했지. 그중 재상 아불 카심 베네가스만 유일하게 연못에 눈길도 주지 않고 꼿꼿이 앉아서 잠자코 있자, 술탄이 이유를 물었어. 아불 카심은 이렇게 대답했지. '폐하, 소신은 소스 맛을 보다가 갑자기 자고새가 먹고 싶어질까 두렵사옵니다.'" 신이여 용서하소서! 어머니는 또다시 읊조리면서 이번에는 굳이 웃음을 참지 않았다.

---

* 지중해 연안의 북서부에서 동부까지가 원산지인 허브 식물로 상록 관목.
** 알안달루스에서는 이슬람교를 받아들인 기독교도 노예 여성을 '루미야'라고 불렀다.

알안달루스*의 여러 인물에 대해 이런 비슷한 일화를 많이 들었기 때문에 나는 솔직히 그 재앙을 누구의 탓으로 돌려야 할지 모르겠다. 하지만 그 저주받은 행진 다음 날부터 그라나다 사람들은 신이 격노한 것은 알람브라의 주인인 술탄의 방탕한 생활 때문이라고 여겼다. 다들 나름의 설명을 내놓았는데 대체로 시나 재담, 또는 고대 우화를 시류에 따라 미화한 비유에 불과했다.

이 많은 구설보다 더 개탄스러운 것은 왕국의 수도에 닥친 재난에 대해 술탄이 내보인 반응이었다. 술탄은 모든 걸 휩쓸어 가버린 홍수를 신의 경고로 보기는커녕, 세상의 쾌락은 일시적이고, 인생은 덧없으니 매 순간 만끽해야 한다는 결론을 내렸다. 이런 반응이 어느 시인의 입에서 나온 것이라면 몰라도 위기에 처한 왕국의 오십 대 술탄의 입에서 나올 소리는 확실히 아니었다.

주치의 이샤크 하문이 거듭 경고했지만 술탄은 쾌락에 빠져들었다. 그는 아름다운 노예들을 끼고 앉아서 풍기 문란한 시인들, 나체 무희들과 호리호리한 미소년들의 모습을 한 구절씩 읊어대는 시인들, 해시시를 에메랄드에 비유하고 그 냄새를 향냄새에 비유하며 밤마다 빨간색이든 노란색이든 오래 숙성됐든 신선하든 줄기차게 술을 노래하는 시인들에게 둘러싸여 향락을 일삼았다. 커다란 황금 술잔을 손에서 손으로, 입술에서 입술로 돌리다 잔이 비면 기세등등하게 하인을 불러 술잔을 가득 채우게 했다. 아몬드와 잣, 호두, 말린 과일이나 신선한 과일, 아티초크, 누에콩, 잼과 과자 등 허기를 달래거나 갈증을 해소하는 데 도움이 되는

---

* 8세기에서 15세기 동안 이베리아 반도를 지배한 이슬람 세력의 영토를 가리킨다.

것들이 담긴 수많은 접시가 동석자들 앞에 줄줄이 놓였다. 나는 훗날 로마에 오랜 세월 체류하면서 간식을 먹는 이 관습이 고대 로마인들 사이에서 이미 행해졌고, 이 간식을 '누클레우스'라고 불렀다는 걸 알았다. 그래서 그라나다 사람들이 이런 간식을 '누클'이라고 불렀던 걸까? 만물의 기원은 신만 알고 있으련만!

향락에 빠진 술탄이 국사를 등한시하면서 측근들이 불법 세금과 수탈로 재산을 축적하는 것도 눈감아주는 사이, 봉급을 받지 못하는 병사들은 생계를 위해 의복과 말, 무기를 팔아서 연명하는 지경에 이르렀다. 그렇지 않아도 불안과 앞날에 대한 두려움이 팽배한 도시에 군인들의 처지가 빠르게 알려지면서 비판의 목소리가 커지기 시작했다. 게다가 방문객들과 하인들의 가벼운 입을 통해 궁전의 술잔치 소식이 밖으로 새 나오는 바람에 술탄과 소라야의 이름만 들려도 욕설과 저주가 터져 나오면서 폭동이 일어날 정도로 민심이 나빠져 있었다. 아불 하산 알리 술탄을 직접적으로 공격할 필요도 없이, 감히 그러는 이들도 더러 있었지만, 금요일 예배를 주관하는 일부 설교자들이 부정부패와 부도덕, 불경을 조롱하면, 모든 신자는 누구를 겨냥하는 것인지 의심의 여지가 없기에 "알라후 아크바르(신은 위대하다!)" 하고 외치면서 알람브라를 향해 성난 시선을 던졌고, 이맘은 수수께끼 같은 어조로 "신의 손은 그들의 손 위에 있다"라는 기도로 화답했다.

미운털이 단단히 박힌 술탄이지만, 군중 속에는 아직도 어떤 비방이 돌고 있는지 보고하는 술탄의 눈과 귀 들이 있었고, 그들의 보고는 술탄을 점점 더 의심 많은 폭군으로 만들었다. 내 어머니는 이렇게 회상했다. "정적이나 시기하는 이웃의 밀고로 체포된 인사들과 정직한 시민들이 얼마나 많았는지 몰라. 그뿐인가, 군주를 모욕하고 명예를 훼손했다는 혐의로 고발되어 당나귀 등에 반대 방향으로 앉혀서 거리에서 끌려다니다 감옥에 던져지거나 참수되는 일이 허다했지!" 소라야의 이간질에 넘어간 술탄은 본처 아이샤와 두 아들, 일명 보아브딜 또는 아부 압둘라라고 불리는 무함마드와 유수프를 코마레스 탑에 가두었는데, 그곳은 알람브라 궁전의 북동쪽, 헤네랄리페 별궁 맞은편에 있는 네모반듯한 웅장한 성채였다. 소라야는 본처와 두 아들을 가둬 두면 자신이 낳은 두 아들에게 권력의 길이 열릴 거란 희망을 품고 있었다. 궁정은 그리하여 수적으로는 우세하나 신중한 아이샤 파와 술탄이 유일하게 귀 기울이는 소라야 파로 갈려 있었다.

이런 궁정의 내분은 평민들에게 춥고 긴 겨울 저녁의 지루함을 달래주는 이야깃거리가 되어주었다. 하지만 카스티야 왕국에 대한 술탄의 태도는 인기가 점점 더 떨어지는 결정적인 이유가 되었다. 본처 아이샤를 버리고 기독교도 출신인 루미야를 편애하고, 군대를 소홀히 하고, 퇴폐적인 삶으로 비난받고 있는 아불 하산 알리가 어이없게도 감히 기독교 세력과 맞서 싸우겠다고 호기를 부렸기 때문이다.

아라곤 왕국이 페르난도 왕자와 카스티야 왕국의 이사벨 공주를 결혼시켜 국가 통합을 이루었으니* 이슬람 왕국을 공격할 어떤

---

* 1469년 아라곤 왕국의 페르난도와 카스티야 왕국의 이사벨의 결혼은 이베리아반도 내에 있는 모든 가톨릭 왕국을 통합하는 계기가 되었다. 가톨릭 왕국이던 아라곤과 카스티야는 1480년부터 연합하여 그라나다를 공격했고, 1492년 마지막으로 이베리아반도에 남아 있던 그라나다의 이슬람 세력을 축출했다.

빌미도 주어서는 안 된다고 궁정의 현명한 조언자들이 누차 경고했건만, 술탄은 75년 전부터 기독교 세력이 점령하고 있는 자하라 성에 그라나다 기병 300명을 보내 급습함으로써 그라나다와 이웃 강국들 사이에 유지되던 휴전 조약을 깨버렸다.

이 공격에 그라나다가 보인 첫 반응은 기쁨이었고, 아불 하산 알리 술탄은 신하들 사이에서 인기를 약간 되찾는 듯싶었다. 그러나 이내 많은 이들이 의문을 품기 시작했다. 술탄이 경솔하게 결과가 불확실한 전쟁에 왕국을 뛰어들게 함으로써 무책임한 죄를 범하는 것이 아닐까? 전쟁의 추이는 사람들의 의심이 옳았음을 증명해주었다. 카스티야군이 반격하면서 그라나다 왕국의 서쪽 암벽에 지은 가장 견고한 요새 알하마를 점령했던 것이다. 요새를 탈환하기 위한 술탄의 필사적인 노력은 처참히 무너졌다.

무슬림들이 이길 수는 없겠지만 그래도 피하거나, 적어도 지연시킬 수는 있었을 큰 전쟁이었다. 그 전쟁은 10년 동안 지속되다 가장 불명예스러운 방식으로 끝나게 된다. 게다가 나라의 사기를 떨어뜨리는 유혈 내전까지 벌어지면서 망국에 이르는 왕국들의 운명을 따르게 된다.

실제로 자하라 전투에서 승리를 거둔 지 정확히 200일 후 아불 하산 알리는 권좌에서 내려왔다. 정변은 887년 '주마다 알 울라' 달의 27일, 서기 1482년 7월 14일에 일어났다. 이날 아라곤의 페르난도 왕은 군대를 이끌고 닷새 전부터 포위하고 있던 도시 로하의 성벽 아래, 헤닐강가에 있다가 그라나다 최고의 장교 중 한 명인 알리 알아타르가 지휘하는 이슬람군의 기습 공격을 받았다. 그날의 영웅 알리 알아타르가 기독교 진영을 공포에 빠뜨리면서 페르난도 왕은 대포와 포환들, 많은 양의 밀가루, 수백 명의 사망자와 포로를 두고 코르도바 방향으로 도주했다. 따라서 아불 하산 알리 술탄에게 그날은 영원히 잊지 못할 날로 기억되고 한껏 의기양양할 수도 있었으련만, 너무 늦었다. 승전보가 그라나다에 전해졌을 때는 이미 반란이 일어난 뒤였다. 아이샤의 아들 보아브딜이 밧줄을 타고 코마레스 탑을 탈출하는 데 성공한 것이었다. 알바이신 마을에서는 보아브딜을 환호로 맞이했고, 그 이튿날 당장 공모자들의 도움을 받아 그는 알람브라 궁전으로 들어갔다.

어머니는 이렇게 평가했다. "로하에서 페르난도 왕을 물리친 날, 아불 하산 알리를 권좌에서 끌어내린 것은 신의 뜻이었어. 신께서 군사 행진 날에 홍수를 보내 창조주 앞에 무릎을 꿇게 했던 것처럼."

하지만 늙은 술탄은 승복하지 않았다. 그는 측근들을 규합하여 말라가로 피신했고, 아들 보아브딜에 대한 복수를 준비했다. 그때부터 그라나다 왕국이 서로에게 적대적인 두 개의 공국으로 갈라졌으니 카스티야 왕국은 미소를 짓지 않을 수 없었다.

어머니는 이렇게 회상했다. "내전이 시작된 지 어느덧 7년. 그 7년 동안 아들이 아버지를 죽이고, 형이 동생을 목 졸라 죽이고, 이웃들이 서로 의심하고 배신했어. 우리 알바이신 마을 사람들은 그라나다의 대모스크에 갔다가 야유받거나 학대받고 죽도록 얻어맞고 심지어는 참수당하는 일도 있었어."

그 순간 어머니의 정신은 눈앞에서 진행되는 할례 의식에서 아주 멀리 떠나서 주변의 목소리들, 술잔 부딪치는 소리가 꿈속에서처럼 아득하게 들리고 있었다. "그 빌어먹을 군사 행진!" 하고 되뇌는 자신에게 깜짝 놀라며 어머니는 마치 꿈속에서처럼 한숨을 내뱉었다.

*

"내 동생, 실마, 공상에 잠겨 있는 건 여전하구나?"

칼리의 투박한 목소리가 내 어머니를 어린 소녀로 바꿔놓았다. 살마는 오빠의 목을 끌어안으면서 누가 볼세라 재빠르게 이마와 어깨에 이어 팔과 손에 뜨거운 입맞춤을 퍼부었다. 소매가 헐렁한 비단 '주바'*를 걸치고 목도리 '타일라산'을 어깨에 두른 세련된 차림의 칼리는 동생의 당황스러운 애정 표현에 감동하면서도 약간 거북해하며 뻣뻣하게 서서 즐겁다는 표시로 입가에 엷은 미소를 머금고 있었다. 하지만 살마는 겉으로 보이는 냉담함에 개의치 않았다. 명문가 남자는 자신의 신분에 걸맞지 않게 경박한 인상을 주는 감정 표현을 못 한다는 걸 알고 있었기 때문이다.

"무슨 생각을 그렇게 골똘히 하고 있니?"

아버지가 한 질문이라면 살마는 얼버무렸겠지만, 오빠는 그녀가 속내뿐 아니라 머리칼도 드러내 보일 수 있는 유일한 사람이었다.

"군사 행진이 있던 날 우리에게 닥친 재앙, 그리고 끝나지 않는 이 전쟁, 두 파로 갈라진 우리 도시, 날마다 죽는 사람들 생각이요."

---

* 이슬람 문화권에서 입는 소매가 달린 긴 치마 모양의 옷.

칼리는 굵고 납작한 엄지로 누이동생의 뺨을 타고 흐르는 한 줄기 눈물을 닦아주었다.

"첫아들을 출산한 어머니가 할 생각은 아니지." 칼리는 시큰둥하게 내뱉고 나서 엄숙하지만 좀 더 진지해진 어조로 말을 이었다. "예언자께서 말씀하시길 '너희에게 합당한 통치자를 갖게 될 것이다.'"

살마는 그 말을 되뇌었다.

"카마 타쿠누 유왈라 알라이쿰."

이어서 살마가 순진하게 물었다.

"그게 무슨 말이에요? 오빠는 현 술탄을 앞장서서 지지했잖아요? 그를 술탄으로 옹립하기 위해 알바이신 사람들을 선동해서 반란을 일으키게 했잖아요? 오빠는 알람브라에서 존경받는 인물이잖아요?"

폐부를 찔린 칼리는 독설로 방어하려다 정신을 차렸다. 상대는 출산 후 허약해진 데다 세상에서 가장 사랑하는 연약한 누이동생이었다.

"너는 하나도 안 변했구나, 살마. 한낱 아낙과의 대화를 예상했는데 과연 책방 주인 술레이만의 딸이로다. 아버지가 늘 우리에게 하시던 말씀이 떠오르는구나. '신께서 당신의 나이를 빼서 네 나이에 더해주시고, 네 혀를 줄여 그만큼 신의 혀가 늘어나면 좋겠구나.'"

남매는 아버지를 추억하면서 호쾌하게 웃었고, 마음이 통하던 예전으로 돌아갔다. 칼리는 누이동생 살마의 내실 입구에 놓인 돗자리에 가부좌를 틀고 앉으면서 주바 앞자락을 여몄다.

"부드러운 말투인데도 네 질문은 마음을 갈기갈기 찢어놓는구나. 사막의 태양보다 훨씬 더 얼굴을 따갑게 하는 설산의 눈보라처럼 매서웠어."

갑자기 장난기가 동한 살마가 당차게 내뱉었다.

"그래서 오빠의 대답은?"

살마는 아주 자연스럽게 머리를 숙이더니 오빠의 목도리 자락을 거머쥐고 자신의 빨개진 눈을 가렸다. 그렇게 얼굴을 가린 채 그녀는 카디(재판관)가 판결을 선고하듯 말했다.

"전부 다 말하라!"

칼리의 말은 길지 않았다.

"그라나다는 적들이 통치하고 도둑들의 보호를 받는 도시야. 동생아, 머지않아 우리는 바다 너머로 추방당할 거야."

칼리는 목이 메었고, 감정을 드러내지 않으려고 잠자코 자리를 떴다.

충격을 받은 살마는 오빠를 붙잡으려 하지 않았다. 오빠가 멀어져 가고 있다는 것조차 알아채지 못했다. 중정에서는 이제 어떤 소리도, 어떤 목소리도, 웃음소리도, 술잔 부딪는 소리도 들리지 않았다. 하다못해 한 줄기의 불빛조차 없었다.

향연은 끝나 있었다.

부적

헤지라력 895
(1489. 11. 25 – 1490. 11. 13)

그해, 외숙부 칼리는 눈물을 머금고 망명길에 올랐다. 아무튼 수년 후 우리 카라반이 시질마사* 남쪽의 광활한 사하라 사막을 횡단할 때 간간이 자칼 울음소리가 아득하게 들리는 고요하고 서늘한 어느 밤, 외숙부는 망명을 결정한 이유를 설명해주었다. 바람 때문에 외숙부는 큰 소리로 말해야 했는데 그 목소리가 어찌나 든든한지 내가 태어난 왕국 그라나다의 냄새가 느껴졌고, 그 이야기가 어찌나 심금을 울리는지 나를 태운 낙타마저 말하는 리듬에 맞춰 전진하는 것 같았다.

외숙부의 말을 한마디도 빠짐없이 전달하고 싶어도 내 기억력이 그리 좋은 편이 아니고 말솜씨도 없는 데다 어떤 책에서도 보지 못할 그 화려한 수식어들을 그대로 표현하지 못하는 것이 안타깝기 그지없다.

"그해 첫날, 꼭두새벽에 알람브라 궁전에 갔지. 여느 때처럼 군

---

* 모로코 사하라 사막 북쪽 끝에 위치해 있으며, 중세 시대 마그레브에서 가장 중요한 무역 중심지 중 하나였다.

주의 서신을 작성하는 디완* 사무실에 가는 것이 아니라 우리 집안의 어른들과 함께 새해 첫날 '라스 앗사나' 인사를 드리러 간 거였어. 이번에는 '대사의 방'에서 열리는 술탄의 궁정 '마즐리스'에 터번을 두른 재판관 카디들, 초록 혹은 빨간 색 높은 펠트 모자를 쓴 고관들, 나처럼 헤나로 머리를 염색하고, 정갈하게 가르마를 탄 부유한 상인들로 북적이고 있었지."

"귀빈들 대부분이 술탄 보아브딜에게 경의를 표하고는 '아라야네스 중정' 쪽으로 물러나 연못 주위를 서성거리며 정중하게 예의를 갖춰 인사를 나누었어. 이윽고 주요 인사들이 거대한 방의 벽면을 따라 놓인 카펫 씌운 긴 의자에 앉았는데 가능한 한 술탄이나 고관들과 가까운 자리를 차지하려고 눈치 싸움이 대단했지. 몇 가지 청원에 대해 상의하거나 단순히 궁정 새해 인사에 참석했다는 눈도장을 받기 위한 자리였으니까."

"내 손가락에 묻은 빨간 잉크 자국에서 알 수 있듯이 나는 서신을 작성하고 국가의 문서를 기록하는 서기관으로서 마즐리스와 연못 사이의 곳곳을 마음대로 돌아다닐 수 있는 특권이 있기에 관심이 가는 인물들과 잠시 걸으며 담소를 나눈 뒤, 다시 돌아와 앉아서 새로운 표적을 엿보고 있었어. 술탄 보아브딜 치하에서는 의사 표현을 자유롭게 할 수 있어서 정보나 의견을 수집하기에는 이런 자연스러운 방식이 좋았거든. 어떤 비판이든 발설하기에 앞서 일곱 번은 주변을 살펴야 하고, 혹시라도 고발되었을 때 철회할 수 있도록 시나 격언을 사용하여 모호하게 표현하던 전임 술

---

* 국가 기록물을 다루는 궁정의 부서를 가리킨다.

탄 때와는 달랐으니까. 이전 시대보다는 더 자유로워졌고 덜 감시받는다고 느끼는 그라나다 사람들은 장수와 건강, 승리를 기원하러 궁정에 와 있을 때조차 술탄에 대해서는 더 엄격했지. 옳지 못한 통치자들에게 냉엄한 것이 우리 백성이니까."

"그 가을날, 나무에 달린 노란 단풍잎들이 더 충직해 보일 정도로 군주 편에 붙은 그라나다의 인사들은 그리 충성스럽지 않았어. 수년 동안 그래왔듯 도시는 '평화를 원하는 파'와 '전쟁을 원하는 파'로 갈라져 있었고, 그중 어느 파도 술탄을 내세우지 않았지."

"카스티야 왕국과의 평화를 바라는 이들은 이렇게 말했지. '우리는 약하고 가톨릭 세력은 강하다. 우리는 이집트와 마그레브* 형제들에게 버림받았는데, 우리의 적은 로마와 그 밖의 모든 기독교 세력의 지원을 받고 있다. 우리는 이미 지브롤터, 알하마, 론다, 마르베야, 말라가 외에도 많은 곳을 잃었고, 평화가 회복되지 않는 한 더 많은 도시를 잃을 것이다. 군대 침입으로 과수원이 황폐해지면서 농민들의 원성이 자자하다. 도로가 안전하지 않으니 상인들은 필수품을 공급할 수 없고, 알카이사리야와 수크** 같은 전통 시장은 물건이 텅텅 비면서 식료품 가격이 치솟고 있다. 약탈을 면하려고 수천 마리의 가축을 도살해야 했기에 파운드당 1디

---

* 마그레브는 아랍어로 해가 지는 서쪽이라는 뜻이며, 모로코, 리비아, 튀니지, 알제리를 포함하는 아프리카 서북부 지역을 이르는 말이다. 베르베르인들의 문화가 중세부터 아랍 이슬람 문화의 영향을 받아 마그레브 문화권이 형성되었다.
** 경제활동이 이루어지는 장소이며, 일반적으로는 시장을 가리킨다. 바자르라고도 한다.

르함으로 팔리는 육류 가격을 제외하고는. 술탄은 그라나다가 포위 공략되기 전에 카스티야 왕국과 지속적인 휴전 협정을 끌어내기 위해 호전주의자들의 입을 다물게 하는 데 총력을 기울여야 한다.'"

"반면에 전쟁을 원하는 이들은 이렇게 말했지. '적이 이번에는 우리를 멸망시키기로 작정했으니 우리는 굴복할 것이 아니라 적을 퇴각시켜야 한다. 말라가 사람들이 항복한 뒤에 어떻게 노예가 되었는지 보라! 이단을 처단하기 위한 종교 재판이 세비야, 사라고사, 발렌시아, 테루엘, 톨레도에서 유대인들을 어떻게 화형에 처했는지 보라! 내일은 여기 그라나다에도 마녀뿐만 아니라 무슬림을 처형할 화형대가 세워질 것이다! 항전, 총동원, 지하드(성전)로 맞서지 않으면 어떻게 막을 수 있을까? 우리가 힘차게 싸울 때는 카스티야군의 전진을 저지할 수 있었지만, 우리가 승리한 뒤에는 매번 우리 중에 적과 화해하려 하고, 조공을 바치고, 우리 도시의 문을 열어주려 한 반역자들이 있었다. 심지어는 술탄 보아브딜조차 어느 날 페르난도 왕에게 그라나다를 넘기겠다고 약속하지 않았던가? 술탄이 로하에서 그라나다를 넘기겠다는 문서에 서명한 지 벌써 3년이 넘었다. 보아브딜이야말로 반역자다. 따라서 성전을 치르겠다는 결단을 내리고 우리 군대에 자신감을 다시 불어넣을 진정한 무슬림으로 술탄을 교체해야 한다.'"

"하지만 상인들과 농부들이 평화를 지지하고 나선 데다 병사와 장교, 열 명, 백 명 내지 천 명을 이끌어 갈 지휘관은 물론이고, 전쟁을 지지하는 성직자, 카디, 울라마*, 공증인, 모스크의 설교자도 구하기가 힘든 상황이었지. 보아브딜의 궁정도 의견이 갈려 있었어. 보아브딜이 태어났을 당시 그라나다는 카스티야 왕국에 복속되어 있었기 때문에** 그는 성격상 무슨 대가를 치르더라도 휴전 협정을 맺었을 거야. 하지만 나스르 왕가 소왕국들의 군주들이 벌이는 영웅적인 전투를 조바심 치며 지켜보고 있는 군대의 의지를 무시할 수는 없었지."

"전쟁 지지파가 내세운 주장 중에 다섯 달 넘게 가톨릭 세력에 포위되어 포격당하고 있는 그라나다 동쪽의 무슬림 도시 바스타가 보여준 항전 이야기는 아주 설득력이 있었지. 신께서 가톨릭 왕들이 세운 걸 헐어버리고, 그들이 헐어버린 걸 세우시길! 카스티야 연합 왕국은 포위된 자들이 외부 세력과 연락하지 못하도록 성벽 앞에 목탑을 세우고 구덩이를 파놓았어. 그렇지만 병력과 군비 면에서 압도적인 우위에도 불구하고, 게다가 페르난도 왕이 직접 전장에 나가 있는데도 카스티야군은 승리하지 못했고, 밤마다 바스타 수비군의 습격을 받아야 했지. 그리하여 나스르 왕가의

---

* 이슬람 사회의 신학자, 법학자의 총칭.
** 1230년대 가톨릭 세력의 레콩키스타, 즉 국토회복운동이 한창인 가운데 무함마드 이븐 나스르가 카스티야에 복속하여 조공을 바치는 조건으로 그라나다에 나스르 왕조를 창건하고 왕국을 건국했다. 이후 1477년 술탄 아불 하산 알리가 카스티야에 대한 복속을 철회하자, 1482년 카스티야-아라곤 연합군이 그라나다 왕국의 동서를 잇는 요충지 알하마를 공격해 함락했고, 그것이 그라나다 전쟁의 시작이었다. 나스르 왕조는 꽤 오래 버텼으나, 왕위 문제로 무려 세 차례의 내전을 벌이며 자멸했다. 이어진 내전을 틈타 연합군은 1485년 론다, 1487년 말라가, 1489년 알메리아를 점령하고, 1492년 그라나다를 포위하였다. 7개월간의 항전 끝에 무함마드 12세(보아브딜)는 그해 11월 25일, 무슬림들의 자치를 약속하는 조건으로 항복한다는 그라나다 조약에 서명하였다. 조약에서 주어진 두 달의 유예 기간이 지난 1492년 1월 2일에 그라나다는 항복했고, 카스티야에 병합되었다.

아미르 야히야 알 나자르가 지휘하는 바스타 수비군의 거센 저항 소식이 전해지자 그라나다 사람들은 의욕에 불타면서 사기충천해 있었어."

"하지만 술탄 보아브딜은 마냥 기뻐할 수만은 없었지. 보아브딜과 바스타의 영웅 야히야는 앙숙 관계였거든. 야히야는 현재의 술탄을 찬탈자로 간주하고 한때 자신의 조부가 차지했던 알람브라의 옥좌에 대한 권리를 주장하는 정적이었으니까."

"새해가 되기 전날 저녁, 바스타 수비군이 또 한 번의 위업을 이뤄냈다는 소식이 그라나다에 전해졌어. 바스타에 식량이 떨어지기 시작했다는 걸 카스티야군이 알고 있다는 소문이 돌자, 야히야는 그렇지 않다는 걸 보여주기 위해 한 가지 술책을 궁리했지. 남아 있는 식량을 몽땅 모아서 시장 가판대에 진열해 놓고는 협상에 임할 페르난도 왕의 사절단을 초대한 거야. 바스타에 들어와 온갖 식량이 그득한 걸 보고 놀란 사절단은 페르난도 왕에게 바스타를 포위하여 굶겨 죽이겠다는 전략보다는 명예로운 협정을 제안하길 권한다는 보고를 올렸지."

"나는 목욕탕, 모스크, 알람브라 궁전의 복도에서 몇 시간 간격으로 최소 열 명으로부터 같은 이야기를 전해 들으면서도 매번 처음 듣는 척 놀라움을 표했어. 말해주는 사람의 기분을 상하게 하지 않으려고 사견을 보태는 즐거움을 누리게 두면서 같은 일화를 조금씩 다르게 여러 번 듣다 보니 의문이 들면서 불안이 엄습하더구나. 아미르 야히야는 왜 페르난도 왕의 사절단을 바스타에 들였을까? 그라나다와 일부 다른 도시에서도 많은 이들이 그것이 얄팍한 술책이라는 걸 다 알고 있는데 어떻게 야히야는 바스타의 식량 부족이 적에게 들통나지 않길 바랄 수 있지?"

외숙부가 말을 이었다.

"최악의 두려움은 그 새해 첫날, 알람브라 궁전에 온 방문객들과 대화하는 중에 확인되었지. '신앙을 위해 싸우는 투사'이자 '이슬람의 검'이라 불린 야히야가 이교도들에게 바스타를 넘기기로 했을 뿐만 아니라 카스티야군에 합류해 왕국의 다른 도시들, 즉 과딕스, 알메리아, 급기야 그라나다로 들어가는 길을 열어주기로 한 거였어. 아미르 야히야가 그런 술책을 부린 이유는 무슬림들의 주의를 딴 데로 돌려서 페르난도 왕과 협상하려는 진짜 목적을 숨기기 위해서였지. 야히야가 거액의 돈, 그리고 병사들과 바스타 주민들을 살려준다는 약속을 받고 내린 결정이라고 말하는 이들도 있어. 하지만 그가 얻은 대가는 더 큰 것이었다고 봐야지. 왕가의 아미르이자 선대 술탄의 손자인 그는 가톨릭으로 개종함으로써 카스티야 왕국의 고관이 되는 약속을 받은 것일 테니까. 야히야에 대해서는 나중에 다시 얘기하자."

"895년 초, 그런 변절이 일어날 거라고는 의심도 하지 않았는데 무하람 달의 첫날부터 가장 우려했던 소식들이 전해지기 시작했지. 바스타에 이어 푸르세나, 알메리아, 그리고 과딕스까지 함락된 거야. 전쟁을 강력하게 주장하며 버티던 왕국의 동부 지역 전체가 싸우지도 않고 카스티야군의 손아귀에 들어갔으니."

"전쟁 지지 세력은 영웅을 잃었고, 보아브딜에게는 골치 아픈 적수가 제거되었지. 그렇지만 카스티야군의 승리로 보아브딜의 왕국은 그라나다와 인근의 몇몇 지역으로 축소되었고 습격도 계속되고 있었어. 이런 상황을 맞이한 술탄은 과연 기뻐하는 게 맞을까 아니면 슬퍼하는 게 맞을까?"

"대장부와 졸장부의 차이는 바로 이런 때에 확연히 드러나는 법이지." 외숙부가 말했다. "'대사의 방'에서 새해 첫날 내가 보아브딜의 얼굴에서 읽은 것은 후자였어. 나는 포위된 도시 안에 가족이 있는 베르베르족 경비대 장교에게서 바스타에 관한 끔찍한 진실을 알게 되었거든. 나를 만나러 종종 사무국에 들르는 장교가 그날 보아브딜에게 알려야 할 아주 중요한 정보가 있는데 감히 술탄을 알현할 수가 없다고 하는 거야. 그래서 내가 즉시 장교를 데려가서 술탄에게 보고하게 했어. 장교는 군주의 귀에 대고 자신이 수집한 정보를 속삭였지."

"그런데 장교가 전하는 말을 들으며 환해지던 술탄의 얼굴에 저속하면서 추한 미소가 번지는 거야. 벌어지는 두툼한 입술, 입이 귀에 걸린 듯 싱글벙글하는 미소, 승리를 씹어 먹는 듯 벌어진 치아, 연인의 뜨거운 입맞춤을 받으려는 듯 천천히 감기는 눈, 노래에 심취한 듯 앞뒤로 까딱이는 머리, 술탄의 얼굴이 지금도 눈에 선해. 내가 살아 있는 한 눈앞에서 봤던 그 미소, 치졸함에서 나오는 그 추한 미소는 오래도록 잊지 못할 거야."

외숙부는 말을 중단했다. 어두워서 얼굴은 보이지 않았지만, 나는 외숙부가 숨을 몰아쉬다 한숨을 내쉬고 나서 기도문을 중얼거리는 소리를 들었다. 자칼 울음소리가 더 가까운 데서 들리는 것 같았다.

"보아브딜의 태도가 놀랍지는 않았어." 외숙부가 평온해진 목소리로 말을 계속했다. "알람브라의 주인이 경박하다는 것도, 의지박약하다는 것도, 카스티야 왕국과 모호한 관계를 취하고 있다는 것도 전혀 모르지는 않았으니까. 우리 군주들이 썩을 대로 썩어서 왕국을 지킬 생각이 아예 없다는 것도, 그래서 머지않아 우리 무슬림이 쫓겨나야 할 운명이라는 것도 다 알고 있었어. 하지만 앞날에 대한 결단을 내리려면 안달루시아의 마지막 술탄의 속내를 내 두 눈으로 확인할 필요가 있었지. 신께서 원하는 이에게는 바른 길을, 그렇지 않은 이에게는 파멸의 길을 가리키시길!"

외숙부는 그 뒤로 그라나다에 석 달을 더 머물면서 은밀히 몇 가지 재산을 운반하기 쉬운 금화로 바꾸었다. 그러던 어느 달 없는 밤, 말 한 필과 노새 몇 마리에 짐을 실었고, 어머니와 아내, 딸 넷과 하인 한 명을 데리고 알메리아를 향해 떠났고, 거기서 카스티야군의 허가를 받아 다른 망명자들과 함께 틀렘센*행 선박에 오를 수 있었다. 하지만 외숙부가 정착하려는 곳은 페스였다. 그라나다가 몰락한 뒤 나와 부모님이 외숙부를 다시 만나기로 한 곳이 바로 페스였다.

어머니는 그해 내내 칼리가 떠난 걸 슬퍼했지만, 아버지 무함마드는 처남을 따라갈 생각이 전혀 없었다. 그 당시 그라나다는 절망적인 분위기가 전혀 아니었다. 어머니는 그해 내내 고무적인 이야기가 도시에 떠돌았는데 대부분 방물장수 사라를 통해 들은 것이라며 이렇게 말했다. "사라가 와서 이야기보따리를 풀어놓으면 일주일 동안은 즐겁고 낙관적인 이야기를 네 아버지에게 전

---

* 알제리의 모태가 된 틀렘센 왕국(자얀 왕조 1235~1554년까지 존속)의 수도가 되어 번영하였다. 유대인 재상의 관용 하에 안달루시아에서 쫓겨난 무슬림들을 받아들였다.

할 수 있었어. 그러다 네 아버지가 결국에는 눈치를 채고 내게 물었지. 자신이 출타 중일 때 그 유대인 방물장수를 집에 들이는 게 아니냐고."

어느 날, 사라가 눈을 반짝이며 놀라운 소식을 가득 들고 도착했다. 사라는 앉지도 않고 요란한 몸짓까지 써가며 세비야에 사는 사촌한테서 알게 된 정보라면서 이집트의 술탄이 극비리에 밀사 두 명을 페르난도 왕에게 보냈다고 말했다. 카이로의 군주가 예루살렘의 수도사 두 명을 밀사로 보내 페르난도 왕에게 전한 것은 엄중한 경고였다. "그라나다에 대한 공격을 멈추지 않으면 맘루크 왕조 술탄의 분노가 떨어지리라!"

그 소식은 몇 시간 만에 도시 전역으로 퍼지면서 상세한 내용이 보태어지고 부풀려졌고, 다음날에는 알람브라에서 마우로 언덕까지, 알바이신에서 도자기 마을까지 전해졌고, 대규모 병력의 이집트 지원군이 곧 당도한다는 걸 감히 의심하는 자는 누구를 막론하고 경멸과 불신의 눈초리를 받았다. 엄청난 무슬림 함대가 그라나다 남쪽 알라비타 먼바다에 나타났는데, 이집트군뿐만 아니라 튀르크와 마그레브 전사들까지 합류해 있다고 주장하는 이들은 지원군을 의심하는 사람들에게 이렇게 외쳤다. "그 소식이 사실이 아니라면 몇 주 전부터 카스티야군이 왕국에 대한 공격을 갑자기 중단한 것, 그리고 그토록 소심했던 보아브딜이 가톨릭 왕들이 지배하는 영토에서 약탈을 일삼으라는 명을 내렸는데도 보복당하지 않는 걸 어떻게 설명할 수 있단 말인가?" 분명히 숨이 끊어지고 있는 도시였건만 무슨 조화인지 기이한 승리감에 도취해 있는 것 같았다.

당시의 나는 지혜나 이성을 갖추지 못한 젖먹이에 불과했으니 일반적인 맹신을 공감할 수 없는 건 당연했다. 하지만 훗날 성인이 되었을 때 추방되었던 찬란한 도시를 상기하기 위해 그라나다 사람이라는 별칭을 자랑스럽게 달고 다녔던 나는 부모님을 비롯하여 내 나라 사람들의 맹목적인 믿음에 대해 자주 생각하지 않을 수 없었다. 죽음과 참패와 치욕만 기다리고 있을 뿐이었는데도 그들은 어떻게 구원군이 곧 올 거라고 확신할 수 있었을까?

*

그해는 내 인생에서도 태어나서 가장 위험한 시험을 거쳐야 하는 해였다. 그라나다와 내 가족을 짓누르는 위협 때문만이 아니라 아담의 모든 후예에게 치명적인 질병이 돌았고, 많은 사람이 흔적도 없이 목숨을 잃었기 때문이기도 했다. 너무나 단순하고 너무나 치명적인 그 어려운 첫 시험을 이기지 못해서 약속된 운명대로 살지 못한 위대한 왕들, 영감을 받은 시인들, 대담한 여행자들이 얼마나 많은가. 언젠가는 맞이할 죽음의 그림자가 두려워 자식에게 애착할 엄두를 내지 못하는 어머니들이 얼마나 많은가.

시인이 말하길, 죽음이 우리 삶의 양쪽 끝을 붙잡고 있구나:
노년이라고 해서 무조건 유년보다 죽음에 더 가까운 건 아닐진대.

그라나다에서는 젖먹이의 생명이 가장 위험한 시기가 젖을 뗀 직후, 즉 생후 일 년무렵이라고 하지 않던가? 모유가 부족하면 아이들이 오래 살지 못하기 때문에 사악한 눈과 여러 질병으로부터 보호해준다고 믿는 불가사의한 글씨가 적힌 액막이 부적이나 흑옥으로 만든 부적을 가죽 주머니에 싸서 아이들의 옷 안에 꿰매는 풍습이 있었다. 심지어 동물의 머리에 올려놓으면 야생동물도 길들일 수 있다며 '늑대의 돌'이라 불리는 특별한 부적도 있었다. 페스 지역에서 사자를 만나는 건 흔한 시절이었기에 나는 그 '늑대의 돌'을 지니고 있지 않은 걸 아쉬워했던 적이 있다. 하지만 그 '돌'을 갖고 있었던들 내가 감히 그걸 갈기에 올려놓겠다고 맹수에게 다가갈 용기를 낼 수 있었을까?

독실한 신자들은 이런 믿음과 풍습을 종교에 어긋나는 행위라고 생각하지만, 그 자식들은 대체로 부적을 지니고 있다. 착한 남자들이라서 아내나 어머니를 설득하는 데 거의 성공하지 못하기 때문이다.

나라고 예외였겠는가? 나의 첫 번째 생일 전날 어머니가 방물장수 사라에게서 산 흑옥 조각을 나는 늘 몸에 지니고 있는데 돌 조각에는 해독할 수 없는 난해한 기호들이 새겨져 있다. 나는 이 부적에 어떤 마력이 있어서가 아니라 운명 앞에서 한없이 약한 것이 인간이기에 신비한 사물에 집착하는 것일 뿐이라고 생각한다.

나를 나약하게 만드신 신이시여, 어느 날에는 나의 나약함을 책망하시렵니까?

아스타피룰라

헤지라력 896
(1490. 11. 14. – 1491. 11. 3.)

  넓은 터번, 좁은 어깨, 샤이크 아스타피룰라는 대모스크의 설교자답게 쉰 목소리였고, 붉은빛이 돌던 덥수룩한 수염은 그해 반백이 되었고, 각진 얼굴에는 망명길에 오를 때 짐처럼 가져갈 한없는 분노가 어려 있었다. 그라나다의 운명에 낙담한 아스타피룰라는 다시는 머리를 염색하지 않기로 결심했고, 그 이유를 묻는 이에게 버럭 화를 냈다. "창조주께서 그라나다가 점령될 때 너는 뭘 하고 있었냐고 물으시면 감히 치장하고 있었노라고 대답할 수 있겠는가?"

  아스타피룰라는 오랜 세월 아침마다 그래 왔던 것처럼 도시에서 가장 높은 집 중 하나인 자기 집 지붕에 올라갔는데 이번에는 무에진*으로서 신자들에게 기도 시간을 알리기 위해서가 아니라 높은 데서 분노의 대상을 정확히 탐색하기 위해서였다.

  아스타피룰라는 잠이 덜 깬 이웃 사람들에게 외쳤다.

---

* 이슬람 지역에서 이른 새벽에 크고 청아한 목소리로 기도 시간을 알려주는 사람.

"보라. 저기 로하로 가는 길에 너희의 무덤이 만들어지고 있건만, 너희는 여기 누워서 누군가 와서 묻어주길 기다리는구나! 와서 보라, 신께서는 진정 너희들이 눈을 뜨길 바라고 계신다! 와서 보라, 사악한 이블리스(사탄)의 힘으로 하루아침에 세워진 저 성벽을!"

아스타피룰라는 서쪽으로 손을 뻗어 가냘픈 손가락으로 산타페* 성벽을 가리켰다. 카스티야와 아라곤 연합 왕국의 가톨릭 왕들**이 봄에 건설하기 시작한 산타페가 한여름에는 어느덧 도시의 모습을 띠고 있었다.

오래전부터 사람들이 맨머리로 거리에 나가거나 스카프를 머리에 대충 두르고 다녀서 어깨 위로 흘러내리거나 말거나 개의치 않는 몹쓸 습관이 밴 그라나다에서는 누구나 멀리서도 샤이크 아스타피룰라의 버섯 모양 실루엣을 알아볼 수 있었다. 하지만 그라나다 사람 중에 그의 본명을 아는 이는 거의 없었다. 아스타피룰라라는 이름은 그가 아주 어릴 때부터 누군가가 비난받아 마땅한 행동을 하거나 불경한 물건을 상기할 때마다 질겁하면서 울음을 터뜨리는 것이 하도 유난스러워서 그의 어머니가 붙여준 별명이었다고 한다. 가령 술, 살인, 여자 옷이란 말만 언급되어도 "아스타피룰라***! 아스타피룰라! 신께 용서를 구합니다!" 하고 어

---

* 카스티야의 이사벨 여왕은 그라나다 서쪽 경계에 포위 공격을 총괄할 사령부를 설치하고 '산타페'라 이름 짓고 단순한 영토 싸움이 아니라 성전임을 천명했다.
** 기독교인들이 이베리아반도에서 이슬람 세력을 몰아내고 종교적 통일을 이루자, 이에 고무된 교황 율리우스 2세는 아라곤의 페르난도 2세를 '예루살렘의 왕'에 봉했다. 카스티야의 이사벨 여왕과 아라곤의 페르난도 왕은 후에 '가톨릭의 왕들'이라 불렸다.

제1부 그라나다 51

린애가 울부짖었으니.

사람들이 설교자 아스타피룰라를 점잖게 또는 가혹하게 조롱하던 때가 있었다. 내가 태어나기 훨씬 전, 아버지는 금요일마다 정오의 엄숙한 기도 시간 직전에 대모스크에서 그리 멀지 않은 한 서점에 친구들과 모여서 '샤이크가 설교 중에 그 좋아하는 표현 아스타피룰라를 몇 번 말할까?'를 알아맞히는 내기를 했다. 예배 시간 내내 친구 중 한 명이 꼼꼼히 수를 세면서 다른 친구들과 즐거운 눈짓을 주고받았는데, 횟수는 대략 적게는 15회, 많게는 75회 사이였다.

생각에 잠긴 채 개구쟁이 시절을 회상하던 아버지가 혼란스러운 표정으로 내게 말했다.

"하지만 그라나다가 포위되자 아스타피룰라의 설교를 조롱하는 사람은 없었어. 많은 이들이 샤이크를 존엄한 인물로 여겼거든. 그는 나이가 들었는데도 특유의 말투와 행동을 버리기는커녕 오히려 더욱 재치 있는 표현으로 우리를 미소 짓게 했지. 하지만 우리 도시의 정신은 이미 변해 있었어."

"하산, 내 아들아, 예언하는 일에 일생을 바친 샤이크는 이렇게 설교했어. '계속해서 이렇게 살아간다면 신께서 이 세상과 다음 세상에도 벌을 내릴 것입니다. 신께서는 재앙을 도구로 삼아 인간들에게 벌을 내리셨습니다'라고. 나는 아직도 그의 설교 중 하나를 똑똑히 기억해. '오늘 아침 모스크로 오는 길에 아레나 문과 고물상 시장을 거쳐 주막 네 곳을 지나왔는데, 아스타피룰라! 말

*** '신께 용서를 구합니다'라는 뜻의 아랍어로 무슬림들이 잘못하고 용서를 구할 때 자동으로 나오는 말이다.

라가산 포도주, 아스타피룰라! 그리고 이름도 알고 싶지 않은 금지된 술을 숨기는 둥 마는 둥 팔고 있었습니다.'"

아버지는 설교자를 흉내 내면서 언짢은 목소리로 말끝마다 아스타피룰라! 하고 연발했는데, 제대로 발음한 몇 개를 제외하면 너무 빨라서 거의 알아듣지 못하게 흘려버리는 경우가 대부분이었다. 하지만 나는 아버지의 그 과장된 흉내가 샤이크의 설교를 거의 똑같이 따라 했을 거란 생각이 들었다.

"신께서 술을 파는 자와 사는 자에게 저주를 내린다는 것을 아주 어릴 적부터 배우거늘 그런 추악한 곳에 드나드는 이들은 그걸 모르는 겁니까? 신께서 술을 마시는 자와 술을 마시라고 주는 자에게 저주를 내린다는 걸 정녕 모르는 겁니까? 배웠는데 잊은 겁니까, 아니면 에덴을 약속하신 말씀보다 인간을 길짐승으로 만들어버리는 술이 더 좋은 겁니까? 그 주막 중 하나는 모두가 알다시피 유대인이 장사하는 곳이지만, 다른 세 곳은 무슬림들이 장사하는 곳이란 말이오. 아스타피룰라! 더 기막힌 것은 내가 알기로 거기 손님들이 유대인도 기독교인도 아니란 말이오. 그중 일부는 아마 금요일에는 우리와 함께 신 앞에 공손히 꿇어 엎드릴 겁니다. 그것은 바로 어제저녁에 몽롱한 상태로 창녀의 품에 안겨 불경한 혀를 놀렸으면서도 술을 금하신 신을 모독하고, '술에 취한 상태로는 기도하지 말라'고 하신 신을 모독하는 겁니다. 아스타피룰라!"

내 아버지 무함마드는 격앙된 목소리를 가다듬기 위해 헛기침을 한 뒤 말을 이었다.

"형제들이여, 이런 일이 여러분의 도시에서 바로 눈앞에서 일어나고 있는데도 여러분은 아무런 행동도 하지 않습니다. 마치 신께서 여러분에게 책임을 묻기 위해 심판의 날을 기다리고 있다는 걸 모르는 것처럼, 마치 신의 말씀과 신의 사자가 전하는 말씀을 비웃어도 신은 계속해서 적을 무찌르도록 지원해주고, 기도를 들어주고 구원해준다고 생각하는 것처럼, 여러분은 아무런 행동도 하지 않습니다! 여러분의 도시에서 여성들이 히잡을 쓰지 않은 채 북적이는 거리를 돌아다니면서 남편도, 아버지도, 아들도, 형제도 아닌 수많은 뭇 남자들의 음탕한 시선에 얼굴과 머리칼을 드러내는데도 여러분은 아무런 행동도 하지 않습니다. 장례 곡소리, 인종 편견, 점술, 미신, 성물 숭배, 수식어와 별명의 사용까지 신께서 분명히 경고했던 이슬람 이전, 무지한 시대의 풍습이 이 도시 주민의 삶에 다시 자리를 잡고 있는데 신께서 왜 생존을 위협하는 위험으로부터 그라나다를 지켜줘야 합니까?"

아버지는 나를 쓱 쳐다보고는 숨도 돌리지 않고 아스타피룰라의 설교를 계속 이어 갔다.

"마치 창조주가 천지창조를 완성하려면 피조물들의 도움이 필요하다는 듯, 여러분은 금령을 어기고 불경하게도 남성, 여성, 동물의 형상을 모사한 대리석이나 상아 조각상을 집 안에 들여놓고 있습니다. 여러분의 정신과 자식들의 정신에 깃든 불건전하고 불경한 의심이 바로 창조주와 경전, 창조주의 사자, 신자들의 공동체에서 멀어지게 하는 것이고, 그라나다의 성벽과 기반을 무너뜨리는 것입니다!"

얘기를 계속할수록 아버지의 어조는 더 무거워졌고 몸짓도 줄어들면서 차분해졌고, 아스타피룰라를 내뱉는 것도 더 뜸해졌다.

"여러분은 가난한 사람 천 명의 배고픔을 달래주고, 고아 천 명의 미소를 되찾게 해줬을 돈을 자신의 쾌락을 위해 부끄러운 줄도 모르고 절제 없이 써버리지 않습니까? 죽으면 수의 하나 달랑 걸치고 선행 말고는 아무것도 없이 신에게 돌아가듯, 모든 재산이 신에게 속한 것이니 오직 그분의 것이고, 그분에게서 왔다가 그분이 원하는 때에 그분에게 돌아가는 것이거늘, 마치 여러분이 누리는 집과 땅이 제 것인 양 행동하지 않습니까? 형제들이여, 부란 우리가 소유한 물질로 평가되는 것이 아니라 그런 것 없이도 살아갈 줄 아는 것으로 평가되는 겁니다. 신을 경외하시오! 신을 경외하시오! 늙었을 때뿐만 아니라 젊었을 때도 신을 경외하시오! 약할 때뿐만 아니라 강할 때도 신을 경외하시오! 여러분이 강할 때 훨씬 더 신을 두려워해야 합니다. 신께서는 강한 당신에게 훨씬 더 준엄할 것이기 때문이며, 그분의 눈은 오두막의 흙벽 못지않게 궁전의 웅대한 성벽도 꿰뚫어 본다는 걸 알아야 합니다. 그런데 그분의 눈은 궁전 안에서 무엇을 보게 될까요?"

이 대목에서 이제 아버지는 흉내가 아니라 쿠란 학교 교사의 말투로 말했다. 몽유병자처럼 먼 곳에 시선을 고정한 아버지의 목소리는 이제 작위적이지 않았다.

"궁전 성벽을 통과한 신의 눈에는 보입니다. 율법 학자들의 말보다 가희들의 노래가 더 많은 관심을 받으며, 류트 소리에 가려 기도 소리가 들리지 않는다는 것을! 의복이나 걸음걸이로는 남성과 여성이 구별되지 않으며, 신자들에게서 갈취한 돈이 무희들의 발치에 던져지고 있다는 것을! 형제들이여! 잡힌 물고기는 대가리가 가장 먼저 부패하듯 인간 사회에서도 부패는 위에서 아래로 퍼지는 것입니다!"

긴 침묵이 이어졌다. 내가 질문을 하려는 순간 아버지는 손짓으로 못 하게 막았다. 그래서 나는 아버지가 기억을 완전히 되살려서 말하길 기다렸다.

"아들아, 내가 너에게 전하고 있는 말은 그라나다가 함락되기 몇 달 전에 샤이크가 한 설교의 일부란다. 내가 샤이크의 말에 동의하든 아니든, 10년이 지난 지금 생각해도 몹시 떨리는구나. 너도 896년(헤지라력) 궁지에 몰린 그라나다에 샤이크의 설교가 미친 영향이 어땠을지 상상이 될 게다."

"아스타피룰라가 누차 예언한 재앙이 닥치기 시작하면서 종말이 가까워지고 있음을 깨닫게 된 그라나다 사람들은 처음부터 샤이크의 말이 옳았으며, 신께서 그의 입을 빌려 말씀하셨다고 확신하기에 이르렀지. 그 뒤로는 거리에서, 가난한 동네에서조차 여성의 맨 얼굴을 볼 수 없게 되었지. 심지어는 사춘기도 안 된 아주 어린 소녀들조차 신이 두려워서 얼굴을 가리고 다녔어. 남자들이 두려워서 얼굴을 가리는 여자들도 있었는데, 몽둥이를 든 젊은이들이 선을 행하고 악을 멀리하라고 외치면서 몰려다녔기 때문이야. 더는 어떤 주막도 감히 문을 열지 못했지. 비밀리에 장사하는 곳도 전혀 없었으니 창녀들도 대거 도시를 떠나 병사들이 환영해주는 포위군 진영으로 이동했어. 서점들은 교리와 전통에 의문을 제기하는 책들과 포도주와 쾌락을 찬양하는 시집들, 점성술과 풍수설과 관련된 서적들을 보이지 않게 숨겼어. 어느 날, 그 책들은 압수되어 대모스크 마당에서 불살라졌지. 불에 다 타버린 책더미에서 피어나는 연기와 함께 구경꾼들이 흩어지고 있을 때 우연히 그 앞을 지나가고 있었지. 흩날린 종이 한 장을 발견하고서 그 잿더미 속에 옛날에 알 칼란다르라는 이름으로 알려졌던 의사이자 시인의 책이 있었다는 걸 알았지. 반쯤 불에 탄 종이에서 이런 글을 알아볼 수 있었거든."

    내 인생에서 가장 훌륭한 글은 취중에서 나오느니.
    포도주가 피처럼 내 몸속을 흐르는구나.

*

  그날 공개적으로 불살라진 책 중에는 또 다른 의사의 것도 있었는데, 아스타피룰라의 호적수 중 한 명이었다고 아버지는 설명했다. 그 의사의 이름은 아부 아므르였지만, 설교자의 친구들이 그의 이름을 '술의 아버지'라는 뜻인 아부 카므르로 바꿔버렸다.
  설교자와 의사의 유일한 공통점은 솔직하게 말한다는 것인데 바로 이 솔직한 발언 때문에 그라나다 사람들 사이에서도 계속 논쟁이 벌어지고 있었다. 그 밖의 것에 관해서는 신께서 두 존재를 가능한 한 서로 다르게 창조해놓고 즐거워하는 것 같은 느낌이 들었다.
  아스타피룰라는 이슬람으로 개종한 기독교도의 아들이어서 헌신적인 열의를 내보여야 하지만, 아부 카므르는 카디, 즉 재판관 집안의 아들이자 손자인 만큼 교리와 전통에 대한 충성심을 증명해 보일 의무를 느끼지 않았다. 설교자는 금발에 야위고 불같은 성질인 데 반해, 의사는 잘 익은 대추야자처럼 짙은 갈색 머리에

다 희생제 '이드 알 아드하' 전야에 제물로 바칠 양보다 더 뚱뚱했고, 입술에는 흡족한 미소와 조소가 거의 떠나지 않았다.

아부 카므르는 히포크라테스, 갈레노스, 이븐 루시드*, 이븐시나, 아부 알카심, 이븐 주흐르, 마이모니데스 같은 의학자들의 고서적들뿐만 아니라, 신이시여, 물리쳐주소서! 나병과 흑사병에 관한 최근 저서들을 탐독하며 의학을 공부했다. 그는 날마다, 자신이 만든 테리아카** 수십 병을 부자와 빈자 모두에게 무료로 나누어주었다. 하지만 그는 의술보다 과학과 실험에 훨씬 더 관심이 많았기 때문에 이 선행은 오직 해독 효과를 확인하기 위한 것이었다. 게다가 술에 취해 떨리는 손으로 어떻게 백내장 수술을 하거나 상처를 꿰맬 수 있단 말인가. 예언자께서 '절식이야말로 모든 치료의 시작이다'라고 하셨건만! 아부 카므르 자신은 식도락을 즐기면서 어떻게 환자들에게 술도 음식도 먹지 말라는 처방을 내릴 수 있단 말인가. 그는 기껏해야 이전의 다른 의사들이 했던 대로 간을 치료해야 하는 환자에게 숙성된 포도주를 권하는 정도밖에 할 수 없었다. 그런데 아부 카므르가 '타비브' 즉 의사라고 불린 이유는 연금술과 대수학을 비롯해 천문학에서 식물학에 이르기까지 그의 관심거리 중에서도 전문적으로 몰두한 분야가 의학이었기 때문이다. 하지만 그는 1디르함의 이득도 챙긴 적이 없었다. 의술로 먹고살지 않았기 때문이다. 그가 소유한 열두 마을은

---

* 아리스토텔레스 철학의 권위자로 알려진 중세 이슬람의 철학자이자 이슬람 법학자이며 의사였다. 유럽에서는 아베로에스로 불렸다.
** 수십 종류의 약재를 벌꿀에 개어 만든 고약. 세월이 흐르면서 기침, 통증, 피부질환 등 각종 질병을 치료하는 데 효과가 있는 만병통치약으로 쓰였다고 한다.

술탄의 영토에서 그리 멀지 않은, 그라나다의 비옥한 땅 베가 지역에 밀밭과 보리밭, 올리브 농장, 그리고 특히 아름답게 가꾼 과수원으로 둘러싸여 있었다. 밀, 배, 시트론, 오렌지, 바나나, 사프란, 사탕수수 수확이 가져다주는 수익이 철마다 금화 3천 디나르에 이르렀는데, 의사가 30년을 일해도 벌지 못하는 엄청난 금액이었다. 게다가 알람브라의 언덕에도 '카르멘'이라는 어마어마하게 큰 별장과 포도밭을 소유하고 있었다.

아스타피룰라가 부자들을 공개적으로 모욕할 때마다 주로 빗대는 사람이 바로 아부 카므르여서 가난한 사람들이 떠올리는 의사는 비단으로 휘감은 배불뚝이의 모습이었다. 심지어 아부 카므르에게서 무료로 치료받은 이들조차 의사에게 불편함을 느꼈다. 그 이유는 그의 의술 행위가 마법을 부리는 것처럼 보이기 때문일 수도 있고, 그와 어울려 밤낮으로 술을 마시며 해독제, 천문관측의, 윤회에 대해 논하는 한량들이나 이해할 수 있는 학술적인 용어를 구사하기 때문일 수도 있었다. 그중에는 왕족들이 있었는데, 심지어 술탄도 이따금 그 술자리에 어울렸다. 하지만 아스타피룰라의 열렬한 설교로 인해 도시의 분위기가 심상치 않다 보니 술탄도 곁에 둘 사람들을 더 신중하게 골라야 했다.

아버지는 이렇게 회상했다. "그렇게 해서 찾은 이들이 학자들이었는데 분별력이 좀 부족한 사람들이었지. 그들은 술을 마시지 않을 때는 대체로 이치에 맞는 말을 했지만, 그 표현 방식이 난해하고 불경해서 서민들의 염장을 질렀어. 학식 높고, 돈 많은 부자일수록 그렇지 못한 사람들을 배려해야 하거늘."

이어서 아버지는 은밀한 어조로 말했다.

"네 외할아버지, 서적상 술레이만도 이따금 그 사람들과 어울렸지. 신이시여, 그에게 자비를 베푸소서. 물론 술을 마시기 위해서가 아니라 대화하려고. 사실, 그 의사는 네 외할아버지한테는 최고의 고객이었거든. 그 의사를 위해 카이로, 바그다드, 이스파한, 때로는 로마, 베네치아, 바르셀로나에서까지 희귀본들을 들여왔으니까. 아부 카므르는 이슬람 국가들이 과거에 비해 책을 적게 생산하는 바람에 고서들을 필사하거나 요약한 것들이 대부분이라고 불평했는데, 그 점에 대해서는 네 외할아버지도 생각이 같았지. 이슬람 시대 초반에는 동방에 철학, 수학, 의학, 천문학 개론서들이 셀 수 없이 많았으며, 시인들도 훨씬 많아서 형식과 내용 면에서도 훨씬 혁신적이었다면서 씁쓸해하셨지."

안달루시아에서도 사상이 번성했고, 그 결실인 책들이 지식인들 사이에서 꾸준히 필사되어 중국에서 멀리 서쪽까지 퍼져 나갔다. 그런데 이제는 정신과 글이 고갈되고 있었다. 프랑크족*의 사상과 관습에 맞서기 위해 성채 안에서 전통만 고수하다 보니 그라나다는 용기도 재능도 없는 모방자들만 낳았다.

의사 아부 카므르는 통탄했지만, 설교자 아스타피룰라는 있는 그대로 받아들였다. 설교자가 보기에 어떤 대가를 치르더라도 새로운 사상을 찾는다는 건 죄악이었다. 중요한 것은 선조들이 이해하고 해석한 그대로 신의 가르침에 순응하는 것이었다. "누가 감히 예언자와 그의 동지들의 말씀보다 더 진리에 가깝다고 주장할 수 있단 말인가? 적군 앞에서 무슬림들이 약해진 것은 정도에

---

* 서게르만의 한 부족으로 5세기 말 서유럽 지역에 프랑크 왕국을 세웠으며, 후에 현재의 프랑스, 독일, 이탈리아로 분할되었다.

서 벗어났기 때문이고, 도덕이 문란해지고 사상이 부패하도록 허용했기 때문이다." 반면 역사의 교훈에 대한 의사의 생각은 설교자와 아주 달랐다. "이슬람의 전성기는 칼리파들이 학자와 번역가들에게 금을 주던 시절, 철학자와 의사, 거나하게 취한 시인들과 토론하면서 저녁 시간을 보내던 시절이었다. 아브달 라흐만 재상이 웃으면서 이렇게 말하던 그 시절의 안달루시아는 그렇게 나쁘기만 했을까. '어서 기도하라'고 외치는 자여! '어서 술이나 마시라'고 외치는 것이 나을 것이다!' 오히려 침묵, 두려움, 순응이 정신을 어둡게 할 때만 무슬림들이 약했다."

아버지는 이 논쟁들을 면밀히 따라갔지만, 최종 판단을 내린 것 같지 않았다. 10년의 세월이 흘렀지만 아버지의 말에서 확신은 느껴지지 않았다.

"의사를 지지하면서 무신앙의 길로 간 사람은 거의 없었지만, 그의 생각 중 어떤 것들에는 흔들렸지. 대포 사건의 경우가 그랬어. 내가 얘기한 적 있지?"

896년(헤지라력) 말경이었다. 카스티야군이 베가와 연결되는 모든 도로를 장악하면서 식량이 귀해졌다. 그라나다는 날마다 쇠공 날아오는 소리와 집으로 떨어지는 돌덩이들, 여자들의 울음소리로 가득했다. 공원에서는 누더기를 걸친 가난한 사람들 수백 명이 혹독한 추위가 예고된 긴 겨울을 대비하여 마지막 남은 나뭇가지를 서로 차지하려고 싸움박질했고, 샤이크 아스타피룰라를 추종하는 자들은 혈안이 되어 범죄자들을 찾아 거리를 샅샅이 뒤지고 있었다.

카스티야군에 포위된 그라나다 주변에서는 전투가 뜸해지면서 덜 격렬해졌다. 돌파를 시도할 때마다 카스티야 포병대의 공격으로 괴멸된 그라나다 기병대와 보병대는 이제는 성벽에서 멀리 떨어진 곳으로 출격할 엄두도 내지 못하고 있었다. 그라나다 군대는 소규모 야간 습격으로 적군 분대를 공격하여 무기를 탈취하거나 가축을 훔쳐 오는 것으로 만족했다. 그건 고삐를 늦추게 하기에도, 도시에 충분한 식량을 공급하기에도, 자신감을 북돋아주기에도 턱없이 부족했기 때문에 용감하지만 아무런 성과도 거두지 못하는 작전이었다.

그러던 어느 날 갑자기 놀라운 소문이 퍼졌는데, 가랑비처럼 흩뿌리는 것이 아니라 여름 소나기처럼 세차게 쏟아지면서 비참한 일상의 소음을 일시에 덮어버리는 소문이었다. 그 소문은 왕국이 비극적 결말을 맞게 될 거란 경고였다.

"아부 카므르가 금화 10냥을 주고 고용한 소수의 저돌적인 병사들이 적군에게서 탈취한 대포 1문을 자기 집 정원에 끌어다놓았다는 거야."

아버지는 보리 시럽 한 사발을 입술에 대고 천천히 몇 모금 삼킨 뒤 내가 이해하거나 말거나 아랑곳없이 말을 계속했다.

"그라나다에서는 대포라는 걸 본 적이 없는 데다, 아스타피룰라가 그 사악한 발명품은 소리만 요란할 뿐이니 두려워할 필요가 없다고 누차 말했기 때문에 사람들은 체념하듯, 그렇게 새롭고 복잡한 기계는 적군만 가질 수 있는 것으로 받아들이고 있었지. 그러니 의사가 솔선해서 대포를 수중에 넣었다는 사실에 다들 당황할 수밖에. 며칠 동안 그 '물건'을 구경하려는 젊은이들과 노인들의 행렬이 이어졌고, 멀찍감치 서서 대포를 살펴보며 나직한 소리로 둥그런 포신과 위협적인 포탄 고정 장치에 대해 이러쿵저러쿵 수군거렸지. 한편 아부 카므르는 특유의 솔직한 발언으로 설교자를 자극했어. '샤이크에게 가서 기도하는 데만 시간 보내지 말고 와서 직접 보라고 하시오! 샤이크에게 가서 심지에 불을 붙이는 것이 책을 불사르는 것만큼이나 쉽다는 걸 두 눈으로 확인하라고 하시오!' 독실한 무슬림들은 저주의 말을 뱉으면서 황급히 떠났지. 의사에게 대포 사용법과 대포로 산타페를 공격한다면 파괴력이 얼마나 될지 질문하는 이들도 있었어. 물론 의사는 대포에 대한 지식이 전혀 없었지만, 그의 웅변이 제대로 먹혔던 거지."

"하산, 내 아들아, 너도 짐작했을 테지만, 그 대포는 사용된 적이 없어. 아부 카므르에게는 포탄도, 화약도, 포병도 없으니 당연히 사용할 수가 없었지. 구경꾼들이 비웃기 시작했어. 그에게는 천만다행히도 군중의 신고를 받은 경찰 책임자가 술탄에게 보여주기 위해 부하들을 시켜 대포를 알람브라 궁전으로 끌어가는 바람에 봉변을 면할 수 있었지. 그 뒤로 다시는 대포를 보지 못했어. 하지만 의사는 계속해서 오랫동안 주장했지. 대포가 있어야 적을 이길 수 있으니 많이 탈취하거나 생산하지 않는다면 왕국은 위험에 처할 거라고. 아스타피룰라는 정반대로 설교했어. 무슬림 전사들의 순교를 통해서만 포위군을 물리칠 수 있다고."

"술탄 보아브딜은 두 사람을 화해시키려고 했어. 자신은 대포도 순교도 원치 않았으니까. 설교자와 의사가 계속 설전을 벌이는 동안, 두 사람을 통해서 도시 전체가 왕국의 운명을 걱정하는 동안, 정작 그라나다의 주인인 술탄은 전투를 피할 궁리만 하고 있었지. 술탄은 페르난도 왕에게 전갈을 보내 항복 날짜를 타협하고 있었거든. 포위군 쪽에서는 몇 주의 시간을 주었지만, 술탄은 항복 날짜를 몇 달 후로 타협하고 있었지. 그렇게 시간을 버는 사이 신께서 대홍수나 지진 같은 천재지변이나 에스파냐 권력자들의 목숨을 앗아 가는 흑사병 같은 갑작스러운 재앙을 통해 인간의 힘없는 질서를 혼란에 빠트리는 요행을 바라면서."

하지만 하늘은 우리에게 다른 운명을 계획하고 있었다.

그라나다의 몰락

헤지라력 897
(1491. 11. 4. – 1492. 10. 22.)

"그해 그라나다는 추웠어. 유난히 춥고 두려운 해였지. 하얀 눈은 파헤쳐진 흙과 피가 뒤섞여 거무튀튀했어. 친숙해진 죽음, 임박한 추방, 지난날의 기쁨을 추억하는 것 자체가 얼마나 고통스러웠는지!"

어머니는 그라나다의 몰락에 대해 말할 때마다 낯빛이 달라졌다. 그 비극에 대해 말하는 어머니의 목소리와 눈빛, 표현, 눈물은 내가 다른 어떤 상황에서도 보지 못한 것이었다. 그 격동의 시기에 나는 세 살도 채 되지 않았는데, 이 순간에도 귀에 생생한 그 분노의 고함이 내가 정말로 당시에 들었던 것인지 아니면 그 뒤로 수없이 전해 듣다 보니 기억하는 것일 뿐인지 알 수가 없다.

여러 사람에게서 들은 그때의 이야기들은 모두 다른 방식으로 시작되었다. 어머니의 이야기는 우선 기근과 불안으로 시작되었다.

"새해 벽두부터 폭설이 쏟아져서 그나마 포위군이 점령하지 못한 몇 안 되는 도로마저 끊기면서 그라나다는 다른 지방들로부터 완전히 고립되었지. 특히 베가와 알푸하라스 남쪽에서 오던 밀과

귀리, 기장, 기름, 건포도 공급이 끊긴 거야. 형편이 좀 나은 집들은 날마다 손에 잡히는 대로 곡물을 사들였고, 방의 벽을 따라 줄지어 놓인 식품 항아리들을 보면서도 안심하기보다는 기근과 쥐, 도둑질을 더 두려워해야 할 정도로 민심이 흉흉했지. 길이 다시 뚫리기만 하면 친척이 사는 다른 마을로 떠날 거라고들 했어. 포위 공격이 막 시작되었을 때 인근 마을들과 과딕스, 지브롤터에서 피신해 온 사람들이 그라나다에 사는 친척들의 집이나 모스크의 별채, 폐쇄된 건물에서 근근이 살아가고 있었거든. 여름에는 공원과 공터에 천막을 치고 사는 사람들도 있었어. 거리에는 출신이 다양한 걸인들이며 아버지와 어머니, 아이들과 노인으로 이뤄진 일가족도 있었는데 다들 굶주린 탓에 사나워 보였지. 젊은이들은 대체로 무리를 지어 다녔고, 불안한 모습이었어. 그놈의 알량한 체면 때문에 차마 구걸도, 강도질도 하지 못하고 남의 눈을 피해 집 안에서 서서히 죽어 가는 이들도 많았지."

 우리 가족의 운명은 그렇지 않았다. 최악으로 궁핍한 시기에도 우리 집은 아버지의 지위 덕분에 부족한 것이 전혀 없었다. 아버지는 부친에게서 검량사라는 공직을 물려받았는데 곡물의 무게를 측정하고 정직한 상거래가 이뤄지도록 관리하는 중한 직책이었다. 그래서 나를 비롯해 우리 가족은 검량사라는 뜻의 '알-와잔'이라는 별칭을 얻었다. 마그레브에서는 아무도 내 이름이 레오 또는 조반니 레오 데 메디치라는 걸 몰랐고, 아무도 나를 아프리카누스라는 별칭으로 부른 적이 없었다. 마그레브에서 나는 무함마드 알-와잔의 아들 하산이었고, 공문서에는 그라나다 출신이라는 뜻의 '알-가르나티'와 우리 집안 부족의 이름에서 유래된

'알-자야티', 그리고 페스를 떠났을 때는 내가 귀화해서 살았던 첫 번째 도시가 페스였음을 나타내는 '알-파시'가 나의 긴 이름에 추가되었는데 그것이 마지막은 아니었다.

내 아버지는 공인 검량사로서 무게를 측정한 곡물 중, 합리적인 한도 내에서 원하는 만큼의 양식을 가져갈 수 있을 뿐만 아니라, 상인들의 속임수를 눈감아주는 대가로 디나르 금화를 받기도 했다. 나는 아버지의 지위가 우리 가족을 굶주림이라는 공포로부터 완전히 벗어나게 해주긴 했지만, 아버지에게 부자가 되고 싶은 욕심이 있었다고는 생각하지 않는다.

어머니가 말했다.

"그때 너는 통통하게 살이 올라 있었어. 그래서 안 좋은 시선을 받게 될까 두려워 너를 데리고 바깥에 나갈 엄두도 못 냈지. 다들 입에 풀칠하기도 어려운 때인데 넉넉한 티를 내고 다니면 얼마나 미움을 받겠어."

아버지는 동네 사람들의 반감을 사지 않으려고 검량사 자격으로 얻은 양식을 형편이 어려운 이웃들에게 자주 나눠주었는데, 특히 고기와 신선한 채소를 줄 때는 늘 신중하고 겸손하게 행동했다. 후한 인심과 친절은 자칫 상대에게 거만해 보이면서 굴욕감을 줄 수 있기 때문이었다. 지칠 대로 지친 도성의 주민들이 거리로 몰려 나가 분노를 표출할 때, 술탄에게 어떤 대가를 치르더라도 전쟁을 끝내라고 촉구하는 시위대 속에 아버지는 알바이신 대표로 참여했다.

그래서 그라나다의 몰락에 대해 말할 때 아버지의 이야기는 알람브라 궁전의 카펫 깔린 접견실에서 시작되었다.

"나즈드 성문에서 눈물의 분수까지, 도자기 마을에서 아몬드 농장에 이르기까지 도시 전역에서 모인 우리 서른 명은 큰소리로 성토하고 있었지만, 다들 속으로는 겁에 질려 있었지. 솔직히 나도 얼마나 떨리던지 체면을 잃을까 두렵지 않았다면 기꺼이 돌아섰을 거야. 우리의 시위가 얼마나 격렬했는지 상상해봐. 도시민 수천 명이 이틀 동안 거리를 점령하고 술탄을 향해 악담을 쏟아내고, 충신들에게 욕설을 퍼붓고, 그 아내들을 조롱하면서, 사는 기쁨도 없고 영광스러운 죽음도 없는 상황을 무한정 연장하느니 전쟁과 평화, 둘 중 하나를 선택하라고 요구했지. 첩자들이 이미 술탄에게 보고했을 게 틀림없는 온갖 비방을 직접 들려주겠다고 우리는 궁전으로 쳐들어갔고 시종장과 대신들, 근위대 장수들이 지켜보는 앞에서 술탄을 향해 고래고래 소리쳤어. 검량사라는 직책을 가진 공직자로서 법과 공공질서를 지켜야 하는 내가 적군이 성문 앞에 진을 치고 있는 때에 시위를 주동한 자들과 함께 있었으니…… 혼란에 빠진 나는 피가 날 때까지 쇠심줄 채찍을 맞고 지하 감옥에 갇히거나 십자가형을 당해 성벽에 매달리는 신세가 될 거라고 예상했지."

"그런데 잠시 후에는 두려움에 떨었다는 것 자체가 부질없어지면서 부끄러움에 치를 떨어야 했어. 우리 대표단 중 그걸 통감하지 못한 사람이 아무도 없었으니 그나마 다행이었다고 해야 할까. 아들아, 가까운 친구에게도 말한 적이 없는, 그날 우리가 보고 들었던 위정자들의 실체와 나라의 실상을 내가 왜 너에게 털어놓는지 알아야 한다. 재앙이 닥친 그해에 우리 그라나다에 실제로 무슨 일이 일어났었는지 너는 알아야 해. 그래야 앞으로 백성의 운명을 쥐고 있는 이들한테 네가 기만당하는 일을 피할 수 있을 테니까. 내가 인생에 대해서 배운 소중한 가치라고는 군주들과 여인들의 마음을 읽으면서 배운 것밖에 없거든."

"우리 대표단은 '대사의 방'에 들어갔고, 옥좌에 앉은 술탄 보아브딜은 무장한 병사 두 명과 고문관 몇 명에게 둘러싸여 있었지. 반백의 수염, 주름진 눈꺼풀, 서른 살의 남자치고는 놀랍도록 얼굴이 오글쪼글했어. 정교하게 조각된 커다란 청동화로가 앞에 놓여 있어서 술탄의 다리와 가슴은 보이지 않았지. 기독교의 달 12월 초에 해당하는 그해 무하람의 월말은 포르투갈 산타렝 출신의 시인 이븐 사라가 그라나다를 방문했을 때 했던 무례한 말이 다시 떠오를 정도로 몹시 추웠어.

> 그라나다 사람들이여, 기도하지 말라,
> 금지된 것들을 외면하지 말라,
> 그리하면 지옥에서 너희 자리를 얻을 수 있을지니
> 북풍이 불 때는
> 지옥 불인들 위안이 되지 않을까.

술탄은 보일 듯 말 듯한 옅은 미소를 머금고 우리를 맞았는데 호의적으로 느껴졌어. 술탄이 우리에게 앉으라고 손짓했고, 나는 엉덩이만 살짝 걸치고 앉았지. 그런데 회담이 시작되기도 전에 장수들, 울라마들, 각지에서 온 유명 인사들을 비롯해 고관들이 줄줄이 등장하는 거야. 거의 100여 명에 이르는 무리 속에는 평소에 서로 피해 다니는 샤이크 아스타피룰라, 재상 알-물리, 의사 아부 카므르도 있었어."

"보아브딜은 느리게 말했는데 목소리가 어찌나 낮은지 방문객들은 숨을 죽인 채 입을 다물고 술탄 쪽으로 몸을 기울여야 들을 수 있었지. '은혜를 베푸시는 자비로운 신의 이름으로, 나는 우리 도시의 운명이 걸려 있는 위급한 상황에 대해 의견이 있는 사람들이 여기 알람브라 궁전에 모이기를 바랐소. 여러분이 의견을 나누고, 모두의 이익을 위해 취해야 할 행동에 대해 합의하면 나는 여러분의 의견을 따르겠소. 우선 우리의 재상 알-물리부터 의견을 내놓으시오. 어디 들어봅시다.' 그렇게 말하고 나서 술탄은 벽을 따라 가지런히 놓인 쿠션에 등을 기대고 앉더니 더는 아무 말도 하지 않았어."

"알-물리 재상은 술탄의 주요 협력자여서 우리는 재상의 입에서 주군이 이제까지 취해 온 태도에 대한 찬사가 나올 걸로 예상했는데, 전혀 아니었어. 재상의 말은 '영광스러운 나스르 왕조의 영광스러운 후손'에게 호소하는 것이었지만, 완전히 다른 어조로 이어 나갔어. '주군이시여, 이 순간에 소신의 생각을 기탄없이 솔직하게 말하더라도 어떤 처벌도 내리지 않겠다고 보장해주시겠나이까?' 보아브딜은 수락하는 뜻으로 고개를 까딱했다. 재상이 견해를 말했다. '우리가 따르는 정책은 신에게도 신봉자들에게도 도움이 되지 않습니다. 우리가 여기서 열흘 밤낮 동안 의견을 개진한다고 하여 그라나다의 굶주린 아이들의 빈 그릇에 밥알 한 톨인들 넣어줄 수 있겠사옵니까? 설사 추악하더라도 진실을 직시하고, 설사 화려해 보이더라도 거짓이라면 회피합시다. 우리 그라나다는 강대하고 평화로운 시절에도 필요한 식량을 마련하기가 쉽지 않았습니다. 날이 갈수록 희생자는 늘어날 것이며, 신께서는 언제고 우리에게 무고한 자들을 죽게 내버려 둔 것에 대한 책임을 물으실 겁니다. 수일 내에 도시의 해방을 약속한다면, 강력한 이슬람군이 그라나다를 해방하고 포위군을 응징하기 위해 오고 있다면 주민에게 희생을 요구할 수도 있겠지요. 하지만 지금은 모두가 알다시피 아무도 우리를 도와주러 오지 않을 겁니다. 왕국의 주군이시여, 카이로의 술탄과 오스만의 술탄에게 보낸 서찰에 답신을 받으셨습니까?' 보아브딜은 받지 못했다는 표시로 눈살을 찌푸렸다. '주군께서는 최근에도 페스의 군주와 틀렘센 왕국의 군주에게 군대를 이끌고 와 달라고 서찰을 보내셨습니다. 그들의 반응이 어떠했습니까? 오, 고귀한 혈통의 보아브딜 술탄께서는 말씀하지 마십시오. 소신이 대신 말하겠나이다. 페스의 군주와 틀렘센의 군주는 우리가 아니라 페르난도에게 전령을 보내 파병하지 않는다고 맹세하면서 선물 보따리를 안겼습니다. 왕국의 다른 도시들은 이미 패했고, 다른 지방의 무슬림들은 우리의 부름에 귀를 닫았기 때문에 이제 남은 곳은 그라나다밖에 없습니다. 우리 왕국이 이 난관을 헤쳐 나갈 방법이 남아 있겠습니까?'"

"무거운 침묵이 흘렀고, 참석자들 속에서 동의한다는 소리가 간간이 들릴 뿐이었어. 알-물리 재상은 마치 연설을 계속하려는 듯 입을 벌렸지만, 끝내 아무 말도 못 하고 한 걸음 뒤로 물러서서 자리에 앉고는 바닥을 응시했지. 그때 어디 출신인지 알 수 없는 연사 세 명이 차례로 일어나 긴급히 도시의 항복을 협상해야 한다면서 지도자들이 주민들의 불행에 무관심하여 너무 많은 시간을 낭비했다고 규탄했어."

"이윽고 안절부절못하며 차례를 기다리던 아스타피룰라가 일어났지. 설교자가 기계적인 동작으로 터번을 매만지고는 아라베스크 문양으로 장식된 천장을 올려다보더니 말문을 열었어. '알-물리 재상은 지성과 지략이 뛰어나서 어떤 생각을 청중에게 불어넣고자 한다면 어렵지 않게 성공할 수 있는 분입니다. 재상은 전하고 싶은 말이 있었고, 우리에게 그 말을 받아들일 마음의 준비를 시켜놓고는 돌연 입을 다물었습니다. 우리가 마시기를 바라는 쓴 잔을 자기 손으로 우리에게 주고 싶지 않기 때문입니다. 그 잔에 무엇이 들어 있기에 그럴까요? 재상께서 자기 입으로 하지 않으려 한 말을 내가 하렵니다. 재상은 우리가 그라나다를 페르난도 왕에게 넘기는 것에 동의하길 바라는 겁니다. 재상은 이제 어떤 저항 세력도 소용없으며, 안달루시아에서도 다른 어디에서도 지원군은 오지 않을 거라고 말하면서 무슬림 군주들의 특사들이 우리의 적과 타협했다는 사실을 밝혔습니다. 어떻게 할지 유일하게 아시는 신께서 양측 모두에게 벌을 내리시길! 하지만 알-물리 재상은 모든 것을 밝히지 않았습니다. 그는 우리에게 말하지 않았습니다. 몇 주 전부터 가톨릭 왕국들과 협상 중이라는 것을! 그는 우리에게 고백하지 않았습니다. 그라나다의 성문을 열어주기로 이미 그들과 합의했다는 것을!'"

"아스타피룰라는 좌중의 웅성거림을 덮기 위해 목소리를 높였지. '알-물리 재상은 우리에게 털어놓지 않았습니다. 그가 항복 날짜를 앞당기는 것에 이미 동의했으므로 항복은 며칠 내에 이뤄질 것이며, 그라나다 사람들이 패전에 마음의 준비를 할 수 있는 유예 기간을 얻기 위해 노력하고 있을 뿐입니다. 며칠 전부터 식품 창고가 닫혀 있다는 것은 우리에게 항복을 강요하는 것입니다. 재상의 부하들이 거리 시위를 준비했다는 것은 서둘러서 우리를 낙담시키려는 것입니다. 오늘 알람브라에 우리를 들여놓은 것은 통치자의 행위를 비판하기 위해서가 아니라 그라나다를 넘기겠다는 불경한 결정에 대해 우리의 지지를 받으려는 것입니다.' 격분한 아스타피룰라가 수염마저 파르르 떨면서 신랄하게 야유를 퍼부었지. '형제들이여, 노여워하지 마시오, 알-물리가 진실을 숨긴 것은 우리를 기만하려는 의도가 있어서가 아니라 오직 시간이 부족했기 때문입니다. 하지만 재상의 말을 중단시키지 말고 최근에 그가 한 일에 대해 자세한 설명을 들어봅시다. 그런 다음 어떤 결정을 내릴지 논의합시다.' 아스타피룰라가 갑자기 입을 다물더니 떨리는 손으로 얼룩진 옷자락을 그러모으며 자리에 앉았고, 죽음 같은 정적이 흐르는 사이 참석자들의 시선이 일제히 알-물리 재상에게 쏠렸지."

"알-물리는 참석자 중 누군가가 중재해주길 기다렸지만 허사였어. 그가 벌떡 일어나서 말했어. '샤이크가 경건하고 인자한 분임을 우리 모두 알고 있습니다. 이 도시에 대한 샤이크의 사랑은 이곳 태생이 아니기에 더욱 장하고, 이슬람에 대한 샤이크의 열정은 그의 본래 종교가 이슬람이 아니었기에 더욱 칭찬할 만합니다. 또한 해박한 지식에다 세계 종교에 정통한 분이어서 아무리 막연해도 근원에서부터 지식을 찾는 걸 주저하지 않습니다. 안달루시아 술탄의 특사와 페르난도 왕의 특사 그리고 나 사이에 있었던 일에 대해 하는 말을 들으면서 나는 감탄과 경이로움을 감출 수가 없었습니다. 그리고 내가 보고하지도 않았는데 샤이크께서 그렇게 소상히 알고 있는 것에 놀라움을 금할 수가 없습니다. 그 말씀이 진실과 다르지 않다는 것을 인정합니다. 다만 적들과 협상하는 방식은 샤이크가 말한 것과는 달랐다는 걸 말씀드립니다. 포위 공격에는 막대한 비용이 들기 때문에 적들에게 중요한 것은 평화 조약의 날짜입니다. 카스티야군이 더 강력한 군사력으로 공격해 오면 어차피 피할 수 없는 결말인데 우리의 목적은 며칠이나 몇 달을 늦추겠다는 것이 아닙니다. 이제 승리는 불가능하므로, 만물을 다스리시는 신의 돌이킬 수 없는 뜻에 따라 우리는 가능한 한 최선의 조건을 얻으려고 노력해야 합니다. 즉, 우리의 목숨, 우리 아내들의 목숨, 우리 아이들의 목숨을 살려 달라는 조건, 우리의 재산, 전답, 집, 가축들을 보존해 달라는 조건, 신과 예언자의 종교에 따라 모스크에서 기도하고, 이슬람법으로 정해진 자카트*와 10분의 1세 이외의 다른 세금을 내지 않고 우리 모두 그라나다에서 계속 살아갈 권리를 달라는 조건. 무슬림이나 기독교인에게 적절한 가격으로 소유물을 팔 수 있도록 3년의 유예 기간을 주고 원하는 이들은 재산을 갖고 바다 너머 마그레브로 떠날 수 있는 권리. 이것이 바로 내가 페르난도 왕에게서 얻고자 하는 조건들입니다. 나는 페르난도 왕과 이런 내용의 협정을 맺고, 그가 죽을 때까지, 그리고 그의 후계자들도 이 조건을 지키겠다는 약속을 복음서에 대고 선서하게 했습니다. 내가 잘못한 겁니까?'"

"알-물리 재상은 대답을 듣지 않고 말을 계속했어. '그라나다

---

* 이슬람의 종교세, 구빈세를 가리키며 무슬림의 5대 의무 중 하나이다. 모든 성인 무슬림은 자카트를 내야 할 의무가 있지만, 노예, 미성년자, 가난한 자는 의무가 없다.

의 고위 인사와 유명 인사들이여, 나는 승리를 선언하는 것이 아니라 치욕적 패배, 학살, 아내와 소녀들에 대한 강간, 불명예, 노예나 다름없는 속박, 약탈, 파괴라는 쓴잔을 면하게 하려는 겁니다. 그러려면 여러분의 동의와 지지가 필요합니다. 여러분이 요구하면 나는 협상을 깨거나 시간을 오래 끌 수도 있습니다. 내가 어리석은 자들과 가짜 신자들의 칭찬만 추구했다면, 평화 조약을 지연시키기 위해 페르난도 왕의 특사들에게 수천 가지 구실을 제공했을 겁니다. 하지만 그것이 정말로 무슬림들에게 이로울까요? 지금은 겨울이라서 적군의 병력이 갈라져 흩어져 있는 데다 눈 때문에 공격을 줄일 수밖에 없습니다. 페르난도 왕은 그라나다를 포위할 목적으로 만든 도시 산타페에 주둔하면서 모든 길을 봉쇄하여 우리를 옴짝달싹 못하게 하는 것으로 만족하고 있습니다. 석 달 후 봄이 되어 새로 군대가 증원되면 페르난도 왕은 기아로 인해 이미 무력해진 우리 도시에 결정적인 공격을 가할 겁니다. 따라서 지금이야말로 협상할 때입니다! 지금이야말로 페르난도 왕이 우리의 조건을 받아들일 때입니다. 아직은 우리가 그 대가로 그에게 무언가를 줄 수 있으니까요.'"

"그때까지 침묵을 지키던 아부 카므르가 갑자기 옆 사람들과 어깨를 부딪쳐 가면서 벌떡 일어났어. '페르난도 왕에게 무언가를 줄 수 있다고 했는데 그게 뭡니까? 뭔데 말을 못 하고 감추는 겁니까? 페르난도 왕에게 바치려는 것이 황금 촛대나 호화스러운 의복, 열다섯 살 먹은 여자 노예는 아닐 테니, 페르난도 왕에게 바치려는 것은 바로 이 도시가 아니고 뭐겠습니까?

그라나다, 너를 닮은 도시는 어디에도 없구나
이집트에도, 시리아에도, 이라크에도 없구나,
너는 신부이고,
다른 마을들은 그저 너의 지참금에 지나지 않는구나.

재상께서 페르난도 왕에게 바치려는 것은 더할 나위 없이 영광스럽고 경이로운 이 알람브라 궁전입니다. 형제들이여, 우리 아버지, 할아버지, 선조들이 벽면마다 진귀한 보석처럼 정교하게 조각해놓은 이 방을 찬찬히 둘러보시오! 노예로 남지 않는 한 여러분 중 누구도 다시는 발을 들여놓지 못할 이곳을 기억 속에 영원히 새겨 두시오.'"

"아부 카므르가 눈물을 흘리자, 많은 사람이 얼굴을 가렸지. 아부 카므르는 울먹이는 목소리로 말을 이었어. '8백 년 동안 우리의 지식으로 이 땅을 밝혀 왔건만, 우리의 태양은 일식이 일어나 달에 가려지듯 모든 것이 어두워지고 있구나. 그라나다여, 나는 너의 불꽃이 완전히 꺼지기 전 마지막으로 가물거린다는 걸 알지만, 내가 불어서 꺼주리라 기대하지 말라. 그리하면 내 후손들이 심판의 날까지 나를 기억하며 침을 뱉을 것이기 때문이다.' 아부 카므르가 쓰러지듯 주저앉았고, 잠시 무거운 침묵이 이어졌어. 그 때 아스타피룰라가 이번만은 아부 카므르에 대한 적대감을 버리고 말했지. '의사의 말이 맞습니다. 재상이 이교도들의 왕에게 바치려는 것은 우리의 도시 그라나다입니다. 이제 모스크들은 교회로 바뀔 것이고, 다시는 학교에 쿠란을 갖고 가는 사람이 없을 것이고, 집에서는 어떤 금기도 지켜지지 않을 것입니다. 재상이 페르난도 왕에게 바치려는 것은 우리의 생사에 대한 권리입니다. 우리는 가톨릭 왕들의 조약과 맹세가 어떤 이용 가치가 있는지 모르지 않기 때문입니다. 4년 전 그들은 말라가의 주민들에게 종교를 존중해주고 목숨을 살려주겠다고 약속했습니다. 그러고는 도시에 들어와서 여자들과 아이들을 끌고 가서 감금해놓지 않았습니까? 알-물리 재상, 그라나다에서 똑같은 일이 일어나지 않는다고 확언할 수 있습니까?'"

"재상은 지친 어조로 대답했지. '나는 아무것도 확언할 수 없습니다. 내가 이곳에 남아 도시와 운명을 같이하면서 협정을 준수하도록 신께서 기꺼이 빌려주신 모든 힘을 다 쏟는다면 몰라도. 우리의 운명은 페르난도 왕의 손에 달린 것이 아니라 신의 손에 달려 있습니다. 오늘은 허락하지 않으셨지만, 오직 신께서만 언젠가는 우리에게 승리를 안겨줄 수 있습니다. 아시다시피 작금의 상황은 논의를 계속하는 것이 아무런 도움이 안 됩니다. 우리는 결정을 내려야 합니다. 카스티야 왕국과의 협정 체결을 찬성하는 분들은 나스르 왕조의 신조를 선언해주시기를!'"

아버지는 이렇게 회상했다.

"대사의 방 곳곳에서 똑같은 말이 터져 나왔지. '오직 신께서만 승리를 줄 수 있다!' 단호했지만 그 말에 기쁨이 담겨 있지는 않았어. 얼마 전까지만 해도 전쟁을 원하는 외침이었는데, 지금은 굴욕적인 포기의 뜻이 담겨 있었으니까. 몇몇 사람들의 입에서는 창조주를 비난하는 말까지 나왔지. 신께서 우리를 의심과 불신으로부터 지켜주시길!"

"참석자 대다수의 지지를 받고 있다는 확신이 들자, 보아브딜은 두 손을 들어 좌중의 입을 다물게 하고 거만한 어조로 말했지. '신자들이 전적으로 동의하였으니 결정은 내려졌소. 신께서 우리를 좋은 방향으로 인도해주시리라 믿고, 신께서 듣고 응답해주실 것을 믿고 평화의 길을 따릅시다.'"

"술탄이 말을 끝내기도 전에 아스타피룰라는 이미 출구로 향하고 있었는데 격분한 탓인지 유난히 다리를 절뚝이면서 아주 끔찍한 말을 내뱉었다. '신께서 경전에 우리에 대해 말씀하신 것이 맞사옵니까? 신이 만든 피조물 중 우리가 최고의 민족이 맞사옵니까?'"

*

알람브라 궁전에서 회담이 열린 바로 그날 저녁 무렵에는 그라나다 시민 전체가 그곳에서 무슨 얘기가 오갔는지 정확히 알게 되었다. 그때부터 시련의 기다림이 시작되었고, 날마다 카스티야군이 도시에 입성하는 날과 시간에 대한 괴소문이 돌았다.

어머니가 말했다. "이슬람력 두 번째 달 사파르의 마지막 주였고, 메시아 이사*의 탄생 축제 다음 날이었지. 방물장수 사라가 집에 와서는 버들 바구니에서 보라색 비단 스카프에 고이 싼 작은 책 한 권을 꺼내는 거야. 그래서 내가 애써 미소를 지으면서 '우리 둘 다 글을 읽을 줄 모르는데' 하고 말하니까 사라는 웃음기라곤 없이 냉랭한 어조로 대꾸했지. '남편에게 보여주라고 가져

---

* 이슬람교에서 예수를 뜻하는 아랍어 이름이다.

온 거라네. 우리 공동체 최고의 현자, 랍비 이삭 벤 야후다께서 쓰신 책이지. 랍비께서는 곧 우리에게 대홍수가 닥칠 거라면서 그것은 피와 불의 홍수요, 도시의 부정부패를 위해 자연의 생명을 포기한 모든 이들에게 내리는 죽음의 벌이라고 했어.' 사라는 손을 부들부들 떨고 있었지."

"아들아, 그때 너는 내 무릎에 앉아 있었어. 나는 너를 꼭 끌어안고 목덜미에 입을 맞추고는 너무 짜증이 나서 사라에게 화를 냈지. '이미 일상의 고통에 시달리고 있는 게 안 보여요? 그렇지 않아도 사는 게 힘들어 죽을 지경인데 더 비참한 운명이 닥칠 거라는 예언을 꼭 나한테 전해야겠어요?' 하지만 유대인 방물장수는 아랑곳없었어. '랍비 이삭은 페르난도 왕과 가까운 분이라서 많은 비밀을 알고 있어. 랍비께서 예언자의 언어를 빌린 것은 다른 방법으로는 밝힐 수 없는 걸 우리에게 이해시키기 위해서야. 그라나다가 함락될 거라고 알려줘 봐야 그건 더는 비밀이 아니니까. 랍비는 특히 유대인 공동체에 대해서도 예언했다네. 이 땅에는 이제 세파라디*가 마실 공기나 물은 없을 거라고 하셨어.'"

"평소에는 그토록 활기가 넘치던 사라가 어찌나 두려움에 떠는지 기어들어가는 목소리로 간신히 말하고 있었어. '뭐가 그렇게 두려운데요, 그 책 때문이에요? — 또 다른 게 있어. 오늘 아침에 톨레도 부근 라 과르디아에서 내 조카 한 명이 다른 유대인 열 명과 함께 산 채로 화형당했다는 소식을 들었네. 내 조카 일행이 흑마술을 써서 기독교도 아이를 유괴하여 이사처럼 십자가에 못 박

---

* 서기 1000년부터 이베리아반도에서 살아온 유대인을 가리킨다.

아 죽였다는 이유로 고소당했다는데, 이단 심판관들은 유죄를 증명할 아무런 증거도 찾지 못했어. 살해됐다는 아이의 이름도 말하지 못했고, 시체를 가져오지도 못했고, 심지어 그 지역에서 아이가 실종됐다는 것도 입증하지 못했거든. 하지만 밧줄에 꽁꽁 묶인 채 물고문을 당하던 내 조카 유세프와 친구들은 허위 자백을 하고 말았어. ― 유대인들이 그라나다에서도 비슷한 운명을 겪게 될 거라고 생각해요?' 사라가 나를 쳐다보는데 그 눈빛에서 증오심이 보였어. 내가 기분 상하게 한 건 아니지만 상황이 상황이니만큼 사과하려고 했는데 사라는 틈도 주지 않고 말했어. '이 도시가 함락되면 우리만 재산을 빼앗기고 무슬림들의 집과 토지, 돈은 과연 무사할까? 이슬람은 우리 유대교보다 더 용인될까? 과연 유대인들만 화형대에 오를까? 우리는 그라나다라는 방주에 올라타 있어서 함께 떠다니다 함께 침몰할 거야. 머지않아 추방의 길로……'"

"말이 너무 지나쳤다고 느꼈는지 사라가 말을 중단하더니 분위기를 누그러뜨리기 위해 소매가 헐렁해서 너울거리는 두 팔로 나를 끌어안고 어깨에 기대어 흐느끼기 시작했는데 사향 냄새가 풍겼어. 그렇지만 나는 사라를 원망하지 않아. 사라를 두렵게 하는 이미지들이 나의 뇌리에서도 떠나지 않았으니까. 그런 점에서 우리는 몰락해 가는 도시와 같은 운명을 지닌 신세였어."

"그렇게 한참을 한탄하고 있는데 네 아버지의 발소리가 들리는 거야. 내실에 있다고 소리치면서 네 아버지가 계단을 올라오는 동안 나는 옷자락으로 눈물을 닦았고, 사라는 황급히 머리와 얼굴을 가렸지. 밖에서 무슨 얘기를 들었는지 네 아버지도 눈이 붉게 충혈되어 있었지만, 무안해할까 봐 나는 모른 척하면서 말했어. '사라가 책 한 권을 가져왔는데 당신이 읽고 내용을 설명해주면 좋겠어요.' 네 아버지는 사라에 대한 편견을 버리고 나서는 하루가 멀다고 찾아와서 방물장수가 전해주는 소식을 들으면서 대화를 나누는 걸 즐거워했거든. 네 아버지가 옷차림을 놀리면 사라는 웃음으로 받아줄 정도로 두 사람이 친해지기도 했고. 그렇지만 그날은 네 아버지도 사라만큼 웃을 기분이 아니었어. 네 아버지는 잠자코 책을 받아들고는 문간에 가부좌를 틀고 앉아서 책을 읽기 시작했지. 그렇게 네 아버지가 한 시간 넘게 탐독하는 동안 우리는 조용히 지켜보고 있었어. 이윽고 네 아버지가 책을 덮고, 깊은 생각에 잠겨 있더니 나를 물끄러미 쳐다보면서 말했어. '서적상이신 당신 아버지가 예전에 말씀하셨지. 세상의 종말을 예언하고, 천체의 움직임이나 인간들의 불복종을 통해 신의 준엄한 뜻을 설명하는 이런 책들은 늘 대사건이 일어나기 직전에 나타난다고. 사람들은 이런 책들을 몰래 돌려보면서 위로받지. 급류에 휩쓸리는 물방울처럼 군중 심리로 인해 각자의 불행이 희석되니까. 사라, 이 책의 저자는 이렇게 말하고 있소. 유대인들은 운명이 문을 두드리기를 기다리지 말고 떠나야 한다고. 그러니 하루빨리 자식들을 데리고 이 나라를 떠나시오.' 사라가 비탄에 빠진 얼굴로 물었어. '어디로 떠나라고요?' 그것은 질문이라기보다는 절규에 가까웠지만, 네 아버지는 책장을 넘기면서 대답했지. '이 책의 저자는 이탈리아나 오스만 제국의 나라로 떠나라고 권하지만, 더 가까운, 바다 건너 마그레브로 가는 것도 나쁘지 않을 거요. 우리도 그곳으로 갈 거니까.' 네 아버지는 책을 내려놓고 우리에게 눈길도 주지 않고 자리를 떴어."

"네 아버지가 망명을 언급한 건 그때가 처음이었어. 나는 망명을 결정한 건지, 대책을 세운 건지 물어보고 싶었지만, 엄두가 나지 않았지. 네 아버지가 다음 날 나직한 소리로 나한테 조심하라고 당부하더라고. 와르다 앞에서는 망명에 대해 입도 뻥긋하지 말라고."

그 후 며칠 동안은 대포 소리도, 투석기 쏘는 소리도 나지 않았다. 그라나다에는 눈이 계속 내렸고, 그 어떤 것도 찢지 못할 것 같은 평화와 평온의 장막이 도시를 덮고 있었다. 어디에서도 전투는 일어나지 않았고, 간간이 들리는 아이들 울음소리만 거리에 생명력을 불어넣었다. 그라나다는 시간이 멈추기를 바랐겠지만 그런 일은 일어나지 않았다! 서기 1492년은 헤지라력 897년 사파르 달 마지막 날에 시작되었다. 그날 동트기 전 사람들이 와서 우리 집 대문을 두드렸다. 소스라치게 놀란 어머니가 아버지를 소리쳐 불렀다. 그날 밤 와르다의 방에서 자던 아버지가 문을 열어 주러 나갔다. 술탄의 장교들이 아버지에게 말을 타고 따라오라고 했는데 이미 수십 명이 모여 있었다. 그중에는 아직 솜털이 뽀송뽀송한 소년들도 있었다. 아버지는 집으로 들어와서 옷을 따뜻하게 입었고, 병사 두 명에게 이끌려 말을 가지러 집 뒤쪽의 헛간으로 갔다. 반쯤 잠든 나를 품에 안은 어머니는 어깨에 머리를 기댄 와르다와 함께 문간에 서서 장교들에게 남편을 어디로 데려가는지 알려 달라고 애원했다. 그들은 알-물리 재상이 급히 만나려는 사람들의 명단을 줘서 데려가는 것이니 너무 걱정할 필요 없다고 대답했다. 내 아버지도 떠나면서 애써 아내를 안심시켰다.

알람브라 앞 타블라 광장에 이르렀을 때 여명이 밝아 오면서 아버지는 500명에 가까운 사람들이 두꺼운 모피 외투를 입고 모여 있는 걸 보았다. 보병과 기병으로 이뤄진 1천 명의 군대가 거친 언행 없이 그저 모인 사람들이 떠나지 못하게 에워싸고 있었다. 이윽고 1천 500명에 이르는 엄청난 군단이 조용히 움직였는데, 두건을 쓴 기사 한 명이 선두에 서고, 병사들은 양 측면에서 일렬로 전진했다. 그 행렬은 7단의 문 앞을 지나 성벽을 따라가다 나즈드 성문을 통해 도시를 나가서 수면이 얼어붙은 헤닐강가에 이르렀다. 조용히 움직이던 행렬이 강변의 체리 농장에서 처음으로 멈췄다.

날은 이미 밝았지만 아직은 하늘에 가는 초승달이 보였다. 두건을 쓴 기사가 얼굴을 드러내고는 소집자 중에서 열두 명의 고관을 호명했는데, 그 기사가 바로 알-물리 재상이었다. 알-물리 재상은 불안해하지 말라고 하면서 갑작스러운 소집에 대해 이제야 설명하는 데 사과했다.

"모든 분쟁, 무분별한 반발을 막으려면 우리가 도성을 나와야 했습니다. 페르난도 왕이 혹시 모를 함정 걱정 없이 군대가 입성하려면 그라나다의 대가문에 속한 유력 인사 500명을 인질로 삼아야 한다고 요구했습니다. 폭력 사태 없이 항복 조약이 이뤄져야 하니 우리에게도 이로운 일이지요. 그라나다의 모든 시민은 좋은 대우를 받을 것이며, 모든 일이 아주 빠르게 진행될 거라고 다른 사람들을 안심시켜주시오."

이 말에 잠시 술렁거렸지만 별다른 반발은 일어나지 않았다. 왜냐하면 대부분이 선택되었다는 자부심과 침략당할 때 도시 안에 없으면 포로로 억류되는 일은 겪지 않아도 된다는 안도감을 느꼈기 때문이다. 전능하신 신의 뜻은 끝내 이뤄지며, 가족에게 아무것도 해줄 수 없다는 걸 알고 있기에 내 아버지를 비롯해 많은 이들은 어려운 때에 처자식들 곁에 있을 수 있다는 것만으로도 감사했다.

기껏해야 반 시간쯤 정지해 있던 행렬이 서쪽으로 다시 출발했고, 아직 헤닐강에서 멀리 벗어나지 못했을 때, 지평선에 카스티야군이 나타났다. 카스티야군 대장이 알-물리 재상과 따로 얘기를 나누었다. 이윽고 알-물리 재상의 지시에 따라 그라나다 병사들이 산타페를 향해 말을 몰자, 페르난도 왕의 기병들이 인질로 삼듯 그라나다 군단을 에워쌌다. 이제는 하늘에 초승달이 사라지고 없었다. 산타페 성벽까지 전보다 훨씬 조용하고 훨씬 풀죽은 행진이 다시 시작되었다.

내 아버지는 두려움과 호기심을 품고 멀리서 자주 바라봤던 산타페로 들어가면서 생각했다. '우리의 오래된 돌로 건설한 이들의 새 도시는 참으로 희한하구나.' 요새 안에서는 대규모 공격을 예고하듯, 페르난도 왕의 병사들이 거리낌없이 마지막 전투를 준비하고 있었다. 아니, 사방에서 달려드는 개떼에 물어뜯기는 경기장의 황소처럼 그라나다를 궁지에 몰아넣을 준비를 하는 중이었다.

1492년 1월 1일 저녁, 인질들 곁에 남아 있던 알-물리 재상이 이번에는 합의에 따라 가톨릭 장교 여러 명과 함께 그라나다 도성으로 들어가야 했다. 그들은 야음을 틈타 인질로 잡힌 내 아버지와 그 일행이 이용했던 길을 통해 그라나다 사람들의 눈에 띄지 않고 도성에 들어갈 수 있었다. 다음 날 아침에 그들은 코마레스 탑에 도착했고, 거기서 술탄 보아브딜이 요새의 열쇠를 그들에게 넘겼다. 곧이어 같은 길을 통해 카스티야군 수백 명이 와서 성벽을 지켰다. 한 주교가 망루에 십자가를 세우자, 병사들이 함성을 지르면서 "카스티야 만세!" "카스티야 만세!" "카스티야 만세!" 하고 세 번 복창했다. 카스티야군이 어떤 곳을 점령했을 때 하는 관습이었다. 그 함성을 들으면서 돌이킬 수 없는 일이 일어났다는 걸 알아차린 그라나다 사람들은 이렇게 큰 사건이 이 정도로 작은 소동으로 끝난 것에 놀랐고, 무릎을 꿇고 눈물을 흘리면서 기도하기 시작했다.

소식이 퍼지면서 남자, 여자 할 것 없이 주민들이 거리로 쏟아져 나왔다. 무슬림과 유대인, 부자와 가난한 사람들이 멍한 얼굴로 서성이다 작은 소리에도 소스라치게 놀랐다. 내 어머니는 나를 데리고 골목길을 따라 사비카 언덕으로 올라가서 몇 시간 동안 알람브라 주변의 동태를 살폈다. 나는 그날 카스티야 병사들이 노래를 부르고, 함성을 지르고, 성벽에서 으스대는 모습을 봤던 기억이 난다. 정오경, 카스티야 병사들이 얼근히 취한 상태로 도시 안으로 흩어지기 시작하자, 어머니는 집에 들어가서 남편을 기다리기로 했다.

사흘 후, 우리 이웃 중에서 내 아버지와 함께 인질로 잡혀갔던 일흔 살 고령의 공증인이 집으로 돌아왔다. 공증인이 실신하자, 그곳에 있다가 죽기라도 할까 봐 카스티야군이 돌려보낸 것이었다. 인질들이 어떤 길을 이용했는지 알아낸 어머니는 다음 날 새벽부터 도시의 남쪽, 헤닐강에서 그리 멀지 않은 나즈드 성문에서 망을 보기로 했다. 어머니는 카스티야군에게 붙잡힐 경우를 대비해 같은 기독교인으로서 소통이라도 할 수 있는 와르다와 동행하는 것이 낫다고 생각했다.

그래서 우리는 새벽에 집을 나섰다. 나를 품에 안은 어머니와 마리암을 품에 안은 와르다는 얼어붙은 눈길에 미끄러지지 않으려고 조심조심 걸어갔다. 우리는 오래된 요새 카스바를 지나 카디 다리를 건너 마우로 구역, 유대인 지구, 도자기 마을 성문 앞에 이를 때까지 단 한 명의 행인도 마주치지 않았다. 간간이 들리는 주방 기구의 쇠붙이 소리만 우리가 유령이 출몰할 것 같은 버려진 야영지가 아니라 아직은 냄비와 프라이팬이 필요한 사람들이 사는 도시 안에 있다는 걸 상기시켰다.

"동이 텄는데 나즈드 성문에 파수병이 한 명도 없다는 게 말이 되나?" 어머니가 큰 소리로 말하면서 나를 땅에 내려놓고 문짝을 밀자 스르륵 열렸다. 성문이 이미 살짝 열려 있었기 때문이다. 우리는 어느 길로 가야 하는지도 모르면서 도성을 나갔다.

성문을 나와 몇 걸음이나 걸었을까, 이상한 광경이 눈앞에 펼쳐졌다. 두 무리의 기병대가 우리 쪽으로 오는 것 같은데, 헤닐강을 따라 올라오는 오른쪽 기병대는 비탈길인데도 불구하고 빠른 속도로 전진하고 있고, 알람브라 쪽에서 내려오는 왼쪽 기병대는 발걸음이 무거워 보였다. 그때 알람브라 기병대 대열에서 한 기사가 떨어져 나오더니 빠르게 말을 몰았다. 우리는 황급히 도성으로 발길을 돌려 다시 나즈드 성문을 넘었고, 숨어서 계속 살피기 위해 문짝을 닫지 않았다. 알람브라의 기사가 아주 가까워졌을 때 어머니는 튀어나올 뻔한 비명을 간신히 억눌렀다.

"보아브딜이야!" 어머니는 속삭이면서 내가 혹시라도 소리를 지를까 봐 두려운 듯 손바닥으로 내 입을 막았지만, 나는 물론이고 누이 마리암도 눈앞의 광경에 정신이 팔린 나머지 입도 뻥긋하지 않았다.

보아브딜이라고는 하는데 내 눈에는 머리를 싸매고 눈썹까지 이마를 가린 술탄의 터번만 보였다. 그 반대쪽에서 금과 비단으로 치장하고 달려서 전진하는 호화로운 말 두 필에 비하면 술탄의 말은 아주 초라해 보였다. 술탄 보아브딜이 말에서 내려서려고 하자, 페르난도 왕이 손짓으로 괜찮다는 표시를 했다. 그래서 술탄이 승자에게 다가가서 입을 맞추기 위해 손을 잡으려고 했지만, 페르난도 왕이 손을 거두는 바람에 페르난도 쪽으로 몸이 기울어져 있던 보아브딜은 왕의 어깨에 입을 맞출 수밖에 없었다. 그 태도는 보아브딜을 이슬람의 한 술탄으로 대한다는 것이지 그라나다의 군주로 대하는 것이 아니라는 표시였다. 이제 보아브딜은 그라나다의 새 주인들이 하사해준 알푸하라스 산중의 작은 영지에서 식솔과 함께 살 수 있다는 허락을 받고 떠나는 신세로 전락했다.

나즈드 성문에서 두 진영이 만나는 장면은 몇 초밖에 걸리지 않았다. 그런 후 페르난도 왕과 이사벨 여왕은 알람브라 방향으로 계속 전진했고, 보아브딜은 잠시 멍하니 있다가 돌아섰다. 보아브딜이 합류한 기병대의 이동 속도가 어찌나 느린지, 남자, 여자, 아이들은 물론이고 수많은 궤와 천으로 싼 물건들을 실은 말과 노새 백여 마리의 긴 행렬에 이내 따라잡혔다. 그다음 날, 속도가 그렇게 느렸던 이유는 적의 손에 넘어가지 않도록 조상들의 유해를 파내어 가져가느라 지체되었다는 소문이 돌기도 했다.

그런가 하면 보아브딜이 전 재산을 갖고 떠날 수 없어서 산중의 어느 동굴에 어마어마한 보물을 감춰놓느라고 지체된 거라고 주장하는 이들도 있었다. 그 보물을 찾고야 말겠다고 다짐한 이들이 얼마나 많았던가! 땅속에 묻힌 그 금은보화를 찾기만 꿈꾸는 사람들을 일평생 만났다고 하면 내 말이 믿길까? 나는 심지어 '카나진'이라고 불리는 사람들과도 알고 지냈는데, 보아브딜의 보물을 찾으러 다니는 일 말고는 다른 활동은 전혀 하지 않는 사람들을 지칭하는 이름이다. 페스에는 정기적으로 집회를 열 정도로 카나진의 수가 많았다. 내가 페스에 살던 시절에는 발굴 작업 중에 발생하는 충격으로 지반이 흔들리는 일이 많아서 건물 소유주들과의 분쟁 시비를 전담하는 관리를 선출해야 할 정도로 보물찾기가 성행했다. 그러나 어디서도 보물을 찾았다는 소식이 들리지 않자, 카나진들은 과거의 군주들이 보물이 발견되지 않도록 주문을 걸어놓은 것이라고 확신했다. 그것이 그들이 걸핏하면 주문을 푸는 주술사에게 의지하는 이유였다. 주술사가 땅속에 금이나 은이 무더기로 쌓여 있는 게 보인다고 단언해야, 주술사가 확실한 주문을 알거나 어떤 낌새가 느껴진다고 해야 보물찾기에 착수하는 카나진도 있었다. 보물이 있는 장소를 기술해놓은 책이 있다면 좋으련만!

   나스르 왕조의 군주들이 오랜 세월 축적해 온 보물이 여전히 안달루시아 땅에 묻혀 있는지는 알 길이 없다. 하지만 추방당한 술탄은 그라나다로 돌아올 희망이 전혀 없는 데다 가톨릭 왕들이 그가 원하는 것은 모두 가져가도록 허락했기 때문에 나는 보아브딜이 보물을 땅속에 묻어 두고 떠났을 거란 생각이 들지 않는다.

보아브딜은 부유하지만 비참한 신세로 망각을 향해 떠났고, 그라나다를 볼 수 있는 마지막 고개를 넘어가는 순간에는 거기서 눈물을 글썽이며 한참을 망연히 서 있었다고 전해졌다. 카스티야 사람들은 실각한 술탄이 거기서 치욕과 회한의 눈물을 흘렸다고 하여 그 언덕배기를 '무어인*의 마지막 한숨'이라고 불렀다. 그런가 하면 보아브딜의 어머니 아이샤가 이렇게 내뱉었다는 설도 있다. "사내답게 왕국을 지키지도 못한 주제에 계집애처럼 눈물을 질질 짜다니!"

훗날 아버지가 말했다.

"아이샤는 아마 그렇게 쫓겨나는 상황이 카스티야에 패했기 때문이기도 하지만 동시에 연적의 복수 때문이라고 생각했을 거다. 술탄의 딸이자, 술탄의 아내였고, 술탄의 어머니이기도 한 아이샤는 권모술수에 능했지만, 아들인 보아브딜은 야심이 없고 그저 향락을 누리는 것으로 만족하는 군주였지. 기독교도 포로인 소라야에게 빠져서 본처를 내친 것에 앙심을 품고 남편인 아불 하산을 폐위시키고 아들을 옥좌에 앉힌 사람이 바로 그 여자 아이샤였어. 코마레스 탑에서 보아브딜을 탈출시키고 늙은 군주에게 반역을 꾀한 사람도 그 여자였으니까. 그렇게 소라야를 쫓아내고 첩의 어린 자식들을 권력에서 영원히 배제한 것도 그 여자였고."

"데니아 출신의 한 시인이 카멜레온보다 더 변덕스러운 게 운명이라고 하더니, 어쩌면 그리도 딱 맞는 말인지. 아이샤가 그렇게 도망치듯 그라나다를 떠나는 사이, 소라야는 재빨리 이사벨

---

* 무어인이란 하나의 동질적인 집단을 지칭하는 것이 아니라 이베리아반도를 정복한 중세의 무슬림들을 지칭한다.

데 솔리스라는 자신의 옛 이름을 되찾고, 그라나다의 왕자들인 자신의 두 아들 사다와 나스르에게 돈 페르난도와 돈 후안이란 이름을 주었어. 장차 에스파냐의 귀족이 되기 위해 조상들의 신앙을 버린 왕족은 비단 그들만이 아니었지. 한때 전쟁 지지파의 영웅이었던 야히야 알 나자르가 그들보다 먼저 개종하여 그라나다 베네가스 공작 작호를 받았으니까. 그라나다가 몰락하자마자 야히야는 경찰 서장에 해당하는 '알구아질 마요르'로 임명되는데, 정복자들의 신뢰를 얻고 있음을 보여주는 것이었지. 다른 사람들도 그를 따라 개종했는데, 그중에 술탄의 비서였던 아흐메드라는 인물은 이미 얼마 전부터 페르난도 왕 쪽 첩자라는 의심을 받고 있던 자였지."

"패배한 뒤에는 대체로 부패한 정신이 드러나는 법이지. 말하다 보니 야히야보다는 알-물리 재상이 더 생각나는구나. 재상이 우리에게 장황하게 설명한 대로 그라나다의 과부들과 고아들에 대한 구제를 협상하면서 자기 자신도 빼놓지 않고, 능란하게 항복을 받아내준 대가로 페르난도 왕으로부터 카스티야 금화 2만 냥, 동화 수십만 냥과 많은 땅을 받았거든. 왕국의 다른 고관들도 카스티야가 정복한 초기에 협조하면서 가톨릭 왕들이 무리 없이 지배하도록 도왔지."

실제로 점령된 그라나다는 이내 일상이 재개되었다. 페르난도 왕은 무슬림들이 대거 망명하는 걸 막고 싶어 한다고 느껴질 정도였다. 페르난도 왕과 이사벨 여왕이 그라나다에 입성한 바로 다음 날, 아버지를 포함하여 인질로 잡혀 있던 사람들이 모두 집으로 돌아왔다. 아버지는 왕족 못지않게 극진한 대우를 받았다고 했다. 산타페에서 그들은 감옥에만 갇혀 있지 않고 시장에도 가고, 가끔 삼삼오오 무리를 지어 거리로 나갈 수도 있었다. 물론 술에 취하거나 흥분한 병사들의 행패로부터 그들을 지켜줄 겸 감시하는 임무를 띤 경호병들이 동행했다. 어느 날, 아버지는 거리를 산책하던 중에 한 주막 앞을 지나가다 산타페에서 이름이 자자한 제노바 출신의 선원을 보게 되었다. 그 남자의 이름은 크리스토발 콜론*이었다. 그 남자는 지구는 둥글다면서 대서양을 건너 서쪽으로 계속 가면 인도에 닿을 것이라며 쾌속 범선 몇 척이 필요한데, 알람브라를 차지한 왕실의 후원을 받아 그 탐험을 하고 싶다는 바람을 숨기지 않았다. 크리스토발 콜론은 몇 주 전부터 산타페에 머물면서 고위층 인사들을 통해 알현을 청해놓고 페르난도 왕이나 이사벨 여왕을 만날 수 있기를 고대하고 있었다. 콜론은 답이 오기를 기다리면서 계속 전갈과 청원을 넣었는데, 아직 전쟁 중인 만큼 공동 통치자들을 몹시 괴롭히고 있는 셈이었다. 아버지는 그 뒤로 콜론을 다시 보지는 못했지만, 나는 크리스토발 콜론에 대한 얘기를 들을 기회가 자주 있었다.

아버지가 집으로 돌아온 지 며칠 후에 야히야 공작이 아버지를 불러서 공인 검량사의 직무를 재개하라고 지시하면서 곧 시장에 식료품이 풍성해질 텐데 부정행위를 단속해야 한다고 말했다. 아버지는 반역자를 보는 것이 역겨우면서도 여느 경찰 서장을 대하듯 그에게 협력했지만, 이따금 야히야가 예전에 무슬림들에게 품

---

* 제노바 출신으로 이탈리아식 이름은 크리스토포로 콜롬보이고, 에스파냐에서 주로 활동했기 때문에 크리스토발 콜론으로도 불렸다. 크리스토퍼 콜럼버스는 영어식 표기이다.

게 했던 희망이 기억날 때마다 저주를 퍼부었다. 어쨌거나 군주마저 추방된 그라나다의 유지들에게 야히야는 구세주 같은 존재이기도 해서 친분이 있던 유지들은 경쟁하듯, 야히야가 보아브딜의 정적이던 시절보다 훨씬 더 뻔질나게 그의 집을 드나들기 시작했다.

"페르난도 왕은 패자들이 자신들의 운명에 대해 불안해하지 않도록 자주 그라나다에 와서 신하들이 공약을 지키고 있는지 직접 확인했지." 아버지가 회상했다. "초반에는 신변 위험을 걱정하던 페르난도 왕이 마침내 삼엄한 호위 속에 정기적으로 도시를 돌면서 시장을 방문하고 낡은 성벽을 시찰했지. 몇 달간은 그라나다에서 밤을 보내지 않으려고 해가 지기 전에 산타페로 돌아가곤 했어. 페르난도 왕의 불신은 당연했지만 부당하거나 차별적 조치, 항복 조약을 위반하는 일로는 이어지지 않았어. 진심이든 가식이든 페르난도 왕의 염려는 그라나다를 방문한 기독교인들이 무슬림들에게 한 말에 잘 나타나 있어. '당신들은 이제 우리 군주들에게 우리보다 더 소중한 존재가 되었다.' 개중에는 무어인들이 페르난도 왕에게 마법을 걸어서 재물을 빼앗지 못하게 만들어놨다면서 무슬림에 대해 극도로 악의적으로 말하는 이들도 있었지."

"행동은 자유로워도 굴욕이라는 사슬에 묶여 있었으니 우리의 정신적 고통은 이만저만이 아니었지." 아버지는 한숨을 내쉬었다. "그라나다가 함락된 뒤—신이시여, 그라나다를 해방해주소서!— 몇 달 동안은 무슬림들이 최악의 상황을 피할 수 있었어. 정복자들이 유대인들부터 압박하기 시작했으니까. 불행히도 사라의 말 그대로였어."

*

그해의 주마다 알사니아 달(여섯 번째 달), 그라나다가 함락된 지 석 달 후, 가톨릭 왕의 전령들이 도심에 나타나서 북을 치며 아랍어와 카스티야어로 '유대인과 기독교인 간의 교류 단절'을 선포하는 페르난도 왕과 이사벨 여왕의 알람브라 칙령을 알렸다. 그 왕명은 우리 왕국에서 모든 유대인을 몰아내야만 이뤄질 수 있는 일이었다. 그때부터 유대인들은 개종 아니면 추방을 선택해야 했다. 유대인이 추방을 선택할 경우, 동산과 부동산을 팔 수 있도록 넉 달간의 유예 기간을 주었지만, 금이나 은을 가지고 나갈 수는 없었다.

칙령이 선포된 다음 날, 사라가 우리를 만나러 왔다. 밤새도록 울어서 얼굴이 퉁퉁 부어 있었지만, 눈물이 마른 눈에는 아주 오래전부터 예상하던 비극이 막상 닥쳤을 때 흔히 볼 수 있는 초연함이 어려 있었다. 사라는 남자 목소리 흉내까지 내며 암기하고 있는 칙령을 읊으면서 조롱했다.

"우리는 이단 심판관들과 몇몇 인사들을 통해 유대인들과 기독교인들 간의 교류가 최악의 화를 초래할 거란 정보를 받았다. 유대인들은 기독교로 새로 개종한 사람들과 그들의 자식들을 되찾아오려고 유대교 기도서를 전달하고, 유월절에 누룩을 넣지 않은 빵을 나눠주고, 금지된 음식에 대해 가르치고, 모세의 율법을 따르라고 설득하고 있다. 우리의 거룩한 가톨릭 신앙의 품격을 떨어뜨리고 있다."

어머니는 두 번이나 사라에게 목소리를 낮추라고 주의시켜야 했다. 그 봄날 아침 우리는 중정에 앉아 있었고, 사라의 조롱이 악의를 품은 이웃의 귀에 들릴까 봐 불안했기 때문이다. 아버지가 와르다와 딸을 데리고 시장에 나가 있어서 천만다행이었다. 와르다가 '거룩한 가톨릭 신앙'이라고 조롱하는 말을 들었다면 어떤 반응을 보였을지 생각하고 싶지 않았다.

사라가 흉내 내기를 끝내자마자 어머니는 중요한 질문을 했다.
"개종 아니면 추방을 택해야 한다는데 결정했어요?"

사라는 억지 미소를 지으며 아직 시간이 있다고 대답했다. 어머니는 몇 주를 기다렸다가 다시 물었지만 대답은 똑같았다.

하지만 여름으로 접어들면서 유대인들에게 주어진 기한이 사분의 삼 정도 지났을 때 사라가 와서 말했다.

"에스파냐 최고의 랍비 아브라함 세뇨르가 자식들과 그의 일가 전체와 함께 가톨릭으로 개종했다는 걸 알았어. 처음에는 아연실색했지만, 곰곰이 생각해봤지. '야곱 페르도니엘의 과부이자 그라나다의 방물장수 사라, 아무려면 네가 아브라함 랍비보다 더 훌륭한 유대인이겠니?' 그래서 내 자식들 다섯 명과 함께 개종하고 모든 판단을 모세의 신에게 맡기기로 했네."

그날 몹시 불안해 보이는 사라는 말이 장황했고, 어머니는 그런 사라를 그윽한 눈길로 바라봤다.

"떠나지 않는다니 기뻐요. 나도 이 그라나다에 남을 거예요. 남편이 망명에 대해서는 언급도 하지 않네요."

그렇지만 일주일도 지나지 않아서 사라는 생각을 바꿨다. 어느 날 저녁, 몹시 흥분한 사라가 나보다 한두 살 더 많은 아이 셋을 데리고 우리 집에 왔다.

"작별 인사 하러 왔네. 마침내 떠나기로 했거든. 내일 새벽에 포르투갈로 떠나는 카라반에 끼어서 가려고. 어제 열네 살, 열세 살 먹은 큰딸 둘을 혼인시켰으니, 그 아이들은 남편들에게 맡기면 되고, 집도 노새 네 마리를 받고 한 근위병에게 팔았지."

그러고는 변명조로 덧붙였다.

"살마, 여기 있으면 나는 아마 죽는 날까지 두려움에 떨면서 날마다 떠날 생각만 하다가 끝내 떠나지 못하고 말 거야."

"개종했잖아요?" 어머니가 놀라서 물었다.

사라가 추방을 택한 결정적 이유는 며칠 전부터 그라나다의 유대인 지구에서 떠도는 우화 때문이었다.

"우리 공동체 한 현자의 집 창턱에 비둘기 세 마리가 살고 있었는데 어느 날 그중 한 마리가 깃털이 뜯긴 채 죽어 있는 거야. 현자는 죽은 비둘기의 다리에 '마지막으로 떠났던 개종자'라고 쓴 작은 팻말을 매달았어. 깃털이 뜯겨 있었지만 살아 있는 두 번째 비둘기에는 '좀 더 일찍 떠났던 개종자'라고 쓴 팻말을, 깃털이 온전한 채 살아 있는 세 번째 비둘기에는 '가장 먼저 떠났던 개종자'라고 쓴 팻말을 매달았다고 하네."

사라는 그렇게 아들 셋을 데리고 뒤도 돌아보지 않고 떠났지만, 머지않아 망명길에서 우리와 합류하게 될 운명이었다.

미흐라잔, 성 요한 축일

헤지라력 898
(1492. 10. 23. – 1493. 10. 11.)

내가 아버지 앞에서 '미흐라잔'이라는 말을 감히 입 밖에 내지 못한 것은 이때부터였다. 그 단어가 아버지를 고통스러운 기억에 빠져들게 했기 때문이었다. 그리고 우리 가족은 미흐라잔 축일을 다시는 기리지 않았다.

모든 일은 신성한 달 라마단의 아흐렛날, 아니 더 정확하게는 성 요한 축일인 6월 24일에 일어났다고 하는 것이 맞다. 미흐라잔 축일은 이슬람력이 아니라 기독교 달력에 따라 기리기 때문이다. 이날은 태양의 주기가 끝나는 하지를 기념하는 날이므로 태음력(음력)에는 포함되지 않았다. 달의 삭망을 기준으로 만든 태음력의 일 년은 열두 달이지만, 354일 또는 355일밖에 안 되어 태양년보다 10~11일이 짧다. 그래서 태양력과 날짜를 맞추기 어렵거니와 계절의 추이를 정확히 알 수 없다. 그라나다에서는 페스와 마찬가지로 이슬람 달력과 기독교 달력을 동시에 따랐다. 땅을 경작할 때, 사과나무를 접붙일 때, 사탕수수를 베거나 수확을 위해 일꾼을 모을 때를 알아야 한다면, 오직 태양력에서만 정확한 시기를 찾을 수 있었다. 가령 미흐라잔 축일이 다가오면 사람들은 일부 여성들이 가슴에 장식하는 철 늦은 장미를 딸 때가 되었음을 알았다. 반면에 여행을 떠날 때는 태양의 주기가 아니라 달의 주기를 알아본다. 만월인지, 달이 새로 차오르고 있는지, 기우는지를 알아야 카라반이 여정을 정할 수 있기 때문이다.

  솔직히 말해 기독교 달력은 식물 재배에 도움이 될 뿐만 아니라 축제를 열고 함께 어울려 즐길 수 있는 기회를 많이 제공했다. 예언자 무함마드의 탄생은 광장에서 시 경연 대회와 가난한 사람들에게 음식을 나눠주는 것으로 기념했고, 메시아 이사의 탄생도 밀, 잠두콩, 병아리콩과 채소가 주재료인 특별 요리를 만드는 것으로 기념했다. 이슬람의 새해 첫날 '라스 앗사나'에 알람브라 궁전에서 서로에게 축복을 비는 인사를 나누는 것이 공식적인 행사라면, 기독교의 새해 첫날에는 아이들이 손꼽아 기다리는 새해맞이 행사가 열렸다. 가면을 쓴 아이들이 부잣집 대문을 두드리고는 원무를 추면서 노래를 부르면 건과일 몇 줌을 나눠주었는데, 그 선물은 축하라기보다는 시끄러운 아이들을 얼른 보내기 위한 것이었다. 또한 페르시아의 새해 첫날인 '노루즈'는 성대한 환영을 받았다. 그 전날에는 다산의 기회라고 여겨져서 수많은 결혼식이 거행되었고, 종교적으로 금지되어 있는데도 불구하고 낮에는 장사꾼들이 거리 모퉁이에서 테라코타나 유약을 바른 말 또는 기린 형상의 장난감 도기를 팔았다. 물론 중요한 이슬람 축제도 있었다. 이슬람 최대 명절인 '이드 알아드하'*에는 그라나다 사

---

* 이슬람력으로 12월 8~10일 행해지는 메카 연례 성지 순례가 끝나고 열리는 이슬람 최대 명절이다.

람들이 희생물로 바칠 양을 사거나 새 옷을 사는 데 많은 돈을 썼다. 라마단 금식이 종료되는 날에는 가난한 사람들도 열 가지가 안 되는 음식이지만 대향연을 벌일 수 있었다. '아슈라'는 죽은 자를 기리는 날이지만, 값비싼 선물을 교환하기도 했다. 이 모든 축제 외에도 부활절, 초가을의 '알아시르' 그리고 가장 유명한 미흐라잔 축일이 있었다.

이 미흐라잔 축일에는 짚불을 크게 피우는 풍습이 있었다. 1년 중 밤의 길이가 가장 짧아서 잠자는 것이 의미가 없다고 말하는 날이었다. 어차피 젊은이들이 아침까지 밤새도록 고래고래 노래를 부르면서 돌아다니는 통에 잠시 눈을 붙이기도 쉽지 않았다. 게다가 젊은이들이 사흘 내리 길거리에 물을 뿌리고 다니면서 길바닥을 미끄럽게 만들어놓는 짓궂은 풍습도 있었다.

그해에는 아침부터 젊은이들뿐만 아니라 카스티야 병사들 수백 명까지 합세해서, 그라나다가 함락된 뒤로 장사를 재개한 수많은 주막을 점령하고 있다가 곳곳으로 흩어졌다. 그래서 아버지는 축제 행사에 동참하고 싶은 마음이 전혀 없었다. 하지만 축제를 구경하겠다고 보채는 나와 누이, 덩달아서 나가자고 졸라대는 와르다와 어머니의 성화에 못 이겨 아버지는 알바이신 마을을 벗어나지 않는 범위 내에서 식구들을 데리고 나가기로 했다. 그래서 아버지는 해가 지기를 기다렸다. 낮이 길 때는 라마단 금식이 얼마나 힘든지! 금식의 달이라서 해가 진 후에야 음식이 허용되기 때문에 아버지는 몸에 좋은 렌즈콩 수프를 후딱 먹은 다음 우리를 데리고 '깃발의 문' 쪽으로 갔다. 축제에 맞춰 몰려온 장사꾼들이 스펀지 도넛, 말린 무화과, 설산 고지에서 노새에 실어 온 눈으로 만든 살구 셔벗을 팔고 있었다.

옛 성곽 거리에서 운명적인 만남이 있었다. 아버지는 양손에 마리암과 나의 손을 잡고 앞장서서 걸어가다 이웃과 마주칠 때마다 몇 마디 대화를 주고받았다. 어머니는 두 걸음쯤 뒤에 있었는데, 그 옆에 바짝 붙어서 따라오던 와르다가 갑자기 "후안!" 하고 소리쳐 부르면서 걸음을 멈췄다. 우리 오른쪽에서 술에 취한, 콧수염 기른 젊은 병사가 멈춰 서더니 방금 자신을 불러세운 베일 쓴 여자를 유심히 살폈다. 위험을 느낀 아버지가 바로 와르다에게 뛰어가서 우악스럽게 팔꿈치를 잡고 낮은 소리로 말했다.

"집으로 가자, 와르다! 집으로 가!"

아버지가 간청하는 어조로 말했다. 하지만 후안이라는 병사 옆에는 위협적인 미늘창으로 무장한 카스티야 병사 네 명이 있었고, 다들 얼근히 취해 있었다. 지나가던 행인들은 괜한 시비에 말려들까 봐 멀찍이 떨어져서 지켜보고 있었다. 와르다가 소리치며 설명했다.

"내 오빠예요!"

그러고는 어안이 벙벙한 표정으로 서 있는 젊은이에게 와르다가 말했다.

"후안 오빠! 나, 에스메랄다야!"

그렇게 말하면서 와르다는 아버지의 손에 잡혀 있던 오른팔을 빼고는 얼굴에 드리운 히잡을 살짝 올렸다. 병사가 다가와서 잠시 어깨를 잡는가 싶더니 와르다를 끌어안았다. 아버지는 파랗게 질려서 부들부들 떨기 시작했다. 하필이면 동네 사람들이 지켜보는 앞에서 와르다를 잃게 생긴 아버지는 남자로서 자존심에 상처를 입었다.

물론 나는 어렸기 때문에 눈앞에서 벌어지고 있는 사건을 전혀 이해하지 못했다. 후안이라는 병사가 나를 답삭 안았던 순간만 명확히 기억난다. 그 병사가 와르다에게 자기를 따라 고향 알칸타리야로 돌아가야 한다고 말하자, 와르다는 돌연 주저하는 표정을 지었다. 와르다는 5년간의 포로 생활 끝에 오빠와 재회한 것이 너무나 기쁘면서도 딸을 낳게 해준 무어인 남편을 떠나 부모님의 집으로 돌아가고 싶은지 확신이 없었다. 남편 없이 살게 되는 것이 아닌가. 와르다는 자신을 먹여주고 입혀주고, 이틀 이상 연속으로 독수공방하게 둔 적 없는 검량사 무함마드의 집에서 불행하지 않았다. 그리고 그라나다 같은 도시에서 살다 보면, 비록 함락되어 비탄에 빠져 있긴 해도 무르시아 근처의 작은 마을에 자신을 묻고 싶지는 않았다. 와르다가 이런 생각을 하면서 머뭇거리고 있을 때 후안이 여동생의 어깨를 흔들면서 물었다.

"애들이 네 자식이니?"

와르다는 비틀거리면서 벽에 기대 서서 우물우물 "아니"라고 했다가 "그렇다"고 대답했다. 마지막 말을 들은 후안이 달려들어서 나를 답삭 안았다.

그 순간 어머니가 내지르던 고함을 어떻게 잊을 수 있을까. 어머니가 병사에게 달려들어서 할퀴고, 종주먹을 들이대는 사이, 나는 있는 힘껏 발버둥을 쳤다. 바로 감을 잡은 후안은 얼른 나를 내려놓고 동생에게 비난조로 물었다.

"그럼 딸만 네 아이야?"

와르다는 아무 말도 하지 않았지만, 대답은 그것으로 충분했다.

"딸을 데려갈 거니, 아니면 이 사람들에게 주고 갈 거니?"

어조가 어찌나 엄한지 와르다는 덜컥 겁이 났다.

"진정해요, 오빠." 와르다가 애원했다. "시끄럽게 만들고 싶지 않아요. 내일 짐을 싸서 알칸타리아로 떠날게요."

하지만 후안의 귀에는 동생의 말이 들리지 않았다.

"너는 내 동생이야, 당장 가서 짐을 싸서 나를 따라나서!"

와르다가 돌아서자 용기를 낸 아버지가 다가가서 말했다.

"내 아내요!"

아버지는 아랍어에 이어 서툰 카스티야어로 말했다. 그때 후안이 따귀를 냅다 후려치는 바람에 아버지가 진창길에 자빠졌다. 어머니가 울부짖으면서 통곡하자, 와르다가 소리쳤다.

"그 사람 해치지 마요! 늘 나에게 잘해준 사람이에요. 내 남편이라고요!"

동생의 팔을 움켜잡고 있던 후안이 잠시 머뭇거리더니 갑자기 부드러운 어조로 내뱉었다.

"내가 보기에 너는 이 자의 포로에 지나지 않아. 하지만 이 도시가 우리 손아귀에 들어왔으니 이제 이 자는 너의 주인이 아니야. 네 말대로 이 자가 네 남편이면 너를 붙잡아 둘 수 있겠지. 하지만 남편으로 인정받으려면 당장 세례를 받고, 두 사람의 혼인에 대한 사제의 축복을 받아야 해."

그러자 와르다가 아버지를 돌아보면서 간청했다.

"그런다고 해요, 무함마드, 아니면 우리는 헤어져야 해요!"

침묵이 흘렀다. 군중 속에서 누군가가 소리쳤다.

"알라후 아크바르(알라는 위대하시다)!"

땅바닥에 넘어져 있다가 천천히 일어난 아버지가 의젓하게 와르다에게 다가가서 불안한 목소리로 말했다. "옷 보따리를 싸서 딸을 데리고 떠나게!" 그러고는 알아들을 수 없는 말을 중얼거리면서 울타리 너머 집으로 향했다.

어머니는 그날의 일을 담담하게 말했다.

"네 아버지는 동네 사람들 앞에서 체면을 지키고 싶었던 거야. 하지만 자신이 나약하고 무력하다고 느꼈지."

그리고 어머니는 빈정거리는 기색이 드러나 보이지 않도록 노력하면서 이렇게 덧붙였다.

"네 아버지는 그제야 그라나다가 적의 수중에 넘어갔다는 걸 실감했어."

*

실의에 빠진 아버지는 며칠간 집 안에 칩거하면서 라마단 금식을 마무리하며 일몰 후 친구들과 어울려 먹는 이프타르*마저 거부했다. 하지만 아무도 아버지를 비난하지 않았다. 미흐라잔 축일 한나절 만에 무함마드의 첩이 떠나버렸다는 소식이 온 동네에 퍼졌고, 이웃들은 병문안하듯, 함께하지 못한 음식을 싸 들고 왔다. 어머니는 몸을 한껏 낮추고 묻는 말에 대답만 하면서 내가 아버지를 성가시게 하지 못하게 했다. 어머니는 그렇게 있는 듯 없는 듯 행동하면서도 아버지가 같은 말을 두 번 하지 않도록 절대 멀리 가 있지

---

* 라마단 기간에 일몰 직후 금식을 마치고 먹는 식사.

않았다.

어머니는 걱정되고 불안했지만, 애써 마음을 다스렸다. 시간이 지나면 남편의 괴로움이 끝날 것이라 확신한 것이다. 어머니는 첩에게 애착하는 남편을 보는 것도 슬펐지만, 알바이신의 모든 아낙이 첩에 대한 남편의 애착을 알게 된 것이 가장 가슴 아팠다. 내가 어릴 적에 그래도 연적이 떠나버렸으니 좋지 않았냐고 물었을 때 어머니는 단호한 어조로 말했다.

"현명한 아내는 남편의 여자 중 서열 1위가 되려고 노력하지. 유일한 아내가 되기를 바라는 것은 헛된 망상이니까."

그렇게 말하면서 어머니는 애써 밝은 목소리로 덧붙였다.

"아내가 한 명 있다고 사랑을 독차지하는 건 아니야. 자식이 한 명밖에 없는 것만큼이나 허전함이 있는 데다 일도 더 많이 해야 하고, 말벗이 없으니 심심하고, 남편의 기분과 요구를 혼자 감당해야 하니 좋기만 한 건 아니지. 물론 남편의 아내가 여럿이면 시기, 모략, 언쟁이 있는 건 사실이지만 그래도 집 안에서 일어나는 일이잖아. 남편이 밖에서 기쁨을 찾기 시작하면 볼 장 다 본 거지."

그랬는데 라마단 마지막 날, 아버지가 방에서 뛰어나와 대문을 박차고 나갔으니 어머니가 얼마나 기겁했을까. 어머니는 이틀 후에야 남편이 그라나다에서 노예나 전쟁 포로 환매를 담당하는 사람이라는 뜻으로 '알파케케'라 불리는 하메드를 만나러 갔다는 걸 알았다. 하메드는 몸값을 치르고 기독교 영토에서 무슬림 포로들을 빼 오는 힘든 일을 20년 넘게 하고 있는 노인이었다.

알안달루스*에는 포로들을 찾아서 석방을 책임지는 사람들이 항상 있었다. 비단 우리 무슬림들뿐 아니라 기독교인의 나라에도 고위 관직인 '알파케케 마요르'를 임명하는 관례가 오래전부터 있었다. 군인인 아들이 적군에게 붙잡혀 갔다, 포위된 도시 안에 주민이 있다, 약탈당할 때 농민 여성을 생포해 갔다 같은 억울한 사정을 신고했다. 그러면 알파케케나 그의 대리인이 조사를 시작하고 상대국의 영토로 가는데 이따금 아주 먼 지방일 때도 있었다. 실종자가 있는 곳을 파악하면 몸값을 논의하기 위해 상인으로 위장하고 수완을 발휘했다. 요구하는 몸값을 낼 형편이 안 되는 집이 대부분이라서 모금 운동을 시작하는데, 적선 중에서도 노예로 붙잡혀 있는 신자를 구출하는 데 쓰이는 기부가 가장 높은 가치를 지녔다. 신앙심이 깊은 사람들은 신의 자비 말고는 아무런 보상도 바라지 않은 채 대체로 본 적도 없는 포로들의 몸값을 위해 많은 돈을 썼다. 반면에 개중에는 비탄에 빠진 가족을 이용하여 돈을 강탈하는 모리배에 지나지 않는 이들도 있었다.

하메드는 그런 사람이 아니었다. 그의 검소한 집이 그것을 방증했다.

아버지는 한참을 망설이다, 오랜 세월이 흘렀는데도 어제 일처럼 생생하다면서 하메드와 만났던 때를 이야기했다.

"하메드는 끊임없이 도움 요청을 받는 사람들이 의례적으로 보이는 정중함으로 나를 맞아주었어. 내게 푹신한 방석을 내어주고는 내 건강에 대해 형식적인 인사말을 건넨 뒤에 찾아온 용건

---

* 8세기에서 15세기 동안 이베리아반도를 지배한 이슬람 세력의 영토를 지칭한다.

을 묻더구나. 내가 자초지종을 말하자 하메드가 소리내어 껄껄대고 웃다가 헛기침을 하는 거야. 너무 불쾌해서 벌떡 일어나 나가려는데 그가 내 옷소매를 잡으면서 이렇게 말했어. '자네 아버지뻘 되는 사람이 웃는 것이니 너무 기분 나빠하지 말게. 내 웃음을 모욕이 아니라 그 대담한 용기에 대한 경의의 표시로 받아들이게나. 그러니까 자네가 찾아오려는 사람이 무슬림이 아니라 카스티야 출신의 기독교인 여성이라는 말이잖은가. 게다가 그라나다가 함락된 뒤 정복자들이 내린 첫 번째 명령이 이 도시에 남아 있는 7백 명의 마지막 기독교인 포로들을 풀어주라는 것이었는데도 18개월 동안이나 감히 그 기독교인 여성을 집 안에 억류하고 있었다는 것이고.' 내가 '맞습니다' 하고 대답하자, 하메드가 나를 찬찬히 훑어보다가 보통내기가 아니라고 판단했는지 호의적인 어조로 천천히 말했어. '이보게, 자네가 그 여성을 얼마나 아끼는지는 잘 알겠네. 그리고 자네가 그 여성을 홀대하지 않았고, 그 여성이 낳은 딸을 애지중지했다는 말도 믿겠네. 하지만 자네도 알다시피 모든 노예가 여기서든 카스티야에서든 그런 대우를 받지는 않아. 낮에는 물을 길어 오거나 신발을 만들고, 밤에는 짐승처럼 발이나 목이 쇠사슬에 묶인 채 더러운 지하실에 갇혀서 살아가는 게 대부분이지. 그런 처지를 감내하고 있는 우리 형제들이 아직도 수천 명에 이르는데 아무도 그들을 구출해 오려고 하지 않아. 이보게, 헛된 꿈을 좇기보다는 그 형제들을 생각하고 그중 몇 명이라도 몸값을 치를 수 있게 도와주게나. 왜냐하면 이제 안달루스 땅에서는 어떤 무슬림도 기독교인에게 명령할 수 없으니까. 그래도 끝내 그 여성을 되찾아올 생각이라면 교회를 통해야 할걸

세.' 하메드는 욕설을 내뱉으면서 두 손으로 얼굴을 감싸고 덧붙였지. '알라께 인내심과 체념을 허락해 달라고 기도하게.'"

아버지가 계속 말했다.

"실망한 내가 화가 나서 벌떡 일어서자 하메드가 은밀한 목소리로 조언해주더구나. '이 도시에는 전쟁으로 인한 과부, 부모를 잃은 고아, 길을 잃고 어찌할 바를 모르는 여성들이 아주 많아. 자네 친척 중에도 틀림없이 그런 이들이 있을 테지. 경전은 그런 이들을 지키고 보호하라고 명하지 않았던가? 지금 우리가 처한 상황처럼 큰 불행이 닥쳤을 때는 형편이 닿는 무슬림이 두서너 명의 아내를 얻는 자비를 베풀어야 해. 낙이 있어야 공동체에 유익하고 장한 행동도 할 수 있는 거니까. 내일이 축제의 날이라면 눈물로 지새울 여성들을 생각하게.' 하메드의 집을 찾아간 것이 천국으로 가는 길이었을까, 지옥으로 가는 길이었을까, 나는 알지 못한 채 알파케케의 집을 나왔어."

나는 지금도 그 길이 어떤 길이었다고 딱 집어서 말할 수 없다. 하메드는 결국 지략을 총동원하여 헌신과 열정을 다할 것이고, 우리 가족은 수년 동안 혼란을 겪을 것이기 때문이다.

도항

헤지라력 899
(1493. 10. 13. – 1494. 10. 1.)

"잃어버린 조국은 혈족의 유해와 같으니, 경건하게 마음에 묻고 영생을 믿으시오."

가는 손가락으로 호박 묵주를 연신 돌리면서 설교하는 아스타피룰라의 목소리가 쩌렁쩌렁했다. 설교자 주위에 수염을 기른 네 명의 진지한 얼굴이 있었는데, 그 중에 내 아버지 무함마드도 있었다. 그 길쭉한 네 명의 얼굴에 아스타피룰라가 불러일으킨 번민이 어려 있었다.

"떠나시오, 신께서 인도하시는 대로 떠나시오! 복종과 굴욕 속에 사는 삶을 받아들이고, 날마다 경전과 예언자를 모욕하고 계율을 우롱하는 나라에서 사는 걸 받아들이는 건 이슬람의 품위를 떨어뜨리는 것이니 심판의 날에 신께서 그 책임을 물으실 것이오. 경전에는 심판의 날에 죽음의 천사가 다음과 같이 물을 것이라고 기록되어 있습니다. '신의 땅은 광활하지 않은가? 안식처를 찾아 이 나라를 떠나지 못할 이유가 있는가? 이제부터 너희들의 거처는 지옥이 될 터인데.'"

개종 아니면 추방을 선택하는 데 주어진 3년의 유예 기간이 끝나 가고 있어서 그라나다 사람들에게는 시련과 비탄의 해였다. 항복 조약에 따라 우리는 기독교력 1495년이 시작될 때까지는 결정을 내려야 했지만, 10월부터는 바다 저편 마그레브로 건너가는 것이 위험할 수 있어서 봄이나 늦어도 여름에 떠나는 것이 더 나았다. 그라나다에 남은 잔류자를 '예속된'이란 의미의 아랍어로 '무다잔'이라고 불렀는데 이 단어를 카스티야 사람들은 '무데하르'라고 불렀다. 이때부터 무데하르는 이베리아반도에 잔류한 무슬림을 가리키는 말로 쓰였다. 이런 치욕적인 명칭에도 불구하고 많은 그라나다 사람들이 떠나기를 주저했다.

알바이신의 우리 집 중정에서 열린 비밀 집회는—오, 신께서 그 집을 돌려주시길!—그해 그라나다에서 공동체의 운명을 논의하고 때로는 어떤 구성원의 운명을 의논하기 위해 열린 수많은 집회와 다를 바 없었다. 아스타피룰라는 시간이 날 때마다 모임에 참석했다. 설교는 고압적이지만 목소리를 낮추었기 때문에 이제는 적의 영토에 있다는 것이 확연히 느껴졌다. 아스타피룰라는 자기가 아직 망명길에 오르지 않은 이유는 떠나기를 주저하는 이들이 파멸의 길로 들어서지 않도록 인도하려는 것일 뿐이라고 서둘러 해명했다.

집회 참석자 중에도 떠나기를 주저하는 이들이 적지 않았다. 내 아버지만 해도 카스티야와 아라곤 연합군 병사들의 손아귀에서 와르다와 딸을 되찾지 못하면 절대로 그라나다를 떠나지 않겠다고 맹세할 정도로 강경했다. 아버지는 알파케케를 끈질기게 찾아간 덕분에 와르다에게 기별을 넣어보겠다는 약속을 받았다. 아버지는 하메드뿐만 아니라 오랜 세월 그라나다에 정착해 살면서 포로들의 몸값을 지불하고 구출해 오는 일로 큰돈을 번 제노바 출신의 상인 바르톨로메오에게도 거금을 주고 비슷한 임무를 맡기는 데 성공했다. 따라서 값비싼 대가의 결실을 거두지 않고서는 떠날 생각이 없었다. 첩과 딸을 강제로 떠나보낸 후 아버지는 다른 사람이 되었다. 오직 자신의 불행만 생각했고, 사람들이 손가락질하거나 말거나, 본처인 어머니가 눈물을 흘리거나 말거나 주변의 시선은 안중에도 없었다.

우리 이웃인 이발사 함자는 다른 이유로 떠나기를 주저하고 있었다. 그는 20년 동안 훌륭한 솜씨로 할례를 행하고 받은 대가로 땅뙈기를 조금씩 사들였고, 그 땅에서 재배한 포도나무를 마지막 한 그루까지 좋은 값에 팔기 전에는 떠나지 않겠다고 다짐했다. 그런데 지금은 너무 많은 사람이 서둘러서 떠날 채비를 하느라 땅을 헐값에 팔아치우는 통에 제값을 받고 팔 수 있는 구매자를 찾으려면 시간이 필요했다.

"그 빌어먹을 가톨릭 놈들에게 가능한 한 비싸게 팔고 싶어서 그래." 함자는 떠나기를 미루는 이유를 이렇게 정당화했다.

함자가 존경해 마지않는 아스타피룰라는 알바이신 소년 절반에게 할례를 해준 사람이 불순해져 간다고 안타까워했다.

우리 이웃 중, 최근에 시력을 잃은 노인 정원사 사드는 떠날 힘이 없다면서 이렇게 말하곤 했다.

"늙은 나무는 제 땅이 아닌 데에 옮겨 심지 말라는 말이 있잖은가."

독실하고 겸손하며 매사에 신을 경외하는 사드는 설교자의 입을 통해, 쿠란과 하디스*에 정통한 울라마들이 권유하는 말을 들으러 온 것이었다.

어머니가 그때를 회상하면서 말했다.

"정오 기도가 끝난 뒤에 함자와 사드 어르신이 우리 집에 왔어. 네 아버지가 두 사람을 맞이하는 사이, 나는 너를 데리고 이층 방으로 올라갔지. 두 사람은 얼굴이 창백했고, 네 아버지처럼 억지 미소를 지으며 중정의 그늘진 자리에 놓인 낡은 방석에 앉아서 대화를 나누었는데 무슨 얘기를 하는지는 들리지 않았어. 한 시간 뒤 샤이크 아스타피룰라가 도착하자, 네 아버지가 나를 불러서 시원한 음료수를 내오라고 했지."

아스타피룰라는 하메드와 동행했는데, 집주인 무함마드와 하메드가 무슨 인연이 있는지 벌써 알고 있었다. 알파케케 하메드가 기독교인 첩을 찾아오겠다고 무작정 고집을 피우는 아버지를 1년이나 만난 것은 이치를 따져 설득하기보다는 얼마나 대단한 사랑이면 그렇게 대담할 수 있는지 가까이 지내면서 알기 위해서였다. 그날은 알파케케의 방문 때문인지 분위기가 더 엄숙하게 느껴졌다. 아스타피룰라는 다시 우리가 아는 고위 성직자로 돌아와 있었다. 눈꺼풀이 부르튼 눈에서는 엄중함이 느껴지고, 그의 말에서는 오랜 역경 속에서 비롯된 연륜이 느껴졌다.

"평생 자유를 갈구하는 포로들을 많이 봐서 그런가, 정신이 건강한 자유인이 어떻게 자발적으로 포로 생활을 선택하겠다는 건지 나는 도무지 이해할 수가 없소."

---

* 예언자 무함마드의 언행을 기록한 책. 무함마드가 제자들의 질문에 답하는 문답 형식으로 되어 있다.

먼저 대답한 사람은 사드 노인이었다.

"우리가 모두 떠나면 이슬람은 이 땅에서 영원히 축출될 것이오. 신의 은총으로 가톨릭 왕들과 싸우기 위해 오스만튀르크군이 와도 우리가 여기 없으면 아무도 도울 수 없을 것이오."

아스타피룰라의 웅장한 목소리가 사드의 말문을 막았다.

"이교도들이 정복한 나라에 남아 있는 것은 종교적으로 금지되어 있습니다. 죽은 동물, 피, 돼지고기를 먹는 것이 금지되고, 살인이 금지된 것과 마찬가지요!"

아스타피룰라가 사드의 어깨에 손을 얹으면서 덧붙였다.

"그라나다에 남아 있는 모든 무슬림은 이교도들이 지배하는 땅의 주민 수를 늘리는 것이 되고, 그것은 곧 신과 예언자의 적을 강화하는 데 일조하는 것임을 아셔야지요."

노인의 뺨을 타고 흘러내리던 눈물이 수염 속으로 사라졌다.

"바다 건너 먼 길을 떠나기에는 난 너무 늙고, 너무 병약하고, 너무 가난하오. 예언자께서 말씀하시지 않았소. 쓸데없이 어려운 일을 하려고 애쓰지 말고 너희들이 쉽게 할 수 있는 것을 하라고."

정원사 사드의 운명을 불쌍히 여긴 하메드는 아스타피룰라의 기분을 상하게 할 위험을 무릅쓰고 쿠란 중에서 위안이 되는 구절을 구성진 목소리로 읊었다.

"'…… 능력도 없고, 길도 열려 있지 않은 힘없는 노인과 여자, 아이들은 예외로 한다. 사면의 주인이시고, 용서의 주인이신 신께서 그들에게는 죄를 사해주실 가능성이 있기 때문이다.'"

사드는 즉각 응수했다.

"전능하신 알라께서는 진실을 말씀하시지요."

아스타피룰라가 부연했다.

"신은 현명하시고 인내심은 무한하며, 할 수 있는 사람과 할 수 없는 사람에게 같은 걸 요구하지 않으시지요. 신께 복종하여 떠나고 싶은데 그럴 수가 없는 것이라면 신께서 그 마음을 읽고 속내가 뭔지 판단하실 겁니다. 신께서 지옥행 선고를 내리지 않으셔도 이 땅과 이 나라에 있는 것이 그대에게는 지옥이 될 것입니다. 그대와 그대의 안식구들이 매일 당하는 굴욕이 그대에게는 지옥이 될 것입니다."

아스타피룰라가 갑자기 손바닥을 바닥에 대고는 내 아버지와 이발사 함자 쪽으로 몸을 돌리더니 뚫어져라 바라봤다.

"그럼 무함마드와 함자, 두 분은 무슨 이유입니까? 두 분도 가난하고 몸이 불편해서 떠날 수 없는 겁니까? 두 분은 이 지역 공동체의 유지이고, 명망가가 아닙니까? 이슬람 계율을 따르지 않는 것에 대해 뭐라고 변명할 겁니까? 반역자 야히야의 길을 따르는 것이라면 어떤 용서도 어떤 관용도 기대하지 마시오. 신께서는 자비를 많이 베풀었던 이들에게 더 엄격하시니까."

두 사람은 몹시 당혹스러워하면서 이교도의 나라에 영원히 머물 생각은 추호도 없다며, 떠나도 될 만한 여건을 갖추기 위해 재산을 정리하고 있을 뿐이라고 맹세했다.

"세속의 재물욕 때문에 천국을 팔아먹는 자에게 화가 있을지어다!" 아스타피룰라가 고함쳤다.

그러자 가뜩이나 예민한 상태여서 무슨 미친 짓을 할지 알 수 없는 무함마드를 자극하고 싶지 않은 하메드가 인자한 어조로 두 사람에게 말했다.

"이교도들에게 넘어간 뒤로 이 도시는 우리 모두에게 치욕의 땅이 되었지요. 이 도시는 감옥이고, 문이 천천히 닫히는 중이오. 지금이 탈출할 수 있는 마지막 기회인데 어찌 저버린단 말이오?"

설교자의 저주와 알파케케의 질책을 들으면서도 아버지는 그라나다를 떠날 결심을 하지 못했다. 아버지는 다음 날 바로 하메드를 찾아가서 와르다 소식이 있는지 물었다. 망명을 바라는 어머니는 속만 태우고 있었다.

"어느새 여름 더위가 시작되었지만, 공원에는 산책하는 사람이 거의 없고, 꽃들도 화사해 보이지 않았어. 도시에서 아름답기로 이름난 집들은 비어 있었고, 시장에는 노점도 서지 않았고, 그토록 왁자지껄하던 거리도, 심지어 가난한 동네마저 한적했어. 공공장소에는 카스티야 병사들과 걸인들만 돌아다녔지. 남아 있는 무슬림들은 떠나지 않은 게 부끄러워 사람들의 눈을 피해 대부분 집 안에 칩거했거든."

어머니는 괴로운 목소리로 덧붙였다.

"신의 뜻을 거역할 때는 남몰래 해야 하는 건데. 죄를 짓고도 밖으로 나도는 것은 죄를 두 배로 짓는 거니까."

어머니는 같은 말을 아버지에게 누차 했지만, 아버지는 끄떡도 하지 않았다.

"그라나다 거리에서 나를 쳐다보는 눈이 있다면, 그 역시 떠나지 않은 이의 눈이라는 건데, 감히 어떤 놈이 나를 비난해?"

게다가 아버지는 인간의 존엄성이 무시되고 있는 이 도시를 떠나는 것이 간절한 소망이지만, 비겁하게 도망치지는 않을 거라고,

이교도들을 경멸하면서 당당하게 떠날 거라고 큰소리쳤다.

한 해의 열한 번째 달인 '둘까다'에 함자가 떠났다. 온 식구를 지옥으로 내몰고 있다고 비난하면서 통곡하는 노모의 성화에 못 이겨서 함자는 몇 달 후 돌아와서 구매자를 찾겠다고 다짐하면서 땅을 팔지 않고 떠났다. 아스타피룰라도 망명길에 올랐다. 그는 재물도 의복도 가져가지 않고, 오직 쿠란과 식량만 챙겨서 떠났다.

"마침내 마지막 달인 '둘히자'가 되었지. 하늘은 더 흐려졌고 밤은 한층 서늘해졌어. 네 아버지는 여전히 고집을 부리면서 낮에는 하메드와 제노바 출신의 바르톨로메오를 만나러 다녔고, 저녁에는 낙심하거나 격앙된 모습으로, 수심이 가득하거나 평온한 모습으로 돌아왔지만, 여전히 떠난다는 말은 아예 꺼내지도 않았지. 그러던 중 새해를 불과 2주 앞둔 날, 갑자기 극도로 흥분해서 사흘 안에 알메리아에 있어야 한다면서 당장 떠나야 한다는 거야. 왜 알메리아였을까? 술탄 보아브딜이 배에 올랐던 아드라 항구도 있고, 라 라비타, 살로브레냐, 알무녜카르 같은 더 가까운 항구들도 있는데, 네 아버지는 무조건 알메리아여야 하고 사흘 안에 가야 한다고 주장했어. 떠나기 전날에 하메드가 찾아와서 좋은 여행길이 되기를 기원했는데, 나는 그때 알아차렸지. 네 아버지가 흥분해 있는 것이 하메드와 무관하지 않다는 걸. 그래서 내가 왜 우리와 함께 떠나지 않느냐고 물었더니 하메드가 빙그레 웃으면서 이렇게 대답하는 거야. '아니요, 난 마지막 무슬림 포로를 구출한 뒤에 떠날 거요.' 어머니는 한마디 했다. '그러시다 이교도의 나라에 더 오래 머물게 될 수도 있어요.' 알파케케 하메드는 미소를 짓고 있지만 우수가 서린 낯빛으로, 마치 자신에게 하는 혼잣말처럼, 아니 어쩌면 창조주에게 하는 것처럼 중얼거렸지. '신에게 더 효과적으로 복종하려면 이따금 거역할 필요가 있으니.'"

우리는 그다음 날 새벽 기도 시간 전에 출발했다. 아버지는 말을 탔고, 어머니와 나는 노새를 탔다. 노새 다섯 마리에 우리의 짐이 실려 있었다. 우리는 도시 남쪽의 나즈드 성문으로 향했고, 안전을 위해 함께 떠나기로 한 망명자 수십 명과 합류했다. 상당한 재물을 실은 이주 행렬이 끊임없이 해안으로 향하고 있는 만큼, 도시 부근과 산길에서 산적들이 출몰하기 때문이었다.

*

알메리아 항구의 무질서는 어린 나의 눈에도 잊지 못할 기억으로 남아 있다. 우리처럼 마지막 순간에 떠나기로 생각을 바꾼 많은 이주민이 배를 타기 위해 몰려들고 있었다. 질서 유지를 위해 이주민들을 고압적으로 윽박지르는 카스티야 병사들이 있는가 하면, 탐욕스러운 시선으로 짐보따리의 내용물을 검사하는 병사들도 있었다. 망명자들은 아무런 제한 없이 모든 재산을 가져갈 수 있도록 결정되었지만, 깐깐하게 트집을 잡는 장교의 손에는 때로 돈을 좀 쥐여줄 필요가 있었다. 해안가에서는 흥정이 순조롭게 진행되고 있었고, 배를 소유한 선주들은 무슬림들의 불행으로 이득을 얻는 이들에게 신께서 예정해 둔 운명에 대한 설교를 듣고 있었다. 하지만 뱃삯이 시시각각 오르는 걸 보면 별 효과가 없었다. 이득의 유혹은 양심을 무디게 했고, 심판의 날을 상기시켜도 관대함을 기대할 수 없었다. 체념한 사람들은 지갑을 열었고, 가족에게 서두르라는 손짓을 보냈다. 100명 이상을 태운 적이 없는 갤리선에 300명 넘는 인원이 배에 올라 있는 만큼 남자들은 아내와 딸들에게 불미스러운 일이 일어날까 봐 노심초사하고 있었다.

그곳에 도착했을 때, 아버지는 말에서 내리지 않은 채로 항구 주위를 둘러보다가 작은 오두막으로 향했다. 그 문 앞에서 번듯하게 차려입은 남자가 정중하게 맞아주자, 아버지가 멀찍이 떨어져서 따라오는 우리에게 가까이 오라는 손짓을 보냈다. 몇 분 후, 우리는 뒤쪽에 마련된 선교를 이용해서 빈 갤리선에 올랐고, 배에 실린 우리의 짐꾸러미에 올라타고 앉았다. 아버지를 맞아주었던 남자는 다름 아닌 하메드의 형이었는데, 카스티야군에게 아직 빼앗기지 않은 알메리아의 세관을 관리하고 있었다. 갤리선은 그의 소유였고, 내일이 되어야 승객들을 태울 예정이었다. 어머니는 뱃멀미를 예방하기 위한 것이라면서 아버지와 나에게 생강 조각을 하나씩 씹으라고 주었고, 어머니 자신도 큰 조각을 입에 넣었다. 어느새 해가 졌고, 우리는 선주가 보내준 고기 완자를 약간 먹은 다음 잠들었다.

새벽녘, 왁자지껄한 소리에 우리는 눈을 떴다. 고래고래 소리치는 남자 수십 명, 흰색이나 검은색 히잡을 두른 여자들, 빽빽거리며 울거나 얼이 빠진 아이들이 우리 갤리선에 들이닥쳤다. 우리는 엎어지거나 물에 빠지지 않도록 짐들을 붙잡고 있어야 했다. 배가 해안에서 멀어지기 시작했을 때 어머니는 나를 꼭 끌어안았다. 우리 주위에서 여자들과 노인들이 기도하면서 탄식하는 소리가 파도 소리에 묻히고 있었다.

  망명길에 오른 그날, 아버지만 평온했고, 배를 타고 도항하는 내내 어머니는 남편의 입술에서 묘한 미소를 읽을 수 있었다. 비록 쫓겨나고 있었지만 아버지는 마지막 순간에 승리의 미소를 지을 만한 무언가를 마련해놓은 것이었다.

제2부

페스

Roma

Granada

Fez

Cairo

Timbuktu

아들아, 내가 그라나다를 떠난 것은 딱 네 나이 때였고, 그 뒤로 다시는 가지 못했다. 신께서는 나의 전 생애가 단 한 권의 책으로 기록되는 순탄한 삶이 아니라, 바다의 리듬에 맞춰 파도가 치는 대로 흘러가면서 전개되기를 원하셨던 모양이다. 신께서는 갈림길에 이를 때마다 그간에 주어진 운명을 접고 또 다른 운명을 열어주셨고, 새로운 나라에 정착했다가 떠날 때마다 새로운 이름이 내 이름에 더해졌지.

알메리아에서 멜리야로 향하는 갤리선에서 하룻밤을 보낸 새벽녘에 어머니와 나는 충격에 휩싸였어. 바다는 온화하고 바람도 잔잔했지만, 우리 가족의 가슴에서는 폭풍이 일고 있었거든.

알파케케 하메드는 정말 능력 있는 사람이었어. 신께서 그를 용서해주시기를! 안달루시아 해안이 멀어지면서 가느다란 끈처럼 보일 때쯤 한 여자가 바닥에 널린 짐보따리와 여행객들을 요리조리 피하면서 우리 쪽으로 뛰어오더라고. 시커멓고 두꺼운 히잡을 착용한 옷차림과는 어울리지 않는 경쾌한 걸음걸이, 그 여자의 품에 마리암이 안겨 있지 않았다면 알아보지 못했을 거야. 나와 마리암의 입에서만 기쁨의 탄성이 터져 나왔지. 아버지와 와르다는 주변 사람들의 시선을 받으면서 넋이 나간 듯 꼼짝도 하지 않았고, 어머니 살마는 나를 더 꼭 끌어안았어. 숨을 참고 있다가 내쉬는 한숨 소리에 어머니가 괴로워하고 있다는 것이 느껴졌지. 히잡에 가려 있지만 틀림없이 흐르고 있을 눈물, 그건 이유 없는 눈물이 아니었어. 머지않아 아버지의 지나친 열정이 우리 모두를 곧 쇠락의 길로 몰아갈 것이기 때문에.

 말썽이라곤 피우지 않던 공인 검량사 무함마드가 갑자기 통제할 수 없는 사람으로 변해버렸으니! 나는 소년 시절 잃었던 아버지를 장년이 되어서야 되찾았지만, 그때는 이미 아버지가 세상에 안 계셨지. 그리고 머리가 희끗희끗해지고 나서야 내 아버지를 포함하여 모든 인간은 행복을 추구하는 길이라 믿고서 잘못된 길을 갈 수도 있다는 걸 깨닫고 처음으로 후회했어. 그때부터 내가 아버지가 걸어간 길을 소중히 간직하고 있는 것처럼 너도 내가 걸어간 길을 소중히 간직하길 바란다. 아들아, 나는 네가 이따금 길을 잃기를 바란다. 그리고 네가 내 아버지처럼 지독한 사랑을 하길 바라고, 삶의 고귀한 유혹을 오랫동안 유연하게 받아들일 수 있길 바란다.

숙박업소 폰두크

헤지라력 900
(1494. 10. 2. – 1495. 9. 20.)

페스에 오기 전까지 나는 그라나다 이외의 도시에 발을 들여놓은 적이 없었다. 사람들로 득시글거리는 골목길을 본 적도 없고, 바닷바람처럼 강하지만, 소리와 냄새가 실려 있어서 무거운 숨결이 얼굴에 닿는 걸 느껴본 적도 없었다. 물론 나는 안달루시아 왕국의 찬란한 수도 그라나다에서 태어났다. 하지만 때가 15세기 말이었던 만큼, 내가 아는 그라나다는 차츰 주민이 빠져나가고 있는 죽어 가는 도시, 굴욕당하고 멸망하고 있는 도시일 뿐이었고, 우리 마을 알바이신을 떠날 때는 그저 황폐해지고 적대적인 거대한 군영에 지나지 않았다.

페스는 달랐다. 나는 페스를 알아 가는 데 청춘을 보냈다. 그해 처음 만났을 때의 페스는 흐릿한 기억으로만 남아 있다. 모든 길이 비탈지고 때로는 어찌나 가파른지 아버지의 억센 손에 이끌려서 간신히 주뼛주뼛 불안정하게 걸음을 떼는 애처로운 노새의 등에서 반쯤 잠이 든 채로 도시에 다가가고 있었다. 몸이 흔들릴 때마다 자다 깨다 하고 있을 때 갑자기 아버지 목소리가 들렸다.

"하산, 일어나라, 도시를 봐야지!"

잠에서 깬 나는 우리가 흙벽돌로 지은 모래색 성벽 아래 도착해 있음을 알았다. 높고 거대한 성벽을 따라 총안이 뚫려 있는 날카롭고 위협적인 방호벽이 비죽비죽 늘어서 있었다. 문지기의 손에 동전을 쥐여주고 우리는 성문을 넘었다. 도성으로 들어선 후 아버지가 말했다.

"주위를 둘러봐!"

도시를 에워싼 까마득히 펼쳐진 언덕을 따라 벽돌과 돌로 지은 집들이 수없이 들어차 있고, 그중 많은 집들이 그라나다처럼 자기 타일로 꾸며져 있었다.

"저기, 와디*가 가로지르는 저 평지가 도심이로구나. 왼쪽이 수 세기 전에 코르도바에서 이주한 사람들이 세운 안달루시아 구역이고, 오른쪽은 카이르완** 사람들의 구역이야. 저기 중앙에 보이는 녹색 타일 지붕의 거대한 건물이 모스크이자 알 카라윈 학교로구나. 신께서 허락하시면 너는 저 학교에서 울라마들의 가르침을 받게 될 거다."

나는 아버지의 설명을 건성으로 들으면서 그 순간 시선을 사로잡은 녹색 타일 지붕과 어우러진 주변 풍경에 홀려 있었다. 가을 오후, 뭉게구름에 가려 한껏 누그러진 햇살, 수많은 도시민이 옥상에 앉아서 담소를 나누거나 소리치고 마시고 웃고 떠드는데,

---

* 북아프리카, 중동에서 우기 때 외에는 물이 없는 간헐천을 말한다.
** AD 670년에 북아프리카로 진출한 아랍인들이 세운 도시. 메카와 메디나에 이어 이슬람의 성지가 되었다. 오늘날 튀지니의 수도 튀니스에서 남쪽으로 180킬로미터 거리에 있다.

그들의 목소리가 한데 섞여 왁자지껄하게 들렸다. 그 주위에는 널어놓았거나 펼쳐놓은 빨래들이 바람이 불 때마다 한 배에 달린 돛처럼 한꺼번에 너풀거렸다.

떠들썩한 소음과 북적이는 사람들, 폭풍우를 뚫고 항해하는 배 같기도 하고, 가끔은 난파되는 배 같기도 한 것이 도시가 아닌가? 사춘기에는 자주 이 풍광을 바라보면서 온종일 하염없이 공상에 잠기곤 했다. 내가 페스에 입성한 날의 기쁨은 일시적인 것에 불과했다. 멜리야에서 오는 여정에서 녹초가 된 나는 칼리 외숙부의 집에 빨리 가고 싶었다. 물론 내가 한 살 때 바르바리*로 떠난 외숙부와 장남인 그 아들과 함께 떠난 외할머니에 대한 기억은 전혀 없었다. 하지만 나는 외갓집 식구들의 뜨거운 환영이 힘겨웠던 여정을 잊게 해줄 거라 확신했다.

실제로 어머니와 나는 뜨거운 환영을 받았다. 어머니 살마가 친정어머니의 품에 안겨서 재회의 기쁨을 나누는 사이, 나는 외숙부의 품에 안겨 있었다. 외숙부는 말없이 한참을 쳐다보다 내 이마에 입맞춤을 퍼부었다.

"네 외삼촌은 세상의 모든 오빠가 누이동생의 아들을 사랑하는 것처럼 너를 사랑해." 어머니가 내게 말했다. "게다가 외삼촌은 딸들만 있어서 너를 친아들이나 다름없이 생각한단다."

외숙부는 나에 대한 각별한 사랑을 여러 번 보여주었다. 하지만 그날 어린 나는 외숙부에게서 뜻밖의 모습을 보면서 가슴이 철렁 내려앉았다.

---

* 이집트를 제외한 아프리카 북서 해안 지역의 옛 이름. 모로코, 알제리, 튀니지, 리비아 서부가 여기에 속하며, 원주민인 베르베르족에서 지명이 유래되었다.

외숙부는 나를 바닥에 내려놓은 다음 아버지 무함마드를 향해 돌아섰다.

"이렇게 늦게 올 줄이야!" 칼리가 비난조로 내뱉었는데, 아버지의 출발이 늦어진 이유가 첩을 되찾겠다는 집착 때문이었다는 걸 모르는 사람이 없기 때문이었다.

두 남자는 그래도 포옹했다. 이어서 외숙부가 멀찍이 서 있는 와르다 쪽으로 처음으로 고개를 돌렸고, 눈길이 머무는가 싶더니 얼른 얼굴을 돌려버렸다. 와르다를 안 보겠다는 것은 그의 집에 들이지 않겠다는 뜻이었다. 생글생글 웃는 사랑스러운 어린애지만, 와르다의 딸 마리암도 환영받지 못했다.

어머니는 훗날 이렇게 설명했다.

"그런 일이 일어날까 봐 두려워서 배에서 와르다가 나타났을 때 기뻐할 수 없었어. 나는 늘 네 아버지의 외도를 묵묵히 참아 왔어. 남편의 행동은 온 동네 사람들이 보는 앞에서 나를 모욕하는 것이었어. 결국 그라나다 전체가 그 사람의 무모한 행동을 조롱하기에 이르렀지. 그래도 나는 계속 나 자신에게 말했어. '살마, 너는 그의 아내이니까 복종해야 해. 언젠가는 지쳐서 너한테 돌아올 거야.' 그런 생각으로 나는 꾹 참고 머리를 숙이고 있었지만, 자존심이 강하고 당당한 내 오빠는 그럴 수 없었지. 우리 셋만 갔다면 지난 일이라고 치부하고 눈감아줬을지도 몰라. 하지만 알바이신에서 매제를 홀린 여자라는 걸 모르는 이가 없는 데다 이교도인 루미야를 집에 들인다는 것은 페스에 와 있는 그라나다 이주민 6천 명의 웃음거리가 되는 거잖아. 페스에서는 칼리를 모르는 사람이 없는 데다 존경하는 사람들이 태반이었으니까."

외갓집 식구들의 관심을 한몸에 받으면서 맛있는 걸 먹을 생각만 하던 나만 빼고 우리 가족은 지친 숨을 내쉬면서 발길을 돌려야 했다.

"사악한 정령이 장례식으로 바꿔놓은 줄도 모르고 결혼식에 참석한 꼴이 될 줄이야!" 아버지가 나에게 말했다. "나는 늘 네 외삼촌을 형제라고 생각했는데 말이다. 나는 칼리에게 소리치고 싶었어. 와르다는 나한테 오기 위해 목숨을 걸고 고향을 도망쳐 왔노라고, 우리에게 오려고 가톨릭의 땅을 떠난 것이니 이제는 그녀를 포로라고 말할 권리도, '루미야'라고 부를 권리도 없다고! 하지만 내 목구멍에서는 아무 말도 나오지 않았어. 나는 묘지처럼 고요한 그곳에서 돌아서서 나와야만 했어."

어머니는 쓰러지기 일보 직전인데도 한순간의 망설임도 없이 남편을 따라나섰다. 사실 어머니는 그 누구보다도, 와르다보다도 더 가슴이 아팠다. 물론 와르다는 모욕당했지만 적어도 이제부터는 무함마드가 체면을 잃지 않기 위해서라도 자신을 버리지 못할 거란 사실을 알게 된 것만으로도 위안을 얻지 않겠는가. 떳떳하지 못한 첩으로 살망정 무함마드의 곁에 머물기 위해 돌아온 것 때문에 수모를 당하는 거라면 부당하게 학대받는 느낌이 들지 않겠는가. 상처받았을 땐 이따금 절망스럽기도 하겠지만 그 상처를 위로받는 느낌이 있다면 여자는 살아야 하고 투쟁해야 할 강력한 이유를 느끼지 않겠는가. 어머니 살마에게는 그런 것이 전혀 없었다.

"나는 곤경에 처해 있었어. 고향을 잃고, 내가 태어나고 자란 집을 잃고 난 뒤에 네 아버지마저 잃고 있었으니 나에게는 심판의 날이었지."

*

그래서 우리는 다시 노새에 올라탔고 정처 없이 길을 나섰다. 아버지는 말의 어깨를 주먹으로 내리치면서 구시렁거렸다.

"내 아버님과 조상님들이 묻힌 땅에 걸고, 페스에서 이런 냉대를 받을 줄 알았더라면 결코 그라나다를 떠나지 않았을 것을!"

아버지 무함마드의 쩌렁쩌렁한 한탄이 가뜩이나 겁먹은 우리의 귓가에 날아와 꽂혔다.

"닫혀 있는 문, 노상강도, 전염병의 공포와 마주치자고 집과 땅을 버리고 떠나서 산 넘고 바다를 건넜단 말인가!"

아프리카 땅에 도착한 뒤로 봉변당하고 실망할 일이 계속해서 생겼던 것은 사실이다. 갤리선이 멜리야 항구에 정박한 순간부터였다. 우리는 지친 노인들을 보듬어주고 힘없는 자들의 눈물을 닦아주는 이슬람의 항구에 도달했다고 생각했다. 하지만 부두에 내리자마자 우리에게 쏟아진 질문은 실망스럽기 짝이 없었다. "카스티야군이 몰려온다는 게 사실이냐? 그들의 갤리선을 봤느냐?" 이런 질문을 하는 이유는 항구를 방어할 목적이 아니라 늦지 않게 줄행랑치려는 것이었다. 망명해 온 우리에게서 안심되는 말을 듣고 싶어 하는 걸 보면서 우리는 침략자들에게 활짝 열려 있는 멜리야의 해안을 빨리 벗어나 산이나 사막 쪽으로 피하기로 했다.

그때 한 남자가 다가왔다. 그는 노새 몰이꾼이라면서 페스로 가려면 지체하지 말고 떠나야 한다면서 원한다면 은화 디르함 수십 냥의 저렴한 금액으로 길을 안내하겠다고 말했다. 밤이 되기 전에 멜리야를 떠나고 싶은 데다 싼 가격에 솔깃해진 아버지는 흥정도 하지 않고 바로 수락했다. 그러면서도 아버지는 노새 몰이꾼에게 베디스까지 해안 도로를 따라가다 페스를 향해 남쪽으로 내려가 달라고 부탁했다. 하지만 노새 몰이꾼은 자기에게 좋은 생각이 있다면서 지름길로 가면 이틀을 줄일 수 있다고 장담했다. 매달 이용하는 길이라 잘 아는 데다 비교적 길이 평탄하다고 덧붙였다. 그의 능란한 말솜씨에 넘어간 우리는 하선한 지 30분 만에 길을 떠나기에 이르렀다. 아버지는 나와 함께 노새에 올랐고, 어머니는 짐을 실은 노새에 올랐다. 와르다는 마리암을 데리고 세 번째 노새에 올랐고, 노새 몰이꾼은 꾀죄죄하고 힐끔힐끔 곁눈질하는 12살쯤 된 맨발의 아들을 데리고 우리 옆에서 걸어갔다.

한 5킬로미터쯤 갔을 때 말을 탄 강도 둘이 파란색 두건으로 얼굴을 가린 채 불쑥 나타났는데 휘어진 단검을 들고 있었다. 마치 신호만 기다리고 있었다는 듯, 노새 몰이꾼과 아들은 부리나케 내뺐다. 강도들이 다가왔다. 여자 둘과 아이 둘을 지키고 있는 남자 한 명만 상대하면 된다는 걸 보고 자신감이 생겼는지 강도들은 능숙한 손놀림으로 노새에 실린 짐을 만져보기 시작했다. 첫 번째로 강탈한 것은 어머니 살마가 경솔하게도 패물을 모조리 넣어 둔 나전 보석함이었다. 이어서 놈들은 어머니가 혼수로 가져왔던 수놓은 잠옷과 비단 옷가지까지 빼앗았다.

그중 한 명이 와르다에게 다가가더니 명령했다.

"노새에서 내려!"

놀란 와르다가 어리둥절한 얼굴을 하자 강도가 아버지에게 다가가 목에 칼끝을 들이댔다. 질겁한 와르다는 바들바들 떨면서도 희한한 몸짓을 해 가며 노새에서 내리지 않고 버텼다. 사태의 심각함을 모르는 내가 웃음을 터뜨리자 아버지가 눈살을 찌푸렸다. 강도가 눈을 부라리면서 윽박질렀다.

"내려!"

와르다가 노새에서 펄쩍 뛰어내리는데 동전 찰그랑거리는 소리가 났다.

"다 내놔!"

와르다는 치마 속으로 손을 넣어 꺼낸 돈주머니를 거만한 동작으로 땅바닥에 내던졌다. 강도는 채신없이 냉큼 돈주머니를 주워 들고는 내 어머니에게 소리쳤다.

"너도 내놔!"

바로 그때 멀리서 마을의 무에진이 기도 시간을 알리는 소리가 울려 퍼졌다. 아버지가 하늘 높이 떠 있는 해를 올려다보더니 노새의 옆구리에서 작은 양탄자를 꺼내 모래 위에 펼쳐놓고 꿇어앉아 메카 방향으로 얼굴을 돌리고 큰 소리로 정오 기도를 올리기 시작했다. 그 모든 과정이 눈 깜짝할 사이에 이루어진 데다 어찌나 자연스러운지 강도들은 어찌할 바를 몰랐다. 그들이 시선을 주고받는 사이, 기적처럼 1.5킬로미터도 채 안 되는 거리의 도로에서 먼지가 자욱이 일었다. 강도들은 허겁지겁 말을 타고 반대 방향으로 냅다 줄행랑쳤다. 우리는 목숨을 구했고, 어머니는 돈주머니를 지킬 수 있었다.

"내가 내렸으면 찰그랑거리는 정도가 아니라 소리가 훨씬 컸을 거야. 네 아버지가 디나르 수백 닢을 열 개의 돈주머니에 나눠서 지니고 있으라고 하기에 내가 전대에 넣어서 허리에 단단히 매고 있었거든. 어떤 남자도 감히 뒤지지 못할 거라고 확신하고서."

하늘이 보내준 것처럼 갑자기 나타나서 우리를 도와준 구세주들이 다가왔는데 한 무리의 병사들이었다. 아버지는 강도들에게 재물을 빼앗긴 경위를 자세히 설명했다. 병사들의 지휘관이 미소를 머금은 얼굴로, 안달루시아 이주민들이 배를 타고 멜리야에 도착하면서부터 이 길에 강도들이 들끓고 있어서 순찰 중인 별동대라고 설명했다. 그러면서 강도를 만나면 대체로 여행객은 목이 베이고, 노새 몰이꾼은 두고 달아났던 짐승과 자기 몫의 약탈품을 챙기러 온다고 덧붙였다. 지휘관의 말에 따르면 페스나 틀렘센으로 가는 많은 그라나다 사람들이 비슷한 봉변을 당했던 반면에 튀니스, 테투안, 살레, 알제리의 미티자를 선택한 이주민들은 그런 변을 당하지 않았다.

"항구로 돌아가세요." 지휘관이 조언했다. "상인들의 카라반이 꾸려지면 그 행렬에 따라붙으세요. 카라반은 반드시 삼엄한 경호를 받을 것이니 목적지까지 안전하게 갈 수 있을 겁니다."

어머니가 빼앗긴 보석함을 되찾을 수 있을지 묻자, 지휘관이 현자처럼 쿠란의 구절로 답변했다.

"싫어하는 것이 있을 수 있는데 그것이 너희에게 행운을 가져다줄 수도 있다. 좋아하는 것이 있을 수 있는데 그것이 너희를 불행하게 만들 수도 있다. 신께서는 알지만, 너희는 모르기 때문에."

이렇게 읊고 나서 지휘관이 부연했다.

"노상강도들이 하는 수 없이 포기하고 간 이 노새들이 여러분에게 보석보다 훨씬 더 유용할 겁니다. 노새들이 여러분과 짐을 싣고 갈 것이며, 카라반 행렬 속에 있으니 강도를 만나는 일은 없을 겁니다."

우리는 그 지휘관의 조언대로 카라반 행렬에 따라붙었다. 그렇게 해서 열흘 후 기진맥진한 상태로 무사히 목적지에 도착했건만, 친척에게 환대는커녕 집에 발도 들이지 못했으니 쫓겨난 거나 다름없었다.

*

이제부터 비바람을 피할 거처를 찾아야 했는데, 연달아 도착한 안달루시아 이주민들이 페스에 도착하는 즉시 저마다 집이란 집은 모두 차지한 뒤라서 머물 집을 구하기가 쉽지 않았다. 3년 전 보아브딜이 왕국을 떠나면서 함께 온 식솔 700명이 지금은 자기들만의 동네를 일구고는 알람브라 궁전에서 생활하던 방식대로 살면서 그나마 자존심을 지키고 있었다. 새로 온 이주민들은 가까운 친척 집에서 한동안 기거하는 것이 일반적이라서, 와르다가 없었다면 우리도 칼리 외숙부 집에서 머물렀을 터였다. 하지만 상황이 이렇게 된 이상 외숙부의 집에서 단 하룻밤이라도 머문다는 것은 생각도 할 수 없는 일이었다. 그런 수모를 당한 마당에 아버지가 그 집에 발을 들여놓을 리 없었다.

집을 구하지 못하면 상인들의 숙박업소인 '폰두크'에 묵는 수밖에 없었다. 페스에 있는 폰두크의 수가 적어도 200개는 된다는데, 대부분 아주 깨끗하고 분수전과 변소를 갖추고 있었는데, 용변을 보면 센 물살을 따라 오물이 운하로 쓸려가다 강으로 흘러가게 만든 시설이었다. 널찍한 객실이 120개가 넘고, 모든 객실이 복도를 따라 늘어서 있는 폰두크도 더러 있었다. 객실은 침대 없이 주인이 제공하는 담요와 돗자리만 달랑 있을 뿐이고, 식사는 식재료를 사서 직접 만들어 먹는 것으로 해결할 수 있었다. 불편함이 없지 않지만 많은 이들이 폰두크를 만족스러워했다. 폰두크는 나그네들이 잠시 체류하는 장소일 뿐만 아니라, 가족이 없고 집과 하인을 부릴 돈이 없는 페스의 홀아비들과 때로는 객실 하나에 둘이 묵으면서 방값과 생활비를 분담하거나 궁핍한 생활 속에서 서로 의지하는 이들의 숙소이기도 했다. 우리는 적당한 집을 찾을 때까지 당분간 폰두크에서 지내야 했다.

그렇지만 아버지는 이 불행한 사람들과 함께 지내는 것이 싫어서가 아니라, 완전히 다른 부류의 사람들과 어울리는 것을 께름칙해했다. 젊었을 때 페스를 방문한 적이 있는 아버지는 그때 들었던 특정 여관의 평판을 아직 기억하고 있었다. '알히와'라고 불리는 사람들이 기거하는 그런 곳은 정직한 시민이라면 문턱을 넘거나, 주인에게 말도 건네고 싶지 않을 정도로 평판이 나쁜 곳이었다. 내가 로마에 남겨 두고 온 《아프리카 지리지》 원고에 기록한 대로, 알히와는 낮에는 물레로 실을 잣지만, 화장과 장신구 치장에 여자 복장을 하고, 수염도 기르지 않고, 고음으로만 말하는 남자를 지칭했다. 페스 사람들은 알히와를 장례식에서만 볼 수 있었다. 슬픔을 고조시키기 위해 곡하는 여자들과 함께 알히와를 고용하는 것이 관습이었기 때문이다. 알히와는 첩을 두었는데, 그 첩은 남편이 있는 부인과 똑같이 행세했다. 잘못된 길로 가지 않도록 신께서 인도해주시길!

이런 숙박업소에는 무법자들이 몰려들어서 훨씬 더 위험했다. 살인자, 산적, 밀수업자, 포주 같은 악행을 일삼는 자들이 마치 왕국 밖의 영토에 있는 것처럼 안전함을 느끼면서 느긋하게 들락거리며 술 밀매, 대마 흡연, 매춘 따위의 악행을 저지르고 있었다. 탐욕을 부리는 장사꾼이나 빵을 훔친 배고픈 도둑은 그토록 신속하게 처벌하는 페스의 경찰이 왜 신도 분노할 범죄의 온상인 이곳에 들어가서 악당들을 소탕하지 않는지 나는 오랫동안 궁금했다. 몇 년이 지나서야 그 답을 찾았다. 술탄의 군대가 출정할 때마다 이 숙소 주인들이 병사들의 식사를 담당하는 데 필요한 모든 인력을 무상으로 제공하고 있었기 때문이다. 술탄은 전쟁에 공헌한 대가로 그들이 뭘 하든 방임하는 것이었다. 모든 전쟁은 질서와 무질서의 양면성을 지니고 있는 것이 사실이었다.

평판이 나쁜 숙박업소에 가지 않으려면 부자 상인들이 일시적으로 머물다 가는, 알 카라인 모스크 근처에 있는 숙소를 찾아야 했다. 방값이 다른 곳보다 더 비싼데도 카라반 상인들이 집단으로 투숙하기 때문에 객실은 늘 만원이었다. 우리는 정말 운 좋게도 그라나다 출신 이민자가 운영하는 숙소를 구할 수 있었다. 주인은 노예 한 명을 훈제 시장에 보내 우리가 먹을 생선 튀김, 고기 튀김, 올리브, 포도 몇 송이를 사 오게 했다. 그리고 밤에 마실 수 있도록 신선한 물 한 통을 우리 방문 앞에 놓아 두었다.

그 숙소에서 며칠만 묵을 생각이던 우리는 6주 가까이 머물다가 주인이 직접 찾아준 작은 집으로 옮겼다. 꽃시장에서 그리 멀지 않은 막다른 골목 안의 집인데, 크기가 그라나다에서 살던 집의 절반 정도인 데다 대문이 낮고, 진창을 밟지 않고서는 들어갈 수 없는 너저분한 집이었다. 숙소 주인은 그 집을 권하면서 안달루시아 상인이 살다가 사업을 확장하기 위해 오스만 제국의 콘스탄티노플로 떠나기로 했다고 설명했다. 하지만 실상은 아주 달랐다. 이웃집 사람들이 알려준 바에 따르면 그 집주인은 장사는커녕 몸져누워 있었으며, 페스에서 사는 3년 동안 단 하루도 행복한 날을 보내지 못하다가 끝내 그라나다로 돌아간 것이었다. 자식 중 둘을 흑사병으로 잃었고, 장남은 '부스럼'이라고 불리는 성병에 걸렸다. 우리가 도착했을 때 페스는 성병 전염에 대한 공포에 휩싸여 있었다. 너무 빠르게 퍼져서 누구도 피할 수 없을 것 같았다. 초기에는 나병 환자와 마찬가지로, 성병에 걸린 사람들을 별도의 장소에 격리했지만, 이내 그 수가 너무 많아져서 가족의 품으로 도로 데려와야 했다. 도시 전체가 거대한 감염 지역이 되었고, 어떤 약도 듣지 않았다.

질병 자체보다 더 치명적인 것은 그 질병을 둘러싼 소문이었다. 페스 사람들은 안달루시아 사람들이 오기 전에는 성병이 나타난 적이 없다고 수군거렸다. 그러자 안달루시아 사람들은 성병은 유대인들과 그 아내들에 의해 퍼진 것이 틀림없다고 주장하면서 카스티야 사람, 포르투갈 사람, 심지어 제노바나 베네치아 선원들까지 비난했다. 이탈리아에서는 이 유행병을 매독이라고 불렀다.

*

아버지가 그라나다에 대해 이야기하기 시작한 것은 그해 봄부터였다. 걸핏하면 나를 몇 시간씩 옆에 붙잡아 두고 있으면서도 나를 쳐다보지 않았고, 내가 듣고는 있는지, 이해는 하는지, 인물과 장소를 알기는 하는지 아랑곳하지 않았다. 그럴 때 가부좌를 틀고 앉은 아버지는 안색이 빛났고, 목소리는 부드러웠고, 피로와 분노는 사라졌다. 몇 분 아니 몇 시간 동안 아버지는 이야기꾼이 되었다. 그럴 때의 아버지는 악취와 곰팡내가 진동하는 페스의 집에 있지 않았다. 아버지는 기억 속으로 여행을 떠났다가 마지못해 돌아오곤 했다.

어머니 살마는 그런 아버지를 연민과 걱정 어린 눈빛으로 바라봤고, 이따금 두려움에 떨었다. 어머니는 향수병에 시달리는 기색이나 이민자의 고달픈 삶을 드러내 보이지 않았다. 와르다가 떠난 날부터 무함마드는 더는 이전의 남편이 아니었고, 첩이 돌아온 뒤에도 아무것도 나아진 것이 없었다. 초점을 잃은 멍한 눈빛, 부자연스러운 목소리, 와르다의 영향 때문인지 가톨릭 세력의 나라에 매력을 느끼는 마음, 남편이 상식에 어긋나는 행동을 하는 건 마법에 걸렸기 때문이라고 어머니는 생각했다. 그래서 페스에 있는 모든 점쟁이를 한 명씩 찾아다니는 한이 있더라도 남편을 그 마법에서 풀어주고 싶었다.

점쟁이들

헤지라력 901
(1495. 9. 21. – 1496 9. 8.)

페스에서는 여성들이 꽃시장을 가로질러야 할 때 히잡으로 얼굴을 좀 더 싸매고, 쫓기는 짐승처럼 좌우를 살피면서 걸음을 재촉한다. 꽃집 출입이 잦다는 것이 비난받을 일은 전혀 아니지만, 페스에 사는 남자들이 금지된 술의 쾌락에 빠져 있을 때마다 꽃집에서 도금양(아라얀)이나 수선화꽃을 한 아름 안고 나오는 이상한 버릇이 있다는 걸 모르는 사람이 없기 때문이다. 포도주 한 병을 사는 것보다 향기로운 꽃다발을 손에 넣는 것이 죄가 덜 한 것처럼 느껴질지 몰라도 안달루시아에서 온 독실한 신자들 눈에는 꽃집 주인이 술집 주인보다 더 나을 것이 없었다. 양쪽 다 대부분 돈푼깨나 있는 방탕한 사람들이기 때문이다.

어머니도 꽃시장이 있는 광장을 지나갈 때는 빠르게 걸었는데, 뭉그적대다가 괜한 오해를 사지 않기 위해서였다. 어머니가 꽃집 앞을 부리나케 지나가는 이유를 알아차린 나는 어머니 옆에서 시합하듯 종종걸음 치는 걸 새로운 놀이처럼 즐거워하게 되었다.

그해 어느 날, 광장을 가로지를 때 어머니의 걸음이 빨라졌다.

나는 깔깔대고 웃으면서 달리기 시작했다. 그런데 어머니가 나를 붙잡기는커녕 거의 뛰다시피 하면서 점점 더 속도를 냈다. 내가 따라가지 못하자 어머니는 돌아와서 나를 품에 안은 다음 빠르게 뛰면서 뭐라고 소리쳤는데 나는 알아듣지 못했다. 어머니가 광장 건너편에 이르러서 걸음을 멈추고 "사라!"하고 소리쳐 불렀을 때 비로소 그렇게 서둘렀던 이유를 알았다.

방물장수 사라, 그 유대인 여자에 대해 자주 듣긴 했어도 나는 사라가 어떻게 생겼는지 전혀 알지 못했다.

"신께서 당신을 이곳으로 보내주시다니." 사라를 따라잡은 어머니가 숨을 헐떡이면서 말했다.

사라는 신기하다는 표정을 지으며 반가워했다.

"우리 랍비께서 매일 하시는 말씀인데, 정말로 이렇게 만나게 될 줄이야."

알록달록 화려한 옷차림하며 호탕한 웃음, 금니, 큼직한 귀걸이, 나를 답삭 안았을 때 내 코를 찌르는 숨 막히는 향수 냄새까지, 나는 사라의 모든 게 신기해 보였다. 내가 빤히 쳐다보고 있는 사이, 사라는 요란한 손짓과 다소 과장된 목소리로 우리보다 약간 먼저 알바이신을 떠난 뒤로 겪었던 일을 이야기하기 시작했다.

"나를 망명의 길로 인도해주신 창조주께 매일 감사하고 있지. 개종을 선택했던 이들은 지금 최악의 박해를 받고 있으니까. 내 사촌 중 일곱 명이 감옥에 갇혔고, 질녀 한 명은 비밀리에 유대교 계율을 지키다가 고발되어 남편과 함께 산 채로 화형당하고 말았어."

사라는 나를 땅바닥에 내려놓고 더 나직한 소리로 말했다.

"개종한 유대인들은 모두 가짜라는 의심을 받았지. 심지어는 에스파냐인들조차 먼 조상까지 거슬러 올라가 유대인이나 무어인 피라곤 전혀 섞이지 않은 '순수 혈통'임을 증명하지 못하면 종교 재판을 피할 수 없었어. 하지만 페르난도 왕과 이단 심판관 토르케마다*도 유대인 혈통이면서 어떻게 그럴 수가 있는지! 지옥의 불길이 최후의 날까지 그들을 뒤쫓기를!"

왕과 고문관들에게 돈을 뿌릴 능력이 되는 부자 유대인들만 포르투갈 땅에 눌러앉을 수 있다는 걸 금방 알아차렸지만 사라는 가족을 데리고 포르투갈로 도망갔던 걸 결코 후회하지 않았다. 경제적 여유가 없는 유대인들은 카스티야에서와 마찬가지로 개종 아니면 추방을 선택해야 했다.

"그래서 나는 서둘러서 배를 타고 테투안으로 갔고, 거기서 몇 달을 지내다가 큰딸 부부와 함께 페스에 왔지. 사위의 숙부가 여기서 보석상을 하고 있거든. 둘째 딸 부부는 대다수 유대인이 그랬듯 우리를 보호해주는 오스만 제국으로 떠났지. 신께서 오스만 술탄의 생명을 연장해주시고 우리의 적들을 물리쳐주시길!"

"우리 모두 그렇게 되길 바라고 있죠." 어머니가 맞장구쳤다.

---

* 도미니크회 수도사(1420~1498)로 페르난도 왕과 이사벨 여왕의 고해신부였고, 이단 심판관으로 활동했으며, 1483년 교황 식스토 4세에게 에스파냐 초대 종교재판장으로 임명되었다. 1492년 3월 31일 알람브라 칙령에 따라 유대인들은 개종 아니면 추방을 선택해야 했는데, 약 4만 명의 유대인들이 개인 소유물만 가지고 에스파냐를 떠났고, 나머지 5만 명의 유대인들은 에스파냐에 남기 위해 가톨릭 세례를 받았다. 토르케마다 재판장 재임 중에 약 2천 명이 화형에 처해졌다고 한다.

"신께서 우리 조국을 돌려주기로 하신 날에 오스만 제국이 힘이 되어줄 거예요."

어머니의 간절한 소망은 카스티야 사람들에게 복수하는 것이었다. 하지만 지금 어머니의 머릿속은 그라나다의 운명보다 온통 가정의 운명에 대한 걱정으로 가득했다. 어머니가 사라를 다시 만나게 된 걸 그토록 기뻐하는 건 내가 태어나기 전에 하마터면 남편에게 버림받을 뻔했을 때 사라가 남편을 되찾도록 도와줬던 기억이 있어서였다. 이번에는 묘약이 통하지 않을 터였다. 어머니는 점쟁이들을 만나 운세를 점쳐보고 싶은데, 중병을 앓는 친정어머니가 동행할 수 없으니 든든한 사라가 함께해주길 기대했다.

"남편은 건강하신가?" 사라가 물었다.

"신께서 건강을 허락해주시길!"

이 모호한 말의 의미를 대번에 눈치챈 사라는 내 어머니의 팔을 잡았다. 두 여자가 동시에 나를 힐끔 쳐다보면서 한 걸음 떨어지더니 나직한 소리로 속삭이는 바람에 나는 한마디도 알아듣지 못했다. 어머니의 입에서는 "루미야"와 "주술" "약물"이라는 말이 여러 번 나왔고, 사라는 든든한 표정으로 주의 깊게 들어주었다.

두 여자는 이틀 후에 같은 장소에서 만나서 점을 보러 가기로 했다. 그리고 어머니는 그날 나를 데리고 나오겠다고 했다. 어쩌면 어머니는 나를 와르다에게 맡기기 싫었던 것일 수도 있고, 바깥출입이 잦더라도 아들을 데리고 다니면 아버지와 동네 사람들에게 괜한 의심을 사지 않겠다고 판단한 것일 수도 있었다. 아무튼 당시 일곱 살이던 나에게는 뜻밖의 놀라운 경험이었고, 때때로 몹시 두렵기도 했다.

우리가 가장 먼저 찾아간 사람은 움 바사르라는 이름의 점쟁이였다. 페스의 술탄이 초승달이 뜨는 신월마다 움 바사르를 궁전으로 불러들여 운세를 보는데, 어느 날에는 술탄을 위협하는 아미르에게 주문을 걸어서 눈을 멀게 했다는 소문이 돌면서 아주 유명해진 점쟁이였다. 그 명성에도 불구하고 움 바사르는 향수 시장의 좁은 상점가 거리 끝에 있는, 우리 집만큼이나 허름한 집에 살고 있었다. 집으로 들어가려면 휘장을 젖히기만 하면 되었다. 흑인 하녀가 우리에게 작은 방에 앉으라 하더니 잠시 후 어두운 복도 끝에 있는 약간 더 큰 방으로 데려갔다. 금실로 가장자리를 접어 감친 초록색 스카프로 머리를 싸맨 움 바사르는 큼직한 초록색 방석을 깔고 앉아 있었는데, 등 뒤로는 스물여덟 종류의 달이 그려진 태피스트리가 걸려 있고, 앞에 있는 낮은 탁자에는 반들반들한 질그릇이 놓여 있었다.

어머니는 점쟁이 앞에 앉아서 나직한 소리로 찾아온 용건을 말했다. 사라와 나는 뒤에 서 있었다. 움 바사르는 질그릇에 물을 붓고 기름 한 방울을 떨어뜨린 다음 세 번 불었다. 그러고는 무슨 말인지 알 수 없는 문구를 읊고 나서 질그릇을 응시하며 동굴에서 나오는 듯한 목소리로 말했다.

"공기의 정령들이 와 있어. 육로를 따라온 정령도 있고, 바다를 건너온 정령도 있구나."

갑자기 점쟁이가 고개를 돌리고 나에게 손짓했다.

"더 가까이 오너라."

나는 잔뜩 긴장해서 움직이지 않았다.

"이리 오너라, 무서워 말고!"

어머니가 눈짓으로 나를 안심시켰다. 나는 겁에 질린 채 한 걸음 다가갔다.

"여길 자세히 봐!"

솔직히 놀라운 광경이었다. 너울거리는 기름방울들이 그릇의 반들거리는 표면에 반사되어 쉼 없이 움직이는 것 같은 착시를 일으켰다. 잠시 시선을 고정하고 상상의 나래를 펴고 있자니 온갖 형상을 볼 수 있었다.

"진(정령)들이 움직이는 거 봤지?"

"네." 나는 대답했다.

어떤 질문을 받았더라도 내 대답은 '네'였을 텐데, 어머니는 귀를 쫑긋 세우고 있었다. 어머니는 정해놓은 목표 때문에라도, 치러야 할 복채 때문에라도 실망하고 싶지 않은 것이었다. 움 바사르의 지시에 따라 나는 원래 서 있던 자리로 돌아갔다. 점쟁이는 잠시 꼼짝도 하지 않았다가 비밀스러운 어조로 설명했다.

"진들이 진정하길 기다려야 한다. 지금은 너무 흥분해 있어."

긴 침묵이 이어지더니 점쟁이가 진들과 대화를 나누기 시작했다. 진들에게 질문을 속삭인 뒤에 진들이 손이나 눈으로 하는 동작을 살피기 위해 질그릇을 응시했다.

"네 남편은 세 기간이 지난 후에 너에게 돌아오겠구나." 점쟁이가 말했는데, 삼 일인지, 삼 주인지, 석 달인지, 삼 년이라는 건지 구체적으로 밝히지 않았다.

어머니는 금화 한 닢을 내고, 혼란스러운 얼굴로 그 집을 나왔다. 집으로 돌아가는 길에 어머니는 나에게 잘 때 진들이 내 몸을 기어다니는 걸 보고 싶지 않으면 점쟁이를 만난 걸 아무에게도, 아버지에게도 말하지 말라고 당부했다.

일주일 후, 우리는 집에서 가까운 광장에서 사라를 다시 만났다. 이번에 방문한 곳은 술탄의 궁전에서 그리 멀지 않은 호화로운 저택이었다. 우리를 맞이한 응접실은 아주 널찍했고, 높은 천장은 쪽빛과 금빛으로 칠해져 있었다. 히잡을 쓰지 않은 뚱뚱한 여자 여러 명이 있었는데 나를 전혀 반기지 않는 것 같았다. 여자들이 나에 대해 무슨 얘기를 잠시 나누더니 그중 한 명이 일어나서 내 손을 잡고 그 방 구석에 데려다 놓고는 장난감을 가져다주겠다고 약속했다. 장난감은 구경도 못 했지만 나는 심심해할 겨를이 없었다. 몇 분 후 어머니와 사라가 나를 데리러 왔기 때문이다.

그날 무슨 일이 있었는지 알기까지는 수년을 기다려야 했다. 나는 어머니와 사라가 그 집을 나오면서 계속 구시렁거리면서 분노하다가도 농담을 주고받다 웃음을 터뜨렸던 것만 기억난다. 그리고 그 응접실에서 알 아미라 공주에 대해 하는 말이 들렸던 것도 기억한다.

공주는 아주 독특한 인물이었다. 술탄의 사촌 중 한 명이며 신비학에 정통했던 과부 알 아미라는 여성으로만 구성된 이상한 교단을 설립했는데, 구성원은 점술 능력이 있거나 단순히 미모 때문에 선택되었다. 오랜 삶의 경험을 가진 사람들은 그 여성들이 서로를 이용하는 데 익숙하다고 해서 '사하캇'이라고 불렀다는데, 나는 더 적절한 표현을 찾을 수가 없다. 여자가 그들을 찾아오면 그들은 특정 악마들과 친구라고 믿게 하고는 악마를 세 종류, 즉

붉은 악마, 하얀 악마, 검은 악마로 분류했다. 내가 《아프리카 지리지》에 기록한 대로 그 여성들은 악마들이 그들의 입을 통해 말하는 것처럼 믿게 하려고 목소리를 변조했다. 그렇게 악마로 변장한 여성들은 아름다운 여자가 찾아오면 옷을 벗고 공주와 추종자들과 사랑의 키스를 나누라고 명했다. 어리석어서든 좋아서든 그 명에 기꺼이 응하는 여자는 교단의 일원으로 받아들였고, 모든 여자가 악단의 연주에 맞춰 함께 춤추면서 축하하는 호화로운 향연이 열렸다.

내가 공주와 악마들의 이야기를 알게 된 것은 열여섯 아니면 열일곱 살 때였다. 나는 그제야 어머니와 사라가 황급히 뛰쳐나온 이유가 무엇인지 짐작할 수 있었다.

*

그런 불미스러운 일이 있었는데도 불구하고 어머니는 중단하고 싶어 하지 않았다. 하지만 다음에 방문할 점쟁이를 선택할 때는 훨씬 신중해졌다. 그렇게 해서 우리 셋은 몇 주 후, 도시에서 아주 존경받는 남자를 찾아갔는데 알 카라윈 대모스크 부근에서 서점을 운영하는 점성가였다. 그는 우리를 이층 방으로 맞아들였는데, 수많은 책이 벽면을 채우고 있고 돗자리 한 개만 달랑 바닥에 깔려 있을 뿐 가구라고는 하나도 없는 방이었다. 그는 우리가 방에 들어서자마자 자기는 마법사도 연금술사도 아니라면서 단지 신께서 삼라만상에 보낸 징표를 읽어내려고 노력하는 점성가라고 분명히 말했다. 그 말을 뒷받침하기 위해 그는 경전의 구절을 인용했다.

> 이 땅에는 믿음이 확고한 이들을 위한 징표가 있다.
> 너희 안에도 징표가 있는데 보이지 않는가?
> 너희를 위한 쾌락은 하늘에 있다.
> 그래서 너희가 위협받는 것이거늘.

점성가는 이렇게 자신의 신앙과 신망에 대해 우리를 안심시킨 다음, 벽 쪽으로 물러서 있으라 하고는 돗자리를 말아서 한쪽으로 치운 다음 분필로 바닥에 동심원 여러 개를 그렸다. 첫 번째 동심원 안에는 십자가를 그리고, 그 십자가 끝에 네 개의 방위 기점을 표시하고, 그 안에 4원소의 이름을 썼다. 이어서 두 번째 동심원을 사분면으로 나누고, 각 사분면을 다시 일곱 개로 나누어 총 스물여덟 개로 만든 다음, 그 안에 아랍 문자 28자를 적었다. 나머지 동심원에는 일곱 개의 행성과 율리우스력의 열두 달 그리고 다양한 별자리를 그렸다. '자이라자'라고 불리는 이 절차는 시간이 오래 걸리고 아주 복잡해서 내가 이 과정을 세 번이나 봤기에 망정이지 그러지 않았다면 이 정도로 자세히 기억하지 못했을 것이다. 다만 나는 확실하게 배워놓지 않은 것을 후회한다. 왜냐하면 모든 신비 학문 중에서 이것은 특정 울라마들조차 그 결과를 부인할 수 없는 유일한 학문이기 때문이다.

그림을 다 그린 뒤 점성가는 어머니에게 찾아온 용건을 물었다. 그는 어머니의 질문을 받아 적은 다음, 각 문자가 나타내는 수치로 바꿨고, 아주 복잡한 계산 끝에 각각의 문자에 해당하는 자연 요소를 찾아냈다. 한 시간 후, 점성가의 입에서 운문 형식의 답변이 나왔다.

죽음이 지나가고, 큰 파도도 지나가리라,
그러면 여자와 아이가 돌아오리라.

어머니가 숨이 막힐 정도로 혼란스러워하자 점성가는 어머니를 진정시켰다.
"미래를 알고 싶을 때 우리는 이따금 죽음을 맞이할 예상을 해야 한다. 모든 운명의 끝은 죽음이 아닌가?"
어머니는 힘을 내면서 떨리는 목소리로 거의 애원하듯 말했다.
"물론 끝은 죽음이지요. 하지만 이 점술은 시작부터 죽음이 나오네요."
점성가는 대답하는 대신에 고개를 쳐들고 두 팔을 위로 벌렸다. 그의 입에서 더는 한마디도 나오지 않아서 어머니가 복채를 주려고 하자 점성가는 단호한 손짓으로 거절했다.

*

네 번째로 찾아간 곳에서는 어머니를 지옥에 떨어뜨렸다. 페스에서 퇴마사라는 뜻의 '무아지민'이라 불리는 사람이었다. 외할머니가, 신께서 외할머니에게 자비를 베푸시길! 우리의 문제보다 훨씬 어려운 일을 수없이 해결한 사람이라면서 칭찬한 남자였다. 과연 찾아오는 사람이 많았고, 대기 손님이 여섯 명이나 있어서 우리는 도착한 지 두 시간이 지나서야 그를 만날 수 있었다.

어머니가 용건을 말하자마자 퇴마사는 거만한 미소를 지으면서 일주일 안에 그 문제를 해결해주겠다고 장담했다.

"부인의 남편 머릿속에 있는 작은 악마를 쫓아내야 해요. 남편이 지금 여기 있으면 당장에 쫓아내겠지만 어쩔 수 없으니, 부인이 직접 악마를 쫓아낼 수 있게 해주겠소. 부인에게 주문 하나를 알려줄 테니 오늘 밤, 내일 밤, 모레 밤, 남편이 잠든 사이 머리맡에서 주문을 외어요. 그리고 이 병을 잘 지니고 있다가 주문을 욀 때마다 영약을 한 방울씩 뿌려요."

그날 밤, 아버지는 어머니 방에서 잤고, 어머니는 어려움 없이 주문을 외면서 영약을 한 방울 떨어뜨릴 수 있었다. 그렇지만 둘째 날 밤부터는 누구나 예상할 수 있는 일이 일어났다. 아버지는 와르다의 방에서 자고 있었고, 어머니는 부들부들 떨면서 그 방으로 살그머니 들어갔다. 어머니가 영약을 떨어뜨리려는 순간 와르다가 비명을 지르는 바람에 잠을 깬 아버지는 순간적으로 침입자의 발목을 움켜잡았다. 방바닥에 넘어진 어머니는 흐느껴 울었다.

아버지는 아내가 손에 쥐고 있는 유리병을 보고 아내를 마녀, 미치광이, 독살자로 취급하면서 새벽까지 기다리지 않고 세 번 연거푸 소리쳤다. "안티 탈리카, 안티 탈리카, 안티 탈리카", 이제부터 살마는 남편 무함마드에게서 자유로워진 이혼녀라는 뜻이었다.

곡소리

헤리자력 902
(1496. 9. 9. - 1497. 8. 29.)

 그해, 그라나다에서 추방된 술탄 보아브딜이 친히 우리 집으로 조문을 왔다. 정확히는 우리 집이라기보다 칼리의 집이라고 하는 것이 맞다. 아버지가 어머니를 내쫓은 뒤로 나는 외숙부 집에서 살고 있었기 때문이다. 실추한 술탄이 응접실에 들어섰는데 시종과 서기관, 알람브라식 정복을 착용한 근위병 여섯 명을 거느리고 있었다. 보아브딜이 외숙부의 귀에 대고 조의를 표하자 외숙부는 악수를 길게 한 뒤에 그 집에 하나뿐인 등받이가 있는 의자를 내주었다. 보아브딜의 수행원들은 서 있었다.

 외할머니는 한밤중에 돌아가셨는데, 페스에 와 있는 그라나다 이주민들이 아침부터 몰려오기 시작했다. 보아브딜은 정오 기도가 시작되기 전에 기별도 없이 들이닥쳤다. 참석해 있는 조문객 중 그를 높이 평가하는 사람은 아무도 없었지만, 옛 신하들은 비록 허울뿐일지라도 그에 대한 칭호는 그대로 유지하는 수밖에 없었다. 게다가 나라를 빼앗긴 군주를 원망하며 성토하기 위해 모인 자리가 아니지 않는가. 하지만 술탄에 이어 바로 다음으로 들어온 아스타피룰라는 보아브딜에게 눈길도 주지 않고 빈 방석 위에 앉더니 쉰 목소리로 우렁차게 조문에 알맞은 경전 구절을 읊조리기 시작했다.

아스타피룰라를 따라 기도하는 이들도 있고, 공상에 빠진 듯 멍한 표정이거나 즐거워하는 이들도 있고, 계속 잡담을 나누는 이들도 있었다. 남자들의 방에서는 칼리만 눈물짓고 있었다. 마치 내 눈앞에서 일어나고 있는 일인 듯 아직도 생생하다. 바닥에 앉아서, 물론 즐거운 건 아니고, 그렇다고 아주 슬프지도 않은 무덤덤한 눈으로 조문객들을 훑어보고 있던 내 모습도 눈에 선하다. 뚱보가 되어버린 보아브딜과 망명 생활로 피골이 상접한 아스타피룰라의 모습은 대조적이었다. 설교자의 터번은 그 어느 때보다도 거대해 보였다. 아스타피룰라가 입을 다물면 그때마다 숯검정을 칠한 얼굴에 머리를 산발한 여자들이 피가 날 정도로 뺨을 할퀴면서 요란하게 울부짖는 소리가 들리는가 하면, 중정 한쪽 구석에서는 여자 옷에 면도하고 화장까지 한 남자들이 미친 듯이 사각형 탬버린을 흔들고 있었다. 아스타피룰라는 그들을 조용히 시키기 위해 더 큰 소리로 열렬히 기도를 읊조리기 시작했다. 이따금 음유 시인이 일어나 다른 고인들에게도 이미 사용했던 구슬픈 시를 낭송할 때도 있었다. 바깥에서 냄비 소리가 들렸다. 초상집에서는 음식을 하지 않기 때문에 동네 아낙들이 음식을 가져오는 소리였다.

죽음, 조문, 장례.

점심때가 되어서야 나타난 내 아버지 무함마드는 슬픈 소식을 방금 듣고 부랴부랴 왔다면서 궁색한 변명을 늘어놨다. 조문객들은 아버지를 힐끔 쳐다보면서 차갑게 인사하거나 아예 알은체도 하지 않았다. 나는 자괴감을 느꼈다. 나는 아버지가 이 자리에 오지 않기를 바랐고, 그가 내 아버지가 아니기를 바랐다. 그런 생각을 한 것이 부끄러워 아버지에게 가서 어깨에 머리를 기대고 가만히 서 있었다. 하지만 아버지가 내 목덜미를 천천히 쓰다듬는 동안 나는 무슨 이유인지 서점을 운영하는 점성가와 그의 예언이 생각났다.

점성가가 말한 죽음이 이렇게 지나간 건가? 나는 그 죽음이 어머니나 아버지가 아니었다는 것에 내심 안도했다. 훗날 어머니 역시 내가 죽을까 봐 몹시 두려웠다고 말했다. 어머니가 차마 마음속으로도 하지 못한 그 말은 늙은 아스타피룰라만 우화를 통해서나 감히 할 수 있는 말이었다.

고인을 칭송하기 위해 일어선 아스타피룰라가 내 외숙부에게 먼저 우화를 들어 조의를 표했다.

"옛날에 한 칼리파가 그대만큼이나 극진히 모시던 어머니를 잃고 하염없이 눈물을 흘렸더랍니다. 그러자 한 현자가 와서 말했지요. '신자들의 군주여, 그대는 지고하신 신에게 감사해야 합니다. 자식을 앞세우고 슬퍼하는 어머니로 만들어 어머니를 모욕하지 않고 군주께서 어머님의 죽음을 애도하게 하셨으니까요.' 우리는 죽음이 자연스러운 순서를 따를 때 신에게 감사해야 하고, 불행히도 그렇지 않을 때는 신의 혜안에 의지해야 합니다."

이어서 아스타피룰라가 기도문을 읊조리자 조문객들이 동시에 기도했다. 이윽고 설교자는 갑자기 설교로 넘어갔다.

"나는 장례식에서 남녀 신자들이 죽음을 저주하는 소리를 너무 자주 듣습니다. 그렇지만 죽음은 지고하신 신께서 주시는 선물이니, 신에게서 오는 것을 저주할 수는 없습니다. 선물이라는 말이 거슬립니까? 하지만 그것은 정확한 진리입니다. 죽음이 불가피한 것이 아니라면 인간은 죽음을 피하느라 일생을 허비했을 겁니다. 인간은 어떤 위험도 감수하지 않고, 아무것도 시도하지 않고, 아무것도 발명하지 않고, 아무것도 건설하지 않았을 겁니다. 영원한 삶이었을 테니까요. 형제들이여, 삶이 의미가 있도록 죽음을 선물로 주시고, 낮이 의미가 있도록 밤을 주시고, 말이 의미가 있도록 침묵을 주시고, 건강이 의미가 있도록 병을 주시고, 평화가 의미가 있도록 전쟁을 주신 신께 감사합시다. 휴식과 기쁨이 의미가 있도록 피로와 고통을 주신 신께 감사합시다. 무한한 지혜를 가지신 신께 감사합시다."

조문객들이 합창으로 신께 감사드린다는 말을 외쳤다. "알함두릴라! 알함두릴라!" 그중 적어도 한 사람은 부르튼 입술을 굳게 다문 채 주먹을 꽉 쥐고 있었다. 바로 칼리 외숙부였다.

훗날 외숙부가 설명해주었다. "나는 두려웠어. 아스타피룰라가 선을 넘지 않기를 바랐지만, 불행히도 그를 너무 잘 알기 때문에 그런 기대를 할 수 없었거든."

실제로 설교의 방향이 바뀌기 시작했다.

"신께서 내게 죽음을 선물로 주셨다면, 신께서 나를 죽어 가는 도시에서 살게 하지 않고 당신께 불러들이셨다면, 신께서 나를 잔혹하게 대한 것일까요? 신께서 내 눈으로 정복된 그라나다와 불명예스러운 신자들을 보지 않게 해주셨다면, 신께서 나를 잔혹하게 대한 것이었을까요?"

아스타피룰라가 갑자기 목소리를 높이는 바람에 조문객들이 소스라쳤다.

"여기서 불명예스럽게 사느니 죽음이 더 낫다고 생각하는 사람은 나밖에 없습니까? 이렇게 외칠 사람은 나밖에 없습니까? 오, 신이시여, 제가 신자들의 공동체에 대한 사명을 저버렸다면, 당신의 손으로 저를 으스러뜨리고, 해충처럼 저를 이 땅에서 쓸어버리소서. 오, 신이시여, 제 양심이 견딜 수 없을 정도로 무거우니 오늘이라도 저를 심판하소서. 당신의 도시 중 가장 아름다운 도시를 제게 맡기시고, 무슬림들의 생명과 명예를 제게 맡기셨는데 왜 그 책임을 추궁하기 위해 저를 불러들이지 않으시옵니까?"

칼리 외숙부를 비롯하여 모든 참석자가 땀을 흘리고 있는 가운데, 보아브딜의 얼굴은 백지장처럼 창백해졌다. 마치 나라를 빼앗긴 보아브딜의 수치를 공유하지 않기 위해 왕족의 피가 그를 버린 것 같았다. 보아브딜이 장례식에 참석한 것이 한 고문관의 조언에 따라 옛 신하들과의 유대를 강화하고, 궁정 재건을 위한 출자를 부탁하기 위해서였다면 그 계획은 실패로 끝난 것이다. 보아브딜의 눈은 필사적으로 출구를 향하고 있지만 너무 무거운 몸은 말을 듣지 않았다.

아스타피룰라가 갑자기 규탄을 중단하고 기도를 재개한 것은 용서를 구하기 위해서나 무기력해서였을까, 아니면 그저 우연히 그런 걸까? 외숙부는 그것을 하늘의 개입이라고 말했다. 아스타피룰라가 "알라신 이외에 다른 신은 없으며 무함마드는 신의 사도이며" 하고 기도를 시작하자 그 틈을 타서 외숙부는 자리에서 벌떡 일어나 장례 행렬에 묘지로 출발하자는 신호를 보냈다. 여자들이 슬픔과 작별을 상징하는 하얀 손수건을 흔들면서 문간까지 수의를 들고 행렬을 따라갔다. 보아브딜은 비밀 쪽문으로 빠져나갔다. 이제부터 페스의 그라나다 이주민들은 평온하게 죽을 수 있었다. 그후로는 그라나다인 중 누가 죽든 실추한 술탄이 다시는 그 무력한 모습을 드러내지 않았기 때문이다.

*

  조문 기간은 엿새 더 연장되었다. 사랑하는 이의 죽음으로 인한 고통의 치유책으로 녹초가 되어 드러눕는 것보다 더 나은 것이 있을까? 조문객들은 새벽부터 찾아왔고, 마지막 조문객들은 해가 지고 나서야 돌아갔다. 사흘째부터는 친인척들이 더는 눈물을 흘리지 않았고, 이따금 미소를 짓거나 웃기도 했는데 그걸 비난하는 조문객은 아무도 없었다. 통곡 소리가 커야 보수가 올라간다고 생각하는 곡하는 여자들만 꿋꿋이 버티고 있었다. 그리고 고인이 죽은 후 사십일 되는 날부터 사흘간 조문이 재개되었다.

  몇 주일간의 이 애도 기간은 아버지와 외숙부에게 화해의 말을 몇 마디 나눌 기회를 주었다. 어머니는 자기를 쫓아낸 남자와 마주치기를 피했기 때문에 부모가 재회했다고 할 수는 없었다. 하지만 내가 여덟 살이 되던 해부터는 희망이 보이는 것 같았다.

  아버지와 외숙부는 주로 내 장래에 대해 논의했다. 나를 학교에 보낼 때가 되었다는 데 두 사람의 의견이 일치했다. 보통은 나이를 더 먹어야 학교에 가지만, 총명하고 조숙한 나를 온종일 집에서 여자들과 지내게 둔다는 건 괜한 시간 낭비일 뿐이라고 생각한 것이었다. 내가 나약해질 수도 있고, 사내답지 못하게 클 수도 있었다. 아버지와 외숙부가 차례로 와서 나에게 설명해주었고, 어느 날 아침에 그 지역의 모스크로 데려갔다.

터번을 두른, 금빛 수염의 젊은 교사는 쿠란의 제1 수라(章), 즉 알파티하를 암송하라고 했다. 나는 조금도 망설이지 않고 한 글자도 틀리지 않고 알파티하를 암송했다. 교사는 흡족해했다.

"웅변이 좋고, 기억력이 탁월한 아이라서 쿠란을 암기하는 데 4, 5년도 걸리지 않겠습니다."

많은 학생이 6년이나 7년을 그곳에서 보낸다는 걸 알기 때문에 나는 매우 자랑스러웠다. 쿠란을 배우고 외우고 나면 다양한 학문을 가르치는 대학교에 들어갈 수 있었다.

"또한 철자법과 문법, 서예를 가르칠 겁니다." 교사가 말했다.

어떤 보상을 원하냐고 물었을 때 교사는 한 발 뒤로 물러섰다.

"나는 오직 신의 보상만 기대합니다."

그러면서 교사는 학비를 따로 내지 않는 대신 학부모는 축제일에 능력껏 학교에 기부금을 내는데, 지난해 말 쿠란 암송 시험 때에는 막대한 기부금이 들어왔다고 덧붙였다.

나는 가능한 한 빨리 114개의 수라를 외우겠다는 목표를 세우고 일주일에 닷새씩 수업하기로 했다. 우리 반에는 7세에서 14세 사이의 사내아이가 80명 정도 있었다. 학생들은 옷을 마음대로 입고 학교에 오지만, 특별한 경우를 제외하고는 아무도 비단이나 수를 놓은 화려한 옷을 입으려 하지 않았다. 왕국의 군주나 귀족의 자식들은 모스크의 학교에 다니지 않고 집에서 가정교사의 가르침을 받았다. 이 예외를 제외하고 학교에는 재판관, 공증인, 장교, 고관이나 공무원, 상점 주인, 수공업자, 심지어 주인의 허락을 받은 노예의 아들까지 다양한 신분의 소년들이 섞여 있었다.

커다란 교실은 계단석을 갖추고 있었다. 키 작은 아이들은 앞에, 키 큰 아이들은 뒤에 앉았고, 각자 서판을 가지고 다니면서 교사가 구술하는 그날의 구절을 받아 적었다. 교사는 갈대를 손에 쥐고 있다가 우리 중 누군가가 욕설을 하거나 큰 잘못을 저질렀을 때 가차 없이 매를 들었다. 하지만 어떤 학생도 교사를 원망하지 않았고, 교사도 그다음 날까지 감정을 품지 않았다.

학교에 간 첫날, 나는 세 번째 줄에 앉았다. 교사의 강의를 듣기에 적당히 가까우면서 질문이나 분노를 피하기에 적당히 먼 자리였다. 내 옆에는 동네에서 말썽꾸러기로 소문난 악동 하룬이 앉았다. 하룬의 별명은 '족제비'였다. 피부색이 아주 가무잡잡한 하룬은 나와 동갑이었고, 해지고 군데군데 기웠지만 늘 깨끗한 옷을 입고 다녔다. 우리는 티격태격하다가 평생의 벗이 되었다. 하룬이 있는 곳에는 내가 있고, 내가 있는 곳에 하룬이 있을 정도로 우리는 늘 붙어 다녔다. 페스를 돌아다니며 탐험하던 내 청소년기는 늘 하룬과 함께였다. 나는 페스에서 이방인이라고 느꼈지만, 하룬에게 페스는 자기의 눈으로만, 자기의 다리로만, 자기의 가슴으로만 알고 있는 그를 위한 세상이었다. 하룬은 그런 자기만의 고향을 나와 공유해주었다.

하룬은 태어날 때부터 페스의 동업 조합 중 가장 관대한 길드에 속해 있었다.

족제비 하룬

헤지라력 903
(1497. 8. 30. - 1498. 8. 18.)

멜리야가 카스티야군의 수중에 넘어간 것이 이때였다. 카스티야군 함대가 쳐들어갔을 때, 주민들이 재물을 가지고 인근 산속으로 도망쳐버렸기 때문에 멜리야는 텅 비어 있었다. 기독교 세력이 도시를 점령하고 요새화하기 시작했다. 카스티야군이 멜리야를 떠나는 날이 과연 올지!

페스에 머물고 있는 그라나다 이주민들은 공포를 느꼈다. 적군이 이슬람 국가의 심장부와 땅끝까지 그들을 추격해 오는 느낌이 들었다.

우리 가족도 점점 불안에 떨었지만, 나의 공부나 막 싹트기 시작한 하룬과의 우정은 별로 영향을 받지 않고 있었다.

*

하룬이 처음으로 우리 집에 왔을 때 나는 몹시 쑥스러워하는 친구를 외숙부에게 인사시키면서 하룬의 집안이 어떤 길드에 속해 있는지 말했다. 그러자 외숙부가 내 친구의 작지만 벌써 꺼칠꺼칠해진 두 손을 잡고서 하는 말에 나는 미소를 짓지 않을 수 없었다.

"아름다운 셰에라자드가 그들을 알았다면, 정령이며 날아다니는 양탄자, 요술 램프가 나오는 이야기를 들려주며 평온한 하룻밤을 보내다 동이 트기 전까지 그들의 우두머리를 칼리파로 바꾸고, 그들의 누옥을 궁전으로 바꾸고, 그들의 노동복을 예복으로 바꿔주는 기적을 일으켰을 텐데."

여기서 그들이란 하룬의 집안이 속해 있는 길드의 짐꾼들을 가리키는 것이었다. 우직하고, 가난하고, 거의 다 문맹인 사람들 3백 명으로 이뤄진 조합은 페스에서 가장 존중받고, 가장 굳게 결속해 있고, 가장 조직적인 길드가 될 수 있었다.

오늘날에도 짐꾼 길드는 해마다 콘술이라고 불리는 조합장을 선출하여 조합원의 활동을 세밀하게 규제한다. 카라반이 도착하면 시장과 가동할 수 있는 인력 상황에 따라 주초에 일할 사람과 쉴 사람을 지정하는 것도 바로 콘술이다. 매일매일 각 조합원이 버는 돈은 자기 집으로 가져가지 않고 전액을 공동 금고에 넣어 두었다가, 주말에 길드의 운영비를 위한 일부 금액을 제외하고 나머지 수익금을 일한 사람들끼리 동등하게 나누었다. 조합원 중 한 명이 사망하면 고인의 가족을 책임지면서 과부가 새 남편을 찾도록 도와주거나 나이 어린 자식들이 직업을 가질 때까지 돌봐주는 기금이 바로 그 운영비에 포함되어 있었다. 그리고 조합원의 아들은 길드 구성원 전체의 아들이었다. 따라서 금고 안의 돈은 자식들의 결혼 비용으로 사용되기도 하고, 정착할 수 있도록 도와줘야 할 때는 십시일반으로 갹출금을 내기도 했다.

조합원들을 대신하여 술탄과 그의 협력자들과 협상하는 것도 콘술의 임무였다. 콘술의 노력으로 조합원들은 세금과 소금세를 내지 않고, 도시의 화덕에서 굽는 빵을 무료로 얻었다. 그리고 조합원 중 한 명이 불행히도 사형받아 마땅한 살인을 저질렀을 때도 길드에 화가 미치지 않게 공개 처형되는 일이 없도록 조율했다. 따라서 콘술은 새 조합원을 들일 때 도덕성을 철저히 조사해서 수상쩍은 자를 걸러야 했다. 짐꾼들에 대한 평판이 좋아지면서 상인들은 그 길드에 상품 유통을 맡길 수밖에 없었다. 그리하여 시골에서 다양한 크기의 단지를 갖고 시장으로 기름을 팔러 온 사람들은 용량과 품질을 확인하여 구매자들에게 그 상품을 보증해주는 전문적인 짐꾼에게 의뢰했다. 마찬가지로 도매상인이 새로운 종류의 직물을 들여왔을 때도 큰 소리로 상품을 선전해줄 짐꾼에게 도움을 청했다. 짐꾼은 콘술이 정해 놓은 가격표에 따라 수고비를 받았다.

그 누구도, 군주라 할지라도 감히 짐꾼을 공격하지 않았다. 짐꾼과 싸우면 일개 개인이 아니라 길드 전체를 상대해야 한다는 걸 알기 때문이었다. 짐꾼 길드에서는 예언자 무함마드의 말씀을 좌우명으로 삼고 있었다. "네 형제를 도와주어라, 억압자든 피억압자든 간에." 하지만 짐꾼들은 이 말씀을 신의 사도가 듣고 대답했던 대로 해석했다. "피억압자를 돕는 건 당연한 일이다. 그럼 억압자는 어떻게 도와야겠느냐?" 하는 물음에 예언자 무함마드는 이렇게 대답했다. "억압자보다 우위에 서서 해를 끼치지 못하게 막아주소서." 짐꾼 길드에는 언제나 이성적으로 행동하라고 가르치는 현자가 있어서 짐꾼이 페스의 시장에서 싸우는 일은 거의 없었다.

짐꾼들은 바로 그런 사람들이었다. 겸손하지만 자부심이 강하고, 가난하지만 너그럽고, 궁전과 성채에서 멀리 떨어진 외딴 구역에 사는데도 자립심이 강한 사람들이었다. 나의 가장 친한 친구는 바로 그런 공동체에 속해 있었다.

날마다 먼동이 틀 무렵 하룬은 나와 함께 학교에 가려고 먼 길을 걸어서 외숙부의 집으로 나를 데리러 왔다. 우리는 걸어가는 동안 잡담을 늘어놓을 때도 있고, 전날 공부한 쿠란의 구절을 복습할 때도 있지만, 아무 말도 하지 않고 묵묵히 걸어갈 때도 많았다.

어느 날 아침, 눈을 뜬 나는 침대 발치에 앉아 있는 친구를 보고 소스라치게 놀랐다. 지각인 줄 알고 가슴이 철렁해서 어느새 내 장딴지를 후려치는 선생님의 억새 회초리를 떠올렸다. 하룬이 미소를 지어 보이면서 나를 안심시켰다.

"오늘 금요일이잖아. 학교는 문을 닫았지만, 거리와 정원은 열려 있어. 빵이랑 바나나 챙겨서 나와. 골목 모퉁이에서 기다릴게."

우리가 싸돌아다니기 시작한 게 그날부터였다. 우리는 자주 '기적의 광장'을 산책했다. 광장의 이름이 진짜로 기적인지 모르겠지만, 하룬은 그렇게 불렀다. 우리는 사야 할 것도, 꺾어야 할 것도, 먹어야 할 것도 없었다. 그저 보고, 향을 맡고, 듣기만 했다.

특히 가짜 병자들이 많았다. 간질에 걸렸다는 이들은 두 손으로 머리를 부여잡고 격렬하게 흔들다 혀를 빼물고 경련을 일으키며 땅바닥에 나뒹굴면서도 구걸을 위해 옆에 놔둔 동전 그릇은

엎지 않았다. 구경꾼이 하룬과 나밖에 없는데도 신장 결석에 걸렸다면서 고통스러운 체하면서 연신 앓는 소리를 내는 이들도 있었다. 그런가 하면 상처와 고름 물집을 드러내놓은 이들도 있었다. 나는 그들을 쳐다보는 것만으로도 병에 옮는다고 들었기 때문에 얼른 외면했다.

그리고 얼간이처럼 타령하면서 어수룩한 사람들에게 만병통치의 주문이 적혀 있다는 부적을 파는 어릿광대들도 많았다. 기적의 약이라고 선전하면서 같은 마을에 두 번 장사하러 오지 않도록 조심한다는 돌팔이들도 있었다. 임산부들을 놀려먹는 원숭이 조련사들, 뱀을 목에 걸고서 재주를 부리게 하는 이들도 있었다. 하룬은 겁 없이 다가갔지만, 나는 뱀이라면 질색이라서 꼼짝도 못 했다.

경축일에는 광장 곳곳에 이야기꾼들이 보였다. 안달루시아의 전쟁 영웅 헬룰과 아랍에서 가장 용맹하기로 이름난 안타라 이븐 샤다드의 모험을 이야기하면서 지팡이를 휘두르던 장님이 기억난다. 한번은 그 장님이 흑인 안타라와 미녀 아블라의 사랑 이야기를 시작하려다 갑자기 중단하고는 청중 속에 아이나 여성이 있으면 나가라고 말했다. 그래서 아이와 여성들이 시무룩해져서는 마지못해서 떠났다. 나는 자존심이 허락하지 않아서 잠시 머뭇거렸다. 비난조의 시선들이 나를 향해 있었다. 그 따가운 시선을 견딜 수 없어서 내가 돌아서려고 할 때 하룬이 눈짓으로 그런 뜻이 아니라고 알려주었다. 친구는 한 손을 내 어깨에 얹고 다른 손은 자기 허리에 얹은 자세로 떡 버티고 서서 꿈쩍도 하지 않았다. 이야기꾼은 사랑 이야기를 시작했고, 우리는 마지막 키스를 나누는 장면까지 들었다. 이야기를 듣던 군중이 흩어진 뒤에야 우리는 다시 돌아다니기 시작했다.

기적의 광장은 여러 번화한 거리가 교차했다. 대모스크의 안뜰로 이어지는 첫 번째 거리는 책 장수들과 대중 작가들로 붐볐고, 두 번째 거리에는 장화와 구두 장사꾼들이 자리 잡고 있었다. 세 번째 거리는 말굴레, 안장, 등자를 파는 장사꾼들이 있었다. 우리가 꼭 가봐야 하는 곳은 바로 네 번째 거리였다. 우유 장수들이 있는 거리였는데, 상점들은 거기서 파는 우유보다 훨씬 귀한 마졸리카 그릇으로 장식되어 있었다. 우리가 가는 곳은 우유 상점이 아니라, 그날 중에 팔리지 않은 우유를 저녁에 저렴한 가격으로 사서 집에 가져가 밤사이에 응고시켜서 그다음 날 차게 하여 물에 희석해서 되파는 가게였다. 갈증을 해소하고 포만감을 주는 데다 값이 싼 만큼 가난한 사람들이 즐겨 먹는 음료였다.

*

하룬과 나의 페스 탐험은 계속되었다. 신혼 방에서 신부의 옷을 벗기듯 우리는 페스의 베일을 하나씩 벗길 계획이었다. 그해부터 나는 많은 기억을 간직하고 있고, 그 기억을 들출 때마다 천진난만하던 내 아홉 살 시절이 떠오른다. 이건 그중 가장 고통스러운 기억이지만 지금 이야기하지 않을 수가 없다. 왜냐하면 이 이야기를 비밀에 부치고 덮어 둔다면, 나는 충실한 증인의 임무를 저버리는 것이기 때문이다.

여느 날과 마찬가지로 그날도 산책으로 시작했다. 하룬은 교외로 나가고 싶어 했고, 나도 호기심이 동했다. 우리는 선생님이 수업 시간에 아주 불편한 기색으로 언급한 엘 메흐라는 작은 마을이 도시 동남쪽에 있다는 걸 알고 있었다. 거리가 너무 멀어서였을까? 위험해서였을까? 우리는 이 마을에 대해 자세히 알아볼 생각도 하지 않고 무작정 출발했다.

정오경 그 마을에 도착한 우리는 길거리를 보면서 대번에 알아차렸다. 여자들이 집 앞이나 술집으로 보이는 가게의 활짝 열어놓은 문에 기대 서 있었다. 하룬이 한 매춘부의 유혹적인 몸짓을 흉내 냈다. 나도 웃으면서 한 아줌마가 허리를 흔들어대는 몸짓을 흉내 냈다.

술집 안에 뭐가 있는지 가서 볼까? 우리가 술집에 들어갈 수 없다는 건 알지만, 살짝 들여다보는 거야 얼마든지 가능하지 않은가.

그래서 우리는 첫 번째 술집으로 다가갔다. 문이 반쯤 열려 있었다. 우리는 머리를 들이밀었다. 실내가 어두워서 손님이 아주 많다는 것만 알 수 있었다. 그 가운데에 빨간 머리 여자가 보였다. 하지만 다른 걸 더 볼 사이도 없이 술집 주인에게 발각되어서 우리는 다음 거리에 있는 술집을 향해 줄행랑쳤다. 어두컴컴하지만 우리의 눈이 빠르게 적응했다. 빨간 머리 넷에 열다섯 명의 손님이 있었다. 세 번째 술집에서는 몇 명의 얼굴, 반들거리는 술잔, 술병 몇 개를 볼 수 있었다. 우리는 내친김에 네 번째 술집도 들여다봤다. 실내가 더 밝은 것 같았다. 문 가까운 데에 있는 한 얼굴. 저 수염, 저 옆얼굴, 저 풍채는? 나는 고개를 돌리고 거리로 뛰기 시작했다. 술집 주인이나 술꾼들을 피해서 달아나는 게 아니었다.

내가 차마 더 보고 싶지 않은 것은 술집의 한 테이블을 차지하고서 여자의 머리를 끼고 앉아 있는 아버지의 모습이었다. 내가 아버지를 봤으니 하룬도 알아봤을 것이 틀림없었다. 아버지는 우리를 봤을까? 나는 아니라고 생각한다.

그 뒤로도 술집과 엘 메호보다 더한 사창가에도 한두 번 가봤지만, 그날만큼 발밑의 땅이 꺼지는 것 같은 날은 없었다. 마치 심판의 날이 온 것 같았다. 수치스럽고, 괴로웠다. 나는 눈물을 흘리면서 거의 두 눈을 감은 채 계속 달렸다. 목이 막히고 숨이 막혔다.

하룬은 나에게 말을 걸지도, 붙잡지도, 너무 가까이 오지도 않은 채 내 뒤를 따라왔다. 하룬은 내가 지쳐서 한 가게 앞에 앉기를 기다렸다가 아무 말 없이 내 옆에 앉았다. 한 시간쯤 후, 겨우 진정된 내가 일어나자 하룬도 일어나 티 내지 않고 돌아가는 길로 나를 인도했다. 우리는 해 질 녘에 칼리 외숙부 집에 도착했다. 하룬은 그제야 처음으로 입을 열었다.

"모든 남자는 술집을 다니고, 술을 좋아해. 그걸 원치 않으셨다면 신께서 술을 완전히 금하셨겠지."

바로 다음 날에도 나는 거리낌 없이 족제비 하룬을 만났다. 내가 두려운 것은 아버지를 만나는 것이었다. 천만다행히도, 아버지는 땅을 빌리러 시골로 떠난 것 같았다. 아버지는 몇 주 후에 돌아왔지만, 그때는 이미 운명이 나와 아버지의 고뇌를 더 큰 불행에 빠뜨린 뒤였다.

이단 심판관들

헤지라력 904
(1498. 8. 19. – 1499. 8. 7.)

그해, 알파케케 하메드가 모진 고문에 못 이겨 알람브라 지하 감옥에서 사망했다. 여든 살이 채 되지 않은 나이였다. 하메드는 그 누구보다 더 능숙하게 포로를 구출했지만, 정작 자신을 구출하는 문제에서는 그 유창한 언변이 힘을 잃었다. 하메드는 경건하고 헌신적이었고, 어쩌다 판단을 잘못하는 일이 있더라도 그의 의도는 죽는 날까지 어린아이처럼 순수했다. 가난하게 죽었으니 신께서 그를 풍요로운 에덴으로 거두어주시길!

하메드와 함께 수천 명이 처형되었다. 몇 달 전부터 우리의 옛 조국에서 불길한 소식이 전해졌지만, 안달루시아에 남은 마지막 무슬림들에게 그런 참사가 일어날 거라고 예상한 사람은 거의 없었다.

그 모든 일은 한 무리의 이단 심판관들이 그라나다에 도착하면서 시작되었는데, 이 광신도들은 이슬람으로 개종했던 모든 기독교인은 당장 원래의 종교인 기독교로 돌아와야 한다고 선포했다. 일부는 그 조치를 받아들였지만, 대다수는 도시가 함락되기 전에 체결한 협정은 개종자들에게 무슬림으로 남을 권리를 명시적으로 보장했다는 걸 상기시키면서 거부했다. 하지만 이단 심판관들에게 그 조항은 무효였다. 세례를 받고 다시 기독교인이 되기를 거부하는 사람은 모두 배교자로 간주되어 사형에 처해졌다. 이단 심판관들은 반항자들을 압박하기 위해 유대인들에게 했던 것처럼 화형대를 세웠다. 그러자 개종하는 이들이 생기기 시작했다. 늦었지만 지금이라도 함정에 빠지기 전에 그라나다를 탈출하는 게 낫다고 생각한 이들은 재산을 두고 옷가지만 챙겨서 떠날 수밖에 없었다.

이단 심판관들은 뒤이어 기독교인 조상이 있는 사람은 누구를 막론하고 의무적으로 세례를 받아야 한다고 공포했다. 이 조건에 해당하는 사람이 바로 하메드였다. 하메드의 조부는 원래 기독교인이었는데 포로로 붙잡혀 있다가 이슬람으로 개종했기 때문이었다. 어느 날 저녁, 한 이단 심판관이 카스티야 병사들을 거느리고 알바이신에 있는 하메드의 집으로 쳐들어왔다. 질겁한 이웃들이 거리로 몰려나와 하메드를 체포하지 못하게 막아봤지만 속수무책이었다. 그다음 날은 다른 동네에서 여자 두 명을 포함한 여러 명이 체포되었다. 그때마다 동네 사람들이 모여들었고, 병사들은 군중을 헤치고 나아가기 위해 무력을 행사할 수밖에 없었다. 특히 알바이신에서 사건이 빈번히 발생했다. 우리가 살던 집에서 그리 멀지 않은 곳에 새로 지은 교회에 불이 난 것이다. 그에 대한 보복으로 두 모스크가 약탈당했다. 예민해진 사람들의 종교 간 대립이 격해지고 있었다.

어느 날, 하메드가 이단 심판관들의 고문을 받다가 지하 감옥에서 사망했다는 사실이 알려졌다. 하메드는 가톨릭 왕들이 서명한 협정을 상기시키면서 개종을 끝내 거부했다.

하메드가 사망했다는 소식에 싸우자는 외침이 거리마다 울려 퍼졌다. 알바이신 마을의 모든 유명 인사 중에서 적과 타협하기 위해서가 아니라, 평생을 바쳐 왔던 임무, 즉 포로로 붙잡힌 무슬림을 구출하는 일을 계속하기 위해서 머물러 있는 사람은 하메드가 유일했다. 하메드가 그동안 보여준 고귀한 활동과 고령인데도 모진 고문을 당했다는 것에 그간 억누르고 있던 증오심이 폭발하면서 무슬림들은 즉각적으로 반응했다. 그들은 바리케이드를 세우고, 병사들과 관리, 종교인들을 살육했다. 폭동이 일어난 것이다.

물론 그라나다 시민들은 점령군과 대적할 수 있는 역량이 부족했다. 카스티야군이 알바이신 마을에 접근하는 걸 막기 위한 성전을 위한 군대라면서 고작 석궁과 검, 창, 몽둥이를 들고서 싸우는 수준이었다. 전투를 시작한 지 이틀 만에 그들은 패배했고, 학살이 시작되었다. 당국은, 모든 무슬림은 군주에 대한 반역죄로 처형될 거라고 엄포를 놓으면서 기독교로 개종한 사람만 처벌을 면할 수 있다고 넌지시 덧붙였다. 그러자 그라나다의 거리마다 세례를 받으려는 시민들이 넘쳐났다. 알푸하라스 산간 지대의 몇몇 마을에서는 농민들이 개종을 거부했다. 농민들은 몇 주를 버텼고, 원정대를 이끌고 쳐들어온 코르도바의 영주를 죽이는 데 성공했다. 하지만 더는 저항할 수 없었다. 결국 마을 사람들은 협상해야 했고, 수백 가구가 페스로 떠나는 것이 허락되었다. 절대 찾지 못할 거라고 장담하면서 산속으로 피신한 사람들도 있고, 다른 사람들은 모두 세례를 받았다. 8세기 동안 신자들에게 기도 시간을 알리는 무에진의 목소리가 쩌렁쩌렁하던 안달루시아 땅에서 이제는 아무도 "알라후 아크바르(신은 위대하다)"를 외칠 수 없었다. 이제는 아무도, 적어도 공개적으로는 아버지의 유해 앞에서도 '알파티하'를 암송할 수 없었다. 강제로 기독교로 개종한 이 무슬림들은 공개적으로 이슬람을 거부했기 때문이다.

그들은 페스로 이주한 형제들에게 통절한 편지를 보냈다. 그중 한 편지에는 이렇게 적혀 있었다.

"형제들이여, 그라나다가 함락되었을 때 우리가 이주해야 하는 의무를 어겼던 건 단지 형편이 어려웠기 때문입니다. 안달루시아에서 우리가 가장 가난하고 가장 약한 사람들이었으니까요. 오늘 우리는 처자식들의 목숨을 구하기 위해 세례를 받아들여야 했지만, 심판의 날에 신의 진노를 받을까 두렵고, 지옥의 고통을 경험하게 될까 두렵습니다. 그래서 이주한 형제들께 조언해 달라고 간청합니다. 우리가 어떻게 해야 할지 율법 학자들에게 물어봐주십시오. 우리의 고통은 한계를 넘어서고 있습니다."

그해, 페스의 이민자들은 그라나다에 남아 있는 무슬림들을 구제할 대책을 마련하기 위해 여러 차례 회의를 열었고, 칼리 외숙부의 집에서도 몇 번 모였다. 명사들, 일반인들, 특히 율법에 정통한 울라마들이 회의에 참석했다. 오랜 연구와 성찰의 결과를 전하기 위해 멀리서 오는 이들도 있었다.

어느 날 알제리 오랑 출신의 무프티(이슬람 법학자)가 도착하는 걸 본 기억이 난다. 그는 아스타피쿨라의 터번 못지않게 위압적인 터번을 둘렀지만, 선해 보이는 사십 대 남자였다. 외숙부는 골목까지 마중을 나갈 정도로 여느 때보다 훨씬 공손하게 무프티를 맞이했고, 회의하는 내내 참석자들은 그에게 단순히 질문만 할 뿐 감히 논쟁을 벌이거나 그의 대답에 의문을 제기하지 않았다. 사실, 그라나다에 남아 있는 무슬림들의 문제는 율법과 전통에 정통한 위대한 학자와 대범한 해석이 필요했다. 수십만 명의 무슬림들이 예언자 무함마드에 대한 믿음을 거부하는 상황을 받아들인다는 건 상상도 할 수 없는 일이었다. 그렇다고 해서 무슬림들에게 화형대에서 죽으라고 하는 것은 더 말도 안 되는 일이었다.

나는 무프티가 따뜻하면서 차분한 목소리로 내뱉은 말을 아직도 생생히 기억하고 있다.

"형제들이여, 우리는 이슬람 국가에서 신을 찬양하면서 우리의 믿음을 면류관처럼 착용하고 있습니다. 하지만 자신들이 믿는 종교를 잉걸불처럼 손에 쥐고 있는 이들을 비난하지 않도록 조심합시다."

무프티가 말을 계속했다.

"그들에게 편지를 보낼 때는 신중에 신중을 기하셔야 합니다. 여러분의 편지가 그들의 화형대에 불을 붙일 수 있다는 걸 생각하십시오. 세례를 받았다고 그들을 비난하지 마십시오. 모든 역경을 이기고 기어이 이슬람에 충성하고 자식들에게 교리를 가르치되, 사춘기가 되기 전이거나 비밀을 지킬 수 있는 나이가 되기 전의 아이에게 부모의 진짜 믿음을 발설하면 파멸을 초래할 위험이 있으니 섣불리 교리를 가르치지 말라고 독려하십시오."

만약 그들에게 술을 마시라고 강요한다면 어찌합니까? 만약 무슬림이 아니라는 걸 확인하기 위해 돼지고기를 먹게 한다면 어찌합니까?

"부득이한 경우는 어쩔 수 없이 먹어야겠지요. 하지만 마음속으로는 저항해야 합니다." 무프티가 말했다.

강요에 못 이겨 예언자 무함마드를 모욕한다면 신께서 기도로 감싸주고 구원해주실까?

"부득이한 경우는 어쩔 수 없이 해야겠지요. 하지만 마음속으로는 반대로 말해야 합니다."

무프티는 이주하지 않아서 잔혹한 고통을 겪고 있는 무슬림들에게 이방인이라는 뜻의 '구라바'라는 이름을 주었는데, 이는 신의 예언자의 말씀을 참고한 것이었다. "이슬람은 이방인으로 시작되었으며, 결국 이방인으로 끝날 것이다. 천국은 이방인들의 것이다."

*

페스의 그라나다 이민자 공동체는 세계의 이슬람교도들에게 안달루시아에서 박해받는 무슬림들을 구출하자고 호소하기 위해 주요 군주들인 오스만튀르크 제국의 황제, 페르시아의 소피*, 이집트의 술탄을 비롯해 상대적으로 세력이 좀 약한 나라의 군주들에게도 특사를 파견하기로 했다. 알람브라의 궁정 서기관이었던 내 외숙부 칼리가 관례적인 문구를 써서 공식 서찰을 작성할 적임자로 지명되었다. 그리고 콘스탄티노플의 술탄에게 보내는 가장

---

* 1502년부터 1736년까지 페르시아를 통치한 왕조의 왕들에게 붙였던 칭호이다.

중요한 서찰을 직접 전달하는 일도 맡았다. 임무를 받자마자 칼리는 페스의 술탄과 보아브딜을 찾아가서 추천장과 신임장을 받았다.

　아주 낯선 나라들과 접근하기 힘든 오지 마을을 많이 여행했건만, 나는 아직도 외숙부의 콘스탄티노플 출장을 떠올릴 때면 씁쓸한 마음이 든다. 늘 콘스탄티노플에 가보길 꿈꾸었던 나는 외숙부가 그곳으로 간다는 소식을 듣고 가만히 있을 수가 없었다. 열 살 나이에 그런 여행을 하는 것이 가능할까, 내 머릿속은 그 생각으로 가득했다. 나는 말을 돌리지 않고 외숙부에게 따라가고 싶다고 털어놨다. 그런데 외숙부가 두 팔을 벌리면서 환영한다는 표시를 했을 때 내가 얼마나 기뻤던지.

　"너보다 더 좋은 동반자를 내가 어디서 찾겠니?"

　말투는 약간 놀리는 듯했지만, 외숙부가 나와 동행하는 걸 반기는 것이 역력했다. 이제 아버지를 설득하는 일만 남아 있었다.

　그해에도 아버지 무함마드는 험담과 비난 어린 시선에서 멀리 떨어진 곳에서 조용한 삶을 살기 위해 빌릴 땅을 찾으러 자주 변두리로 나가곤 했다. 나는 2주 동안 날마다 와르다와 어머니에게 소식을 물으면서 아버지를 기다렸다. 두 여자도 아버지 소식을 전혀 모르고 있었고, 나처럼 남편을 기다리고 있었다.

　아버지가 마침내 돌아왔을 때 나는 달려갔다. 급한 마음에 내가 말을 좀 빠르게 하긴 했지만, 아버지는 도통 무슨 말인지 못 알아듣겠다면서 여러 번 다시 말하게 해놓고는 단칼에 자르면서 여행을 허락해주지 않았다. 외숙부가 그 여행에 대해 아버지에게 설명해주길 기다렸어야 했는데 너무 성급했다는 생각이 들었다. 외숙부는 그 출장에 동행하면서 내가 얻을 수 있는 이점을 유창하게 설득할 수 있었을 텐데. 그랬다면 아버지가 최근에 화해한 외숙부의 심기를 건드리지 않기 위해서라도 승낙하지 않았을까? 아버지는 내게 딱 잘라서 "안 돼"라고 말했다. 아버지는 여행은 위험하다느니, 한번 떠나면 다시는 돌아오지 않는 사람들이 있다느니, 공부를 중단해야 하니 안 된다는 핑계를 대면서 반대했다. 그렇지만 진짜 이유는 내가 외숙부와 외갓집 식구들과 너무 친하다고 느껴서 아버지와의 사이가 완전히 멀어질까 봐 두려웠기 때문이라고 생각한다. 아버지와 논쟁할 수 없어서 나는 아버지를 설득해 달라고 간청했지만 외숙부는 만나는 것조차 거부했다.

일주일 동안 나는 베갯잇이 젖을 정도로 밤새 울었고, 매일 아침 눈이 빨개져서 일어났다. 외숙부는 나를 달래느라 다음 여행에는 꼭 데려가겠다고 약속했다.

출발일이 다가왔다. 칼리는 오랑으로 향하는 대상 카라반에 합류했다가 배를 타고 떠날 예정이었다. 새벽부터 그라나다 이민자들이 많이 찾아와서 임무를 잘 마치고 오기를 바란다면서 여비를 분담하기 위해 금화 몇 닢을 내밀었다. 내가 구석에서 훌쩍이고 있을 때 한 노인이 짓궂은 얼굴로 내 옆에 와서 앉았다. 노인은 내게 할례를 해준 이발사 함자였다. 함자는 아버지의 근황을 물으면서 알바이신의 우리 집에서 마지막으로 만났던 알파케케 하메드의 죽음을 통탄했다. 이어서 학교는 잘 다니는지, 쿠란을 공부하고 있는지, 쿠란의 수라 암송을 시작했는지 두루두루 물었다. 함자와 함께 있는 시간이 즐거웠던 나는 한 시간가량 수다를 떨었다. 그러던 중 함자가 망명하면서 저축한 돈을 다 날렸지만,

신의 은총으로 다시 식솔을 먹여 살릴 수 있게 되었다고 말했다. 함자는 이발사 일을 다시 시작했는데, 할례에 쓰는 면도칼이 청결해야 하기에 '하맘'(목욕탕)에 공간을 빌려서 이발소를 차렸다고 덧붙였다.

갑자기 좋은 생각이 났는지 함자의 눈이 반짝였다.

"학교에 안 갈 때 나를 도와주지 않겠니?"

나는 주저 없이 고개를 끄덕였다.

"일주일에 1디르함을 주마."

나는 친구가 있는데 그 아이도 나랑 함께 갈 수 있다고 얼른 말했다. 함자는 흔쾌히 그러자면서 하맘에는 할 일이 많으니 같은 금액을 주겠다고 했다.

몇 분 후, 작별 인사를 하러 온 외숙부는 울기는커녕 싱글벙글한 내 얼굴을 보고 깜짝 놀랐다. 나는 일자리를 구했는데 일주일에 1디르함을 벌 수 있다고 설명했다. 외숙부는 나의 성공을 빌어주었고, 나는 외숙부가 임무를 마치고 무사히 돌아오길 빌었다.

공중목욕탕 하맘

헤지라력 905
(1499. 8. 8. – 1500. 7. 27.)

"이 모든 사람이 퇴비로 몸을 씻는다고 생각하니 좀 웃긴다!"

나는 하룬이 방금 한 말을 이해하는 데 시간이 좀 걸렸다. 하지만 곧바로 웃음이 빵 터졌다. 페스에 있는 목욕탕들은 퇴비를 연료로 써서 물을 가열하니 친구의 말이 완전히 틀린 건 아니었다.

그날, 하맘 주인이 디르함 몇 푼과 노새 두 마리를 내주며 동네의 마구간들을 돌면서 쌓아놓은 퇴비를 사오라고 보냈을 때 비로소 우리가 무슨 일을 해서 보수를 받는 건지 알았다. 우리가 주인이 알려준 도시 외곽의 한 곳으로 퇴비를 싣고 가자, 한 남자가 퇴비를 받기 위해 기다리고 있었다. 귀한 퇴비를 펼쳐서 말리는 일을 맡은 사람이었는데, 여름에는 한 달, 겨울에는 석 달이 걸리는 작업이었다. 우리는 잘 탈 수 있도록 장작처럼 단단해진 퇴비 땔감을 싣고 돌아왔다. 바로 이 퇴비 땔감이 목욕탕 보일러의 연료로 공급되는 것이었다. 그렇게 마지막 퇴비 땔감을 운반하고 나면 거무튀튀해진 하룬과 나에게서 역한 냄새가 나는 것은 말할 것도 없었다.

그래서 우리는 서둘러 옷을 벗고 온탕으로 달려갔는데, 생각보다 아주 즐거운 경험이었다. 목욕탕의 물을 데우는 데 우리의 노동이 더해졌다는 생각해 뿌듯해진 우리는 증기탕에서 친구를 만나면 이날은 물이 다르게 느껴지지 않았는지 물어보곤 했다.

도시민들에게 하맘은 가장 즐거운 만남의 장소였다. 사람들은 출입문 가까운 데 있는 탈의실에서 옷을 벗은 뒤 아무런 부끄러움 없이 알몸으로 다시 모였다. 어린 학생들은 선생님 흉내를 내다 걸려서 볼기를 맞은 애기를 하며 깔깔대고 웃었다. 십 대 청소년들은 여자에 대해 얘기하면서 서로 자신의 연애담을 떠벌였다. 어른들은 여자에 대해 함부로 말하지 않았고, 신체의 활력을 높여주는 음식 조리법에 대해 의견을 교환하거나 금광을 운운하며 노다지를 꿈꾸는 이야기를 끝도 없이 했다. 종교와 정치 문제를 두고 토론을 벌일 때는 목소리가 높아지기도 했다.

동네 남자들은 자주 하맘에 모여서 점심을 먹었다. 음식을 가지고 오는 이들도 있고, 하맘의 급사에게 가까운 시장에 가서 주전부리를 사다 달라고 심부름시키는 이들도 있었다. 하지만 즉시 점심을 먹는 건 아니었다. 먼저 온탕으로 들어가면 급사들이 그들을 씻겨주고 향유를 발라서 마사지해주었다. 이어서 펠트 카펫에 펠트 씌운 목침을 베고 드러누워서 잠시 휴식을 취한 뒤 열탕으로 들어가서 땀을 뺀다. 이어서 다시 온탕으로 돌아가서 또 한 번 씻고 휴식을 취했다. 그러고 나서야 시원한 방으로 가서 분수대 주위에 둘러앉아서 점심을 먹으며 웃고 떠들거나 노래를 불렀다.

대부분은 식사가 끝날 때까지 알몸으로 있지만, 지체가 높은 사람들은 허리에 수건을 두르거나 완벽하게 시설을 갖춰놓은 전용 특실에서만 옷을 벗었고, 그곳에서 친구들을 만나거나 마사지를 받기도 하고, 때로는 이발사를 불러들였다.

남자만 하맘을 다니는 것은 아니었다. 여성 전용 하맘도 몇 군데 있지만, 대부분은 남성과 여성 모두를 위한 곳이었다. 같은 장소지만 사용하는 시간이 달랐다. 내가 일하던 하맘에서는 남자 손님은 새벽 3시에서 오후 2시까지 사용했다. 나머지 시간에는 급사들이 흑인 여자들로 교체되고, 출입문에 밧줄을 쳐놓는 것으로 이제부터 남자는 입장할 수 없음을 알렸다. 그리고 남자가 하맘에 들어가 있는 아내에게 전할 말이 있으면 여자 종업원을 불러서 대신 전달하게 했다.

종업원이 흑인 여자들로 바뀌고, 출입문에 밧줄이 쳐지고 여자 손님들이 오는 걸 볼 때마다 하룬과 나는 여자들의 영역이 되었을 때 하맘에서 무슨 일이 일어나는지 궁금해했다. 처음에는 향유 마사지를 받고 목욕하고 식사하면서 수다를 떠는 등 남자들이 보내는 시간과 별반 다르지 않을 거라고 생각했다. 하지만 오후에 출입문을 지켜보다가 보따리장수뿐만 아니라 점쟁이, 치료사, 주술사 같은 수상쩍은 여자들이 들어가는 걸 봤다. 그 여자들이 묘약을 만들고, 남자들에게 주문을 걸고, 침으로 밀랍 인형을 찌르는 주술을 부린다는 게 사실일까? 우리는 호기심이 발동했고, 급기야는 참을 수 없을 정도로 궁금해졌다.

그래서 우리는 도전해보기로 했다.

"내일은 무슨 일이 있어도 들어가볼 거야. 같이 들어갈래?" 어느 날 하룬이 물었다.

나는 친구의 눈을 봤는데 장난으로 하는 말이 아니었다.
"같이 들어가자고?"
나는 선뜻 대답하지 못하고 우물쭈물했다.
"됐어, 나 혼자 들어갈게." 하룬이 말했다. "하지만 이른 오후에 여기, 정확히 이곳으로 와."

그다음 날은 비가 내리고 날이 어두웠다. 하룬이 지정한 장소에서는 눈에 띄지 않게 하맘 입구를 지켜볼 수 있었다. 한참을 서 있었지만 하룬은 보이지 않았다. 벌써 들어갔나? 들어갈 수는 있었을까? 나는 친구가 쫓겨나는 걸 보게 될 거라고 예상했다. 스무 명쯤 되는 여자들에게 쫓기는 걸 보면서 나도 거리로 도망치게 될까 봐 두려웠다. 한 가지 확신한 것은 족제비 하룬은 절대 그 미친 계획을 포기하지 않았으리라는 것이었다. 나는 이따금 고개를 들고 구름 너머로 희붐해지는 햇무리를 바라봤다. 초조해지기 시작했다.

하맘 출입문에는 특이한 움직임이 전혀 없었다. 들어가는 여자들, 나오는 여자들, 검은색이나 흰색의 헐렁한 옷을 입은 여자들, 머리와 얼굴 아래쪽만 가린 여자들, 어린 딸들이나 간혹 아주 어린 아들을 데리고 오는 여자들도 있었다. 갑자기 뚱뚱한 여자가 내 쪽으로 오더니 걸음을 멈추고는 나를 아래위로 훑어보다 알아들을 수 없는 말을 중얼거리면서 지나갔다. 숨어서 엿보고 있는 내 모습이 수상쩍어 보였던 것이 틀림없었다. 얼마 후, 이번에는 헐렁한 옷차림이지만 훨씬 왜소한 또 다른 여자가 내 쪽으로 왔다. 나는 심장이 쿵쾅거렸다. 그 여자가 걸음을 멈추고 내 쪽으로 몸을 돌리는 걸 보고 내가 줄행랑치려고 할 때였다.

"잘 숨어 있으면서 왜 떨고 있어?"

하룬의 목소리였다. 친구는 대답할 겨를을 주지 않았다.

"아는 척도 말고 찍소리도 하지 말고, 백까지 세고 나서 우리 집으로 와!"

하룬은 대문 앞에서 나를 기다리고 있었다.

"궁금해 죽겠어." 나는 재촉했다.

하룬은 잠시 시간을 끌다가 아주 태연한 말투로 대답했다.

"하맘 앞에 도착했고, 들어갔고, 누구를 찾으러 온 척하면서 모든 탕을 다 둘러본 뒤에 나왔지."

"옷 벗고서?"

"아니."

"그래서 뭘 보긴 했어?"

"응, 아주 많이."

"빨리 얘기해 줘, 그만 애태우고!"

하룬은 아무 말도 하지 않았다. 입술을 비죽거린다거나 미소 같은 것도 짓지 않았다. 하지만 반짝이는 하룬의 두 눈에는 만족스러움과 장난기가 섞여 있었다. 나는 기다리다 지쳐서 하룬을 두들겨 패고 싶었다.

"네 발치에 꿇어 엎드리고 애원이라도 하길 바라는 거야?"

하룬은 내가 비꼬는데도 아랑곳하지 않았다.

"네가 애원해도, 내 발치에 꿇어 엎드려도, 나는 아무 말도 안 해줄 거야. 나는 위험을 무릅썼고, 너는 거부했어. 여자들만 있는 하맘에서 무슨 일이 일어나는지 알고 싶으면 다음에 나랑 같이 가면 돼."

나는 깜짝 놀랐다.

"또 가려고?"

당연히 그럴 생각인 듯 하룬은 대답도 하지 않았다.

다음 날, 나는 어제의 그곳으로 갔고, 이번에는 하룬이 하맘으로 들어가는 걸 봤다. 옷차림에 공을 좀 들였는지 친구는 검은색의 헐렁한 옷을 입고, 머리를 싸맨 흰색 스카프로 이마와 뺨을 살짝 가리고 턱 아래에서 매듭을 짓고는 그 위에 얇고 투명한 히잡까지 쓰고 있었다. 어찌나 완벽한 여장인지 나는 이번에도 친구를 못 알아볼 뻔했다.

다시 만났을 때 하룬은 몹시 혼란스러워 보였다. 내가 소리를 지르면서 뭘 봤는지 집요하게 물어보는데도 친구는 대답을 거부했다. 그의 침묵은 오래 지속되었고, 나는 그 일화를 까맣게 잊어버렸다. 그렇지만 몇 년 후 하룬이 자기 입으로 해준 그 일화는 내 기억 속에 영원히 각인되어 있다.

*

그해 연말에 외숙부가 출장에서 돌아왔다. 그 소식을 들은 페스의 안달루시아 이민자들이 무리를 지어서 임무의 결과를 듣기 위해 칼리의 집에 모여들었다. 항해 중에는 난파당할까 두려워서 가슴 졸였고, 해적이 공격해 올까 불안에 떨기도 했다면서 콘스탄티노플의 풍광, 오스만 제국의 궁전, 술탄의 친위부대 예니체리에 대해 자세히 얘기했고, 동방의 여러 나라, 즉 시리아, 이라크, 페르시아, 아르메니아, 타타르를 두루 돌아다닌 소감을 상세히 얘기했다.

이윽고 칼리는 본론으로 들어갔다.

"콘스탄티노플을 비롯해 동방에서 만난 술탄들은 조만간 카스티야군이 패배할 것이며, 신의 가호로 안달루시아가 다시 무슬림의 땅이 될 것이고, 모두 자기 집으로 돌아갈 수 있을 거라고 확신하고 있더군요."

칼리는 그게 언제가 될지, 정세가 어떻게 될지 정확히는 모르지만, 오스만튀르크군의 막강한 전투력과 수적으로도 우세한 군대가 불러일으키는 공포에 대해서는 자신 있게 말해줄 수 있었다. 그리고 그라나다의 운명에 관심이 많은 오스만 제국이 이교도들로부터 그라나다를 구하겠다는 의지를 보였다고 확신하고 있었다.

모여 있는 사람 중에서 나만 조금도 열광하지 않았다. 저녁에 외숙부와 단둘이 있게 되었을 때 내가 물었다.

"우리가 언제 돌아갈 거 같아요?"

외숙부는 무슨 뜻인지 이해하지 못한 것 같았다.

"어디로 돌아가?"

나는 외숙부의 반응을 여독 때문이라고 생각했다.

"그라나다에요, 아까 그렇게 말했잖아요?"

외숙부는 나를 유심히 살피는 듯 한참을 쳐다보다 힘주어 말했다.

"하산, 내 아들아, 이제 너도 열두 살이 되었으니 남자 대 남자로 말하마." 외숙부는 잠시 망설이다 말을 이었다. "내 말 잘 들어. 내가 동방에서 본 것은 오스만튀르크군이 베네치아와 전쟁에 몰두하고 있는 틈을 타서 페르시아의 왕이 오스만 제국을 상대로 전쟁을 준비하고 있다는 거야. 그런가 하면 이집트는 카스티야 왕국으로부터 우정과 동맹의 표시로 밀을 받았어. 이게 작금의 현실이지. 아마도 몇 년이 지나면 상황이 또 바뀌겠지. 하지만 현재로서는 내가 만났던 무슬림 군주 중 누구도 타국으로 망명한 그라나다 이민자들의 운명을 걱정하지 않는 것 같아."

내 눈에서 실망보다 놀라움이 더 크다는 걸 알아챈 외숙부가 말을 계속했다.

"근데 왜 사람들에게 진실과 반대되는 말을 했냐고 묻고 싶겠지. 하산, 그들은 아직도 그라나다에 있는 자기 집 대문 열쇠를 벽에 걸어 두고 있어. 날마다 그 열쇠를 쳐다보면서 한숨짓다 기도를 드리지. 망명지에서는 누릴 수 없는 예전의 일상과 기쁨, 특히 자부심을 날마다 떠올리면서. 위대한 술탄 덕분에, 하늘의 도움으로 그들의 집, 석조 건물의 색깔, 정원의 향기, 분수, 그 모든 것을 꿈속에서처럼 손상 없이 온전하게 되찾을 거라고 믿고 있어. 그것이 그들이 사는 유일한 이유니까. 그들은 그렇게 생각하면서 살다가 그렇게 죽을 거고, 그들의 자식들도 대대손손 그렇게 살다 죽겠지. 어쩌면 누군가는 그들에게 패배를 직시해야 한다고 가르치고, 다시 일어나려면 가톨릭 세력에 무릎을 꿇었다는 걸 인정해야 한다고 설명해줘야겠지. 누군가는 그들에게 진실을 말해줘야겠지. 그런데 나는 차마 그럴 용기가 없구나."

미쳐 날뛰는 사자
헤지라력 906
(1500. 28. 7 – 1501. 7. 16.)

　이틀 먼저 태어난 누이 마리암이 못 보는 사이에 훌쩍 커 있었다. 두 번의 긴 이별로 마리암이 낯설게 느껴졌다. 더는 한 지붕 아래 살지 않으니 이제 우리는 같은 놀이를 하지 않았다. 어쩌다 마주칠 때도 말이 통하지 않았고, 눈빛도 이해하지 못했다. 그해 마리암은 노새를 타고 가던 중 나를 불러 자기를 유심히 보게 만들고는 자신이 내가 사랑했던 누이였다는 걸, 함께 뛰놀다가 싸워서 눈물을 질질 짜게 하던 누이였다는 걸 기억나게 했다.

　여름이 시작될 무렵, 메크네스로 가는 길가의 올리브 농장에서였다. 아버지가 이번에는 나와 동행하면서 와르다와 마리암을 데리고 내륙 지방을 돌아보기로 했다. 아버지는 여전히 빌릴 땅을 찾으러 다니고 있었다. 아버지는 안달루시아 출신의 농학자들과 함께 아프리카 땅에서는 거의 자라지 않는 작물 사업을 구상하고 있었는데 특히 누에를 키울 뽕나무를 재배할 생각이었다.

　아버지는 페스의 최고 부자 중 한 명이 참여하는 큰 사업에 대해 아주 자세히 나에게 말했다. 나는 그 계획을 들으면서 아버지가 그라나다를 떠난 상실감과 무력감, 아내 중 한 명을 잃으면서 가중된 아픔을 극복한 느낌이 들었다. 이제 두 주먹을 불끈 쥐고서 사업을 구상하고 도전하는 아버지의 눈이 야망으로 다시 이글거리고 있었다.

여행하는 동안 나는 아버지와 마찬가지로 말을 몰았고, 와르다와 마리암은 노새를 몰기 때문에 그 속도에 맞춰서 전진해야 했다. 어느 순간, 와르다가 아버지 옆으로 노새를 몰고 왔기에 나는 마리암 쪽으로 갔다. 마리암이 속도를 조금씩 늦췄고, 부모들이 멀어져 가고 있었다.

"하산!"

네 시간 전, 우리가 페스를 출발한 뒤로 나는 아직 마리암에게 한마디도 건네지 않고 있었다. 나는 '노새 타고 가는 게 힘들지?' 하고 묻는 눈으로 누이를 쳐다봤다. 얇은 모래색 히잡을 내리는 마리암의 뽀얀 얼굴에 슬픈 미소가 번져 있었다.

"네 외삼촌은 너를 친아들처럼 사랑해주지?"

생뚱맞고 물색없는 질문이었다. 나는 와르다의 딸에게 어머니 친정집과의 관계에 대해 말해주고 싶은 마음이 전혀 없어서 빠르게 고개를 끄덕였다. 하지만 마리암은 그런 뜻으로 물은 게 아니었다.

"내가 자식을 낳으면 너도 네 외삼촌처럼 내 자식을 사랑해줄 거야?"

"물론이지." 나는 대답했다.

하지만 내가 '물론이지!'를 너무 급히 툭 내뱉는 바람에 너무 퉁명스럽고 부자연스럽게 느껴졌다.

나는 마리암이 뭐라고 말할지 두려웠다. 누이는 아무 말도 하지 않고 있었다. 나는 마리암을 힐끔 살폈다. 누이의 침묵은 질문 못지않게 나를 불편하게 했다. 마리암은 나를 쳐다보지 않았지만, 길에서 먼지가 피어오르는데도 히잡을 다시 올리지 않았다. 나는 고개를 돌리고 아주 오랜만에 마리암을 유심히 봤다. 마리암은 구사일생으로 탈출해서 어머니 품에 안겨 다가오던 날에 봤던 모습 그대로 볼이 통통했다. 피부도 여전히 장밋빛이었고, 입술도 반짝였지만, 눈썹을 짙게 칠한 화장과 자태에서 어느덧 여인의 향기가 나고 있었다. 게다가 내가 관찰하는 사이 누이가 자세를 바로 했는데 봉긋한 가슴이 드러났다. 누이의 심장이 쿵쿵거리고 있었다, 아니 내 심장인가? 나는 눈길을 내렸다. 일 년 사이에 성숙해진 마리암이 아름다운 여인이 되어 가고 있었다.

"내가 자식을 낳으면 사랑해줄 거야?"

나는 짜증을 내는 대신 미소를 지었다. 한 살 때부터 똑같은 말투로 세 번, 네 번, 열 번을 계속해서 똑같은 장난감만 달라고 하던 마리암이 떠올랐기 때문이다.

"물론 사랑해주지."

"네 외삼촌이 누이동생인 살마를 대하는 것처럼 너도 그 아이들의 엄마에게 다정하게 대해줄 거야?"

"그럼, 당연하지."

"누이를 만나러 자주 와줄 거야? 잘 지내는지 물어봐줄 거야? 하소연을 들어줄 거야?"

"그럼, 들어주고말고, 마리암."

마리암이 갑자기 고삐를 잡아당기자 노새가 뒷발로 일어섰다.

나는 말을 멈춰 세웠다. 마리암이 나를 뚫어져라 쳐다봤다.

"근데 왜 나한테 말도 걸지 않아? 슬픈 일은 없는지 왜 물어보러 오지도 않아? 나는 모든 남자를 두려워해야 해. 지금은 아버지, 머지않아서는 남편을 두려워해야 하고, 내 친척이 아닌 모든 남자를 피해야 해."

마리암이 고삐를 놓자 노새가 빠른 속도로 출발했다. 나는 서둘러서 마리암 옆으로 말을 몰았다. 나는 여전히 아무 말도 하지 않았지만, 이상하게도 마리암이 걱정됐다. 나는 애정 어린 눈길로 누이를 바라봤다. 어떤 위험이 누이를 기다리고 있는 것 같았다.

*

우리는 페스에서 메크네스로 가는 길의 중간 지점에서 하룻밤을 묵기로 했는데, 수전노 마을이라고 불리는 시골 마을이었다. 지역 모스크의 이맘이 우리를 맞으면서 자신이 돌보는 고아들을 위해 기부금을 내놓는다면 그 답례로 숙식을 제공하겠다고 제안했다. 교양이 아주 높지는 않지만 친절한 종교 지도자였고, 이 마을이 왜 그런 이름을 갖게 되었는지 선뜻 설명해주었다.

이맘은 예로부터 너무 인색하게 굴어서 얻게 된 이름이지만 주민들은 그 평판을 괴로워하고 있다고 고백했다. 카라반들마저 이 마을에 들렀다 가지 않으려 했다. 어느 날, 페스의 왕이 마을 인근으로 사자 사냥을 나왔다는 소식을 알게 된 주민들은 왕과 수행원들을 초대하기로 하고 경의의 표시로 양 몇 마리를 잡았다. 그래서 왕은 마을에서 저녁을 먹은 뒤에 잠자리에 들었다. 주민들은 인심이 후하다는 걸 보여주기 위해 왕이 자는 방문 앞에 대형 가죽 부대를 놓고, 그 안에 아침 식사를 위한 염소젖을 가득 채워 놓기로 했다. 주민들은 염소젖을 양동이에 짜서 가죽 부대 안에 부어야 했다. 주민들은 그 가죽 부대의 크기를 보면서 저마다 자신이 가져갈 염소젖에 물을 많이 섞어도 아무도 눈치채지 못할 거라고 생각했다. 그리하여 이튿날 왕과 수행원들에게 대접한 사발에는 인색한 맛 이외의 어떤 맛도 느낄 수 없는 멀건 액체가 담기게 되었으니, 수전노 마을이라는 소문이 날 수밖에.

그렇지만 내가 그 마을에서 묵었던 하룻밤을 아직도 기억하고 있는 것은 그 주민들의 인색함 때문이 아니라 그 마을에서 경험한 형언할 수 없는 공포 때문이다.

이맘은 우리에게 모스크에서 가까운 목조 오두막을 내주었는데, 바로 옆에 우리의 말과 노새를 위한 울타리로 둘러싸인 땅이 있었다. 와르다와 마리암은 오두막 안에서 자고, 아버지와 나는 시원한 지붕에서 여름밤을 보내기로 했다. 자정 무렵, 지붕에서 자고 있을 때 말과 노새 냄새를 맡고 나타난 커다란 사자 두 마리가 오두막 앞을 어슬렁거리다 가시울타리를 뽑으려고 난리를 쳤다. 말들이 미친 듯이 울면서 오두막의 벽을 뒷발로 차는 바람에 집이 금방이라도 무너져내릴 듯 흔들렸다. 그렇게 두 시간이 흐르는 동안, 달려들 때마다 가시에 수없이 찔리면서 흥분한 사자 한 마리가 이번에는 오두막의 문 쪽으로 가더니 발광하듯 문짝을 발톱으로 긁기 시작했다. 아버지와 나는 맹수들이 달려들어서 여자들을 잡아먹을 수도 있다는 걸 알면서도, 사자 아가리 속으로 뛰어드는 것으로 명예를 목숨과 맞바꾸고 싶은 게 아니라면 지붕

위에서 그 광경을 그저 무력하게 지켜볼 수밖에 없었다. 밑에서는 마리암의 울음소리와 카스티야어로 성모 마리아에게 간청하는 와르다의 기도 소리가 들렸다.

그러자 이번에는 아버지가 떨리는 목소리로 소원을 빌었다. "우리가 살아서 나가게 된다면 이 여행을 중단하고 타기야 마을로 순례를 떠나서 사자들에게 수많은 기적을 행한 것으로 유명한 성인 왈리 부 이자의 무덤에 제물을 바치겠나이다."

성인의 중재 때문이었을까 아니면 성모 마리아의 중재 때문이었을까, 사자들은 마침내 지쳐 떨어져서 동틀 무렵에 물러갔는데 인근 산속에서 들려오는 맹수의 포효는 여전히 살 떨리게 무서웠다. 이른 새벽에 마을이 활기를 띠고 나서야 우리는 오두막을 떠날 용기를 낼 수 있었다. 그렇지만 길을 나서기 전, 카라반 행렬이 지나가길 기다려야 했다. 간밤에 빌었던 소원을 실행하기로 한 아버지는 메크네스에 가서 타기야로 떠나는 순례자 무리를 찾기로 했다.

우리는 일주일 후에 메크네스에 도착했고, 나는 우리처럼 성인의 무덤으로 가는 수많은 군중을 보면서 사자가 아프리카 사람들에게 불러일으키는 공포를 알게 되었다. 여행하는 중에는 사자에 대한 공포를 훨씬 더 느꼈다. 한 마을에 이르렀을 때 일가족이 사자 떼에 잡아먹혔기 때문에 충격에 빠져 있던 사람들을 얼마나 여러 번 보았던지! 사자 떼를 만난 카라반 행렬이 몰살되었다는 이유로 다른 길을 고집하는 길잡이들 때문에 멀리 돌아야 했던 적도 한두 번이 아니었다. 심지어 2백 명에 이르는 무장한 기병 부대가 사자 한 마리의 공격에 대여섯 명의 기병이 죽자 퇴각하는 일도 있었다.

사자에 대한 이런 악몽 같은 기억에도 불구하고 동물 중 사자가 가장 용맹하다고 좋게 말하는 것은 훗날 이탈리아에서 지내는 8년 동안 바로 내가 이 야수의 이름을 갖게 되기 때문이다. 정확히는 더운 지역의 사자가 추운 지역의 사자보다 훨씬 더 사납다. 페스에서는 허풍쟁이의 입을 닥치게 하고 싶을 때 이렇게 말한다. "과연 용감하기가 송아지를 꼬리째 집어삼키는 아글라의 사자 못지않구나." 아글라라는 지역에서 한 아이가 고함을 지르면서 용맹하게 뒤쫓아 달려가는 것으로 사자를 줄행랑치게 했다는 이야기를 들은 적이 있었다. '붉은 돌'이라 불리는 산골 마을에서는 사람들이 맹수들을 위해 남겨놓는 뼈다귀를 먹으려고 사자들이 동네를 어슬렁거릴 정도로 사람이나 동물이나 두려움 없이 사이좋게 지낸다는 이야기도 들었다. 외딴곳에서 사자와 맞닥뜨린 여자가 특정한 신체 부위를 드러냈더니 맹수가 눈을 돌리고는 포효하더니 슬금슬금 도망쳤다는 이야기도 들었다. 이렇듯 아프리카에서는 사자에 얽힌 일화가 많았다. 믿거나 말거나 선택은 자유다!

*

즉흥적인 순례를 마치고 돌아오면서 나는 마리암에게서 느꼈던 막연한 두려움을 떠올렸다. 사자들이 우리 오두막을 공격할 줄 누가 상상이나 했을까? 열두 살의 나는 아직 맹수와 인간 중에서 전자가 더 해롭다고 믿었던 것이 사실이다.

쿠란 암송

헤지라력 907
(1501. 7. 17 – 1502. 7. 6.)

　마리암의 신랑감은 나이가 네 배 많고, 키는 두 배나 크고, 부정하게 재산을 축적했고, 인생은 사기의 연속이라는 걸 일찌감치 터득한 이들에게서나 볼 법한 미소를 짓고 있었다. 페스에서 그는 자르왈리라고 불렸고, 많은 사람의 부러움을 샀다. 목동이었던 사람이 군주의 궁전 다음으로 커다란 궁궐 같은 저택을 지은 걸로 봐서는 적어도 목이 달아날 짓은 하지 않을 정도의 재간이 있는 수완가로 보였기 때문이다.

　자르왈리가 어떻게 큰 부자가 되었는지 아는 사람은 아무도 없었다. 그는 마흔 살까지 바다에서 48킬로미터쯤 떨어진 리프 산악 지대의 바니 자르왈산에서 염소를 치며 살았다고 한다. 나는 훗날 그 지역을 방문할 기회가 있었는데, 아주 놀라운 현상을 관찰할 수 있었다. 깊은 골짜기에 동굴처럼 뚫려 있는 구멍에서 연신 큰 불길이 솟아오르고, 그 주변은 갈색의 끈끈한 액체가 늪을 이루고 있는데 이상한 냄새가 풍겼다. 이 신기한 현상을 보러 몰려온 외국인들이 나뭇가지나 나무 조각을 던져봤는데 순식간에

타버렸다. 그러자 지옥의 아가리라고 믿는 이들도 생겨났다.

이 분출구에서 그리 멀지 않은 곳에 로마인들이 아프리카를 떠나기 전에 보물을 묻어놓았다는 비밀의 우물들이 있다는 전설이 전해 오고 있었다. 그렇다면 혹시 자르왈리가 목동이었을 때 보물이 숨겨진 우물 중 하나를 발견했던 걸까? 내가 페스에서 이 소문을 들은 것은 자르왈리라는 남자가 내 인생에 나타나기 훨씬 전이었다. 어쨌든 소문에 따르면 자르왈리는 횡재한 사람들이 흔히 그렇듯 보물을 발견한 즉시 흥청망청 써버리는 대신 나름대로 전략을 짰다는 말까지 돌았다. 자르왈리는 보물을 소량씩 팔았고, 마침내 어느 날 호화롭게 차려입고서 페스의 궁전으로 가서 술탄을 알현했다.

"바니 제루알산에서 징수하는 세금이 일 년에 얼마나 됩니까?" 그가 술탄에게 물었다.

"3천 디나르." 술탄이 대답했다.

"소인에게 소작권을 주신다면 6천 디나르를 선지급하겠사옵니다."

그리하여 자르왈리는 원하던 걸 얻었는데, 이 소작권에는 세금 징수를 도와줄 병사들이 포함되어 있었다. 이 병사들이 위협하거나 고문해서 주민들에게서 돈을 우려내주었다. 그해 연말에 자르왈리는 다시 술탄을 찾아갔다.

"소인이 계산을 잘못하였사옵니다. 6천이 아니라 1만 2천 디나르의 세금을 거두었사옵니다."

크게 감동한 페스의 군주는 자르왈리에게 리프 산악 지대 전체의 소작권을 주고, 백성에게서 세금을 거둘 수 있도록 석궁병 1백 명과 기병 3백 명, 보병 4백 명을 내주었다.

  5년 동안 그 전에 비해 세금 부담이 점점 더 커지면서 리프 산악 지대 사람들은 가난해지기 시작했고, 많은 주민이 왕국의 다른 지방으로 이주했다. 일부 해안 마을 사람들은 카스티야에 항복할 생각까지 했다. 상황이 나빠지는 걸 알아차린 자르왈리는 소작권을 내놓고 리프 산악 지대를 떠나 그동안 강탈한 돈을 가지고 페스에 와서 정착했다. 그는 술탄의 신임을 유지하면서 궁궐 같은 저택을 지었고, 온갖 사업에 뛰어들었다. 탐욕스럽고, 무자비하지만 돈 냄새는 귀신같이 잘 맡는 사업가였다.

  아버지는 안달루시아 출신의 부자 이민자를 통해 알게 된 자르왈리에게 양잠 사업 계획을 설명했다. 자르왈리가 관심을 보이면서 애벌레, 누에고치, 분비물, 출사돌기*에 관해 꼬치꼬치 물으면서 자신의 조언자 한 명에게 세부 사항을 기억해 두라고 일렀다. 그러고는 무함마드처럼 유능한 사람과 협력하게 되어 기쁘다면서 말했다.

  "이거야말로 지성과 사업 자금의 환상적인 결합 아니겠습니까?"

  아버지가 페스에서는 자르왈리의 지성과 사업 수완을 모르는 사람이 없다고 대답하자, 우쭐해진 그는 이렇게 응수했다.

  "책을 많이 읽으신 분이니, 옛날에 한 술탄의 어머니가 아들이 태어났을 때 뭐라고 했는지 아시겠지요? '나는 네가 똑똑한 사람이 되길 원치 않아. 그러면 세력가들을 섬기는 데 지성을 써야 할

---

* 곤충의 몸 끝에 있는 돌기. 말피기관에서 생기는 분비물로 고치실을 뽑아낸다.

것이기 때문이다. 나는 너에게 인복이 있어서 똑똑한 사람들이 너를 섬기기를 바란다.' 아마도 내가 태어날 때 내 어머니의 바람도 똑같았나 봅니다." 자르왈리는 껄껄대면서 말을 맺었다.

아버지는 그 만남을 고무적으로 받아들였다. 자르왈리는 이 사업 계획을 술탄에게 보고하여 승인이 떨어지면 직조공과 수출업자들을 만나 논의해야 하니 시간을 좀 달라고 했다. 그러면서도 그는 사업에 관심이 아주 많다는 걸 보여주기 위해 무함마드에게 계약금 조로 금화 4백 닢을 내놓으면서 집안 간의 혼사를 희망한다는 뜻을 넌지시 비쳤다.

몇 달 후, 그해 샤반 달(이슬람력 제8월)에 자르왈리가 아버지를 불러들였다. 그는 양잠업 계획을 승인받았으니 사업 준비를 시작하고 뽕밭을 물색할 뿐만 아니라 뽕나무를 심을 숙련된 일꾼들을 모집하고, 최초의 비단 공장도 지어야 한다고 말했다. 그러면서 술탄도 유럽과 무슬림 국가들에 견직물이 넘쳐나서 귀한 비단을 수입하기 위해 상인들이 먼 중국까지 가는 일이 없게 될 거란 생각에 몹시 흥분해 있다고 전했다.

아버지는 기뻐서 어쩔 줄 몰라 했다. 그렇게만 되면 자신의 꿈이 이루어지는 것일 뿐만 아니라 목표를 훨씬 뛰어넘는 단계로 올라설 것이었다. 아버지는 벌써 부자가 되어 마졸리카 도기로 장식된 궁궐 같은 집에서 비단 방석을 깔고 누워 있는 모습을 상상하고 있었다. 페스에서 가장 유명한 인사가 되고, 그라나다 사람들의 자랑이 되고, 술탄의 측근이 되고, 학교와 모스크의 후원자가 될 터였다.

"계약을 체결하는 데 혈맹보다 좋은 것이 있을까요?" 자르왈리가 말을 계속했다. "혼인시킬 딸이 없습니까?"

무함마드는 그 자리에서 자르왈리에게 딸을 주겠다고 약속했다.

며칠 후 내 인생에 많은 변화를 가져올 이 대화의 내용을 알게 된 것은 순전히 우연이었다. 방물장수 사라가 그라나다에서 그랬던 것처럼 향수와 장신구를 팔기 위해 자르왈리의 하렘에 갔다가 들은 것이었다. 사라가 거기에 있는 동안 내내 하렘의 여자들은 주인이 또 혼인할 거란 얘기를 하면서 자르왈리의 왕성한 정력에 대해 이러쿵저러쿵 시시덕거렸다. 자르왈리에게는 이미 아내가 네 명이었다. 합법적으로 허락된 아내의 수가 네 명이기 때문에 자르왈리는 그중 한 명을 버려야 하지만, 그는 그런 일에 익숙했고, 그의 아내들도 마찬가지였다. 하지만 버림받은 아내가 인접한 집에서 살거나, 때로는 그 집 담장 안에 남아 있기도 했다. 헤어진 뒤에 임신하는 여자도 있었는데 자르왈리는 놀라거나 불쾌해하는 기색조차 없었다고 수군거렸다.

물론 사라는 그날 오후 당장 살마에게 달려와서 그 소문을 전했다. 나는 방금 학교에서 돌아와서 대추야자 몇 개를 깨작이면서 두 여자가 나누는 수다를 건성으로 듣고 있었다. 갑자기 들리는 이름에 나는 가까이 갔다.

"그 여자들은 벌써 마리암을 누에라는 별명으로 부르더라고."

나는 방물장사가 한 말을 한마디 한마디 되뇌고 나서 걱정스럽게 물었다.

"마리암이 그 남자의 집에서 행복할까요?"

"행복? 여자들은 최악의 상황만 피하려고 애쓰면서 살지."

대답이 너무 막연하고 모호하게 느껴졌다.

"그 자르왈리라는 남자는 어떤 사람이에요?"

어려도 남자가 묻는 것이니 무시할 수 없었다. 사라는 냉소적으로 입술을 비죽거렸지만 대답했다.

"평판이 썩 좋지는 않아. 교활하고, 굉장히 비양심적이고 어마어마한 부자……."

"리프 산악 지대 사람들의 돈을 강탈했다는 소문이 있던데요."

"군주들은 늘 지방을 약탈해 왔고, 딸이나 여동생을 달라고 하면 아무도 거절하지 못해."

"여자들을 어떻게 대한대요?"

사라가 나를 아래위로 훑어보다 솜털이 보송보송한 내 얼굴을 빤히 쳐다봤다.

"네가 여자에 대해 뭘 안다고?"

"알아야 할 건 알아요."

피식 미소를 짓다가 나의 단호한 눈빛을 본 사라의 얼굴에서 웃음기가 사라졌다. 사라는 나와 이런 대화를 계속해도 되는지 묻는 얼굴로 내 어머니를 쳐다봤다. 어머니가 고개를 끄덕이자 사라는 숨을 들이마시면서 내 어깨에 손을 얹었다.

"자르왈리의 여자들은 하렘에 갇혀 살지. 젊은 여자든 늙은 여자든, 자유인이든 노예든, 백인이든 흑인이든, 한 백 명쯤 되는 여자들이 어떻게 하면 주인과 하룻밤을 보낼 수 있을까, 아들을 낳으면 어떤 특권이 있을까, 침실에 어떤 카펫을 까는 게 좋을까, 보석과 향수, 묘약을 사용해야 할까 고심하면서 주인의 눈에 들 생각만 하지. 남편의 사랑을 기다리다 끝내 사랑을 얻지 못하는 아내들, 정사를 나누다 목이 졸린 여자들도 있어. 그런가 하면 부엌일 하지 않고, 궂은일 하지 않고, 찬물이나 뜨거운 물을 달라고 하는 남편이 없어도 궁핍을 모르고 평온하게 살기만 바라는 여자들이라면 행복하다고 말할지도 모르지. 네 누이는 어느 부류에 속하니?"

나는 발끈했다.

"거래가 성사되었다고 덤으로 열세 살짜리 어린 소녀를 늙은 장사꾼에게 주는 게 추잡스럽다고 생각하지 않아요?"

"내 나이가 되면 가끔가다 이렇게 세상 물정 모르고 순진하게 구는 걸 보면 화가 난단 말이야."

나는 어머니를 쳐다보면서 신랄하게 내뱉었다.

"어머니도 그래요? 무슬림들의 돈을 갈취하고, 합법적으로 정해진 네 명이 아니라 백 명의 여자를 취하면서 율법을 우습게 여길 권리가 그 작자에게 있다고 생각하세요?"

어머니는 신이 계시한 구절을 읊는 것으로 대신했다.

"남자는 부유해지면 불온해지느니."

벌떡 일어나서 두 여자에게 인사도 하지 않고 집을 나온 나는 곧장 하룬의 집으로 갔다. 함께 격분할 친구가 필요했다. 이 세상은 자르왈리와 그와 비슷한 종자들에게 여자를 농락하고 쾌락을 즐기라고 창조된 게 아니라고 말해줄 사람이 필요했다. 자르왈리란 이름만 듣고도 내 친구는 입술을 실룩거리는 것으로 내게 살아갈 희망을 주었다. 하룬이 마리암의 신랑감에 대해 들은 얘기는 내가 알고 있는 것과 별반 다르지 않았다. 하룬은 짐꾼 길드의 조합원들에게 수소문해서 더 자세히 알아봐주겠다고 엄숙하게 맹세했다.

*

열세 살 소년 둘이 수염에 걸고 맹세하면서 불의에 전쟁을 선포하는 장면, 20년 후에는 행복한 추억이 되겠지만, 그 순간에는 얼마나 절망스럽고 고통스러웠던지! 사실, 나에게는 싸워야 할 이유가 두 가지 있었다. 첫 번째 이유는 메크네스로 가는 길에서 마리암이 내게 내뱉었던 말이 도움을 요청하는 미묘한 외침이었고, 그 말 속에 담긴 공포를 뒤늦게 깨달았기 때문이다. 두 번째 이유는 쿠란을 통째로 암송하게 되면서 계율을 알고 있다는 자부심과 계율을 지키겠다는 의지가 불타올랐기 때문이다.

무슬림의 생애에서 쿠란을 암송한다는 것이 무슨 의미인지 알려면, 샘이나 성인의 무덤을 중심으로 마을이 세워지는 것처럼 신학교 마드라사를 중심으로 삼아 건설된 학문의 도시 페스에서 살아봐야 한다. 끈기 있게 몇 년 동안 암기한 끝에 마침내 쿠란의 모든 수라를 완벽하게 암송하게 되었을 때, 학교장이 쿠란을 암송할 자격을 갖추었다고 선언하면 그 순간부터는 어린아이에서 성인의 삶으로, 무명의 삶에서 명성을 얻는 삶으로 넘어갔다. 누군가는 돈벌이를 시작했고, 또 누군가는 학문과 권력의 장소인 대학교로 진학했다.

쿠란 암송 시험을 통과한 축하 의식을 치르면서 어린 '페스 주민'은 권력의 세계에 들어선 느낌이 들었다. 적어도 그날 나는 그렇게 느꼈다. 아미르의 자식처럼 비단옷을 입은 나는 순종 말을 타고서 반 친구들이 합창하며 둘러서 있는 거리를 가로질렀다. 한 노예가 내 뒤에서 우산을 씌어주었다. 길가에서 손을 흔들어주는 행인들에게 나도 손을 흔들어주었다. 이따금 아는 얼굴이 보였다. 칼리 외숙부, 어머니, 외사촌 누이 두 명, 이발사 함자와 하맘의 급사들, 조금 떨어진 어느 집 현관에 서 있는 와르다와 마리암도 보였다.

아버지는 나를 축하하는 향연이 열린 방 앞에서 나를 기다리고 있었다. 전통에 따라 아버지는 내가 감사의 표시로 교사에게 입혀주어야 하는 새 옷을 팔에 걸치고 있었다. 아버지는 감개무량한 표정으로 나를 응시하고 있었다.

나도 아버지를 관찰했다. 순식간에 아버지의 여러 모습이 머릿속에 떠올랐다. 그라나다에 대해 얘기해주던 애절한 모습, 내 목덜미를 쓰다듬어주던 다정한 모습, 어머니를 내쫓던 험악한 모습, 딸을 팔아먹는 혐오스러운 모습, 술집 테이블에 널브러져 있던 한심한 모습까지. 말 위에서 그동안 꾹꾹 누르고 있던 울분을 얼마나 소리치고 싶었던가! 하지만 말에서 내려오는 순간, 말과 비단 옷을 돌려주는 순간, 쿠란을 완벽하게 암송한 영웅 놀이가 끝나는 순간 나는 아무 말도 못 하리라는 걸 알고 있었다.

계략

헤지라력 908
(1502. 7. 2. – 1503. 6. 25.)

"자르왈리는 결코 그가 주장하는 것처럼 가난한 목동이 아니었고, 소문처럼 보물을 발견한 적도 없어. 진실은 그자가 오랜 세월 산적과 노상강도로 살아온 살인범이었으며, 재산은 20여 년 동안 그자가 강탈한 것에 지나지 않는다는 거야. 근데 더 심각한 것도 있어."

하룬은 과연 족제비라는 별명답게 매주 기가 막힐 정도로 자르왈리의 뒤를 꼬치꼬치 캐고 다녔다. 하지만 내가 아무리 물어도 조사가 완전히 끝나기 전까지는 아주 사소한 것조차 알려주지 않았다.

그날, 하룬은 알 카라인 모스크 앞에서 나를 기다리고 있었다. 페스를 방문한 한 시리아 학자의 강의를 새벽 3시부터 5시까지 들은 날이었다. 하룬은 학업을 포기하고, 이미 짐꾼 일을 시작했기 때문에 흙색의 짧은 작업복 차림이었고 곧 그날의 일터로 가야 했다.

"가장 심각한 건 질투심이 워낙 심한 작자라서 특히 젊고 예쁜 여자일수록 자기를 배신할 거라고 확신한다는 거야. 그자의 눈밖에 난 여자가 목이 졸려 죽는 데는 밀고, 비방, 연적이 넌지시 내뱉은 교활한 말 한마디면 족하더라고. 그다음에는 자르왈리의 하렘을 지키는 내시들이 그 범죄를 익사나 추락사나 급성 편도선염으로 사망했다고 위장해버리면 그만이고. 아무튼 미심쩍은 이유로 죽은 여자가 벌써 최소 세 명이야."

우리는 수많은 램프 불빛으로 환한 모스크의 아치형 회랑 아래서 서성이고 있었다. 하룬은 입을 다물고 내 반응을 기다렸다. 나는 너무 어처구니가 없어서 아무 말도 할 수가 없었다. 물론 나는 누이의 신랑감이 많은 잘못을 저질렀다는 걸 알고 있었기에 그 혼인을 막으려 한 것이다. 하지만 이제는 십 대 소녀가 우울하고 무기력한 삶을 살지 않도록 구하는 문제가 아니라, 살인범에게서, 살생을 즐기는 괴물의 발톱에서 목숨을 구하는 문제였다. 하룬은 나 못지않게 걱정하면서 탄식하는 것으로 그치지 않았다.

"혼례가 언제라고?"

"두 달 후. 계약서에 서명하면서 이미 준비하고 있었거든. 아버지는 지참금을 모으고 있고, 침대 시트며 매트리스를 주문했고, 마리암의 혼례복도 이미 준비됐어."

"네 아버지에게만이라도 사실을 말해야 해. 다른 사람이 개입하면 그 작자가 억지를 부릴 테고 그러면 그 무엇으로도 불행을 막을 수 없을 거야."

나는 하룬의 조언을 따랐고, 별도로 어머니에게 사라를 통해서 하룬이 알아낸 정보가 맞는지 확인해 달라고 부탁했다. 일주일 후, 방물장수는 나한테서 쿠란에 걸고 이 사건에 자기 이름을 절대 언급하지 않겠다는 맹세를 받은 다음 모든 게 사실이라고 확인해주었다. 아버지에게 맞서려면 의심의 여지가 조금도 없는 새로운 증언이 필요했기 때문에 사라에게 부탁한 것이었다.

이렇게 신중에 신중을 기하면서도 나는 이 민감한 문제를 꺼내려면 어떤 말로 시작할지, 그다음에 날아올 아버지의 공격을 어떻게 막을지, 내가 어떤 말을 해도 신께서 나를 이해해주실지, 이런저런 생각으로 하룻밤을 꼬박 새웠다. 머릿속으로 재치 있는 답변에서 거친 대답에 이르기까지 수많은 대답을 만들었건만, 아침에 일어나 보니 기억나는 게 하나도 없어서 결국 아버지에게 무작정 맞서는 수밖에 없었다.

"아버지께 한 가지 말씀드릴 게 있는데 들으시면 불쾌할 수도 있는 이야기입니다."

아버지는 아침마다 늘 하듯이 중정 한쪽 구석에 가죽 방석을 깔고 앉아서 걸쭉한 죽을 먹고 있었다.

"무슨 바보 같은 짓을 했기에?"

"저에 관한 일이 아닙니다."

나는 용기를 냈다.

"누이가 자르왈리와 혼인한다는 소문이 난 뒤로 사람들이 와서 걱정스러운 얘기를 해서요."

아버지는 사발째 들고 소리 나게 들이켰다.

"어떤 사람들이? 이 도시에 자르왈리를 시기하는 사람이 어디 한둘이더냐?"

나는 못 들은 체했다.

"그 사람의 여자 여럿이 목이 졸려 죽었답니다."

"누군가 너한테 그런 얘기를 또 하거든, 그 여자들이 벌을 받은 건 그럴 만한 잘못을 저질렀다는 것인데, 우리 집안의 여자들은 늘 나무랄 데가 없다고 대답해줘라."

"마리암이 그 사람과 행복하게 살 거라고……."

"네가 상관할 일이 아니야!"

아버지가 나가려고 소맷자락으로 입을 닦고 일어났다. 나는 애처롭게 매달렸다.

"이렇게 그냥 가버리지 마시고 제 말 좀 들어보세요!"

"나는 그 사람에게 네 누이를 주겠다고 약속했다. 약속은 지켜야지. 게다가 우리는 계약서에 서명했고, 몇 주 후면 혼례를 치르는데 어디서 말도 안 되는 개수작이야? 그딴 헛소리 듣고 다니지 말고 쓸모 있는 사람이 되도록 노력해! 매트리스 공장에나 가서 작업이 잘되고 있는지 확인해보든가."

"저는 이 혼인과 관련된 어떤 일에도 관여하기를 거부……."

그 순간 날아온 따귀. 어찌나 매서운지 머리가 핑 돌았다. 방문 뒤에서 몰래 대화를 엿듣고 있던 와르다와 마리암의 숨죽인 비명이 들렸다. 아버지는 내 턱을 손으로 움켜잡고 마구 흔들어대면서 고함을 질렀다.

"다시는 내 앞에서 거부란 말을 입에 담지 마! 감히 그따위 말투로, 어디서 배운 버르장머리야!"

그 순간 내게 무슨 일이 일어난 걸까. 다른 사람이 내 입을 빌려서 말하는 것 같은 느낌이 들었다.

"술집에서 그러고 있는 아버지를 보지 않았다면 절대로 그따위 말투를 쓰지 않았겠지요!"

잠시 후, 나는 이미 후회하고 있었다. 죽는 날까지 그 말을 한 걸 후회할 것이다. 나는 아버지가 그렇게 망연자실한 얼굴로 털썩 주저앉기보다는 차라리 따귀를 한 번 더 날리거나 두들겨 패줬으면 싶었다. 엎질러진 물인데 사과한다고 무슨 소용이 있을까 싶었다. 정신이 멍해진 나는 쫓겨나기 전에 스스로 아버지 집을 나왔고, 몇 시간 동안 무작정 걸으면서 아는 얼굴을 봐도 인사도 하지 않고 알은체도 하지 않았다. 그날 밤 나는 아버지 집에서도, 외숙부 집에서도 자지 않았다. 저녁에 하룬의 집에 가서 돗자리 위에 누웠고, 그대로 잠들었다가 이튿날이 되어서야 일어났다.

금요일이었다. 나는 눈을 뜨다가 나를 들여다보고 있는 친구를 봤다. 하룬이 몇 시간 전부터 그러고 있었을 것 같았다.

"좀 더 자지 그래, 어차피 정오 기도는 놓쳤는데."

친구의 말은 과장이 아니었다. 해가 중천에 떠 있었다.

"엊저녁에 왔을 때 네 얼굴이 어땠는지 알아? 우리 집에서 하는 말로 자기 아버지를 죽인 놈의 얼굴이라고 하는데, 네가 딱 그랬어."

나는 우거지상이 되어서 어제 있었던 일을 설명했다.

"그걸 말하다니 네가 잘못했네. 하지만 네 아버지도 잘못한 거야. 너보다 네 아버지 잘못이 훨씬 커. 자기 딸을 몹쓸 깡패에게 팔아넘기려는 거니까. 설마 아버지에게 네 잘못을 사죄한답시고 누이를 혼인시키게 내버려 둘 건 아니지?"

사실 그러려던 참이었다. 하지만 그렇다고 말하면 내가 얼마나 가증스러운 인간으로 보이겠는가.

"칼리 외삼촌에게 부탁하면 아버지를 설득할 방법을 찾아주실 거야."

"정신 차려, 이제 설득해야 할 사람은 네 아버지가 아니야."

"그래도 마리암은 혼인을 거부하지 못해! 감히 그런 말을 꺼냈다가는 아버지가 마리암의 팔다리를 부러뜨리고 말 거야!"

"신랑감이 있잖아!"

나는 무슨 뜻인지 이해하지 못했다. 잠이 덜 깬 것이 틀림없었다.

"자르왈리?"

"그래, 그 작자. 그런 눈으로 쳐다보지 말고 얼른 일어나서 따라와!"

하룬은 가면서 계략을 설명했다. 두드려야 하는 것은 돈 많은 도둑놈의 집 대문이 아니라 내 동생의 혼인과는 전혀 관련이 없는 노인의 집 대문이었다. 그렇지만 이 혼인을 막을 수 있는 유일한 사람이었다. 바로 아스타피룰라였다.

아스타피룰라가 직접 대문을 열었다. 나는 터번을 두르지 않은 설교자의 모습을 본 적이 없었다. 아스타피룰라는 거의 벗고 있었고, 그래서인지 평소보다 더 왜소해 보였다. 그는 2주 전부터 옆구리 통증 때문에 집 밖에 나가지 않고 있었다. 아스타피룰라는 일흔아홉 살이니 충분히 오래 살았지만, "오직 신께서만 죽을 때를 판단하신다"고 우리에게 말했다.

소년 둘이 낙담한 얼굴로 찾아오자 아스타피룰라가 의아해했다.

"나쁜 소식을 알려주려고 온 게 아니길 바란다."

하룬이 먼저 나섰다. 나는 친구의 계획이니까 끝까지 지켜보기로 했다.

"나쁜 소식은 맞지만, 부고는 아닙니다. 율법을 어기는 혼인에 대해 말하러 온 것이니 나쁜 소식이 아니겠습니까?"

"누가 혼인하는데?"

"하산의 누이 마리암……."

"루미야의 딸 말이냐?"

"그 아이의 어머니는 문제 될 게 없습니다. 검량사 무함마드가 무슬림이면 그의 딸도 무슬림이니까요."

아스타피룰라가 하룬을 찬찬히 뜯어보았다.

"너는 누구냐? 처음 보는데."

"짐꾼 아바스의 아들 하룬이라고 합니다."

"계속하라. 말하는 게 마음에 드는구나."

용기가 난 친구는 찾아온 용건을 설명했다. 자르왈리의 하렘에 있는 여자들의 운명에 대해서는 길게 말하지 않았다. 반면에 자르왈리의 방탕한 행위와 전 부인들과의 관계를 언급하고 나서 그의 과거 중에서도 특히 안달루시아에서 온 최초의 이민자들을 마구 죽이거나 리프 산악 지대 사람들을 강탈한 일까지 아스타피룰라의 심기를 건드릴 만한 파렴치한 범죄 행위를 길게 얘기했다.

"네가 말하는 자는 최후의 날까지 지옥 불 속에서 타 죽어 마땅한 인간이구나. 그런데 증거는 있느냐? 증언해줄 사람은 있고?"

하룬은 아주 겸손하게 말했다.

"제 친구와 저는 너무 어립니다. 이제 막 쿠란 암송 시험을 통과한 저희가 하는 말은 무게가 떨어집니다. 저희는 인생사에 대해 아는 것이 많지 않아서 다른 사람들의 눈에는 일상적으로 보이는 행위에 분개하는 것일 수도 있습니다. 이제 마음의 짐을 덜기 위해 저희가 알고 있는 모든 걸 말씀드렸으니 무엇을 해야 하는지는 존경하는 샤이크께서 판단해주십시오."

밖으로 나왔을 때 나는 미심쩍은 얼굴로 하룬을 쳐다봤다. 친구는 자신의 행동에 확신이 있어 보였다.

"내가 샤이크에게 말한 건 진심이야. 우리가 할 수 있는 건 다 했으니까 이제 기다리기만 하면 돼."

하지만 친구의 웃음기 가득한 얼굴은 다른 걸 말하고 있었다.

"너 지금 엄청 즐거워 보이는데 내 생각에는 그럴 일이 전혀 없었거든." 내가 지적했다.

"아스타피룰라는 나를 모르겠지만, 나는 오래전부터 그를 잘 알고 있거든. 나는 샤이크의 깐깐한 성격을 믿어."

그 이튿날, 샤이크는 건강을 회복한 것 같았다. 터번을 두른 아스타피룰라가 전통 시장 수크를 돌아다니다 회랑을 지나 하맘 대중목욕탕으로 들어가는 모습이 보였다. 그리고 금요일에는 안달루시아 이민자들이 가장 많이 찾는 모스크에서 신자가 가장 많이 몰려드는 시간에 설교했다. 그는 세상에서 가장 순진한 어조로 이름은 밝히지 않겠지만 아주 존경받는 사람의 모범적인 삶에 대해 강론을 시작하면서 산적질, 강탈, 방탕을 언급했다. 이 암시가 어찌나 구체적인지 설교자가 단 한 번도 이름을 말하지 않았는데도 모스크의 신자들 사이에서는 자르왈리라는 이름이 수군수군 떠돌았다.

"이 쇠퇴의 시기에 신자들이 존경하고 찬양하는 사람이 바로 이런 자들인 겁니다! 여러분은 바로 이런 자들에게 대문을 열어주고는 자랑으로 여기는 겁니다. 이슬람 이전의 우상들에게 제물을 바치듯 여러분은 바로 이런 자들에게 딸을 바치고 있는 겁니다!"

해가 지기도 전에 도시 전체가 온통 이 사건 얘기만 하고 있었다. 자르왈리에게도 아스타피룰라의 설교가 한마디도 빠짐없이 전해졌다. 자르왈리는 무함마드를 불러들여 그라나다와 모든 안달루시아 사람을 욕했고, 화가 나서 말까지 더듬으면서 혼인은 물론이고 양잠업도 다 끝났으니 출자했던 디나르를 당장 반환하라고 통고하면서 무함마드와 모든 식구는 일이 이렇게 된 걸 뼈저리게 후회하게 될 거라고 말했다. 충격을 받은 무함마드는 결백하다고 항변했지만, 호위병들에게 붙잡혀서 질질 끌려 나갔다.

이렇게 원한이 맺힐 정도로 살벌한 분위기에서 혼인이 취소되었는데, 특히 신랑감이 심한 모욕감을 느꼈을 때는 대체로 다시는 혼인할 수 없도록 신부가 처녀가 아니었다거나 품행이 좋지 않다는 소문이 나기 마련이었다. 굴욕감을 느낀 자르왈리가 그런 소문을 내는 것으로 반응했다면 얼마 후 내가 그렇게 경악하지는 않았을 것이다.

나는 자르왈리가 최악의 복수를 궁리하고 있을 줄은 꿈에도 생각지 못했다.

새끼줄 한 가닥

헤지라력 909
(1503. 6. 26. – 1504. 6. 13.)

한여름에 찾아온 그해 새해 첫날은 길이 미끄러워서 조심해야 했지만 평온하게 시작되었다. 우리는 미흐라잔 축제를 맞이하여 지난 며칠간 밤마다 길거리에 물을 뿌려놓는 풍습으로 진창이 된 거리를 첨벙거리면서 돌아다녔다. 미끄러워서 발을 헛디딜 때마다, 물웅덩이에 빠질 때마다 나는 이 축제를 싫어하고 이와 관련된 풍습도 싫어하는 아버지를 생각했다.

하지 않았으면 좋았을 말을 내뱉은 뒤로 나는 아버지를 만나지 않았다. 신께서 언제고 나를 용서해주시길! 하지만 와르다와 마리암에게 아버지의 안부를 묻곤 했고, 위안이 되는 대답은 거의 듣지 못했다. 마리암의 지참금을 마련하려고 빚을 진 데다 사업까지 물거품이 되는 바람에 쫄딱 망하고 가장의 체면마저 구기게 된 것에 좌절한 아버지는 술집에 다니면서 술에 빠져 지냈다.

그렇지만 새해 들어 몇 주가 지나자 아버지는 자르왈리와의 결별로 인한 충격에서 벗어나 서서히 기력을 되찾는 것 같았다. 아버지는 드디어 페스에서 10킬로미터쯤 떨어진 산 꼭대기에 있는 오래된 산장을 임차했는데 많이 낡은 집이지만 도시가 내려다보이는 전망이 근사한 데다 넓은 땅에서는 왕국 최고의 포도와 무화과를 생산할 수 있다고 장담했다. 나는 그 산이 대모스크 소유의 영지인데도 불구하고, 아버지가 그곳에 포도 농사를 짓는다는 건 포도주를 만들고 싶은 것이라고 짐작했다. 아무튼 비단 생산보다는 덜 거창한 사업이라서 적어도 아버지가 또다시 자르왈리 같은 산적에게 당하는 일은 없을 터였다.

한편 자르왈리는 몇 달 동안 나타나지 않았다. 그가 과연 그런 수모를 당하고도 그걸 다 잊고 덮어 두기로 했을까? 이런 의문이 이따금 들기는 했지만, 나는 학업에 열중해야 한다는 핑계로 불안감을 눌러 두고 있었다.

나는 여름 학기 시간표에 따라 자정부터 새벽 1시 반까지는 알 카라인 모스크의 교실에서 공부하고, 나머지 시간은 페스에서 가장 유명한 신학교 부 이나니아 마드라사에서 수업을 들었다. 새벽녘과 오후에 잠깐씩 눈을 붙였고, 무기력하게 있는 걸 견딜 수 없어 했고, 휴식이 불필요하다고 여겼다. 이제 열다섯 살이 되었으니 부지런히 움직이고, 책을 많이 읽고, 세상을 알아야 했다.

교수들은 날마다 우리에게 쿠란이나 예언자 무함마드의 언행을 기록한 하디스의 주석을 공부하게 한 다음 토론을 시작했다. 공식적으로는 금지했지만 이따금 경전 이외에도 의학, 지리학, 수학, 시학, 심지어 철학이나 천문학도 공부했다. 모든 분야의 학문에 정통한 교수들 밑에서 공부할 수 있다는 것은 행운이었다. 교수들은 일반인과 구별되도록 빵모자를 쓴 머리에 터번을 높고 뾰족하게 둘둘 감았는데, 훗날 내가 로마에 체류할 때 보게 될, 의

사들이 착용하는 모자와 비슷했다. 우리 학생들은 단순한 헝겊 모자를 썼다.

교수들은 높은 학식에도 불구하고 대부분 친절했고, 학생 각자가 지닌 재능에 세심한 주의를 기울이면서 인내심을 가지고 가르쳐주었다. 그리고 이따금 우리를 집으로 초대해서 서재를 보여주었다. 장서가 5백 권이나 되는 서재, 천 권인 서재, 3천 권이 넘는 서재도 있었다. 교수들은 필사본이 있어야 지식을 널리 전파할 수 있다고 강조하면서 희귀본을 필사할 수 있도록 서예에 공을 들이라고 독려했다.

다음 수업까지 쉬는 시간이 길 때면 나는 짐꾼들이 대기하는 곳으로 가곤 했다. 하룬이 있으면 응고된 우유를 마시러 가거나 좀처럼 실망을 안기지 않는 기적의 광장 쪽을 거닐었다. 하룬이 일을 나가고 없을 때는 마리암을 보러 가기 위해 꽃시장을 가로질렀다.

아버지가 일주일씩 시골에 가 있을 때마다 마리암이 외벽 틈에 새끼줄을 끼워 두기로 약속이 되어 있었다. 그해의 두 번째 달인 사파르가 끝나 가는 어느 날, 나는 집 앞으로 갔다. 외벽 틈에 새끼줄이 끼워져 있어서 나는 종을 흔들었다. 와르다가 안에서 소리쳤다.

"바깥양반이 출타 중입니다. 딸과 단둘이 있으니 문을 열어줄 수 없습니다."

"하산이에요!"

와르다가 문을 열어주면서 몇 분 전에 남자들이 와서 대문을 계속 두드리며 들어오려고 해서 너무 무서웠다고 설명했다. 겁을 잔뜩 먹은 마리암도 창백해 보였다.

"집에 무슨 일 있어요? 두 사람 다 많이 운 거 같은데."

와르다는 눈물을 흘리면서 말했다.

"사흘 전부터 집이 지옥 같아. 우리는 바깥에 나가지도 못해. 이웃들이 계속 찾아와서 그게 사실인지 묻는데……."

와르다가 목이 메어 말을 못 하자, 마리암이 멍한 얼굴로 말을 이었다.

"내가 병에 걸렸는지 물어보러 오는 거야."

당시 페스에서는 '병'이라고 하면 나병을 가리키는 것이고 '환자촌'이라고 하면 별도의 설명이 없어도 나병 환자들이 모여 사는 주거지를 가리켰다.

두 여자가 무슨 말을 하는 건지 내가 아직 이해하지 못하고 있을 때 쾅쾅, 대문을 주먹으로 치는 소리가 들렸다.

"경찰이다! 방금 남자 한 명이 들어갔으니 이제 여자들만 있는 게 아니다! 그 남자와 얘기하겠다."

나는 대문을 열었다. 장교 한 명, 흰색 히잡을 쓴 여자 네 명과 병사들, 인원이 모두 열 명이나 되었다.

"여기가 그라나다 출신 무함마드 알와잔의 딸 마리암이 사는 집이 맞느냐?"

장교가 서류를 펼치면서 말했다.

"이것은 나병 감독관의 명령서다. 우리는 마리암을 환자촌으로 데려가야 한다."

내 머릿속에서는 한 가지 생각만 맴돌았다. '그저 악몽일 뿐이길!' 나는 정신을 차리고 말했다.

"하지만 중상모략일 뿐입니다! 마리암의 몸에는 단 한 개의 자국도 없이 아주 깨끗합니다!"

"그건 우리가 확인할 것이다. 여기 있는 여자 넷이 그걸 살펴보려고 온 거니까!"

여자 넷이 마리암을 데리고 방으로 들어갔다. 와르다가 따라가려고 했지만 저지당했다. 나는 제정신이 아니었지만 그래도 애를 써서 장교에게 이유를 물었다. 장교는 내 생각에 동의하듯 차분하게 대답해주다가 내 질문이 길어지자 자신은 공무원이라서 명을 따를 뿐이니 나병 감독관에게 물어보라고 대답했다.

10분 후, 여자들이 방에서 나왔는데, 그중 두 명이 양쪽에서 마리암의 겨드랑이를 움켜잡고 끌고 나왔다. 마리암은 눈을 뜨고 있지만 몸이 축 늘어져 있었고, 아무 말도 못 하고, 무슨 일이 일어나고 있는지 깨닫지 못하는 것 같았다. 그중 한 여자가 장교의 귀에 대고 뭐라고 속삭였다. 장교가 부하 중 한 명에게 신호를 보내자 흙색의 두꺼운 천을 마리암에게 던졌다.

"네 누이는 환자라서 우리가 데려가야 한다."

내가 개입하려고 하자 그들이 나를 거칠게 떼어내고는 집을 나갔다. 골목길 끝에 구경꾼들이 모여 있었다. 나는 거칠게 저항하며 고래고래 소리를 질렀다. 하지만 와르다가 쫓아와서 애원하듯 말했다.

"들어가자, 제발! 동네 사람들 다 나오겠어. 그러면 네 동생은 평생 결혼도 못 하고……."

나는 집으로 들어가면서 문을 쾅 닫고는 주먹으로 벽을 치기 시작했는데, 통증이 느껴지지도 않았다. 와르다가 다가와서 흐느껴 울면서도 침착하게 말했다.

"저들이 사라지길 기다렸다가 네 외숙부에게 가서 부탁 좀 해봐. 궁정에 연줄이 있으니 마리암을 돌아오게 할 수 있을 거야."

와르다가 내 소매를 움켜잡고 뒤로 끌어당겼다.

"진정해, 손 다쳤잖아."

나는 두 팔을 와르다의 어깨에 올리고 마치 여전히 벽을 치는 것처럼 주먹을 펴지 않은 채로 확 끌어안았다. 와르다는 내게 의지한 채 주저앉았다. 와르다의 눈물이 내 목으로 흘러내리고, 머리칼이 내 눈을 가렸다. 나는 와르다의 뜨겁고 축축하고 향기로운 숨결을 들이마시고 있었다. 나는 그녀라고 생각하지 않았다. 그녀는 나라고 생각하지 않았다. 우리의 몸은 우리를 위해 존재하는 게 아니었다. 하지만 두 몸은 그저 분노로 인해 뜨거워져 있을 뿐이었다. 이전에는 결코 나 자신을 남자로 느낀 적이 없었고, 와르다를 여자로 느낀 적도 없었다. 와르다는 서른두 살이니 거의 할머니 나이지만, 얼굴에는 주름이 없고, 머리는 새까맸다. 나는 무슨 말이라도 하게 될까 봐 무서웠고, 그녀를 밀어내게 될까 봐 무서워서 꼼짝도 못 했다. 엄격히 금지된 아버지의 여자에게 안겨 있다는 걸 인식하게 될까 봐 두려워서 눈을 뜨지도 못하고 있었다.

이 순간 와르다의 마음은 어디를 표류하고 있을까? 와르다도 나처럼 쾌락에 빠져드는 걸 느꼈을까? 나는 그렇게 생각하지 않는다. 절망적인 상황이라서 그저 몸과 정신이 마비된 상태였던 게 아닐까? 그 순간 슬픔을 나눌 수 있는 유일한 사람에게 매달린 게 아닐까? 나는 결코 알 수 없을 것이다. 우리는 나중에도 이 일에 대해 결코 언급한 적이 없고, 우리의 말이나 행동에서 남자와 여자였던 순간이 있었다고 생각할 만한 것은 전혀 없었다.

와르다가 포옹을 풀면서 티 나지 않게 아주 자연스러운 말로 거리를 두었다.

"하산, 내 아들아, 어서 가서 외숙부에게 부탁해! 신께서 우리를 도와주실 거야. 오늘 너는 마리암에게 최고의 남동생이었어!"

나는 딴생각을 하지 않으려고 나직한 소리로 걸음 수를 세면서 칼리 외숙부의 집까지 뛰어갔다.

*

외숙부는 눈썹 하나 까딱 않고 내 얘기를 들어주었는데, 사실 외숙부는 내 누이와 혈연관계가 아니라는 걸 고려하면 그래도 생각보다는 마리암에게 일어난 일을 안쓰러워하는 것 같았다. 내가 얘기를 다 하자 외숙부가 설명했다.

"나병 감독관은 이 나라에서 권력자야. 페스에서 감염자들을 끌어내는 권한도, 환자촌에 집어넣는 권한도 감독관에게만 있어. 재판관도 감독관의 결정에 반대하는 일이 거의 없고, 심지어 술탄조차 감독관의 영역에 개입할 생각은 하지 않을 정도로 권세가 등등하지. 게다가 엄청난 부자야. 나병으로 시련을 겪은 가족이 있거나 그 환자들을 불쌍히 여기는 많은 신자가 환자촌을 위해 써 달라면서 재산을 남기고 죽는데 그 돈을 관리하는 사람이 바로 그 감독관이거든. 그런데 그는 환자들에게 식사와 숙소를 제공해주고, 치료하는 데는 그 기부금의 일부만 쓰고, 나머지 상당한 액수의 돈은 개인 재산을 늘리기 위해 온갖 종류의 암거래에 쓰고 있어. 우리에게 복수할 기회를 노리고 있는 자르왈리와 결탁했을 가능성도 아주 크고."

외숙부의 입에서 '우리'라는 말을 듣다니! 내가 놀라는 걸 보면서 외숙부가 말했다.

"너도 오래전부터 알고 있잖아, 내가 그 루미야에 대한 네 아버지의 사랑을 어떻게 생각하는지. 네 아버지는 그 여자한테 버림받을 뻔했기 때문에 자신의 명예가 걸려 있다고 생각하고 카스티야인들에게 자기 나름의 복수를 하겠다는 생각에 빠져서 제정신이 아니었어. 그 뒤로는 올바른 판단력을 회복하지 못했고. 하지만 지금 일어난 일은 무함마드나 와르다, 그 불쌍한 마리암과도 관련이 없어. 이 일은 자르왈리가 페스의 그라나다 이민자 공동체를 우롱하고 있는 거야. 따라서 우리는 싸워야 해, 루미야의 딸을 위해서라도. 공동체는 가장 약한 구성원을 버리기로 합의하는 순간 해체되는 거니까."

장황한 설명이었지만 외숙부의 주장은 내게 희망을 주었다.

"누이를 구해낼 수 있을까요?"

"희망과 인내심을 달라고 신께 빌어야지! 우리는 악마 같은 권력자들을 상대로 싸워야 해. 너도 알잖아, 자르왈리는 술탄의 친구라는 거."

"하지만 마리암이 환자촌에서 오래 살게 되면 결국은 정말로 나병에 걸리고 말 거예요."

"그러니까 동생을 만나서 말해줘야지. 다른 환자들과 섞여 있지 말라고 이르고, 병을 이기는 데 도움이 되는 거북 고기를 가져가서 먹여야 해. 그리고 특히 식초에 적신 히잡을 항상 쓰고 있으라고 알려주고."

나는 외숙부가 일러준 주의 사항을 와르다에게 전했다. 와르다는 마리암에게 가져갈 물건들을 준비했고, 며칠 후 집으로 돌아온 아버지와 함께 환자촌으로 갔다. 경비원의 호출에 마리암이 부모를 만나러 나왔다. 수척해진 마리암은 얼이 빠진 것 같고 창백한 얼굴에 눈이 충혈되어 있었다. 딸과 부모 사이에 하천이 가로놓여 있지만, 서로 대화가 가능해서 곧 구출해줄 거라고 약속하고 몇 가지 당부를 할 수 있었다. 그들은 디르함 몇 닢을 경비원의 손에 쥐여주면서 딸에게 줄 보따리를 맡겼다.

그들이 집으로 돌아왔을 때 나는 대문 앞에서 기다리고 있었다. 아버지는 나를 못 본 체했다. 나는 땅바닥에 무릎을 꿇고 아버지의 손을 잡고 입을 맞추었다. 몇 초쯤 지나자 아버지가 손을 빼서 내 얼굴을 지나 목덜미를 토닥였다. 나는 일어나서 아버지의 품에 안겼다.

"먹을 것 좀 준비할게요." 울컥해진 와르다가 목멘 소리로 말했다. "다 같이 의논도 해야 하고요."

와르다는 서둘러서 식탁을 차렸다.

말이 의논이지, 아버지도 나도 별로 말을 하지 않았다. 이 순간에 중요한 것은 처음으로 이렇게 남자 대 남자로 한 돗자리에 앉아 함께 쿠스쿠스 요리를 손으로 집어먹는다는 것이었다. 마리암의 혼인 문제로 사이가 틀어졌지만, 마리암의 수난이 아버지와 나를 빠르게 화해시켜주었다. 이제 아버지는 어머니의 친정집과도 화해할 터였다.

그날 저녁, 10년 전 우리가 페스에 도착한 뒤로 발길도 하지 않았던 아버지의 집에 칼리 외숙부가 왔다. 와르다는 보리 시럽과 함께, 포도와 살구, 배, 자두가 가득 담긴 커다란 과일 바구니를 내오면서 칼리를 귀빈으로 대접했다. 그 답례로 칼리는 와르다에게 호의적인 미소와 위로의 말을 건넸다. 이윽고 와르다는 우리가 대화를 나누도록 물러갔다.

*

그 뒤로 양쪽 집안은 연말까지 수시로 비밀리에 만나서 마리암을 구해낼 방법을 의논했다. 이따금 가족이 아닌 외부 사람들도 합류해서 조언해주고 위로해주었다. 대부분 그라나다 사람들이었고, 내 친구도 두 명 있었다. 한 명은 나한테 생기는 문제는 모두 자기 문제라고 여길 정도로 절친이 된 하룬이었다. 또 한 명은 학교에서 '절름발이'라는 별명으로 불리는 아흐메드라는 친구였다. 아흐메드를 떠올리면 나는 펜을 멈추고 잠시 생각에 잠기지 않을 수 없다. 멀리 튀니스에서도, 카이로에서도, 메카에서도, 심지어 나폴리에서도 나는 아흐메드에 관해 떠도는 소문을 들었다. 나는 그 옛 친구가 역사에 어떤 흔적을 남길지, 아니면 강물의 유속에 개의치 않고 용감하게 나일강을 건너는 수영 선수처럼 용맹한 사람으로 기억될지 늘 궁금하다. 그러나 연대기 작가로서 나의 의무는 그 친구에 대한 응어리를 잊고, 그해 그가 학생들의 비웃음과 조롱을 받으면서 교실에 들어온 첫날부터 내가 봤던 아흐메드를 가능한 한 충실하게 이야기하는 것이다. 페스의 젊은이들은 이방인들에게 냉담한데, 특히 이민자들이나 장애인에게는 더욱 심했다.

'절름발이'는 마치 냉소적인 웃음을 새기려는 듯 교실을 찬찬히 훑어본 뒤, 접근이 가장 쉬운 자리였기 때문인지, 내가 자기를 다르게 쳐다본다고 생각했기 때문인지 내 옆자리에 와서 앉았다. 그는 내 손을 잡고 힘차게 악수했지만, 입에서 나온 건 단순한 인사말이 아니었다.

"이 저주받은 도시에서는 너도 나처럼 이방인이야."

그의 어조는 단정적이었고, 목소리도 나직하지 않았다. 내가 불편한 기색으로 주위를 둘러보자, 그가 내뱉었다.

"페스 사람들을 두려워하지 마. 너무 지식으로 꽉 차 있어서 용기가 있을 자리가 없거든."

아흐메드는 거의 소리를 지르고 있었다. 나와는 상관없는 논쟁에 휩쓸리는 느낌이 들었다. 나는 난처한 상황에서 벗어나려고 농담조로 말했다.

"학식을 갖추기 위해 페스의 마드라사에 온 거면서 어떻게 그런 말을 해?"

아흐메드는 거만한 미소를 지었다.

"나는 학식을 추구하지 않아. 학식은 쇠사슬보다 두 손을 훨씬 더 둔하게 만드니까. 율법 학자가 군대를 지휘하거나 왕국을 세운 거 본 적 있어?"

아흐메드가 말하는 사이, 덩치가 큰 교수가 느릿느릿 교실에 들어왔다. 경의의 표시로 학생들이 모두 일어났다.

"너는 어떻게 학식이라는 불안정한 것을 머리에 이고 싸우길 바라지?"

나는 아흐메드가 내 옆에 와서 앉은 것이 벌써 유감스러웠다. 나는 경악하는 얼굴로 그를 쳐다봤다.

"목소리 좀 낮춰, 제발. 교수님이 듣겠어."

아흐메드는 내 등을 툭 치면서 말했다.

"그렇게 두려워 말라니까! 어렸을 때는 너도 어른들이 감추려고 하는 진실을 큰 소리로 말한 적 있었을 거 아냐? 그때는 네가 옳았던 거야. 그러니까 네 안에서 아무것도 모르던 천진하던 때의 너를 되찾아야 해. 그때는 용기가 있었던 거니까."

마치 방금 자기가 한 말을 증명해 보이려는 듯 아흐메드가 벌떡 일어나더니 교수가 앉은 강단까지 절뚝절뚝 걸어나가서 툭 내뱉은 말에 교실이 순식간에 조용해졌다.

"저는 예언자 가문의 후손인 샤리프* 사디의 아들 아흐메드라고 합니다. 제가 다리를 저는 것은 작년에 수스 땅을 침략한 포르투갈군과 싸우다 다쳤기 때문입니다."

아흐메드가 예언자 무함마드와 얼마나 가까운 일가의 자손인지 확인할 길이 없는 데다, 나중에 그의 친척 중 한 명으로부터 알게 된 바에 따르면 그 신체 장애는 선천적이었다. 하지만 그 순간에는 두 가지 거짓말이 교수를 비롯해 교실에 있는 학생들에게 위압감을 주기에 충분했다.

아흐메드는 고개를 빳빳이 쳐들고 자리로 돌아왔다. 학교에 온 첫날부터 아흐메드는 학생들로부터 가장 존중받는 경탄의 대상

---

* 예언자 무함마드의 후손에게 사용되는 칭호.

이 되었다. 이제 아흐메드는 어디를 가든 졸졸 따라다니면서 그가 웃으면 따라 웃고, 화를 내면 덜덜 떨고, 적의를 품으면 그것도 똑같이 따라하는 복종적인 동급생 무리에 둘러싸여 있었다.

어느 날, 페스의 유서 깊은 가문 출신인 교수 한 명이 아흐메드가 조상이라고 주장하는 인물에 대해 의구심을 표명했다. 얼마 전부터 대모스크에서 주간 설교를 할 수 있는 특권을 얻은 가장 유명한 교수였기에 결코 간과할 수 없는 견해였다. 그 당시에는 아흐메드가 아무 말도 하지 않고 눈으로 묻는 학생들에게 그저 알 수 없는 미소를 지어 보였을 뿐이다. 그다음 주 금요일, 교수의 설교를 듣기 위해 학급 전체가 이동했다. 교수가 말문을 떼자마자 절름발이 아흐메드가 기침 발작을 일으켰다. 차츰 다른 학생들이 뒤를 이어 기침하더니 잠시 후에는 전염이라도 된 듯이 다들 합창으로 요란하게 기침 소리를 내기 시작했는데 설교가 끝날 때까지도 콜록콜록하는 통에 결국 신자들은 그날의 설교를 한마디도 알아듣지 못한 채 집으로 돌아갔다. 그 뒤로 이 교수는 아흐메드의 뭔가 석연치 않은 조상에 대해 다시는 언급하지 않았다.

나는 아흐메드를 따라다닌 적이 없었다. 아마도 그것이 아흐메드가 나를 존중한 이유였을 것이다. 우리는 이따금 우리 집이나 그의 방, 다시 말해 가족이 페스에 거주하지 않는 학생들을 위한 마드라사의 기숙사에서 단둘이 만나곤 했다. 아흐메드의 가족은 마라케시 왕국과 접한 국경 지대에 살고 있었다.

아흐메드는 둘만 있을 때도 나를 불쾌하게 하거나 불안하게 하고 때로는 겁박하는 태도를 보였다. 하지만 그는 관대하고 헌신적인 모습을 보여주기도 했다. 아무튼 그해 내 앞에 그렇게 나타난 아흐메드는 내가 조금이라도 낙담할 때면 세심하게 신경을 써주면서 내가 일어서도록 도와주었다.

비록 마리암을 구출할 능력은 없어 보여도 아흐메드와 하룬은 나에게 절실히 필요한 존재들이었다. 마리암을 구명하는 데 꼭 필요한 교섭을 벌일 수 있는 사람은 외숙부밖에 없는 것 같았다. 외숙부는 법관, 군대 사령관, 왕국의 고관들을 만나러 다녔다. 안심시키는 이들이 있는가 하면 난색을 보이는 이들도 있고, 다가오는 축제 전에 해결책을 약속하는 이들도 있었다. 우리는 그때까지의 노력이 수포로 끝나도 희망의 끈을 놓지 않고 또 다른 희망에 매달렸다.

그러던 중 칼리 외숙부가 끊임없는 시도 끝에 술탄의 장남인 무함마드 왕자와 친해지는 데 성공했는데, 그 왕자는 일곱 살 때 아실라라는 도시에서 포르투갈로 끌려가서 오랜 세월 포로로 붙잡혀 있었다고 하여 포르투갈인 왕자라는 별명이 붙어 있었다. 어느덧 마흔 살이 된 무함마드 왕자는 외숙부와 동갑이었다. 두 사람은 시에 대해 한참 이야기를 나누다 안달루시아의 불행도 돌이켜봤다. 그렇게 두 시간이 훌쩍 지나 대화가 무르익을 즈음 칼리는 마리암 얘기를 꺼냈고, 왕자는 몹시 분개하면서 그 일이 자신의 아버지의 귀에 들어가게 하겠다고 약속했다.

그런데 왕자는 그럴 겨를이 없었다. 칼리 외숙부가 궁전을 방문한 바로 다음 날, 이게 무슨 조화인지 술탄이 사망했기 때문이다.

우리가 늙은 군주의 죽음을 오래 슬퍼했다고 하면 순전히 거짓말일 것이다. 사망한 술탄이 자르왈리의 친구였기 때문만이 아니라 술탄의 아들과 칼리의 가까워진 관계가 우리에게 좋은 징조로 보였기 때문이다.

카라반

헤지라력 910
(1504. 6. 14. – 1505. 6. 3.)

1504년은 아틀라스산맥, 시질마사, 누미디아를 거쳐서 광활한 사하라 사막을 횡단하여 흑인 왕국의 신비한 도시 팀북투*로 가는 나의 첫 번째 대여행이 시작된 해였다.

칼리 외숙부는 무함마드 술탄에게서 수단** 지방의 아스키아 무함마드 투레 술탄에게 가서 페스의 술탄으로 등극했음을 알리고 두 왕국 간에 그 어느 때보다 우호적인 관계를 구축하겠다고 약속하는 친서를 전하라는 임무를 맡았다. 외숙부는 5년 전 콘스탄티노플로 출장을 떠날 때 약속한 대로 나를 데려가기로 했다. 나

---

* 말리의 고대 도시. 사하라 사막 무역로라는 전략적 위치로 인해 노예뿐만 아니라 금과 목화, 상아 무역을 통해 한때 세계적인 무역 강국이었다. 13세기부터 17세기까지 특히 말리 제국과 아스키아 무함마드 1세의 통치하에서 이슬람 학문의 세계적인 중심지이기도 했다.
** 아프리카 중북부, 사하라 사막과 리비아 사막 남쪽에서 대륙의 서쪽에 이르는 지역으로 세네갈, 기니, 말리, 니제르, 차드, 수단, 감비아, 부르키나파소와 기니비사우, 카메룬 북부를 포함하는 광활한 땅을 가리킨다. 아랍어로는 흑인의 나라란 뜻이다.

는 아버지에게 외숙부와 동행하겠다고 말했고, 이번에는 아버지가 어느새 수염이 거뭇거뭇해진 나의 여행을 반대하지 않았다.

날씨가 선선해진 초가을, 사람과 식량, 선물꾸러미를 바리바리 실은 힘센 짐승 2백 마리로 이뤄진 카라반이 출발했다. 여행길 내내 우리를 지켜줄 낙타 경비병들과 사하라 사막에 이를 때까지 호위해줄 기병대가 제공되었다. 숙련된 낙타 몰이꾼들과 길잡이들, 상대국에서 사절단을 얕보지 않도록 많은 하인을 대동했다. 그리고 우리의 공무 수행 사절단에는 여정 중에 왕실의 보호를 받고, 팀북투에서 받게 될 특혜를 누리기 위해 몰려든 무역상들까지 합류해 있었다.

여행 준비가 너무 철저하고 너무 길게 느껴졌다. 지난 며칠간 나는 잠을 자지도, 책을 읽지도 못하고, 숨도 쉬어지지 않을 정도로 흥분해 있었다. 광활한 사막 한가운데서 낙타의 혹에 매달린 채 인간과 짐승, 물, 모래, 금이 모두 같은 색이고, 같은 가치를 지니면서도 더없이 무의미해지는 순간을 어서 빨리 경험하고 싶었다.

나는 카라반 집단 내에서도 그런 경험을 할 수 있다는 걸 알았다. 동행자들이 몇 주일, 몇 달간 같은 방향으로 전진하고, 같은 위험에 직면하고, 먹고, 기도하면서 생사고락을 함께하다 보면, 그들은 더는 서로에게 남이 아니게 되며 못된 짓을 하거나 술책 같은 건 쓰지 않게 된다. 멀리서 보면 카라반은 하나의 행렬이고, 가까이서 보면 하나의 마을과 같았다. 온갖 잡담과 농담을 떠들어대기도 하고, 서로에게 별명을 지어주기도 하고, 모략과 충돌이 일어나고, 화해도 하고, 저녁에는 노래와 시 낭송으로 시간을 보내니 마치 하나의 마을과 같았다. 페스에서의 고단한 번민, 자르왈리의 복수심, 본색을 알 수 없는 나병 감독관의 잔혹성을 잊어버리기에 충분할 만큼 아주 멀리 떨어진 외딴 마을과 같았다.

*

 출발한 당일, 우리는 페스에서 24킬로미터쯤 떨어진 아틀라스 산맥 기슭에 자리 잡은 도시 세프루를 지나갔다. 부유하기로 이름난 도시인데 이상할 정도로 꾀죄죄한 옷도 그렇고 주민들의 행색이 초라했다. 왕가의 한 왕자가 별장을 짓고 눌러살면서 부자로 보이는 주민들에게 과중한 세금을 부과하며 착취하고 있어서였다. 대로를 지나던 중 외숙부가 내 옆으로 말을 몰고 와서 귀에 대고 속삭였다.
 "누가 탐욕을 필요의 소산이라고 하거든 잘못 생각하는 거라고 말해주어라. 세금이 탐욕을 키운 거니까!"
 카라반은 세프루에서 그리 멀지 않은 고개를 지나 누미디아 가는 길로 접어들었다. 이틀 후, 우리가 당도한 곳은 '우상 숭배의 기원'이라는 뜻의 아인 알아스남이라는 고대 유적지 부근의 숲속이었다. 그곳에 있는 신전에서는 일 년 중 특정 시기에 남자와 여자 여럿이 저녁에 모여서 제물을 바치는 풍습이 있었다. 희생제 의식이 끝나면 남자들은 불을 끄고 각자 우연히 옆에 있게 된 여자를 취했다. 그렇게 외간 남자와 밤을 보낸 여자는 그 뒤로 일 년간은 남편과 동침할 수 없었다. 이 기간에 태어난 아이들은 신전의 제사장들에 의해 양육되었다. 이 신전은 이슬람이 정복했을 때 도시와 함께 파괴되었고, 도시의 이름만 살아남아서 그 무지의 시대를 증언하고 있었다.

이틀 후에는 고대 유적이 산재해 있는 산골 마을 근처를 지나게 되었다. 그 주변에 동굴처럼 보이는 깊은 우물이 많아서 '백 개의 우물'이라 불리는 마을이었다. 우물 중 하나는 여러 개의 층으로 이뤄져 있고, 내부에는 벽으로 둘러싸인 크고 작은 방들이 있는데 모든 것이 갖춰져 있다고 했다. 그래서 페스에서 보물을 찾으러 온 사람들이 밧줄과 램프를 가지고 우물 속으로 내려갔는데, 대부분 밖으로 나오지 못했다고 한다.

페스를 떠난 지 일주일 후, 우리는 움 주나이바라고 불리는 마을을 지나게 되었는데, 이곳에는 이상한 풍습이 남아 있었다. 카라반이 하천을 따라갈 때 그쪽을 지나가는 사람은 누구든 덩실덩실 춤추면서 가야지 아니면 4일열*에 걸린다고 믿고 있었다. 나를 비롯해 경비병들, 거상들까지 우리 카라반 일행은 재미 삼아 한 것이든, 미신 때문이든, 모기에 물려서 감염되지 않기 위해서든 다들 덩실덩실 춤을 추었다. 사신이라는 품격에 어울리지 않는 너무 유치한 행동이라고 생각한 외숙부만 예외였지만, 속으로는 몹시 후회했을 게 틀림없다.

우리는 가을인데도 얼음장같이 차가운 북풍이 불고 날씨를 예측할 수 없는 높은 산을 올랐다. 나는 기후가 혹독한 고산 지대에서 옷을 잘 차려입었을 뿐만 아니라 교육까지 받은 사람들을 보

---

* 모기를 매개로 한 기생충성 전염병. 말라리아 또는 학질이라고 하며, 열대열 말라리아, 3일열 말라리아, 4일열 말라리아, 난형 3일열 말라리아 등 4종류로 구분된다.

게 될 줄은 생각도 못 했다. 그 산중에서 특히 가장 추운 지역에 메스타사라고 불리는 부족이 살고 있었는데, 이들의 주된 활동은 아름다운 필체로 수많은 서적을 필사해서 마그레브와 그 밖의 나라에 파는 것이었다. 페스에 거주하는 제노바 출신의 늙은 상인 토마소 데 마리노가 우리 카라반에 합류해 있었다. 나와 자주 대화를 나누던 그 상인은 한 마을에서만 가죽으로 장정한 책 100권을 샀는데 그 서체가 가히 명필이었다. 늙은 상인은 흑인 국가의 울라마들과 고위 인사들이 이런 책을 많이 산다면서 수익이 아주 큰 장사라고 설명해주었다.

우리 카라반이 메스타사 부족 마을에서 하룻밤을 머물기로 했기 때문에 나는 제노바 출신 상인을 따라 그의 고객이 제공하는 저녁 식사 자리에 참석했다. 대리석과 마졸리카 도기로 꾸며진 근사한 저택은 고급 양모 태피스트리들이 벽에 걸려 있을 뿐만 아니라 바닥에도 화려한 양모 카펫이 깔려 있었다. 초대받고 온 사람들은 모두 부유해 보였다. 어떻게 이럴 수 있는지 궁금해서 입이 근질근질해진 나는 실례가 되지 않도록 신중하게 어휘를 선택해서 집주인에게 물었다.

"이렇게 추운 산악 지대에 사는데 어떻게 다들 부유하고 지식이 풍부합니까?"

집주인이 호탕하게 웃으며 대답했다.

"요컨대 산에 사는 촌뜨기들이 왜 헐벗은 가난뱅이가 아닌지 그것이 알고 싶은 게지?"

나는 꼭 그렇게 물은 건 아니지만, 그것이 궁금한 건 맞았다.

"알아 두게, 젊은이. 신께서 인간에게 줄 수 있는 가장 큰 선물은 카라반 루트로 이어지는 고산 지대에서 태어나게 하는 것이라는 걸. 카라반 루트는 지식과 부를 가져다주고, 산은 보호와 자유를 제공하지. 도시 사람들이여, 여러분은 금과 책을 쉽게 손에 넣을 수 있지만, 군주들 앞에서 머리를 숙여야 하고……."

집주인이 말을 중단하고 눈치를 보는 것처럼 물었다.

"늙은 삼촌이 조카에게 말하듯, 노스승이 제자에게 말하듯, 기탄없이 삶의 지혜를 말해도 되겠나? 그래도 화내지 않겠다고 약속하겠나?"

나의 환한 미소에 집주인이 말을 이었다.

"도시에서 살면 능력이 없을 때조차 비싼 대가를 치르게 하는 술탄의 보호를 받는 대신 인간의 존엄성과 자존심을 접어놓고 살게 되지. 하지만 도시에서 멀리 떨어진 평원이나 산에서 살면 술탄과 그의 병사들, 세금 징수원들을 피할 수가 있지. 또한 유목민, 아랍인, 베르베르족에게 약탈당하기 일쑤지만 우리는 성벽을 세울 생각 같은 건 아예 하질 않아, 어차피 또 쳐들어오면 금방 파괴될 걸 아니까. 도로에서 멀리 떨어져 있어 접근하기 힘든 오지에서 살면 굴복하거나 약탈을 피할 수 있지. 그렇지만 다른 고장과 교류가 전혀 없으면 결국 짐승처럼 무지하고, 궁핍한 상태로 겁에 질린 채 살게 되지."

집주인이 포도주 한 잔을 내밀었지만, 나는 정중하게 사양했다. 그는 포도주를 한 모금 삼킨 뒤 말을 계속했다.

"우리만 누리는 특권이 있지. 우리 마을을 찾는 사람들은 페스와 누미디아, 흑인 국가에서 오는 상인, 고관, 학생이나 율법 학자들인데, 카라반이 들를 때마다 그들이 가져오는 금화나 의복, 읽을 책과 필사할 책, 야화, 기담, 명언 덕분에 우리는 부와 지식을 축적할 수 있지. 우리는 접근하기 힘들어서 안전한 이 고산 지대를 독수리, 까마귀, 사자들과 공유하며 살아가고 있다네."

내가 이 대화를 전하자 외숙부는 아무 말 없이 한숨을 내쉬고 나서 하늘을 쳐다봤다. 나는 그것이 운을 하늘에 맡기겠다는 건지 아니면 그저 날아가는 독수리를 바라보기 위해서인지 알지 못했다.

다음 여정은 지즈산이었는데, 같은 이름의 강이 그곳에서 발원한다고 하여 붙여진 이름이었다. 그 지역 주민들은 베르베르족에 속하는 무시무시한 자나가 부족이었다. 체격이 아주 건장한 자나가 부족은 맨살 위에 양모 튜닉을 걸치고 신발 대신 천으로 발을 꽁꽁 싸매고 다니면서 일 년 내내 맨머리로 지냈다. 그렇지만 나는 자나가 부족의 진면모를 묘사하려면 그 고장에서 보게 된 믿을 수 없는 일을 언급하지 않을 수 없다. 엄청나게 많은 뱀이 고양이나 강아지들 못지않게 온순하고 친근하게 집 주변에 득실거리는데, 누군가가 식사할 때면 뱀들이 주위에 몰려와 있다가 남겨주는 빵조각이나 음식을 먹는 광경은 정말이지 기적처럼 보였다.

여행을 시작한 지 3주 후에 우리는 지즈산을 빠르게 내려갔고, 감미로운 과일이 풍성한 야자수 숲을 가로질러 시질마사가 자리 잡고 있는 평원으로 향했다. 알렉산드로스 대왕이 건설했다는 시질마사는 대로의 길이가 반나절을 걸어야 할 정도로 길고, 집은 각각 정원과 과수원으로 둘러싸여 있으며, 근사한 모스크와 이름난 마드라사를 갖추고 있다고 옛날 여행가들이 칭송하던 도시였다.

한때는 아주 높았을 성벽은 절반쯤 무너져 있고 남은 일부 자락은 수풀과 이끼가 무성했다. 고대 시질마사 유적지 부근의 요새화된 마을에는 적대적인 부족만 남아서 족장과 함께 살고 있었다. 그들의 주된 관심사는 이웃 마을 부족의 삶을 힘들게 만드는 것이었다. 부족들은 서로 송수관을 파괴하고, 야자수를 바짝 베어버리고, 유목 부족들을 선동해서 상대의 땅과 집을 황폐화시킬 정도로 서로에게 무자비하니 시질마사가 폐허의 도시가 되는 것은 당연하다는 생각이 들었다.

우리는 시질마사 영토에서 사흘간 머물면서 사람들과 말과 낙타를 쉬게 하고 식량을 비축하고, 도구들을 수리할 예정이었다. 그런데 시질마사에 도착한 바로 다음 날 외숙부가 병에 걸리는 바람에 우리는 여러 달을 그곳에 머무르게 되었다. 낮에는 숨이 막힐 정도로 더운데도 외숙부가 덜덜 떠는가 하면 밤에는 고산지대 못지않게 추운데도 땀을 뻘뻘 흘렸다. 카라반 일행 중 의학에 조예가 깊은 유대인 상인이 4일열이라고 진단하면서 움 주나비아 마을에서 칼리가 덩실덩실 춤추는 풍습을 거부한 벌을 받는 모양이라고 말했다. 신만이 보상과 벌의 주인이거늘!

*

외숙부가 앓아누워 있는 동안 나는 머리맡을 지키면서 어떤 때는 몇 시간씩 사소한 몸짓과 찡그리는 표정까지 유심히 살폈다. 이틀 전만 해도 로마인들, 사자, 뱀 얘기로 손에 땀을 쥐게 하던 외숙부가 갑자기 폭삭 늙고 무력해 보였다. 외숙부는 시인이자 웅변가의 재능과 박학다식함 덕분에 포르투갈인 무함마드 왕자에게 깊은 인상을 주었고, 무함마드는 술탄이 된 뒤로 매주 외숙부를 궁전으로 불러들였다. 고문관이나 서기관 또는 어느 지방의 총독으로 임명될 거란 소문이 돌 정도로 외숙부는 술탄의 총애를 받았다.

나는 어느 날 궁전에서 돌아온 외숙부에게 마리암 문제에 대해 술탄에게 다시 말해봤는지 물었던 기억이 난다. 외숙부는 약간 난처한 어조로 대답했다.

"차츰 술탄의 신망을 받는 중이니 머지않아 내가 어려움 없이 네 누이를 구출해낼 수 있을 거야. 지금은 가능한 한 신중하게 행동해야지 무엇이 되었든 부탁은 삼가야 해."

그렇게 말하고 나서 외숙부는 미안해하는 미소를 지으면서 덧붙였다.

"훗날 네가 정치를 하게 된다면 이렇게 처신해야 하는 것이니 잘 새겨 두거라!"

외숙부가 사신으로 임명된 직후 나는 다시 한번 마리암을 언제 구할 수 있는지 물었다. 외숙부는 팀북투에서 임무를 마치고 돌아왔을 때쯤에는 소녀가 집에 돌아와 있을 거란 약속을 술탄에게서 받았다는 소식을 알려주었다. 그래서 나는 마리암에게 군주의 약속과 나의 여행 소식을 알리기 위해 처음으로 환자촌을 방문했다.

나는 누이에게 과한 애정을 보이면서도 아무것도 해주지 못하고 있다는 무력감 때문에 일 년 동안 마리암을 보러 가지 않았다. 마리암은 전혀 비난하지 않았다. 마치 며칠 전에 헤어진 것처럼 미소를 지어 보이며 내 학교생활을 물어보는 누이의 얼굴이 어찌나 평온해 보이던지 오히려 내가 당황해서 그동안 찾아오지 않은 것이 후회되었다. 비록 하천을 사이에 두고 있어서 우리 사이에 거리가 있을지라도 나는 흐느껴 우는 누이를 보면서 위로해주고 싶었던 걸까? 나는 호기롭게 군주의 약속을 알려주었다. 마리암은 내 기분이 상하지 않을 정도로만 밋밋하게 반응했다. 내가 여행을 떠난다고 말했을 때는 축하하는 건지 아니면 비웃은 건지 모르겠지만 마리암이 반색하는 얼굴이었다. 건장한 성인이라면 성큼성큼 두 걸음에 건너뛸 수 있는 하천이 내게는 협곡처럼 깊고, 해협처럼 거대해 보였다. 마리암이 아득히 멀리 있어 다가갈 수 없는 것처럼 느껴지고, 목소리는 꿈속에서 들리는 것처럼 아련했다. 그때 갑자기 한 노파 병자가 누이의 어깨에 손가락 없는 손을 얹었다. 나는 재빨리 돌멩이 몇 개를 주워서 던지며 노파에게 멀리 떨어지라고 소리쳤다. 마리암이 노파를 보호하려고 몸으로 돌팔매를 막으면서 말했다.

"그 돌멩이 내려놔, 하산, 내 친구 다치겠어!"

나는 하라는 대로 했지만 쓰러질 것만 같았다. 나는 작별의 손짓을 한 뒤 절망에 빠져서 돌아섰다. 마리암이 또 한 번 내 이름을 소리쳐 불렀다. 나는 누이를 돌아봤다. 누이가 하천 근처까지 다가와 있었다. 내가 온 뒤 처음으로 누이가 눈물을 흘리고 있었다.

"여기서 나 구출해줄 거지?"

그 간절한 목소리에 나는 오히려 마음이 놓였다. 나도 모르게 마치 경전에 손을 올리듯 손을 뻗으면서 큰 소리로 천천히 맹세했다.

"너를 이 환자촌에서 구해내기 전에는 절대로 혼인하지 않겠다고 맹세해."

마리암이 만면에 미소를 지었다. 여행하는 동안 내내 미소를 담뿍 머금은 누이의 얼굴을 간직하고 싶은 나는 돌아서서 부리나케 그곳을 떠났다. 그리고 그 길로 마리암 소식을 전하기 위해 아버지와 와르다를 만나러 갔다. 나는 대문을 두드리기에 앞서 잠시 서 있었다. 마리암이 엮어서 끼워놓았던 가는 새끼줄이 아직 외벽 틈에 있었다. 나는 새끼줄을 빼서 입술에 댔다가 외벽 틈에 다시 끼워놓았다.

*

내가 그 새끼줄을 떠올리고 있을 때 외숙부가 눈을 떴다. 나는 괜찮은지 물었고, 외숙부는 고개를 끄덕여주고는 이내 다시 잠이 들었다. 외숙부는 그렇게 움직이지 못한 채 사하라 사막을 횡단하는 것이 불가능해지는 초여름까지 생사를 오가고 있었다. 따라서 우리는 시질마사 지역에서 여러 달을 체류한 뒤에야 여정을 계속할 수 있었다.

팀북투

헤지라력 911
(1505. 6. 4. – 1506. 5. 23.)

외숙부의 건강이 많이 회복된 것 같고, 시원한 계절이 시작되었을 때 우리는 아틀라스산맥에서 500킬로미터, 시질마사 남쪽에서 320킬로미터 넘게 떨어져 있는 누미디아 사막 중앙에 있는 타벨발라*로 향했다. 물이 귀하고, 타조와 영양 이외의 다른 고기는 구할 수 없고, 어쩌다가 사막의 불볕을 피할 수 있는 곳이라고는 야자수 그늘밖에는 없는 고장이었다.

타벨발라에서는 9일간 묵기로 예정되어 있었다. 몇 년 전 아버지가 그랬던 것처럼, 외숙부가 첫째 날 밤부터 그라나다에 대해 들려주기 시작했다. 아마도 한 사람은 4일열에 걸렸다가 겨우 털고 일어났고, 또 한 사람은 망명길에 올라 실의에 빠져 있다 보니 그라나다에 대한 증언과 인생의 지혜를 살날이 창창한 젊은이의 기억 속에 심어주고 싶었던 것이 아닐까 싶다. 신께서 나를 불과 망각으로부터 보호해주시길! 나는 다음 이야기를 듣기 위해 밤이

---

* 13세기부터 19세기까지 모로코 남부 시질마사에서 팀북투를 연결하는 카라반 루트의 교역로였다.

되길 기다렸고, 그 긴 이야기는 자칼 울음소리가 너무 가까이에서 들릴 때마다 간간이 끊기곤 했다.

사흘째 되는 날, 병사 두 명이 우리를 찾아왔다. 병사들은 우리 카라반 루트의 서쪽 지방 영주가 보내는 전갈을 가져왔다. 페스의 술탄 사신이 그 지역을 지나간다는 걸 알고 있던 영주가 사신을 꼭 만나고 싶다는 내용이었다. 칼리는 길잡이에게 의견을 물었고, 길잡이는 영주가 있는 마을에 들렀다 가면 최소한 보름은 지연될 거라고 말했다. 칼리는 병사들에게 미안하다면서 사신은 경로 밖에 있는 지역의 영주들을 만나러 갈 수 없는 데다 여행 중에 병이 나는 바람에 이미 많이 지체된 상태라서 카라반 전체가 움직이는 것은 일정상 곤란하다고 설명했다. 그러면서 영주를 몹시 존경한다는 표시로 조카를 대신 보내 인사만 하겠다고 덧붙였다. 외숙부는 사실 이름도 들어본 적 없는 영주였다고 나중에 나한테 고백했다.

그리하여 아직 열일곱 살도 되지 않은 나이에 나는 갑자기 사신 역할을 하게 되었다. 외숙부는 기병 두 명을 대동시키고 영주에게 가져갈 선물로는 무어 방식으로 장식된 등자 한 쌍, 근사한 박차 한 쌍, 금실로 짠 비단 고삐 한 쌍, 보라색 비단 고삐 한 쌍, 청색 고삐 한 개, 아프리카 성자들의 일대기를 그린 책 한 권과 함께 찬시(讚詩) 한 편을 챙겨주었다. 나흘이 걸리는 여행길이었고, 나는 그 긴 시간을 활용해 영주에 대한 경의의 표시로 시를 몇 편 지었다.

와르자자트라는 이름의 도시에 도착하니 영주가 인근에 있는 산으로 사자 사냥을 나갔다면서 만나러 오라는 지시를 남겼다고 알려주었다. 나는 영주에게 가서 손에 입을 맞춘 다음 외숙부의 정중한 인사를 전했다. 영주는 돌아가는 날까지 내가 기거할 거처를 마련해 놨으니 가서 기다리라고 했다. 해가 지기 전에 돌아온 영주는 나를 궁으로 불러들였다. 나는 궁으로 가서 또다시 영주의 손에 입을 맞춘 다음 선물 보따리를 풀면서 칼리가 지어 보낸 시를 바쳤다. 영주는 아랍어를 잘 모르기 때문에 비서관 중 한 명에게 시를 한 자 한 자 통역하게 했다.

대추야자 몇 개를 먹은 것 말고는 온종일 굶은 내가 애타게 기다리던 식사 시간이 되었다. 이탈리아식 라자냐와 비슷하지만 반죽을 얇게 입혀서 굽고 삶은 양고기가 나왔고 이어서 쿠스쿠스, 면과 고기를 섞어서 끓인 프타트 외에도 이름이 기억나지 않는 몇 가지 음식이 나왔다. 다들 실컷 먹었을 때 나는 일어나서 내가 지은 시를 읊었다. 영주가 처음에는 몇 문장을 통역하게 하더니 그 뒤로는 애잔한 눈길로 나를 유심히 뜯어보았다. 내가 시 낭송을 끝내자마자 사냥으로 몹시 피로한 영주는 자러 갔다. 하지만 그 다음 날 이른 아침 식사에 초대하더니 비서관을 통해 외숙부에게 보내는 금화 100닢과 여행길에 시중을 들어줄 노예 두 명을 내주었다. 그리고 이 선물은 순전히 찬시를 써준 데 대한 감사의 표시일 뿐, 외숙부가 보내준 선물에 대한 답례가 아니라는 말을 전해달라고 했다. 영주는 나를 수행하는 기병 두 명을 위해서도 각각 금화 10닢씩을 내게 맡겼다.

영주는 나를 위해서는 아주 놀라운 선물을 준비해놓고 있었다. 내게 금화 50닢을 주더니 비서관이 나에게 따라오라고 손짓했다. 우리는 복도를 지나서 쪽문을 통해 아담한 안뜰로 나갔다. 작지만 멋진 말이 한 필 있는데, 히잡을 쓰지 않고 얼굴을 드러낸 가무잡잡한 소녀가 타고 있었다.

"이 어린 노예는 영주께서 자네의 시에 대한 답례로 주는 선물이라네. 열네 살이고 아랍어를 아주 잘하지. 이름은 히바라고 한다."

비서관이 고삐를 잡아 내 손에 쥐여주었다. 내가 고삐를 당기자 소녀가 얼굴을 들고 미소를 지었다.

이토록 정중하고 관대한 영주를 만난 것에 몹시 감동한 나는 곧장 카라반이 기다리고 있는 타벨발라로 돌아갔다. 나는 외숙부에게 임무를 완벽하게 수행했다고 알리면서 영주가 전하는 말은 물론이고 몸짓까지 자세히 보고했다. 그리고 영주가 외숙부에게 보내는 선물과 아울러 인사말을 전하면서 나도 놀라운 선물을 받았다고 말했다. 이 말에 외숙부의 낯빛이 흐려졌다.

"정말로 그 아이가 아랍어를 할 줄 안다고 말했어?"

"네, 돌아오는 길에 아랍어를 할 줄 아는 걸 확인도 했어요."

"그걸 의심해서 하는 말이 아냐. 네가 나이를 더 먹고 지혜로웠다면, 비서관이 하는 말에서 다른 뜻을 알아차렸을 텐데. 너에게 노예를 선물로 준 것은 너에 대한 존중의 표시일 수도 있지만, 어쩌면 너를 모욕하고, 아랍어로 말하는 이들을 비하하는 것일 수도 있어."

"그럼 거절했어야 했나요?"

외숙부가 껄껄대고 웃었다.

"허허, 이 녀석 보게, 그 아이를 거기 두고 왔어야 했다고 했으면 아주 쓰러지겠는걸."

제2부 페스 235

"그럼 데리고 있어도 되는 거죠?" 나는 장난감을 움켜잡은 아이처럼 말했다. 외숙부는 어깨를 으쓱했고, 낙타 몰이꾼들에게 출발하라고 손짓했다. 내가 돌아서자 외숙부가 다시 불렀다.

"너 벌써 그 아이와 함께 잤니?"

"아니에요!" 나는 시선을 내리면서 대답했다. "오는 도중에 우리는 노천에서 잤고, 기병들이 내 옆에서 잤다고요."

외숙부가 짓궂게 입술을 실룩거렸다.

"곧 라마단 달이 시작되니까 우리가 어느 집에서 자게 될 때까지는 그 아이와 동침하지 말거라. 여행 중에는 단식하지 않아도 되지만, 다른 방식으로 신께 복종하고 있다는 걸 보여줘야 해. 네 노예를 머리끝부터 발끝까지 가리게 하고, 향수를 뿌린다거나 화장하는 것, 머리 빗는 것도, 심지어는 목욕도 금해야 해."

나는 외숙부가 이런 충고를 하는 이유가 종교적인 열의 때문만은 아니라는 걸 대번에 알아차렸기에 항변하지 않았다. 카라반 내에서는 언쟁과 광분, 심지어는 아름다운 하녀를 차지하려다가 살인을 저지르는 일까지 종종 일어나기 때문에 외숙부는 무슨 일이 있어도 선정적인 행태를 사전에 막으려는 것이었다.

우리는 사하라 횡단 카라반들의 출발점인 투아트 오아시스와 구라라 오아시스로 향했다. 실제로 그곳에서는 함께 출발하기 위해 다른 카라반 상인들과 여행가들이 기다리고 있었다.

이 오아시스 지역에는 많은 유대인 상인들이 정착해 있었는데 박해로 인해 모두 희생되었다고 했다. 그라나다가 함락되고, 에스파냐 유대인들이 추방되던 해에 페스에 와 있던 틀렘센 출신의 한 설교자가 무슬림들을 선동하여 유대인들을 몰살시켰다.

그 소식을 듣자마자 술탄은 그 선동가를 추방했다. 그러자 투아트와 구라라 오아시스 지역으로 도피한 선동가가 또다시 민중을 봉기하게 하여 유대인들을 거의 모두 학살하고 재산을 약탈한 것이었다.

이 오아시스 지역은 경작지가 많지만, 관개용수로 공급되는 물이라고는 우물밖에 없는데 그 물의 양 또한 아주 적어서 땅이 메말라 있었다. 주민들은 땅을 비옥하게 만들기 위해 특이한 방법을 썼다. 길손이 오면 무상으로 집에 들여 묵어 가게 하지만, 가축과 인간의 용변으로 퇴비를 만들어야 하므로 바깥에서 대소변을 보게 하는 것을 기분 나빠하지 말라고 이해시켰다. 그래서 경작지 옆을 지나갈 때는 코를 틀어막아야 했다.

이 오아시스들은 사하라를 횡단하기 전에 필수품을 장만할 수 있는 마지막 교역 장소였다. 샘의 간격이 점점 더 벌어지고 있어서 사람이 사는 곳에 도달하려면 가장 가까운 곳이 2주 이상 걸렸다. 타가자*라고 불리는 곳에는 소금 광산 말고는 다른 게 전혀 없었다. 이곳에서는 늘 소금이 부족한 팀북투에 팔기 위해 카라반이 올 때까지 채굴한 소금을 저장해 두고 있었다. 낙타 한 마리당 암염 덩어리를 네 개까지 실을 수 있었다. 타가자의 광부들은 카라반 루트에서 20일 거리에 있는 팀북투나 멀리 떨어진 어느 도시에서 들여오는 것 말고는 다른 식량이 없었다. 그래서 카라반이 예정보다 너무 늦게 오면 움막에서 굶어 죽은 광부들을 발견할 때도 있었다.

---

* 말리 북부 사막 지역의 염전에 위치하는 소금 광산의 중심지.

그러나 이 지역 너머부터는 지옥 같은 사막이 펼쳐졌다. 목이 말라서 죽은 인간과 낙타의 하얀 뼈다귀가 널려 있고, 그나마 많이 만나게 되는 살아 있는 동물이라고는 뱀이 유일했다.

이 사막에서 가장 건조한 곳에 무덤 두 개가 있었다. 그 비석에 새겨진 글에서 남자 두 명이 묻혀 있다는 걸 알 수 있었다. 한 명은 이곳을 지나던 중 갈증으로 힘들어하다 카라반 길잡이에게 금화 1만 닢을 주고 물 한 잔을 사서 마신 부자 상인이었다. 하지만 물을 판 길잡이와 물을 사서 마신 상인은 몇 걸음도 못 가서 목이 말라 함께 쓰러져 죽었다. 오직 신께서만 생명과 재물을 주시거늘!

*

내 웅변이 아무리 유창한들, 필력이 아무리 유려한들, 모래바람에 눈이 찢기듯 따갑고, 미지근한 짠물 때문에 입술이 부어오르고, 근육통으로 쑤시고 불덩이처럼 뜨거운 몸을 이끌고 몇 주간의 사하라 횡단을 끝낸 뒤 마침내 나타난 팀북투의 성벽을 보면서 처음으로 느꼈던 그 감동을 형언할 수가 있을까. 물론 사막의 끝자락에서 만나게 되는 도시는 모두 아름답고, 오아시스는 모두 에덴의 동산처럼 느껴질 것이다. 하지만 나는 어디에서도 팀북투에서만큼 즐겁게 웃으면서 지낸 적이 없었던 것 같다.

우리는 해 질 녘에 팀북투에 도착했고, 도시의 영주가 보내 온 군인들의 영접을 받았다. 궁에 들이기에는 너무 늦은 시간이라서 우리는 각자 신분에 따라 배정된 숙소로 안내되었다. 외숙부의 숙소는 모스크에서 가까운 집이었다. 나는 광장 쪽으로 난 널찍한 방을 받았는데 해가 지자 북적거리던 광장에서 사람들이 빠져나가기 시작했다. 나는 목욕과 가벼운 저녁 식사를 마친 뒤 외숙부의 허락을 받아 히바를 방으로 불러들였다. 밤 10시경이었다. 거리에서 왁자지껄한 소리가 들려왔다. 광장에 모여든 젊은이들이 악기를 연주하고 노래하면서 몸을 흔들어대고 있었다. 나는 체류하는 동안 내내 계속될 젊은이들의 놀이 문화에 곧 익숙해지게 될 터였다. 그날 밤은 그 광경이 너무 생소해서 나는 창문 앞에서 꼼짝도 하지 않고 구경만 했다. 아니, 어쩌면 내 소유가 된 여자와 처음으로 한 방에 있는 것이 어색하고 떨려서 그랬는지도 몰랐다.

히바는 벌써 여독이 풀렸는지 와르자자트 영주의 궁 안뜰에서 처음 본 그날처럼 상큼한 미소를 지어 보였다. 히바는 창가로 다가와서 나처럼 춤추는 사람들을 바라보다 은근히 몸을 내 어깨에 기댔다. 쌀쌀할 정도로 서늘한 밤이건만 나는 얼굴이 화끈 달아올랐다.

"저들처럼 나도 춤출까요?"

히바는 내 대답을 기다리지 않고 온몸으로 춤을 추기 시작했다. 처음에는 천천히 허리를 흔들다가 점점 더 빠르게 온몸을 흔들어대자 머리칼과 히잡이 방 안에서 휘날렸고, 흑인 음악의 리듬에 맞춰 엉덩이를 흔들다가 맨발로 아라베스크 동작*을 취했다. 나는 달빛이 들어오도록 창가에서 떨어졌다.

---

* 한 다리를 축으로 세우고 다른 다리를 뒤로 뻗는 춤사위.

새벽 1시경, 어쩌면 더 늦은 시간이 되어서야 거리가 조용해졌다. 나의 무희는 지쳐서 숨을 헐떡이며 방바닥에 엎드려 있었다. 나는 어둠 속에서 용기를 내보려고 커튼을 내렸다.

아프리카 땅이 나에게 준 유일한 선물이 히바였다고 해도 이 땅은 영원히 나의 향수를 불러일으킬 만한 가치가 있다.

아침, 히바는 밤새 지었을 미소를 머금은 채 용연향을 풍기며 잠들어 있었다. 나는 히바의 매끈하고 평온한 이마를 지그시 쳐다보다 감격에 겨워서 무언의 약속을 퍼부었다. 창문을 통해 또다시 들리는 거리의 소음, 장사꾼들의 잡담, 밀짚 바스락거리는 소리, 쇠붙이 소리, 가축 울음소리, 커튼을 들썩이며 신선한 미풍에 실려 오는 냄새. 사막, 길, 팀북투, 와르자자트의 영주, 심지어 미지의 세계를 탐험하는 열렬하지만 서투른 내 첫 여행의 특혜, 심지어는 조심스럽게 치른 첫 경험의 육체적 고통까지도 소중했고, 그 모든 것을 하늘에 감사했다.

히바가 눈을 뜨다가 마치 내 명상을 방해하는 걸까 봐 얼른 도로 감았다. 나는 중얼거렸다.

"우리는 절대 헤어지지 말자!"

히바는 반신반의하는 미소를 지었다. 나는 그 입술에 입을 맞췄다. 내 손이 간밤의 기억을 되살리듯 또다시 히바의 몸을 따라 미끄러졌다. 그때 누군가가 방문을 두드렸다. 나는 문을 열지 않고 대답했다. 외숙부가 보낸 하인이 궁에서 우리를 기다리고 있다는 걸 상기시켰다. 나는 정장을 착용하고 술탄의 친서를 전하는 자리에 참석해야 했다.

*

팀북투 궁정의 의전은 간략하고 호화로웠다. 도시의 주인을 알현할 때 사신은 무릎을 꿇고 얼굴을 바닥에 대고 손으로 흙을 한 줌 집어서 머리와 어깨에 뿌려야 했다. 팀북투를 다스리는 군주의 신하들도 사신에게 처음으로 말을 건넬 때만 무릎을 꿇은 다음 똑같은 의식을 치렀고, 다음 회견부터는 예식이 간소해졌다. 궁전은 크지 않지만, 외관이 매우 조화로웠으며, 200년 전 그라나다인 이샤크라는 이름으로 알려진 안달루시아 출신의 건축가가 지은 것이었다.

가오*와 말리, 그 밖의 많은 소국을 다스리는 황제 아스키아 무함마드 투레의 봉신이긴 하지만, 팀북투**를 다스리는 영주는 모든 혹인 국가에서 존경받는 중요한 인물이었다. 그에게는 3천 명에 이르는 기병과 활과 독화살로 무장한 대규모 보병이 있었다. 영주가 다른 도시로 갈 때는 수행원들과 함께 낙타를 타고 이동하며, 말들은 호위대의 손에 이끌려서 뒤따랐다. 적을 만나 싸워야 할 때는 영주와 병사들이 말에 올라타는 사이 호위대가 낙타

---

* 팀북투에서 남동쪽으로 320킬로미터 떨어져 있으며, 사하라 횡단 무역의 주요 교역로였다. 13세기 말에 말리 제국의 일부가 되었지만, 15세기 전반에 독립했고, 송가이 제국의 수도가 되었다.

** 사하라의 남쪽 끝부분에 위치하며, 지중해와 모로코, 알제리, 말리, 부르키나파소, 가나를 거치는 내륙 종단 카라반 루트와 세네갈과 말리, 니제르, 차드, 수단, 이집트로 이어지는 내륙 횡단 카라반 루트의 교차점에 있다. 14세기부터 말리 제국과 송가이 제국의 도시로 번영하였고, 15세기에는 중부 아프리카의 이슬람 중심지로 부상하였다. 전성기인 16세기에는 인구가 4만 5천 명에 이르렀다.

들이 도망가지 못하게 했다. 팀북투의 영주가 승리하면 전쟁을 벌인 적군의 성인 남녀와 아이들을 모조리 생포해 와서 노예로 팔았다. 이것이 바로 팀북투의 평범한 집에도 남자와 여자 노예가 많은 이유였다. 여자 노예들을 시장에 내보내 물건을 팔게 하는 주인들도 있었다. 팀북투에서 히잡을 쓰지 않는 유일한 여성들이기 때문에 노예라는 걸 쉽게 알아볼 수 있었다. 소규모 거래가 대부분이었고, 그중에서도 특히 도시민들이 잘 먹기 때문에 음식과 관련된 식품업이 가장 발달하고 수익이 많았다. 곡식과 가축이 풍부해서 우유와 버터 소비량이 상당했다. 유일하게 귀한 것이 소금이었다. 주민들은 음식에 소금을 뿌리기보다는 소금 조각을 지니고 다니면서 수시로 핥아먹었다.

팀북투의 도시민은 대체로 부자였고, 특히 상인이 아주 많았다. 영주는 팀북투 출신이 아닌 타국 상인들도 존중했고, 심지어는 딸 둘을 돈 많은 외국인 상인과 혼인까지 시켰다. 팀북투에서는 온갖 종류의 물품을 수입했고, 특히 유럽산 직물은 페스보다 훨씬 비싸게 팔렸다. 거래에는 주조된 화폐가 아니라 순금 덩어리를 사용했고, 소액일 경우는 페르시아산과 인도산 조개의 일종인 자패(紫貝)*를 사용하여 결제했다.

나는 전통 시장들을 돌아다니거나 모스크를 방문해서 아랍어를 몇 마디라도 할 줄 아는 사람들과 대화하려고 노력하면서 하루를 보냈고, 저녁에는 내 방에서 히바의 감탄 어린 눈길을 받으면서 낮에 관찰한 것을 기록했다. 우리 카라반은 팀북투에서 일

---

* 생식, 순산, 풍만을 상징한다고 하여 귀히 여겼고, 장신구로 이용되었다. 서아프리카와 중국에서는 통화로도 사용되었다.

주일을 머문 후 우리 여행의 마지막 도착지인 가오에 가서 아스키아 공관에 묵을 예정이었다. 하지만 여독 탓인지 또다시 외숙부가 병이 나고 말았다. 출발 바로 전날 외숙부가 또 4일열에 걸리는 바람에 나는 이번에도 밤낮으로 머리맡을 지키면서 이번에는 외숙부가 회복될 거란 희망을 잃어 가고 있었다. 도시의 영주가 의사를 보내주었는데, 동방과 안달루시아의 의학서를 많이 읽은 나이 든 흑인이었다. 반원형의 흰 수염을 기른 의사가 엄격한 식이요법을 처방해주고는 탕약을 준비해주었다. 효험이 있었다고 해야 할지, 아니면 그저 해가 되지는 않았다고 해야 할지 모르겠다. 그로부터 3주 동안 외숙부의 증세는 호전되지도, 치명적으로 나빠지지도 않았기 때문이다.

샤우왈 달(이슬람력 열 번째 달)이 끝나 갈 무렵, 칼리 외숙부는 몸이 몹시 허약해진 상태인데도 더 지체하지 말고 페스로 돌아간다는 결정을 내렸다. 엄청난 더위가 예상되어서 이듬해까지는 사하라 사막을 횡단하지 못할 것이기 때문이었다. 외숙부는 자신이 출발을 늦추는 바람에 대여섯 달이면 완수했어야 하는 임무가 미뤄지면서 2년이나 집을 비우게 된 데다 이미 할당된 돈과 사비까지 다 써버렸다면서 이런 마당에 신께서 나를 불러들이기로 하셨다면 이국땅보다는 가족이 있는 집에서 죽는 쪽을 택하겠다고 설명했다.

옳은 결정이었을까? 많은 세월이 흘렀지만 나는 여전히 판단할 수가 없다. 그렇지만 돌아가는 길은 우리 카라반에게 벌이나 다름없었다. 이렛날부터 외숙부는 낙타에 앉아 있지 못할 정도로 상태가 나빠졌다. 우리는 되돌아가려고 했지만, 외숙부가 한사코 못하게 했다. 그래서 우리는 외숙부를 임시 들것에 눕히고 호위대와 하인들이 교대로 운반하는 것 이외의 다른 방법이 없었다. 그런데 우리가 타가자에 이르기도 전에 외숙부가 숨을 거두는 바람에 길가의 뜨거운 모래 속에 묻어야 했다. 신께서 당신의 광활한 정원 안에 칼리를 위한 그늘진 안식처를 마련해주시길!

유서

헤지라력 912
(1506. 5. 24 – 1507. 5. 12)

 나는 외숙부를 따라다니면서 지식과 경험을 듣고 배우는 것 이외의 다른 임무 없이 페스를 떠났다. 그랬던 내가 그해 사신의 임무를 완수하고, 표류하게 된 카라반을 이끌어야 한다는 무거운 짐을 짊어진 채 누미디아 사막에서 자란 예쁜 소녀를 데리고 페스로 돌아가고 있었다.

 하지만 가장 무거운 것은 편지였다. 팀북투를 떠날 때 나는 외숙부가 편지를 쓰는 걸 봤다. 외숙부는 카라반이 쉬었다 갈 때면 허리춤에서 잉크병과 갈대 펜을 꺼내서는 고열 때문에 손을 떨면서도 천천히 글을 쓰곤 했다. 카라반 일행은 모두 멀리서 그 모습을 지켜보면서 술탄에게 보고할 기행문을 쓰는 거라고 여기고 아무도 방해하지 않았다. 외숙부가 사망한 뒤, 나는 서류를 뒤져서 돌돌 말아서 금실로 묶은 그 편지를 찾았다.

 편지는 이렇게 시작되었다.

 관대하고 자비로우시며, 눈부시게 빛나는 신의 얼굴을 마주할 채비를 하도록 인간의 육신과 영혼 속에 생을 마감하는 신호를 보내주시고 심판의 날을 관장하시는 알라의 이름으로.

    나의 조카이자 나의 아들인 하산, 내 성도, 재산도 너에게 상속하지 못하고, 그저 나의 근심거리와 실책, 허욕만 남겨주는구나.

외숙부의 첫 번째 유언은 카라반이었다.

    경비는 다 떨어지고, 갈 길은 아직 먼데 책임자가 죽어 가고 있으니 사람들이 너를 바라볼 것이고, 매 순간 네게서 가장 적절한 지시, 가장 현명한 견해를 기다릴 것이며, 네가 무사히 이끌어주길 기대할 것이다. 이 여행을 성공리에 마치려면 너는 모든 걸 희생해야 할 것이다.

나는 첫 오아시스에 당도하자마자 병든 낙타 세 마리를 건강한 낙타로 바꾸었고, 생필품을 새로 마련했고, 시질마사에 이르면 헤어져야 하는 길잡이 두 명에게 보수를 지급했고, 다음 여정까지 즐거운 마음으로 무사히 갈 수 있도록 호위대를 독려하면서 디르함 몇 닢씩을 나눠주었고, 우리에게 숙소를 내어준 유지들에게도 선물을 주었다. 그러고 나니 외숙부가 우리와 함께 길을 나섰던 안달루시아 출신 상인에게서 빌렸던 돈 중에서 남은 돈은 18디나르가 전부였다. 나는 빚이라도 내야 했지만, 팀북투에서 급히 출발하는 바람에 우리와 함께할 상인이 없게 되어 가난한 여행자 신세였다. 나는 하는 수 없이 여행 중에 외숙부가 받은 다양한 선물 중 특히 와르자자트의 영주가 내어준 노예 두 명을 40디나르에 팔았다. 비난이나 조롱을 당하지 않고 히바를 데리고 있기 위해서 내 아이를 가졌다는 소문을 냈고, 사막을 횡단할 때는 방해가 되어 오히려 쓸모가 없는 히바의 말을 팔았다.

외숙부는 옛날 잠언을 통해 두 번째 유언을 남겼다.

한 베두인족 여성은 자식 중에 누구를 가장 사랑하느냐는 질문에 이렇게 대답했다. 아픈 자식은 병이 다 나을 때까지, 제일 어린 자식은 클 때까지, 길 떠난 자식은 돌아올 때까지 누구보다 사랑하지요.

나는 외숙부가 막내딸 파티마를 유독 예뻐하는 걸 오래전부터 알고 있었다. 우리 가족이 페스에 도착하기 전해에 태어난 파티마는 출산 중에 어머니가 사망하는 바람에 할머니 손에서 자라다가 할머니가 사망한 뒤로는 내 어머니가 키우고 있었다. 외숙부는 딸들이 계모에게 구박받을까 봐 재혼을 원치 않았다. 내 눈에는 늘 허약하고 까탈스럽고 쌀쌀맞아 보이던 파티마가 열두 살 나이에 아버지를 여읜 것이었다. 외숙부는 내게 대놓고 파티마를 아내로 삼으라고 말한 적은 없지만, 여자 사촌 중에서 제일 예쁘거나 때로는 혼인시키는 게 그리 쉽지 않은 사촌을 품는 것이 순리이기 때문에 나는 파티마가 내 배필로 정해져 있다는 걸 알고 있었다.

그래서 자신이 죽을 때 혼인하지 않은 딸이 없기를 바라는 외숙부의 간절한 소원을 내가 이뤄줘야 한다고 생각하고 있었다. 외숙부는 나름의 방식으로 딸 넷을 키웠다. 장녀에게는 집에서 제일 큰 방을 주고, 동생들에게는 하녀나 다름없을 정도로 오직 언니의 시중을 들게 했다. 혼인할 때까지는 장녀만 새 옷과 보석을 가질 권리가 있었다. 장녀가 출가하면 차녀가 제일 큰 방의 주인이 되었고, 새 옷과 보석을 독차지했다. 다른 딸들도 그런 식이었고, 아직은 너무 어린 데다 나의 배필로 예정된 파티마만 예외였다.

세 번째 유언은 너에게 하는 것이다. 내 집에 와서 산 지 벌써 10년이 되었건만 나와 마찬가지로 재혼을 거부하는 네 어머니와 관련된 것이기 때문이다. 이제는 젊지도 않으니 네 어머니의 행복은 네 아버지에게 돌아가는 것뿐이다. 나는 무함마드가 그럴 생각이 있다는 걸 알아. 하지만 무함마드는 나쁜 결정은 너무 빠르게 내리고, 좋은 결정은 너무 느리게 내리는 단점이 있지. 너한테는 말하지 않았지만, 우리가 페스를 떠나기 전날 나는 자존심을 내려놓고 무함마드를 만나러 가서 네 어머니를 데려갈 마음이 있는지 기탄없이 물었지. 무함마드는 나와 화해한 뒤로 재결합할 생각을 줄곧 하고 있었다고 대답했어. 무함마드가 한 이맘을 찾아가서 문의했더니 이혼한 여자가 그 사이에 재혼하지 않는 한 재결합할 수 없다고 말했다는 거야. 그래서 살마에게 우리 친척 중 한 명과 혼인하라고 제안했지. 그러면 그 친척이 권리 행사를 하지 않고 이내 일방적으로 이혼할 거라고 약속했지. 그리고 전 부인과의 재결합을 원하지만, 명목상으로 다른 남자와 혼인하는 것일 뿐인데도 도저히 견딜 수 없다고 한 안달루시아의 군주 이야기도 해주었어. 군주는 그 문제를 측근 중 재판관에게 문의했는데 율법 학자라기보다는 시인이라고 하는 게 더 어울리는 해결책을 찾아주었지. 여자에게 밤중에 해변으로 나가 알몸으로 누워서 마치 남자에게 몸을 맡기듯 파도에 휘감기라는 것이었어. 그 뒤로 군주는 율법을 어기지 않고 전 부인과 재결합할 수 있었지. 정말 기막힌 발상이 아닌가. 내 얘기를 듣고 나서 네 어머니가 얼마나 행복하게 웃던지.

나는 웃음이 나오기보다는 경직된 채 편지를 움켜쥐고 있었다. 어렸을 때 어머니와 사라와 함께 가서 보았던 점성가의 서점이 언뜻언뜻 떠오르면서 그의 목소리가 귓가에 울렸다.

죽음이 지나가고, 큰 파도도 지나가리라,
그러면 여자와 아이가 돌아오리라.

내가 페스에 돌아갔을 때, 부모님은 재결합해 있었다. 아버지와 어머니는 내가 놀라지 않는 데 적잖이 실망하는 눈치였지만, 나는 어떤 방식으로 재결합했는지 묻지 않았다.

*

사신이라는 직책은 내 소관이 아니라 나를 임명하신 군주의 소관이지만 그래도 그 임무를 네게 맡긴다. 왕자 시절의 무함마드와 친해지려고 애쓴 덕분에 사신이라는 직책을 얻은 건 사실이나, 내 아버지의 무덤에 걸고 맹세하는데, 나 개인의 부귀영달을 누리기 위해서가 아니라 가족을 돕기 위한 것이었다. 내가 무함마드 왕자를 처음 만난 것 역시 네 누이를 위해 나섰던 것이 아니더냐? 그러니 너도 누이를 생각하면서 술탄의 비위를 맞추어야 한다. 술탄을 대면할 때는 합당한 선물을 하고, 네가 팀북투에서 관찰한 것을 정제된 언어로 보고하거라. 그리고 흑인들의 땅에는 수많은 왕국이 있으며 서로 끊임없이 싸우지만, 결코 큰 전쟁을 벌이려고 하지는 않는다고 전하거라. 군주의 관심을 받고 신임을 얻게 되거든 그때 마리암에 대해 말하거라. 내가 이 글을 쓰고 있는 이 순간에 환자촌에서 이미 나와 있다면 몰라도.

카라반이 페스에 도착했을 때 궁전 앞에 와서 나를 맞아준 하룬이 마리암은 아직 환자촌에 있다고 알려주었다. 나는 담당자에게 가축들을 반납했고, 호위대 장수에게 팀북투에서 받아 온 선물꾸러미를 맡기는 것으로 귀국 수속을 마쳤으니 이제 술탄과의 알현을 기다리면 되었다. 나는 하룬과 함께 걸어 집으로 돌아가면서 4일열에 걸려 투병 끝에 사망한 외숙부, 시질마사와 팀북투에서의 추억, 그리고 내 짐을 지고 몇 걸음 떨어져서 따라오는 히바에 대해 얘기했다. 하룬은 최근에 아스타피룰라와 이발사 함자가 사망한 소식을 전하면서 신께서 자비를 베푸시길! 하고 빌었다. 절름발이 아흐메드는 마라케시 남부에 있는 고향으로 돌아갔고, 그곳에서 형제와 함께 무자헤딘* 집단을 이끌면서 포르투갈군과 싸우고 있었다.

카라반이 도착하기도 전에 비보가 전해진 칼리의 집에서는 여자들이 이미 검은색 상복을 입고 있었다. 어머니는 나를 반기며 서둘러서 아버지와 재결합했다고 속삭였다. 어머니는 어린 조카를 혼자 두지 않기 위해서, 어쩌면 와르다와 한 지붕 밑에 있고

---

* 지하드, 즉 성전을 숭배하는 전사를 의미한다.

싶지 않아서 여전히 오빠 칼리의 집에서 기거하고 있었다. 아버지 무함마드는 세 집, 즉 아내가 있는 각각의 집과 농작물을 재배하는 시골집을 오가며 지내고 있었다.

파티마가 눈물이 글썽한 눈길로 나를 쳐다보는데, 상중이라고 해서 덜 까탈스럽거나 덜 쌀쌀맞아 보이지는 않았다. 나는 본능적으로 히바가 내 뒤에 있는지 돌아봤다. 쾌활한 노예와 슬퍼하는 사촌 사이에 끼어 있는 내가 아버지와 똑같은 행태를 되풀이하고 있는 것 같은 이상한 느낌이 들었다.

그다음 날, 나는 다시 궁전으로 갔는데, 상을 당했다는 걸 고려하여 바로 그날 알현이 허락되었다. 그러나 술탄과의 독대는 아니었다. 화려하게 차려입은 궁인들과 근위대장, 재상, 궁성 수비대장, 의전장이 자기들끼리 조용히 대화하는 사이, 나는 술탄에게 열심히 준비해 온 보고를 시작했다. 술탄은 중얼거리듯 하는 말을 귀 기울여 듣다가 이따금 중단하지 말고 계속하라는 손짓을 보냈다. 내 말에 관심을 보이는 걸 보면서 가능한 한 요약해서 말한 다음 입을 다물었다. 술탄은 잠시 후에야 내 말이 끝났다는 걸 알아차리고는 나이치고 웅변술이 뛰어나다고 말했다. 술탄은 외숙부를 '충직한 신하'라고 하면서 가족에게 애도의 뜻을 전해 달라고 한 뒤, 다음 기회에 다시 보자는 말로 마무리했다. 알현이 끝났다. 그렇지만 바로 물러가지 않고 서 있는 나를 보면서 의전장이 눈총을 주는데도 나는 술탄에게 감히 말했다.

"1분만 더 허락해주신다면 한 가지 간청을 드리고 싶습니다."

나는 가능한 한 빠르게 누이에 대한 말을 꺼내면서 두세 번 부당한 처사라고 말하고는 술탄이 칼리에게 했던 약속을 상기시켰다. 술탄은 다른 데를 쳐다보고 있었다. 술탄이 내 말을 듣지 않고 있다고 내가 확신하고 있을 때였다.

"나병 환자 말이냐?"

재상이 술탄의 귀에 대고 속삭이고 나서 내 어깨를 토닥이며 말했다.

"내가 처리하겠다. 실망하는 일이 없을 것이니 그 일로 더는 전하를 귀찮게 하지 말라!"

나는 술탄의 손에 입을 맞춘 다음 물러났다. 하룬이 궁전의 철책 밖에서 나를 기다리고 있었다.

"너는 방금 신의 율법을 어기는 죄를 저질렀어, 알아?"

하룬은 내가 우롱당했다는 걸 대번에 알아차렸고, 나름대로 나를 위로하려고 애를 썼다. 나는 잠자코 걸음을 빨리했다. 하룬이 주장했다.

"최근에 한 저명한 샤이크가 이렇게 주장하는 소리를 들었어. 우리 시대의 군주들은 전부 다는 아니더라도, 대부분 율법이 금하는 수입으로 소득을 늘리고 있으므로 모두 도둑놈들이고 불경한 자들이다. 따라서 그들과 식사하고, 그들로부터 작은 선물이라도 받거나 가족 관계를 맺은 자는 모두 도둑질과 불경한 짓에 연루된 공범이다."

나는 버럭 화를 냈다.

"이슬람 국가들을 분열시키는 모든 전쟁은 바로 그런 말들이 발단이 된 거야. 하지만 안심해, 술탄은 나를 식사에 초대하지 않았고, 어떤 선물도 주지 않았고, 자기 딸과 혼인하라는 제안도 하지 않았어. 따라서 나는 도둑놈도 불경한 놈도 아니며, 지옥 불에 떨어질 위험도 없어. 그리고 내 누이는 여전히 환자촌에 있고!"

하룬의 얼굴이 어두워졌다.

"곧 누이 만나러 가겠네?"

"재상의 대답을 들은 다음에 가려고. 뭐가 되었든 알려줄 소식이 있어야 가지."

몇 주 동안 나는 부 이나니아 마드라사에 가서 다시 수업을 듣기 시작했다. 학교에서는 동급생들 앞에서 아프리카의 흑인 국가들에서 내가 본 모스크들과 내가 방문한 성자들의 무덤에 대해 이야기해 달라고 했다. 나는 여행 중에 보았던 것들을 노트에 꼼꼼하게 기록해 놨기 때문에 두 시간이나 얘기할 수 있었고, 교수는 몹시 흡족해했다. 교수가 나를 집으로 초대하고는 나 이전에 이븐 바투타*와 또 다른 유명한 탐험가들이 여행기를 남겼던 것처럼 내가 관찰한 것을 글로 기록해 두라고 조언했다. 나는 언젠가 신이 허락하시면 그러겠다고 약속했다.

그리고 교수는 취직할 의향이 있는지 물었고, 페스의 마리스탄**을 운영하는 원장이 그의 형제인데 비서로 고용할 학생을 찾고 있다면서 월급이 3디나르라고 말했다. 평소에 병원과 자선 시설에 관심이 많았던 터라 나는 그 제안을 기꺼이 받아들였고, 가을부터 일하기로 합의했다.

---

* 이집트, 시리아를 거쳐 메카로 성지 순례를 하였고, 이라크, 페르시아, 중앙아시아, 인도 등을 여행한 모로코 출신의 탐험가(1304~1368).
** 12세기에서 14세기경에 모로코와 안달루시아 등 이슬람권 각지의 도시에 세워진 종합병원. 오로지 의료 행위만 전담하는 전문 의료 기관인 데다 대개는 정신이상자들을 위한 시설이었다고 한다.

*

나는 재상에게 재촉하는 인상을 주고 싶지 않아서 두 달이 지나도록 잠자코 기다렸고, 마침내 궁전으로 들라는 연락이 왔다. 재상이 지나치게 친절하게 나를 맞아주더니 몇 주 전부터 나를 기다렸다면서 시럽을 대접해주고, 울먹이는 소리로 고인이 된 외숙부를 애도한 뒤, 기세등등한 어조로 내 누이가 공식적으로 임명된 여성 네 명에게 다시 검사받을 수 있도록 조처했다고 알려주었다.

"젊은이, 자네도 잘 알겠지만 아무리 강력한 술탄이라도 끔찍한 병에 걸린 것으로 의심되는 사람을 도성 안으로 데려오는 걸 허락할 수는 없네. 만약 자네의 누이가 건강하고 나병 자국이 없는 건강한 몸이라고 판명이 났다는 군주의 서찰을 가져가면 그날로 환자촌에서 나오게 될 걸세."

꽤 합리적인 해결책인 것 같아서 나는 마리암이 다시 희망을 품을 수 있도록 가능한 한 낙관적인 어조로 이 소식을 전하기로 마음먹었다. 하룬이 따라가도 되냐고 물어서 나는 속으로 좀 놀라면서도 그러라고 대답했다.

마리암은 그토록 긴 여행을 마치고 건강한 모습으로 돌아온 나를 보고 반가워했지만, 지난번에 만났을 때보다 훨씬 넋 나간 것처럼 보이고, 낯빛은 극도로 창백했다. 나는 마리암을 뚫어져라 바라봤다.

"괜찮아?"

"다른 사람들보다는 훨씬 좋아."

"내가 돌아올 때쯤은 나와 있을 줄 알았어."

"여기서 할 일이 너무 많아."

2년 전에 나를 그토록 화나게 했던 그 신랄한 비아냥이 한층 심해져 있었다.

"내가 한 맹세 기억하지?"

"이 환자촌에서 나를 구해내기 전에는 절대로 혼인하지 않겠다고 맹세하는 바람에 내가 자식도 조카도 없게 된다는 그 말?"

하룬은 내 뒤에 서서 하천과 경비를 번갈아 살피고 있었다. 그는 마리암에게 소심하게 손만 흔들어주었을 뿐 우리 대화에 아무 관심도 없는 것처럼 굴었다. 그러던 하룬이 갑자기 소리 나게 헛기침하더니 마리암을 똑바로 응시했다.

"계속 그렇게 반응하면서 실의에 빠져 있으면 너는 단단히 미쳐서 여길 나오게 될 거야. 그러면 너를 구출하는 게 무슨 의미가 있겠어. 하산은 너 구하겠다고 열심히 노력한 끝에 궁전에서 얻어낸 좋은 소식을 알려주려고 온 건데."

이 말에 마리암은 바로 감정을 누그러뜨리고는 내가 해주는 설명을 빈정거리거나 비웃음을 날리지 않고 들었다.

"검사를 언제 하는데?"

"조만간. 그러니까 항상 준비하고 있어."

"나는 늘 건강해. 그 여자 검시관들은 내 몸에서 아무런 자국도 발견하지 못할 거야."

"알지. 다 잘될 거야!"

*

저주받은 환자촌을 떠나면서 나는 하룬에게 간절한 눈길을 보내며 말했다.

"나오겠지?"

하룬은 생각에 잠긴 얼굴로 땅바닥에 시선을 두고 몇 분간 잠자코 걷기만 했다. 그러다 갑자기 걸음을 멈추고 두 손으로 얼굴을 감쌌다가 떼면서 눈을 감은 채로 말했다.

"하산, 나는 마음을 정했어. 마리암이 내 아내, 내 아이들의 어머니이면 좋겠어."

마리스탄

헤지라력 913
(1507. 3. 13. – 1508. 5. 1.)

페스의 호스피스에는 수많은 환자를 비롯해 간호사 여섯 명, 점등원(點燈員) 한 명, 간수 열두 명, 요리사 두 명, 청소부 다섯 명, 문지기 한 명, 정원사 한 명, 원장 한 명, 조수 한 명, 비서 세 명이 있는데, 이들 서른세 명은 적절한 보수를 주고 고용한 직원들이었다. 하지만 의사는 단 한 명도 없었다. 환자가 도착하면 간병인과 함께 병실에 배치되지만, 환자가 회복하거나 죽을 때까지 최소한의 치료도 하지 않았다.

호스피스에 오는 환자는 모두 외국인이었는데, 페스 사람들은 집에서 치료받는 걸 선호하기 때문이었다. 호스피스에 페스 사람이 있다면 그건 정신 질환자들이었고, 그들을 위한 병실은 별도로 마련되어 있었는데, 혹시라도 난동을 부릴까 봐 염려되어 항상 발을 쇠사슬로 묶어 두었다. 정신 질환자들의 병실은 벽이 아주 두꺼운 복도를 따라 늘어서 있는데 노련한 간수들만 접근할 수 있었다. 그들에게 식사를 가져다주는 간수는 몽둥이를 지니고 다녔고, 그중 누구라도 흥분한 기색이 보이면 몽둥이를 휘둘러서 제

압했다.

　마리스탄에서 일을 시작했을 때, 나는 정신 질환자들에게 절대로 말을 걸면 안 되고, 아는 척도 하면 안 된다는 주의를 받았다. 그렇지만 너무 딱해서 마음이 쓰이는 이들이 있었다. 그중에서도 특히, 온종일 기도를 읊조리다가 자식들이 면회를 오면 다정하게 끌어안는 환자가 있었는데 비쩍 마르고 머리가 반쯤 벗어진 노인이었다.

　어느 날 저녁, 나는 실수로 시럽을 쏟는 바람에 글씨가 번진 장부 몇 장을 다시 쓰느라 늦게까지 사무실에 있었다. 퇴근하는 길에 나는 그 노인 쪽을 힐끔 쳐다봤다. 노인이 병실의 작은 창문에 팔꿈치를 괸 자세로 울고 있다가 나를 발견하고는 얼른 눈을 가렸다. 내가 다가가자 노인이 아주 차분한 어조로 이야기를 시작했다. 자신은 신을 경외하는 상인이었는데, 질투심 많은 한 경쟁자의 고발로 억울하게 감금되었으며, 그 경쟁자가 궁전을 자유로이 드나드는 힘 있는 자라서 가족들은 빼내줄 생각도 못 하고 있다고 하소연했다.

　노인의 사연에 나는 충격을 받을 수밖에 없었다. 더 가까이 다가가서 위로의 말을 건네는 정도로 끝냈으면 좋았으련만, 나는 내일 당장 원장에게 알아봐주겠다고 약속했다. 내가 코앞에 다가가자 노인이 갑자기 달려들더니 한 손으로는 내 옷을 움켜잡고, 다른 손으로는 배설물을 내 얼굴에 묻히면서 광란을 부렸다. 나를 구해주려고 뛰어온 간수들이 내 경솔함을 호되게 나무랐다.

　다행히 마리스탄 부근의 하맘은 그 시간에 남자들에게 열려 있었다. 나는 목욕탕에서 한 시간 동안이나 몸과 얼굴을 문질러 닦은 다음 하룬의 집으로 갔다. 아직 혼란스러웠다.

"그 정신병자 때문에 드디어 깨달았어!"

나는 거칠고 막연하게 말을 내뱉었다.

"우리 노력이 왜 허사가 되었는지, 재상이 왜 그렇게 부드러운 목소리로 나를 맞아주고, 왜 그렇게 부자연스러운 미소를 지어 보였는지, 지키지도 않을 거면서 왜 그렇게 계속 약속했는지 깨달았어."

하룬은 무덤덤했다. 나는 숨을 고르고 나서 다시 말했다.

"이 도시에는 친족의 일이라면 잔인한 범죄자인데도 무조건 나서서 결백하다고 주장하는 사람이 수없이 많아. 나한테 달려들었던 노인처럼 미치광이인데도 정신이 멀쩡하다고 주장하고, 병균이 몸속까지 침투해 있는데도 나병에서 나았다고 주장하는 사람도 수두룩한데, 어떻게 구별하겠어?"

나는 늘 그랬듯 하룬이 반박할 거라고 예상했다. 하지만 친구는 아무 말도 하지 않았다. 생각에 잠긴 채 이맛살을 찌푸리고 있던 하룬이 질문으로 응수했다.

"그렇다고 치고, 그럼 이제 어떡하지?"

하룬의 반응이 묘했다. 마리암이 그저 친구의 누이일 뿐일 때도 하룬은 마리암의 일이라면 주저 없이 나보다 더 앞장서서 나서곤 했다. 아스타피룰라에게 자르왈리의 파렴치한 짓을 알리면서 혼인을 파기할 수 있게 도와 달라고 할 정도로 적극적이었다. 내 누이와 혼인할 생각이라고 털어놓은 뒤로 우리 둘 중에서 마리암의 운명과 더 직접적으로 관련 있게 된 하룬은 시간을 낭비하지 않았다. 하룬은 내 아버지의 동정을 살피고 있다가 아버지가 시골에서 돌아오자마자 정장을 입고 찾아가서 정중하게 마리암에게 청혼했다. 다른 상황이었다면 검량사 무함마드는 길드에서의 좋은 평판 말고는 가진 것 없는 짐꾼을 형편없는 사윗감이라고 평가했을 터였다. 하지만 마리암은 이미 열아홉 살에 들어섰는데, 페스에 사는 여자 중에서 그 나이에 아직 혼인하지 않는 여자는 노예나 매춘부들밖에 없었다. 하룬은 뜻밖의 구원자여서 아버지는 체통이고 뭐고 이 용감한 사윗감의 손에 입이라도 맞추고 싶은 심정이었다. 며칠 후, 양측 공증인이 혼인 서약서를 작성했고, 신부의 아버지는 예비 사위에게 지참금으로 100디나르를 내주었다. 그다음 날 와르다는 소식을 전하러 딸에게 달려갔고, 마리암은 환자촌에 억류된 후 처음으로 희망을 품고 다시 미소 짓기 시작했다.

그러나 장난을 좋아하고 늘 쾌활하던 하룬이 하룻밤 사이에 웃음기를 잃었다. 이마에는 수심이 가득했다. 그날 저녁, 나는 친구가 무슨 생각을 하고 있는지 알았다. 하룬이 마침내 내 의견을 물었다.

"나는 도저히 마리암을 무한정으로 나병 환자들 속에 있게 놔둘 수 없어! 우리의 노력이 소용없게 되었다고 가만히 손 놓고 있을 생각이야?"

나는 뾰족한 수가 없다는 것에 더 화가 치밀었다.

"가장 악랄한 부당 행위로 억류되어 4년씩이나 그러고 있는 누이를 생각할 때마다 나는 그 자르왈리와 공범인 감독관의 목을 졸라버리고 싶어."

나는 목을 조르는 시늉까지 했지만, 하룬은 전혀 반응이 없었다.

"네 돌은 너무 커!"

나는 무슨 말인지 이해하지 못했다. 하룬이 조급함이 담긴 목소리로 되뇌었다.

"네 돌은 너무, 아주 몹시 커. 다른 짐꾼들과 거리에 있을 때 나는 소리치고, 욕설을 퍼붓고, 소란을 피우는 사람들을 자주 봐. 개중에는 돌을 집어 드는 사람도 있어. 만약 그 돌의 크기가 배나 자두만 하면 그 사람의 손을 잡아서 막아야 해. 피가 날 정도로 상대를 다치게 할 위험이 있으니까. 반면에 수박만 한 크기의 돌을 집어 든다면 조용히 자리를 떠도 돼. 그 사람은 그 돌을 던질 생각이 전혀 없고, 그저 맨손으로 돌의 무게를 느끼려는 것일 뿐이니까. 자르왈리와 감독관의 목을 졸라버리겠다는 위협은 돌의 크기가 미너렛만 하다는 것이라서 만약 거리에 있다가 그걸 봤다면 나는 어깨를 으쓱하고 지나가버렸을 거야."

하룬은 내가 당황해서 얼굴이 벌게져 있는 줄도 모르고 마치 필터를 통해 여과하듯 띄엄띄엄 말했다.

"마리암이 다시 잡히지 않고, 가족이 불안에 떨지 않게 탈출시킬 수 있는 방법을 찾아야 해. 당연히 마리암은 더는 페스에서 살 수 없을 거야, 적어도 몇 년은. 그리고 혼인 서약을 했으니 이제 우리는 부부인데 함께 도망쳐야지."

나는 하룬과 여러 해를 붙어 다닌 터라 머릿속으로 무슨 계획을 꾸미고 있다고 해도 때가 되기 전에는 말해주지 않으리라는 걸 알고 있었다. 하지만 친구가 왜 이렇게까지 하는지 이해가 되지 않았다. 나는 우정을 생각해서 말하지 않을 수 없었다.

"어떻게 네가 나고 자란 도시, 네 가족, 길드를 그렇게 쉽게 버리고 이 산에서 저 산으로 도망치면서 살아갈 생각을 할 수 있어? 그러다 추방자나 범법자처럼 쇠사슬에 묶여 다시 끌려오는 신세가 되면 어쩌려고? 그것도 이제껏 딱 한 번 말을 걸어본 여자를 위해서?"

어릴 적에 어떤 비밀을 말해줄 때 그랬던 것처럼 하룬이 오른손을 펴서 내 머리 위에 얹었다.

"예전에 너한테 말할 수 없었던 게 하나 있었는데 화내지 않겠다고 맹세하면 지금 말해줄게."

나는 맹세하면서 내 가족의 수치와 관련된 얘기라도 할까 봐 두려웠다. 우리는 하룬의 집 중정 땅바닥에 앉아 있었다. 하룬은 돌로 쌓은 분수대에 등을 기대고 있었는데, 그날은 물이 흐르지 않았다.

"내가 여성들의 하맘에 몰래 들어갔던 거 기억나?"

7, 8년 전의 일이었지만, 주변을 살피면서 들킬까 봐 콩닥거리던 가슴, 나는 아직도 생생히 기억하고 있었다. 나는 미소를 지으면서 고개를 끄덕였다.

"그러면 네가 그렇게 조르는데도 내가 그때 뭘 봤는지 말해주지 않았던 것도 기억하겠구나. 나는 히잡을 쓴 머리를 스카프로 싸매고 하맘에 들어간 뒤에 나무 샌들을 신고, 수건으로 몸을 감싸고 있었지. 열한 살이라서 털도 나지 않은 때였으니까 눈속임이 어렵지 않았어. 그래서 이리저리 돌아다니던 중에 와르다와 마리암을 맞닥뜨리게 된 거야. 마리암과 눈이 딱 마주쳤는데 나를 알아봤다는 걸 대번에 알겠더라고. 우리랑 자주 어울렸는데 못 알아볼 수가 없지. 나는 그대로 얼어붙었고, 마리암이 비명을 질러서 여자들한테 붙잡혀 두들겨 맞고 쫓겨날 줄 알았어. 하지만 네 누이는 소리치지 않고 재빠르게 수건으로 자기 몸을 감쌌는데 입가에 미소를 머금고 있는 거야. 그러더니 뭐라고 핑계를 대면서 자기 엄마를 끌고 다른 탕으로 들어가더라고. 부리나케 하맘을 빠져나왔는데 그때 무사할 수 있었다는 게 나는 지금도 믿기지가 않아. 그날은 마리암이 내 누이가 아닌 게 아쉬웠는데, 3년이 지나면서부터는 내 친구의 누이라는 것이 기쁘고, 여자를 꿈꾸는 남자처럼 마리암을 꿈꿀 수 있다는 것이 기쁘게 되었어. 그랬는데 그 조용한 눈의 소녀에게 불행이 닥치기 시작한 거야."

지금까지 행복으로 빛나던 하룬의 얼굴이 마지막 말을 하면서 어두워졌다. 하룬이 또다시 쓰러질 것만 같은 얼굴로 말했다.

"온 세상이 마리암을 배신한다고 해도 하맘에서의 일을 기억하는 한 나는 그녀를 버릴 수 없어. 오늘, 마리암은 내 아내가 되었으니, 마리암이 나를 구해줬던 것처럼 나는 마리암을 구해내서 우리를 환영해줄 땅으로 데려가 행복하게 살 거야."

*

일주일 후, 하룬이 작별 인사를 하러 왔다. 짐이라고는 양털 돈주머니 두 개가 전부였는데, 하나는 지참금으로 받은 금화가 잔뜩 들어 있어서 주머니가 두툼했고, 다른 하나는 그동안 한 푼 두 푼 저축해 둔 돈이 들어 있어서 주머니가 얄팍했다.

"얇은 건 환자촌 경비원에게 줄 거야. 마리암이 탈출할 때 눈감아 달라는 조건으로. 두툼한 건 신의 가호 아래 우리가 일 년 이상 먹고 사는 데 필요한 돈이야."

　두 사람은 리프산맥으로 떠날 예정인데, 왕국에서 가장 용맹하고 가장 관대한 사람들이 산다는 바니 왈리드 산악 지대에서 얼마간 지낼 수 있길 바라고 있었다. 그곳의 주민들은 땅이 비옥해서 굉장히 풍족하게 살면서도 세금을 한 푼도 내지 않는 것으로 유명했다. 게다가 페스에서 부당하게 추방된 사람이 가면 은신처를 찾을 수 있으며, 심지어는 생활비를 일부 대줄 정도로 관대한 데다 추방자를 잡으러 쳐들어오면 산악 지대 주민들이 공격해서 쫓아버린다고 하니 도망자들에게는 꿈의 땅이었다.

　나는 하룬을 꽉 끌어안았지만, 친구는 바로 몸을 빼고 자신에게 예정된 운명을 향해 서둘러서 발길을 돌렸다.

신부

헤지라력 914
(1508. 5. 2. – 1509. 4. 20.)

그해에 히바와 나를 떼어놓을 궁리만 하던 어머니와 죽어 가면서도 외숙부가 소망하던 대로 나의 첫 혼례식을 치렀다. 히바는 사랑을 나누며 산 3년 동안 아들도 딸도 낳아주지 않았지만 변함없이 내 사랑을 독차지하고 있었다. 하지만 나는 나의 사촌이자 신부가 된 파티마가 신방으로 들어오는 순간 엄숙히 그녀의 나막신 신은 발을 밟아야 하고, 방문 밖에서는 이웃집 여자 한 명이 혼례 하객들 앞에서 웃는 얼굴로 보란 듯이 휘두를 피 묻은 속옷을 기다리는 것이 우리의 혼례 풍습이었다. 신부의 순결과 신랑의 강건함을 상징하는 그 신호가 있어야 잔치가 본격적으로 시작되기 때문이었다.

혼례식은 한없이 길게 느껴졌다. 아침부터 혼례복을 입혀주고, 머리를 빗겨주고, 매끈하게 털을 뽑아주는 여자들이 신부 주위에서 분주하게 움직이고 있었다. 그중에서도 어머니와 인연이 깊은 방물장수 사라는 파티마의 얼굴에 연지를 발라주고, 미간에 예쁜 삼각형, 아랫입술 밑에 삼각형을 올리브 잎처럼 길쭉하게 그리고는 잡귀를 쫓아내기 위한 액막이 의미로 손과 발을 검게 칠했다. 그렇게 곱게 치장한 신부를 누구나 구경할 수 있도록 단상에 앉혀놓고, 신부를 꾸며준 여자들에게 음식을 대접했다. 늦은 오후가 되자 친구들과 양가 부모들이 칼리 외숙부 집 앞에 모였다. 마침내 대문 밖으로 나온 신부는 불안해서라기보다 당황한 나머지 걸음을 뗄 때마다 치맛자락에 발이 걸리는 바람에 비틀거리며 가마에 올랐는데, 하룬의 친구들인 짐꾼 네 명이 화려한 비단을 씌운 팔각형의 가마를 들었다. 그때부터 탬버린과 피리, 나팔 소리가 울려 퍼지는 가운데, 나의 마리스탄 동료들과 마드라사 동창생들이 쳐들고 흔드는 횃불 행렬이 움직이기 시작했다. 이들은 나와 함께 꽃가마 앞에서 걸어가고, 꽃가마 뒤에서는 파티마의 언니 셋의 남편들이 뒤따랐다.

꽃가마 행렬이 시끌벅적하게 전통 시장을 지나갔다. 가게들은 이미 문을 닫았고, 거리는 텅 비어 있었다. 꽃가마 행렬이 대모스크 앞에서 멈춰 서자 친구 몇 명이 우리에게 장미수를 뿌렸다. 처형들의 남편 중에서 외숙부를 대신하는 연장자가 나에게 이제는 집에 먼저 가 있어야 한다고 알려주었다. 나는 형님과 포옹한 뒤 신방이 차려져 있는 아버지 집으로 뛰어갔다. 이제 신방에서 기다리고 있어야 했다.

꽃가마 행렬은 한 시간 후에 도착했다. 파티마는 내 어머니 살마의 손에 이끌려서 신방 앞으로 왔다. 어머니는 물러가기 전에 내가 단번에 남성의 권한을 행사하려면 가장 먼저 해야 하는 게 뭔지를 눈짓으로 상기시켜주었다. 그래서 내가 파티마가 신고 있는, 발을 보호해주기에 충분한 나막신을 지그시 밟자 드디어 방문이 닫혔다. 바깥에서 왁자지껄 떠드는 소리, 아주 가까운 데서 나는 것 같은 웃음소리, 심지어는 식기 딸그락거리는 소리까지 들렸는데, 잔치 음식을 준비하는 것이 틀림없었다.

빨간빛과 금빛으로 화사하게 차려입고, 화장을 곱게 했건만 창백해 보이고, 미소를 지으려고 애써 보지만 경직된 듯 굳어 있는 신부의 눈빛이 어찌나 애처로운지 나는 본능적으로 파티마를 안심시키기 위해 내 쪽으로 잡아끌었다. 파티마는 내 품에 얼굴을 묻고 울음을 터뜨렸다. 울음소리가 바깥까지 들릴까 봐 걱정된 나는 꼭 끌어안고 달래주었다. 파티마가 내게 몸을 기대면서 차츰 진정했지만, 부들부들 떨더니 서서히 몸이 축 늘어졌다. 이제 파티마는 내 품에 어색하게 안겨 있는 보따리나 다름없었다.

내 친구들이 첫날밤에는 신부들이 대부분 아무것도 몰랐다는 듯 놀라면서 겁에 질린 것처럼 보이려고 애쓴다고 알려주긴 했지만 기절한다는 말은 없었다. 그리고 마리스탄에서 들은 바에 따르면 과부나 오랫동안 버림받았던 여자들이 남자와 밤을 보내게 될 때 극도로 흥분한 탓에 실신하는 경우가 종종 있었다. 하지만 열다섯 살 소녀가 남자의 품에 안겨서 기절한다는 말은 들은 적이 없었다. 나는 파티마를 흔들면서 일으키려고 했지만, 눈을 감고 입술을 벌린 채 머리가 뒤로 젖혀졌다. 이번에는 내가 덜덜 떨리기 시작했다. 솔직히 사촌에 대한 걱정보다는 내가 부리나케 문을 열고 "도와줘요! 신부가 기절했어요!" 하고 소리친다면, 죽는 날까지 웃음거리가 될지도 모른다는 두려움 때문이었다.

나는 파티마를 질질 끌고 가서 침대에 눕히고, 나막신을 벗기고 턱 밑으로 묶인 스카프를 풀어주는 것 말고는 해줄 수 있는 것이 없었다. 파티마는 그냥 잠이 든 건지, 좀 전까지 불규칙하더니 새근새근 고른 숨소리가 들렸다. 나는 옆에 앉아서 도망칠 궁리를 했다. 핀으로 손가락을 찔러서 그 피를 속옷에 묻히면 내일까지는 입방아에 오르지 않고 조용히 넘어가지 않을까? 하지만 하얀 속옷에 피를 조금 묻혔다고 해서 과연 수많은 신부를 보아온 노련한 이웃집 여자가 그 속임수를 알아채지 못할까? 나는 절망적이고 간절하면서 애통한 눈길로 파티마를 훑어봤다. 붉은빛이 도는 긴 머리가 베개에 풀어 헤쳐져 있었다. 나는 머리끄덩이를 잡았다가 한숨을 쉬면서 놓아버리고는 파티마의 뺨을 토닥이다가 점점 더 빠르고 세게 톡톡 건드렸다. 입가에 미소가 번지는 듯했지만, 파티마는 잠에서 깨어나지 않았다. 나는 침대가 흔들릴 정도로 파티마의 어깨를 흔들었다. 하지만 파티마는 세상 모르게 잠들어 있었고, 심지어 미소조차 사라지지 않았다.

녹초가 된 나는 누워서 기지개를 켜다가 손가락이 촛대에 닿았다. 아주 잠깐이지만 불을 끄고, 될 대로 되라는 식으로 나도 자버릴까 생각했다. 바로 그때, 그저 상상인지는 몰라도 애태우며 기다리던 누군가가 문을 긁는 것으로 내게 신랑의 의무를 상기시키는 것 같았다. 바깥에서 나는 소리가 갑자기 간절하고 집요하게 느껴졌다. 이 악몽 같은 신방에서 보낸 시간이 얼마나 되었는지 알 수 없는 상태에서 나는 파티마의 가슴에 손을 얹고 심장 박동을 느끼면서 눈을 감았다. 은은한 용연향이 되살아나게 한 걸까, 팀북투의 흑인 음악이 귓가에 들려오고, 눈앞에 히바가 있었다. 달빛 속에서 춤을 추던 히바가 두 팔을 벌리고 있었다. 반들거리고 매끈하고 향기로운 피부. 내 입술은 그녀의 이름을 달싹이고, 두 팔은 그녀를 포옹하고, 내 몸은 길을 잃고 헤매다 지표를 찾고 안식처를 되찾고 있었다.

파티마는 인사불성으로 잠자는 중에 내 여자가 되었다. 나는 방문을 열었다. 이웃집 여자가 귀중한 속옷을 덥석 움켜잡고는 올빼미 울음소리를 내자 풍악이 울리고 하객들이 땅바닥이 울릴 정도로 춤을 추기 시작했다. 그러고는 이내 사람들이 나를 잔치에 데려가면서, 전통에 따라 혼례일 당일부터 일주일간은 집 밖으로 나가면 안 되기 때문에 아내를 볼 시간이 아주 많으니 지금 실컷 놀라고 충고했다.

*

내가 눈을 떴을 때, 신부는 중정에 있는 분수대에 기대고 서서, 두 걸음 떨어진 데에 쪼그리고 앉은 내 어머니를 바라보고 있었다. 어머니는 이날 저녁에 있을 두 번째 잔치 음식을 위한 커다란 구리 쟁반을 번쩍번쩍하게 닦고 있었는데, 풍습에 따르면 여자들만 초대되고, 하녀들만 노래하고 춤을 추었다. 수심이 가득한 어머니가 나직한 소리로 말하고 있었다. 내가 다가가자 어머니가 갑자기 입을 다물고는 쟁반을 박박 문지르기 시작했다. 그 순간 파티마가 돌아서서 나를 봤는데 마치 우리가 멋진 초야를 보내기라도 한 듯 황홀한 미소를 지었다. 파티마는 맨발로 서 있었고, 약간 구겨지긴 했지만, 어제 입었던 그 옷이었고, 약간 흐려지긴 했지만, 어제의 그 화장이었다. 나는 노골적으로 입을 삐죽거리면서 응접실에 들어가 아버지 옆에 앉았다. 아버지는 자랑스러워하면서 나를 끌어안았고, 과일 바구니를 들이라고 소리쳤다. 어머니가 과일 바구니를 들고 와서 내 귀에 대고 나무라는 어조로 속삭였다.

"참고 기다려줘야지, 가여운 아인데!"

나는 저녁에 여성들의 잔치에 잠깐 들렀다가 앞으로 일주일은 보지 못할 히바를 얼핏 보고 돌아섰다. 파티마가 신방까지 쫓아왔는데 어머니가 시킨 것이 틀림없었다. 파티마는 내 손을 잡고 입을 맞추었다.

"간밤에는 내가 잘못했어요."

나는 잠자코 침대 왼쪽에 드러누워 눈을 감았다. 파티마는 내게 몸을 숙이고 머뭇거리다 들릴까 말까 한 소리로 말했다.

"내 여동생 보러 가고 싶지 않아요?"

나는 소스라치게 놀랐다. 히바가 이 지역 여자들이 잠자리를 가리킬 때 쓰는 표현이라고 알려준 말이, 바로 어제 신방에 있는 것만으로도 너무 떨려서 기절했던 파티마의 입에서 나오다니, 나는 믿기지 않는 얼굴로 돌아봤고, 파티마는 두 손으로 얼굴을 가리고 있었다.

"누구한테 그런 말을 배웠어?"

파티마는 부끄럽고 무서워서 울고 있었다. 나는 웃음으로 파티마를 안심시키면서 꼭 안아주었다. 파티마는 용서받았다.

마침내 일주일간의 잔치가 끝났고, 처형의 남편들인 형님들에게서 양 네 마리와 당과가 가득한 단지 몇 개를 선물로 받았다. 이튿날, 드디어 집을 나선 나는 혼례식의 마지막 절차를 마무리하기 위해 곧장 전통 시장으로 향했다. 생선 몇 마리를 사 와서 어머니에게 맡기자, 어머니는 신부의 발에 그 생선들을 던져주는 것으로 건강과 다산을 빌었다.

*

그해가 다 가기 전에 파티마는 임신했다. 나는 마리스탄보다 보수가 많은 일자리를 찾을 필요를 느꼈다. 서점의 딸이었던 어머니는 무역 사업을 하라고 내게 권유했는데, 여행을 좋아하는 취향을 생각하면 해볼 만한 직업이었다. 그리고 덧붙이는 어머니의 예언이 나를 미소 짓게 했다.
"많은 이들은 오직 재물을 얻으려고 노력하다가 세상을 발견하지. 하지만 아들아, 너는 세상을 알려고 노력하다가 우연히 보물을 발견하게 될 거다."

재물운

헤지라력 915
(1509. 4. 21 – 1510 4. 9.)

여름의 끝자락에 파티마는 딸을 낳았다. 나는 딸의 이름을 '재물운'이란 뜻의 사르와트라고 지었다. 그해부터 내 사업이 번창했기 때문이다. 일시적인 번창이었다고 해도 나는 불평할 수 없을 터였다. 무지와 자만과 모험에 대한 열정만 있을 뿐, 운은 오직 최고 권한을 가진 신의 뜻에 따라 내게 주어졌다가 회수되는 것이기 때문이다.

사업에 뛰어들기에 앞서서 나는 팀북투로 가는 카라반 루트에서 알게 된 제노바 출신의 토마소 데 마리노 어르신을 만나러 갔다. 어르신은 페스에 정착한 외국 상인 가운데 가장 지혜롭고 정직한 성품으로 존경받는 인물이었다. 나는 조언을 구하러 간 김에 혹시 얼마간 옆에서 일하면서 여행길에 동행할 수 있을지 물어보고 싶었다. 어르신은 몸져누워 있으면서도 나를 반갑게 맞아주면서 고인이 된 내 외숙부에 대한 기억과 동고동락했던 추억을 잠시 회상했다.

내가 찾아온 이유를 들으면서 깊은 생각에 잠긴 마리노 어르신이 나의 녹색 펠트 모자와 정성 들여 깎은 수염, 소매가 넓고 수가 놓인 웃옷에 이르기까지 나의 의젓한 차림새를 찬찬히 뜯어봤다. 그의 하얀 눈썹이 미세하게 움직이는데 마치 찬반을 눈가늠하는 저울처럼 보였다. 이윽고 주저하던 마음을 떨쳐냈는지 마리노 어르신이 뜻밖의 제안을 했다.

"나의 고귀한 친구, 하늘이 자네를 보내주신 게로군. 그렇지 않아도 이탈리아와 에스파냐에서 검은색 버누스*를 각각 1천 벌과 8백 벌을 보내 달라는 대량 주문을 두 건 받아서 초가을에는 배달해야 하거든. 자네도 알다시피 유럽에서 가장 선호하는 버누스가 타프자산(産) 제품이라서 건강이 회복되면 내가 직접 구하러 갈 계획이었다네."

마리노 어르신은 내게 계약 조건을 설명했다. 2천 디나르를 줄 테니 도매가로 한 벌당 1디나르에 망토 1800벌을 산 다음, 남은 돈 200디나르는 나의 경비와 수고비로 가지라는 것이었다. 만약 망토를 더 싼 가격으로 사들이면 내 몫이 더 커지는 것이고, 더 비싸게 사들이면 그 차액은 내 돈으로 채워야 했다.

좋은 거래인지 나쁜 거래인지 깊이 생각하지 않고 나는 기꺼이 수락했다. 마리노 어르신은 금화로 2천 디나르와 여행에 필요한 말 한 필과 하인 두 명, 노새 아홉 마리를 내어주면서 신속히 하되 몸조심하라고 당부했다.

노새에 뭐라도 싣고 가기 위해 나는 모아놓았던 돈을 탈탈 털었고, 어머니의 돈 그리고 외숙부가 파티마에게 남긴 유산 일부를

---

* 두건 달린 아라비아풍 망토를 말한다.

끌어모아서 마련한 4백 디나르를 가지고 검 4백 자루를 샀는데, 예전부터 페스 사람들이 타프자 사람들에게 팔던 보통 수준의 검이었다. 시장에서 돌아온 내가 검을 엄청나게 사들였다고 자랑하자 아버지는 어이없어하면서 핀잔을 주었다.

"작은 마을에서 그 많은 검을 팔려면 적어도 일 년은 걸릴 게다! 그리고 네가 서둘러서 떠나야 한다는 걸 알면 마을 사람들이 헐값에 사려 들 텐데 그러면 남는 장사가 될까!"

아버지의 말이 일리가 있었지만 무르기에는 너무 늦었다. 검 4백 자루를 구하기 위해 장인들마다 찾아다니면서 현금을 주고 몇 자루씩 사들였던 것이다. 나는 장사를 시작하면서 실패하거나 지갑을 털리지 않고서는 아무것도 배울 수 없다고 생각하면서 첫 교역은 손해를 각오했다.

출발하기 전날 어머니가 기겁한 얼굴로 와서 하맘에서 들은 소문을 전했다. 타프자에서 심각한 사건이 일어났는데 질서를 회복하기 위해 페스군이 원정을 떠난다는 것이었다. 하지만 그 소식에 나는 절망하기보다는 호기심이 발동했고, 어떤 상황인지 알아보지도 않고 이튿날 동이 트기도 전에 난리가 났다는 타프자를 향해 출발했다. 열흘 후 나는 무사히 목적지에 도착했다.

성문을 넘기 직전에 사람들이 나를 둘러싸더니 험악한 얼굴로 나를 쏘아보는가 하면, 질문을 쏟아붓는 이들도 있었다. 나는 침착하려고 노력했다. "아니요, 이쪽으로 진군하는 페스군은 못 봤는데요. 네, 그런 소문은 들었는데 주의를 기울이지 않아서 모르겠습니다." 이렇게 대답하면서 내가 군중을 헤치고 나아가려고 할 때 화려하게 차려입은 키가 큰 사내가 다가왔다. 군중이 조용히 사내가 지나가게 비켜섰다. 사내는 고개를 까딱 숙이는 것으로 인사를 건네면서 자신을 나라에서 선출한 족장이라고 소개했다. 그러고는 타프자는 지금까지 어떤 술탄이나 어떤 유목 부족의 보호도 받지 않고 평의회가 통치하는 나라라서 세금을 내지 않으며, 세계에서 알아주는 모직 망토 버누스를 팔아 번영해 온 나라라고 설명했다. 하지만 파벌 간의 유혈 충돌이 일어난 뒤로 결투와 복수전이 날로 급증하는 바람에 평의회는 살육전을 멈추기 위해 적대행위를 벌인 부족원들의 추방을 결정했다. 그러자 그들이 복수하겠다고 페스의 군주에게 도움을 청하면서 나라를 넘기겠다고 약속했다는 것이다. 그래서 주민들이 페스군이 쳐들어올 거란 두려움에 떨고 있다고 덧붙였다. 나는 족장에게 상세히 설명해줘서 고맙다고 하면서 내 이름과 방문한 이유를 말한 다음, 타프자에서 일어난 사태에 대해 듣기는 했으나 자세히 알지는 못했다고 거듭 말하면서 가져온 검을 팔아서 필요한 만큼의 버누스를 사는 즉시 떠나겠다고 덧붙였다.

족장은 주민들의 냉대를 사과한 뒤, 군중을 향해 베르베르어로 나를 페스의 첩자나 전령이 아니라 제노바 상인들을 대리하여 일하는 안달루시아 출신의 상인이라고 소개하면서 비켜서라고 명했다. 그래서 나는 도성으로 들어갈 수 있었고, 숙박업소로 향했다. 길 건너에 호화롭게 차려입은 남자 둘이 큰 소리로 대화를 나누면서 나를 쳐다보고 있었다. 내가 다가가자 두 남자가 동시에 자기 집에서 묵는다면 영광이겠다면서 하인들과 가축도 책임지고 돌봐주겠다고 약속했다. 두 남자 중 누구의 기분도 상하게 하고 싶지 않았던 나는 초대를 거절하고 환대해준 데 고마움을 표한 다음 숙박업소에 묵었다. 페스의 숙박업소들과 비교하면 그리 안락해 보이지 않지만, 타프자까지 오는 동안 노천에서 며칠 밤을 보냈던 터라 나는 불평하지 않았다.

숙박업소에서 여장을 풀자마자 타프자의 재력가들이 내 방을 찾아오기 시작했다. 한 부자 상인은 나의 검 4백 자루와 버누스 8백 벌을 맞교환하자고 제안했다. 내가 수락하려는 순간 다른 상인이 재빨리 나서더니 내 귀에 대고 나직한 소리로 버누스 1천 벌을 주겠다고 제안했다. 경험이 없는 나는 부자들이 갑자기 이렇게 나오는 이유를 이해하는 데 시간이 좀 필요했다. 적군이 쳐들어온다고 생각하자 주민들은 도시가 함락되면 어쩔 수 없이 당하게 되는 약탈로 특산물을 모조리 빼앗기느니 처분하는 게 낫다고 생각한 것이었다. 게다가 마침 내가 가져온 검이 전 주민이 동원되어 적군과 맞서 싸울 때 꼭 필요한 무기였으니 그 상황과 딱 맞아떨어진 것이었다. 그래서 나는 주도권을 잡고 조건을 제시했다. 검 4백 자루를 줄 테니 버누스 1800벌을 가져오라고 요구했다. 잠시 논의한 뒤에 그들 중 유대인 상인이 마침내 수락했다. 그렇게 해서 나는 도착한 당일에 마리노 어르신이 맡긴 돈을 한 푼도 건드리지 않고 버누스 1800벌을 모두 손에 넣었다.

나는 더는 팔 물건이 없어서 날이 새는 대로 바로 떠날 생각이었다. 하지만 한밤중의 연인처럼 재물운이 나를 놓아주지 않기로 작정했는지 또다시 타프자의 큰 장사꾼들이 줄줄이 찾아와서 쪽빛 염료인 인디고나 사향, 노예, 가죽, 코르도바산 가죽을 제 가격의 십분의 일에 해당하는 헐값으로 팔겠다고 제안했다. 그걸 다 운반하려면 노새 40마리를 구해야 할 정도로 엄청난 양이었다. 머릿속으로 계산을 할 수 없을 정도로 나는 첫 장사에서부터 부자가 되었다.

내가 타프자에 온 지 사흘째 되는 날, 페스군이 도착했다고 외치는 소리가 들렸다. 기병 2천 명, 사수 5백 명, 화승총 기병 2백 명으로 이뤄진 군대였다. 겁을 잔뜩 먹은 주민들은 협상을 원했다. 당시 타프자에는 페스 사람이 나밖에 없어서 중재자가 되어달라고 간청했는데, 나는 솔직히 그 상황이 몹시 흥미로웠다. 페스군을 지휘하는 장교는 첫 만남부터 나에게 호의적이었다. 학식이 있고 교양이 있어 보이지만, 맡은 임무를 이행할 때는 군인 정신이 투철한 장교라서 한 치의 양보도 없이 당장이라도 도시를 함락할 기세였다. 나는 장교를 설득하려고 노력했다.

"타프자에서 추방된 자들은 배신자들입니다. 오늘은 그들이 술탄에게 나라를 넘기지만, 내일은 또 다른 적에게 팔아먹을 자들입니다. 그런 자들보다는 헌신, 희생, 의리의 가치를 아는 용맹한 사람들을 상대하는 것이 훨씬 낫지요."

나는 장교의 눈빛에서 내 말에 일리가 있다고 생각한다는 걸 읽었지만, 그는 명령을 받고 온 지휘관이었다. 지원해줄 주둔군과 함께 도시를 점령하고, 군주에게 대항하여 무기를 드는 자들을 처벌하고, 쫓겨난 부족의 족장에게 통치를 맡기라는 것이 술탄의 명이었다. 그렇지만 장교를 설득할 방법이 전혀 없는 건 아니었다.

"술탄께서는 이곳을 지켜주는 대가로 얼마를 원하십니까?"
"쫓겨난 부족이 연간 2만 디나르를 약속했네."
나는 머릿속으로 빠르게 계산했다.

"이 도시의 평의회를 구성하는 유지들이 서른 명이고, 유대인 부자 상인들이 열두 명이니까 이들이 각각 2천 디나르를 내면 8만 4천 디나르……."

장교가 내 말을 끊고 물었다.

"왕국 전체의 연간 소득이 30만 디나르에 미치지 못하는데, 자네는 어떻게 이 작은 도시에서 그런 거액을 모을 수 있다고 생각하나?"

"이 고장에는 예상 밖으로 부자들이 많지만, 돈을 효율적으로 운용할 생각을 하지 않고 그저 통치자들에게 강탈당할까 봐 두려워서 다들 재물을 숨겨 두고 있지요. 이 고장의 유대인들이 왜 인색하다고 비난받는지 아십니까? 돈을 안 쓰고 탐욕만 부리는 것이 오히려 재물과 목숨을 위험에 빠뜨리기 때문이지요. 수많은 도시가 죽어 가고 왕국이 빈곤해지는 이유이기도 합니다."

군주의 대리인으로서 장교는 내가 대놓고 이런 말을 계속하게 놔둘 수 없었다. 장교는 내게 요점만 간단히 말하라고 했다.

"장교님께서 여기 유지들의 목숨을 살려주고 이 나라의 관습을 존중하겠다고 약속해주시면 내가 그들을 설득해서 그 액수를 내게 하겠습니다."

장교의 확답을 받은 나는 유지들을 만나러 가서 합의 사항을 알렸다. 망설이는 사람들을 보면서 나는 페스에서 술탄의 인장이 찍힌 서찰이 방금 도착했는데, 타프자의 주민을 모조리 즉시 처형하라는 명이 담겨 있다고 말했다. 그들은 눈물을 흘리면서 한탄하기 시작했지만, 내가 《아프리카 지리지》에 기술한 것처럼, 이틀 후, 8만 4천 디나르가 장교의 발치에 놓여 있었다. 나는 그렇게 많은 양의 금화를 본 적이 없었다. 그리고 술탄 그 자신도 그의 아버지도 금고 안에 그런 거액의 금화가 있었던 적이 없었다는 걸 나중에 술탄에게서 듣고 알았다.

*

타프자를 떠날 때 나는 자기들의 목숨과 도시를 구해줘서 고마워하는 유지들에게서 귀한 선물을 받았고, 이 놀라운 거래에서 내가 한 역할을 군주에게 보고하겠다고 약속하는 장교에게서도 적지 않은 돈을 받았다. 그뿐만 아니라 장교는 열두 명의 병사들을 내주면서 내 카라반을 페스까지 호위해주었다.

나는 집으로 가기에 앞서 마리노 어르신을 만나러 갔다. 나는 어르신이 주문한 버누스를 전달하고 하인들과 말, 노새들을 돌려주었다. 또한 2백 디나르어치의 선물을 드리면서 타프자에서 있었던 일을 상세히 이야기했고, 내 몫으로 손에 넣은 상품을 보여주자, 어르신은 최소한 1만 5천 디나르는 나간다고 평가했다.

"대단하군, 나는 이런 거액의 재산을 모으는 데 30년이 걸렸는데." 어르신의 어조에는 시기나 부러움의 기색이 전혀 없었.

온 세상이 다 내 것 같고, 더는 아무것도, 어떤 사람도 필요하지 않으며, 정말로 나에게 재물운이 따르는 것 같았다. 나는 걷는 게 아니라 날아다니는 느낌이 들었다. 작별하는 순간에는 어르신이 몸을 약간 앞으로 숙인 자세로 꽤 오래 악수했고, 나는 머리를 똑바로 쳐들고 꼿꼿이 서 있었다. 어르신은 평소보다 훨씬 오래 내 손을 꽉 잡고는 눈을 응시하면서 말했다.

"나의 젊은 친구, 재물운이 자네에게 미소 짓고 있으니 자네가 내 아들인 것처럼 너무나 기쁘다네. 하지만 조심하게, 부와 권력은 올바른 판단의 적이니까. 밀밭을 보면 어떤 이삭은 고개를 세우고, 또 어떤 것은 고개를 숙이고 있지 않던가? 전자는 속이 비어 있기 때문이지! 고로 겸손해야 하네. 자네를 내게 인도하고 재물의 길을 열어준 것은 신의 뜻이라는 걸 명심하고!"

*

그해는 카스티야군이 마그레브를 상대로 강력한 공세를 펼치기 시작한 때였다. 주요 해안 도시인 오랑*은 무하람 달에, 부지**는 라마단 달에 점령되었다. 이듬해에는 베르베르족의 트리폴리***가 무너졌다.

이후 무슬림들은 오랑, 부지, 트리폴리, 이 세 도시를 끝내 탈환하지 못했다.

---

* 알제리 북서부의 항만 도시.
** 알제리 북부에 있는 항만 도시 베자이아의 옛 이름.
*** 북아프리카 중앙부 지중해 연안에 있는 리비아의 수도.

저택 공사

헤지라력 916
(1510. 4. 10. – 1511. 3. 30.)

내가 너의 뺨에 장미를 피웠나니,
내가 너의 입술에 미소를 피웠나니,
나를 밀어내지 말라, 우리의 율법은 명확하거늘:
모든 사람은 제 손으로 심은 것을
거둘 권리가 있느니.

그때부터는 내게도 궁정 시인이 있었다. 특히 향연 때마다, 카라반을 이끌고 귀환할 때마다. 가끔은 친구들과 부모님, 충실한 종업원들, 상인들, 잠시 체류하는 울라마들, 내 저택을 짓기로 한 석공들이 모여서 식사하는 자리에도 참석하여 포도주와 하녀들을 예찬하고, 내 재물에 탐욕을 드러내고, 내 손님들을 칭송했다.

타프자에서 돌아온 뒤로 내 재산은 어마어마하게 늘어났고, 내 대리인들이 바디스에서 시질마사까지, 틀렘센에서 마라케시까지 북아프리카를 두루 돌아다니면서 대추야자, 인디고 염료, 헤나 염료, 기름, 직물을 들여왔다. 나는 대상단을 이끌 때만 여행길에 나섰다. 그 밖의 시간에는 집무실에서 일을 보거나, 딸이 태어났을 때부터 거주하고 있는 외숙부의 집에서 그리 멀지 않은 언덕으로 가서 지팡이를 들고 건설 현장을 감독했다. 이제는 내 재산에 어울리지 않게 집이 소박하고 협소해 보여서 그 언덕에 저택을 짓고 있어서였다. 늘 꿈꿔 오던 웅장하고 화려한 나의 궁전으로 들어가서 살게 될 날을 손꼽아 기다렸다. 나는 어떤 궁전과도 비할 바 없는 저택을 짓고 싶은 마음에 나의 사치스러운 욕구를 충족시켜줄 최고의 장인들을 고용했고, 비용은 생각하지 말고 섬세하게 조각된 목제 천장, 모자이크로 장식한 아치, 검정 대리석 분수전을 만들어 달라고 주문했다. 이따금 지출액이 너무 커서 망설여질 때면 나의 시인이 이렇게 낭송했다. "스무 살의 지혜는 현명한 것이 아니거늘." 하긴 내가 주는 돈을 받고 시만 지으면 되는데 아까울 게 뭐가 있을까.

공사가 시작된 날은 내 인생에서 가장 찬란한 날 중 하나였다. 황혼 녘에 추종자들이 에워싸고 있는 가운데 나는 건축물이 들어설 수 있도록 지반을 다져놓은 땅의 네 모퉁이에 귀한 부적과 정성스레 잘라낸 딸의 머리칼을 내려놨다. 정말 믿기지 않을 정도로 갑자기 내가 주술과 미신에 빠져 있었다. 돈 많은 세력가들이 부자가 된 것은 그럴 만한 능력이 있어서라기보다는 운이 따른 것이라 여기면서 운을 우상처럼 숭배하게 된다는데, 나에게도 그런 심리가 작용한 것이 틀림없었다.

외숙부의 집은 밤새도록 안달루시아 악단의 음악이 울려 퍼지는 가운데 노예들이 음악에 맞춰 춤을 추었는데, 그중 두 명은 이 향연을 위해 사 온 여자들이었다. 팀북투에서 히바의 고혹적인 춤사위를 본 뒤로 나는 히바에게 다른 사람들 앞에서 춤을 추지 못하게 했다. 파티마가 일찍 침실로 들어갔기 때문에 나는 옆자리의 푹신한 방석에 히바를 앉혀놓고 팔을 둘렀다.

나는 몇 달 만에 처음으로 근심 없이 즐거워하는 히바를 보면서 행복했다. 히바는 내 딸이 태어났을 때 굴욕감을 느꼈다. 어느 날 밤, 히바의 방으로 들어갔는데 스카프로 눈물을 훔치는 모습에 놀란 내가 머리를 쓰다듬으면서 귀를 어루만지자 히바가 부드럽지만 단호하게 내 손을 떼어내면서 풀 죽은 목소리로 중얼거렸다.

"내 고향에서는 애를 낳지 못한 여자는 남편이 내쫓거나 버리길 기다리지 않고 집을 나가 숨어서 살죠."

나는 히바가 평소에 쓰는 경쾌한 어조를 흉내 내려고 노력했다.

"다음 라마단 달에 네가 떡두꺼비 같은 아들을 낳아줄지 어떻게 알고?"

히바는 웃지 않았다.

"우리 부족의 점쟁이가 사춘기가 지나기 전에는 내가 절대로 임신하지 못한다고 했어요. 그 말을 믿지 않았는데 결국 맞았네요. 5년 동안 주인님과 잔 사람은 난데 주인님은 다른 여자의 자식을 가졌으니."

나는 무슨 말을 해야 할지 몰라서 히바를 잡아끌었다. 하지만 히바는 얼굴을 찌푸리면서 내 품에서 빠져나갔다.

"나를 놓아줄 수 있어요?"

"너는 나의 연인이지 노예가 아니야. 하지만 너를 계속 붙잡아두고 놔주지 않을 거야."

나는 히바의 양 손목을 꽉 움켜잡아서 두 손바닥을 차례로 내 입술까지 잡아끌었다.

"팀북투에서 보낸 우리의 밤을 잊은 거야? 우리 둘만의 그 모든 밤, 그리고 절대 헤어지지 말자는 우리의 약속을 잊은 거야?"

그 순간 열린 창문으로 들어온 시원한 바람에 청동 촛대의 불이 꺼졌다. 방이 어두워지고 스산해지더니 이제는 얼굴이 보이지 않는 히바의 목소리가 아련히 들려오는데 마치 사막에서의 애잔한 밤이 재현되는 것 같았다.

"대체로 연인들은 손을 맞잡고서 함께 행복을 꿈꾸죠. 하지만 함께한 시간이 길다고 해서 맨 처음 손을 맞잡고 꿈을 나누던 그 순간보다 더 많이 행복한 건 아닌가 봐요."

그날 밤, 히바는 마침내 내 품에 안겼다. 무기력해져서인지, 추억이 되살아나서인지, 의무 때문인지 모르겠지만, 히바에게서 더는 슬픈 기색이 느껴지지 않았다.

그 뒤로는 다시 상큼한 미소를 지으면서 안달루시아 음악에 맞춰 손뼉을 치는 히바를 보면서 나는 정말 행복했다. 식사하는 중에 나의 시인이 일어나서 나만을 위해 지은 시를 낭송했다. 첫 소절부터 내 저택은 이미 알람브라, 그리고 에덴동산이 되어 있었다.

"저택이 완성되는 축복의 날에는 후계자를 어깨에 태우고 들어갈 수 있기를!"

그 순간 히바의 전율이 내 팔에 전해지면서 몸이 녹아내리는 것 같았다. 히바가 내 귀에 대고 속삭였다.

"그 후계자를 내가 줄 수 있으면 좋겠어요!"

마치 이 말을 들은 듯, 시인이 히바를 욕정과 동정을 품은 눈길로 쳐다보더니 시 낭송을 멈추고 노래하듯 두 구절을 읊조렸다.

사랑은 우물가에서도 목마르거늘,
사랑은 꽃이지 열매가 아니거늘.

나는 충동적으로 돈주머니를 시인에게 던져주었다. 50디나르 넘게 들어 있는 돈주머니였다. 하지만 히바의 얼굴에 피어난 미소는 값을 매길 수 없었다. 나는 밤새도록 그 찬란한 미소를 품었다.

*

이 향연이 있은 지 여섯 달 후, 나는 근위대 장교의 방문을 받았다. 술탄이 이날 낮잠 시간 직후에 나를 소환한 것이었다. 무슨 일일까 불안해하면서 나는 의복을 갖춰 입고 궁전으로 향했다.

술탄이 나를 과하게 환대하자 측근들이 시큰둥한 얼굴로 환영하는 시늉을 했다. 술탄은 내가 팀북투에서 돌아와서 처음으로 방문했을 때와 타프자에서 내가 중재해준 덕분에 그해 페스 왕국 전체에서 거둬들이는 세금보다 훨씬 많은 금화가 국고에 들어왔다는 걸 상기시켰다. 그러고는 내 외숙부와 나의 조상들, 그라나다를 예찬한 뒤, 측근들에게 나의 사업 수완, 설득력, 지략, 페스의 최고 명문 학교에서 습득한 방대한 지식을 칭찬하기 시작했다.

"그 마드라사에서 수학하던, '절름발이'라 불리는 아흐메드와 아는 사이인가?"

"네, 그렇습니다, 전하."

"아흐메드의 말에 따르면 자네가 친한 벗 중 한 명이며, 자신이 존경과 관심을 가지고 대화할 수 있는 유일한 사람이라고 하더군."

나는 술탄이 갑자기 궁전으로 불러들여서 예기치 않은 칭찬을 쏟아내는 이유를 알아차렸다. 페스와 마라케시의 수많은 학생이 집을 떠나 대서양 연안을 위협하는 포르투갈의 침략에 맞서 싸우기 위해 무기를 들면서부터 아흐메드의 존재가 부각되기 시작한 것이었다. 아흐메드가 추종자들을 거느리고 나라를 돌아다니면서 페스의 군주가 위험한 반역자들과 교섭을 시도하고 있다고 통렬히 비난하고 있는 터라 나를 중재자로 삼으려는 속셈이었다.

나는 이 기회에 가슴에 맺혀 있는 문제를 꺼내 앙갚음하기로 마음먹었다.

"샤리프 아흐메드는 대학 시절 우리 집에 자주 오곤 했습니다. 내 누이가 나병 환자촌에 억울하게 갇혀 있다는 걸 알고 친형제처럼 격분했었지요. 신께서 나와 그 친구에게서 그 기억을 지워주시길!"

군주가 당혹스러움을 감추기 위해 헛기침했다.

"그 딱한 누이는 어찌 되었는고?"

"짐꾼으로 일하는 한 용감한 청년이 누이와 혼인 서약을 하고는 어디론가 함께 도망쳤는데 범죄자라도 되는 듯 소식 한 자 보내오지 않고 있습니다."

"자비를 베풀어서 그들에게 안전 통행증을 주면 되겠는가? 내 비서관이 준비해줄 것이다."

"은혜가 하해와 같사옵니다! 만수무강하소서!"

이 정도의 의례적인 인사로 그쳤어야 했는데, 나는 절호의 기회를 놓치고 싶지 않았다. 나는 술탄 쪽으로 몸을 기울이면서 속삭였다.

"나의 벗 샤리프 아흐메드는 자르왈리의 추악한 복수에 희생되어 제 누이가 겪은 부당한 운명에 몹시 격분했었지요."

"그자가 저지른 짓거리에 대해 보고받았다."

술탄이 그 사건을 상세히 알고 있었다는 말에 나는 별로 놀라지 않았다. 그리고 군주와 등지고 싶지 않은 마음에 보고받았을 당시에 왜 아무런 조치도 취하지 않았는지 따져 묻지도 않았다. 나는 나직한 소리로 말을 이어 나갔다.

"아흐메드는 자르왈리가 페스 사람들을 도덕적으로 타락시키는 선동가라고 보고 있습니다. 연설하면서도 여러 차례 자르왈리를 비난했다는 얘기를 들었습니다." 하지만 나는 아흐메드와 같은 생각이 아닌 척하려고 조심스럽게 덧붙였다. "신께서 그를 진리의 길로 인도해주시길!"

술탄이 고심하는 것 같더니 잠시 후 아무 말도 하지 않고 터번을 매만지고 나서 옥좌에서 일어났다.

"자네가 아흐메드를 만나러 가주면 좋겠군."

나는 분부를 따르겠다는 표시로 머리를 조아렸다. 술탄이 말을 계속했다.

"아흐메드를 진정시키고 나와 우리 왕조, 페스에 대해 좋은 감정을 품게 돌려놓거라. 신께서 이교도들과 야심가들로부터 페스를 보호해주시길! 나는 포르투갈 침략자들과 맞서 싸우는 그 젊은 샤리프에게 돈과 무기를 보내 도와줄 용의가 있다. 하지만 오늘날 크게 약해진 내 왕국을 수호하기 위해 직접 싸움터로 나갈 힘을 키우려면 일단 나라 안이 평온할 필요가 있다. 탕헤르는 이미 포르투갈에 점령되었고, 아실라, 세우타, 라라슈, 라바트, 첼라, 살레는 위협을 받고 있고, 안파*는 파괴되었고, 주민들은 뿔뿔이 흩어져 도망치기 바쁘다. 북쪽 해안 도시들은 차례로 에스파냐에 점령되고 있다."

이번에는 술탄이 나를 잡아끌더니 나직한 소리로 말했다. 측근들은 거리가 멀어지자 무슨 말을 하는지 들으려고 귀를 바짝 세웠다.

"몇 달 후 나는 탕헤르와 아실라를 탈환하기 위해 군대를 출동시킬 것이다. 이번에는 신께서 내게 승리를 허락하실 것이라 믿는다. 이때 샤리프 아흐메드가 무슬림 왕들을 상대로 민중을 봉기시키기보다는 나와 동맹하여 포르투갈을 공격하길 바란다. 우리는 둘 다 성전의 투사들이기 때문이다. 자네에게 이 임무를 맡겨도 되겠나?"

"무슬림들의 동맹보다 더 소중한 것은 없기에 최선을 다하겠습니다. 전하께서 분부를 내리시는 즉시 수스로 떠나서 아흐메드를 만나 협조하도록 최선을 다해 설득하겠습니다."

술탄이 흡족하다는 표시로 내 어깨를 토닥이면서 근위대장, 재상, 궁성 수비대장에게 명했다.

---

* 모로코 카사블랑카의 옛 지명.

"자르왈리의 집으로 전령을 보내서 오늘 저녁에 당장 우리 도시를 떠나라고 명하고, 순례의 길을 떠나든, 고향 마을로 돌아가든 적어도 2년 동안은 페스에 발을 들여놓지 말라고 하라."

모든 궁인이 귀를 기울이고 있었다. 입에서 입으로 전해진 소문이 몇 시간 만에 온 도시에 퍼졌다. 아무도 감히 추방된 자에게 작별 인사를 하지 않을 것이고, 아무도 그를 만나지 않을 것이니 그 집으로 가는 길은 머지않아 풀만 무성할 터였다. 나는 그것이 내 가족에게 또 다른 불행을 가져다줄 거란 생각은 꿈에도 하지 못한 채 정당한 복수를 만끽하고 있었다.

물러나려는 순간 술탄이 왕국의 재정 문제를 상의하고 싶으니 이튿날 다시 궁전에 들라고 명했다. 이때부터 나는 날마다 알현실에서 술탄 곁을 지켰고, 때로는 내가 직접 청원을 받는 바람에 고관들의 시기를 받게 되는 상황에 놓였다. 하지만 나는 별로 신경 쓰지 않았다. 봄이 되는 즉시 수스로 떠날 것이고, 임무를 마치고 수스에서 돌아와서는 내 상단의 장사에 전념할 생각이라 궁정에 대해서는 아무런 관심도 욕심도 없었다. 게다가 지난 몇 달간 계속 비가 내린 데다 날씨가 추워서 건축 공사장이 온통 진창이 되는 바람에 내 머릿속은 마냥 지연되고 있는 나의 저택 공사에 대한 걱정밖에 없었다. 다른 걸 생각할 여력이 없었다.

샤리프 아흐메드

헤지라력 917
(1511. 3. 31. – 1512. 3. 18.)

 그해에 예정대로 페스의 술탄과 샤리프 아흐메드는 각각 포르투갈을 공격했는데, 전자는 탕헤르를 탈환하고, 후자는 아가디르*를 해방하는 것이 목표였다. 두 사람 다 격퇴당하면서 막대한 인명 손해를 입었는데, 그들을 기리는 시에서는 정작 전투의 흔적은 찾을 수 없다.

 나는 이 전투 기간에 술탄과 동행하여 저녁마다 전쟁에 대한 인상을 기록하기로 했었다. 몇 년 후 로마에서 이때의 글을 다시 읽으면서 내가 전투 진행 과정에 할애한 글이 한 줄도 없다는 걸 알고 깜짝 놀랐다. 나의 관심을 끈 것은 오직 패전을 앞두고 보이는 수장들과 그 측근들의 행태였기 때문이다. 궁정을 자주 드나들면서 이제는 순진함에서 어느 정도 벗어났는데도 불구하고 정말이지 측근들의 행태는 어이가 없게 느껴졌다. 참고로 내 노트에서 발췌한 글을 짤막하게 인용한다.

---

* 모로코 남서부와 대서양에 면해 있는 항구 도시. 1505~1541년 포르투갈에 점령되어 요새가 되었고, 모로코와 유럽 사이의 중요한 교역 장소였다.

―

서기 1511년 6월 26일 수요일에 해당하는 917년 라비 알아왈 달(3월)의 끝에서 두 번째 날의 기록.

탕헤르 최전선에서 사망한 순교자들의 시신 3백 구를 캠프 쪽으로 수습해 오고 있었다. 나는 가슴이 찢어질 것 같은 그 광경을 차마 볼 수 없어서 술탄의 천막으로 갔는데, 술탄은 참모들과 회의 중이었다. 나를 발견한 술탄이 가까이 오라고 손짓하면서 말했다. "이 패전에 대한 우리 재상의 생각을 들어보게." 재상은 이렇게 설명했다. "방금 일어난 일은 나쁘게만 볼 일은 아니라고 말씀드리고 있었네. 우리 쪽에서는 성전에 대한 열의를 무슬림들에게 보여준 것이고, 포르투갈 쪽에서는 충분히 박살을 냈으니 복수전을 원천 차단했다고 생각할 것이므로, 양측 다 소기의 목적은 달성한 것이라고." 나는 마치 그의 견해를 이해한다는 듯 머리를 끄덕이다가 물었다. "그런데 전사자가 수백 명에 이른다는 게 사실입니까?" 비난조의 비아냥이라는 걸 눈치챈 재상이 더는 아무 말도 하지 않자 술탄이 대신 대답했다. "전사자 중에 기병은 소수에 불과하고, 대부분 보병, 부랑자, 촌사람들이 대부분이고, 왕국에 남아 있는 군사가 수십만 명에 이르니 걱정할 것 없네!" 술탄의 어조는 태평함과 쾌활함 사이를 오가고 있었다. 나는 그럴듯한 핑계를 대면서 술탄의 천막에서 물러났다. 밖으로 나오자 병사들이 방금 수습해 온 한 시신 주위에 모여서 횃불을 밝히고 있었다. 붉은빛 수염의 노병이 나에게 다가왔다. "전사들의 죽음을 슬퍼하지 말라고 술탄께 전하게. 심판의 날에는 그들의 보은이 약속되어 있으니까." 노병이 눈물을 흘리면서 목멘 소리로 울먹였다. "방금 수습해 온 것이 내 장남의 시신이라네. 하여 주군께서 명을 내리는 즉시 나도 아들을 따라 천국으로 따라갈 준비가 되어 있지!" 노병이 내 소맷자락을 부여잡았는데, 절망적으로 꽉 쥐고 있는 손은 입과는 다른 말을 하고 있었다. 한 근위병이 와서 술탄의 조언자를 귀찮게 하지 말라고 경고하자 노병은 탄식하면서 사라졌다. 나는 내 천막으로 들어갔다.

며칠 후, 나는 아흐메드를 다시 만나기 위해 수스로 떠나야 했다. 술탄의 평화 메시지를 전하기 위해 이미 연초에도 아흐메드를 만났는데, 이번에는 술탄이 신의 가호로 자신은 무사하며, 포르투갈이 페스보다 전사자가 더 많았다는 것을 아흐메드에게 알리고 싶어 해서였다. 내가 수스에 갔을 때 아흐메드는 아가디르를 포위 공략한 상태라서 부하들의 사기가 하늘을 찌를 듯했다. 대다수가 마그레브 각지에서 온 학생들이고, 신비로운 연인을 애타게 기다리듯 순교를 갈망하고 있었다.

사흘 후, 전투가 격렬해지면서 피와 복수심, 희생에 취해 모두 분기탱천해 있었다. 그런데 아흐메드가 갑자기 포위 공략을 풀라는 명을 내리자 모두 아연실색했다. 큰 소리로 퇴각 명령을 비난하던 오랑 출신의 청년은 즉각 참수되었다. 너무 쉽게 낙담하고, 빠르게 포기하는 그의 모습에 내가 놀라워하자 아흐메드는 어깨를 으쓱하면서 말했다.

"정치판에 끼어들어서 군주들과 협상을 벌이고 싶다면 겉으로 드러나 있는 상황이 아니라 그 이면을 꿰뚫어 볼 줄 알아야 해."

그의 냉소적인 웃음에 우리가 마드라사에서 나눴던 긴 대화가 생각났다. 야전 천막 안에 우리 둘만 있게 되었을 때 나는 퇴각 명령을 내린 이유를 물었다. 아흐메드는 천천히 설명했다.

"이 지역 주민들은 아가디르를 점령하고서 주변의 모든 평원을 휘젓고 다니며 농사를 짓지 못하게 하는 포르투갈군을 몰아내고 싶어 하지. 페스의 군주는 멀리 있고, 마라케시의 군주는 일주일에 한 번 사냥할 때를 제외하고는 절대로 궁 밖으로 나오지 않기 때문에 나에게 도움을 청했던 거야. 그리고 내가 기병 5백 명과 보병 수천 명을 꾸리는 데 필요한 돈을 모아줬지. 따라서 나는 아가디르를 공격해야 하지만 탈환할 마음은 전혀 없거든. 전투를 시작하면 병력의 절반을 잃을 테니까. 그리고 더 큰 문제는 포르투갈군의 계속되는 공격으로부터 아가디르를 지키려면 몇 년 동안은 병력을 주둔시켜야 한단 말이지. 따라서 지금은 내가 먼저 해야 할 일이 있어. 계략을 쓰든, 검을 쓰든 마그레브 전체를 통합하고, 침략자와 맞서 싸우기 위한 군대를 동원하는 거야."

나는 주먹을 불끈 쥐면서 대꾸하지 말자고 되뇌었다. 하지만 나는 그렇게 순종적인 이십 대가 아니었다.

"그러니까." 나는 이해하려고 애쓰는 것처럼 띄엄띄엄 말했다. "포르투갈군과 맞서 싸우고 싶지만, 네 병력을 출격시켜서 싸우지는 않겠다는 말이잖아. 성전을 위해 네게 도움을 청하면서 만들어진 병력은 네가 페스와 메크네스, 마라케시를 정복하는 데 필요하니까!"

내가 계속해서 비아냥거리는 어조로 말하자, 아흐메드는 나의 양어깨를 잡았다.

"맙소사, 하산, 지금 상황이 어떻게 돌아가고 있는지 깨닫질 못했구나! 마그레브 전체가 들썩이고 있어. 머지않아 왕조들은 사라지고, 지방들은 수탈당하고, 도시들은 파괴될 거라고. 지금 나를 실컷 봐 두고, 내 팔, 수염, 터번을 실컷 만져 둬. 내일이면 더는 내 앞에서 눈을 똑바로 뜨지도, 내 얼굴에 손가락 하나 대지도 못할 테니까. 이 지방에서 사람들의 목을 치는 사람이 바로 나고, 농민들과 도시 사람들을 떨게 만드는 것도 내 이름이니까. 이제 곧 이 지역의 모든 사람이 내 앞에서 머리를 조아릴 것이고, 어느 날엔가 너는 네 아들에게 그 대단한 절름발이 샤리프가 네 벗이었다고, 네 집에 놀러 왔다가 네 누이의 운명을 걱정했다고 얘기하겠지. 정작 나는 기억도 못 하는데 말이지."

아흐메드는 참을 수 없는 분노에 떨었고, 나는 두려움에 떨었다. 나는 위협을 느꼈다. 내가 재력가가 되었던 날 낡고 구멍 난 나의 흰색 망토가 소중하면서도 흉해 보이고 경멸스러웠던 것처럼, 아흐메드에겐 이름을 떨치기 이전의 자신을 알고 있는 내가 껄끄러운 존재일 것이기 때문이다.

아흐메드의 말마따나 앞으로는 동등하게 말할 수 없을 것이기에, 자존심을 벗어던지고 대기실에서 알현을 기다려야 할지도 모르기에 나는 이제는 정말로 아흐메드와 거리를 두기로 했다.

*

연말에 우리 가족에게 중대한 영향을 미치게 되는 사건이 일어났는데 나는 나중에야 자세한 내막을 알게 되었다. 범죄와 정당한 벌 사이에 경계선을 긋는 것은 신에게 맡기고 세부 사항을 하나도 빠뜨리지 않고 사건을 재구성해본다.

자르왈리는 술탄의 명에 따라 메카로 순례를 떠났다가 2년간의 유배 생활을 마치기 위해 고향인 리프산맥의 바니 제루알 산악 지대로 향했다. 하지만 과거에 수많은 악행을 저질렀던 고장으로 돌아간다고 생각하자 걱정이 앞섰다. 그래서 그는 주요 부족들의 족장들과 접촉해서 돈주머니를 돌렸다. 그러고는 술탄의 사촌이자 가난한 알코올 중독자인 한 왕자에게 술은 얼마든지 대줄 테니 얼마간 같이 지내자고 꼬드긴 다음 무장병 40명의 호위를 받았다. 이 모든 것은 산악 지대 사람들에게 자신이 여전히 술탄의 총애를 받고 있다는 환상을 심어주려는 심산이었다.

자르왈리의 카라반이 바니 제루알 산악 지대에 들어가려면 바니 왈리드 부족의 땅을 통과해야 했다. 목동들이 사는 두 마을 사이의 자갈투성이 길에서 시커먼 차림의 한 노파가 길손들에게 동냥을 구하는 듯 힘없이 손바닥을 내밀고 있었다. 자르왈리가 커다란 우산을 받쳐 들고 뒤따르는 노예를 거느리고서 말을 탄 채로 다가가자, 노파가 한 걸음 앞으로 나오더니 뭔가를 간청하듯 들릴 듯 말 듯 중얼거렸다. 호위병이 노파에게 물러서라고 소리치자 자르왈리가 막았다. 자신이 강탈했던 고장에 나 있는 오명을 씻을 기회라고 계산한 것이었다. 그는 돈주머니에서 꺼낸 금화 몇 닢을 보란 듯이 내밀면서 노파가 두 손을 그릇 모양으로 오므릴 거라고 예상했다. 그런데 노파가 느닷없이 자르왈리의 손목을 움켜잡고는 거칠게 잡아당겼다. 자르왈리가 오른쪽 발만 등자에 걸려 있는 상태로 말에서 고꾸라지는 바람에 몸이 거꾸로 뒤집히면서 터번이 땅바닥에 닿는 순간 칼끝이 목을 겨누고 있는 것이 아닌가. 눈 깜짝할 사이에 일어난 일이었다.

"부하들에게 꼼짝 말라고 해!" 비렁뱅이인 줄 알았던 노파가 남자 목소리로 고함쳤다.

자르왈리는 시키는 대로 했다.

"부하들에게 다음 마을까지 먼저 출발하라고 해!"

몇 분 후, 모두 물러간 이 산길에는 말 한 마리, 꼼짝도 하지 않는 남자 두 명과 끝이 휜 단검 한 자루밖에 없었다. 두 남자는 천천히, 아주 천천히 움직이기 시작했다. 검객은 자르왈리가 일어나게 도와주고 나서, 흡사 사냥감을 아가리에 물고 가는 야수처럼 길에서 벗어난 바위 사이로 자르왈리를 끌고 갔다. 공격자는 그제야 부들부들 떨고 있는 자르왈리에게 정체를 드러냈다.

일명 족제비, 하룬은 3년 전부터 그를 가족처럼 보호해주는 바니 왈리드 부족의 산에 숨어 살고 있었다. 이렇게 산적처럼 행동하는 것이 오직 복수심 때문이었을까, 아니면 원수 같은 작자가 그가 사는 구역에 정착해서 또다시 그와 마리암, 그들의 두 아들을 못살게 구는 꼴을 보는 될까 두려워서였을까? 아무튼 하룬은 직접 징벌하기로 마음먹은 것이었다.

하룬은 자르왈리를 집까지 끌고 갔다. 그들이 오는 걸 본 내 누이는 자르왈리보다 더 공포에 떨었다. 하룬은 마리암에게 치가 떨릴 정도로 증오하는 옛 약혼자가 리프 산악 지대에 온다는 것도, 무슨 계획을 세우고 있다는 것도 전혀 말하지 않았었다. 게다가 한 번도 본 적이 없는 노인이었기 때문에 마리암은 영문도 모르고 있었다.

"아이들은 여기 두고 따라와." 하룬이 명했다.

하룬은 포로를 데리고 침실로 들어갔다. 마리암은 양모 태피스트리를 내려서 방문을 닫았다.

"이 여자를 봐, 자르왈리!"

이름을 듣고 나서야 마리암의 입에서 저주의 말이 새 나왔다. 칼날이 턱뼈를 누르고 있는 걸 느낀 노인은 입을 꾹 다문 채 얼굴을 살짝 뒤로 뺐다.

"옷을 벗어, 마리암!"

마리암은 믿기지 않는 눈으로 남편을 쳐다봤다. 하룬이 다시 소리쳤다.

"나야, 하룬, 네 남편이 명하는 거니까 옷을 벗어! 어서!"

마리암은 마지못해 하는 어설픈 손놀림으로 뺨과 입술에 이어 머리를 드러냈다. 자르왈리는 눈을 감고 머리를 푹 숙였다. 여자의 알몸을 봤다가는 어떤 운명이 자신을 기다리고 있을지 알고 있는 것이었다.

"일어나서 눈을 떠!"

하룬이 지시하면서 갑자기 단검을 움직였다. 자르왈리가 일어나서 눈을 반쯤 떴다.

"똑똑히 보라니까!" 하룬이 소리치는 사이 마리암은 한 손으로 옷고름을 풀고, 다른 손으로는 눈물을 닦았다.

옷이 흘러내렸다.

"이 몸을 네 눈으로 똑똑히 봐! 네 눈에는 나병 자국이 보여? 더 가까이에서 잘 보란 말이다!"

하룬이 자르왈리를 마구 흔들다가 마리암 쪽으로 떠밀었다가는 다시 뒤로 잡아끌었고 또다시 떠밀다가 거칠게 손을 놔버렸다. 마리암은 자르왈리가 자신의 발치에 풀썩 쓰러지자 비명을 질렀다.

"그만해, 하룬, 부탁이야!"

마리암은 발치에 널브러진 악당을 두려워하는 것이 아니라 동정하는 눈길로 쳐다보고 있었다. 자르왈리는 눈을 게슴츠레 떴지만 더는 움직이지 않았다. 하룬이 경계하는 얼굴로 다가가서 자르왈리의 맥박을 짚어보고, 눈꺼풀을 건드려보고 나서 무표정한 얼굴로 일어났다.

"가장 무고한 피해자의 발치에서 개처럼 죽어 마땅한 놈이야."

하룬은 옷도 나막신도 패물도 벗기지 않고 해가 지기 전에 자르왈리를 무화과나무 밑에 묻어버렸다.

폭풍설
헤지라력 918
(1512. 3. 19. – 1513. 3. 8.)

그해, 내 아내 파티마가 출산 중에 사망했다. 아들인 아기도 살아남지 못했다. 파티마를 사랑해준 적이 없었기에 나는 죽음을 애도하면서 사흘간 울었다.

40일째에 치르는 의례를 며칠 앞두고 궁전에서 긴급한 호출을 받았다. 술탄이 포르투갈군과 싸운 여름 원정에서 돌아온 직후에 나를 불러들인다는 것도 그렇고, 원정에서 역경을 겪었다고 해도 내가 들어서는 순간 표정이 굳어지는 걸 보면서 나는 왠지 불길한 생각이 들었다.

술탄이 노골적으로 적대감을 나타낸 건 아니지만, 어딘지 모르게 냉랭한 태도 하며, 거만함이 묻은 목소리가 여느 때와는 사뭇 다르게 느껴졌다.

"2년 전에 자네의 처남인 하룬에게 은혜를 베풀어 달라고 해서 우리는 그 간청을 들어주었다. 그러나 그자는 행실이 좋아지기는 커녕, 고마움을 표하기는커녕 페스에 돌아오지도 않더니 리프 산악 지대에서 무법자로 살면서 늙은 자르왈리에게 복수할 기회만 노리고 있었던 게야."

"전하, 하룬이 가해자라는 증거는 없습니다. 그 산악 지대는 산적들이 출몰……."

군주보다 더 큰 소리로 내 말을 자른 사람은 재상이었다.

"자르왈리의 시신이 발견되었다. 자네 누이와 그 남편이 사는 집 부근에 매장되어 있었다. 패물이 그대로 있어서 병사들이 피살자의 신원을 확인했다. 이래도 그저 산적의 소행이란 말인가?"

몇 달 전 자르왈리가 실종되었다는 소식이 전해졌을 때, 솔직히 자세한 걸 알지 못하면서도 하룬이 복수했을지도 모른다는 생각이 머리를 스쳤었다. 나는 하룬이 한번 마음먹으면 끝을 보는 성격이라는 걸 모르지 않았고, 리프 산악 지대에 거처를 정했다는 것도 알고 있었다. 그래서 친구의 무죄를 주장하는 것이 쉽지 않았다. 그렇지만 내가 조금이라도 주저한다면 그것은 친구의 유죄를 인정하는 것이나 다름없기에 어떻게든 그를 변호해야 했다.

"전하는 정의로운 분이라서 가해자를 처단하기 전에 변론할 기회를 주시리라 믿습니다. 특히 하룬은 짐꾼 조합의 존중받는 구성원이라서 더욱 그렇습니다."

술탄이 이맛살을 찌푸리면서 말했다.

"하산, 처남이 아니라 자네에 대해 말하려는 것이다. 자르왈리의 추방을 요구한 것이 자네였고, 자네의 주장에 따라 자르왈리에게 고향으로 떠나라는 추방령을 내렸는데 그곳으로 가는 중에 공격받고 살해되었으니 자네의 책임이 크다."

술탄이 말하는 동안 나는 마치 이미 어두컴컴한 지하 감옥에 갇혀 있는 것처럼 눈이 침침해졌다. 재산을 몰수당하고, 가족이 모욕당하고, 노예 시장에서 히바가 팔리는 모습이 그려졌다. 다리가 풀리면서 온몸에 식은땀이 흘렀다. 나는 가능한 한 비통한 어조로 말하려고 노력했다.

"제가 받게 되는 혐의는……?"

공포에 질려 있는 나를 보면서 또다시 재상이 개입해서 공격적으로 말했다.

"공범죄다, 그라나다인! 범죄자를 놓아주게 한 죄, 자르왈리를 죽음에 이르게 한 죄, 왕의 은혜를 우롱한 죄, 전하의 자비를 악용한 죄!"

나는 침착해지려고 노력했다.

"자르왈리가 순례를 갔다가 고향에 언제 어느 길로 돌아갈지 제가 어떻게 짐작인들 할 수 있었겠습니까? 그리고 저는 4년이 넘도록 하룬을 만나지 못해서 전하께서 무슨 은혜를 내렸는지 전하지도 못했습니다."

사실 나는 하룬에게 전갈을 계속 보냈지만, 고집스러운 하룬은 아무런 답이 없었다. 다행히 나의 항변이 먹혔는지 술탄이 약간 누그러진 어조로 말했다.

"자네는 아무 죄도 없을지 모르지, 하산. 하지만 형식적으로는 자네에게 죄를 물어야 해. 그래야 세상 사람들 눈에 정당하게 벌을 내린 것으로 보이니까. 하지만 과거에 임무를 내렸을 때 자네가 나를 충실히 섬겼던 걸 내가 어찌 잊을 수가 있겠는가."

술탄은 입을 다물었다. 머릿속으로 숙고 중인 술탄이 관용을 베푸는 쪽으로 기울고 있다고 느꼈기 때문에 나는 경거망동하지 않으려고 조심했다. 재상이 술탄 쪽으로 머리를 숙이고 판단에 영향을 줄 수 있는 말을 하려고 했지만, 술탄은 입을 다물게 하고는 선포했다.

"너는 살인자의 운명이 아니라 피살자의 운명을 겪어야겠다. 자르왈리와 마찬가지로 너에게 추방령을 내린다. 2년 동안 이 궁전에 발을 들이지 말고, 페스에서도, 나에게 속한 영토면 어디에서도 살 수 없다. 라잡 달(7월) 20일째 되는 날부터 왕국 안에서 너를 만나는 사람은 쇠사슬에 묶어서 여기로 끌고 올 것이다."

엄중한 명이었지만 나는 안도하면서 이 감정이 드러나지 않도록 노력했다. 지하 감옥과 파산을 면했을 뿐만 아니라, 나에게 2년간의 긴 여행은 전혀 겁나는 일이 아니었기 때문이다. 게다가 한 달이라는 시간이 허락되었으니 사업을 정리하기에는 충분했다.

*

페스를 떠나는 날 나는 많은 이들의 이목을 끌었다. 유배를 당했지만 당당하게 떠나고 싶어서 비단옷을 입고 밤이 아니라 대낮에 카라반을 이끌고 북적거리는 거리를 지나갔다. 온갖 물품을 실은 낙타 2백 마리와 산적들이 감히 얼씬도 하지 못하도록 무장 호위병 50명으로 꾸린 대규모 상단이었다. 나는 가는 도중 세 번을 멈춰 섰다. 부 이나니아 마드라사 앞과 대모스크의 안뜰, 그리고 성벽과 가까운 옹기 거리에서 구경꾼들에게 금화 몇 줌을 뿌려주는 것으로 찬사와 박수를 받았다.

이렇게 요란한 행진은 사실 위험한 짓이었다. 악의적인 말이 재상에 이어서 술탄의 귀에 들어가기라도 하면 나는 왕명을 조롱한 죄로 고발되어 체포될 수도 있었다. 그렇지만 나는 위험을 무릅써야 했다. 쫓겨나는 신세일망정 내 자존심을 세우는 것일 뿐 아니라, 페스에 남아 있는 아버지와 어머니, 내 딸, 모든 일가친척이 내가 유배를 가 있는 동안 부끄러움 속에서 살지 않게 하려는 것이기도 했다.

물론 나는 가족에게도 수년 동안 입고 먹고 하인을 부리고 살 수 있을 만큼의 돈을 남겼다.

페스에서 3킬로미터쯤 떨어진 세프루로 가는 길로 접어들었을 때, 이제부터는 위험할 일이 없다고 확신한 나는 비단을 씌운 가마 안의 히바에게 다가갔다.

"이렇듯 당당히 유배 길에 오르다니, 페스 사람들의 기억 속에 한 번도 본 적 없는 모습으로 각인될 거야." 나는 흡족해하면서 말했다.

히바가 걱정스러운 얼굴로 말했다.

"운명을 거역하지 않아야 하고, 액운도 무시하면 안 돼요."

나는 개의치 않는다는 듯 어깨를 으쓱했다.

"네 부족에게 데려다줄 거라고 내가 약속했었지? 한 달 후에는 거기 당도할 거야. 나를 따라 팀북투에 이어 이집트에 갈 생각이 있다면 몰라도."

히바는 "인샬라(알라의 뜻대로 하소서)!" 하면서 아리송하게 대답했다.

나흘 후, 까마귀 고개를 넘어가는데 10월의 날씨치고는 예상 밖의 추위가 몰려왔다. 호위병들이 아틀라스산맥의 차디찬 바람을 피해보겠다고 두 언덕 사이에 오목한 분지에 야영할 채비를 했다. 둥그렇게 원을 그리면서 세운 천막들 중앙에 마련된 내가 묵을 천막에는 쿠란 구절이 예술적으로 쓰여 있었다.

나는 히바와 함께 천막에서 잘 생각이었다. 고대하던 순간이었는데 날이 어두워지기 시작하자 히바가 뚜렷한 이유 없이 한사코 천막에서 자기를 거부했다. 그녀의 눈빛에 공포 같은 것이 어려 있어서 나는 무작정 안 된다고 할 수 없었다. 히바는 야영지에서 8백 미터쯤 떨어진 곳에 있는 동굴을 점찍고는 거기가 아닌 다른 데에서는 자지 않겠다고 고집을 부렸다.

하이에나, 사자, 표범이 어슬렁거리고, 심지어 그 지역에서 많이 발견되고 몸이 닿으면 점토처럼 부서질 정도로 독성이 강하다고 알려진 거대한 용들과 함께 아틀라스산맥의 동굴에서 하룻밤을 보내자고? 하지만 이런 말로 공포를 조장하는 것은 히바에게 통하지 않았다. 유난스럽게 추운 이 가을밤의 산속에서 우리를 보호해주는 건 천막뿐이건만 히바는 그렇게 생각하지 않았다.

하는 수 없이 히바의 뜻을 따르기로 했지만 나는 두려움을 이겨내기 위해 노력해야 했다. 양모 담요 여러 장과 램프 한 개, 낙타젖이 담긴 가죽 부대 한 자루, 대추야자 한 송이를 짊어진 히바를 무례한 시선으로 바라보면서 강력하게 반대하는 호위병들을 뒤로하고 나는 동굴로 끌려가면서 위신이 땅에 떨어지는 느낌이 들었다.

히바가 선택한 굴은 바위에 구멍이 움푹 파인 협소한 공간이라서 여느 동굴처럼 안쪽 깊숙이 맹수가 없다는 걸 한눈에 확인할 수 있어서 나는 한결 마음이 놓였다. 나의 야생적인 히바는 돌을 쌓아서 동굴 입구를 좁히고, 바닥을 치우고 평평하게 고르고, 가죽 부대 자루와 대추야자가 얼지 않도록 담요로 싸는 등 부지런히 움직이는 데 반해, 나는 손가락 하나 까딱하지 않은 채 계속 놀리면서 툴툴거렸다. 하지만 히바는 웃거나 화를 내기는커녕 잠시도 손을 놀리지 않았다.

나는 결국 입을 다물었다. 혼자 떠들다 지쳐서가 아니라 바람 때문이었다. 어느 순간부터 바람이 어찌나 세게 불기 시작하는지 귀청이 떨어져 나갈 정도였다. 이윽고 눈보라가 치더니 우리 피신처를 삼켜버릴 듯 바람이 기승을 부렸다. 히바는 전혀 당황하지 않고 꿋꿋하게 전문가의 눈으로 주변을 살피면서 살아남을 대책을 세우고 있었다.

경이로운 히바! 히바를 사랑하기 시작하면서 나는 이런 상황을 맞게 될 줄은 예상하지 못했다. 히바는 내 하렘에서 가장 빛나는 보석이고, 품 안에 껴안고 있어도 속내를 파악할 수 없는 신비한 보석과 다름없었다. 그런데 폭풍설이 몰아치는 이 산중에서 그 남다른 히바가 존재감을 드러내고 있었고, 그녀의 눈, 입술, 손은 나의 유일한 안식처가 되었다.

나는 늘 "사랑해"라는 말을 부끄러워했지만, 내 가슴은 사랑을 부끄러워한 적이 없었다. 나는 폭풍과 평온을 분배하시는 전능하신 신의 은총으로 히바와 사랑을 나눴고, 히바가 내가 가진 전부가 될 줄은 꿈에도 모르면서 히바를 '나의 보물'이라고 불렀다. 그리고 신께서 히바를 통해 나에게 죽음을 면하게 해주었다는 걸 알았을 때는 그녀를 '내 목숨'이라고 불렀다.

이틀 밤낮을 쉼 없이 휘몰아치는 바람에 쌓이고 쌓인 눈이 굴

입구를 막아버리면서 우리는 그 안에 갇혀서 옴짝달싹 못하게 되었다.

사흘 뒤 목동들이 와서 굴 입구에 쌓인 눈을 치웠는데, 우리를 구해주기 위해서가 아니라 굴에 피신해서 식사하기 위해서였다. 우리를 보는 목동들의 얼굴에 달갑지 않은 기색이 역력했다. 나는 이내 그 끔찍한 이유를 알았다. 호위병들과 낙타들이 폭풍설에 파묻혀 얼어 죽은 것이었다. 가까이 다가가서 보니 물품들은 약탈자들 차지가 되었고, 시신들은 썩은 고기를 먹는 맹수들의 먹이가 되어 있었다. 카라반의 야영지는 그야말로 아수라장이었다. 나는 그 순간 기지를 발휘해서 내가 고용한 사람들이 죽은 것이 아니고, 내 재산을 잃은 것이 아닌 체했다. 사실은 목동들이 약탈과 무관하지 않다는 걸 첫눈에 알아봤기 때문이다. 어쩌면 그들이 부상자들까지 처치했을지도 몰랐다. 한마디라도 잘못했다간 나와 히바도 같은 운명을 맞을 수 있었다. 나는 분노를 억누르면서 초연하게 말했다.

"천벌이로군요!"

목동들이 고개를 끄덕이자마자 나는 한술 더 떴다.

"길을 나서도 될 때를 기다리는 동안 우리가 두 분의 너그러운 인심을 누려도 되겠습니까?"

나는 이 지역 유목민들의 특이한 풍습을 모르지 않았다. 돈주머니나 말, 낙타를 빼앗기 위해서라면 한순간도 주저하지 않고 같은 종교를 믿는 신자도 죽이는 사람들이지만, 살아남기 위해서는 인자하고 친절한 사람들이라고 찬사를 보내면서 너그러운 인심에 호소하는 것으로 충분했다. 오죽하면 이런 속담이 생겼을까. "그들이 늘 단검을 손에 쥐고 있는 건 네 목을 베기 위해서거나 너를 위해 양의 멱을 따기 위해서다."

*

"금화 2디나르와 은화 5디르함! 탈탈 털어서 세고 또 세어봐도 이게 다야. 그 많던 재물 중 내게 남은 것이 고작 이게 전부야. 이걸 가지고 사하라 사막을 지나 나일강의 나라까지 가서 인생을 다시 시작하는 신세가 되다니!"

나는 아틀라스산맥을 내려가면서 계속 한탄했고, 히바는 장난치는 건지, 비웃는 건지, 위로하는 건지 알 수 없는 미소를 짓는 것으로 화를 돋우었다.

"금화 2디나르와 은화 5디르함이 전 재산이란 말이다!" 나는 또 소리를 버럭 질렀다. "이 꾀죄죄한 옷 말고는 옷 한 벌이 없고, 낙타 한 마리도 없다니!"

"그럼 나는요? 나는 당신 거 아니에요? 내 가치가 금화 50디나르는 될 텐데요. 어쩌면 그보다 많을지도."

노예 신분치고는 너무나 덤덤하게 받아치던 히바가 갑자기 감개무량한 얼굴로 눈앞의 풍경을 바라봤다. 히바가 태어난 마을 어귀, 다라강가의 들판에 인디고 식물이 군락을 이루고 있었다.

어느새 아이들이 뛰어온 데 이어서 수려한 이목구비에 턱선을 둘러싼 반원형의 하얀 수염을 기른 검은 피부의 족장이 달려오더니 10년이란 세월이 흘렀건만 히바를 대번에 알아보고는 와락 끌어안았다. 족장은 나에게 아랍어로 누추한 집이지만 모시게 되어 영광이라고 말했다.

히바는 족장을 숙부라고 소개하면서 나를 자신의 주인님이라고 말했는데, 틀린 말은 아니지만, 지금의 상황에서는 아무런 의미가 없었다. 나는 빈털터리가 된 몸으로 혼자 그녀의 일가 사람들에게 둘러싸여 있지 않은가? 나에게 히바는 이제 노예가 아니라고 말하려는 순간, 그녀가 눈짓으로 아무 말도 못 하게 했다. 그래서 나는 한마디도 하지 않고 놀라우면서도 즐거운 마음으로 아주 이국적인 광경을 지켜봤다.

나는 히바와 함께 숙부의 집으로 들어갔고, 천장이 낮지만 길쭉한 방의 양모 카펫 위에 앉았다. 부족의 원로들 스무 명이 이미 둘러앉아 있었는데, 이 재회가 반가울 법도 하건만 기뻐하는 기색이 없었다.

히바가 말문을 열어 나를 율법과 문예에 조예가 깊은 분으로 페스에서 알아주는 중요한 인물이라고 설명했다. 그러고는 와르자자트의 영주가 나에게 자기를 주었던 상황과 폭풍설로 인해 내가 파산에 이르게 된 경위를 생생하고도 감동적으로 이야기했다. 이어서 이렇게 덧붙였다.

"나를 뜨내기 상인에게 파느니 고향으로 데려다주겠다고 한 분이에요. 그래서 나도 단언했어요. 나를 내 고향에 데려다준 걸 후회하지 않을 거라고."

히바가 아주 뻔뻔스럽게 원로 중 한 명에게 물었다.

"압둘라 어르신, 나를 얼마에 도로 사주시겠어요?"

"너를 사들일 능력은 안 되지만." 노인이 당황한 얼굴로 대답했다. "10디나르 정도는 분담할 수 있다."

히바는 좌중을 훑어보다가 말했다.

"아흐메드 어르신께서는요?"

지명받은 아흐메드가 압둘라를 흘겨보더니 거들먹거리면서 말했다.

"30디나르를 내지, 우리 부족의 불명예를 씻기 위해서."

그렇게 히바는 방 안을 쭉 둘러보면서 매번 더 큰 금액을 얻기 위해 일가 혹은 친족 간의 경쟁 심리를 유도했다. 내 머릿속에서는 숫자가 더해지고 있었다. 내가 가진 2디나르가 12, 42, 92디나르가 되었다. 마지막 사람은 히바의 숙부였다. 그는 부족에서 가장 높은 지위에 있는 족장다운 모습을 보여야 했다.

"2백 디나르!" 족장이 툭 내뱉었다.

나는 듣고도 귀를 믿을 수 없었다. 저녁에 족장이 내어준 방에 누워 있을 때 히바가 돈을 들고 와서 보여주었는데 1,800디나르가 넘었다.

"히바, 너를 이토록 아름답게 만드신 신께서 내게 깨우침을 주시는 건가! 이게 대체 어떻게 된 일이지? 이 마을 사람들은 어떻게 이렇게 돈이 많지? 그리고 이 많은 돈을 나한테 왜 주는데?"

"나를 다시 사려고요!"

내가 여전히 전혀 이해되지 않는다는 표정을 짓자 히바가 마침내 설명했다.

"우리 부족은 여러 세대에 걸쳐서 서사하라에서 활동하는 유목민이었어요. 그러던 중 돈벌이에 눈뜬 내 할아버지께서 인디고를 재배하면서부터 장사를 시작하게 되었어요. 이 마을은 인디고 장사로 많은 돈을 벌었고, 오두막마다 땅속에 금을 묻어 두고 있는

데, 페스에서 가장 돈 많은 부잣집보다 훨씬 많아요. 하지만 정착 생활을 선택하면서 우리 부족은 호전적 기질을 완전히 잃어버렸지요. 내가 결혼 적령기가 되어 가던 어느 날…….”

히바가 내 옆에 앉아서 고개를 뒤로 젖히더니 말을 이었다.

“남녀노소로 이루어진 우리 부족 사람들이 여기서 한나절 거리에 있는 왈리의 무덤으로 순례를 떠났어요. 그런데 갑자기 와르자자트 영주의 기병들이 우리를 습격한 거예요. 기병은 네 녕이었고, 우리 일행은 50명에 이르는 데다 그중 스무 명 이상의 남자가 무장하고 있었어요. 하지만 그들은 하나같이 무기를 쓸 생각도 하지 않았고, 기병 넷이 각각 여자 한 명씩 잡아갈 걸 뻔히 알면서도 모조리 도망쳐버린 거예요. 그러니까 부족의 원로들은 그때의 수치스러웠던 행동을 사죄하는 뜻에서 그 빚을 갚는 것일 뿐인 거죠.”

히바는 내 어깨에 머리를 기댔다.

“부끄러워하거나 가책 같은 거 느낄 필요 없이 이 돈을 가져도 돼요. 나의 사랑하는 주인님만큼 이 돈을 가질 자격이 있는 남자는 없으니까요.”

마지막 말을 하면서 히바는 내게 입을 맞추었다. 나는 심장이 어찌나 벌렁거리는지 그녀의 숙부가 있는 옆방과 우리 방 사이에 드리운 태피스트리 쪽을 힐끔 쳐다봤다.

히바는 전혀 거북해하지 않고 옷고름을 풀었고, 조각한 듯 아름다운 새까만 몸을 내맡기면서 속삭였다.

“지금까지는 나를 노예로 품었잖아요. 오늘은 나를 자유인으로 품으세요, 마지막으로.”

*

히바와 헤어지고 나는 팀북투에 가서 히바와의 추억, 우리가 처음으로 사랑을 나눴던 그 방에서 어쩌면 남아 있을 그녀의 흔적을 찾고 싶은 생각밖에 없었다. 외숙부와 함께 우리 일행이 묵었던 숙소는 그대로 있었다. 팀북투의 영주가 귀한 손님을 위해 마련해 둔 숙소지만, 1디나르를 내자 내가 예전에 묵었던 방을 내주었다. 저녁에 도착했기에 나는 창턱에 팔꿈치를 괴고 서서 예전에 히바에게서 풍기던 용연향을 찾기 위해 바깥 공기를 들이마셨고, 곧 거리에 울려 퍼질 게 틀림없는 흑인 악단의 음악을 기다렸다. 방 쪽으로 돌아서는 순간 엉덩이를 흔들며 춤추던 히바의 모습이 눈에 선했다. 강한 바람에 커튼이 들썩이더니 펄럭이기 시작했다.

밖에서 발소리와 함께 고함치는 소리가 점점 가까워지고 있었다. 내 기억 속의 악단일까? 근데 난리가 난 것 같은 이 소리는 뭐지? 불안도 잠시, 고래고래 아우성치면서 미친 듯이 달려오는 사람들로 인해 시장의 광장이 갑자기 대낮처럼 북적거리기 시작했다. 나는 겁이 덜컥 나서 창밖을 내다보다 다른 사람들보다 느리게 뛰어가는 노인을 소리쳐 불렀다. 노인이 멈춰 서서 숨을 헐떡이며 이 나라의 말로 몇 마디를 했다. 내가 무슨 말인지 전혀 이해하지 못하는 걸 보면서 노인은 나에게 따라오라고 손짓하면서 다시 뛰었다. 나는 어쩔까 망설이면서 하늘을 바라보다 화재로 인한 불기둥을 봤다. 나는 돈주머니만 챙겨서 창문으로 뛰어내렸고 무작정 내달렸다.

나는 질겁한 사람들의 표정을 유심히 살피면서 그들이 하는 말보다는 몸짓을 통해 재난에 대한 정보를 수집하면서 세 시간쯤 그렇게 헤매고 다녔다. 팀북투의 절반 이상이 불에 탔고, 바람을 타고 다닥다닥 붙은 수많은 초가집으로 번지는 불을 막을 방법이 없어 보였다. 나는 가능한 한 빨리 이 거대한 불구덩이에서 멀어져야 했다.

전날 저녁, 각지에서 온 상인들로 이뤄진 카라반이 성 밖에 모여서 새벽에 떠날 거란 얘기를 들었던 터라 나는 카라반에 합류했다. 화염에 휩싸인 도시와 불길과 함께 올라오는 처절한 아우성, 그 아우성 속에서 몸에 불이 붙은 사람들이 내지르는 울부짖음을 듣게 된 우리 마흔 명의 여행자들은 차마 발길이 떨어지지 않아서 동이 틀 때까지 언덕에 서 있었다.

나는 팀북투를 생각할 때면 화마에 휩쓸리던 지옥 같은 광경을 떠올리지 않을 수 없을 것이다. 출발하려는 순간, 죽음의 구름에 뒤덮인 채 불타는 도시가 토해내는 신음이 연신 들려왔다. 나의 가장 아름다운 추억이 완전히 불구덩이 속으로 사라지고 말았다.

*

고대 지리학자들은 흑인들의 나라에 대해 말할 때 가나와 리비아 사막의 오아시스만 언급했다. 그 뒤로 터번을 쓴 정복자들과 설교자들, 상인들이 등장했다. 그리고 여행가에 지나지 않는 나는 60개 흑인 왕국의 이름을 알고 있으며, 그중 니제르강에서 나일강에 이르기까지 15개 왕국을 차례로 방문했다. 일부는 어떤 책에도 등장한 적 없는 왕국들이지만, 젠네*, 말리**, 왈라타***, 팀북투에서 출발해서 카이로로 향하는 일상적인 카라반 루트를 따라갔을 뿐이라서 내가 발견했다고 주장할 수는 없다.

니제르강을 따라가면서 가오라는 도시에 이르는 데는 12일이 걸리지 않았다. 가오는 성벽을 세우지 않았지만, 흑인들의 영토 전체에서 가장 강력한 군주로 이름난 아스키아 무함마드가 군림하고 있어서 감히 어떤 적도 접근할 엄두를 내지 못했다. 카라반 상인들은 가오에 들렀다 가는 걸 무조건 찬성했다. 가오의 주민들은 금을 많이 보유하고 있어서 유럽이나 바르바리에서 가져온 아주 형편없는 직물도 여기서는 그 가치보다 열다섯 배에서 스무 배나 높은 가격으로 팔 수 있다고 내게 설명했다. 반면에 고기, 빵, 쌀, 호박은 굉장히 풍부해서 헐값으로 구매할 수 있었다.

우리의 다음 여정은 왕가라, 자그자그, 카노 등의 여러 왕국을 거쳐 가는 것이었고, 그중에서 나는 다른 왕국들보다 훨씬 중요하지만, 우리가 오래 머물지 않으려고 했던 보르누 왕국에 대해 언급하려고 한다. 내가 《아프리카 지리지》에 기록한 대로, 우리가 보르누 왕국의 수도에 들어가자마자 마주친 다른 외국 상단으

---

* 니제르강을 따라 번영한 도시로 사하라 사막의 황금 무역을 연결하는 중요한 교역로였다. 14~15세기에는 말리 제국의 지배를 받았고, 15세기 말 송가이 제국에 정복되었다.
** 한때 사하라 사막 이남의 무역을 통제했던 부유한 강국으로 가나 제국, 송가이 제국과 함께 서아프리카 3개 제국 중 하나였으며, 이슬람 문화 및 학문의 중심지였다.
*** 모리타니 동남부에 위치한 오아시스 마을. 13~14세기에 사하라 사막 횡단 무역로의 남쪽 종착역이었다.

로부터 그들이 곤경에 처하게 된 내막을 들었기 때문이다. 이 왕국의 군주는 매우 이상야릇한 습관이 있었다. 그는 말의 마구와 왕궁의 모든 식기를 금으로 만들 정도로 자신의 부를 과시하는 일에 희열을 느꼈다. 개의 목줄도 순금인 걸 내 눈으로 확인했으니! 우리가 만난 상인들은 사치스럽고 과시하기를 좋아하는 데다 인심이 후하고 부유한 왕국이라는 소문에 현혹되어 보석이 박힌 정교한 검, 태피스트리, 순종 말, 온갖 종류의 귀한 물품을 싣고 페스, 수스, 제노바, 나폴리에서 상단을 꾸려서 온 사람들이었다.

그 상단의 상인 한 명이 내게 말했다.

"우리가 가져온 걸 보고 왕이 기뻐하면서 가격도 흥정하지 않고 대번에 전부 다 구매한다고 해서 얼마나 기뻤는지 모릅니다. 그 뒤로 돈을 받기만 학수고대하면서 우리가 보르누에 있게 된 지가 어느덧 일 년이 넘었지요. 날마다 궁전에 가서 딱한 처지를 하소연해 보지만 그때마다 곧 준다는 약속만 하고 우리가 강경한 모습을 보이면 잡아먹을 듯이 협박하는 통에 이렇게 발이 묶여 있으니 정말이지 진퇴양난이지요."

우리가 다음으로 방문하게 된 가오가의 왕은 처신이 달랐다. 내가 왕에게 경의를 표하기 위해 궁전에 가 있을 때, 다미에타 출신의 이집트 상인이 와서 선물을 바쳤다. 아주 아름다운 말 한 필과 튀르크 검 한 자루, 쇠사슬 갑옷 한 벌, 총부리가 넓어서 '나팔총'이라 불리는 블런더버스 한 자루, 거울 여러 개, 산호 염주, 정교한 단도 몇 자루였는데 다 합하면 50디나르의 가치가 있었다. 왕은 기쁘게 선물을 받았고, 그 대가로 이집트 상인에게 노예 5명, 낙타 5마리, 커다란 코끼리 상아 1백 개를 하사했고, 마치 그것으로는 부족하다는 듯 5백 디나르에 해당하는 가오가 화폐를 더 내주었다.

가오가의 관대한 왕과 헤어진 다음, 우리는 나일강 기슭에 있는 동골라라는 큰 도시에 있는 누비아 왕국에 이르렀다. 나는 거기서 배를 빌려서 카이로에 갈 생각이었으나, 강을 항해하려면 연안을 따라 아스완까지 가야 했다.

아스완에 도착한 당일, 한 선원이 자신의 '제르메'*에 태워주겠다고 제안했다. 너벅선에는 이미 많은 양의 곡식과 가축이 실려 있었지만, 나에게 내어줄 편안한 자리는 아직 있다고 약속했다.

나는 제르메에 오르기 전에 강가에 엎드려 나일강에 얼굴을 오래 담갔다. 일어나려는 순간, 폭풍설이 전 재산을 휩쓸어버렸으니 이제부터는 이 이집트 땅에서 열정과 위험, 명예로 이루어진 새 삶을 살라는 운명이 내게 주어진 거라는 확신이 들었다.

나는 새 삶을 붙잡기 위해 서둘렀다.

---

* 나일강 연안과 알렉산드리아 해안을 항해하는 선박을 가리킨다.

제3부

카이로

Roma

Granada

Fez

Cairo

Timbuktu

아들아, 내가 도착했을 때의 카이로는 이미 수 세기에 걸쳐서 눈부시게 성장한 제국의 수도였고, 칼리파의 본거지였어. 하지만 내가 떠날 때의 카이로는 과거의 영화를 다시는 찾지 못할, 그저 한 지방의 중심지에 지나지 않았지.

신께서는 내가 쇠퇴하는 카이로와 그에 앞서 닥친 재앙을 목격하길 바라셨던 걸까. 내가 탐험과 즐거운 정복을 꿈꾸며 나일강을 항해하고 있을 때 재앙이 닥치고 있었던 거야. 하지만 나는 아직 재앙이 주는 교훈과 계시를 꿰뚫어 볼 줄 모르는 때였지.

나는 느긋하게 너벅선의 갑판 나무 가로장에 머리를 기대고 누운 채 철썩거리는 물소리에 섞여서 올라오는 선원들의 수다를 들으며 어느새 불그스름해져서 세 시간 후면 아프리카 해안으로 넘어갈 해를 바라보고 있었다.

"내일 새벽에는 미스르 알카디마*에 도착해요." 한 흑인 선원이 나에게 큰 소리로 알려주었다.

나는 화답하는 뜻으로 선원에게 환한 미소를 지어 보였다. 이제부터는 어떤 장애물도 나와 카이로를 갈라놓지 못할 터였다.

---

* 구(舊)카이로라는 뜻. 미스르는 아랍어로 '도시'를 의미하며, 카이로와 이집트 전체를 가리키는 말로 사용하기도 한다. 이집트는 영어에서 유래한 외래 지명이고, 이집트의 정식 국호는 미스르 아랍 공화국이다.

나는 무정하게 흘러가는 시간과 나일강이 이끄는 대로 몸을 맡기기만 하면 되었다.

내가 선잠에 빠져 있을 때 선원들의 목소리가 높아지더니 크게 술렁거리기 시작했다. 나는 일어나서 강을 거슬러 우리 쪽으로 오는 제르메 한 척을 보았다. 어느새 가까워진 그 배에 이상한 점이 있다는 걸 알아차리는 데는 시간이 좀 걸렸다. 화려하게 차려입은 여인들이 망연한 얼굴로 아이들과 함께 모여 있고, 그 주위를 수백 마리의 양이 에워싸고 있어서 동물 냄새가 진동했다. 일부 여인들은 이마에 보석 장식을 드리우고, 높고 좁은 관 모양으로 머리를 싸매고 있었다.

이따금 기이한 광경만으로도 비극적인 일을 알려주기에 충분할 때가 있다. 선원들이 하늘을 향해 두 손을 펴고서 침울한 얼굴로 열을 지어서 나에게 다가왔다. 긴 침묵. 이윽고 가장 나이 많은 선원의 입에서 한 단어가 흘러나왔다.

"흑사병!"

존엄한 눈

헤지라력 919
(1513. 3. 9. – 1514. 2. 25.)

연초에 강력한 폭풍우가 세차게 몰아친 직후부터 발생한 전염병은 카이로 사람들에게 하늘의 노여움과 천벌이 임박했음을 알리는 명백한 신호였다. 아이들은 전염병에 걸릴 위험이 크기 때문에 권세가들은 가족을 급히 피신시켰다. 시나이반도 남쪽, 공기 좋은 엘토르나 오아시스로 떠난 이들이 있고, 거처가 있는 경우 상이집트로 떠난 이들도 있었다. 피신자 무리를 태운 배들이 수없이 지나갔다.

전염병이 어느 정도로 퍼졌는지 자세히 알아보지도 않고 멀리 도망치는 것은 너무 경솔한 일일 터였다. 그래서 우리는 한적한 동쪽 기슭에 배를 정박하고서 배에 실려 있는 음식으로 끼니를 때우면서 혹시 모를 약탈자들을 따돌리기 위해 매일 밤 위치를 바꾸면서 필요한 시간만큼 머물기로 했다. 그리고 정보를 얻기 위해 하루에 대여섯 번씩 나일강을 거슬러 올라오는 배들 가까이 노를 저었다. 전염병은 수도를 황폐화하고 있었다. 매일 호적부에 기재되는 사망자 수가 50명, 60명, 100명으로 늘어나고 있었다. 하지만 우리는 신고되지 않은 사망자들이 10배는 더 많다는 걸 경험으로 알고 있었다. 지나가는 배마다 구체적으로 전해주는 사망자 수가 점점 더 늘어나고 있어서 사태가 얼마나 심각한지는 따로 설명이 필요 없었다. 그러던 중 기독교도들의 부활절 기간 중 월요일에 지진으로 땅이 세 번 흔들렸다. 이튿날이 되자 사망자가 274명으로 기록되었다. 금요일에는 때아닌 우박이 쏟아지면서 365명이 사망했다. 체르케스* 출신의 맘루크**로서 이집트의 술탄이 된 칸수(알 아슈라프 칸수 알 구리)는 주치의의 조언에 따라 흑사병으로부터 자신을 보호하기 위해 루비 반지 두 개를 끼고 다녔고, 포도주와 해시시, 매춘 금지령을 내렸다. 그리고 도시 곳곳에 시신을 씻기기 위한 수조들이 새로 만들어졌다.

물론 희생자가 어린아이와 하인들만은 아니었다. 병사와 장교들도 수백 명씩 죽기 시작했다. 술탄 칸수는 서둘러서 그들의 전투 장비를 수거하라고 명했다. 검, 쇠사슬 갑옷, 투구, 화살집, 말 두 필을 무기고에 반납할 때까지 사망한 군인들의 과부들에게 근신을 명했다. 또한 술탄은 흑사병으로 인해 카이로의 인구가 현저하게 감소했고, 앞으로도 계속 감소할 거라고 판단하고는 새로

---

* 동유럽 흑해 북동쪽 북캅카스에 있는 나라. 크림 칸국의 약탈과 노예 사냥에 오랜 세월 시달리던 체르케스인들은 중동으로 팔려 가서 노예 군인인 맘루크가 되었다. 흑해 연안과 캅카스 출신 맘루크들은 몽골군을 대패시켰고, 십자군 잔여 세력을 전멸시킨 전적이 있으며, 체르케스 맘루크들은 이집트에서 바흐리 맘루크 왕조의 뒤를 이어 부르지 맘루크 왕조를 세웠다.
** 포로가 되거나 납치된 뒤 이슬람교로 개종당한 노예 군인을 말하는데, 이집트 맘루크 왕조에서 강력한 기사 계급으로 발전했다. 특히 이집트와 시리아뿐만 아니라 오스만 제국, 레반트, 메소포타미아, 인도에서도 맘루크는 정치적, 군사적 권력을 쥐고 있었다.

수확한 작물에서 대량의 밀을 빼내어 세 배 이상으로 비싸게 팔 수 있는 다마스와 알레프로 보내는 성급한 결정을 내렸다. 그 바람에 빵과 밀가루 가격이 하루아침에 폭등했다.

이런 결정을 발표한 직후 술탄은 성을 나와 자신의 이름을 딴 대학교의 재건 상황을 시찰했다. 술탄이 직접 도안한 돔이 벌써 세 번째로 균열이 생겼기 때문이었는데 비용이 아주 많이 드는 공사였다. 백성이 다 죽게 생겼는데 한가하게 공사 현장을 시찰하러 나온 군주를 보고 카이로 시민들의 야유가 쏟아졌다. "신이시여, 무슬림들을 굶주리게 하는 자를 몰락시켜주소서!" 술탄은 밥주웨일라* 서민 지구를 피해서 덜 붐비는 거리를 통해 성으로 돌아가야 했다.

이 소식은 학식이 있고 부유한 젊은 상인이 전해주었다. 자기 소유의 배에 가족을 태우고 카이로를 떠나온 젊은 상인은 우리 배 옆에서 몇 시간 동안 정박했다. 우리는 몇 마디 대화를 나누다가 서로 말이 통해서 대번에 친해졌다. 그는 나의 조국과 최근의 여행에 대해 질문했고, 나는 짤막하게 대답해주다가 이집트의 상황으로 화제를 돌렸다. 그가 차분한 목소리로 말했다.

"종종 도를 넘는 군주가 있다는 게 그나마 다행이지. 아니면 절대로 실각하지 않을 테니."

그러고는 눈을 반짝이면서 그가 덧붙였다.

"고로 군주의 광기는 운명을 관장하는 신의 지혜가 개입한 것이 아닐까 싶네."

---

* 카이로 구시가지의 성벽에 있는 세 개의 성문 중 하나.

"반란이 일어날까요?"

"우리는 반란이란 말을 사용하지 않아. 전염병이 유행할 때는 신의 막강한 힘과 군주의 미약한 힘이 확연히 비교되기 때문에 사람들이 거리로 뛰쳐나와 용기 있게 목소리를 높이는 건 맞아. 하지만 그들의 집에 무기라고는 고작 치즈 자르는 칼이 있을까 말까인데 반란은 무슨. 격변의 시간이 오면 현재의 술탄을 대체할 체르케스 출신의 맘루크가 등장하기 마련이지."

떠나기에 앞서 젊은 상인이 내게 뜻밖의 제안을 했는데, 처음에는 극구 사양하다가 결국은 감사한 마음으로 받아들였다.

"나는 내 고향 아수트*에서 몇 달간 지내려고 떠나는 길이라네. 카이로에 있는 내 집을 오래 버려두고 싶지 않아서 하는 말인데, 내가 집을 비우는 동안 자네가 기거해준다면 영광이겠네."

내가 고맙지만 사양한다는 손짓을 하자 그가 내 손목을 잡았다.

"고귀한 여행가여, 이건 특별한 호의가 아니라네. 이 불안하고 어수선한 시기에 내 집이 주인 없이 방치되면 약탈자들의 표적이 되고 말 거야. 그런데 자네가 들어가서 살면 내 걱정거리를 해결해주는 게 아니겠나."

이렇게까지 말하니 나는 수락할 수밖에 없었다. 그는 신중한 사람답게 신뢰감을 주는 어조로 말을 이어 나갔다.

"내가 돌아올 때까지 자네가 집을 편히 써도 된다는 증서를 한 장 써주지."

---

* 나일강 서쪽에 있는 도시. 콥트 기독교도가 많이 살았다.

그는 배에서 종이와 갈대 펜, 잉크를 가지고 와서 내 옆에 쭈그리고 앉아서는 내 성과 이름, 신분을 물으면서 증서를 작성했고, 흡족한 표정을 지으면서 증서와 열쇠 꾸러미를 주었다. 그러고는 집의 위치와 집을 알아보는 방법을 자세히 설명해주었다.

"야자수와 무화과나무에 둘러싸인 하얀 집이고, 구시가지의 북쪽, 나일강변의 야트막한 언덕에 있으니 금방 찾을 수 있을 걸세. 집에 정원사 한 명을 남겨 두었으니 자네를 섬길 거야."

나는 하루빨리 카이로에 들어가고 싶었다. 그래서 그에게 흑사병이 언제쯤 종식될지 물었다.

"이전의 전염병들은 대개 메소리* 달이 시작되기 전에는 종식되었지."

나는 메소리가 무슨 뜻인지 몰라서 다시 말해 달라고 했고, 그는 후덕한 미소를 지으면서 대답했다.

"메소리는 콥트 달력에서 나일강 범람이 절정에 이르는 달을 말한다네."

나는 나직한 소리로 말했다.

"이집트가 이슬람 국가가 된 지가 언제인데 아직도 나일강 범람과 전염병의 종식은 파라오 시대의 달력을 따르는군요."

시선을 내리면서 짓는 머쓱한 미소, 나는 그가 무슬림이 아니라는 걸 알아차렸다. 그가 갑자기 서둘렀다.

"이러다 늦겠군. 어서 돛을 올려야겠어."

그가 야자수 주위를 계속 왔다 갔다 서성거리고 있는 자식 중

---

* 고대 이집트와 콥트 달력의 열두 번째 달.

한 명에게 소리쳤다.

"세소스트리스, 배에 오르거라, 이제 출발하자!"

그는 마지막으로 내 손을 꽉 잡으면서 난감한 어조로 덧붙였다.

"집에 십자가와 성상이 있는데 거슬리면 떼어내서 내가 돌아올 때까지 상자 안에 보관해도 되네."

나는 그대로 놔두겠다고 약속하면서 그의 배려심에 다시 한번 고마움을 표했다.

내가 콥트교인*과 대화하는 사이, 우리 배의 선원들이 손짓으로 나를 불렀다. 나의 은인이 멀어져 가자 선원들이 와서 진지한 어조로 내일 당장 카이로로 가기로 했다고 알려주었다. 다들 무슬림이지만 선원들은 메소리 달 전에는 흑사병이 종식되지 않으리라는 걸 알고 있었다. 그런데도 그들이 서두르는 이유는 따로 있었다.

"그 상인이 말했잖아요. 식료품 가격이 폭등했다고. 지금이야말로 떼돈을 벌 기회인데 구항구로 가서 화물을 팔아치워야 돈이라도 들고 집으로 돌아가죠."

나는 반대할 생각이 없었다. 나는 연인을 지척에 두고서 밤마다 그리워하다 지치는 느낌이 들었다.

---

* 이집트에서 자생적으로 발생한 기독교의 한 종파. 이집트에서 무슬림이 지배 세력으로 자리 잡으면서 차별받게 되었다.

*

드디어 카이로!

어떤 도시에서도 우리가 외국인이라는 사실을 이렇게 빨리 잊어버리는 일은 없다. 여행자는 카이로에 도착하자마자 온갖 소문, 뒷이야기, 험담을 정신없이 듣게 된다. 모르는 사람들이 다가와서 뒷담화를 속삭여주고는 증인으로 삼기도 하고, 어깨를 떠밀면서 욕설과 웃음을 유발하기도 한다. 그렇게 해서 무언가 믿기 어려운 비밀 이야기 일부를 알게 되면 그때부터는 여행자가 그 뒷얘기를 듣기 위해서 다음 카라반이 올 때까지, 다음 축제가 열릴 때까지, 나일강이 범람하는 계절이 될 때까지라도 머무르게 될 정도로 카이로 사람들은 남다른 친화력이 있다.

마침내 나는 지친 몸으로 하선했다. 앞으로 살게 될 집에서 1.5킬로미터쯤 떨어진 거리에 이르렀을 때, 흑사병으로 인해 수많은 사람이 죽어 가는 도시의 시민들이 '존엄한 눈'(군주의 눈을 의미했다)을 대놓고 조롱하고 있었다. 이게 무슨 상황인지 몰라서 어리둥절해 있는 나를 발견한 시립 장수가 줄 서서 기다리는 목마른 손님들은 안중에도 두지 않고, 마치 알려주는 것이 의무라도 되는 듯 나에게 자초지종을 설명하기 시작했다. 시립 장수가 해준 이야기는 나중에 유지들과 상인들에게서 들은 이야기와 조금도 다르지 않았다.

"모든 건 술탄 칸수와 칼리파 간의 격한 회담으로 시작되었지요." 시립 장수가 말했다.

이슬람 종교 지도자인 칼리파는 하렘 안에서 평온하게 사는 나무랄 데 없는 노인이었다. 술탄은 칼리파의 왼쪽 눈이 거의 실명에 가까울 정도로 시력이 나빠져서 문서의 서명 상태가 엉망이라는 걸 구실로 삼아 사임을 요구했다. 종교 지도자에게 겁을 주어 칼리파 직무에 대한 대가로 받는 수만 디나르를 갈취하려는 것이었다. 하지만 노인은 술탄의 수작에 말려들지 않았고, 광택지를 가져오게 하고는 칼리파 자리를 아들에게 양위한다는 문서를 작성했다.

그 일이 거기서 끝났으면 술탄의 부당한 요구가 잊혔을 텐데, 얼마 후 아침에 일어난 술탄은 자신의 왼쪽 눈에서 통증을 느꼈다. 내가 카이로에 도착하기 두 달 전이고, 흑사병이 한창 기승을 부리고 있었지만, 술탄은 전염병에 관심도 없던 때였다. 술탄의 눈꺼풀이 처지더니 이내 완전히 닫혀버려서 뭔가를 보려면 손가락으로 눈꺼풀을 들어올려야 했다. 주치의는 안검 하수라고 진단하고 절개를 권했다.

여기까지 말하고 그가 나에게 장미 시럽 한 컵을 권하면서 나무 상자에 앉으라고 했다. 우리 주위에는 이제 아무도 없었다. 이야기는 계속되었다.

"군주가 단칼에 거부하자 주치의는 같은 증상으로 고생하는 영관급 장교 한 명을 데려와서 그 자리에서 수술했지요. 그리고 일주일 후 장교는 멀쩡해진 눈으로 돌아왔죠."

시럽 장수는 그래도 소용없었다면서 덧붙였다. 술탄은 수술 없이 철 가루를 주성분으로 만든 연고를 바르는 것만으로 치료하겠다고 약속한 튀르크인 치료사를 궁전에 불러들였다. 치료를 시작한 지 사흘 후, 병증이 오른쪽 눈으로 전이되었다. 늙은 술탄은 이제 침실 밖을 나가지 못했고, 더는 정사를 보지 못했고, 이집트의 마지막 맘루크 술탄들이 착용하기로 채택한, '노리아'라는 긴 뿔이 달린 무거운 왕관을 쓰지도 못했다. 그러자 수하의 장교들은 술탄이 곧 시력을 잃을 거라고 확신하고 후계자를 찾기 시작했다.

내가 카이로에 도착하기 전날에는 음모설이 파다하게 퍼졌다. 음모설이 자연스럽게 술탄의 귀에 들어갔고, 술탄은 해 질 녘부터 새벽까지 야간 통행 금지령을 내렸다.

시럽 장수가 수평선 너머로 기울어 가는 해를 가리키면서 말했다.

"집이 여기서 멀리 떨어져 있으면 뛰어가야 할 거요. 30분 후면 해가 질 텐데 거리에 있다 붙잡히면 공개적으로 피가 날 때까지 매질을 당하니까."

나는 주변을 둘러봤다. 이제는 거리 곳곳에서 연신 일몰을 살피는 군인들밖에 없었다. 나는 수상쩍게 보일까 봐 뛰지도 못하고, 길을 묻지도 못한 채 집을 쉽게 알아볼 수 있기를 바라면서 강을 따라 빠르게 걸었다.

병사 두 명이 탐색하는 듯한 얼굴로 다가오고 있을 때 나는 별생각 없이 오른쪽에 보이는 작은 길로 접어들었는데 이상하게도 내가 날마다 다니던 길처럼 느껴졌다.

내가 살 집이 바로 눈앞에 있었다. 정원사는 대문 앞 땅바닥에 우두커니 앉아 있었다. 나는 몸짓으로 인사를 하고 보란 듯이 열쇠 꾸러미를 꺼냈다. 정원사는 아무 말 없이 내가 들어가게 비켜 주었고, 낯선 사람이 이렇게 자기 주인의 집에 들어가는 걸 보고도 전혀 놀라는 것 같지 않았다. 내가 안심시키는 인상이었을까.

아무튼 내가 온 이유를 설명하는 것이 맞다고 여겨 호주머니에서 콥트교인이 서명한 증서를 꺼냈다. 정원사는 증서를 쳐다보지도 않았다. 글을 모르는 정원사는 그저 나를 믿으면서 다시 좀 전의 자리로 돌아가서 더는 움직이지 않았다.

*

이튿날, 내가 대문을 나섰을 때, 정원사가 거기서 밤을 새운 건지 아니면 새벽에 다시 와서 보초를 서고 있는 건지 모르겠지만 여전히 같은 자리에 있었다. 나는 매우 활기차 보이는 거리로 몇 걸음을 떼었다. 그런데 지나가는 사람들이 모두 나를 쳐다봤다. 나는 모든 여행자가 경험하는 불편한 시선에 제법 익숙한 편인데도 마그레브식으로 입은 내 복장 탓으로 돌리기에는 평상시와는 다른 뭔가가 느껴졌다. 하지만 그런 게 아니었다. 보다 못한 한 과일 장수가 가게를 나와서 나에게 충고했다.

"귀족으로 보이는 사람이 겸손하게도 먼지 구덩이 속을 걸어가는 걸 보고 사람들이 놀란 거요."

과일 장수는 대답을 기다리지도 않고 나귀 몰이꾼을 소리쳐 불렀고, 이내 한 소년이 근사한 덮개를 두른 나귀를 대령했다.

그렇게 해서 나는 소년이 모는 나귀를 타고 구시가지를 돌다가 그 유명한 아므르 모스크*와 직물 시장을 둘러본 다음 수군거리는 사람들을 뒤로하고 카이로의 신시가지로 돌아왔다. 이때부터 이

---

* 아므르 이븐 알 아스 모스크. 이집트에 세워진 최초의 모스크이자 아프리카 최초의 모스크 중 하나이다.

산책은 일상이 되었다. 내 기분과 일과에 따라 길게 또는 짧게 할 때도 있었지만 대체로 유익한 시간이었다. 산책길에서 우연히 카이로의 유지들, 장교들, 궁정 관료들을 만난 덕분에 물건을 거래할 수 있었다. 첫 달부터 나는 마그레브 상인들에게 빌린 낙타 카라반에 인도산(産) 크레이프와 향신료를 실어서 틀렘센의 유대인 상인에게 보냈고, 유대인 상인은 내가 주문한 메사산 용연향 한 상자를 보내주었다.

나는 거래를 시작하면서 신뢰를 얻었다. 그래서 도착한 지 일주일도 안 돼서 술탄의 기분이 좋은지 나쁜지까지 알게 되었다. 눈꺼풀이 처지는 것이 천벌이라고 확신한 술탄은 4개 학파*를 대표하는 이집트의 카디(재판관) 네 명을 불러들여서는 자신을 견책하지 않고 많은 범죄를 저지르게 방치했다고 질책했다. 그러고는 풍채가 좋은 거구의 술탄이 오열하는 바람에 카디들이 아연실색했다는 소문이 돌았다. 술탄은 늙은 칼리파에게 무례하게 처신한 자신의 행태를 통절히 후회한다면서 자신이 초래한 피해를 지체 없이 배상하겠다고 약속했다. 그리고 그 자리에서 폐위된 칼리파에게 보내는 전언을 구술했고, 성채 사령관에게 즉시 전달하라고 명했다. 그 내용은 이러했다. "신자들의 지도자이신 전 칼리파께 술탄의 인사말을 전합니다. 사악한 충동을 이기지 못하고 칼리파께 몹쓸 행태를 보인 술탄은 그 책임을 통감하고 용서를 비는 뜻에서 세금을 폐지하겠습니다."

바로 그날, 상인을 대표하는 관료가 거느리고 내려온 사람들이

---

* 이슬람은 크게 두 개의 종파, 수니파와 시아파로 나뉜다. 수니파는 4개의 학파(말라키, 하나피, 샤피이, 한발리)가 있으며, 시아파는 12이맘파가 있다.

횃불을 들고 도시 전역으로 흩어져서 다음과 같이 알렸다. "술탄 폐하의 명에 따라 월간 세금과 주간 세금 그리고 카이로의 제분소에 대한 관세를 포함한 모든 간접세가 예외 없이 폐지됩니다."

술탄은 어떤 희생을 치르더라도 신의 용서를 받아 시력을 회복하려는 것이었다. 수도의 모든 남녀 실업자들을 경기장에 집합시키라 명하고 일인당 동전 두 닢씩을 주면서 총 4백 디나르를 썼다. 또한 가난한 사람들, 특히 알 아즈하르 모스크와 카라파 묘지에 사는 이들에게 3천 디나르를 나눠주었다.

이런 조치에 이어서 술탄 칸수는 또다시 4개 학파를 대표하는 카디들을 소환해서 나라의 모든 모스크에서 존엄한 눈이 치유되길 기원하는 열렬한 기도를 드려 달라고 요청했다. 세 명의 카디만 그 요청에 응할 수 있었다. 말리키파의 카디는 어린 자식 중 두 명이 흑사병으로 사망하는 바람에 이날 장례를 치러야 했기 때문이다.

술탄이 기도에 그토록 집착한 이유는 마침내 금요일 정오 기도 직후에 눈을 수술받기로 했기 때문이었다. 술탄은 다음 금요일까지도 침실에 누워 있었다. 그런데 이번에는 술탄이 네 개의 구치소, 지하 감옥에 갇힌 죄수들과 특히 왕궁의 감옥인 아르카나에 감금된 자신의 총애를 잃은 지인들을 모두 석방하라는 명을 내렸다. 이 대규모 사면 조치의 가장 큰 수혜자는 이발사 카말 알딘이었는데 그의 이름이 삽시간에 카이로에 퍼지면서 조롱 섞인 비난으로 떠들썩했다.

미소년 카말 알딘은 오랫동안 술탄이 총애하던 이발사였다. 오후가 되면 그는 늘 술탄이 잠을 잘 자도록 발바닥을 주물러주었다. 술탄이 출혈을 유발할 수 있는 음낭 염증으로 시달리고 있을 때 이발사가 그 사실을 아주 자세히 퍼뜨리는 바람에 군주의 분노를 사면서 결국에는 감옥에 갇히는 신세가 되었다.

그런데 그 이발사가 용서받은 것이었다. 용서받았을 뿐만 아니라 술탄에게 가혹한 조치를 사과받은 데다 그 가벼운 입으로 존엄한 눈이 완쾌되었다는 소문을 내라는 임무까지 받았다. 아직은 눈에 붕대를 감고 있긴 했지만, 술탄은 접견을 재개할 수 있을 정도로 원기가 왕성해지는 걸 느꼈다. 그런데 마침, 이례적으로 중대한 일이 연달아 발생했다. 술탄은 메카의 샤리프가 보낸 특사와 며칠 전 카이로에 도착한 인도 대사를 차례로 맞이했다. 이들이 온 것은 카라만섬을 점령한 포르투갈군이 홍해 입구를 장악하고 예멘 해안에 군대를 상륙시킨 것에 대한 대책을 논의하기 위해서였다. 메카의 샤리프 아흐메드는 얀부 항구와 지다 항구*가 위험에 처해 있으며, 평소에 이 두 항구를 경유하는 이집트 순례자들의 호송대가 포르투갈의 공격을 받을까 봐 걱정하고 있었다. 빨간 벨벳을 씌운 거대한 코끼리 두 마리를 데리고 웅장하게 등장한 인도 대사는 포르투갈의 침략으로 인도와 맘루크 제국 간의 무역이 갑자기 중단될까 우려하고 있었다.

술탄은 흑사병이 창궐한 데다 성지들에 대한 위협, 자신의 안검 하수까지 안 좋은 일들이 동시에 발생했기 때문에 올해는 유난히 무슬림들의 운세가 좋지 않은 게 틀림없다고 생각했다. 곡식 창고 감독관인 아미르 쿠치카담에게 인도 대사를 지다까지 호

---

* 사우디아라비아 서부의 항구 도시들로 홍해에 면해 있다.

위해준 다음 그곳에 주둔해서 포르투갈군의 동태를 살피라고 명하고, 신께서 건강을 허락해주시면 친히 함대를 이끌고 가겠다고 약속했다.

*

술탄 칸수가 무거운 노리아 왕관을 다시 쓴 모습을 보게 된 것은 샤반 달(8월)이 되기 전이었다. 그래서 술탄이 완벽히 치료되었음을 모두가 알았고, 카이로는 이제 맘껏 기뻐해도 좋다는 명이 내려졌다. 가두 행진이 펼쳐졌는데, 그 선두에서 군주가 하사한 검은담비 모피가 달린 빨간 벨벳 외투를 착용한 왕실 의사 네 명이 걸어갔다. 고관들은 모두 노란색 비단 목도리를 둘렀고, 행렬이 지나가는 거리에 있는 집들은 창문마다 축하를 뜻하는 노란색 천을 늘어뜨리고 있었다. 4개 학파의 카디들은 수놓은 모슬린으로 지은 옷을 차려입고서 행진했는데 용연향이 풍겼다. 성채 안에서는 팀파니 소리가 울려 퍼지고 있었다. 야간 통행 금지령이 해제되었기 때문에 해가 졌는데도 도시 곳곳에서 음악 소리와 노래가 울려 퍼졌다. 이윽고 어둠이 내렸을 때 강가에서 폭죽이 터지자 열광적인 환호성이 뒤따랐다.

환희에 찬 군중 속에서 나는 갑자기 이 기회에 이집트풍으로 옷을 입고 싶은 욕구가 생겼다. 그래서 페스풍의 옷을 벗어서 돌아가는 날을 위해 잘 보관해놓고, 가슴에 수를 놓은 초록색 줄무늬 로브를 입었다. 땅바닥까지 옷자락이 끌리는 로브 차림에 예스러운 샌들을 신고, 인도산 크레이프로 만든 넓은 터번으로 머리를 감쌌다. 나는 그렇게 차려입고 나귀를 타고서 거리를 가득 메운 동네 사람들 속에서 행렬을 따라갔다.

　카이로가 나의 도시라고 느껴지면서 무한한 행복이 느껴졌다. 몇 달 만에 나는 진정한 카이로 시민이 되어 있었다. 나일강변의 집에 살면서 나는 날로 번창하는 사업가로서 궁정 내에 인맥을 넓힌 유력인사가 되었고, 나귀 몰이 소년, 과일 장수, 향수 장수, 금은 세공사, 종이 장수가 내 사람들이었다.

　나는 신선한 물이 샘솟는 오아시스에 이르렀다고 믿었다.

체르케스

헤지라력 920
(1514. 2. 26. – 1515. 2. 14.)

 한 여인이 그해에 자신의 비밀을 공유할 사람으로 나를 선택하지 않았다면, 나는 카이로의 기쁨과 고통 속에서 영원히 안일과 나태에 빠져 있었을 것이다. 그녀가 지닌 비밀은 내게서 현세와 내세를 동시에 앗아 갈 정도로 아주 위험한 것이었기 때문이다.
 내가 그녀를 만난 날은 아주 끔찍한 방식으로 시작되었다. 나귀 몰이 소년이 신시가지로 들어서기 직전에 평소의 경로를 벗어났다. 나는 소년이 뭔가 피해 가야 할 게 있는가 보다 생각하며 그냥 놔두었다. 하지만 소년은 나를 군중 속에 데려다 놓더니 미안하다고 중얼거리면서 내 손에 고삐를 쥐여주고는 무슨 일이냐고 물어볼 겨를도 없이 사라져버렸다. 한 번도 이런 적이 없던 아이라서 나는 소년의 주인에게 말해 혼을 내야겠다고 생각했다.
 그러다 소년이 왜 그런 행동을 했는지 이유를 곧 알게 되었다. 북과 횃불을 앞세운 한 무리의 군인들이 살리바 거리로 진입하고 있었다. 그 무리 속에 상반신이 알몸인 남자가 두 손이 포박된 채 한 기병에게 끌려오고 있었다. 밤에 전통 시장에서 터번을 훔친

죄로 잡혀 온 하인인데 육신을 두 동강 내는 형벌을 선고받았다는 포고문을 그 기병이 읽었다. 내가 알기로 이 형벌은 살인범에게 해당하는 것인데, 이 하인은 도둑질이 상습적이었기 때문에 상인들이 본보기로 처벌을 요구한 것이었다.

죄인은 그저 고개를 끄덕이면서 앓는 소리만 내고 있었다. 그때 갑자기 병사 두 명이 그에게 달려들어서 몸의 균형을 잃게 하더니 자빠지기 전에 한 명이 양쪽 겨드랑이를 단단히 잡았고, 다른 한 명은 두 발을 움켜잡았다. 망나니가 묵직한 검을 두 손으로 거머쥐고 다가오더니 허리를 댕강 갈랐다. 나는 얼굴을 돌렸는데 속이 어찌나 울렁거리고 뱃속이 뒤틀리는지 몸이 마비되면서 고꾸라지려는 순간 구원의 손길이 나를 잡아주었다. 노인의 목소리가 들렸다.

"나귀를 탄 채로 처형 장면을 보니까 그렇지."

나는 땅으로 뛰어내리기보다는 그곳을 뜨려고 나귀 목에 매달리듯 바짝 달라붙어서 고삐를 돌렸다. 내가 꾸물거리는 바람에 다음 장면을 보지 못한 내 주위 사람들이 항의하며 고함을 내질렀다. 망나니가 동강이 난 상체를 생석회 더미 위에 올려놓자 숨이 끊어지기 직전까지 헛소리를 중얼거리는 사형수······.

나는 꿈에 나올까 무서운 그 끔찍한 장면을 잊어보려고 일 생각에 집중하면서 카라반들의 일정과 경로를 알아보려고 했다. 하지만 시간이 흐를수록 머리가 더 무거워졌다. 나는 뭔가에 홀린 듯 어찌할 바를 모른 채 이 거리 저 거리를 돌아다니고, 반쯤 넋이 나간 채 사프란 향과 치즈 냄새가 진동하고 호객하는 장사꾼들의 고함이 소음처럼 아련하게 들리는 시장을 이리저리 떠돌았다. 이

끌어주는 소년이 없는 데다 나와 함께 그 끔찍한 광경을 봤던 나귀는 기분 내키는 대로 싸돌아다니기 시작했다. 그때 나의 상태를 알아본 한 상인이 나귀의 고삐를 대신 그러쥐고는 나에게 재스민향의 달콤한 물 한 컵을 내밀었는데, 그 물을 마시자 바로 속이 풀렸다. 나는 칸 엘칼릴리 시장에 있었고, 나의 은인은 그 시장에서 가장 부유한 상인 중 한 명인 아크바르라는 이름의 페르시아인 상인이었다. 신께서 그에게 자비를 베푸시길! 아크바르는 내가 완전히 괜찮아지기 전에는 가게 두지 않겠다면서 나를 의자에 앉혔다.

나는 그곳에서 한 시간 정도 있었는데, 내 머릿속의 안개가 서서히 걷힐 때쯤 체르케스인 여인이 나타났다. 나는 무엇에 놀란 걸까. 검은색 비단 스카프로 금발을 싸매고 있을 뿐이어서 거의 다 드러난 그 아름다운 얼굴에 놀란 걸까? 풍만함이 아름다운 여성의 기준인 카이로에서 여인의 가는 허리에 놀란 걸까? 아니면 아크바르가 정중하나 호의적이지 않은 모호한 태도로 "마마!"라고 부른 것에 놀란 걸까?

여인의 수행원은 여느 귀족 계급 여인의 몸종과 별반 다르지 않았다. 달랑 하녀 한 명과 둔해 보이는 촌민 여자 한 명이 연신 해죽거리는 얼굴로 낡은 보자기에 싼 납작한 물건을 하나 들고 있었다.

너무 집요하게 쳐다보는 내 시선이 부담스러웠을까, 체르케스 여인이 노골적으로 얼굴을 돌리는 걸 보면서 아크바르가 나에게 들으라는 듯이 과하게 격식을 차린 어조로 말했다.

"오스만 제국 황제의 조카 아미르 알라 알딘의 미망인 누르 마마시라네."

나는 다른 데를 보려고 노력해보았지만, 호기심을 억누를 수 없었다. 카이로에서는 알라 알딘의 비극을 모르는 사람이 없었다. 알라 알딘은 술탄 바예지드*의 후계자들에 맞서서 왕위 쟁탈전에 가담했었다. 알딘이 부르사라는 도시를 점령하고 콘스탄티노플을 공격하겠다고 위협했을 때 잠시 승리를 눈앞에 둔 듯했지만, 삼촌 셀림에게 패하고 말았다. 오스만 제국의 술탄에 즉위한 셀림 1세는 비정하게도 친형제들을 교살하고 그들의 일가족까지 몰살했다. 알라 알딘은 용케 도망쳐서 카이로로 피신했다. 카이로에서 그를 예우하여 궁과 하인들을 내주자, 알라 알딘은 맘루크 제국과 페르시아 왕 그리고 아나톨리아반도 중심부의 강력한 튀르크 부족들의 지원을 받아 삼촌 셀림을 상대로 반란을 일으킬 준비를 하고 있었다.

과연 그 연합으로 막강한 셀림 1세를 이길 수 있었을까? 그건 알 길이 없게 되고 말았다. 카이로에 도착한 지 넉 달 후, 알라 알딘이 흑사병에 걸려 목숨을 잃었기 때문이다. 체르케스 출신 호위대 장교의 딸과 사랑에 빠져서 얼마 전에 결혼한 그는 아직 스물다섯 살도 채 안 된 나이였다. 이집트의 술탄은 왕자의 죽음을 애통해하며 직접 알라 알딘을 추모하는 기도회를 주관했다. 성대한 장례였고, 당시 카이로에서는 생소한 오스만 관습에 따라 거행되어서 더욱 눈길을 끌었다. 알라 알딘이 생전에 타던 말들이

---

* 오스만 제국의 제8대 술탄(재위 1481~1512). 재위 말에 아들들 사이에 왕위 쟁탈전이 일어났는데, 형 아흐메트를 제거하고 1512년에 셀림 1세(재위 1512~1520)가 왕위를 넘겨받았다.

맨 앞에서 행진했는데, 꼬리가 잘리고 안장은 뒤집혀 있었다. 들것에 실린 시신 위에는 그의 터번과 부러진 활이 놓여 있었다.

그런데 두 달이 지나자 카이로의 술탄은 알라 알딘의 궁을 거두어들였다. 이 결정에 백성들의 비난이 쏟아지자, 오스만 제국 왕자의 미망인에게 조촐한 거처와 연금을 지급했다. 하지만 연금이 너무 박해서 그녀는 남편이 남긴 귀중품들을 경매에 내놓아야 했다.

나도 귀중품들이 경매에 나왔다는 얘기는 들었지만, 특별한 의미가 없는 것들이라서 별로 관심을 두지 않았다. 내가 기억을 더듬는 사이, 누르의 목소리가 들렸는데 비장하나 품위가 있었다.

"왕자가 머리를 쥐어짜면서 작전을 세우고 있을 때 어디에선가 한 장인이 이미 그의 수의를 짓고 있을 줄 누가 알았겠어요."

누르는 아랍어로 말했지만, 맘루크 왕조의 술탄들과 장교들이 쓰는 억양이라서 카이로 시민이라면 누구나 알아들을 수 있는 체르케스 억양이었다. 아크바르가 물건을 받아서 살펴보면서 가격을 제시했다.

"75디나르 드리지요."

누르의 얼굴색이 변했다.

"세상에 하나밖에 없는 진귀한 작품입니다!"

색실과 바늘로 정교하게 작업한 태피스트리가 액자에 담겨 있었는데, 눈 덮인 산꼭대기를 향해 떼를 지어 달리는 늑대 무리가 묘사되어 있었다.

아크바르가 나를 증인으로 삼았다.

"여부가 있겠습니까, 마마. 하지만 제 가게에는 헐값에라도 팔아 치워야 할 귀중품이 넘쳐나는데 구매자는 드물어서 말입니다."

나는 예의상 고개를 약간 끄덕였다. 내가 동조한 것으로 이해했는지 아크바르가 한술 더 떴다.

"장사를 시작한 지 30년이 됐는데 올해가 최악입니다. 사람들이 돈을 숨겨놨다는 죄로 고소되어 몰수당할까 봐 두려워서 아예 지갑을 열려고 하질 않아요. 지난주에는 한 여가수가 밀고로 체포되었지요. 술탄이 직접 심문하는 동안 근위병들이 여자의 두 발을 으스러뜨리는 형벌로 뜯어낸 돈이 자그마치 금화 150디나르였지요."

아크바르가 잠시 뜸을 들이다가 말을 이어 나갔다.

"우리 군주가 왜 그렇게 해야만 했는지 충분히 이해가 가지요. 이제는 항구에서 들어오는 수입이 아예 없거든요. 지다 항구는 포르투갈 해적들 때문에 일 년 동안 배를 한 척도 받지 못했고, 다미에타 상황도 마찬가지죠. 알렉산드리아는 더는 거래할 사업이 없기에 이탈리아 상인들이 발길을 끊은 지 오래됐고요. 한때 인구가 60만 명에 달했고, 밤에도 영업하는 식료품점이 1만 2천 개나 되고, 지즈야* 세금을 내는 유대인이 4만 명에 이르는 큰 항구 도시였는데 말입니다! 알렉산드리아가 그 모양이니 국고가 빌 수밖에요. 결국 병사들이 고기를 먹지 못한 지 벌써 7개월이 되는 바람에 원성이 들끓고 있어서 술탄이 어디서 금맥을 캘지 골머리를 앓는 상황이거든요."

---

* 유대인과 기독교인 등 무슬림이 아닌 이교도에게 공물의 형식으로 그리고 병역 면제의 대가로 부과하는 세금.

그때 손님이 들어오는 바람에 대화가 중단되었다. 손님의 손에 물건이 없는 걸 보면서 구매자라고 생각한 아크바르는 우리에게 잠시 기다려 달라고 하고 자리를 떴다. 누르가 나가려고 할 때 내가 물었다.

"얼마면 되겠습니까?"

"3백 디나르 이하로는 안 됩니다."

나는 태피스트리를 보여 달라고 했다. 이미 마음속으로 결정은 했지만, 자칫 적선으로 보일까 걱정되어 물건을 보지도 않고 살 수는 없었다. 하지만 값을 흥정하려는 장사꾼으로 보이는 것도 싫어서 유심히 살피고 싶지도 않았다. 그래서 힐끔 쳐다보고 나서 담담한 어조로 말했다.

"3백 디나르, 가격이 적당한 것 같으니 내가 사지요."

그렇지만 만만치 않은 여자였다.

"여자는 고마움을 표할 수 없는 남자가 주는 선물은 받지 않는데요."

말은 단호한데 어조는 그렇지 않았다. 나는 지나치게 가식적으로 대답했다.

"선물로 주는 게 아니라 내가 갖고 싶어서 사는 겁니다."

"왜 갖고 싶은데요?"

"추억으로 간직하려고요."

"하지만 처음 보는 거잖아요!"

"때로는 얼핏 보는 것만으로도 아주 소중한 것이 되기도 하지요."

누르는 얼굴이 빨개졌다. 우리는 시선이 마주쳤다. 우리는 입가에 미소를 머금고 있었다. 우리는 이미 친구가 되어 있었다. 싱글벙글해진 하녀가 우리 사이를 오가면서 약속 장소를 전달해주었다. 금요일, 정오, 아즈바케야 광장, 당나귀 곡예사 앞에서.

*

이집트에 도착한 뒤로 나는 금요일마다 꼬박꼬박 모스크에 가서 경건하게 기도했다. 하지만 이날 나는 약속 장소에 나가는 것에 대해 별로 가책을 느끼지 않았다. 어쨌든 그토록 아름다운 여인을 만드신 것도, 그 여인을 내 앞으로 인도하신 것도 창조주가 아닌가.

아즈바케야 광장은 모스크에서 나오는 사람들로 서서히 메워지고 있었다. 카이로 시민들은 예배를 마친 뒤에 광장에 모여 주사위 놀이나 이야기꾼들의 만담을 듣다가 해 질 무렵이면 이따금, 에덴동산에 이르는 지름길을 제공하는 주막거리로 사라지는 습관이 있어서였다.

체르케스 여인은 아직 보이지 않지만, 당나귀 곡예사는 어느새 늘어난 구경꾼들에 둘러싸여 있었다. 나는 그쪽으로 가서 주변에 있는 얼굴들을 훑어보다 시간을 가늠하기 위해 해를 힐끔힐끔 바라봤다.

곡예사는 누구도 흉내 낼 수 없는 발놀림으로 나귀와 춤을 추고 있었다. 이윽고 곡예사가 당나귀에게 말을 하기 시작했다. 술탄이 대규모 건설을 시작하기로 했으니 석회와 돌을 나르기 위해 카이로에 있는 모든 당나귀를 징발할 거라고 알려주었다. 그 순간 당나귀가 땅바닥에 풀썩 주저앉더니 등을 대고 누워서 네 다리를 공중으로 뻗고는 배를 부풀리더니 눈을 감았다. 곡예사가 애처로운 목소리로 당나귀가 죽었다면서 당나귀를 새로 살 수 있게 모금에 동참해 달라고 호소했다. 얼마 후 곡예사는 땅바닥에 던져진 동전 수십 개를 수거하면서 말했다.

"이놈은 죽은 게 아닙지요. 엄청난 먹보인데 내가 가난한 걸 아는 영리한 녀석이라서 돈 좀 벌어서 자기 먹을 거 좀 사 달라고 이렇게 연기를 한 겁니다."

곡예사가 굵은 막대기로 당나귀를 한 방 갈겼다.

"이제 일어나라, 이놈아!"

하지만 당나귀는 꿈쩍도 하지 않았다. 곡예사가 말을 계속했다.

"카이로 시민들이여, 술탄이 칙령을 내렸습니다. 모든 백성은 내일 나와서 술탄의 입성을 열광적으로 맞이하라. 상류층 귀부인들이 탈 당나귀를 대령해놓아라!"

당나귀가 벌떡 일어서더니 의기양양하게 똥폼을 잡기 시작했다. 곡예사는 군중과 마찬가지로 배꼽을 잡고 웃었다.

"그래, 알지, 네가 예쁜 여자 좋아하는 거! 근데 여기 예쁜 여자가 수두룩한데, 누구를 태우고 싶으냐?"

당나귀가 군중 주위를 한 바퀴 돌다가 머뭇거리는 듯싶더니 내게서 몇 걸음 떨어진 데 서 있는 키가 큰 구경꾼 쪽으로 직진했다. 히잡으로 어찌나 꽁꽁 싸맸는지 얼굴이 보이지 않았다. 하지만 나는 그 용모를 대번에 알아봤다. 자신에게 집중된 시선과 웃음소리에 질겁한 여자가 나에게 다가오더니 내 팔을 잡았다. 나는 당나귀를 향해 웃음기를 머금은 어조로 냅다 "안 된다, 이놈아 내 아내를 태우면 안 되느니라!" 하고 으름장을 놓고는 의젓하게 누르를 데리고 그곳을 떠났다.

"그렇게 히잡으로 가리고 있을 줄 몰랐어요. 당나귀 아니었으면 알아보지 못할 뻔했어요."

"나를 알아보지 못하게 하려고 히잡으로 가린 거니까요. 히잡 덕분에 호기심 많고 말 많은 군중 속에 우리가 같이 있을 수 있었던 거고, 내가 당신의 아내가 아니라는 것 또한 전혀 알아채지 못했지요."

그러고는 짓궂게 덧붙였다.

"나는 모든 남자의 마음에 들고 싶을 때는 히잡을 벗고, 한 남자의 마음에만 들고 싶을 때는 히잡을 쓰죠."

"이제부터 당신이 얼굴을 드러내고 있으면 내가 싫어해야겠군요."

"그렇다고 내 얼굴을 영 안 보고 싶은 건 아니겠죠?"

사실 우리는 그녀의 집에서도 내 집에서도 단둘이 만날 수 없는 사이였기 때문에 도시를 나란히 걷는 것으로 만족해야 했다. 약속하고 처음 만난 날이건만, 누르는 금지된 정원에 꼭 가보자면서 자세히 설명했다.

"금지된 정원이라고 불리는 건 높은 벽으로 둘러싸여 있는 데다 술탄이 경이로운 자연을 보호하기 위해 출입을 금했기 때문이에요. 세계 유일의 발삼나무가 있거든요."

문지기의 손에 은화 한 닢을 쥐여주는 것으로 우리는 정원으로 들어갈 수 있었다. 발삼나무에 기대고 선 누르는 히잡을 풀고 매

혹된 듯 꿈꾸는 얼굴로 한참을 꼼짝하지 않고 있었다. 누르가 혼잣말처럼 중얼거렸다.

"세상에서 이곳에만 있는 나무. 작고 연약해 보이지만 너무나 귀중한 나무!" 내 눈에는 그저 평범해 보이는 나무였다. 잎은 포도나무와 비슷한데 크기는 더 작았다. 나무는 샘 한복판에서 자라고 있었다.

"다른 물을 주면 바로 말라버린다고 해요."

이곳을 방문한 것에 감격한 누르를 보면서 나는 이해가 되지 않았다. 하지만 그 이튿날 만났을 때도 그녀는 즐거워 보이고 나를 다정하게 대하는 것 같았다. 이때부터, 누르가 시간을 낼 수 없는 월요일과 화요일만 빼고 우리의 산책은 거의 일상이 되었다. 한 달 후, 내가 일주일에 이틀이나 못 만난다고 상기시키자 누르가 날카롭게 반응했다.

"나를 아예 못 만나거나 한 달에 한 번만 만날 수도 있었을 텐데. 내가 일주일에 이틀, 사흘, 닷새를 당신과 함께 있는데도 이틀이나 못 만난다고 불평하는군요."

"당신을 만나는 날을 세는 건 아닌데…… 당신을 못 만나는 날은 하루가 한없이 길게 느껴져서 하는 말이죠."

일요일이었고, 우리는 이븐 툴룬 모스크 부근의 여성 하맘 앞에 있었다. 누르가 들어가려다가 머뭇거리면서 물었다.

"아무것도 묻지 않고 나와 함께 갈 각오가 되어 있어요?"

"필요하다면 중국도 함께 갈 수 있어요."

"그럼 내일 아침 낙타 두 마리와 물을 가득 채운 가죽 부대를 가지고 기자 대모스크 앞에서 봐요."

*

나는 약속을 지키기 위해서 어디로 가는지 목적지를 묻지 않았고, 길을 나선 지 두 시간이 되어 가지만 몇 마디 나누지도 않았다. 하지만 나는 눈치로 알아채는 건 합의에 어긋나는 게 아니라고 생각했다.

"피라미드가 여기서 그리 멀지 않을 것 같네요."

"정확해요!"

대답을 해준 데 용기가 나서 나는 계속했다.

"거기 가는 거로군요?"

"정확해요."

"그 둥그런 건축물을 보러 매주 여기까지 오는 거예요?"

누르가 너무 대놓고 웃음을 터뜨려서 나는 기분이 상하지 않을 수 없었다. 나는 불쾌한 티를 내기 위해 낙타를 세우고 땅에 내려섰다. 앞서 가던 누르가 바로 돌아왔다.

"그렇게 웃어서 미안해요. 당신이 둥그런 건축물이라고 하는 바람에."

"내가 지어낸 말이 아니에요. 위대한 여행가 이븐 바투타가 그렇게 말했거든요. 피라미드는 원형이라고."

"피라미드를 본 적이 없기 때문인 거죠. 아니면 아주 먼 거리에서 봤거나 어두운 밤에 봤거나! 하지만 이븐 바투타를 비난하진 마요. 여행가가 자신의 탐험을 이야기할 때는 감탄해 마지않는 청중의 반응이 중요할 수밖에 없죠. 그래서 체면을 구기게 될까 봐 '모른다' 또는 '보지 못했다' 같은 말은 못 하잖아요. 거짓말이라도 상황에 따라 잘 새겨들어야 하니까 어쩌면 입보다 귀에 더 책임이 있을지도 모르죠."

우리는 낙타를 타고 다시 전진했고, 누르가 말을 이어 나갔다.

"피라미드에 대해, 그 이븐 바투타가 또 뭐라고 했어요?"

"피라미드는 천체의 운행에 대해 잘 알고, 대홍수를 예측했던 한 학자가 건축한 거라고 했지요. 피라미드를 지은 이유는 그가 건축물에 구현해놓은 모든 예술과 모든 학문을 파괴와 망각으로부터 보존하기 위해서였을 거라고."

또 웃을까 봐 나는 얼른 덧붙였다.

"어쨌든 이븐 바투타는 그저 추정일 뿐이며, 그 신비한 건축물이 무엇을 위한 것인지는 아무도 모른다고 밝혀놓긴 했어요."

"나는 피라미드가 아름답고 장엄하기 위해서, 그리고 세계의 불가사의 중 첫 번째가 되기 위해서 지어진 거라고 봐요. 분명히 피라미드에 어떤 기능을 부여했겠지만, 그건 그저 당시의 군주가 주워댄 구실에 지나지 않아요."

우리는 한 언덕의 정상에 이르러 있었고, 지평선에 피라미드들이 뚜렷이 드러나 보였다. 누르가 낙타를 멈추게 하고 동쪽으로 손을 뻗었는데 그 동작이 어찌나 감동적인지 숙연해졌다.

"우리의 집, 궁전, 우리가 다 사라진 뒤로도 오래도록, 저 피라미드들은 저기 그대로 있을 거예요. 그렇다면 신이 보시기에 피라미드가 가장 유용하다는 뜻이 아닐까요?"

나는 누르의 손에 내 손을 포갰다.

"우리는 지금 살아 있잖아요. 같이 있고요. 그리고 여긴 우리 둘밖에 없어요."

누르가 주변을 둘러보더니 갑자기 장난기 있는 어조로 말했다.
"진짜 우리 둘뿐이네요!"
누르가 낙타를 내 쪽으로 바짝 붙이더니 히잡을 풀고 내 입술에 입을 맞추었다. 오, 신이시여, 심판의 날까지 이대로 있게 해주소서!
입술을 뗀 것은 내가 아니었다. 누르가 내게서 떨어진 것도 아니었다. 우리가 자칫 균형을 잃고 떨어질까 봐 낙타 두 마리가 알아서 거리를 벌린 것이었다.
"늦었는데 쉬었다 갈까요?"
"피라미드에서요?"
"아니요, 좀 더 가야 해요. 여기서 몇 킬로미터 떨어진 마을인데 나를 키워준 유모가 살고 있어요. 월요일 저녁마다 나를 기다리죠."
마을 초입에서 약간 떨어진 곳에 오두막이 보이는데 주변이 온통 진창이었다. 누르가 나에게 따라오지 말라고 하면서 오르막길로 들어섰다. 나는 야자수에 기대고 서서 기다렸다. 날이 어둑어둑해질 무렵 누르가 나이 든 아낙네를 데리고 왔는데 몸집이 크고 후덕해 보였다.
"카드라, 나의 새 남편이에요."
나는 소스라쳤다. 나의 휘둥그레진 눈과 누르의 찌푸린 눈살이 마주치는 사이, 유모가 하늘에 대고 간청했다.
"열여덟 살에 과부가 되었사옵니다. 이번에는 제발 마마께서 행복하길 바랍니다!"
"나도 그러길 바랍니다!" 나도 모르게 외쳤다.

누르는 미소를 지었고, 카드라는 중얼중얼 기도하면서 자기 집 바로 옆에 있는 작은 흙집으로 우리를 데려갔다.

"고대광실은 아니지만 방해할 사람은 없으니 편히 쉬세요. 필요한 게 있으면 창문으로 나를 불러요."

가물거리는 양초로 불을 밝힌 단칸방이었다. 향냄새가 은은하게 풍기고 있었다. 창틀이 없는 창문으로 물소 울음소리가 들려왔다. 누르는 걸쇠로 문을 잠그고 문에 기대고 섰다.

누르는 먼저 머리를 풀어 헤쳤고, 이어서 옷이 흘러내렸다. 맨살이 드러난 목에서부터 젖가슴 사이로 당당히 늘어져 있는 루비 목걸이, 맨살의 허리, 금실로 짠 허리띠가 차례로 드러났다. 내 눈은 이렇게 완전히 알몸이 된 여인을 본 적이 없었다. 누르가 다가와서 내 귀에 대고 속삭였다.

"다른 여자들은 살기 위해서 몸부터 팔았을 거예요. 하지만 나는 간직하죠. 집과 가구는 팔아치워도 보석 같은 몸은 안 돼요."

나는 누르를 꼭 끌어안았다.

"오늘은 아침부터 놀라움의 연속이라 정신을 차릴 수가 없군요. 피라미드, 당신의 입맞춤, 이 마을, 남편이라고 소개하는 것으로 혼인 발표, 그리고 이 방, 이 밤, 당신이라는 보석, 당신의 몸, 당신의 입술……"

나는 뜨겁게 누르를 끌어안았다. 너무 놀란 그녀의 입에서는 "비스밀라(신에 맹세코)……"라는 말만 나올 뿐 그다음에 이어질 다짐은 우리의 감미로운 밤이 다 가도록 나는 끝내 듣지 못했다.

우리는 나란히 누워 있었고, 너무 가까이 있어서 누르의 속삭임에 내 입술이 파르르 떨렸다. 피라미드 형태로 구부리고 있는

다리, 그녀는 무릎을 딱 붙이고 있었다. 내가 건드리자 마치 다투기라도 한 듯 무릎 사이가 벌어졌다.

나의 체르케스 여인! 내 손에는 아직도 그녀의 몸이 각인되어 있다. 그리고 내 입술은 아무것도 잊지 않았다.

*

내가 눈을 떴을 때 누르는 전날 이 방에 들어왔을 때처럼 문에 기대고 서 있었다. 하지만 그녀는 아기를 품에 안고서 어색한 미소를 짓고 있었다.

"마치 수치스럽게 태어난 아이인 것처럼 숨겨놓고 키우는 내 아들 바예지드예요."

누르가 다가와서 선물처럼 아기를 내 품에 안겨주었다.

반란자들

헤지라력 921
(1515. 2. 15. – 1516. 2. 4.)

내 핏줄은 아니지만, 나의 육욕을 축복하거나 벌하기 위해 나타난 아기였다. 따라서 나의 아들이었다. 그리고 믿음의 이름으로 아들을 제물로 바치려고 했던 아브라함의 용기가 필요했다. 아브라함이 장작더미 위에서 휘두르는 칼, 신의 명령에 대한 순종을 뜻하는 이 행위에 계시 종교*들의 접점이 있지 않을까? 해마다 '알아드하'** 축제, 즉 희생제에서 아브라함의 그 신성한 죄를 찬양하면서도 나는 감히 엄두도 못 내는 용기였다. 그런데 그해에 즉시 용기를 내야 할 의무가 생겼다. 내 눈앞에 있는 아이가 막강해져 가는 이슬람 제국을 위협하고 있어서였다.

"언젠가는 알라 알딘의 아들, 바예지드가 오스만 제국의 왕좌를 흔들 거예요. 그 혈통의 왕자 중 유일하게 살아남은 바예지드

---

* 인간에 대한 신의 은총을 바탕으로 하는 종교. 기독교, 유대교, 이슬람교가 이에 속한다.
** 아브라함이 아들 이스마엘 또는 이삭을 기꺼이 희생 제물로 바치려 한 것을 기리는 축제.

만 아나톨리아의 부족들을 봉기시킬 수 있어요. 오직 바예지드만 체르케스 출신의 맘루크들과 페르시아의 사파비 왕조를 규합하여 오스만 제국을 물리칠 수 있어요. 내 아들이 술탄 셀림 1세의 첩자들에게 교살되지만 않는다면."

누르는 방금 한 말이 나를 얼마나 고통스럽게 하는지 모른 채 아들의 요람을 내려다보고 있었다. 누르가 그렇게 멸망을 예언하고 있는 오스만 제국은 내가 기도하는 법을 알기도 전부터 그라나다를 구원해주길 빌면서 기다리던 제국이었다.

그리고 현재 오스만 제국은 강대한 제국으로 위세를 떨치고 있었다. 이미 콘스탄티노플, 세르비아, 아나톨리아반도를 정복했고, 시리아, 이라크, 사막의 아라비아, 아라비아 페트리아, 행복한 아라비아* 그리고 이집트를 침략할 채비를 하고 있었다. 그리고 머지않아 바르바리, 안달루시아, 시칠리아의 주인이 될 터였다. 우마이야 왕조 시대처럼 강력한 칼리파를 중심으로 하여 모든 무슬림이 다시 결집하여 이교도 국가들을 예속시킬 터였다. 내가 꿈꿔온, 내가 소원해 온 강한 제국을 위해 봉사할 것인가? 강력한 패권 국가가 되는 데 일조할 것인가? 아니, 나는 제국을 상대로 싸우거나 아니면 도망쳐야 하는 운명에 처해 있었다. 신의 손이 만류할 사이도 없이 아버지와 형제들, 그들의 후손을 죽였고, 머지

---

* 아라비아반도에서 가장 일찍 고도의 문화가 발달한 곳은 예멘을 중심으로 하는 남서부 지역이며, 예로부터 '행복한 아라비아'라는 뜻으로 아라비아 펠릭스라고 불렸다. 반도의 대부분 지역은 극도로 건조하여 '사막의 아라비아'라 불렸고, 요르단의 고대 도시 페트라를 중심으로 한 서북부 지역은 '아라비아 페트리아'라고 불렸다.

않아 친아들을 셋이나 희생시킬 정복자 셀림에게 맞서야 하고, 내가 지켜주면서 키우는 아이가 성인이 되고, 아미르가 되고, 제국의 파괴자가 될 때까지, 그리고 혈통의 법에 따라 일족을 죽일 때까지 신의 노여움에 맞서야 하는 운명에 처해 있었다. 이 모든 것 중 내가 선택한 건 아무것도 없었다. 운명이 나를 위해, 내 기질을 위해 선택한 것이었다.

이제는 바예지드와 아이의 어머니가 위험에 처해 있는 이집트를 떠나야 했다. 누르는 카드라 외에는 아무도 모르게 임신 사실을 비밀에 부쳤다. 카드라는 해산을 도왔고 첫날부터 아기를 돌봐 왔다. 그런데 카드라가 늙어 죽을 날이 얼마 남지 않아서 이제는 아이를 카이로로 데려와야 하지만, 이집트 도처에서 활동하는 술탄 셀림의 첩자들에게 정체가 들통날 위험이 있었다. 어쩌면 오스만 제국을 너무나 두려워하는 이집트의 술탄 칸수가 직접 셀림 1세에게 아이를 바칠지도 모를 일이었다.

나는 해결책을 찾았다. 누르와 혼인하여 아이를 데리고 페스로 가기로 했다. 거기 가서는 내 아들로 소개하고, 아이가 많이 자라서 혈통을 들키더라도 앞가림할 수 있는 나이가 되었을 때 이집트로 다시 돌아올 계획이었다.

누르가 과부라서 혼례식은 간소하게 치렀다. 그리고 친구들과 이웃들을 집으로 초대하여 음식을 대접했다. 그중 안달루시아 출신의 공증인이 있었다. 혼인 서약서를 작성하려는 순간 공증인이 벽에 걸린 성상과 십자가를 발견했다. 공증인이 그것들을 떼어 달라고 했다.

"그럴 수 없어요. 이 집의 주인에게 돌아올 때까지 손대지 않겠다고 약속했거든요."

공증인이 난감해해서 손님들까지 동요할 때 누르가 나섰다.

"저 물건들을 치울 수 없다면 안 보이게 가리면 되지요."

그렇게 말하고는 대답도 기다리지 않고 누르는 다마스크 직물로 짠 병풍을 쳐서 벽을 가렸다. 그제야 공증인이 혼인 서약서를 작성했다.

우리는 그 집에서 이틀 밤을 보내고 나서 마지못해 떠났다. 우연히 내게 주어진 집에서 2년 가까이 사는 동안 집주인인 콥트교인은 돌아오지도, 소식도 주지 않았다. 흑사병이 그의 고향 아수트를 강타하면서 많은 주민의 생명을 앗아갔다는 소식을 들었는데, 어쩌면 나의 은인이 희생되었을지도 모른다고 추측할 뿐이었다. 제발 아직 살아 있길! 하지만 소식 한 자 없는 그의 침묵을 달리 해석할 수가 없었다. 그렇지만 나는 떠나기에 앞서 알레포 출신의 금은 세공사 다우드에게 집 열쇠를 맡겼다. 술탄의 측근이자 조폐국 국장인 야쿱과 형제지간인 다우드야말로 누구보다도 맘루크들이 빈집을 점유하지 못하게 막을 수 있기 때문이었다.

여행은 기독교 부활절을 앞둔 사파르 달에 시작되었다. 우리는 기자 부근에 있는 카드라의 오두막에서 하룻밤을 묵고 나서 16개월이 된 바예지드를 데리고 카이로의 나일강 항구 중 가장 큰 불라크로 향했다. 적당한 뇌물을 찔러준 덕분에 우리는 술탄의 개인 공장에서 생산되는 정제된 설탕을 카이로에서 알렉산드리아로 운반하는 선박에 곧바로 탑승할 수 있었다. 불라크에는 선박이 많았고, 그중에는 훨씬 쾌적한 배들도 있지만, 나는 친구들에게 세관에서 겪는 어려움에 대해 익히 들었기 때문에 군주의 문장이 새겨진 배를 타고 알렉산드리아 항구에 도착하고 싶었다. 출발할 때와 마찬가지로 도착했을 때도 물품뿐만 아니라 디나르에도 세금을 부과하는 유별난 관리들이 있어서 몸수색까지 받는 여행자들이 있다고 들었기 때문이다.

그런 불쾌한 일을 피한 덕분에 나는 쿠란에서 찬양하는 군주 알렉산드로스 대왕이 건설한 고대 도시, 대왕의 무덤이 있어서 신자들의 순례지가 된 알렉산드리아의 웅장함을 여유롭게 감상할 수 있었다. 지금은 쇠퇴했지만 알렉산드리아 주민들은 한때 플랑드르, 잉글랜드, 비스케이, 포르투갈, 풀리아, 시칠리아, 그리고 특히 베네치아, 제노바, 라구사, 그리스에서 오는 상선 수백 척이 항구에 항상 정박해 있던 시절을 아직 기억하고 있었다. 지금은 한때 번성했던 기억만 정박지를 가득 채우고 있다.

항구를 마주보는 도심에 고대에는 존재하지 않았던 언덕이 하나 있는데, 잔해가 쌓여서 형성되었다고 한다. 그 잔해 더미를 파헤쳐서 도자기와 온갖 보물을 발굴하는 이들도 있었다. 이 언덕에 세운 작은 탑에 상주하면서 밤낮으로 배를 감시하는 파수꾼이 있었다. 파수꾼은 세관 관리에게 신호를 보낼 때마다 특별수당을 받지만, 잠이 들거나 자리를 비우는 바람에 신호를 보내지 않고 배가 들어오면 수당의 두 배에 해당하는 벌금을 물어야 했다.

성 밖에도 중요한 유적이 있었다. 지금은 역사 속으로 사라졌지만, 아주 높고 거대한 기둥 꼭대기에 거대한 강철 거울을 설치해서 낮에는 햇빛을 반사하여 빛을 냈고, 밤에는 불을 붙여 빛을 밝혔으며, 접근하는 적군의 배를 모조리 태워버렸다고 하는 등대,

고대 문헌에 프톨레마이오스라는 학자가 세웠다고 기록되어 있는 파로스 등대*가 이 알렉산드리아 항구에 있었다.

둘러볼 곳은 아주 많지만, 우리는 언젠가 평온한 마음으로 알렉산드리아에 다시 오겠다고 다짐하며 서둘러서 떠났다. 이집트 배를 타고 틀렘센으로 향했고, 육지에 닿을 때까지 우리는 일주일 동안 휴식을 취했다.

*

나는 다시 마그레브식 복장을 하고, 두건 스카프로 얼굴을 가리고 페스에 입성했다. 가족을 만나기 전에 내가 돌아온 것이 알려지는 건 원치 않았다. 내 가족이란 아버지, 어머니, 와르다, 여섯 살이 된 내 딸 사르와트, 그리고 만날 가망은 없지만, 소식이라도 듣길 기대하는 하룬과 마리암을 말하는 것이다.

그렇지만 내 저택을 짓던 공사장 앞에서는 걸음을 멈추지 않을 수 없었다. 미완성된 벽을 뒤덮은 무성한 풀숲을 제외하면 내가 떠날 때의 모습 그대로였다. 나는 눈길을 돌리고 거기서 그리 멀지 않은 칼리 외숙부 집으로 향했다. 대문을 두드렸더니 안에서 모르는 여자의 목소리가 대답했다. 나는 어머니 이름을 불렀다.

"이제 여기 안 살아요!" 목소리가 말했다.

---

* 알렉산드리아의 파로스 등대. 고대 그리스인들이 선정한 세계 7대 불가사의 중 하나로, 기원전 3세기 그리스의 천문학자 프톨레마이오스가 세웠으며, 높이가 100미터에 이르렀다고 한다. 1303년과 1323년의 대지진으로 파괴되어 돌무더기로 변했고, 1480년까지 그 잔해가 남아 있었다.

나는 목이 메어 다른 질문을 할 수 없었다. 우리는 아버지 집으로 갔다.

어머니가 대문 앞에 나와 있다가 나를 꼭 끌어안았고, 내가 아들에게 지어준 생소한 이름과 하얀 피부색에 놀라면서도 누르와 바예지드에게 입맞춤을 퍼부었다. 어머니는 아무 말 없이 그저 눈으로 말하고 있었다. 나는 그 눈에서 아버지가 돌아가셨다는 걸 알았다. 어머니는 눈물로 확인시켜주었다. 하지만 어머니가 얼른 전하고 싶은 말은 따로 있었다.

"시간이 별로 없어. 내가 해주는 말을 잘 듣고 너는 다시 떠나야 해."

"다시 떠날 생각 없는데요!"

"내 말을 들으면 이해될 거다."

그렇게 어머니는 한 시간 이상 아니, 거의 두 시간 동안, 마치 내가 돌아오면 해줄 말을 수없이 되뇌고 있었던 것처럼 중단없이 쏟아냈다.

"나는 하룬을 원망하고 싶지 않지만, 하룬의 행동은 우리 모두에게 저주를 내렸어. 페스에서 자르왈리의 죽음에 대해 비난하는 사람은 없어. 하지만 그 정도에서 멈췄어야 했어!"

어머니가 설명했다. 내가 추방되고 얼마 후, 술탄이 하룬을 체포하기 위해 병사 2백 명을 급파했지만, 산악 지대 사람들은 하룬의 편을 들었다. 매복 공격으로 병사 16명이 사망했다는 소식이 알려졌을 때 페스의 거리 곳곳에 하룬의 목에 현상금이 걸렸다는 벽보가 나붙었다. 우리 집은 경찰의 감시를 받고 있었다. 경찰관들이 밤낮으로 지키고 서서 집에 온 손님들에게도 찾아온 용건을 꼬치꼬치 캐묻기 때문에 가까운 친구들까지 발길을 끊고 말았다. 그 뒤로 매주 새로운 벽보가 나붙더니 최근에는 하룬과 그의 일당이 호송대를 공격하여 카라반을 강탈했고, 여행자들을 살해한 죄로 고발되었다는 것이다.

"말도 안 돼요!" 내가 소리쳤다. "하룬은 내가 잘 아는데 복수나 방어를 위해 누군가를 죽일 수는 있어도 도둑질은 절대 안 해요!"

"그게 사실인지 아닌지는 신에게나 중요하단다, 애야. 문제는 사람들이 그렇게 믿는다는 거야. 그래서 네 아버지는 고민 끝에 또다시 튀니지나 다른 도시로 떠날 생각까지 하고 있었어. 그런데 작년 라마단 때 갑자기 심장이 멎어버린 거야."

어머니는 한숨을 길게 내쉬고 나서 말을 이어 나갔다.

"함께 라마단 단식을 마치기 위해 네 아버지가 지인들을 초대했는데 이 대문을 넘어 들어오는 사람이 한 명도 없는 거야. 그렇지 않아도 삶을 버거워하던 차에 몹시 절망했지. 그 이튿날, 낮잠 시간에 쿵 하는 소리에 잠을 깨고 뛰어나가 보니 네 아버지가 땅바닥에 쓰러져 있었어. 연못 가두리에 머리를 부딪혔는데 숨을 쉬지 않는 거야. 아침부터 중정에서 안절부절못하고 서성거리더니만……."

뜨거운 눈물이 차올랐다. 나는 얼굴을 가렸다. 어머니는 나를 쳐다보지 않고 말을 계속했다.

"시련이 닥쳤을 때 여자는 현실에 순응하고 남자는 무너지지. 자존심에 상처를 입은 네 아버지는 무척 힘들어했어. 네 아버지와 달리 나는 순응하라고 배웠기에 그래도 견딜 수 있었지만."

"와르다는 어떻게 됐어요?"

"네 아버지가 사망한 뒤에 우리를 떠났어. 남편도, 딸도 없으니 이곳에는 아무도 없잖아. 친정 식구들이 있는 곳에서 삶을 마감하려고 카스티야의 고향으로 돌아갔겠지."

그러고는 어머니가 나직하게 덧붙였다.

"우리는 그라나다를 떠나지 말았어야 했어."

"돌아가게 될 거예요."

어머니는 대답하지 않고 자꾸 달라붙는 파리를 쫓듯 손으로 허공을 가르다가 나무라듯 말했다.

"네 딸 소식부터 물었어야지."

손녀딸 생각에 어머니의 얼굴이 밝아졌다. 내 얼굴도 환해졌다.

"어머니가 말해주길 기다렸죠. 어머니 말을 감히 끊을 수 없어서. 너무 어릴 때 두고 떠나서 아빠를 모를 텐데……."

"통통한 게 아주 똑 부러지지. 지금은 사라의 집에 있어. 자기 손주들과 놀게 하려고 가끔 집에 데려가거든."

방물장수 사라와 사르와트는 한 시간쯤 후에 왔다. 내 예상과 달리 사라는 나를 와락 끌어안았지만, 내 딸은 거리를 두고 멀뚱히 서 있었다. 따라서 내가 누구인지 딸에게 소개해야 했다. 어머니가 목이 메어 있어서 사라가 대신 말했다.

"사르와트, 네 아빠야."

어린 소녀가 내 쪽으로 한 걸음 다가왔다.

"아빠는 팀브……."

"아니, 팀북투가 아니라 이집트에 있었고, 네 남동생을 데려왔단다."

나는 딸을 무릎에 앉히고 입맞춤하면서 반들거리는 검은색 머리를 쓰다듬고 목덜미를 어루만져주었다. 그 순간 예전에 수없이 봤던 장면, 방석에 앉은 아버지가 누이 마리암에게 하던 그 행동을 내가 똑같이 따라 하는 느낌이 들었다.

"마리암에게서는 소식 있어요?"

사라가 대답했다.

"남편 옆에서 검을 들고 있는 마리암을 봤다고 말하는 사람도 있고. 하지만 그 둘에 대해서는 떠도는 소문이 워낙 많아서……."

"아주머니도 하룬이 산적이라고 생각해요?"

"어느 공동체나 반란자들이 있기 마련이지. 공개적으로는 반란자들을 원망하고, 혼자 있을 때는 그들을 위해 기도하지. 유대인 공동체도 마찬가지야. 이 나라에도 조공을 바치지 않고 무장한 채로 말을 타고 다니는 이들이 있어. 너도 들어봤겠지만 우리는 그런 자들을 카라임이라고 부르지."

"마라케시 부근의 다만사라산과 힌타타산에 수백 명이 살고 있는데 군대처럼 조직된 집단이라고 들었어요."

하지만 나는 좀 전에 하던 얘기로 돌아가고 싶었다.

"하룬과 마리암을 위해 비밀리에 기도해주는 사람들이 페스에 있을까요?"

이번에는 어머니의 분노가 폭발했다.

"하룬이 그저 산적에 불과하다면 그렇게 줄기차게 현상금이 걸린 벽보를 붙이진 않겠지. 자르왈리를 공격했을 때만 해도 하룬은 거의 영웅이나 다름없었어. 그래서 하룬을 도둑놈으로 만들고 싶었던 게지. 보통 사람들은 피보다 금을 강탈하는 걸 더 더럽게 보니까."

이어서 어머니가 정색하면서 나무라는 어조로 말했는데 다른 사람 같았다.

"네 매부를 변호하는 건 아무 의미 없어. 네가 그렇게 두둔하려고 하면 공범으로 몰릴 수 있으니 다시는 그러지 마."

어머니는 하룬과 마리암을 도와주고 싶은 마음에 내가 경솔한 짓을 저지를까 걱정스러운 것이었다. 어머니 말이 옳지만, 나는 뭐든 노력해봐야 했다. 내 추방을 결정할 때처럼 관용을 베풀어달라고 간청하면 이번에도 페스의 술탄이 들어줄지 모른다는 생각이 들었다.

술탄은 불라완 연안으로 출정해서 포르투갈군과 싸우고 있었다. 나는 몇 달 동안 관군을 따라다니면서 때로는 무기를 들고 몇 차례 소규모 전투에도 참여했다. 용서를 구하기 위해서라면 뭐든 할 각오였다. 나는 전투 사이사이 술탄과 그의 형제들, 많은 고문관과 이야기를 나눠봤다. 하지만 온통 실망스러운 얘기뿐인데 자세한 내막을 들은들 무슨 소용이 있을까? 나는 회의적이었다. 술탄의 한 측근이 마침내 많은 범죄를 하룬의 소행으로 지목한 건 부당한 일이었음을 인정하면서도 진지한 어조로 다독이듯 덧붙였다.

"설령 자네 매부가 저지른 짓이 용서받을 수 있는 죄라고 해도 우리가 그렇게 많은 죄를 씌우며 비난했는데 지금 와서 어찌 그를 용서할 수 있겠는가?"

나는 노력을 그만두기로 했다. 물론 내가 바라던 것은 얻지 못했지만, 대화 중에 내가 확인하고 싶은 정보를 입수했기 때문이다. 나는 페스로 돌아가서 식구들에게 내 계획을 밝히지 않은 채 더는 뒤돌아보지 않으리라 작정하고는 어머니와 누르, 사르와트와 바예지드를 데리고 출발했다. 내 저택을 짓고 싶을 정도로 애정을 쏟았던 페스는 이제 나에게 추억이라곤 모두 사라진, 씁쓸함만 가득한 폐허의 도시일 뿐이었다.

*

가족에게 목적지를 밝히지 않은 채 떠난 우리의 여행은 몇 주 동안 계속되었다. 목적지는 정해진 장소가 아니라, 붉은 수염을 뜻하는 바르바로사*라는 별칭으로 더 유명한 해적 아루지를 찾아가는 것이었다. 하룬이 바르바로사와 함께 있다는 정보를 입수했기 때문이었다. 그래서 나는 곧장 틀렘센으로 출발했고, 해안로를 따라 동쪽으로 향하면서 카스티야군이 점령한 도시 오랑과 마르스 알카비르를 피하고, 그라나다 사람들을 만날 수 있는 알제와 특히 대다수 주민이 안달루시아 이주민들로 이루어진 도시 셰르셀에 들렀다.

바르바로사는 지난해에 제노바인들에게서 빼앗은 작은 항구 도시 지질을 기지로 삼고 있었다. 그렇지만 지질에 가기 전에 바르바로사가 베자이아**의 카스티야군 주둔지를 포위하고 있다는 걸 알게 되었다. 나는 몇 킬로미터 떨어진 곳에 있는 작은 모스크

---

* 바르바로사 하이렛딘(1478? ~ 1546). 에게해 레스보스섬 태생이며, 형 밑에서 해적 생활을 시작했다. 1516년 북아프리카 알제를 정복하여 해적 활동의 근거지로 삼았으며, 훗날 오스만 해군의 제독이 되었다.

의 이맘에게 내 가족을 맡기면서 전쟁터를 살펴본 후에 데리러 오겠다고 약속하고 베자이아로 향했다.

《아프리카 지리지》에 기록한 대로 나는 베자이아에서 바르바로사를 만났다. 그는 과연 수염이 붉은색이었다. 쉰 살이 훌쩍 넘어 보이는 바르바로사는 정복욕에 미친 사람 같았다. 그는 심하게 다리를 절었는데, 왼손은 은으로 만든 의수였다. 대실패로 끝난 지난번 포위 공격에서 팔을 잃었던 것이다. 이번에는 상황이 달랐다. 그는 이미 도시의 옛 성채를 점령하고 카스티야군이 저항하고 있는 해안 부근에 새로운 요새를 건설할 계획을 세우고 있었다.

내가 베자이아에 도착한 날은 잠시 휴전 중이었다. 사령부 천막 앞에 보초들이 서 있는데, 그중 한 명이 말라가 출신이었다. 하룬을 만나러 왔다는 내 말에 그가 재깍 달려가는 걸 보면서 나는 친구가 바르바로사 수하의 장교라는 걸 알았다. 실제로 하룬은 오스만튀르크 병사 두 명을 거느리고 도착했고, 안심하라는 손짓으로 부하들을 보낸 뒤에 나를 와락 끌어안았다. 우리는 한참 동안 우정과 뜻밖의 사건들, 멀리 떨어져서 오랫동안 만나지 못했던 그리움을 나누면서 회포를 풀었다. 하룬은 나를 천막 안으로 데리고 들어가서 아루지에게 나를 시인이자 이름난 외교관으로 소개했는데, 나는 나중에야 그 이유를 알았다. 바르바로사는 왕처럼 짧고 단호하게 말했는데, 특별한 뜻이 없어 보이는 말이라서 숨은 의미를 파악하기가 쉽지 않았다. 바르바로사는 오스만 제국

** 알제리 지중해 연안에 있는 항구 도시. 옛 이름은 '부지'이다. 11세기에 베르베르 왕국의 수도가 된 이래 해적의 근거지이자 에스파냐의 요새였다.

셀림 1세의 승리와 카스티야군의 오만함을 거론하면서 동방에서는 이슬람의 태양이 뜨고 있는데 서방에서는 이슬람의 태양이 지고 있다고 서글프게 지적했다.

바르바로사의 천막을 나온 후 하룬은 자신의 천막으로 나를 데려갔다. 좀 전의 천막보다는 덜 크고 수수하지만 열 명은 수용할 수 있는 크기였고, 음료수와 과일이 차려져 있었다. 내가 물어볼 필요도 없이 궁금한 것을 하룬이 답하기 시작했다.

"나는 살인자들만 죽였고, 도둑놈들만 약탈했어. 한순간도 신을 두려워하지 않은 적이 없었고. 부자와 세력가들만 두려워하지 않았어. 여기서는 이교도들을 상대로 싸우고 있고, 군주들이 버리고 간 도시들을 수호하고 있지. 내 동지들은 여러 나라에서 쫓겨난 추방자들과 범법자들이야. 그들도 때를 잘 만나면 다 쓰임새가 있거든. 향유고래의 소화기관에서 만들어지는 용연향이 그렇잖아. 갓 만들어졌을 때는 똥 냄새 같은 악취가 나지만, 바닷속을 떠다니다 은은한 향을 갖게 되면 비싼 값에 팔리니까 말이야."

하룬은 마치 알파티하*를 낭송하는 것처럼 계속 말하더니 이윽고 어조가 바뀌었다.

"네 누이가 얼마나 놀라운 여자인지 넌 모를 거야. 아틀라스의 암사자라니까. 마리암은 여기서 1백 킬로미터쯤 떨어진 내 집에서 아들 셋과 지내고 있어. 막내 이름이 하산이야."

나는 가슴이 벅차올랐다.

"나는 한순간도 너를 의심한 적이 없어."

---

* 쿠란 제1장의 명칭.

우리가 붙어 다니던 어릴 적부터 나는 하룬과 대화할 때면 빠르게 백기를 들었다. 하지만 이번에는 그의 행동으로 우리 가족이 어떤 타격을 입었는지 알려주어야 했다. 하룬의 얼굴이 어두워졌다.

"페스에서는 내가 가족을 힘들게 했지만, 여기서는 내가 가족을 지켜줄게"

일주일 후 우리는 모두 지질에 있었다. 그렇게 해서 모인 우리 가족 열 명은 도망자 신세로 한 해적의 집에서 재회했다. 그때를 나는 오래오래 지속되길 바랄 정도로 다시없이 행복했던 순간으로 기억하고 있다.

오스만 제국

헤지라력 922
(1516. 2. 5. – 1517. 1. 23.)

 오스만 제국 술탄의 마수로부터 바예지드를 지키기 위해 도망쳐 다니던 나는 그해 무모하게도 아내와 아들을 데리고 콘스탄티노플의 심장부에 머무는 도저히 믿기지 않는 처지에 놓였다. 냉혈한 셀림 1세가 호의적인 고갯짓과 미소를 보이며 내게 손을 내밀었기 때문이다. 먹잇감은 종종 자신을 찢어발기려고 드러내고 있는 송곳니에 끌린다고 하는데, 이 말로 나의 만용을 설명할 수 있을까. 하지만 그 당시 나는 무모하다고 생각하지 않았다. 나는 동정을 살피면서 상황에 맞는 최선의 판단을 하여 아직은 유배지라고 느껴지지 않는 땅에서 새 삶을 살아볼 생각이었다. 아무튼 어쩌다 그렇게 됐는지 경위를 설명해보자.

 해적 바르바로사의 세력은 하루가 다르게 커져 갔고, 그를 따르는 하룬도 승승장구했다. 베자이아 공격은 실패로 끝났지만, 해적은 연초에 하맘에서 마사지를 받고 있던 그 도시의 주인을 직접 죽이고 알제에서 권력을 잡는 데 성공했다.

 알제는 오랑이나 베자이아보다도 작고, 틀렘센 같은 큰 도시로 치면 한 구역에 불과할 정도의 면적이지만 4천 가구가 살고 있었고, 품목별로 잘 나뉘어 있는 전통 시장, 아름다운 집들, 증기탕, 숙박업소, 그리고 특히 해변을 따라 커다란 돌로 웅장하게 세운 성벽과 대형 광장까지 갖춘 손색 없는 도시였다. 바르바로사는 알제를 수도로 삼고 자칭 왕이라 칭하면서 모든 이슬람 군주들로부터 인정받길 바랐다.

한편 나는 지질에서 가족과 함께 지내다가 다시 길을 떠났다. 카이로에서 도망치듯 너무 급히 떠나온 데다 떠돌이 생활에 지쳐서 이번에는 튀니스에 가서 적어도 몇 년은 정착해 지내기를 바랐다. 나는 빨리 적응하기 위해 당장 튀니스식 복장에 베일로 얼굴을 가리는 터번을 머리에 둘렀고, 심지어는 해로운 줄 알면서도 튀니스 사람들이 도취와 행복, 식욕이 증진된다면서 즐기는 알해시시까지 복용했다. 마약과 설탕을 혼합한 이 약물은 튀니스의 군주 아부 압둘라가 애호하는 강력한 정력제이기도 했다.

튀니스의 미즈와르(총사령관)와 하룬이 친분이 두터운 덕분에 밥 알바흐 변두리에 집을 쉽게 구할 수 있었고, 무역소를 차릴 목적으로 직물 생산업자들과 접촉하기 시작했다.

그런데 시간이 거의 없었다. 도착한 지 한 달도 안 된 어느 날 저녁, 하룬이 대문을 두드렸다. 바르바로사 수하의 장교 세 명과 함께 왔는데, 그중 한 명은 내가 베자이아에 갔을 때 바로바로사의 천막 안에서 인사를 나눴던 튀르크군 장교였다. 하룬이 재판관처럼 근엄하게 말했다.

"위대한 승리자 알 카임 비아므르 알라께서 너에게 보내는 전언이 있어서 왔어."

'알 카임 비아므르 알라'는 알제의 아미르를 죽이고 권력을 잡은 바르바로사가 자칭하는 칭호였다. 전언의 내용은 나에게 콘스탄티노플에 가서 술탄에게 친서를 전하면서 알제 왕국의 탄생을 알리고, 복종과 충성을 표하면서 항구에 면한 성채를 점령하고 있는 카스티야군을 무찌르도록 지원을 간청하라는 것이었다.

"나를 그토록 신임해주시니 매우 영광이야. 하지만 장교가 네 분이나 되는데 내가 무슨 도움이 되겠어?"

"술탄 셀림 1세는 찬사와 감사의 시로써 인사하는 시인이 아니면 어떤 대사도 만나주질 않아."

"내가 써줄 테니 네가 가서 읽어."

"안 돼. 여기 있는 우리는 다 전사들이고, 너는 이미 대사의 임무를 완수한 적이 있잖아. 우리 주군은 해적이 아니라 왕으로 보이는 것이 가장 중요하기 때문에 경험 있는 네가 잘 피력해야 해."

나는 입을 다물고 위험한 일을 피할 평계를 궁리했지만, 하룬이 집요하게 나를 괴롭혔다. 친구가 하는 말은 나의 양심에서 나오는 소리 같았다.

"너는 주저할 권리가 없어. 동방에 위대한 이슬람 제국이 탄생하고 있는데 서방에 있는 우리도 손을 잡아야지. 지금까지 우리는 이교도들의 지배를 달게 받았어. 이교도들은 그라나다와 말라가에 이어서 탕헤르, 멜리야, 오랑, 트리폴리, 베자이아를 점령했고, 머지않아 틀렘센, 알제, 튀니스를 장악할 거야. 그들을 물리치려면 오스만 제국의 술탄이 필요해. 우리는 지금 그럴 수 있도록 도와 달라는 거니까 넌 거절할 수 없어. 여기서 네가 하는 어떤 일보다도 중요한 임무야. 네 가족을 안전하게 지키는 것이기도 하고. 게다가 비용 일체뿐만 아니라 두둑한 보수도 받게 될 거야."

하룬이 간사한 미소를 입가에 머금은 채 덧붙였다.

"물론 나와 내 동지들은 네가 거부했다는 말을 바르바로사에게 고하지 않을 것이고."

나는 매에게 쫓기는 어린 새의 신세가 되어 있었다. 누르의 비밀을 누설하지 않고서는 내가 주저하는 이유를 밝힐 수 없기에 나는 반론을 펴지 못했다.

"배를 언제 타는데?"

"오늘 밤. 함대가 라 굴레트 항구에 정박해 있어. 너를 태워 가려고 들른 거야."

나는 마치 사형수가 마지막 소원을 말하듯, 누르와 잠시 얘기할 시간을 달라고 부탁했다.

누르의 반응은 놀라웠다. 나와의 혼인으로 신분을 바꾼 상인 계급 여성이 아니라 왕년에 호위대 장교였던 아버지의 딸다우면서, 아들이 미래의 술탄이 되길 바라는 어머니다운 반응을 보였다. 누르는 우리 방에서 얼굴과 머리를 가리지 않은 채 꼿꼿한 자세로 나를 똑바로 응시하면서 말했다.

"꼭 가야 하는 거죠?"

그건 질문과 확인 사이, 그 중간쯤 되는 말이었다.

"그래요." 나는 짧게 대답했다.

"함정이 있다고 생각해요?"

"전혀. 그건 아니라는 데 내 목을 걸겠소!"

"피하는 것이 상책이긴 하지만, 하룬에 대한 믿음이 그렇게 크다면 우리 다 같이 가요."

무슨 뜻인지 나는 정확히 이해하지 못했다. 누르가 단호한 목소리로 설명했다.

"바예지드가 자신의 도시와 궁전을 직접 볼 필요가 있고요. 이번이 아니면 어린 시절에 그럴 기회가 두 번 다시 없을 거예요. 물론 항해는 위험이 따르지만, 내 아들은 익숙해져야 해요. 어차피 바예지드를 살리고 죽이는 건 신에게 달려 있으니."

누르가 어찌나 확신에 차 있는지 나는 함께 갈 수 없는 이유를 말할 엄두가 나지 않아서 돌려 말했다.

"하룬은 절대로 내가 여자와 아이를 데려가는 걸 수락하지 않을 거요."

"당신이 그의 부탁을 받아들이면, 그도 당신의 부탁을 거절하지 못할 거예요. 하룬에게 말해요, 뭐라고 말하면 될지 당신은 알잖아요."

새벽녘, 우리는 이미 튀니지의 해안 도시 감마르트를 지나쳐 가고 있었다. 멀미로 인해 나는 악몽 속을 표류하는 느낌이 들었다.

*

이상한 도시, 콘스탄티노플. 유서 깊지만, 석재 건축물이며 거주민이 새롭게 바뀐 도시. 오스만튀르크가 점령한 지 70년도 채 되지 않아 도시의 모습이 완전히 바뀌었다. 물론 성 소피아 대성당은 여전히 건재하지만, 이제는 아야 소피아 모스크로 바뀌었고, 술탄이 금요일마다 행차해서 예배를 드렸다. 하지만 건축물 대부분은 정복자들이 들어와서 새로 지은 것들이었다. 날마다 새 궁전과 모스크, 마드라사가 생겨났고, 중앙아시아 대초원에서 이주해 온 수많은 튀르크 유목민들이 세운 목조 막사들까지 날로 늘어나고 있었다.

집단 이주에도 불구하고, 정복자들이 수도로 삼은 콘스탄티노플에는 오스만튀르크의 지배 가문 이외에도 소수의 부유한 평민이 머물고 있었다. 근사한 저택과 시장에서 상품을 많이 쌓아놓은 상점들은 아르메니아인들, 그리스인들, 이탈리아인들, 유대인들, 그리고 그라나다 몰락 이후 안달루시아에서 온 이주민들이 차지하고 있었다. 이들의 수가 4만 명이 넘었고, 오스만 제국 술탄의 조세 공평성에 대단히 만족하고 있었다. 터번을 두른 튀르크인, 빵모자를 쓴 기독교인과 유대인 들이 증오심이나 원한을 품지 않은 채 수크 전통 시장에서 사이좋게 지내고 있었다. 일부 거리를 제외하고 콘스탄티노플의 거리는 좁고 진창이어서 지체 높은 사람들은 인부의 등에 업혀서만 이동할 수 있었다. 업어서 나르는 일을 직업으로 삼은 사람이 많았는데, 대부분 이주해 온 지 얼마 안 돼서 아직 좋은 일자리를 찾지 못한 사람들이었다.

배에서 내린 날, 우리는 너무 지쳐서 항구 지역을 벗어날 수 없었다. 술탄이 봄 원정을 위해 콘스탄티노플을 떠나기 전에 도착해야 했기 때문에 항해하기 좋은 계절이 아니었다. 그래서 우리는 바르바로사의 먼 사촌인 칸디아 출신의 그리스인이 운영하는 숙박업소에서 첫 밤을 보냈다. 다음 날 아침 우리는 세라이라고 불리는 술탄의 궁전에 출두했다. 문밖에 남은 누르는 바예지드가 심심해하면서 딴전을 피우거나 말거나 어린 아들의 귀에 대고 속삭이고 있었다. 나는 누르가 그날 바예지드가 태어나기 2년 전까지 이어져 온 왕조의 영예로운 역사와 피비린내 나는 역사를 열심히 얘기해줬을 거라고 짐작한다.

금박을 입힌 비단 로브 차림의 나는 몇 걸음 떨어진 숭고한 문 건너편에서 항해 중에 멀미로 고생하면서도 군주 앞에서 낭송하기 위해 지은 시를 눈으로 읽고 또 읽고 있었다. 내 주위에는 병사 수천 명, 관료들뿐만 아니라 온갖 신분의 시민들이 있는데, 술탄에 대한 경의의 표시인지 다들 말이 없었다. 두 시간 넘게 기다리던 나는 나중에 다시 오라는 명을 받을 거라고 확신했다.

그 판단은 오스만 제국이 바르바로사라는 인물에게 별로 관심이 없을 거라고 과소평가한 탓이었다. 시동이 와서 나와 하룬, 그의 동지들을 데리고 중앙 문을 지나 오스만 궁정 디완의 정원으로 데려갔는데, 타조가 뛰어다닐 정도로 넓은 정원에 꽃이 만발해 있었다. 몇 걸음 떨어진 눈앞에 마구를 갖춘 말을 탄 기병대가 도열하고 서서 부동자세를 취하고 있었다. 그때 갑자기 눈앞이 뿌옇게 흐려지고, 귓속이 윙윙거리기 시작하더니 목이 꽉 막혀서 목소리가 나오지 않을 것 같았다. 두려워서였을까? 여독 탓이었을까? 술탄이 가까이 있다는 것만으로도 이렇게 떨린단 말인가? 기병대 대열을 통과할 때는 덜덜 떨려서 앞서가는 시동의 걸음에 맞춰 평소대로 걸으려고 노력했지만 다리가 후들거려서 쓰러질 것 같았다. 벌써 이러면 냉혈한 셀림 앞에 가면 입도 벙긋 못 할까 봐 두려웠다.

눈앞에 술탄이 피라미드형으로 쌓은 비단 방석 위에 앉아 있었다. 예상은 했지만, 갑자기 술탄의 차가운 시선과 마주치는 순간 눈앞의 뿌연 안개가 걷혔지만 두려움은 그대로였다. 나는 이제 무표정한 술탄이 내게 지시하듯 움직이는 손짓에 따라 작동하는 자동 인형에 지나지 않았다. 그 순간 내 머릿속에서 준비해 온 시가 튀어나왔다. 유창한 웅변은 아니지만 더듬지 않았고 땀과 노력의 결과인 마지막 구절에서는 소심한 몸짓까지 곁들였다. 술탄은 고개를 끄덕이면서 이따금 측근들과 몇 마디를 주고받았다. 술탄이 턱수염은 두고 콧수염만 연신 만지작거리고 있었는데, 안색은 잿빛으로 보이고, 약간 째진 눈은 얼굴에 비해 너무 크고, 머리에 졸라맨 터번의 황금색 꽃무늬에 루비가 박혀 있고, 과일 배 모양의 진주 귀걸이를 하고 있었다.

나는 시 낭송을 끝내고 나서 머리를 조아리고 존엄한 손에 입을 맞추었다. 셀림 1세는 천문학자가 선물로 주었다는 은반지를 끼고 있었는데 거칠게 만든 반지였다. 시동이 나를 일으켜주면서 낙타털 로브를 들고 와서 걸쳐주고는 따라오라고 했다. 상견례가 끝났으니 이제부터 다른 방으로 가서 고문관들과 회담을 시작하는 것이었다. 하지만 나는 회담에 거의 참여하지 않았다. 어차피 협상은 내 역할이 아닌 데다 아랍어로 시작된 회담은 내가 로마에 머물게 된 뒤에야 익히게 되는 튀르크어로 이어져서 알아들을 수 없었기 때문이다. 나는 그저 그 자리에 참석해 있는 것에 지나지 않았다.

그런데 한 고문관의 실수 덕분에 나는 아주 중대한 정보를 하나 얻을 수 있었다. 칼리파 알리*께서 말씀하셨거늘! "말실수를

---

* 정통 칼리파 시대의 제4대 칼리파인 알리는 661년에 암살되었다. 이 사건은 이슬람교의 분열을 초래하는 계기가 되었다.

하는 것보다 더 최악은 없느니라." 하지만 이 고문관은 연거푸 말실수를 저지르고 있었다. 이교도들이 점령하고 있는 알제 성채에 대해 논의하는 중에는 '카이로 성채'라고 말하는가 하면, 카스티야인들이라고 말해야 할 때는 체르케스인들이라고 말하는 바람에 훨씬 젊은 다른 고문관의 따가운 눈총을 받은 후 그는 얼굴이 창백해지고 어깨가 움츠러들었다. 말실수 자체보다는 주변의 따가운 눈총과 그의 창백한 안색이 방금 아주 중대한 사실이 들통났다는 걸 알아차리게 해주었다. 실제로 그해에 셀림 1세는 전쟁 준비가 페르시아의 왕을 겨냥한 것으로 믿게 하려고 이집트의 군주까지 초대하여 이단자들과의 싸움에 동참하게 했다. 하지만 실제로 오스만 제국이 진군할 곳은 맘루크 왕조의 이집트 제국이었으니 이중 작전을 구사하고 있는 것이었다.

회담이 끝나고 나오자마자 나는 부리나케 누르에게 그 사실을 말했는데, 이번에는 내가 최악의 말실수를 한 것이었다. 체르케스 출신인 누르가 몹시 흥분하리라는 걸 예상했어야 했는데. 누르는 무슨 수를 써서라도 조국에 있는 형제들에게 위험을 알려야 한다고 말했다.

"술탄 칸수는 병들고 결단력이 없는 노인이라서 오스만의 검이 자기 목을 베어버리고, 체르케스인들을 몰살하는 순간까지도 셀림의 우호적인 약속만 철석같이 믿고 있을 거예요. 젊었을 때 칸수는 의심할 바 없이 용맹한 전사였지만, 지금은 자기 목숨을 보전하고, 신하들에게서 금을 강탈하는 것 말고는 관심 있는 게 전혀 없어요. 콘스탄티노플 궁정의 의도를 이집트 술탄에게 알려줘야 해요. 우리만 알릴 수 있어요. 그 의도를 알고 있는 건 우리밖에 없으니까요."

"나한테 무슨 말을 하는 건지 알고 하는 거요? 셀림의 밀실에서 있었던 회담 내용을 술탄 칸수에게 전하는 첩자가 되라니. 당신과 내가 이런 얘기를 나눈 것만으로도 우리 목이 달아날 판이라는 걸 몰라서 하는 말이오?"

"겁주지 마요! 이 방에는 당신과 나밖에 없고 나는 나직하게 말하고 있어요."

"나는 당신을 위해서 이집트를 떠났는데, 이제는 당신이 나한테 그곳으로 돌아가자고 하다니!"

"바예지드의 목숨을 구하기 위해서는 오늘 당장 떠나야 해요. 내 형제들의 목숨을 구하고 내 아들의 미래를 위해서도 돌아가야만 해요. 셀림이 기습해서 영토를 점령하고 체르케스인들을 몰살하고 더 강력하고 더 장대한 제국을 건설하는 날에는 내 아들은 결코 그를 넘볼 수 없게 되는 거예요. 뭔가를 할 수만 있다면 나는 목숨을 걸고 할 거예요. 갈라타에 가면 알렉산드리아행 첫 배를 탈 수 있어요. 아직은 두 제국 간에 전쟁이 일어나지 않았으니 배를 타는 데도 문제없을 거고요."

"내가 싫다고 하면?"

"동족이 학살당할 위기에 처해도 당신은 구하지 않을 거란 뜻인가요? 당신의 아들이 언젠가는 콘스탄티노플의 주인이 되도록 싸워주지 않을 거란 뜻인가요? 그런 뜻이라고 하면 따를게요. 하지만 나는 살아갈 의욕도 사랑할 의욕도 잃게 되겠죠."

내가 아무 말도 하지 않자 누르는 한술 더 떴다.

"대체 당신은 어떤 사람이기에 도시를 잃고 나라를 잃고 아내를 잃게 생겼는데도 싸우려 하지도, 아쉬워하지도, 대책을 세우려고도 하지 않는 거죠?"

"내가 떠나온 안달루시아와 나에게 약속된 천국 사이의 삶은 나에겐 그저 여행일 뿐이오. 나는 아무 데도 안 가고, 아무것도 탐내지 않고, 아무것에도 집착하지 않으며, 삶에 대한 열정, 행복하고 싶은 본능, 신의 섭리를 믿지요. 우리가 결합한 것도 신의 섭리잖소? 나는 당신이 가는 길을 따르기 위해, 당신의 원한을 어루만져주기 위해 카이로를, 카이로의 그 집을, 그곳에서의 안정된 삶을 버리고 주저 없이 떠났던 거요."

"그렇다면 지금은 왜 나를 따르지 않는데요?"

"강박관념에 지쳐서. 물론 적들에 둘러싸여 있는 이 위험한 곳에서 당신을 버리지는 않을 거요. 당신이 오스만 제국의 의도를 알릴 수 있도록 당신의 나라로 데려다주겠지만, 우리는 거기서 헤어집시다."

과연 옳은 결정을 내린 건지, 내가 정말로 그럴 용기가 있는 건지 자신은 없었다. 모험의 길을 가더라도 끌려다니지 않고 내 길을 가기 위해 결정을 내린 것이었다. 헤어지자는 말을 하는데도 누르는 별로 개의치 않는 것 같았다. 내가 주저하거나 말거나 누르는 자신이 가려는 길을 방해하지 않는 한 별로 중요하지 않은 것 같았다. 나의 상세한 설명에도 불구하고 누르는 자기가 듣고 싶은 대로만 받아들였다. 그리고 내가 몰래 떠나기 위해 하룬에게 둘러댈 거짓말을 궁리하는 사이 누르는 이미 배편, 부두, 챙겨야 할 짐에 대해 말하기 시작했다.

*

 나일강의 나라로 돌아갔을 때 알렉산드리아 항구의 세관원이 짐을 검사하는 중에 오스만군이 시리아와 이집트를 침략할 준비를 한다는데 그게 사실이냐고 물었고, 나는 세상의 모든 여자, 특히 금발의 체르케스 여자들에 대한 저주를 퍼붓는 걸로 대답을 대신했다. 그러자 세관원은 놀랍게도 그 저주의 말이 닥쳐올 불행을 명확하게 설명해준 것이라는 듯 격하게 동의했다.
 카이로까지 이동하는 내내 누르는 내가 보내는 비난과 비아냥을 견뎌야 했다. 하지만 카이로에 도착해서 콥트교인의 집에 머문 지 사흘째 되는 날부터 나는 누르가 내딛기로 한 위험한 걸음이 완전히 잘못된 것은 아니라는 걸 인정해야 했다. 떠도는 소문들과는 너무나 상반된 소식이 카이로를 혼란에 빠뜨렸기 때문이다. 술탄이 시리아로 출정해서 오스만군을 맞기로 했었는데 무슨 영문인지 시리아 원정을 취소했으며, 출격 명령을 내린 군대에도 병영으로 돌아오라는 명을 내렸다는 소식이었다. 군주와 동행해서 알레포로 떠날 채비를 하라는 명을 받았던 칼리파와 4개 학파의 카디들도 출정을 예상하고 수행원단을 이끌고 성채로 향하던 중 귀가해야 했다.
 게다가 오스만의 전권대사가 거창하게 행차해서는 양국 간의 평화와 변함없는 우정을 약속하면서 다시 한번 이단자와 이교도들에 맞서는 동맹을 결성하자고 제안한 것도 혼란을 가중시켰다. 이런 감언이설을 통한 기대와 불확실성은 군대의 전의를 상실시켰는데, 이것이 바로 오스만 제국이 노린 것이었다. 따라서 콘스탄티노플에서 간파한 셀림 1세의 의중을 알려서 책임자들이 눈을 뜨게 하는 것이 중요했다. 또한 출처를 밝히지 않고서도 신뢰감을 줄 수 있는 방식으로 그 정보를 전달해야 했다.

그래서 누르는 이집트 수뇌부 중 가장 인기 있는 술탄국의 이인자인 투만베이의 자택으로 비밀리에 편지를 보낼 계획을 세웠다. 누르는 체르케스 출신 여성이 보낸 편지는 맘루크 술탄에게 즉시 전달될 거라고 예상했다.

바로 그날 밤, 누군가가 대문을 두드렸다. 투만베이가 혼자 찾아왔는데, 작은 부대의 지휘관이라도 요란하게 호위대를 거느리지 않고서는 움직일 생각도 하지 않는 카이로에서는 정말 믿기지 않는 일이었다. 길쭉하게 기른 체르케스식 콧수염, 깔끔하게 다듬은 짧은 수염, 훤칠한 키에 혈색이 좋은 사십 대의 남자였다. 환영한다는 내 인사를 듣는 순간 그의 안색이 어두워졌다. 카이로의 마그레브 공동체는 오스만 제국에 호의적이라는 걸 알고 있기에 내 억양에 불안해진 것이었다. 나는 재빨리 누르를 불렀다. 누르는 얼굴을 가리지 않고 나왔고, 투만베이는 그녀를 알아봤다. 투만베이는 동족이자 셀림에 반대하던 왕자의 미망인인 누르를 전폭적으로 신뢰할 수 있었다.

그래서 투만베이는 격식을 차리지 않고 앉아서 내 이야기를 들었다. 나는 셀림의 궁정 회담에서 들었던 내용을 수식어 하나 더하지도 빼지도 않고 자세히 전했다. 내가 입을 다물자 투만베이가 나를 안심시키는 말로 시작했다.

"지도자들의 판단에 맡겨야 하는 중요한 문제인 만큼 내가 나서면 월권행위가 될 겁니다. 다만 방금 들은 내용을 토대로 해서 술탄이 공감하도록 애써보겠소."

투만베이는 깊은 생각에 잠겨 있는 듯했다. 그의 입술이 실룩거리더니 마치 속으로는 대화를 계속하고 있던 것처럼 말했다.

"하지만 술탄에게 직언하는 건 그리 간단하지 않아요. 내가 너무 강경하게 주장하면 술탄을 카이로에서 멀리 보내려는 거라고 여기고 떠나려고 하지 않을 거요."

투만베이가 그렇게 속내를 털어놓는 말에 나는 용기를 얻었다.

"직접 군대를 이끌고 나가는 건 어떻겠습니까? 술탄보다 나이도 서른 살이나 적은데요."

"내가 승리를 거두면, 술탄은 내가 군대의 수장으로 돌아올까 봐 두려워서 경계할 겁니다."

투만베이가 주위를 둘러보다 벽에 걸린 성상과 콥트교 십자가를 발견하고는 미소 띤 얼굴로 머리를 긁적였다. 그가 나에게 놀랄 만한 이유는 충분했다. 오스만 출신 아미르의 과부인 체르케스인 여자와 혼인하고, 이집트식 복장을 한 마그레브 사람이 집은 기독교인처럼 꾸며놓다니! 나는 이 집을 갖게 된 경위를 얘기하려고 했지만, 그가 못하게 막았다.

"저것들이 있어서 불쾌한 게 아니니 염려 마시오. 사실 나는 신의 은총으로 무슬림이 되었지만, 술탄과 모든 맘루크가 그렇듯 기독교인으로 태어났고, 세례를 받았지요."

그렇게 말하고 나서 그는 벌떡 일어나더니 중요한 정보를 알려준 것에 거듭 감사하면서 집을 나갔다.

누르는 구석진 곳에 앉아 대화에 끼어들지 않고 듣고만 있었지만 만족한 얼굴이었다.

"이 만남을 가진 것만으로도 나는 여기까지 온 걸 후회하지 않아요."

그 뒤 얼마 지나지 않아 누르가 옳았다는 걸 증명하는 것처럼 정세가 돌아가기 시작했다. 우리는 술탄이 마침내 출정을 결정했다는 걸 알게 되었다. 나는 집을 나와서 술탄의 전투부대가 타원형 경기장을 나와 루마일라 광장을 지나 황소 언덕길을 통과해서 살리바 거리를 행군하는 출정식을 지켜보았다. 술탄이 환호받으며 전진하고 있을 때, 가까운 거리에 서 있던 나는 술탄을 씌워주는 파라솔 꼭대기에 매단 휘장의 문양이 맘루크 왕조의 상징인 금빛 새가 아니라 금빛 초승달로 바뀌어 있는 걸 알아봤다. 내 주위에 있는 사람들이 오스만 제국이 맘루크 술탄 칸수의 종교적 열성을 의심하는 통첩을 내리고 휘장을 바꾸라는 명을 내린 거라고 수군거렸다.

끝없이 긴 행렬의 선두에서 금빛 수단 술로 장식된 마구를 갖춘 열다섯 줄의 낙타 부대에 이어서 다양한 색의 벨벳 술로 장식된 마구를 갖춘 열다섯 줄의 낙타 부대가 전진했다. 그 뒤로는 금을 박아 넣은 철갑을 두른 백 마리의 말에 올라탄 기병대가 대규모 병력을 이끌고 있었다. 그리고 멀리 왕실 일가를 호송하는 가마들이 보였는데 노란색 비단 덮개를 두른 노새들이 끌고 있었다.

전날 저녁, 투만베이는 전권을 가진 이집트 사령관으로 임명되었다. 하지만 술탄이 국고에서 금과 수백만 디나르를 빼내고, 왕실 저장고에 있는 귀중품까지 모조리 갖고 출발했다는 소문이 파다했다.

나는 누르에게 그녀가 이뤄낸 결과를 구경하러 같이 나가자고 했다. 누르가 몸이 안 좋다면서 혼자 가라고 했을 때 나는 그녀가 대중 앞에 나서는 걸 꺼리는 걸로 생각했는데, 나중에야 임신 때문이었다는 걸 알았다. 나는 마냥 기뻐할 수가 없었다. 이제 서른 살이 되어 가는데 내 핏줄의 아들을 간절히 원한다면 이제는 누르와 헤어지지 못할 뿐만 아니라 정신이 제대로 박혀 있는 남편이라면 임신한 아내를 데리고 카이로를 떠나 도망칠 수도 없기 때문이었다.

석 달이 흐르는 사이, 이집트의 술탄 칸수의 진군에 관련된 소식이 꼬박꼬박 전해졌다. 가자, 티베리아스에 이어 다마스로 진군할 때 일어난 사건 하나가 보고되었다. 술탄이 의기양양하게 다마스에 입성했을 때 조폐국을 관리하는 사다카라는 이름의 유대인이 풍습에 따라 새 은화를 술탄의 발치에 뿌렸다. 그러자 술탄의 호위병들이 동전을 주우려고 서로 떼밀다가 강하게 부딪히는 바람에 술탄이 하마터면 말에서 떨어지는 낙마 사고가 일어날 뻔했다.

술탄 칸수가 다마스 다음으로 들어간 도시는 하마와 알레포였다. 그다음부터는 3주 넘게 감감무소식이었다. 처음에는 무소식에 동요하지 않았다. 그러다 샤반 달의 17일째 날인 토요일, 서기 1517년 9월 14일이 되어서야 흙투성이가 된 전령이 헐레벌떡 성채에 와서 알렸다. 알레포에서 그리 멀지 않은 마르즈 다비크에서 전투가 벌어져서 토케(챙 없는 모자)에 흰색 망토를 걸친 술탄이 어깨에 도끼를 메고 참전했다. 술탄 주위에는 칼리파와 카디 네 명, 그리고 쿠란을 소지하고 다니는 마흔 명이 함께 있었다. 처음에는 적군을 공격하면서 깃발 일곱 개와 수레에 실린 대형 대포 여러 문을 빼앗으면서 이집트군 쪽으로 전세가 기울었다. 그러나 술탄은 오스만의 술탄과 공모하고 있던 알레포의 총독 카이르바크에게 배신당했다. 좌익에서 지휘하던 카이르바크가 갑자기 퇴각하는 바람에 군의 사기가 곤두박질치고 말았다. 무슨 상황인지 알아차린 칸수는 그 충격으로 뇌졸중을 일으켰고 말에서 떨어져 즉사했다. 혼돈 속에서 칸수의 시신은 발견되지 않았다.

엄청난 충격에 휩싸인 카이로에 들려오는 소문은 흉흉한 것들 뿐이었다. 이집트군이 출정했던 길과 반대 방향에서 오스만 제국군이 진격해 오고 있으며, 알레포에 이어서 하마도 오스만 제국군에 넘어갔다는 소식까지 전해졌다. 흥분한 시민들이 칸 엘칼릴리 시장으로 몰려가 소아시아 튀르크인들과 마그레브인들의 상점 몇 개를 약탈했다. 하지만 투만베이가 연달아 터진 처참한 소식의 충격을 달래기 위해 모든 세금을 폐지하고 생필품 가격을 인하한다고 공포하면서 질서는 빠르게 회복되었다.

투만베이는 혼란을 수습하고 나서도 한 달을 기다렸다가 자신이 술탄이라고 선언했다. 다마스가 오스만의 셀림 1세에게 넘어간 날이었다. 뒤이어 가자가 함락되었다. 맘루크 술탄 투만베이는 부족한 병력을 채우기 위하여 수도 방어를 위한 민병대를 창설하고, 감옥에 있는 모든 범죄자, 심지어 살인죄를 저지른 자라도 군대에 지원하는 이들은 사면된다고 선언했다. 그해 연말, 오스만군이 카이로에 접근했을 때, 투만베이는 도시의 동쪽 라이다니야 진영에 군대를 집합시켰고, 새로 주조한 대포와 코끼리들을 합류시켰고, 포위 공격을 오래 버텨줄 거란 희망으로 참호를 길고 깊게 팠다.

그렇지만 그건 투만베이의 희망 사항에 지나지 않았다. 오스만의 셀림 1세는 시나이반도를 횡단한 뒤 군대에 이틀간 휴식을 취하게 한 다음, 많은 대포와 압도적인 수적 우세를 이용해 총공격을 명했고, 이집트군은 몇 시간 만에 대패했다.

그리하여 그해 마지막 날, 엄숙하게 카이로에 입성한 오스만 제국의 황제는 주민들의 목숨을 살려줄 것이며, 점령한 다음 날 바로 돌아가겠다고 약속했다. 입성한 날은 금요일이었고, 시리아에 포로로 잡혀 있다가 정복자 앞으로 끌려온 칼리파는 그날, 수도의 모든 모스크에서 '술탄 중의 술탄, 두 대륙의 군주, 두 나라의 군대를 파괴한 자, 두 이라크의 주인, 신성한 성소를 수호하는 종복이고, 영광스러운 왕 셀림 샤'의 이름으로 설교했다.

누르의 눈에는 핏발이 섰다. 오스만 제국 황제의 승리에 충격을 받은 누르가 어찌나 절망하는지 나는 태중의 아기 목숨이 걱정되었다. 출산 예정일을 며칠 앞두고 있어서 나는 누르에게 침대에서 꼼짝하지 않겠다고 맹세하게 했다. 누르가 회복하는 대로 이 나라를 떠나겠다고 다짐하면서 참고 기다렸다. 내가 사는 동네의 유지들은 약탈당할까 두려워서 지하 가족 묘소에 귀중품과 국기를 숨겼다.

그렇지만 그날, 나귀 몰이 소년이 늘 하던 대로 나를 시내로 데려가기 위해 대문 앞에 도착했다. 오는 길에 한 맘루크 장교의 잘린 머리에 걸려서 자빠졌다고 말하면서 소년이 웃었다. 내가 전혀 웃지 않자 소년이 내가 너무 심각하게 받아들인다고 말했다. 나는 도저히 참을 수가 없어서 손등으로 따귀를 날리고는 아버지

같은 심정으로 호통쳤다.

"네 도시가 점령당했고, 네 나라가 침략당했고, 나라의 지도자들이 학살되거나 도주했고, 땅끝에서 온 이방인들이 그 자리를 차지하고 있는 마당에 네 입에서는 어찌 내가 너무 심각하게 받아들인다는 말이 나오느냐?"

소년은 대답 대신 어깨를 으쓱하면서 체념에 관련된 오래된 속담을 뇌까렸다.

"누구든 내 어머니를 데려가는 사람이 내 의붓아버지가 되는 것이다."

그런 후 소년이 다시 웃음을 터뜨렸다.

그렇지만 전혀 체념하지 않은 사람이 한 명 있었으니 바로 투만베이였다. 그는 카이로 역사상 가장 영웅적인 페이지를 쓸 채비를 하고 있었다.

투만베이

헤지라력 923
(1517. 1. 24. – 1518. 1. 12.)

 카이로의 주인이 된 오스만 제국의 술탄 셀림 1세는 겁에 질린 시민들의 시선을 받으면서 마치 모든 성소, 모든 구역, 모든 문에 영원히 사라지지 않을 자신의 그림자를 드리우고 싶은 것처럼 위압적으로 둘러보면서 행진했다. 시가행진의 행렬 맨 앞에 세운 전령들이 목숨과 재산을 빼앗길 걱정 따위는 전혀 할 필요 없다고 연신 외쳐 대고 있지만, 그 순간에도 거기서 그리 멀지 않은 곳에서는 학살과 약탈이 계속되고 있었다.

 체르케스인들이 첫 번째 희생자였다. 맘루크들과 맘루크 후손들은 계속 쫓기고 있었다. 오스만군은 구체제의 한 고관을 붙잡아서 당나귀에 뒤쪽을 향하게 돌려 앉혀놓고는 파란색 터번을 씌우고 목에 방울까지 매달아서 거리를 돌아다니게 한 다음 참수했다. 머리는 장대에 매달아 전시하고, 몸통은 개들에게 던져 주었다. 오스만군은 진영마다 처형용 장대를 수백 개씩 땅에 박아놓았는데, 셀림 1세는 이 죽음의 숲을 즐겨 둘러보기까지 했다.

 물론 셀림 1세의 약속에 잠시 속아 넘어갔던 체르케스인들은 눈에 띄지 않기 위해서 평소에 착용하던 빵모자나 얇은 터번 대신에 두꺼운 터번으로 머리를 싸매고는 군중 속에 섞여 있었다. 그러자 오스만 병사들은 지나가는 행인들을 마구 잡아들이고는 위장한 체르케스인이라면서 풀려나려면 몸값을 내라고 위협했다. 거리가 텅 비었을 때는 군인들이 이 집 저 집 돌아다니면서 대문을 부수고 들어가 맘루크들을 색출한다는 구실로 약탈과 강간을 저질렀다.

그해 초나흗날, 술탄 셀림 1세는 오스만군 중 가장 큰 군대가 진을 치고 있는 성 밖의 불라크에 있었다. 셀림 1세는 처형 장면을 지켜보고 나서 진지에 어지럽게 널려 있는 목 잘린 시체 수백여 구를 즉시 나일강에 던져버리라고 명했다. 그러고는 하맘에 가서 깨끗이 씻은 다음 선착장 부근의 모스크에 가서 저녁 기도를 했다. 날이 어두워졌을 때 술탄은 다시 진지로 돌아가서 참모 몇 명을 불러들였다.

참모 회의가 막 시작되었을 때 심상치 않은 소란이 일어났다. 불 뭉치를 실은 낙타 수백 마리가 오스만군 진영으로 돌진해 오면서 천막에 불이 붙었다. 날은 이미 어두워진 데다 불로 인한 혼란을 틈타서 무장병 수천 명이 진영을 포위했다. 투만베이가 이끄는 군대였다. 일부는 병사들이지만, 대다수가 일반인, 선원, 물지게꾼, 군에 지원하는 조건으로 사면된 죄수들로 이루어진 민병대였다. 무기라고 해봐야 단검이나 새총과 몽둥이 정도가 전부였다. 그렇지만 어둠과 급습 덕분에 투만베이의 군대는 오스만군 진영을 죽음으로 몰아넣었다. 전투가 한창일 때는 셀림 1세도 완전히 포위되었지만, 그의 호위대가 필사적으로 탈주로를 열었다.

오스만군 진영을 장악한 투만베이는 부하들에게 카이로 전역으로 점령군을 추격해서 한 놈도 살려 두지 말라고 명했다.

카이로 거리가 하나둘 탈환되었다. 체르케스인들이 카이로 시민들의 적극적인 도움으로 오스만 병사들을 색출하기 시작했다. 이제는 역할이 바뀌어 피해자들이 사형 집행인이 되어 무자비한 모습을 보였다. 나는 집에서 그리 멀지 않은 곳에서 모스크에 피신해 있던 오스만 병사 일곱 명이 처형되는 장면을 지켜봤다. 카이로 시민 스무 명에게 쫓기던 오스만 병사들이 미너렛 꼭대기로 피신해서 군중을 향해 총을 쏘기 시작했다. 하지만 그들은 붙잡혀서 참수되었고 피투성이가 된 채로 미너렛에서 떨어졌다.

전투는 화요일 저녁에 시작되었고, 목요일에는 투만베이가 살리바 거리의 샤이크 모스크에 자리를 잡고 그곳을 사령부로 삼았다. 투만베이가 도시의 진정한 주인으로 여겨지면서 다음날인 금요일 예배의 설교는 투만베이의 이름으로 시작되었다.

그런데 그 상황도 일시적이었다. 기습 공격으로 인해 잠시 밀렸던 전세를 오스만군이 다시 뒤집은 것이다. 오스만군이 불라크를 다시 점령했고, 구(舊)카이로의 내가 사는 동네까지 침입하더니 잃어버린 땅을 점차 점령해 나갔다. 투만베이는 이제 도심의 서민 지구를 장악하고 급하게 파낸 참호나 바리케이드로 출입을 통제했다.

그런데 알라께서 창조한 모든 날 중에서 누르가 출산일로 선택한 날이 하필이면 바로 이 금요일이었다. 나는 이웃에 사는 산파를 불러오기 위해 정원을 통해 기어서 빠져나가야 했고, 움직이지 않겠다는 산파를 붙들고 한 시간을 간청하고 나서야 딸이면 2

디나르, 아들이면 4디나르라는 큰돈을 주기로 하고 데려올 수 있었다.

산파가 갓난아기를 보고 몹시 실망한 듯한 목소리로 외쳤다.
"2디나르요!"
그 소리에 나는 대꾸했다.
"아기를 잘 받아주면 4디나르를 주겠소!"
후한 인심에 기분이 좋아진 산파는 며칠 후에 다시 와서 무료로 할례를 해주겠다고 약속했다. 내가 그럴 필요 없다면서 내 조국에서는 그런 시술을 하지 않는다고 설명하자 깜짝 놀란 산파는 몹시 기분이 상한 얼굴이었다.

내 딸은 엄마를 닮아서 아주 예쁘고 피부가 희었다. 승리에 취해 있는 제국과 죽지 않겠다고 처절하게 버티고 있는 제국, 두 제국이 충돌하고 있는 카이로의 위험한 혼돈 속에서 무사히 태어나준 너무나 소중한 목숨이기에 나는 딸에게 삶을 뜻하는 하얏트라는 이름을 주었다.

거리에서는 여전히 격렬한 전투가 벌어지고 있었다. 오스만군은 또다시 외곽 지역 대부분을 장악했지만 막대한 병력을 잃었기에 도성을 향해 천천히 진군하고 있었다. 그러나 전세를 뒤엎을 수 없다고 판단한 병사들과 민병대가 차츰 투만베이의 진영을 탈주했고, 맘루크 술탄은 소수의 충복과 흑인 소총수들, 체르케스인들로 이뤄진 호위대의 선봉에서 하루를 더 버티며 싸웠다. 그리고 토요일 밤에 침략자들을 몰아내기 위해 병력을 증원해서 곧 돌아오겠다고 다짐하면서 도시를 떠났다.

카이로 전역에 다시 진입한 오스만군이 어떻게 했는지 필설로 묘사할 수 있을까? 오스만군은 이번에는 첫 승리 때처럼 그들에게 맞섰던 체르케스인 군대를 몰살하는 것으로 그치지 않고 카이로 주민 전체에 복수했다. 숨 쉬는 것은 모조리 죽이라는 명을 받은 오스만 병사들이 거리를 휩쓸었다. 모든 도로가 봉쇄되었기에 아무도 이 저주받은 도시를 탈출할 수 없었다. 묘지와 모스크까지 전쟁터로 변했기에 피난처도 찾을 수 없었다. 그저 폭풍우가 지나가길 바라면서 집 안에 숨어 있어야 했다. 그날 새벽부터 밤 사이에만 사망자가 8천 명이 넘었다. 남자와 여자, 아이들의 시신과 말과 나귀의 사체들이 뒤엉켜서 거리는 온통 피로 물들었다.

그 이튿날, 셀림 1세는 오스만군 진영에 흰색 깃발과 빨간색 깃발을 올려 휘날렸다. 두 깃발의 의미는 전사들에게 복수했으니 살육을 멈춰야 할 때라고 알리는 것이었다. 이런 식의 보복이 며칠간 더 계속된다면 오스만 제국은 거대한 무덤이 된 나라를 정복한 것에 지나지 않을 터였다.

피비린내 나는 날들이 이어지는 동안 누르는 투만베이의 승리를 위해 쉼 없이 기도했다. 내 바람도 크게 다르지 않았다. 어느 날 저녁, 우리 집에서 맘루크 술탄을 맞이했을 때 나는 그의 용기에 감탄하면서도 몹시 불안했다. 바예지드의 목숨이 달려 있기 때문이었다. 조만간 의심을 받거나 누군가의 고발, 소문이라도 나서 셀림 1세의 귀에 들어가게 된다면 바예지드는 물론이고 우리 가족 모두가 위험했다. 바예지드의 안전을 위해서라도, 우리 가족을 위해서라도 투만베이가 승리해야만 했다. 일요일에 투만베이가 완패했다는 걸 알았을 때 나는 그에 대해 실망과 두려움, 참았던 분노가 폭발하면서 그렇게 무모하게 뛰어들지 말았어야 했다고, 백성을 끌어들여서 셀림 1세의 분노를 사지 말았어야 했다고 울분을 토했다.

누르는 아직 허약한 몸으로 마치 악몽에서 깨어나듯 벌떡 일어나 앉았다. 안색이 창백한 누르는 멍한 눈빛으로 중얼거렸다.

"피라미드를 생각해봐요! 그걸 짓느라 얼마나 많은 사람이 죽었을지! 일하고 먹고 자식 낳으면서 더 오래 살아갈 수 있었을 사람들인데! 흑사병으로 흔적도 없이 죽은 사람들! 파라오의 뜻에 따라 업적과 인내, 고귀한 열망을 길이 전하는 기념비를 만든 사람들. 투만베이는 딴짓은 하지 않았어요. 나흘간의 용기, 나흘간의 자존심과 반항, 그것이 4세기에 걸친 복종과 포기, 비열함보다는 낫지 않은가요? 투만베이는 카이로와 그 주민에게 가장 아름다운 선물을 준 거예요. 긴 밤을 밝혀주고 따뜻하게 해줄 신성한 불꽃을 선물한 거예요."

나는 누르의 말에 전적으로 동의할 수는 없었지만 그렇다고 반박할 말도 없었다. 나는 누르를 안아서 눕혀주었다. 누르는 자기 종족의 언어로 말하고 있었고, 나는 가족과 함께 살아남는 것 이외는 다른 야망이 없었다. 훗날 카이로의 멸망과 그 도시의 제국, 마지막 영웅의 이야기를 광택지에 기록하기 위해 멀리 떠나는 것 말고는 다른 야망이 없었다.

*

나는 누르가 회복되어 길을 떠날 수 있을 때까지 몇 주일 더 카이로에 머물러야 했다. 생활은 점점 힘들어졌다. 특히 식료품이 귀했다. 치즈, 버터, 과일을 구할 수 없었고, 곡물 가격이 오르고 있었다. 투만베이가 오스만 수비대를 굶겨 죽일 작정을 하고 아직은 통제가 되는 지방에서 도시로 가는 필수품을 막는 작전을 쓰고 있다는 소문이 돌았다. 게다가 투만베이는 이제껏 이집트의 어떤 세력에도 굴복한 적이 없는 아랍 유목민들에게 카이로 주변 도시들을 약탈하라고 허락했으며, 알렉산드리아에서 활과 화살, 화약 따위의 전쟁 물자도 가져왔고, 새로 동원한 병력으로 재공격할 준비를 하고 있다는 소문도 돌았다. 특히 기자 쪽은 무력 충돌이 많아지면서 우리가 바예지드를 데리러 갔던 피라미드 방향 도로는 통행이 금지되어 있었다.

오스만군 정찰대나 맘루크 변절자들, 약탈자들에게 붙잡힐 위험을 무릅쓰고라도 탈출을 시도해야 하는 걸까? 앞날을 두고 주저하던 중에 셀림 1세가 수천 명의 주민을 콘스탄티노플로 강제 이주시킬 결정을 내렸다는 걸 알게 되었다. 그 첫 번째 대상은 칼리파와 맘루크 고관들과 그 가족들이었다. 하지만 강제 이주시킬 대상이 석공, 목공, 대리석공, 도로 포장공, 대장장이 같은 모든 분야의 전문 노동자들로 계속 늘어나고 있었다. 이어서 오스만 관리들이 추방을 목적으로 카이로에 거주하는 모든 마그레브 사람들과 유대인 명단을 작성하고 있다는 걸 알게 되었다.

나는 사흘 안에 떠나기로 결단을 내리고 몇 가지 일을 처리하러 시내에 나갔다가 베두인족의 한 부족 족장의 배신으로 투만베이가 생포되었다는 소문을 듣게 되었다.

정오경, 기도 소리 속에 고함이 울려 퍼졌다. 가까운 데서 밥 주웨일라라는 이름이 들렸다. 정말로 남녀노소 할 것 없이 수많은 시민이 밥 주웨일라 성문 쪽으로 달려가고 있었다. 나도 그들을 따라 뛰었다. 군중이 계속 늘어나고 있는데도 너무 조용해서 더 놀라웠다. 그때 갑자기 군중이 양편으로 갈라섰고, 그 사이로 오스만군 기병 1백 명과 보병 2백 명이 지나갔다. 오스만군이 군중을 등진 채, 세 줄로 원을 만들어 둘러쌌고 그 중앙에 말을 탄 남자가 있었다. 그 모습에서 투만베이를 알아보는 것은 쉽지 않았다. 맨머리에 텁수룩한 수염, 투만베이는 흰색 망토를 걸치고 있지만 갈가리 찢기고 피로 얼룩진 옷이 드러나 보이는 데다 맨발에는 파란색 투박한 천이 감겨 있었다.

오스만 장교의 명에 따라 맘루크 술탄 투만베이가 말에서 내렸다. 양손은 묶여 있지 않았지만, 재빠르게 병사 열두 명이 에워싸고서 검을 뽑아 들었다. 그렇지만 투만베이는 도망칠 생각이 전혀 없어 보였다. 그는 그저, 용기를 내서 환호해주는 군중에게 인사하듯 두 손을 흔들었다. 투만베이를 비롯해 모든 시선이 밥 주웨일라 성문 쪽을 향했고, 그 위에서 사형집행관이 밧줄을 던지고 있었다.

투만베이는 놀라는 표정을 지었지만, 입가에 미소를 머금고 있었다. 초점을 잃은 눈빛으로 그가 군중에게 외쳤다.

"나를 위해 알파티하*를 세 번 낭송해주시오."

수천 명이 중얼거리는 소리가 으르렁거림으로 울려 퍼지고 있었다.

"세상의 주인이시고, 관대하시고, 자비로우시고, 심판의 날을

---

* 쿠란의 제1장, 7절로 이뤄진 자비와 인도를 위한 기도문.

주관하시는 신을 찬양하라…….."

마지막 아민*은 격분해 있는 성난 외침이었다. 이윽고 아무 소리도 나지 않았고, 정적이 흘렀다. 오스만 병사들도 아연한 표정이었다. 정적을 깨트린 사람은 투만베이였다.

"집행관, 실행하라!"

투만베이의 목에 밧줄이 묶였다. 다른 쪽 끝에서 밧줄을 잡아당겼다. 맘루크 술탄이 30센티미터쯤 딸려 올라가다 땅바닥으로 떨어졌다. 밧줄이 끊어진 것이다. 밧줄이 다시 묶였고, 집행관과 조수들이 다시 잡아당겼는데 또 끊어졌다. 긴장이 고조되었다. 투만베이만 마치 이미 어딘가에, 용기가 전혀 다른 보상을 받는 세상에 가 있는 듯 표정이 온화했다. 집행관이 세 번째로 밧줄을 묶었고, 이번에는 끊어지지 않았다. 흐느낌, 신음, 기도 소리로 이뤄진 아우성이 일어났다. 나일강 유역을 다스린 군주 중 가장 용감했던 이집트의 마지막 맘루크 술탄은 하찮은 말 도둑놈처럼 밥주웨일라 성문에서 교수형을 당해 숨을 거두었다.

*

밤새도록 그 처형 장면이 눈앞에서 아른거렸다. 아침에 일어났을 때는 비통함과 불면으로 인해 도리어 대담해지고 위험에 무감각해졌다. 나는 가족과 함께 피라미드 가는 길로 향했다.

나도 모르게 도망치기에 가장 좋은 때를 선택한 것이었다. 적

---

* 기독교에서 기도가 끝날 때 읊는 아멘과 같은 표현.

장을 처형한 것으로 안심한 오스만군은 경계심을 늦추었고, 참패한 투만베이의 동지들은 달아나버렸기 때문이다. 물론 우리는 대여섯 번 검문을 받고 의심의 눈길로 물어보는 질문에 답변해야 했다. 하지만 우리는 폭행당하지도 약탈당하지도 않았고, 밤에는 우리가 사랑을 나눴던 카드라의 오두막에 평온하게 누울 수 있었다.

그 오두막에서 몇 달을 보내면서 우리는 소소한 행복을 만끽했다. 탐욕을 부리기에는 너무 작고, 너무 가난한 마을이라서 전쟁과 격동을 모른 채 세상과 등지고 살아가는 곳이었다. 하지만 이 평화롭고 단조로운 생활이 내게는 긴 여정 사이에 만난 그늘진 오아시스와 같았다. 이 마을에서는 멀리서 나를 부르는 소리, 그 유혹에 귀를 닫을 수 있었다.

납치

헤지라력 924
(1518. 1. 13. – 1519. 1. 2.)

 은둔하듯 벽촌에서 사색과 조용한 산책으로 나날을 보내면서 나는 아무런 확신을 가질 수 없었다. 모든 도시는 덧없이 몰락하고, 모든 제국은 탐욕스럽게 집어삼키고, 신의 섭리는 미루어 헤아릴 수가 없지 않은가. 나일강의 범람, 천체의 순환, 때가 되어 태어난 새끼 물소가 내가 유일하게 위안을 얻는 것들이었다.
 떠날 때가 되었다고 느낀 순간 나는 메카로 시선을 돌렸다. 내 인생에서 순례가 필요한 때였다. 누르가 한 살배기 딸과 네 살배기 아들을 데리고 가는 여행을 몹시 걱정해서 나는 유모 카드라에게 동행을 부탁했다. 카드라는 기뻐하면서 성지에서 죽는 특권을 누릴 수만 있다면 다른 보상은 바라지 않는다고 말했다.
 우리는 기자에서 남쪽으로 반나절 떨어진 나일강 서안에서 한 범선에 올랐다. 주요 도시에서 하루 이틀 머물다가 상이집트로 상품을 운송하는 부유한 참기름 생산업자 소유의 배였다. 그리하여 우리는 베니 수에프, 알미니아를 차례로 들렀고, 만팔루트에 멈췄을 때 한 노인이 배에 올랐다. 그날 밤, 아이들이 잠들고 조용해졌을 때 나는 양초를 켜놓고 글을 쓰기 시작했다. 그때 만팔루트에서 탑승한 노인이 나를 부르면서 말했다.

"여보게! 가서 선원을 깨워! 내가 내일 음식을 만드는 데 유용하게 쓰일 큼직한 나무토막을 물에서 봤다고!"

나는 노인의 쉰 음성도, 한밤중에 명령조로 지시를 내리는 것도 마음에 들지 않았다. 그렇지만 나이 많은 노인이라는 걸 고려해서 너무 불손하지 않게 대답했다.

"자정이니까 아무도 깨우지 않는 게 좋을 듯합니다. 하지만 제가 도와드릴 수는 있겠지요."

나는 마지못해서 갈대 펜을 내려놓고 노인 쪽으로 다가갔다. 하지만 노인이 신경질적으로 내뱉었다.

"나는 도움 따위 필요하지 않아. 나 혼자서도 할 수 있어!"

노인이 뱃전에 기대어 몸을 숙이더니 수면에 떠 있는 판자를 밧줄로 만든 고리에 걸려는 순간, 갑자기 물에서 솟구친 긴 꼬리가 노인을 휘감고는 물속으로 사라졌다. 나는 고함을 질러서 승객과 선원을 깨웠다. 돛을 내려 배를 정박해놓은 다음 용감한 선원들이 물속으로 뛰어들었다. 한 시간가량 흘렀지만, 끝내 노인을 찾지 못했다. 불행히도 노인이 악어에게 잡아먹혔다는 데 모두 동의했다.

여행하는 내내 나는 상이집트를 공포에 떨게 하는 나일강의 거대한 파충류에 관한 놀라운 일화들을 들었다. 파라오 시대에 이어 로마 시대, 그리고 이슬람 정복 초기만 해도 악어들은 별로 피해를 주지 않은 것 같았다. 하지만 헤지라 3세기에 아주 기괴한 사건이 일어났다. 만팔루트에서 가까운 한 동굴에서 납으로 만든 실물 크기의 악어 조각상이 발견되었는데, 파라오 시대의 상형문자가 가득 새겨져 있었다. 당시의 이집트 총독 이븐 툴룬은 불경한 우상 숭배라고 생각하고 그 조각상을 파괴하라고 명했다. 그 뒤로 갑자기 미쳐 날뛰면서 인간을 공격하기 시작하는 악어들 때문에 죽음의 공포에 떨어야 했다. 그제야 사람들은 그 조각상이 악어들을 길들이기 위해 점성술에 따라 만든 조각상이라는 걸 알아차렸다. 상이집트에만 내려진 저주여서 천만다행이었다. 카이로의 나일강 하류에서 악어 조각상이 발견된 적이 없다는 건 악어가 인간을 잡아먹은 적이 없었던 것이 틀림없었다.

만팔루트 다음에 들를 도시는 아수트였지만, 흑사병이 또다시 유행하고 있다고 해서 그냥 지나쳤다. 다음 기항지는 알문시아였고, 나는 그 도시를 다스리는 베르베르인 영주를 방문했다. 이어서 알키암이라는 작은 도시에 들렀는데 경찰서장을 제외하고 주민 전체가 기독교인들이었다. 이틀 후에 들른 키나라는 큰 마을은 햇볕에 말린 벽돌로 쌓은 성벽에 둘러싸여 있는데 악어 머리 3백 개가 보란 듯이 매달려 있었다. 거기서부터는 홍해의 알쿠사이르 항구까지 육로를 이용했는데, 나일강에서부터 해안까지 가는 길에는 샘이 없어서 가죽 부대에 물을 가득 채우고 출발했다. 우리는 다시 배를 타고 일주일이 채 걸리지 않아서 아라비아 사막의 항구 도시 얀부에 정박했다. 성지 순례 시기가 거의 끝나 갈 무렵이고, 두 번째 봄을 뜻하는 라비 알타니의 초승달이 떠 있을 때였다. 그리고 엿새 후 우리는 지다*에 도착했다.

---

* 사우디아라비아의 서부, 홍해 연안에 있는 항구 도시.

한때 번영을 누렸지만, 지금은 쇠퇴한 이 항구 도시 지다에는 가볼 만한 곳이 별로 없었다. 오래된 모스크 두 곳과 숙박업소들을 제외하고는 대부분 집들이 나무로 지은 오두막이었다. 인류의 어머니인 이브가 며칠 밤을 보냈다고 전해지는 돔 지붕의 건축물이 하나 있었다. 지다는 원래 맘루크 왕조에 충성하는 총독이 다스리던 도시였는데, 오스만의 한 제독이 그 총독을 상어가 출몰하는 지역에 던져서 제거해버린 뒤 임시로 관리하고 있었다. 지다의 가난한 주민들은 홍해에서 교역을 방해하는 이교도들을 엄벌할 새 권력자를 기다리고 있었다.

우리는 지다에서 이틀을 머무르면서 메카로 떠나는 카라반과 접촉했다. 메카로 가는 도중에 나는 순례자의 복장인 이람을 갖춰 입기 위해 이음매가 없는 흰 무명천 두 장 중, 한 장은 허리에 감아 끈으로 고정하고, 다른 한 장은 한쪽 어깨에 걸쳐서 둘렀다. 그렇게 이람을 착용하고 순례자들의 기도문을 끊임없이 되뇌었다. "라바이카 알라후마! 라바이카 알라후마!"(여기 왔나이다. 신이시여!) 나는 메카를 찾으려고 지평선을 살피기 시작했지만, 하루를 더 가서야 성도가 보이고 마침내 성벽 앞에 이르렀다. 예언자 무함마드의 고향은 실제로 산으로 둘러싸인 깊은 골짜기에 자리 잡고 있어서 시야에 들어오지 않았다.

나는 성문 세 개 중에서 순례자들이 가장 많이 찾는 밥 알움라 문을 통해 메카에 들어갔다. 길거리가 아주 좁아 보이고, 집들이 다닥다닥 붙어 있지만, 지다보다는 집들이 잘 지어졌고 부유해 보였다. 전통 시장에는 척박한 환경에도 불구하고 신선한 과일이 넘쳐났다.

전진할수록 꿈의 세계로 들어서는 느낌이 들었다. 불모지에 세워진 이 도시는 신에 대한 감사 이외는 다른 목적이 없는 듯했다. 도심에 이브라힘의 집이라고 불리는 고귀한 모스크가 있고, 그 중앙에 정육면체 건축물인 카바*가 보이는데 그 주위를 지칠 때까지 돌고 또 돌고 싶을 정도로 인상적이었다. 카바의 네 모서리는 거의 정확히 동서남북을 가리키며, 각각 이름이 있었다. 이라크 모서리, 시리아 모서리, 예멘 모서리, 그리고 가장 숭배받는 검은 모서리가 있는데 동쪽을 가리키며, 신성한 검은 돌**이 박혀 있어서 붙여진 이름이었다. 그 검은 돌을 만지는 것은 곧 창조주의 오른손을 만지는 것이라고 배웠다. 평소에는 순례자들이 많이 몰려서 오래 보는 것이 불가능하지만, 지금은 순례자 행렬이 거의 다 지나간 뒤라서 나는 검은 돌에 다가서서 마음껏 입맞춤을 퍼부으면서 눈물을 흘릴 수 있었다.

일정한 거리를 두고 뒤따라온 누르에게 자리를 내어주고 나는 카바 부근의 둥근 천장 밑으로 잠잠***의 성수를 마시러 갔다. 그러고는 어느 귀빈을 위해 카바의 문이 방금 열렸다는 걸 알고 얼른

---

* 알라가 직접 건설을 지시했고, 이브라힘과 이스마엘이 지었다는 첫 신전이다. 메카의 모스크 중앙에 자리 잡은 면적 12.04×10.18미터, 높이 15미터의 정육면체 건축물이며, 이슬람교 제1의 성소로서 세계의 모든 무슬림은 카바를 향해 기도한다.

** 이슬람 전승에 따르면 하늘에서 직접 내린 돌이라고 하며, 이브라힘이 이스마엘의 도움을 받아 카바를 세웠을 때 천사 가브리엘이 하늘에서 가져왔을 때는 흰색 돌이었으나 인간의 죄와 접촉하면서 검은색으로 변했다고 한다.

*** 메카의 카바 근처에 있는 샘물. 이브라힘이 사막에 버려진 아들 이스마일에게 염소 가죽 자루에 담아준 물이 바닥났을 때, 잠잠 소리를 내며 샘물이 솟아났다고 하여 붙여진 이름이다.

기도하는 성소로 들어갔다. 하얀 대리석 바닥에 빨간색과 파란색 줄무늬가 있고, 벽면 전체에 검은색 비단 천이 씌워져 있었다.

이튿날, 나는 같은 장소를 다시 찾았고, 같은 의식을 치렀고, 주변을 의식하지 않고 몇 시간 동안 모스크 울타리에 기대 앉아 있었다. 나는 특별히 뭔가를 생각하려고 하지 않았다. 나의 정신은 그저 아침이슬을 머금은 꽃처럼 신을 향한 생각으로 열려 있었고, 너무나 행복하여 어떤 말이든 어떤 행동이든 어떤 시선이든 무의미해졌다. 날이 저물면 나는 마지못해서 일어났고, 그 이튿날에는 기쁜 마음으로 다시 그곳을 찾았다.

나는 묵상하는 중에 암송아지를 통해 카바를 설명하는 쿠란의 구절들이 떠올랐다. "우리는 사람들의 안식처이자 피난처가 되어줄 신성한 거처를 세워놓고 이브라힘의 집을 기도하는 성소로 삼으라고 하였다." 내 입술은 쿠란 암송 시험 때처럼 술술 읊조렸다. "우리는 신을 믿으며, 하늘에서 우리에게, 이브라힘과 이스마엘, 이삭, 야곱, 이스라엘의 12지파에 보내준 것과 모세와 예수에게 주신 말씀, 주께서 선지자들에게 주신 말씀을 믿는다. 우리는 그들 간에 차이를 전혀 두지 않으며, 신의 뜻을 받아들이는 무슬림이다."

*

어느새 한 달이라는 시간이 훌쩍 지난 뒤, 우리는 메카를 떠났다. 여전히 묵상 중인 내 눈을 보면서 누르는 시끄러울까 봐 아이들을 내게서 멀리 떨어지게 했다. 우리는 북쪽으로 방향을 잡고 예언자 무함마드의 무덤이 있는 메디나에 들렀다가 타부크, 아카바, 가자에 이르렀다. 수스* 출신의 한 상인이 우리에게 가자 서쪽의 작은 만에 정박해놓은 범선에 태워주겠다고 제안했다. 나는 여행길의 마지막 여정에서 이 아바드라는 이름의 상인을 만났고, 우리는 자주 나란히 말을 타고 다녔다. 아바드와 나는 나이와 키, 교역과 여행에 대한 취향이 비슷했지만, 내가 불안을 느끼는 곳에서 그는 대담하고 거리낌이 없어 보였다. 하지만 어릴 적부터 학식을 쌓은 나와는 달리 그는 책을 거의 읽지 않아서 무지한 면이 있었다.

범선이 육지에서 멀리 떨어지자 처음으로 누르가 내게 물었다.
"어디로 가는 거예요?"

누르를 위해서나 나를 위해서나 분명하게 대답해줬어야 했는데. 튀니스의 집에서 어머니와 내 큰딸이 나를 기다리고 있지 않냐고? 그렇지만 나는 수수께끼 같은 미소를 지으면서 침묵했다. 누르가 재차 물었다.

"당신 친구에게 뭐라고 했어요?"

"내 친구의 배는 지중해를 횡단하다 다시 내려가서 탕헤르를 지나 대서양 연안을 따라갈 거니까 우리는 가다가 마음에 드는 곳에서 하선합시다."

누르는 불안함을 드러내기보다는 즐거워하는 목소리로 말했다.

"이집트도 시리아도 칸디아**도 안 돼요."

---

* 튀니지의 동부 해안에 있는 항구 도시.

나도 즐겁게 받아주었다.

"페스 왕국도 수스도 안 되고……."

"브루스도 콘스탄티노플도 안 돼요."

"알제도 안 되고……."

"체르케스도 안 되고요."

"안달루시아도 안 되고……."

우리는 추방으로 인한, 차마 말할 수 없는 향수병에 누가 먼저 굴복하는지 서로를 살피면서 부자연스러운 미소를 짓고 있었다. 열흘 후에 나는 누르가 결국에는 두려움에 떨면서 흘리는 눈물을 보고야 말았다.

식량을 비축할 목적으로 알렉산드리아에 기항했던 배가 다시 출항을 준비하고 있을 때 오스만 주둔군의 한 장교가 마지막으로 살피기 위해 배에 올라왔는데 그 자체로는 이례적인 일이 아니었다. 장교는 수상한 자를 색출하는 것이 자신의 직무라서 잘못을 저지르고 도망치는 듯한 의심이 들거나 수배자가 있는지 사람들의 얼굴을 유심히 살폈다.

그때 갑자기 누르의 아들이 유모의 손을 놓고 군인을 향해 뛰어갔다.

"바예지드!" 유모가 소리쳤다.

그 이름을 듣고 장교가 아이를 내려다보더니 답삭 안고 올리고는 머리와 손, 목을 유심히 살폈다.

** 4차 십자군 이후 베네치아 공화국이 크레타를 점령하면서 베네치아 사람들이 칸디아라고 부르며 유럽에 알려졌고, 베네치아 지배기에는 크레타섬 자체를 칸디아라고 불렀다.

"네 이름이 뭐라고?" 장교가 물었다.

"바지드입니다."

"누구의 아들이냐?"

빌어먹을! 나는 속으로 외쳤다. 나는 누르가 아들을 앉혀놓고 너는 오스만 왕가 알라 알딘의 아들 바예지드라고 알려주는 걸 두 번이나 봤고, 아이가 어려서 까딱 잘못하면 신원이 노출될 수 있으니 주의해야 한다고 누누이 당부했었다. 하지만 누르는 아들에게 혈통을 말해주지 않고 있다가 어느 날 갑자기 죽을까 봐 두렵다면서 바예지드는 자신이 누구인지를 알고 운명을 받아들일 준비를 해야 한다고 응수했었다. 그랬던 누르가 지금은 부들부들 떨면서 진땀을 흘리고 있었다. 나도 마찬가지였다.

"알라 알딘의 아들입니다." 바예지드가 대답했다.

대답을 듣자마자 장교가 손가락으로 내가 앉아 있는 쪽을 가리켰다. 나는 일어나서 장교를 향해 다가갔고 활짝 웃으면서 손을 내밀었다.

"내 이름은 알라 알딘 하산 이븐 알와잔이고, 그라나다 태생, 페스 출신의 도매상인입니다. 신께서 오스만군의 검으로 그라나다를 우리에게 돌려주시길!"

잔뜩 겁먹은 바예지드는 내 품으로 달려와서 어깨에 얼굴을 묻었다. 장교가 바예지드를 놓아주면서 말했다.

"잘생긴 아이입니다! 내 아들과 이름이 같군요! 아들을 못 본 지가 일곱 달이거든요."

장교의 콧수염이 파르르 떨렸다. 그의 눈빛에 이제 매서움이라는 건 전혀 없었다. 그가 돌아서서 트랩을 내려가며 아바드에게 출항해도 좋다는 신호를 보냈다.

배가 부두에서 8백 미터쯤 떨어지자, 누르는 그때까지 억누르고 있던 눈물을 흘리기 위해 선실로 들어갔다.

*

한 달 후, 제르바에 있을 때 누르는 또 한 번 공포에 떨어야 했다. 하지만 이번에는 그녀가 우는 걸 내 눈으로 보지 못했다.

우리는 한밤중에 체포되었다. 나는 잠시나마 아바드와 함께 육지를 걷기 위해, 그리고 사람들이 사는 낙이 있는 섬이라고 칭찬하는 제르바를 좀 더 알기 위해 흔들리는 배를 기꺼이 떠났다. 제르바는 오랜 세월 튀니스 왕들의 지배를 받았으나, 지난 세기말에 주민들이 독립을 선언하고 대륙과 연결된 다리를 파괴했다. 주민들은 기름과 양모, 건포도를 수출하여 필요한 걸 조달하면서 풍족하게 살았지만, 곧 여러 부족 간에 내전이 발발했고, 연쇄 살인 사건이 일어나면서 섬을 피로 물들였다. 차츰 당국은 모든 권위를 상실하고 있었다.

그래도 아바드는 이 섬을 가능한 한 자주 들렀다.

"혼란과 사는 낙이 이토록 조화를 이룬 곳이 또 어디 있을까!" 아바드가 말했다.

아바드는 선원들이 단골로 다니는 아주 기분 좋은 술집을 알고 있었다.

"이 집은 연안에서 잡은 생선 요리와 포도주가 아주 일품이지."

나는 성지 순례에서 돌아온 직후라서 포식하고 싶지도 않았고 취하고 싶은 마음도 전혀 없었다. 하지만 바다에서 몇 주를 보냈으니 약간의 기분 전환이 필요하긴 했다.

우리가 술집으로 들어가서 빈 테이블을 찾고 있을 때 누군가가 떠들어대는 말이 귀에 꽂혔다. 나는 귀를 세웠다. 한 선원이 오랑의 한 광장에서 목격한 것을 말하고 있었다. 전리품을 운반하던 카스티야군에게 목이 잘린 아루지 바르바로사의 머리가 전시되어 있다는 것이었다.

자리를 잡고 앉은 후 나는 아바드에게 해적 바르바로사와 관련된 기억, 그의 야영지에 갔던 일, 바르바로사의 대사로 콘스탄티노플에 가서 술탄을 알현했던 일을 이야기했다. 갑자기 아바드가 목소리를 낮추라면서 속삭였다.

"자네 뒤쪽에 시칠리아 출신 선원으로 보이는 젊은이와 늙은이가 앉아 있는데 자네 얘기에 지나치게 귀를 기울이고 있어."

나는 슬쩍 돌아봤다. 두 남자는 왠지 수상쩍어 보였다. 그래서 우리는 화제를 바꾸었고, 그들이 술집을 나가는 걸 보고 나서야 안도의 숨을 내쉬었다.

한 시간 후, 거나하게 취해서 술집을 나온 우리는 휘영청 밝은 달빛 아래 해변을 따라 젖은 모래사장을 걸었다.

어부들의 오두막 몇 채를 지나쳤을 때 갑자기 수상한 그림자들이 우리 앞에 나타났다. 우리는 순식간에 검과 단검으로 무장한 사내 열 명에게 포위되었는데, 나는 그 패거리 중에서 술집에서 내 뒤에 앉아 있던 남자 둘을 알아보았다. 그중 한 명이 형편없는 아랍어로 뭐라고 내뱉었다. 나는 칼에 찔리고 싶지 않으면 입 다물고 꼼짝 말라는 뜻이라는 걸 알았다. 잠시 후, 우리는 땅바닥에 내동댕이쳐졌다.

내가 기억하는 마지막 장면은 아바드의 목덜미를 내리치는 주먹질이었다. 이어서 나는 숨 막힐 듯 답답하고 고통스러운 긴 어둠 속으로 빠져들었다.

이렇게 시작된 여행이 내 인생에서 가장 특별한 여행이 될 줄 내가 짐작이나 할 수 있었을까?

제4부

로마

Roma

Granada

Fez

Cairo

Timbuktu

나는 육지도 바다도 태양도 보지 못했고, 여행이 끝났는지도 알지 못했다. 혀가 짭짤하고, 두통이 일면서 어지럽고 메슥거렸다. 내가 내던져진 선창에는 죽은 쥐와 널빤지에 핀 곰팡이, 나보다 먼저 붙잡혀 온 사람들의 냄새가 진동하고 있었다.

아들아, 나는 그렇게 노예가 되었고, 내 피는 치욕을 당했다. 유럽 땅을 정복했던 조상들의 자손인 내가 어느 군주나 팔레르모, 나폴리, 라구사*의 부자 상인에게 팔려 가거나, 최악의 경우는 카스티야인에게 팔려서 그라나다의 굴욕을 매 순간 느끼면서 살아가야 하는 신세가 될 수도 있었다.

가까운 곳에 나와 마찬가지로 쇠사슬에 묶이고 족쇄까지 채워진 수스 출신의 아바드가 먼지 구덩이에 누워 있으니 비천한 하인이 따로 없었다. 나는 아바드를 물끄러미 쳐다봤다. 바로 내 몰골을 보여주는 거울이나 다름없었다. 어제까지만 해도 범선의 갑판에서 웃음을 터뜨리거나 발길질로 선원들을 호령하면서 거친 파도에도 굴하지 않고 바다를 누비고 다니던 사람이었건만.

나는 한숨을 내쉬었다. 잠들어 있다고 생각했던 아바드가 눈을 감은 채로 말했다.

---

* 이탈리아 시칠리아섬에 있는 도시.

"알함두릴라, 알함두릴라! 신께서 주시는 모든 것에 감사하세!"

신성모독적인 말을 할 때가 아니었다. 그래서 나는 다만 이렇게 말했다.

"언제나 신께 감사해야지. 근데 이런 상황에서는 구체적으로 무엇에 감사해야겠나?"

"신음하면서 노를 젓는 이 갤리선의 비참한 노예들의 고된 노동에서 나를 면제해주신 데 감사하지. 또한 좋은 동반자와 함께 나를 살아 있게 해주신 데 감사하지. 명백한 이유가 세 가지나 되는데 알함두릴라! 하고 외치기에 충분하지 않은가."

아바드가 몸을 일으켰다.

"나는 신께 재앙으로부터 나를 지켜 달라고 기도한 적이 없어. 다만 절망으로부터 지켜 달라고 할 뿐이지. 믿음을 갖게, 신께서는 한 손으로는 자네를 놓으시고, 다른 손으로는 붙잡아주시니까."

아들아, 아바드는 자신도 모르게 아주 놀라운 말을 한 거였어. 메카에서 신의 오른손을 만지고 떠나온 내가 로마에서 신의 왼손에 잡혀서 살게 될 줄이야!

산탄젤로성

헤지라력 925
(1519. 1. 3. – 1519. 12. 22.)

 나를 납치한 사람은 독실한 신자지만 공포스러운 이름으로 악명 높은 시칠리아 해적이었다. 살인과 노략질을 일삼으며 살아온 피에트로 보바딜리아는 어느새 60대에 들어서자 악인으로 죽는 것이 두려운 나머지 이제라도 하느님에게 봉헌으로 속죄할 필요를 느꼈다. 그래서 해적은 지중해권을 대표하는 하느님의 대리인, 가톨릭을 이끄는 로마의 교황 레오 10세에게 선물을 바치기로 한 것이었다.
 2월 14일 일요일 성 발렌타인 축일을 위한 예식에서 교황에게 바쳐질 선물이 바로 나였다. 전날 저녁에 이 소식을 전해 들은 나는 새벽녘까지 잠을 이루지 못한 채 감방 벽에 기대고 앉아서 도시의 일상적인 소음에 귀를 세우고 있었다. 한 간수의 웃음소리, 테베레강에 뭔가가 풍덩 떨어지는 소리, 갓난아기의 울음소리가 어둠 속의 고요를 깨뜨리고 있었다. 나는 로마에 온 뒤로 자주 불면에 시달리고 있었고, 무엇이 나를 이토록 불안하게 하는지 마침내 깨달았다. 자유가 없다는 것보다도, 아내가 곁에 없다는 것보다도, 무에진의 외침을 들을 수 없다는 것이 견디기 힘들었다. 이제껏 날마다 제시간에 어김없이 기도 시간을 외치는 소리가 공간을 가득 채우면서 위안을 주는 도시가 아닌 곳에서 살아본 적이 없었기 때문이다.

성에 갇힌 지 한 달이 지나고 있었다. 고된 항해와 수많은 곳을 기항한 끝에 나는 이탈리아반도의 도시 중에서 가장 인구가 많은 나폴리의 부두에 내렸다. 이어서 아바드 없이 나만 혼자 육로로 로마에 끌려갔다. 나는 아바드를 3년 후에야 아주 우연히 재회하게 된다.

나는 여전히 쇠사슬에 묶여 있었는데, 아주 놀랍게도 해적 보바딜리아가 그걸 미안해하는 발언을 했다.

"우리는 지금 에스파냐 영토*에 있는 것이다. 병사들이 쇠사슬에 묶여 있지 않은 무어인을 보면 당장 덤벼들 거라서 보호해주는 것이다."

해적의 신사적인 말에 나는 아주 가혹한 취급을 받지는 않을 거란 희망을 품었다. 나선형 층계를 통해 올라가게 되어 있는 원통형의 웅장한 요새 산탄젤로성에 들어서면서 내 희망이 확인되는 것 같았다. 작은 방에 갇혔는데, 육중한 문이 밖에서 자물쇠로 채워져 있다는 걸 제외하면 침대와 의자, 목재 궤가 하나씩 있어서 감옥이라기보다는 소박한 숙박업소의 객실에 있는 것 같았다.

열흘 후, 누군가가 나를 찾아왔다. 간수들이 정중히 그를 맞이

---

* 1504년 아라곤의 페르난도 2세에 의해 아라곤 연합 왕국의 일부가 되었다. 이후 2세기 동안 나폴리는 에스파냐 국왕이 파견한 총독이 지배했고, 1734년에 이르러서야 독립 왕국의 지위가 회복되었다.

하는 것으로 보아 교황의 측근인 것 같았다. 그는 내게 공손히 인사하면서 자신을 소개했다. 프란체스코 귀차르디니*라는 이름의 이 인물은 피렌체 출신으로서 모데나의 성주이자 교황 성하를 섬기는 외교관이었다. 나도 이름과 신분을 밝히면서 여행가로서 한 활동과 팀북투에서 콘스탄티노플에 이르기까지 특별한 임무를 띤 사신으로 활약했던 것도 빠뜨리지 않고 말했다. 귀차르디니가 반기는 것 같았다. 우리는 카스티야어로 대화했다. 카스티야어는 그나마 내가 알아들을 수 있는 언어지만 유창하게 구사하는 수준은 아니었다. 그래서 천천히 말해야 했고, 내가 언어를 잘 몰라서 불편하게 한 데 대해 깍듯하게 사과하자 귀차르디니는 정중하게 대답했다.

"지중해 연안 일대에서 사용하는 아랍어를 모르기는 나도 마찬가지인데 그렇다면 사과는 나도 해야지요."

귀차르디니의 겸손한 태도에 용기가 생긴 나는 성의를 보이기 위해 토스카나 지방에서 일상어로 쓰는 이탈리아어 몇 마디를 했다. 그러고는 도전적인 어조로 그에게 약속했다.

"올해가 다 가기 전에 이탈리아어를 배우겠습니다. 유창하지는 못해도 의사소통은 할 수 있도록 노력하겠습니다."

귀차르디니가 미소 띤 얼굴로 고개를 끄덕이는 사이 나는 덧붙였다.

"하지만 언어 습관까지 습득하는 데는 시간이 좀 걸릴 겁니다.

---

* 교황령을 대표하는 외교관과 행정관으로 뛰어난 재능을 발휘한 이탈리아의 역사가이자 정치가(1483~1540). 동시대 마키아벨리의 저술과 함께 근대 역사 서술의 기초를 세운 사람으로 알려져 있다.

가령 유럽인들이 단수의 상대방에게 존경의 표시로 복수형을 쓰는 것이라든가 흔히 사용하는 관용적 표현까지 알려면 말입니다."

귀차르디니가 잠자코 뜸을 들이고 있는데, 숙고하기 위해서라기보다는 분위기를 엄숙하게 만들려는 것 같았다. 두상에 딱 맞는 빨간 헝겊 모자를 쓴 귀차르디니가 하나밖에 없는 의자에 앉아 있는 모습이 딱 음모가처럼 보였다. 나는 바로 옆에 놓인 궤에 걸터앉았다. 그가 내 쪽으로 몸을 기울이면서 말했다.

"하산 씨, 당신은 아주 중요한 때에 이곳에 온 겁니다. 적절한 때가 되었다고 판단될 때 교황 성하께서만 공개할 수 있는 비밀이라서 더는 말해줄 수가 없어요. 하지만 당신이 이렇게 이곳에 붙잡혀 있는 것이 우연히 해적에게 납치되었다가 끌려와 있는 것이라고는 생각지 마시오."

귀차르디니가 덧붙였다.

"그렇다고 그 용감한 보바딜리아가 당신을 찾으려고 바다를 누비고 다녔다는 뜻은 아니오. 그건 전혀 아니지만, 그는 어떤 유형의 무어인을 교황 성하께 바쳐야 하는지를 알고 있었던 겁니다. 학식이 있는 여행가에다 외교관이라니, 정말이지 우리가 기대한 이상의 인물을 데려온 것이지요."

그래서 납치되었다고 영광이라고 생각해야 하나? 아무튼 나는 기뻐하는 내색도, 불쾌해하는 내색도 하지 않았다. 나는 왜 그런 사람이 필요한 건지 호기심이 동해서 좀 더 자세히 알아내기로 했다. 하지만 대화를 끝낸 귀차르디니가 이미 의자에서 일어나고 있었다.

귀차르디니가 나가자마자 장교급 간수가 와서 내게 필요한 게 있느냐고 물었다. 나는 대담하게도 깨끗한 옷과 작은 책상, 램프, 필기도구를 요구했고, 그날 바로 받았다. 저녁 식사의 질도 바뀌었다. 잠두콩과 렌틸콩 대신에 고기와 라자냐, 트레비아토 적포도주까지 나왔고, 나는 적당히 마셨다.

*

귀차르디니는 얼마 지나지 않아 내가 바라던 소식을 전해주었다. 교황이 피에트로 보바딜리아에게서 직접 선물을 받겠다고 한 것이다.

성 발렌타인 축일에 해적과 외교관이 함께 내 감방 앞에 나타났다. 교황은 산탄젤로성의 도서관에서 우리를 기다리고 있었다. 열의가 넘치는 보바딜리아가 교황의 발치에 꿇어엎드리자, 귀차르디니는 그가 일어나게 도와주고는 교황의 손에 공손하지만 짧게 입을 맞추었다. 이번에는 내가 다가갔다. 레오 10세는 안락의자에 앉아서 꼼짝도 하지 않았다. 깔끔하게 면도한 둥실한 얼굴, 턱 보조개, 특히 도톰한 아랫입술, 후덕해 보이면서도 탐색하는 시선, 일이라고는 해본 적이 없는 반들반들한 손가락. 교황 뒤쪽에 통역관으로 보이는 사제가 한 명 서 있었다.

애정 표시인지 나의 주인이라는 표시인지 모르겠지만, 교황이 구부리고 있는 내 등에 두 손바닥을 얹고는 해적에게 고맙다고 말했다. 나의 새 주인은 내가 일어나지 못하게 하려고 일부러 두 손을 얹었던 것일까, 내가 여전히 꿇어엎드려 있을 때 귀차르디니가 나를 납치한 해적을 밖으로 데리고 나갔다. 그 두 사람의 접견은 끝이 난 것이었다. 나에 대한 접견이 이제 시작되었다. 통역관이 카스티야 억양이 강한 아랍어로 교황의 말을 내게 전달했다.

"예술과 지식을 갖춘 사람은 하인이 아니라 보호받아야 할 사람으로 우리의 환영을 받는다. 그대가 이곳에 온 것이 그대의 의지에 반하고, 우리가 찬성할 수 없는 방식으로 끌려온 것은 사실이다. 하지만 악행이 미덕의 힘이 되고, 선행이 최악의 이유가 되기도 하고, 악행이 최선의 이유가 되기도 하는 것이 세상사다. 그리하여 우리의 선대 교황 율리우스 2세께서는 교황령의 확장과 성전 건립 기금을 마련하기 위해 군사력을 이용해 전쟁을 많이 일으켰다……."

통역관은 내가 전혀 모르고 있는 사실을 언급했다는 걸 알아차리고 말을 중단했다. 나는 이 기회에 소심하게 의견을 말했다.

"제 생각에 그것은 전혀 수치스러워할 일이 아닙니다. 예언자의 뒤를 이은 칼리파들도 늘 군대를 지휘하고 여러 나라를 통치했습니다."

교황이 통역관이 전하는 말을 듣더니 뜻밖이라는 얼굴로 나에게 물었다.

"늘 그러했는가?"

"칼리파 직위가 술탄들에게 넘어갈 때까지는 그랬습니다. 권력을 상실한 칼리파는 궁전에 갇힌 신세였습니다."

"옳은 일이었는가?"

교황이 내 의견을 중요하게 여기는 것 같아서 나는 골똘히 생각하다가 말했다.

"올바른 일이었다고 생각하지는 않습니다. 칼리파들이 통치할 때 이슬람의 문화는 번성했고, 종교는 세상사를 평화롭게 다스렸습니다. 그러나 그 뒤로는 무력이 지배하고, 믿음은 술탄의 손에 들린 검에 불과합니다."

교황은 몹시 만족하며 통역관을 중개로 내게 말했다.

"나는 늘 위대한 선대 교황께서 옳았다고 생각했다. 군사력이 없으면 교황은 그저 권세 높은 왕의 전속 신부에 지나지 않는다. 따라서 우리는 때때로 적과 똑같이 무력을 사용하고, 타협도 해야 한다."

교황이 손가락으로 나를 가리켰다.

"그대의 말에 위안을 얻었다. 보바딜리아가 운이 좋았구나. 우리를 섬길 준비가 되었는가?"

나는 동의하는 뜻으로 우물우물 대답했다. 교황은 입술을 실룩거리면서 고개를 끄덕였다.

"신의 섭리에 따른 구금이니 감수하고 있거라!"

통역사가 미처 전달하기도 전에 교황이 빠르게 다음 말을 이었다.

"고문관 귀차르디니 경이 우리가 그대에게 아주 중요한 걸 기대하고 있다고 말했을 텐데, 그건 때가 되면 다시 말할 것이다. 이 축복받은 도시가 역사상 가장 어려운 때에 그대가 왔다는 것만 알아 두어라. 로마는 파괴의 위협을 받고 있다. 내일, 로마를 돌아다니면 마치 나이 든 거목의 가지에서 새싹과 푸른 잎이 돋아나고, 꽃송이들이 햇살에 빛나듯 이 도시가 성장하고 아름답게 빛나는 걸 느낄 것이다. 곳곳에서 우리의 후원 속에 최고의 화가들과 최고의 조각가들, 작가들, 음악가들, 장인들이 아름다운 작품들을 만들고 있다. 봄이 이제 막 시작되었건만 어느새 겨울이 다가오고 있다. 어느새 죽음이 엿보고 있다. 죽음이 사방에서 우리를 엿보고 있다. 죽음이 어느 쪽에서 올까? 어떤 검이 우리를 칠 것인가? 우리에게 쓴잔을 들게 하고 말고는 오직 하느님만 알고 계시거늘."

"신은 위대하십니다!" 나는 무의식적으로 중얼거렸다.

"하느님께서 모든 술탄으로부터 우리를 지켜주시길!" 갑자기 얼굴이 환해진 교황이 받아쳤다.

이날의 접견은 더 진행되지 않았다. 레오 10세는 조만간 나를 다시 부르겠다고 약속했다. 감방으로 돌아온 나는 새로운 지시가 내려졌다는 걸 알았다. 이제는 해가 저물기 전까지 감방 문에 자물쇠가 채워져 있지 않았고, 나는 성벽 안을 마음대로 돌아다닐 수 있었다.

일주일 후 다시 만났을 때, 교황은 나를 위해 특별 수업을 준비해주었다. 이제부터 나의 하루는 배우는 시간과 가르치는 시간으로 나뉠 터였다. 주교 세 명이 각각 라틴어와 가톨릭 교리, 복음서와 히브리어를 가르쳐주고, 아르메니아인 사제는 아침마다 튀르크어를 강의해줄 것이다. 그리고 나는 일곱 명의 학생에게 아랍어를 가르쳐야 했다. 이에 대한 대가로 나는 한 달에 금화 1두카트의 급여를 받게 될 터였다. 내가 아무런 이의를 제기하지 않자 나의 은인은 웃으면서 강제 노동인 듯 보이지만 서로에게 도움이 되는 이 수업 계획은 나에 대한 자신의 열정이 반영된 것이라고 덧붙였다. 나는 고마움을 표하면서 신뢰를 잃지 않도록 최선을 다하겠다고 약속했다.

이때부터 교황은 매달 나를 혼자 또는 내 스승들과 함께 불러들이고 특히 가톨릭 교리를 비롯해 라틴어를 어느 정도로 습득했는지 확인했다. 교황의 머릿속에는 이미 내게 세례와 세례명을 줄 날짜가 정해져 있었다.

*

따라서 억류된 생활이긴 하지만 나는 로마에서 육체적으로는 편안했고, 정신적으로는 유익한 일 년을 보냈다. 날이 갈수록 공부하는 과목이 늘어났을 뿐만 아니라 나를 가르치는 스승들과 나한테서 아랍어를 배우는 아라곤 출신의 사제 두 명, 프랑스인 사제 두 명, 베네치아인 사제 두 명, 작센 출신의 독일인 수사 한 명과도 사이가 돈독해지고 있었다. 레오 10세와 수도사 루터 사이에 점점 더 격해지고 있는 논쟁이 이미 전 유럽을 큰 혼란 속에 빠뜨리고 있으며, 로마에 가장 끔찍한 재앙을 가져오는 사건이 될 거라고 처음으로 내게 언급한 사람이 바로 이 작센 출신의 독일인 사제였다.

이단

헤지라력 926
(1519. 12. 23. – 1520. 12. 12.)

"교황은 대체 뭐 하는 사람인가? 추기경들은 뭐 하는 사람들이고? 대체 로마라는 이 도시는 어떤 신을 숭배하기에 이토록 사치와 쾌락에 빠져 있단 말인가?"

내게서 아랍어를 배우는 작센 출신의 독일인이 내뱉은 말이었다. 아우구스티노 수도회 소속 수사 한스가 레오 10세의 대기실까지 쫓아와서 루터 수사의 주장*을 전하며 나를 설득하려고 애를 썼지만, 나는 화형대에서 생을 마감하고 싶지 않으면 제발 입을 다물라고 간청했다.

각진 얼굴에 금발, 명석하고 완고한 한스는 수업이 끝날 때마다 가방에서 자신이 번역하여 해설해놓은 소책자나 안내서를 꺼

---

* 마르틴 루터는 교황청의 면벌부 판매를 비판하면서 1517년 10월 31일, 비텐베르크성 앞의 성당 문에 95개 조항의 반박문을 내걸었다. 1520년 교황 레오 10세로부터 모든 주장을 철회하라는 요구를 받았으나 오직 성서의 권위를 앞세우면서 성서에 어긋나는 가르침을 거부함으로써 결국 파문당했고, 종교 개혁이 시작되었다.

내놓고 내 생각을 알기 위해 집요하게 질문을 퍼붓곤 했다. 내 대답은 한결같았다.

"내 감정이 어떠하든 나는 후원자를 배신할 수 없어."

한스는 유감스러워했지만, 전혀 낙담하지 않았고, 다음 수업이 끝나면 또다시 나를 못살게 굴었다.

내가 자기의 말을 불쾌해하지 않고 들어준다는 걸 한스가 알아차린 것이었다. 한스가 하는 말 중에는 이따금 예언자 무함마드의 언행을 기록한 하디스를 떠오르게 하는 것들이 있었다. 루터가 우상 숭배가 될 수 있다며 예배소에서 모든 조각상을 치우라고 했다지 않은가? 신의 사도는 검증된 하디스에 이렇게 말했다. "천사는 개나 조각상이 있는 집에는 들어가지 않는다." 루터는 기독교가 신자들의 공동체일 뿐이라며 성직에 계급을 두는 교계 제도를 비판하고 있지 않은가? 믿음의 유일한 기반은 성서라고 단언하고 있지 않은가? 그 누구도 창조주께서 예정해놓은 운명을 벗어날 수 없다고 가르치고 있지 않은가? 예언자 무함마드도 무슬림들에게 같은 말을 했다.

이런 일치에도 불구하고 나는 이성을 따를 수가 없었다. 루터와 레오 10세 간에 치열한 힘겨루기가 벌어지고 있는 때에 나를 자식처럼 품어준 사람을 저버리고 모르는 사람의 손을 들어줄 수는 없었다.

물론 교황이 나한테만 '내 아들'이라고 하는 건 아니지만, 특별히 내게는 명문 메디치 가문의 이름과 함께 자신의 이름 조반니와 레오를 주었다. 1520년 1월 6일 금요일, 아직 완성되지 않은 성 베드로 대성당에서 화려하고 성대한 의식이 거행되었다. 추기경들과 주교들, 각국의 대사들, 그리고 레오 10세가 후원하는 시인, 화가, 조각가 등 진주와 보석으로 화려하게 치장한 예술가들이 대거 참석해 있었다. 심지어는 그의 예술을 찬양하는 이들 사이에서 '신성한 예술가'라고 불리는 라파엘로 다 우르비노도 그 자리에 있었다. 전혀 병약해 보이지 않았던 그가 석 달 후 고열로 신음하다 37세의 나이로 유명을 달리할 줄이야 누가 상상이나 했겠는가.

티아라(교황관)를 쓴 레오 10세는 의기충천해 있었다.

"세례 요한이 그리스도에게 세례를 거행한 날을 축하하고, 전통에 따라 우리 주 예수를 경배하기 위해 아라비아에서 온 세 명의 동방박사들을 축하하는 공현 대축일을 맞이하여 우리의 성전 베드로 대성당에서 봉헌하기 위해 바르바리의 변방에서 온 새 동방박사를 행복한 마음으로 맞이합시다!"

흰색의 긴 모직 망토를 걸치고 제단 앞에 무릎을 꿇은 나는 향냄새에 취하고 과분한 영예를 누리는 것에 몸 둘 바를 모르고 있었다. 이곳에 모인 이들 중에 이 '동방박사'가 어느 여름밤 제르바 해변에서 해적에게 납치되어 노예로 로마까지 끌려왔다는 걸 아는 이는 아무도 없었다. 나에 대해 나도는 소문과 나에게 일어난 모든 일은 얼마나 어이없고, 터무니없고, 기괴하던지! 악몽을 꾸고 있거나 신기루를 보고 있는 게 아닐까? 금요일마다 페스의 모스크, 카이로의 모스크, 팀북투의 모스크에서 그랬던 것처럼 불면의 긴 밤 때문에 정신이 이상해진 게 아닐까? 이런 의문을 품고 있을 때 갑자기 내게 말을 건네는 교황의 목소리가 들렸다.

"사랑하는 우리의 아들, 조반니 레오, 신께서 모든 사람 중에서 너를 지명하셨으니······."

조반니 레오! 요하네스 레오! 우리 집안에서는 전혀 불린 적 없는 이름! 나는 세례식이 끝난 뒤에도 한참을 머릿속으로는 문자를, 입속으로는 음절을, 때로는 라틴어로, 때로는 이탈리아어로 되뇌었다. 레오, 레오네. 인간들은 충성스러운 동물보다는 위협적인 야생 동물을 이름으로 짓는 이상한 습관이 있다. 늑대로 불리는 건 괜찮아도 개라고 불리는 건 싫어한다. 내가 하산이라는 이름을 잊고 거울을 보면서 "레오, 네 눈 밑에 거무스름한 그늘이 졌구나" 하고 말하는 날이 올까? 새 이름에 익숙해지기 위해 나는 바로 아랍화했다. 라틴어명 요하네스 레오는 아랍어명으로 유한나 알아사드가 된다. 로마와 볼로냐에서 쓴 책 아래 쪽에서 내가 서명으로 사용한 유한나 알아사드란 이름을 볼 수 있다. 하지만 메디치가 사람이 피부색이 어둡고 머리가 곱슬곱슬하다는 것에 약간 놀란 교황청 사람들은 이름이 같은 양아버지 교황과 나를 구별하기 위해 내 이름에 아프리카인, 즉 '아프리카누스'라는 별칭을 붙였다. 아마도 교황의 사촌 대부분이 14세가 되면 그랬던 것처럼 나를 추기경으로 지명하는 걸 막기 위해서였을 것이다.

세례식이 있던 날 저녁, 교황이 나를 불러들였다. 교황은 이제부터 나는 자유인이지만 밖에서 마땅한 숙소를 찾을 때까지는 산탄젤로성에서 살아도 된다면서 학문을 배우면서 아랍어 가르치는 일에 계속 열중해주면 좋겠다고 덧붙였다. 그러고는 책상에서 작은 책 한 권을 가져와 축성된 빵을 주듯 내 손바닥에 올려놨다. 책을 펼친 나는 본문이 아랍어로 쓰여 있는 걸 보고 깜짝 놀랐다.

"큰 소리로 읽어보거라, 내 아들아!"

나는 조심스럽게 책장을 넘기면서 소리 내어 읽었다.

"성시간(聖時間)을 위한 기도서…… 1514년 9월 12일 파노에서 교황 레오 성하의 후원 아래 완성……."

나의 보호자는 약간 떨리는 목소리로 내 말을 잘랐다.

"아랍어로 쓰인 최초의 기도서를 인쇄한 것이니, 가족이 있는 집으로 돌아갈 때 소중하게 지니고 떠나거라."

교황은 내가 언젠가는 떠나리라는 걸 알고 있다는 눈빛이었다. 교황이 어찌나 감격해 있던지 나는 흐르는 눈물을 멈출 수 없었다. 교황이 일어났다. 나는 허리를 굽혀 교황의 손에 입을 맞췄다. 교황이 진짜 아버지처럼 나를 꼭 끌어안았다. 방금 세례를 주면서 나를 개종시킨 사람이지만 나는 이 순간부터 교황을 사랑했다. 유럽과 그 밖의 기독교 세계에서 추앙받는 최고의 강력한 지도자가 유대인 인쇄공의 공방에서 만든 아랍어로 쓰인 작은 책에 이토록 감격하다니, 쇠락하기 이전의 칼리파 중 하룬 알라시드의 아들로서 학문을 사랑한 알마문*이 했을 법한 행동을 보이고 있었다. 신께서 두 인물에게 자비를 베푸시길!

세례를 받은 다음 날 처음으로 자유롭게 감옥의 울타리를 나와 팔을 건들거리며 산탄젤로 다리를 건너 폰테 구역을 향해 걸어갈 때 나는 억류 생활에 대한 원한도 울분도 없었다. 묵직한 쇠사슬에 묶여서 보낸 몇 주일, 억류된 몸이지만 대접받으며 몇 달을 보

---

* 아바스 왕조의 7대 칼리파. 바그다드에 많은 종교학자를 불러 모아 융숭하게 대접했고, 그리스 철학과 과학을 비롯해, 비잔틴 제국에 사절을 보내 유명한 사본들을 수집하여 아랍어로 번역하게 하는 등 학문을 장려했다.

낸 뒤, 그간 내가 여행길에서 머무는 동안 즐거움과 영예를 얻었던 모든 나라에서처럼 이제 다시 여행가가 되는 것이었다. 이곳에 온 지 일 년이 되었건만 로마에 대해 알고 있는 것이라고는 원통형의 산탄젤로성과 바티칸으로 연결된 긴 비밀 통로밖에 없었으니 내가 보고 싶은 거리와 유적들, 로마의 남녀 시민들이 얼마나 많았겠는가!

*

그 별난 독일인 수사 한스와 함께 첫 로마 구경을 나선 것은 분명히 나의 실수였다. 나는 가장 먼저 반키 베키 거리로 향했다가 왼쪽의 그 유명한 펠레그리노 거리로 접어들었고, 거기서 금속 세공사들의 진열창과 비단 장사꾼들의 진열대를 보면서 감탄했다. 나는 몇 시간이고 구경하고 싶었지만, 한스가 안달하면서 배고픈 아이처럼 내 소매를 잡아끌었다. 경솔하게 한스와 관광을 나온 나 자신을 탓하면서 꾹 참았다. 눈앞에 탄복할 만한 성당이며 궁, 유적이 이렇게 많은데 한스의 눈에는 아무것도 보이지 않는단 말인가? 아니면 혹시 사계절 내내 끊임없이 곡예사들의 공연이 계속된다는 나보나 광장으로 나를 데려가려는 건가?

아니, 한스는 그럴 생각이 전혀 없었다. 그는 쓰레기 더미를 뛰어넘지 않고서는 지나갈 수 없는 좁은 골목길로 나를 끌고 갔다. 그 음침하고 악취가 나는 골목에서 그가 갑자기 멈춰 섰다. 우리는 피골이 상접한 꾀죄죄한 구경꾼들에게 에워싸였다. 한 창문에서 어떤 여자가 우리를 부르면서 돈을 주면 놀아주겠다고 소리쳤다. 나는 불쾌해져서 골목을 나가려고 했지만, 한스는 움직이지 않았다. 내가 노려보자 그제야 한스가 설명했다.

"저마다 궁전 같은 집을 세 채씩 소유하고, 열두 가지 종류의 생선 요리에 여덟 가지 샐러드, 다섯 종류의 디저트로 허구한 날 향연을 열면서 누가 더 사치스럽고 방탕한지를 겨루는 교황청의 모든 추기경을 만날 때 자네가 오늘 두 눈으로 본 이 동네의 가난한 사람들을 생각하라고 데려온 거야. 그리고 교황은 어떠한가? 포르투갈 왕이 선물한 코끼리를 행진시키면서 자랑스러워하는 교황을 봤잖나? 어릿광대들에게 금화 몇 개를 던져주는 교황을 봤잖나? 마글리아나 영지로 곰이나 멧돼지 사냥을 나갈 때 가죽 장화를 신고서 사냥개를 예순여덟 마리나 풀어놓는 교황을 봤잖나? 돈을 쳐들여서 칸디아와 아르메니아에서 송골매와 참매를 수입하는 교황을 봤잖나? 이토록 사치를 부리는 교황을 도대체 어떻게 생각해야 할까?"

나는 한스의 심정을 이해했지만, 이렇게 의견도 묻지 않고 막무가내로 끌고 온 것에 대해서는 몹시 화가 났다.

"처음으로 로마 시내를 둘러보는 건데 꼭 이래야겠나? 키케로와 리비우스가 말한 고대 로마의 유적들부터 보여주면 좋겠는데!"

나의 독일인 친구는 의기양양한 얼굴이었다. 한스는 대꾸도 하지 않고 당당한 걸음걸이로 성큼성큼 걷기 시작했는데 내가 간신히 따라갈 수 있는 속도였다. 30분 후 그가 걸음을 멈췄을 때는 사람들이 다니는 거리를 많이 벗어나 있었다. 우리는 광활한 황무지에 와 있었다.

"여기가 바로 그 옛날에 활기 넘치는 동네로 둘러싸여 있던 고대 로마의 중심인 포로 로마노*인데, 오늘날은 소의 들판이라는 뜻의 캄포 바치노라고 불리는 곳이지! 정면에 보이는 게 팔라티노 언덕이고, 저기 동쪽, 콜로세움 뒤로 보이는 것이 에스퀼리노 언덕이라네. 수 세기 동안 폐허로 남아 있지. 로마는 이제 거대한 땅덩이에 자리 잡은 그저 큰 마을 정도로 위상이 실추됐어. 오늘날 로마의 주민이 얼마나 되는지 아는가? 고작해야 8천에서 9천 가구밖에 안 돼."

주민 수가 페스, 튀니스, 틀렘센보다도 훨씬 적었다.

산탄젤로성으로 돌아가는 길에 나는 해가 아직 높이 떠 있는 걸 보고 한스에게 성 베드로 대성당 방향으로 한 바퀴 돌면서 아름다운 보르고 구역을 거쳐 가면 좋겠다고 말했다. 대성당 앞에 이르자마자 한스가 또다시 독설을 퍼부었다.

"교황이 이 성당을 완공하기 위해서 재정을 어떻게 충당하고 있는지 아나? 독일인들의 돈을 빼앗고 있지."

어느새 우리 주변으로 행인들이 모여들고 있었다.

"오늘은 유적을 충분히 둘러봤으니 다음에 다시 가세." 나는 간곡하게 말했다.

나는 한스의 대답을 기다리지 않고 나의 조용한 옛 감옥을 향

---

* 가장 호로로운 장소라는 뜻으로, 로마 제국 시대에는 정치, 문화, 문명의 중심지였다. 라틴어로는 '포룸 로마눔'이라고 부른다. 로마 제국이 동로마와 서로마로 나뉘고, 로마가 속한 서로마제국이 멸망하면서 포로 로마노도 쇠락해 갔다. 외세의 침입으로 신전과 건축물들이 무너져 내렸고, 로마 시민은 주택을 보수하기 위해 포룸의 석재를 떼어 갔고, 가톨릭교회에서도 성당을 짓기 위해 대리석 기둥과 장식물을 대거 떼어 가면서 포로 로마노는 폐허가 되었다.

해 뛰어가면서 다시는 루터파 수사와 로마를 구경하지 않겠다고 다짐했다.

다음 관광은 운 좋게도 모데나에서 오래 체류하다 방금 돌아온 귀차르디니와 함께할 수 있었다. 나는 그에게 캄포 바치노에 갔다가 크게 실망했다고 말했다.

"영원의 도시 로마, 하지만 많은 걸 잃은 도시이기도 하지." 귀차르디니가 체념 섞인 어투로 덤덤하게 대꾸했다.

잠시 후 귀차르디니가 덧붙였다.

"성스러운 도시지만 불경한 것들로 가득 차 있지. 안일하지만 날마다 걸작품이 탄생하는 도시이기도 하고."

귀차르디니와 함께 걸으면서 그의 느낌과 설명, 속내 이야기를 듣는 건 정신적으로 큰 기쁨이었다. 그렇지만 방해를 자주 받았다. 귀차르디니가 유명 인사라서 산탄젤로성에서 1.5킬로미터쯤 떨어진 거리에 있는 파르네세 추기경의 새 관저까지 가는 데 두 시간이나 걸렸다. 지나가면서 그에게 인사하는 이들이 있는가 하면, 말에서 내려서 대화를 오래 나누는 이들도 있었다. 드디어 자유로워진 피렌체 출신의 귀차르디니가 와서 나에게 사과했다. 인사하는데 모른 척 지나갈 수 없었다면서 방금 인사한 사람 중에는 최근에 로마에 정착한 고향 사람, 아주 영향력이 있는 교황청의 비서관, 프랑스 왕의 우체국장, 아무개 추기경의 사생아도 있었다고 말했다.

나는 마지막 말에 전혀 놀라지 않았다. 한스가 이미 로마에 대해 통탄하지 않았던가. 수도사와 수녀, 각국에서 온 순례자들이 북적거리는 교황의 도시 로마에는 추기경들의 정부가 관저에 살면서 하인들을 부리고 있으며, 그들의 자녀는 높은 공직이 약속되어 있고, 최말단 사제들마저도 뻔뻔하게 동거녀나 매춘부를 데리고 거리를 활보하는 타락한 도시라면서.

"음탕한 사생활이 사치를 부리며 사는 것보다는 추문이 덜하지." 마치 내 생각을 읽고 있는 것처럼 귀차르디니가 말했다.

그가 말을 이었다.

"로마에 사는 고위 성직자들은 생활 수준이 높아서 돈이 상당히 많이 드는데, 이 도시는 생산적인 활동이 전혀 없다는 게 문제지! 피렌체, 베네치아, 밀라노, 그 밖의 도시에서 모든 걸 사들여야 할 정도로. 그래서 역대 교황들은 자금을 조달하기 위해서 고위 성직을 팔기 시작했지. 1만, 2만, 3만 두카트를 주면 추기경직을 살 수 있다네. 여기서는 모든 것이 판매되고 있어. 심지어는 교황청의 재무를 담당하는 직책까지 돈으로 살 수 있게 되었으니! 그걸로도 충분하지 않아서 독일인들에게 면벌부*를 팔기 시작했는데, 말 그대로 재물을 바치는 사람에게 그가 저지른 죄에 따르는 벌을 사면해주는 거지! 요컨대 교황이 천국을 팔고 있는 셈이지. 바로 그래서 루터와 격렬한 논쟁이 벌어진 것이고."

"그렇다면 루터 수사의 주장이 옳은 것이 아닙니까."

"어떤 의미에서는 그렇지. 돈을 모으는 방식은 문제가 있지만,

---

* 면죄부라는 표현에 익숙하지만, 금전이나 재물을 바친 사람에게 죄에 따르는 벌을 사해주는 것이기에 면벌부가 더 적절한 표현이다. 당시 마인츠 대주교 알브레히트는 교구 확장을 위한 자금 마련을 위해 은행가 푸거 가문에서 거액을 빌렸고, 레오 10세가 면벌부 판매 권한을 주자 판매 수익의 일부를 교황에게 상납하고, 일부는 푸거 가문에 진 빚을 갚았다.

그 돈은 성 베드로 대성당을 완공하는 데에 쓰이고 있고, 그 일부는 향락에도 쓰이고 있네만, 나는 다른 무엇보다도 고귀한 예술품들의 탄생에 기여하고 있다는 점에 주목하고 싶네. 수백 명의 작가와 예술가들이 지금 로마에서 고대 그리스·로마인들이 시기할 정도로 훌륭한 걸작들을 창조하고 있으니까. 새로운 시각과 새로운 야망, 새로운 아름다움을 가진 세상이 태어나고 있네. 성직이 돈으로 매매되는, 부패하고 불경한 이 로마에서 독일인들에게서 갈취한 돈으로 지금 세상이 다시 태어나고 있다면 그것만은 쓸모 있는 낭비가 아닐는지?"

나는 어떻게 생각해야 할지 몰랐다. 내 머릿속에서 선과 악, 진실과 거짓, 아름다움과 부패가 엉망으로 뒤섞이고 있었다. 하지만 이러한 것이 레오 10세의 로마이고, 레오 아프리카누스의 로마인데 어찌하겠는가. 기억 속에 각인하기 위해 나는 귀차르디니의 표현을 큰 소리로 되뇌었다.

"안일한 도시……, 성스러운 도시……, 영원한 도시…….."

귀차르디니가 갑자기 낙담한 목소리로 내 말을 끊었다.

"저주받은 도시이기도 하지."

내가 무슨 설명을 해주길 기다리며 쳐다보는 사이 귀차르디니가 호주머니에서 구겨진 종이 한 장을 꺼냈다.

"루터가 우리 교황에게 써 보낸 글을 필사해 왔지."

그가 낮은 목소리로 읽었다.

"레오, 그대는 가장 위험한 옥좌에 앉아 있는 가장 불행한 사람이오. 한때는 천국의 문이었던 로마가 이제는 지옥의 구렁텅이가 되었으니."

개종자

헤지라력 927
(1520. 12. 13. – 1521. 11. 30.)

4월 6일은 내 인생에서 얼마나 행복한 토요일이었던가! 그렇지만 이날 교황은 진노해 있었다. 교황의 목소리가 어찌나 쩌렁쩌렁한지 나는 육중한 문이 보호해주는 대기실에서 한참을 꼼짝도 하지 못했다. 하지만 명을 받고 나를 데리러 온 스위스인 근위병이 노크도 없이 집무실 문을 열더니 나를 거의 떠밀다시피 들여보내고는 문을 닫았다.

교황이 나를 보면서 고함을 멈췄다. 하지만 눈살을 찌푸린 교황의 아랫입술이 아직도 파르르 떨리고 있었다. 교황이 반들거리는 손가락으로 책상을 톡톡 치면서 나에게 가까이 오라고 신호했다. 나는 허리를 숙여 교황의 손에 입을 맞춘 데 이어서 오른쪽에 서 있는 인물의 손에도 입을 맞추었다.

"레오, 우리의 사촌 줄리오 추기경을 아느냐?"

"로마에 살면서 제가 어찌 모를 수 있겠습니까?"

상황상 최상의 답변은 아니었다. 줄리오 데 메디치*가 레오 10세가 가장 두텁게 신임하는 가장 빛나는 추기경이라는 것에는 의심의 여지가 없었다. 그러나 얼마 전부터 교황은 돌출 행동, 과시욕, 요란스러운 애정 행각으로, 가뜩이나 벼르고 있는 루터파의 표적이 된 줄리오에게 불편한 심기를 드러내고 있었다. 반면에 귀차르디니는 나에게 줄리오를 좋게 말했었다. "줄리오는 완벽한 신사이자 예술 후원자가 지녀야 할 관대함과 품위를 갖춘 인물인데, 대체 그를 왜 성직자로 만들려는 걸까?"

'주케토'(붉은색 모자)와 '모제타'(붉은색 어깨 망토), 술 장식처럼 이마를 덮은 검은색 머리, 교황의 사촌은 깊은 시름에 잠긴 것 같았다.

"아들아, 추기경이 너에게 할 얘기가 있다고 하니 저기 의자에 앉아서 얘기를 나누거라. 나는 읽어야 할 우편물이 있어서 이만."

나는 이날 교황이 우리의 대화를 한마디도 놓치지 않고 듣고 있었다고 확신한다. 교황이 손에 들고 있는 서류를 한 장도 넘기지 않았기 때문이다.

줄리오는 난처한 듯 내 눈에서 암묵적인 동조의 빛을 찾고 있었다. 그는 조심스럽게 헛기침으로 목소리를 가다듬었다.

"얼마 전에 마달레나라는 이름의 소녀를 시종으로 들였는데, 정숙하고 아름답고 총명한 아이지. 성하께서 내가 소개해주는 아이를 자네가 아내로 삼기를 바라시는군."

추기경은 괴로워 보이는 얼굴로 교황의 바람을 전한 뒤에 화제를 바꿔 나의 과거, 여행, 로마 생활에 대해 이것저것 물었다. 나

---

* 사촌 형인 레오 10세에 의해 1513년 피렌체의 대주교이자 추기경에 임명되었으며, 레오 10세의 치세 동안 교황청의 정책을 결정하는 핵심 참모로 활동했다. 1523년 219대 교황 클레멘스 7세로 즉위하였다.

는 교황이 그랬던 것처럼 추기경도 팀북투, 페스, 카이로라는 지명을 들으며 반가워하면서 알고 싶어 하고, 영적인 것들을 존중한다는 걸 알았다. 그리고 내게 꼭 기행문을 쓰라고 하면서 나의 열렬한 독자가 되겠노라고 약속했다.

즐거운 대화였지만 뜬금없이 왜 내게 혼인 제안을 한 건지 뭔가 석연치 않았다. 솔직히 나는 어린 소녀를 아내로 삼아 임신시키는 남편으로 손가락질받으면서 로마에서 살고 싶은 마음이 전혀 없었다. 그렇지만 교황과 그의 사촌인 추기경에게 딱 잘라서 거절하기는 힘들었다. 그래서 나는 내 감정이 충분히 드러날 수 있도록 대답했다.

"저의 몸과 마음을 저보다 더 잘 아시는 성하와 예하의 뜻에 따르겠습니다."

그 순간 터진 교황의 웃음소리에 나는 소스라치게 놀랐다. 교황이 서류를 내려놓고 우리 쪽으로 몸을 돌렸다.

"레오는 위령 미사가 끝난 뒤 오늘 바로 그 여성을 만날 것이다."

*

실제로 이날은 시스티나 소성당에서 레오 10세가 후원하는 예술가 중 가장 극진히 사랑하던 라파엘로 다 우르비노의 사망 1주기 추모식이 예정되어 있었다. 교황이 라파엘로를 회상하면서 그리워할 때마다 나는 화가와 친분을 쌓지 못한 것이 후회되었다.

오랜 구금 생활로 인해 나는 라파엘로를 두 번밖에 만나지 못했다. 첫 번째는 바티칸의 복도에서 아주 잠깐 봤고, 두 번째는 나의 세례식 때였다. 세례식이 끝난 뒤, 라파엘로는 많은 사람이 하듯이 교황에게 축하 인사를 전하러 왔다가 내 옆자리에 앉아 있었다. 궁금한 것이 있었는지 라파엘로가 대뜸 물었다.

"당신의 나라에는 화가나 조각가가 없다는 게 사실이오?"

"그림을 그리거나 조각하는 사람은 있지만, 인물상을 표현하는 행위는 금지되지요. 창조주에 대한 도전으로 간주하니까요."

"우리의 예술이 창조물에 필적한다고 생각하는 것이니 무한한 영광이군요."

라파엘로가 입술을 삐죽거리면서 다소 거만하게 대꾸했다. 나는 이렇게 응수하지 않을 수 없었다.

"미켈란젤로가 모세상을 조각한 뒤에 그 작품에 너무 감격한 나머지 걸어봐라 또는 말해보라고 했다는 것이 사실은 아니겠지요?"

라파엘로는 짓궂은 미소를 지었다.

"그런 얘기가 떠돌았지요."

"바로 그래서 내 나라 사람들이 삼가는 것이지요. 창조주를 대신하겠다는 야심을 품는 인간이 있을까 봐!"

"생사를 결정하는 군주야말로 화가보다 훨씬 불경한 방법으로 신을 대신하는 게 아닌가요? 노예를 소유하는 주인, 노예를 팔고 사는 주인도 따지고 보면 신을 대신하는 게 아닌가요?"

화가의 언성이 높아져 있었다. 나는 진정시키려고 노력했다.

"언젠가 공방을 방문하고 싶습니다."

"내가 당신의 초상화를 그리겠다고 하면 불경한 걸까요?"

"전혀요. 내게는 우리의 뛰어난 시인이 나를 예찬하는 시를 써주는 것이나 다를 바 없습니다."

나는 더 나은 비유가 생각나지 않았다. 라파엘로는 미소를 지으면서 받아주었다.

"좋지요, 언제든 오시오."

그러겠다고 약속했는데 그토록 빨리 세상을 떠날 줄이야. 라파엘로에 대해 남아 있는 기억이라고는 몇 마디 대화, 삐죽거리는 입술, 미소, 약속이 고작이었다. 이 추모의 날에 나의 의무는 그를 회상하는 것이었다. 하지만 추모식이 끝나기가 무섭게 내 생각은 마달레나에게로 향했다.

나는 소녀의 머리, 목소리, 키를 상상하기 시작했다. 어떤 언어로 말을 걸지, 무슨 말로 시작할지 생각했다. 그리고 레오 10세와 그의 사촌인 줄리오 추기경이 나를 불러들이기 전에 무슨 얘기를 하고 있었을지 추측해봤다. 교황은 추기경이 그 많은 시종을 두고도 또 예쁜 소녀를 들였다는 걸 알고 비난의 빌미가 될 추문이 돌기 전에 빨리 내보내고 품위를 지키라고 명을 내린 것이 틀림없었다. 그래야 아무도 줄리오 추기경이 그 소녀에게 흑심을 품었다는 주장을 못 할 것이기 때문이었다. 그리고 교황은 레오 아프리카누스에게 여자를 찾아줄 생각이었는데 마침 잘된 것이었다.

시스티나 소성당을 나오다 아는 사제를 만났는데, 나의 추측에 힘을 실어줄 만한 얘기를 해주었다. 마달레나는 한 수녀원에서 살았는데, 추기경이 방문해서 소녀를 점찍었다가 저녁 때 떠나면서 여행 가방에 넣어서 데려온 것이었다. 그 과정이 너무나 충격적이라 비난이 터져 나오면서 레오 10세의 귀에 들어갔고, 교황은 로마 가톨릭의 수장이자 메디치 가문의 수장으로서 즉시 추기경을 소환하여 조치한 것이었다.
 나는 진상을 제대로 파악했다고 생각했건만, 내가 알고 있는 건 그저 껍데기에 불과했다.

*

 내 능력과 평정심을 과신하고 있었다. 추기경이 나를 앉혀놓은 작은 응접실에 마달레나가 느린 걸음으로 들어왔을 때 '너도 나처럼 그라나다 출신이라고? 나처럼 가톨릭으로 개종했고?' 하고 묻고 싶었지만, 섣불리 말했다가 나를 멀리할까 봐 두려웠다. 이제부터 마달레나에 대한 진실은 내가 찾을 것이었다. 나의 바람은 오직 마달레나의 몸짓과 낯빛을 주시하는 것이었다. 마달레나는 로마에 있는 어떤 여자보다도 무기력해 보였다. 걸음걸이와 목소리, 눈빛에 정복당한 사람의 체념 섞인 무기력이 배어 있었다. 마달레나의 머리는 안달루시아만의 시원한 그늘과 검게 그을린 땅의 연금술로 만들어낼 수 있는 짙은 검은색이었다. 내 아내가 되길 기다리면서 마달레나는 이미 나의 누이동생이 되었고, 그 숨결은 친숙해졌다.
 마달레나는 의자에 앉기도 전에 자신의 사연을 말하기 시작했고, 내가 차마 묻지 못하고 있던 것마저 작정이라도 한 듯 쏟아냈다. 마달레나의 할아버지는 아브라바넬*이라는 유대인 가문의 가

---

* 중세 시대에 이베리아반도에 살던 가장 유명한 유대인 가문.

난한 분파에 속해 있었고, 내 고향의 남쪽 마을 나즈드에서 대장장이로 평범하게 살았으며, 추방령이 공포되는 순간까지 가족에게 위험이 닥칠 줄은 꿈에도 모르고 있었다. 여섯 명의 자식을 데리고 테투안으로 이주한 그는 가난하지만 오로지 학교 다니며 지식을 얻는 아들과 예쁘게 자라는 딸들을 보는 걸 낙으로 삼고 살았다. 그 딸 중 한 명이 마달레나의 어머니였다.

"부모님은 페라라에 가서 살기로 하셨어요." 마달레나가 설명했다. "그 도시에 사촌들이 자리를 잡고 살고 있었거든요. 하지만 우리를 태운 배에 흑사병이 퍼지면서 선원과 승객 들이 죽기 시작했어요. 배가 피사에 정박했을 때는 아버지와 어머니, 남동생이 사망하고 나만 남은 거예요. 그때가 여덟 살이었는데, 한 나이 든 수녀님이 나를 거두어주셨죠. 나를 한 수녀원으로 데려갔는데 그곳의 원장이셨어요. 원장 수녀님은 서둘러서 나를 개종시키고, 아버지가 주신 이름 유디트 대신에 마달레나라는 세례명을 주셨어요. 사랑하는 가족을 모두 잃은 슬픔이 컸지만 나는 운명을 탓하지 않았어요. 배불리 먹고 글을 배울 수 있었고, 부당하게 매질을 당하는 일이 없었으니까요. 나의 은인인 원장 수녀님이 사망하는 날까지는. 후임 원장은 한 에스파냐 대공의 사생아였고, 가족의 잘못으로 인해 억울하게 갇혀 있다고 생각하는지 그 아름다운 수녀원을, 그저 죄를 씻기 위해 단련받는 연옥으로만 여겼어요. 그러면서도 수녀원을 다스리는 원장으로서 은혜와 벌을 내리는 임무에는 충실했는데, 나를 아주 싫어했죠. 나는 7년 동안 점점 더 열성적인 기독교도가 되었지만, 수녀원장의 눈에 나는 그저 개종자, 존재만으로도 수녀원에 최악의 저주를 가져올 불순한 개종자에 지나지 않았어요. 부당한 학대를 너무나 많이 받다 보니 원래의 유대교인으로 돌아가고 싶은 거예요. 그동안 먹은 돼지고기를 생각하자 속이 메슥거리면서 밤새 토하게 되었고, 결국에는 탈출 계획을 세우기 시작했어요. 하지만 딱 한 번의 탈출 시도는 참담한 실패로 끝났죠. 수녀복을 입고서는 그렇게 빨리 뛰어본 적이 없었거든요. 정원사에게 붙잡혀서 닭 도둑처럼 팔을 비틀린 채 수녀원으로 끌려갔고, 지하 독방에 감금되어 피가 나도록 채찍으로 맞았어요."

마달레나의 몸에 군데군데 흉터가 남아 있지만 아름다움은 조금도 손상되지 않았다.

"2주 후 독방에서 풀려났을 때 태도를 바꾸기로 마음먹었어요. 나는 깊이 뉘우치는 태도로 헌신적이고 순종하는 모습을 보이면서 어떤 모욕을 줘도 느끼지 못하는 듯 행동했죠. 그러면서 때를 기다렸어요. 줄리오 추기경의 방문이 나에게는 기회였어요. 추기경이라면 치를 떠는 수녀원장이라서 아마 권한이 있다면 화형에 처했겠지만, 추기경을 극진하게 환대할 수밖에 없었죠. 수녀원장은 이따금 우리에게 추기경의 회개를 바라는 기도를 올리게 했고, 공개적이 아니라 측근 수녀들 앞에서 '메디치가의 방탕한 생활'에 대한 비판을 쏟아내곤 했거든요. 내가 그 추기경에게 희망을 품었던 이유가 바로 방탕하다는 비난을 받고 있다는 점이었어요."

나는 마달레나의 말에 동의했다.

"일탈 행위가 심해지면 덕행도 병적인 것이 되고, 의심이 심해지면 믿음도 쉽게 흉포해지지."

마달레나는 내 어깨를 살짝 건드리는 것으로 신뢰감을 표시하면서 이야기를 이어 나갔다.

"추기경이 도착했을 때 우리는 손에 입을 맞추기 위해 열을 지어서 갔어요. 나는 초조하게 차례를 기다리면서 마음의 준비를 했어요. 드디어 추기경이 반지를 두 개 낀 손을 내 쪽으로 내밀었을 때, 나는 그 손을 필요 이상으로 좀 세게 그리고 2초 정도 더 꽉 잡고 있었죠. 추기경의 관심을 끄는 데는 그것으로 충분했어요. 나는 추기경이 내 얼굴을 볼 수 있도록 고개를 들었어요. '고해성사를 드리고 싶습니다.' 나는 공식적인 요청이 될 수 있도록 추기경과 수녀원장이 다 들리게 큰 소리로 말했어요. 수녀원장이 부드러운 어조로 말하는 거예요. '예하를 귀찮게 굴지 말고 비켜서거라. 다른 자매들이 기다리고 있는데.' 나는 잠시 흔들렸어요. 지하 독방에 다시 감금되어 징벌을 받게 될까? 구원자의 손을 붙잡고 늘어져도 될까? 나는 숨을 죽이고 간절한 눈빛으로 추기경을 쳐다봤어요. 이윽고 추기경이 결정했죠. '여기서 기다리고 있거라! 고해성사를 들어줄 것이니!' 나는 감동의 눈물을 흘렸어요. 그리고 고해실에 꿇어앉았을 때 단호한 목소리로 백 번은 연습했던 말을 실수 없이 뱉어냈어요. 추기경은 잠자코 나의 긴 절규를 들으면서 잠자코 고개를 끄덕여주며 계속 말하라고 용기를 주었죠. 그리고 내가 얘기를 끝냈을 때 말했어요. '수녀원 생활이 너와는 맞지 않는구나.' 그리하여 나는 자유의 몸이 되었어요."

그날을 떠올리는 마달레나의 눈에서 또다시 눈물이 흘러내리고 있었다. 내가 소녀의 손에 내 손을 포개고 지그시 눌렀다가 떼자 마달레나가 말을 이었다.

"추기경은 나를 로마에 데리고 왔는데 그게 한 달 전이었어요.

수녀원장은 나를 놓아주지 않으려고 했지만, 추기경은 수녀원장의 반대를 아예 무시해버렸어요. 수녀원장은 복수하기 위해 추기경에 대한 음모를 꾸몄고, 에스파냐 추기경들을 통해 교황에게 알린 거예요. 그래서 예하와 나에 대한 입에 담을 수 없는 최악의 비난이 쏟아졌는데…….”

그때 내가 벌떡 일어났기 때문에 마달레나는 말을 중단했다. 나는 마달레나의 입에서 나오는 말이라고 해도 이런 식의 비방은 듣고 싶지 않았다. 내가 회피하려는 것은 진실일까, 거짓일까? 알 수 없다. 이제부터 중요한 것은 오직 내 마음과 마달레나의 마음속에서 싹트기 시작한 사랑이었다. 마달레나가 작별 인사를 하려고 일어났을 때는 눈빛에 불안이 서려 있었다. 내가 급히 떠나려고 하는 것에 마달레나는 약간 놀란 얼굴이었다. 소녀가 용기를 내서 말했다.

"어쩌다 한 번씩 만나게 될까요?"

"천명이 다하는 날까지는 그럴지도."

내 입술이 그녀의 입술을 살짝 스쳤다. 또다시 질겁하는 눈빛이었지만, 이번에는 행복과 희망이 어려 있었다.

야만인 아드리안

헤지라력 928
(1521. 12. 1. – 1522. 11. 19.)

　교황 레오 10세는 1521년 12월 1일 45세의 나이로 갑작스럽게 선종했다. 세심하게 보살펴주는 대부이자 자비로운 후원자가 없어지자 나는 갑자기 냉대받는 느낌이 들어서 로마를 떠날 때가 되었다고 생각했다.

　나만 로마를 떠날 생각을 한 것이 아니었다. 줄리오 추기경은 이미 피렌체로 떠났고, 귀차르디니 역시 모데나로 피신했다. 내 주변에서도 이름난 작가, 화가, 조각가, 상인 수백 명이 마치 흑사병이 덮친 도시를 도망치듯 로마를 떠나기 시작했다. 실제로 흑사병이 단기간 유행하기도 했지만, 전염병이 퍼지듯 진짜로 유행한 것은 다른 종류였다. 보르고 지역에서 나보나 광장까지 떠들썩하게, 한결같이 별명과 함께 불리는 이름이 있었다. 야만인 아드리안*.

　추기경들이 마치 속죄라도 하듯 새 교황으로 선출한 인물이 바로 야만인 아드리안이었다. 레오 10세의 부패한 교황권에 대한 비난이 거세지면서 독일인들은 전 지역에서 루터의 주장을 지지했고, 레오 10세는 그 책임을 져야 했다. 피렌체 출신 메디치가 사람으로서 38세에 교황이 된 레오 10세는 사치와 미에 대한 자신의 취향을 로마에 전파한 인물이지만, 그로 인해 교회에 만연한 부패 이미지를 쇄신하기 위해서는 새 교황으로 63세의 금욕적이고 강건한 네덜란드인 성직자가 필요했던 것이다. 마달레나는 가톨릭의 새 수장에 대해 조금도 너그럽지 않았다. 새 교황을 '고결하고 갑갑한 대머리 구두쇠 성직자'라고 표현하면서 말했다.

"나를 박해했던 수녀원장과 너무 닮았어요. 옹졸한 것이 똑같고, 자신은 물론이고 다른 사람들에게도 절식과 참회하는 생활을 강요하는 의지도 똑같다니까요."

처음에 나는 새 교황에 대해 별다른 의견이 없었다. 나는 늘 은인이었던 레오 10세에게 충성을 다했지만, 로마 생활은 내 믿음과 충돌하는 것들이 있었다. 새 교황이 "나는 가난을 즐기노라!"라고 선언했을 때 나는 불쾌하지 않았고, 집권한 첫 주부터 공개적으로 교황청 사람들을 조롱했다는 이야기에도 웃음이 나오지 않았다. 새 교황은 시스티나 소성당으로 들어가면서 미켈란젤로가 그린 천장화를 보면서 "여긴 교회가 아니라 알몸들이 바글거리는 증기탕이로구나!" 하고 외치면서 불경한 그림을 회칠로 덮어버리

---

* 루뱅 대학 총장 출신의 신학자로서 신성 로마 제국 황제 카를 5세의 가정교사였다. 레오 10세 사망 후 교황에 선출되어 하드리아노 6세(재위 1522~1523)가 되었다. 현재까지 네덜란드가 배출한 유일한 교황이다. 당시 로마 시민은 그의 라틴어 발음을 알아들을 수 없으며, 이탈리아어를 할 줄 모른다며 야만인을 교황으로 뽑았다고 경멸했다. 그러나 그는 로마가 일찍이 본 적이 없는 교황의 모습을 보여주었다. 검소하고 청빈하고 강건하고 허세를 싫어하는 직선적인 성격이었으며, 교회에 만연한 부패에 분노해 직접 열정적으로 개혁 작업에 착수했다.

겠다고 덧붙였다. 나라면 이런 말을 공공연히 할 수 있었을까! 로마 사람들을 자주 만나면서 초상화, 나체화, 조각상에 대한 편견이 어느 정도 사라지긴 했지만, 예배 장소에 있는 불경한 그림에 대해서는 새 교황의 생각에 동의했다. 이것이 하드리아노 6세로 즉위한 새 교황에 대한 내 감정이었다. 하지만 그때까지 나는 아드리안이 카를 5세의 가정교사였으며, 로마에 오기 전까지는 아라곤 왕국과 나바라 왕국의 이단 심판관이었다는 걸 모르고 있었다. 그리고 새 교황은 몇 주 사이에 나를 메디치가 일원의 귀족으로 만들어버렸다.

새 교황은 개혁의 한 방책으로, 레오 10세가 나를 포함해 많은 이들에게 승인한 모든 연금을 폐지하는 것부터 시작했다. 아울러 그림, 조각상, 서적, 건축에 대한 모든 주문을 중단했다. 새 교황은 설교할 때마다 고대 예술을 비롯한 동시대의 모든 예술, 향연, 쾌락, 과소비를 맹렬히 비난했다. 로마는 하루아침에 새 창작물도, 새 건축물도 없고, 아무것도 팔리지 않는 죽은 도시가 되었다. 새 교황은 자신의 결정을 정당화하기 위해 전임 교황의 낭비벽으로 인해 쌓인 부채를 언급했다. 새 교황의 측근들은 "성 베드로 대성당 재건에 투입된 자금은 오스만튀르크군에 대항하는 십자군을 무장시키고도 남을 액수이며, 라파엘로에게 퍼부은 돈은 기병 연대에 장비를 갖춰주고도 남을 액수"라고 부연했다.

로마에 도착했을 때부터 나는 심지어 레오 10세에게서도 십자군에 대한 이야기를 자주 들었다. 하지만 그것은 일부 이슬람 군주들이 적을 당황시키거나 독선적인 위선자를 진정시키기 위해 언급하는 '지하드'(성전)와 유사한 개념이었다. 레오 10세는 하드리아노 6세와는 아주 달랐다. 레오 10세는 이슬람에 대항하는 기독교도를 동원하면 루터로 인한 교회 분열을 종식하고, 카를 5세*와 프랑수아 1세를 화해시킬 수 있다고 굳게 믿었다.

부패 척결의 일환책으로 연금을 박탈한 것만으로도 새 교황을 응원해주고 싶은 마음이 싹 사라진 나는 가능한 한 빨리 로마를 떠나 줄리오 추기경이 오라고 한 피렌체로 갈 생각이었다.

마달레나가 임신한 몸이 아니었다면 나는 틀림없이 피렌체에 갔을 테지만, 당분간은 로마에 머물기로 하고 폰테 구역에서 3층 집을 빌렸다. 꼭대기 층은 주방, 2층은 거실과 작은 서재, 1층 침실은 텃밭 쪽으로 나 있었다. 7월의 어느 저녁, 바로 그 침실에서 나의 첫아들이 태어났다. 이름을 이탈리아어로는 주세페, 아랍어로는 메시아의 아버지처럼, 야곱의 아들처럼, 술탄 살라흐 앗 딘처럼 유수프라고 지었다. 감격해서 어쩔 줄 몰라 하는 나를 보며 마달레나가 놀랐는데 퉁퉁 부은 얼굴이지만 행복해서 환하게 빛나고 있었다. 나는 몇 시간씩 마달레나와 갓난아기 곁을 지키면서 기저귀를 갈아주고 목욕시키는 모습, 특히 젖을 먹이는 모습에 가슴이 터질 듯 감동했다. 그래서 아직 회복되지 않은 마달레나와 갓난아기를 데리고 험난한 길을 나서고 싶지 않았다. 그해에는 이런저런 이유로 피렌체로도 심지어는 튀니스로도 어디로도

---

* 아라곤과 카스티야 왕국, 부르고뉴 공국, 합스부르크 왕가의 상속자로서 중유럽과 서유럽, 그리고 남유럽을 넘어 아메리카 대륙과 필리핀 제도의 카스티야까지 광대한 영토를 다스렸다(1500~1558). 에스파냐의 왕으로는 카를로스 1세, 신성 로마 제국의 황제로는 카를 5세이며, 치세 기간에 프랑스 국왕 프랑수아 1세와 여러 차례 전쟁했다.

떠나고 싶은 마음이 전혀 없었다.

*

줄리오 추기경이 토스카나 지방으로 떠나기 얼마 전, 내가 그의 집을 방문한 어느 날, 한 젊은 화가가 찾아왔다. 이름이 좀 나 있는 마놀로라는 나폴리 출신 화가였는데, 고향으로 돌아가기 전에 그림 몇 점을 팔고 싶어서 찾아온 것이었다. 예술가가 메디치가의 추기경을 만나기 위해 멀리서 오는 건 드문 일이 아니거니와 누구든 빈손으로 떠나지 않을 거란 확신이 있기에 대문을 두드리는 것이었다. 나폴리 출신의 화가가 캔버스 몇 점을 펼쳤는데 질이 균등해 보이지 않았다. 나는 건성으로 보고 있다가 소스라치게 놀랐다. 한 초상화가 눈앞을 지나갔는데 마놀로가 황급히 초상화를 둘둘 감았다.

"그 그림을 좀 봐도 되겠습니까?" 내가 부탁했다.

"물론 보여드릴 수는 있지만 팔 그림이 아닙니다. 한 상인이 주문한 그림이라서 배달해야 하는데 그만 실수로 가져왔네요."

포동포동하고 윤기 없는 얼굴, 수염, 흡족해하는 미소……. 절대로 잘못 볼 수가 없는 얼굴! 그래도 나는 확인해봐야 했다.

"이 사람의 이름이 뭡니까?"

"나폴리에서 가장 부유한 선주 중 한 분이신 아바도 씨예요."

수스 출신의 아바드! 나는 반가운 마음에 젊은 화가에게 물었다.

"그럼 그 사람을 곧 만나겠군요?"

"5월에서 9월까지는 주로 여행을 다니지만, 겨울에는 산타루치아 해안의 별장에서 보내시지요."

나는 약간 흥분해서 종이에다 아바드에게 보내는 편지를 썼다. 그로부터 두 달 후, 아바드가 사륜마차를 타고 로마의 집으로 나를 찾아왔는데 하인 세 명을 대동하고 있었다. 나는 너무 행복해서 친형제를 만난 듯 그를 부둥켜안았다.

"쇠사슬에 묶인 채 선창에 갇혀 있는 자네를 두고 떠났는데 이렇게 성공해서 부자가 된 모습을 보게 될 줄이야!"

"알함두릴라, 알함두릴라! 신의 가호에 감사를!"

"그럴 자격이 충분하지. 최악의 순간에도 자네는 신을 거역하는 말을 한마디도 한 적이 없다는 걸 내가 알고 있는데."

나는 진심으로 이렇게 말했다. 그래도 궁금한 건 어쩔 수 없어서 물었다.

"어떻게 그렇게 빨리 거길 탈출할 수 있었나?"

"내 어머니 덕분에. 어머니의 무덤에 신의 축복이 있기를! 어머니가 늘 해주시던 말을 내가 기억하고 있었지. '입 안에 혀가 붙어 있는 한 아무것도 없는 게 아니야.' 내가 비록 손은 쇠사슬에 묶이고 발에는 족쇄가 채워진 채 노예로 팔리긴 했지만, 혀는 자유로웠지. 한 상인에게 팔린 나는 그를 충성스럽게 섬기면서 지중해 일대에서 얻은 내 경험을 살려 몇 가지 조언을 해줬더니 많은 돈을 벌게 된 거야. 그러자 그해 연말에 그 상인이 나를 자유인으로 풀어주고 장사에 참여시키더군."

그렇게 쉽게 노예에서 풀려난 것에 내가 놀라는 표정을 짓자 아바드는 어깨를 으쓱했다.

"한 나라에서 부자가 될 수 있었던 사람은 어디를 가든 쉽게 부자가 될 수 있지. 우리 사업은 현재 나폴리에서 한창 번영하는 사업 중 하나라네. 알함두릴라! 항구마다 직원이 있고, 내가 정기적으로 들르는 지점이 열 개나 되지."

"튀니스를 경유할 때도 있나?"

"여름에 갈 건데 자네 가족을 만나서 여기서 편히 지내고 있다고 안부를 전하면 되겠나?"

나는 아바드에게 부자가 되진 않았지만, 혹독한 포로 생활을 겪고 있지도 않다고 말했다. 그리고 로마가 맛보게 해준 두 가지의 진정한 행복, 하나는 다시 태어나는 고대 도시의 아름다움에 취해 있는 행복, 또 하나는 사랑하는 아내의 무릎에서 잠들어 있는 아들을 바라보는 행복을 누리고 있다고 말했다.

아바드는 흡족해하면서도 덧붙였다.

"이 도시가 더는 행복을 주지 않는 날이 오면 자네와 가족에게 내 집이 열려 있다는 것, 그리고 자네가 원하는 곳까지 내 배가 데려다준다는 걸 잊지 말게."

나는 로마를 떠나고 싶은 마음을 애써 부인하면서 아바드에게 튀니스에서 돌아오면 내 집에서 성대한 향연을 열겠다고 약속했다.

*

친구 앞에서 한탄하고 싶진 않지만, 사실 내 상황은 나빠지고 있었다. 하드리아노 6세가 무너진 기강을 바로잡고자 수염을 깎는 운동을 벌이기로 했기 때문이다. "수염은 군인들에게만 어울린다"라고 말하면서 모든 성직자는 깨끗이 면도하라고 명했다.*
나는 직접적인 관련이 없었지만, 바티칸 궁전을 자주 들락거리는 내가 수염을 유지하는 것은 무어인의 무례한 고집이고, 교황에 대한 도전이며 심지어는 신을 모독하는 불경한 표시로 여겨졌다. 내가 만나는 이탈리아인 중에는 수염을 기른 이가 별로 없었지만, 예술가들은 멋지게 다듬은 수염이나 풍성한 수염으로 자신만의 개성을 나타냈다. 그중에는 수염에 집착하는 이들이 있는가 하면 재판받는 처지가 되느니 수염을 깎기로 마음먹는 이들도 있었다. 내게는 수염이 다른 의미가 있을 수밖에 없었다. 내 조국에서는 수염이 관례였다. 수염을 기르지 않는 것은 외국인에게나 허용되었다. 수년 동안 기르던 수염을 깎아버린다는 건 굴욕과 굴종의 표시였다. 나는 그런 수모를 겪을 생각이 전혀 없었다.

내가 그해에 수염 때문에 죽을 각오를 하고 있었다고 말하면 믿을 사람이 있을까? 교황으로서는 성직자들의 수염뿐만 아니라, 시스티나 소성당의 천장화에 적나라하게 드러내놓은 젖가슴, 모세상, 쏘는 듯한 눈초리, 관능적인 입술 등 금지할 것이 너무 많았다.

나는 수염만으로도 하드리아노 6세에 대한 저항의 중심이자 상징이 되었다. 로마 시민들은 덥수룩한 턱수염을 쓰다듬으면서 지

---

* 모든 성직자는 깨끗이 면도하는 것이 당시 교회법이었지만, 하드리아노 6세 다음 교황이었던 클레멘스 7세는 1527년 로마 약탈 당시 희생된 사람들을 애도한다는 뜻으로 기르기 시작해서 1534년 선종할 때까지 수염을 계속 길렀다. 교황령 중 볼로냐를 되찾기 위해 싸우다 전사한 교황군 병사들을 애도하는 표시로 수염을 길렀던 율리우스 2세를 비롯하여, 바오로 3세에서부터 1700년에 선종한 인노첸시오 12세에 이르기까지 총 24명의 교황이 수염을 길렀다.

나가는 나를 보며 감탄을 표했다. 교황을 비방하는 선전문이 내 손에 먼저 들어왔다가 유명 인사들의 집 대문 안으로 들어갔다. "야만인, 수전노, 돼지" 같은 모욕적인 욕설이 적힌 것도 있었다. "이탈리아인이 아닌 자는 절대로 교황좌에 오르지 말아야 한다!"라면서 로마 사람들의 자존심을 외치는 것도 있었다. 나는 배우는 것과 가르치는 걸 모두 중단하고 선전문을 전달하는 일에만 매달렸다. 사실 나는 보수를 받고 있었다. 연금이 끊겨서 생활이 불안정해진 나에게 줄리오 추기경이 거액의 돈을 동봉한 격려 편지를 보내주고 있었다. 그는 운이 바뀌면 감사 표시를 크게 하겠다고 약속했다.

로마에서의 내 상황이 불확실해지고 있어서 나는 그날이 오길 초조하게 기다리고 있었다. 지인 중에서 선전문을 만든 한 사제가 나를 만난 지 두 시간 후에 산탄젤로성에 감금되었다. 에스파냐 수사들에게 폭행당한 사제도 있었다. 나 역시 계속 감시당하고 있음을 느끼고 있었다. 나는 생필품을 사러 동네를 빠르게 나갔다 오는 것 말고는 집 밖을 나가지 않았다. 나는 밤마다 마달레나 옆에 눕는 것이 이번이 마지막이라는 느낌으로 잠자리에 들었고, 그때마다 그녀를 꼭 끌어안았다.

술레이만 1세

헤지라력 929
(1522. 11. 20. – 1523. 11. 9.)

　이제는 오스만 제국의 황제 셀림 1세에 대한 생각을 바꾸어야 할 때가 되었다. 하긴 정작 그는 아예 아무것도 모르고 있는데 그게 무슨 대수겠는가? 어차피 나 혼자 발광하다 나 혼자 해소해버린 셈인데.

　나는 애초에 칼리파가 다스리는 바그다드나 코르도바에서 살게 되길 고대했었다. 그랬던 내가 냉혈한 군주 셀림 1세의 마수로부터 아이를 구하기 위해 강대한 이슬람 제국을 도망쳐야 했고, 로마에 와서는 교황의 보호를 받으며 살고 있었다. 머리로는 이 역설을 받아들이지만, 양심에 거리낌마저 전혀 없는 것 아니었다. 허세를 부리지 않고서도 내 동족을 자랑스러워할 수 있던 시절은 지나간 걸까? 나를 보호해주던 레오 10세도, 내가 두려워하던 셀림 1세도 사망했으니 이제는 하드리아노 6세와 술레이만 1세의 시대였다.

　튀니스에서 돌아온 아바드가 약속대로 나를 만나러 왔다. 선뜻 말문을 열지 못하는 아바드의 눈빛이 먼저 슬픈 소식을 말하고 있었다. 그가 소식을 전하길 주저하고 있어서 나는 안심시켜야 했다.

"무슨 일이 일어났든 그게 다 신의 섭리이거늘 어찌 그걸 전하는 이를 탓할 수 있겠나."

그렇게 말하고는 미소를 지으며 나는 덧붙였다.

"가족과 떨어져 지낸 지 수년이 지나면 좋은 소식을 기대할 순 없지. 누르가 다른 남자의 자식을 낳았다고 하면 그건 불행이겠지만."

내가 괜한 말을 계속하게 놔두기보다는 빨리 말하는 게 낫겠다고 판단했는지 아바드가 입을 열었다.

"자네 아내는 자네를 기다리지 않았어. 튀니스의 집에서 몇 달밖에 살지 않았더군."

나는 손이 축축해졌다.

"그녀는 떠나고 없었어. 이걸 남겨놓고."

나는 아바드가 내미는 편지를 개봉했다. 달필인 것으로 보아 대서인이 쓴 것이 틀림없지만, 누르의 편지가 맞았다.

내 행복만 생각한다면, 몇 년이 되었든, 내가 늙어 백발이 되더라도 독수공방하면서 당신을 기다렸을 거예요. 하지만 나는 오직 내 아들을 위해, 신께서 허락하신다면 언젠가는 이루어질 아들의 운명을 위해서만 살고 있어요. 고초 속에서도 당신이 명예를 지키면서 잘 이겨내길 기원할게요. 나는 지금부터 페르시아에 가 있을 거예요. 그곳에서는 적어도 바예지드가 쫓기며 살지는 않겠지요.

당신에게 하얏트를 맡길게요. 당신이 내 비밀을 품었듯 나는 당신의 딸을 품었으니 이제는 서로 되찾아갈 때가 되었어요. 더러는 나를 자격 없는 못된 어머니라고 말하겠지만, 당신은 알잖아요. 내가 하얏트를 버리는 건 그 아이를 위한 것이고, 엄마와 오빠를 따라다니는 위험을 모면하게 하려는 것이라는 걸. 당신을 위한 선물로 딸을 남겨두고 가요. 당신이 돌아왔을 때 자라면서 나를 닮아 가는 딸을 보라고. 하얏트는 매 순간 당신이 사랑했고, 당신을 사랑했던, 그리고 새로운 망명지에 가서도 늘 당신을 사랑할 금발의 공주를 기억나게 할 거예요.

내가 죽음을 맞이하든 영광을 맞이하든, 당신 마음속의 내가 욕된 모습이 아니길!

나는 걷잡을 수 없이 눈물을 흘렸고, 아바드는 창문에 기대고 서서 무언가에 정신이 팔린 척 정원을 응시했다. 주위에 빈 의자들이 있는데도 나는 멍한 눈빛으로 땅바닥에 주저앉았다. 마치 누르가 눈앞에 있는 것처럼 나는 성난 목소리로 중얼거렸다.

"행복은 피라미드 부근의 오두막에서도 찾을 수 있거늘 궁전을 꿈꿔봤자 무슨 소용 있다고!"

얼마 후, 아바드가 내 옆에 와서 앉았다.

"자네 어머니와 딸들은 잘 지내고 있네. 하룬이 달마다 돈과 식량을 보내준다더군."

나는 한숨을 두 번 내쉰 뒤에 아바드에게 편지를 내밀었다. 그는 받지 않으려고 했지만 나는 손에 쥐여주었다. 어떤 의도가 있어서가 아니라 나는 그저 아바드가 편지를 읽길 바랐다. 어쩌면 아바드가 누르를 비난하지 않길 바랐던 걸까? 어쩌면 자존심 때문에, 기다리다 지친 아내에게 버림받은 못난 남편처럼 동정의 눈빛으로 나를 보지 않길 바랐던 걸까? 아무튼 이제부터는 혼자만 마음속에 품고 있던 비밀을 친구와 공유할 필요가 있었다.

그리하여 나는 체르케스 출신의 누르를 칸 엘칼릴리 시장에 있는 한 상인의 가게에서 우연히 만났던 것부터 자세히 이야기하기 시작했다.

"알렉산드리아 항구에서 오스만 제국군 장교가 바예지드를 안았을 때 자네가 왜 그렇게 기겁했는지 이제 이해가 되는군."

나는 미소를 지었다. 내 기분을 풀어줄 수 있어서 기쁜 아바드가 말을 계속했다.

"현재로서는 오스만 제국이야말로 유일하게 그라나다를 되찾아줄 수 있는 최강국인데 그라나다 태생의 무슬림이 왜 그렇게 오스만 군인을 두려워하는지 도무지 이해가 안 되더라니."

"마달레나도 이해하지 못하고 있지. 유대인이든 무슬림이든 안달루시아 사람들은 오스만군의 승리 소식이 들려올 때마다 열광하는데 나만 잠자코 있는 걸 보고 놀라곤 했으니까."

"이제는 밝힐 건가?"

아바드는 나직한 소리로 물었고, 나도 나지막하게 대답했다.

"차차 조금씩 다 알게 해야지. 전에는 누르의 존재를 말해줄 수가 없었어."

나는 친구를 돌아보면서 속삭이듯 말했다.

"이 나라에 온 뒤로 우리가 얼마나 변했는지 알고 있나? 페스에서는 절친에게도 아내에 대해 이렇게 대놓고 말하지 못했어. 그랬다면 얼굴이 빨개졌을 테지."

아바드가 웃으면서 동의했다.

"그랬지. 이웃을 만났을 때 부인이 어찌 지내는지 물어보려면 수많은 구실을 둘러대야 했고, 그 사람 역시 위신이 떨어질까 봐 못 들은 척하기 일쑤였으니까."

아바드는 한참을 웃다가 잠시 침묵하더니 무슨 말을 하려다가 난감한 표정으로 머뭇거렸다.

"무슨 말인데 그러나?"

"아무래도 아직은 때가 아냐."

"나는 비밀을 죄다 털어놨는데 자네는 여전히 숨기는 게 있군!"

아바드는 알겠다는 듯이 고개를 끄덕이면서 입을 열었다.

"이제부터는 자유롭게 오스만 제국을 사랑해도 된다고 말하고 싶었네. 바예지드는 이제 자네 아들이 아니니까, 체르케스의 여인은 더는 자네 아내가 아니니까, 로마에서는 자네의 후원자를 계승해서 이단 심판관이었던 아드리안이 교황좌에 올랐으니까, 콘스탄티노플에서는 2년 전에 사망한 냉혈한 셀림 1세의 뒤를 이어 술레이만이 등극했으니까."

어떤 의미에서는 맞는 말이었다. 이제부터는 내 감정과 열정을 자유롭게 표현할 수 있고, 마달레나가 감정을 표출할 때 자유롭게 동조할 수 있었다. 세상사에서 기쁨과 고통의 이유 사이에 경계선을 그을 수 있다면 얼마나 행복하고 평온할까! 그렇지만 그런 행복은 내게 허락되지 않는다는 걸 나는 천성적으로 알고 있었다.

"하지만 잘 알지." 아바드는 나를 쳐다보지 않고 말했다. "자네는 그 어떤 것도 온전히 즐길 수 없는 사람이라는 걸."

그는 잠시 생각하다 말을 이었다.

"내 생각에 자네는 군주든 술탄이든 그냥 권력자를 싫어하는 것 같아. 반골 기질이 있는 사람처럼 힘을 겨루던 권력자 중 한 명이 승리를 거두면 자네는 즉시 패한 쪽에 서지. 어떤 어리석은 자가 권력자를 숭배하면 그것만으로도 자네에게는 그들을 혐오할 충분한 이유가 되지."

이번에도 맞는 말이었다. 내가 잠자코 있자 아바드는 한술 더 떴다.

"술레이만에게는 적대적일 이유가 없잖은가?"

아바드가 하도 순진한 말을 던져서 나는 미소를 지을 수밖에 없었다. 바로 그 순간 마달레나가 방에 들어오다가 아바드가 한 말을 들었다. 아바드는 마달레나가 지원해줄 걸 알았기 때문에 얼른 이탈리아어로 통역해주었다. 마달레나가 격하게 반응했다.

"당신이 술레이만에게 적대적이라니, 아니 왜요?"

마달레나가 천천히 다가오고 있는데, 벽에 기대 앉은 우리는 여성에 관한 쿠란의 구절을 암송하다가 들킨 남학생들 같았다. 아바드는 알아들을 수 없는 말을 중얼거리며 일어났고, 당황한 나는 잠시 생각에 잠긴 얼굴로 잠자코 앉아 있었다. 마달레나는 내 생각을 알지도 못하면서 오스만 제국 황제에 대해 찬사를 늘어놨다.

"술레이만은 권력을 잡은 뒤로 아버지 셀림 1세처럼 반기를 드는 자를 가차 없이 제거하는 처참한 행위를 종식하고 형제도 아들도 사촌도 죽이지 않았어요. 이집트에서 강제 이주시켰던 유명 인사들을 돌려보냈고, 감옥도 텅 비었어요. 콘스탄티노플은 '도리에 어긋나는 모든 것을 맹렬히 공격하고 무너뜨린 인물'이라면서 자비로운 젊은 술탄에게 열광하고 있고, 카이로는 더는 두려움과 슬픔 속에 살지 않아요."

"과연 아무도 죽이지 않는 오스만의 술탄이 있을까!"

내 말투가 지나치게 회의적이었는지 아바드가 재빨리 정정했다.

"군주가 아무도 죽이지 않을 수야 없겠지. 요컨대 술레이만은 선대 술탄의 경우처럼 죽이는 행위에서 즐거움을 찾지 않는다는 말이지. 정복욕이 아버지 못지않은 것을 보면 술레이만이 오스만튀르크 종족인 건 틀림없어. 두 달 전부터 이슬람 역사상 가장 큰 함대를 이끌면서 로도스섬의 기병대를 포위하고 있거든. 수하의 장교 중에 자네의 처남 하룬이 장남을 데리고 참전 중인데, 언젠가 자네의 딸이자 사촌지간인 사르와트와 혼인할 거야. 자네가 그들에게 합류할 마음은 전혀 없더라도 적어도 그들의 승리를 바라지 않는 건 아닐 테지?"

마달레나의 얼굴을 보니 아바드의 말에 몹시 기뻐하는 것 같았다. 나는 엄숙한 어조로 마달레나에게 물었다.

"내가 우리 아들을 데리고 튀니스로 떠날 때가 되었다고 하면 나를 따라가겠나?"

"당신은 떠나자는 말 한마디만 하면 돼요. 당신을 잡아들일 기회만 엿보고 있는 이단 심판관 교황에게서 멀리 가는 거라면 나는 기꺼이 따라나설 거예요."

우리 셋 중에서 아바드가 가장 흥분했다.

"여기 머물러야 할 이유가 없는데 당장 나와 함께 떠나세!"

나는 그를 진정시켰다.

"지금은 12월이야. 배를 타고 떠나려면 석 달은 지나야 가능할 텐데."

"나폴리에 있는 내 집으로 갔다가 봄이 되어 바로 튀니스로 떠나면 되지."

"그러면 가능하겠군." 나는 생각에 잠긴 채 말했다.

하지만 나는 곧바로 덧붙였다.

"생각해보겠네!"

아바드는 마지막 말을 듣지 않은 척했다. 나의 소극적인 수용은 언제라도 생각이 바뀔 수 있기 때문에 기정사실로 확정하기 위해 아바드는 창밖으로 고개를 내밀고 자신의 하인 두 명에게 소리쳤다. 한 명에게는 그리스산 고급 포도주 두 병을 사 오라고 하고, 또 다른 한 명에게는 파이프 담배를 준비시켰다.

"신대륙에서 건너온 달콤한 담배 피워본 적 있나?"

"2년 전에 피렌체 출신 한 추기경의 집에서 한 번 피워보긴 했지."

"로마에는 파는 데가 없나?"

"몇몇 술집에만 있지. 하지만 담배를 파는 술집 주인들은 도시에서 가장 평판이 나쁜 자들이야."

"머지않아 온 세상에 담배가 넘쳐날 텐데, 담배 장사꾼들의 평판이 식료품상이나 향수 제조업자들보다 더 나쁘진 않을 거야. 나는 세비야에서 담배를 수입해서 브루스와 콘스탄티노플에 팔고 있지."

나는 한 모금 빨았다. 마달레나는 향을 맡아보고 나서 거부했다.
"연기 때문에 숨 막혀 죽을 것 같아요."
아바드는 마달레나에게 담배 우린 물을 데워서 설탕을 약간 타서 마셔보라고 조언했다.

*

아바드가 떠나자 마달레나가 내 목에 두 팔을 두르면서 말했다.
"떠난다니까 너무 행복해요. 우리 여기서 더는 지체하지 말아요."
"준비해놔! 내 친구가 돌아오는 대로 다 같이 떠날 거니까."
아바드는 사업차 안코나로 떠나면서 열흘이 지나기 전에 돌아오겠다고 약속했다. 그는 약속을 지켰지만, 마달레나는 오열하면서 그를 맞이했다.
나는 아바드가 도착하기 전날인 12월 21일 일요일, 산 조반니 데이 피오렌티니 성당 출구에서 한 프랑스인 수사가 내 호주머니에 넣어준 선전문을 전달하러 가다가 체포되었다.
우연인지 고의적인 억압인지 산탄젤로성으로 끌려간 나는 2년 가까이 억류되어 있었던 바로 그 방에 구금되었다. 하지만 그때는 감금 외에는 다른 위험이 전혀 없었지만, 이번에는 재판에서 형을 선고받고 멀리 떨어진 감옥이나 갤리선에서 복역할지도 모를 일이었다.

떠날 계획을 세우지 않았다면 나는 아마 그렇게 충격받지 않았을 것이다. 하지만 구금 생활 초기에는 걱정했던 것보다는 덜 엄격했다. 2월에는 아바드의 선물을 받을 수 있었는데, 그 상황에서는 좀 사치스러워 보이는 물건이었다. 모직 망토 한 벌과 대추야자 케이크 한 개, 그리고 오스만의 술레이만이 로도스섬을 함락시켰다는 소식을 알리는 편지가 동봉되어 있었다. "바다는 우리 이슬람 군대를 바위 꼭대기로 인도했고, 무슬림들이 내지르는 승리의 함성에 땅이 흔들렸다네."

감방에서 곰곰이 생각해보니 이 일은 하드리아노 교황이 꿈꾸는 십자군을 반대한 데 대한 개인적인 복수가 틀림없는 것 같았다. 그 뒤로 몇 달간 수감 생활은 점점 더 힘들어졌다. 더는 읽을 것이 없는 데다 갈대 펜, 잉크, 종이도 없고, 해가 지면 깜깜해져서 아무것도 안 보이는데 램프까지 없으니 글을 쓸 수 없었다. 이제는 외부와 연락이 차단되었고, 간수마저 게르만어 방언을 제외하고는 어떤 언어도 못 알아듣는 체해서 나는 아바드의 편지를 성물이라도 되는 양 소중히 여기며 로도스섬 함락에 관한 글을 무슨 주문처럼 반복해서 중얼거렸다.

어느 날 밤 나는 꿈을 꿨다. 꿈속에 나온 술레이만, 터번 아래로 보이는 어린애의 얼굴은 바예지드의 얼굴이었다. 바예지드가 나를 구출하기 위해 산에서 내려오고 있었는데, 그가 내게 이르기도 전에 잠을 깨는 바람에 꿈을 계속 꿔보려고 하지만 더는 잠을 이룰 수 없었다.

어둠, 추위, 불면, 절망, 정적……. 광기에 빠져들지 않기 위해서 나는 어릴 적의 신께 하루에 다섯 번씩 기도를 드리기 시작했다.

  그리고 나를 구출해줄 콘스탄티노플에서의 손길을 기다렸다. 하지만 나의 구원자는 훨씬 가까이에 있었다. 역경 속에서도 나를 구원해주려는 은인을 신께서 도와주시길!

클레멘스 7세

헤지라력 930
(1523. 11. 10. ~ 1524. 10. 28.)

요란한 발소리, 웅성거림, 열쇠가 돌아가는 둔탁하면서 차가운 금속 소리, 녹슨 경첩이 삐걱거리면서 천천히 흔들리는 문. 나는 침대 옆에 선 채로 눈을 비비면서 바깥의 빛에 서서히 윤곽이 드러나는 실루엣들을 살피고 있었다.

한 남자가 들어왔다. 귀차르디니라는 걸 알아보고 나는 뜨겁게 포옹하려고 걸음을 떼다가 멈춰 섰다. 마치 보이지 않은 힘에 떼밀리는 것처럼 심지어 뒷걸음쳤다. 귀차르디니의 무표정한 얼굴, 너무 긴 침묵, 평소와 달리 경직된 몸짓 때문이었다. 어슴푸레한 빛 속에서 입가에 머금은 희미한 미소를 언뜻 본 것 같았지만, 그가 입을 열었을 때는 회개라도 하는 듯 지나치게 거리감이 느껴지는 목소리였다.

"교황 성하께서 그대를 만나고 싶어 하신다."

탄식해야 하나 아니면 기뻐해야 하나? 하드리아노가 왜 나를 만나고 싶어 하지? 왜 귀차르디니를 내게 보냈을까? 귀차르디니의 굳은 얼굴 때문에 물어볼 수가 없었다. 나는 하늘 쪽을 바라봤다. 아침 6시나 7시쯤이었다. 오늘이 몇 월 며칠입니까? 나는 바티칸으로 가는 비밀 통로를 지나면서 한 근위병에게 물었다. 귀차르디니가 가능한 한 퉁명스럽게 대답했다.

"1523년 11월 20일 금요일이다."

귀차르디니는 작은 문 앞에 이르자 문을 두드리고 들어가면서 나에게 따라오라고 손짓했다. 가구라고는 빨간색 안락의자 세 개가 전부였다. 그가 내게는 앉으라는 말 없이 의자에 앉았다.

그의 태도가 이해되지 않았다. 속내 이야기를 나눌 정도로 아주 가까운 친구였고, 나와 함께 시간 보내는 걸 즐거워하면서 재치 있는 말과 농담을 주고받던 사이였는데…….

갑자기 귀차르디니가 일어났다.

"교황 성하, 죄수를 데려왔습니다!"

교황이 내 뒤쪽의 작은 문으로 소리 없이 들어와 있었다. 나는 교황을 보려고 돌아섰다.

"오, 하늘이시여! 오, 하늘이시여! 오, 하늘이시여!"

나는 다른 표현을 할 수가 없었다. 나는 무릎을 꿇었고, 교황의 손에 입을 맞추는 대신 손을 잡아서 내 이마, 눈물로 젖은 얼굴, 떨리는 입술에 대고 눌렀다.

교황은 부드럽게 손을 떼면서 말했다.

"미사를 집전하러 가야 한다. 한 시간 후에 이곳으로 다시 오겠다."

바닥에 꿇어앉은 나를 두고 교황은 나갔다. 귀차르디니가 웃음을 터뜨렸다. 나는 일어나서 위협적으로 그에게 다가갔다.

"포옹해야 하는 겁니까 아니면 두들겨 패야 하는 겁니까?"

귀차르디니는 더 크게 웃었다. 그가 앉으라고 하지 않았지만 나는 안락의자에 털썩 주저앉았다.

"프란체스코, 내가 꿈을 꾸고 있는 겁니까? 방금 흰색 수단 차림으로 이 방에 들어왔던 분이 줄리오 추기경이 맞습니까? 방금 내가 입을 맞춘 것이 그분의 손이 맞습니까?"

"이제 줄리오 데 메디치 추기경은 존재하지 않아. 그는 어제 교황으로 선출되었고, 클레멘스 7세라는 교황명을 선택했지."

"오, 하늘이시여! 오, 하늘이시여!"

눈물이 하염없이 흘러내렸다. 나는 흐느끼는 중에도 물었다.

"그럼 하드리아노는?"

"그 교황이 없어졌다고 자네가 이 정도로 충격받을 줄은 생각도 못 했네!"

내가 주먹으로 그의 어깨를 쳤는데 귀차르디니는 맞을 줄 알고 있었다는 듯 피하지도 않았다.

"하드리아노 교황은 두 달 전에 선종했어. 독살되었다는 소문이 파다했지. 그가 사망했다는 소식이 퍼졌을 때 로마를 구해준 걸 감사한다는 표시로 로마 시민들이 주치의의 집 대문에다 화환을 걸어놓을 정도로 정말 인기가 없는 교황이었지.*"

귀차르디니는 비난조의 말을 중얼거리다가 말을 이었다.

---

* 1522년 하드리아노 6세는 루터가 지적한 교회의 부패를 솔직히 인정하면서 당시 교회의 혼란에 교황청이 책임이 있다고 인정했다. 하지만 당시 로마 사람들은 면벌부든 성직 매매든 도덕성에 구애받지 않고 돈을 벌어 오는 교황을 원했다. 당연히 로마의 이익에 배치되는 교황이 빨리 죽기만을 기다렸다고 할 정도로 하드리아노 6세는 인기가 없었다.

"그 후 교황을 선출하는 콘클라베에서 파르네세 추기경*과 줄리오 추기경의 경합이 시작되었지. 파르네세 추기경이 무난하게 가장 많은 표를 얻을 것 같았는데, 추기경단의 마음이 기왕이면 재력이 엄청난 메디치가의 추기경 쪽으로 차츰 기울기 시작했어. 여러 차례의 투표 끝에 우리의 친구가 선출되었지. 거리는 즉시 축제 분위기로 바뀌었지. 교황이 제일 먼저 떠올린 게 자네였다네. 내가 그 증인이야. 교황은 즉시 자네를 석방하려고 했지만, 내가 요청했어, 이런 극적인 상봉의 순간을 맞게 해 달라고. 나를 용서해주겠나?"

"그건 어렵겠는데요!"

나는 그를 뜨겁게 포옹했다.

"마달레나와 주세페가 가장 보고 싶겠지. 빨리 가서 만나라고 하고 싶지만 조금만 참게. 교황을 기다려야 하니까."

피렌체 출신의 귀차르디니가 내가 감금된 뒤로 일어난 모든 일을 알려주는 사이 클레멘스 7세가 돌아왔다. 교황은 방해가 된 게 아니냐고 묻고는 격식 없이 아주 자연스럽게 자신을 위한 안락의자에 가서 앉았다.

"로마 최고의 해학가는 고인이 된 비비에나 추기경**이라고 생각했는데, 귀차르디니 경의 발상 또한 그 못지않게 참신했네."

---

* 알레산드로 파르네세는 추기경단의 의장으로 활동하다 1534년 클레멘스 7세가 사망하자 67세의 고령에도 불구하고 경험과 재치를 인정받아 바오로 3세(재위 1534~1549)로 즉위했다.
** 베르나르도 도비치 다 비비에나(1470~1520) 추기경. 그리스 비극과 희극을 정리한 문학가로서 이탈리아어로 쓰인 최초의 희극《칼렌다리오》를 발표했다.

교황이 의자에 앉은 채로 자세를 바로 하면서 돌연 수심에 찬 얼굴로 나를 빤히 쳐다봤다.

"간밤에 프란체스코와 나는 오랫동안 이야기를 나누었다. 프란체스코는 종교 문제에 관해서는 내게 많은 조언을 해줄 수 없지. 하지만 신의 섭리로 교황령을 다스리고, 세속권 침해로부터 교황권을 지키는 것이 나의 책무인 만큼 프란체스코와 레오, 자네들의 조언이 아주 소중하다네."

교황이 귀차르디니에게 말하라는 눈짓을 했다.

"레오, 자네도 계속 의문이 들었을 거야. 자네를 로마로 납치해 온 진정한 이유가 뭘까? 왜 해적을 시켜서 바르바리 해안에서 학식 있는 무어인을 납치하게 했을까? 사실은, 선종하신 레오 교황께서 기회가 없어서 끝내 자네에게 밝히지 못한 계획이 있었지. 오늘 그걸 밝히려고 하네."

귀차르디니가 입을 다물자 이번에는 클레멘스 교황이 말을 이었는데 마치 그들은 같은 원고를 읽는 것 같았다.

"우선 세계 정세를 살펴보세. 동쪽으로는 우리와 다른 신앙으로 활력을 얻는 강력한 제국, 질서와 맹목적인 규율을 기초로 세워지고, 대포와 함대를 갖춘 군사력으로 밀어붙이는 제국이 있지. 그 강력한 제국의 군대가 유럽의 중심을 향해 진격해 오면서 부다와 페스트*는 이미 위기에 처해 있고, 빈도 머지않아 위협을 받을 거야. 서쪽으로는 기독교국이지만 신대륙에서부터 나폴리에 이르기까지 이미 영토를 확장했기에 전 세계를 제패할 꿈을 꾸는

---

* 다뉴브강을 사이에 두고 부다에는 왕족과 귀족 등 지배층이 살고, 페스트에는 서민층이 살았다. 1873년에 현재의 부다페스트로 합쳐졌다.

또 하나의 강력한 제국이 있는데, 특히 로마 정복을 열망하고 있다. 그뿐인가, 에스파냐 땅에서는 이단 심판이 번성하고, 독일 땅에서는 루터의 이단이 번성하고 있다."

교황이 고개를 끄덕이자 외교관 귀차르디니가 말을 이었다.

"이슬람의 술탄이자 칼리파인 술레이만은 막강한 권력을 가진 야심에 찬 젊은이지만, 냉혈한이라 불린 아버지 셀림의 잔혹한 행적을 잊게 하고 선한 군주로 보이려고 노력하고 있지. 그런가 하면 술레이만보다 더 젊고, 그 못지않게 야심적인 에스파냐의 왕 카를로스는 몇 년 전에 비싼 대가를 치르고 신성 로마 제국의 황제 카를 5세로 선출되었어. 따라서 교황청은 거대한 십자가와 작은 검을 들고 세상에서 가장 강력한 이 두 군주와 맞서야 하는 어려움에 직면해 있지."

귀차르디니는 잠시 말을 중단했다가 이었다.

"물론 교황청만 이 두 제국을 두려워하는 건 아니야. 프랑스 왕국의 영토가 분할되는 걸 막기 위해 고군분투하는 프랑수아 1세, 교황께 헌신하는 영국의 왕 헨리도 두 제국을 경계하고 있지만, 실질적인 도움을 주기에는 거리가 너무 멀리 떨어져 있단 말이지."

나 같은 보잘것없는 사람이 막강한 군주들 틈에서 무슨 쓸모가 있을지 여전히 알 수 없었지만 나는 귀차르디니의 말을 끊지 않고 들었다.

"이 미묘한 상황이 바로 레오 10세 성하와 줄리오 추기경, 내가 자주 논의하던 주제였지. 우리는 그때나 지금이나 위험 요소들을 제거하려면 다양한 방면에서 움직여야 한다고 확신하고 있네. 특히 프랑수아 1세와 손을 잡아야 하는데 그게 쉽지 않아. 프랑스의 왕들은 30년 동안이나 이탈리아를 정복하려고 끈질기게 전쟁을 벌여 왔지. 따라서 그동안 이탈리아반도를 끊임없이 괴롭혀 온 책임이 프랑스에 있는 데다, 그 군대가 가져온 전염병으로 이 나라를 황폐화했다는 비난을 받는 거야 당연한 일인데 쉽게 화해될 리가 있겠는가. 그리고 제국군들에 맞서 싸우려면 그간의 분쟁을 잊고 동맹을 맺자고 베네치아, 밀라노, 피렌체를 설득해야 하는데 그것도 쉬운 일이 아니지.*"

귀차르디니는 비밀을 말할 때면 늘 그랬듯 몸을 앞으로 숙이고 좀 더 차분해진 목소리로 말했다.

"그리고 오스만 제국과 협상할 필요가 있다는 생각도 했지. 하지만 우리는 오스만 제국을 모르고, 오스만 제국으로부터 무엇을 얻을 수 있을지도 전혀 모르는데 어떻게 해야 할까? 중부 유럽의 기독교 국가들을 침략해 들어오는 예니체리 군대**의 진격을 지연시킬 방법이 과연 있을까? 불가능해 보이는 지중해의 평화를 회복할 수 있을까? 해적들의 약탈 행위를 종식할 수 있을까?"

귀차르디니는 의심 가득한 얼굴로 자문자답하고 있었다. 클레멘스 교황이 말을 이었다.

"확실한 건 로마와 콘스탄티노플 간에 다리를 놓을 때가 되었다는 거야. 하지만 나는 술탄을 잘 몰라. 내가 너무 섣부른 생각

---

* 당시 이탈리아는 밀라노 공국, 베네치아 공화국, 피렌체 공국, 로마 교황령 그리고 에스파냐의 지배를 받는 나폴리 왕국, 5대 도시국가로 분열되어 있었다. 이탈리아반도는 1861년이 되어서야 통일을 이룩했다.
** 14세기에 설치된 오스만 제국군의 최정예 부대 겸 술탄 근위대.

을 한 것이라면 에스파냐와 독일로부터 비난이 쏟아질 것이고, 동료 성직자들로부터도 엄청나게 지탄받게 되겠지."

신임 교황이 말실수를 하고서 미소를 지었다.

"내 말은 추기경들로부터 지탄받는다는 뜻이네. 우리는 아주 신중하게 움직이면서 기회를 기다려야 하고, 프랑스인들과 베네치아 사람들, 다른 기독교 세력이 어떻게 하는지 지켜봐야 해. 자네들 둘이 함께 뛰어주면 좋겠어. 레오는 튀르크어와 아랍어에 능통하고, 오스만튀르크인들과 그들의 사고방식과 행동하는 방식을 잘 아는 데다 콘스탄티노플에 대사로 파견되어 임무를 수행한 경험이 있고, 프란체스코는 우리 정책에 정통해서 교황청의 이름으로 협상할 능력을 갖추고 있으니 자네들 두 사람보다 더 나은 적임자가 있겠는가."

그러고는 교황이 혼잣말하듯 덧붙였다.

"다만 특사 중 한 명이 사제면 좋았으련만······."

이어서 교황이 더 크게 말했는데 약간 빈정거리는 어조였다.

"귀차르디니 경이 사제의 서품을 받았으면 좋았을 텐데 늘 거절해 왔지. 그리고 레오, 나의 사촌이시고 영예로우신 선대 교황 레오 10세께서 자네에게 성직자의 길을 제안하신 적이 없었다는 사실이 나는 그저 놀라울 따름이다."

나는 당혹스러웠다. 내게 마달레나를 소개해줬던 사람이 왜 이런 말을 하는 걸까? 나는 귀차르디니를 곁눈질했는데 그 역시 걱정스러운 얼굴이었다. 나는 교황이 무슬림들을 상대하는 임무를 나에게 맡기기 전에 나의 종교적 신념을 확인하려는 것이라고 결론지었다. 내가 얼른 대답하지 않자 교황이 강조했다.

"종교는 자네처럼 박식한 지식인에게 최고의 길이 아니겠는가?"

나는 얼버무리듯 대답했다.

"성하 앞에서 종교에 대해 말하는 것은 아버지 앞에서 약혼녀에 대해 말하는 것과 같습니다."

클레멘스 교황은 미소 지었지만, 나를 놓아주지 않았다.

"아버지 앞이 아니라면 약혼녀에 대해 뭐라고 하겠는가?"

나는 더는 돌려 말하지 않기로 했다.

"교회의 수장께서 내 말을 듣고 있는 것이 아니라면 종교는 인간에게 겸손을 가르치지만, 종교 그 자체는 전혀 겸손하지 않다고 말하겠습니다. 모든 종교는 똑같이 선한 양심을 가지고 성자와 살인자를 배출해 왔다고 말하겠습니다. 그리고 이 도시의 삶에는 클레멘스 시대와 하드리아노 시대가 있지만, 어디서도 종교는 선택을 허락하지 않는다고 말하겠습니다."

"이슬람교는 더 나은 선택을 허락하는가?"

나는 '우리'라고 할 뻔했지만, 바로 정신을 차리고 '무슬림'이라고 말했다.

"무슬림들은 인류에게 유용한 인간이야말로 세상에서 가장 훌륭한 인간이라고 배웁니다. 그런 가르침에도 불구하고 진정한 은인보다 가짜 신자를 더 떠받들 때가 가끔 있습니다."

"그럼 진리는 어디에 있는가?"

"이제는 저 자신에게 묻지 않는 질문입니다. 진리와 삶 중에서 저는 이미 선택했습니다."

"참된 믿음이 있어야지!"

"신자들을 하나로 뭉치게 하는 것은 공동 신앙이라기보다는 신자들이 행하는 공동 행동입니다."

"그런가?"

교황의 어조로는 무슨 의도인지 파악할 수 없었다. 방금 내게 맡긴 임무를 재고하겠다는 뜻일까? 귀차르디니도 걱정되는지 일부러 만면에 미소를 지으면서 재빨리 끼어들었다.

"레오의 말은 진리는 오직 하느님 소관이라서 인간들은 자칫 진리를 왜곡하고, 가치를 떨어뜨리고, 강요할 수 있다는 뜻입니다."

나는 이 말에 동의하듯 두 사람이 들을 수 있게 중얼거렸다.

"진리를 움켜쥐고 있는 이들이여, 진리를 놓아주소서!"

클레멘스 교황은 허탈한 미소를 지으면서 말했다.

"요컨대 레오 형제는 성직자가 되지 않고, 프란체스코 형제처럼 오직 외교관의 길로 나아가겠다는 것이로군."

귀차르디니가 안도하는 얼굴로 두 손을 모으고 경건한 표정을 지으며 익살스러운 목소리로 말했다.

"레오 형제가 진리를 두려워한다고 해도 걱정할 필요 없습니다. 우리 형제간에서는 그가 진리와 마주할 일이 거의 없을 테니까요."

"아멘." 나도 같은 어조로 말을 맺었다.

*

나의 석방 소식이 퍼지면서 내 집에는 새벽부터 많은 지인이 모여들었다. 이웃 사람들, 제자들, 친구들은 일 년간 감옥에 있다 나온 사람치고는 내가 거의 달라지지 않았다고 말했다. 주세페만은 한사코 나를 아는 척도 하지 않고 사흘이나 뾰로통해 있다가 마침내 태어나서 처음으로 나를 "아버지!"라고 불렀다.

나의 귀환을 축하하고 지체없이 로마에서 떠나게 하려고 아바드가 나폴리에서 달려왔다. 나는 이제 그럴 생각이 전혀 없었다.

"지난번에도 떠나겠다고 하고서는 산탄젤로성에 갇혔는데, 또 안 그럴 거라고 확신하나?"

"나를 여기에 머물게 할지 아니면 떠나게 할지는 신께서 정하시겠지."

아바드의 목소리가 갑자기 엄중해졌다.

"신께서는 이미 정하셨어. 신께서 이교도의 나라에 자진해서 머물러서는 안 된다고 하셨잖나?"

나는 비난하는 눈초리로 아바드를 쳐다봤다. 그는 얼른 사과했다.

"자네에게 설교할 권리가 없다는 건 나도 알아. 나폴리에 살면서 산 젠나로 성당에 일 년에 두 번 선물을 바치고, 비스케이 사람들과 카스티야 사람들을 상대로 장사하는 주제에. 하지만 나는 자네가 걱정돼. 우리를 위한 것이 아닌 싸움에 자네가 말려든 것 같아서! 교황을 상대로 싸우다가 감옥에 끌려갔고, 그 교황이 죽고 나서야 풀려났잖아."

"이 도시는 이제 나의 고향이나 다름없어. 감옥을 경험하면서 나는 도시의 운명과 도시를 다스리는 사람들의 운명에 더욱 애착을 느끼게 되었네. 나를 친구로 여기고 있는 사람들, 그들을 나와는 아무 상관이 없는 그저 로마 사람들로만 생각할 수 없어."

"하지만 자네 식구들은 다른 곳에 있어. 자네 인생의 30년은 마치 존재한 적이 없는 것처럼 그 세월을 모르는 체하고 있으니 하는 말이네."

아바드는 말을 중단했다가 한 가지 소식을 툭 내뱉었다.

"올여름에 자네 어머니가 돌아가셨네."

마달레나는 알고 있었는지 위로하는 뜻으로 내 손에 입을 맞추었다. 아바드가 말을 계속했다.

"어머니가 임종을 앞두고 있을 때 내가 마침 튀니스에 있었지. 자네를 계속 찾으셨어."

"어머니에게 내가 감옥에 있다고 말했나?"

"말씀드렸지! 어머니가 끝내 돌아오지 않는 아들을 원망하기보다는 걱정하다가 숨을 거두는 편이 낫다고 생각했네."

*

어머니의 부고를 전하게 된 것이 미안한 아바드는 튀니스에서 나의 여행을 기록한 방대한 자료가 들어 있는 상자를 가져왔고, 덕분에 나는 로마에 도착한 뒤로 요청받았던 아프리카 묘사와 그곳에서 발견한 놀라운 것들에 대한 집필을 시작할 수 있게 되었다.

하지만 내가 아직 첫 줄도 쓰지 못하고 있을 때 갑자기 다른 계획이 생기는 바람에 집필할 시간을 낼 수 없었다. 감옥에서 나온 지 한 달 후, 나의 학생이었던 한스가 찾아와서 제안한 것인데, 기상천외하지만 매력적인 계획이었다. 작센으로 돌아가기로 하고 작별 인사를 하러 왔던 한스는 그동안 해준 강의를 거듭 고마워하면서 친구 한 명을 소개해주었다. 그 친구도 한스와 마찬가지로 작센 출신이지만, 로마에 15년 넘게 정착해 있는 인쇄업자였다.

인쇄업자는 한스와 달리 루터파는 아니었다. 그는 자신이 네덜란드의 사제이자 사상가인 에라스뮈스의 제자라고 했는데, 귀차르디니한테서 들은 적이 있는 인문학자였다. 그 환상적인 계획을 제안한 사람이 바로 에라스뮈스였다.

각 단어를 다양한 언어, 즉 라틴어, 아랍어, 히브리어, 그리스어, 작센 지방의 독일어, 이탈리아어, 프랑스어, 카스티아어, 튀르크어, 그 밖의 다른 언어들로 설명하는 방대한 어휘집을 만들자는 것이었다. 나는 기준이 되는 라틴어 목록에서 아랍어와 히브리어 부분을 맡기로 했다.

인쇄업자가 열성적으로 말하는데, 정말 감동적이었다.

"물론 이 계획은 내가 살아 있는 동안 내가 열망하는 형태로는 빛을 보지 못하겠지요. 그렇다 해도 이 일에 내 생애와 돈을 바칠 각오입니다. 언젠가 만인이 서로를 이해할 수 있는 날이 온다면 그거야말로 가장 고귀한 이상향이 아니겠습니까?"

작센 출신의 인쇄업자는 이 원대한 꿈에, 이 경이로운 열정에 '안티 바벨' 즉, 공중누각으로 끝나지 않을 계획이라는 이름을 붙였다.

# 프랑수아 1세

헤지라력 931
(1524. 10. 29. – 1525. 10. 17.)

 죽음과 패배의 차가운 전령으로서 휘몰아치는 폭설을 만나기는 이때가 세 번째였다. 어릴 적의 어느 겨울 그라나다에서처럼, 어느 가을 아틀라스 산중에서처럼 나는 또다시 모든 걸 휩쓸어버리고 운명을 뒤흔드는 폭풍설과 맞닥뜨렸다.
 나는 귀차르디니와 함께 특사 자격으로 비밀리에 임무를 수행하고 파비아에서 돌아오는 중이었다. 우리의 임무는 기독교 세력의 고위 성직자 중에서는 오직 교황만 그 내용을 알고 있고, 오직 프랑스 왕만 정식으로 통보받을 정도로 극비 사항이었다.
 표면적으로는 클레멘스 7세의 위임을 받은 귀차르디니가 직권으로 임무를 수행하고 있었다. 지난 몇 달간 유혈 전투가 벌어지고 있었다. 카를 5세의 제국군이 포탄을 퍼부으면서 마르세유 점령을 시도했지만 성공을 거두지 못했고, 프랑수아 1세는 밀라노를 점령한 데 이어 파비아를 포위하면서 반격하고 있었다. 양측 군대가 롬바르디아에서 전투를 벌이겠다고 위협하는 상황이라서 교황의 의무는 치명적인 전쟁을 막는 것이었다. 하지만 교황은 세력이 너무 막강해진 카를 5세와 프랑수아 1세가 경쟁 관계에 있어야 힘의 균형이 이뤄지면서 교황권을 지킬 수 있다고 판단했다. 귀차르디니는 따라서 현재로서는 교황의 뜻에 따라 두 강국이 적대적으로 대립하도록 중재하는 것이 우리의 임무라고 내게 설명해주었다.

더 중요한 것은 나와 관련된 또 다른 임무였다. 오스만 제국 황제의 밀사가 프랑수아 1세의 진영으로 가는 중이라는 걸 알게 된 교황에게는 절호의 기회였다. 오스만 제국과의 교섭은 오랫동안 고대하던 일 아닌가? 귀차르디니와 나는 오스만의 밀사와 동시에 파비아 성벽 앞에 도착해 클레멘스 7세의 말을 구두로 전해야 했다.

추위에도 불구하고 우리는 일주일도 안 걸려서 프랑스 전선에 당도했다. 지위가 높은 노신사가 우리를 맞아주었는데, 그는 라 팔리스의 영주이자 프랑스군의 원수 자크 드 샤반이었고, 귀차르디니와는 잘 아는 사이였다. 그는 교황청의 비서관 마테오 지베르티가 이미 일주일 전부터 와 있는데, 교황이 또 다른 특사를 보낸 것에 놀라는 눈치였다. 그러자 귀차르디니는 당황하지 않고 "그리스도보다 세례 요한을 앞세웠던 것만큼이나 당연한 일이지요" 하고 재치 있는 말로 비위를 맞추었다.

그 말이 통했는지 귀차르디니는 바로 그날 프랑수아 1세의 부름을 받았다. 나는 회담에 참여하는 건 허락되지 않았지만, 왕의 손에 입을 맞출 수는 있었는데 높은 자리에서 나를 내려다보며 손을 내밀고 있어서 허리를 숙일 필요는 없었다. 왕이 나를 지그시 훑어보면서 눈을 반짝이는 사이, 입술에 닿을 듯 아주 길쭉한 코와 가늘게 기른 콧수염, 아주 인상적인 왕의 얼굴에 내 시선이 고정되어 있었다. 프랑수아 1세가 애써 호의적인 미소를 짓고 있는데도 그 미소가 차가워 보이는 것은 안색 때문임이 틀림없었다.

회담을 마치고 원형 천막에서 나오는 귀차르디니의 얼굴은 몹시 밝아 보였다. 그는 프랑수아 1세가 오스만의 밀사가 다음날 도착할 거라고 확인해주었고, 로마가 콘스탄티노플과 교섭할 생각을 했다는 것에 기뻐했다면서 그 반응에 대해 이렇게 논평했다.

"하긴 이교도들과 동맹을 맺을 때 교황의 축복보다 더 좋은 것이 뭐가 있겠나?"

그러고는 즐거워하면서 나를 당황하게 만드는 말을 덧붙였다.

"자네가 나와 동행하고 있는 이유와 튀르크어를 할 줄 안다고 말씀드렸더니 전하께서 자네에게 통역 역할을 부탁하셨네."

그렇지만 마침내 도착한 오스만의 밀사가 말을 시작했을 때 나는 헛기침은커녕 입도 벙긋 못 했다. 프랑수아 1세는 죽일 듯이 나를 노려봤고, 당황한 귀차르디니는 화가 나서 얼굴이 벌게져 있었다. 밀사가 데려온 통역관이 프랑스어를 알아서 천만다행이었다.

참석해 있는 이들 중에서 단 한 사람은 내 심정을 이해하지만, 직무상 의전을 끝낼 때까지는 사적인 감정을 내보일 수 없었다. 술탄의 서찰을 큰 소리로 읽은 다음, 프랑스의 왕과 이야기를 나눈 뒤에야 밀사가 내게 다가오더니 뜨겁게 끌어안으면서 말했다.

"이 캠프에서 우호적인 사람들을 만날 줄은 알고 있었지만, 오래전에 잃어버린 형제를 보게 될 줄은 생각도 못 했어."

오스만 사절단의 통역관이 밀사의 말을 전했을 때 참석자들의 시선이 나에게 쏠렸고, 귀차르디니는 안도의 숨을 내쉬었다. 얼이 빠진 듯 믿기지 않는 얼굴이 된 내 입에서 나온 말은 단 한마디였다.

"하룬!"

사실, 나는 오스만 제국 밀사의 이름이 하룬 파샤라는 걸 전날 저녁에 들어서 알고 있었다. 하지만 그저 동명이인이라 여기고 나의 일가붙이이자 거의 형제나 다름없는 친구일 거라고는 한순간도 생각하지 않았다.

우리는 저녁이 되어서야 밀사의 호위대가 마련해준 호화로운 천막에서 단둘이 만날 수 있었다. 오스만의 밀사는 높고 묵직한 흰색 비단 터번을 두르고 있는데 큼직한 루비와 공작 깃털로 장식되어 있었다. 하지만 그는 바로 터번을 풀면서 훤하게 벗어진 반백의 머리를 드러냈다.

하룬은 나의 궁금증을 풀어주기 위해 기탄없이 말했다.

"우리가 함께 콘스탄티노플을 방문한 뒤로 나는 아루지 바르바로사에 이어, 신이시여, 그에게 자비를 베푸소서! 그의 동생인 하이레딘 파샤의 밀사 자격으로 오스만의 궁정을 자주 드나들게 되었지. 그래서 튀르크어와 궁중 언어를 배워서 고관들과 교우했고, 알제를 오스만 제국의 술탄국으로 병합하는 문제를 협상했어. 나는 그 성과를 심판의 날까지 자랑스럽게 여길 거야."

하룬이 손으로 허공을 쓸어버리는 동작을 했다.

"이제는 페르시아 국경에서 마그레브 해안까지, 베오그라드에서 예멘에 이르기까지 단 하나의 이슬람 제국이 군림하고 있고, 그 제국의 주인이 나를 신뢰하고 호의를 베풀어주시지."

이어서 하룬이 비난조로 덧붙였다.

"그동안 너는 뭘 하고 있었던 거야? 네가 현재 교황청의 고위 인사라는 게 사실이야?"

나는 의도적으로 그의 표현을 따라 했다.

"교황 성하께서 나를 신뢰하고 호의를 베풀어주시지."

나는 한마디 한마디에 힘을 주면서 덧붙였다.

"너를 만나라고 나를 이곳으로 보내주신 것도 그분이야. 로마와 콘스탄티노플 간에 교섭이 이뤄지기를 바라셨거든."

나는 공식적인 임무를 밝히면서 내심 하룬이 흥분한 기색으로 반기거나 놀라는 반응을 보이길 기대했다가 몹시 실망했다. 하룬이 주름이 풍성하게 잡힌 소매에 묻은 진흙에 정신이 쏠려 있는 것처럼 딴청을 피우고 있었다. 그는 진흙 자국을 없애려고 비비고 털어내면서 경박한 어조로 내뱉었다.

"로마와 콘스탄티노플 간에 교섭? 무슨 목적으로?"

"평화를 위해서. 지중해권에서 기독교인과 무슬림이 함께 살 수 있고, 전쟁이나 해적 행위 없이도 교역할 수 있다면, 시칠리아 해적에게 납치되는 일 없이 내가 가족을 데리고 알렉산드리아에서 튀니스로 갈 수 있다면 얼마나 좋겠어?"

하룬은 여전히 소매에 남아 있는 얼룩을 더 세게 비비고 나서 입으로 훅 불어내고는 나를 냉랭하게 쳐다봤다.

"내 말 잘 들어, 하산! 우리의 우정, 함께 학교 다니던 시절을 떠올리고, 우리의 가족, 곧 있을 내 아들과 네 딸의 혼인에 대해 의논하고 싶어 하는 거라면 나는 식탁에 앉아서 편안한 마음으로 이 순간을 어떤 순간보다 즐길 거야. 하지만 너는 교황의 특사로서, 나는 술탄의 밀사로서 나누는 토론이라면 얘기가 달라지지!"

나는 반론을 제기했다.

"왜 나를 비난하지? 나는 평화에 대해 말했을 뿐인데. 경전에서 종교는 서로 죽이는 걸 중단하는 것이 옳다고 하지 않았어?"

하룬이 내 말을 잘랐다.

"콘스탄티노플과 로마 사이, 콘스탄티노플과 파리 사이를 분열시키는 건 신앙이고, 화해시키는 건 고귀하든 비열하든 이해관계라는 걸 알아야지. 평화? 경전? 그딴 말은 입에 올리지도 마. 그런 문제가 아니거니와 우리 주인들의 생각은 그게 아니니까."

어릴 적부터 하룬과는 길게 논쟁할 수가 없었다. 나는 항복하는 어조로 대꾸했다.

"그래도 너의 주인과 나의 주인 간에 공통된 이해관계는 있다고 생각해. 어느 쪽도 카를 5세의 제국이 유럽 전역과 바르바리까지 세력을 확장하는 꼴은 보고 싶어 하지 않으니까!"

하룬이 미소를 지었다.

"이제는 같은 언어를 사용하는 우리 둘만 있으니까 내가 무엇을 하러 여기 왔는지 말해줄게. 나는 프랑스 왕에게 선물과 약속, 그리고 그의 편에서 싸워줄 용맹한 기병 백 명을 데려왔어. 프랑스군이 우고 데 몬카다*를 생포했다는 거 알아? 아루지 바르바로사가 사망한 뒤 알제 앞에서 내가 퇴각시켰던 인물이지. 카를 5세의 제국군이 또다시 마르세유를 점령하려고 하면 우리 함대가 개입하라는 명을 받고 있다는 것도 알아? 나의 주군께서는 프랑수아 1세와 동맹을 맺기로 했고, 그 목적으로 우호적 관계를 강화하

---

* 에스파냐의 정치인이자 군사 지도자. 시칠리아 총독(1509~1517)과 나폴리 총독(1527~1528)을 역임했다.

고 있는 거야."

"유럽 땅에서는 오스만군의 공격이 계속되지 않을 거라고 프랑수아 1세에게 약속할 수 있어?"

하룬은 나의 순진함에 짜증이 난 것 같았다.

"우리가 카를 황제의 처남이 통치하는 마자르족의 헝가리를 공격하면 과연 프랑스의 왕이 우리를 비난할까? 비난은커녕 좋아죽을걸. 우리가 황제의 친동생이 통치하는 빈을 포위 공격해도 마찬가지일 거고."

"프랑스의 왕이 기독교 국가들의 영토를 정복하게 놔둔다면 모든 기독교도로부터 지탄받을 텐데?"

"그렇겠지. 하지만 나의 주군은 그 대가로 예루살렘의 교회들과 레반트 지역* 기독교인들의 운명을 감독할 권리를 프랑스의 왕에게 줄 각오를 하고 있어."

우리는 잠시 입을 다물고 생각에 잠겼다. 궤에 기대고 앉은 하룬이 미소를 지으면서 말했다.

"내가 백 명의 기병대를 지원병으로 데려왔다고 했을 때 프랑스의 왕이 당황하는 것 같더라고. 그래서 한순간 기병대를 거절하려나 보다 생각하고 있는데 왕이 굉장히 고마워하는 거야. 그러더니 기병대가 술탄의 기독교도 신하들이라는 소문을 진영에 퍼뜨렸어."

하룬이 갑자기 화제를 바꿨다.

"가족에게 언제 돌아갈 거야?"

---

* 그리스와 이집트 사이에 있는 동지중해 연안 지역. 일반적으로 시리아, 요르단, 레바논 등 중동 일부 지역을 가리킨다.

"돌아가야지, 언젠가는." 나는 머뭇거리다가 말했다. "로마가 매력을 잃었을 때."

"내가 튀니스에서 만난 수스 출신 아바드의 말로는 교황이 너를 어느 성에다 일 년 동안 가뒀다고 하던데."

"내가 그 교황을 노골적으로 비판했거든."

하룬이 갑자기 폭소를 터뜨렸다.

"그라나다 사람 무함마드의 아들, 하산, 네가 감히 로마 시내 한복판에서 교황을 비판했다니! 아바드의 말로는 네가 그 교황을 외국인이라는 이유로 비난했다던데."

"그건 좀 와전된 것이고. 아무튼 내가 이탈리아인, 그중에서도 피렌체 출신의 메디치가 사람을 특히 좋아하는 건 사실이야."

하룬은 내가 너무나 진지하게 대답하는 걸 보고 깜짝 놀랐다.

"메디치가 사람을 좋아한다고 했냐? 콘스탄티노플로 돌아가는 즉시 최고 종교 지도자 칼리파라는 칭호는 이제 아바스조의 후손에게 돌려주라고 간청이라도 해야 하는 건가."

하룬은 조심스럽게 목과 목덜미를 만지면서 후렴구처럼 되뇌었다.

"메디치가 사람을 좋아한다고?"

한편 내가 하룬과 대화하는 사이 귀차르디니는 오스만 제국의 밀사와 나의 개인적인 친분이 교황의 외교에 놀라운 성공을 가져다줄 거라고 확신하면서 기상천외한 계획을 짜고 있었다. 그래서 나는 하룬이 우리 쪽에 관심이 없으니 기대 같은 건 하지 말아야 한다면서 한껏 들떠 있는 그의 의욕을 가라앉혀야 했다. 하지만 피렌체 출신의 귀차르디니는 나의 반론을 일축했다.

"하룬 파샤는 대사로서 오스만의 술탄에게 우리의 교섭 제안을 반드시 보고할 거야. 이제 한 걸음 내디뎠으니 머지않아서 우리는 로마에서 오스만의 밀사를 맞게 될 걸세. 어쩌면 자네와 내가 콘스탄티노플에 가게 될지도."

하지만 더 나아가기 전에 일단 우리의 임무를 교황에게 보고해야 할 때였다.

*

우리는 서둘러서 로마로 향했고, 볼로냐에서 남쪽으로 수 킬로미터 떨어진 거리에 이르렀을 때 내가 앞서 말했던 폭풍설이 몰아쳤다. 눈보라가 시작될 때부터 아틀라스 산중에서 겪은 악몽이 엄습했다. 굶주린 늑대 떼에 에워싸여 있는 것처럼 죽음의 공포에 떨면서 히바의 손을 잡는 것 말고는 아무것도 할 수 없었던 그 끔찍한 순간으로 돌아가 있는 느낌이 들었다. 나는 마치 그 뒤로는 어떤 여자도 가슴에 두지 않은 것처럼 아름다웠던 누미디아 노예의 이름만 계속 중얼거렸다.

바람이 더욱 거세졌고, 우리를 호위하는 병사들은 대피하기 위해 말에서 내려야 했다. 나도 귀차르디니와 함께 말에서 내렸는데, 비명과 누군가를 찾는 고함만 들릴 뿐 눈앞이 보이지 않았다. 나는 언뜻언뜻 보이는 실루엣을 따라가려고 했지만, 어느새 짙은 안개 속으로 사라졌고, 나의 말마저 달아나버렸다. 나는 무작정 뛰어가다 나무에 부딪히는 바람에 그대로 웅크린 채 덜덜 떨고 있었다. 폭설이 잠잠해졌을 때 나는 의식을 잃고 눈더미에 파묻힌 채로 발견되었는데 어느 흥분한 말의 뒷발에 걷어챘는지 오른쪽 다리가 골절된 상태였다. 다리를 절단하는 것은 면했지만 걸을 수 없었고, 열이 올라 몸이 불덩이처럼 뜨거웠다.

그래서 우리는 볼로냐로 돌아갔고, 귀차르디니는 에스파냐 대학교 근처의 작은 숙박업소에 나를 눕혔다. 그는 이튿날 떠나면서 열흘 후에는 걸을 수 있을 것이니 교황청에서 만날 수 있을 거라고 예상했다. 하지만 나를 안심시키기 위해서 한 말일 뿐이었다. 그는 로마에 도착하자마자 마달레나에게 가능한 한 빨리 주세페를 데리고 가서 나를 보살피라고 하면서 글을 쓰는 것으로 무료함을 달랠 수 있도록 내 노트와 자료를 챙겨 가라고 했기 때문이다. 실제로 나는 누워서 지내는 것에 적응되지 않았고, 온종일 내리는 눈과 운명에 저주를 퍼붓고, 인내심을 가지고 나를 돌봐주는 숙박업소 주인에게 성질을 부리고 있었다.

그해 연말까지도 나는 방을 비워줄 수 없었다. 우선 폐렴으로 죽을 뻔했고, 간신히 회복되자 이번에는 다리에 문제가 생겼다. 다리가 마비되고 퉁퉁 부어서 절단 수술을 받아야 할 위험이 있었다. 분노와 절망 속에서 나는 밤낮으로 작업에 몰두했다. 그리하여 작센 출신의 인쇄업자에게 약속했던 아랍어와 히브리어 번역 작업을 끝마칠 수 있었다. 그리고 나의 《아프리카 지리지》의 여섯 권째 책을 쓴 것도 그 시기였다. 마침내 몇 달 후에는 눌러앉아서 글을 쓰는 상황을 즐기게 되었고, 가족과 지내는 일상에서 기쁨을 누릴 수 있었다. 하지만 내 주변에서 일어나는 사건들을 불안한 눈으로 지켜보지 않을 수 없었다.

3월 초, 내가 여전히 열병에 시달리고 있을 때 마달레나가 이탈리아를 뒤흔들고 있는 소식을 전해주었다. 파비아 전투에서 프랑수아 1세의 군대가 카를 5세의 제국군에게 패했다는 소식이었다. 처음에는 프랑수아 1세가 전사했다는 소문이 파다했는데 이내 그가 생포되었다는 사실을 알게 되었다. 하지만 참담한 상황임에는 변함이 없었다. 왕의 운명이 어찌 되었든 프랑스군은 더는 제국군 황제의 야망에 맞설 수 없는 것이 분명해졌으니.

나는 클레멘스 7세를 생각했다. 교황은 프랑수아 1세에게 너무 호의적인 태도를 보였던 터라 패전에 대한 책임에서 완전히 자유로울 수 없었다. 교황은 이 난국을 어떻게 벗어날까? 프랑스에 붙었던 교황에게 분노를 터뜨릴 카를 5세를 구슬리기 위해 화해에 나설까? 아니면 세력이 너무 커져서 모두에게 위협적인 황제에게 맞서기 위해 교황 수위권을 행사하여 기독교국의 군주들을 규합할까? 나는 교황을 알현할 수만 있다면 어떤 대가라도 치를 수 있었다. 그러던 중 초여름에 귀차르디니로부터 편지를 받은 뒤로 더더욱 두 사람을 만나고 싶었다. 그 편지에는 빈정거리는 것 같아서 더 무섭게 느껴지는 수수께끼 같은 문장이 담겨 있었다. "오직 기적만이 로마를 구할 수 있건만, 교황은 내가 그 기적을 이뤄주길 바라고 계시니!"

검은 군단

헤지라력 932
(1525. 10. 18 - 1526. 10. 7.)

내 앞에 철제 조각상처럼 서 있는 남자는 기골이 장대했고, 호탕하게 웃거나 불같이 화를 내는 다혈질이었다.

"나는 교황 수하의 콘도티에로*요!"

사람들은 그를 '위대한 악마'라고 부르면서도 용맹하고, 혈기왕성하고, 불굴의 의지로 여자와 요새를 공략하는 그를 좋아했다. 사람들은 그를 두려워하면서도 신께 그를 지켜 달라고, 멀리 떠나보내 달라고 기도했다.

"못 말리는 나의 사촌 조반니." 클레멘스 7세가 부드러우면서 체념 섞인 어조로 말했다.

자신을 콘도티에로라고 소개한 조반니는 메디치가 출신의 이탈리아 용병대장이었다. 조반니가 이끄는 군대는 그와 마찬가지로 용맹하면서 포학하고, 의로우면서 죽음을 불사하는 군단으로 이름을 떨치고 있었다. 레오 10세 교황에게 고용되어 용병대장으

---

* 중세 말경부터 16세기 중반까지 이탈리아 도시국가들이 고용했던 용병의 대장.

로 여러 전쟁에 참전하였고, 레오 10세가 선종하자 그 죽음을 애도하는 뜻으로 휘장에 검은색 줄무늬를 추가하면서 검은 군단으로 불리게 되었다. 군단의 대장은 조반니 데 메디치 또는 검은 군단의 조반니라는 뜻으로 '조반니 델레 반데 네레'라고 불렸으며, 현재는 클레멘스 7세를 섬기면서 검은 군단을 지휘하고 있었다.

나는 그를 볼로냐에서 만났다. 외출할 수 있을 정도로 몸이 회복되자, 나는 병석에 누워 있는 동안 돈이며 서적, 의복과 선물을 계속 보내주면서 호의를 베풀어준 볼로냐의 존경받는 귀족 야코포 살비아티에게 인사하러 그의 저택으로 갔다. 귀차르디니로부터 나를 보호해 달라는 부탁을 받고서 아버지처럼 일주일마다 어김없이 시동을 보내서 내 건강을 살펴준 사람이었다. 살비아티는 메디치가 사람답게 호화스럽게 살고 있었다. 아내가 교황 레오 10세의 여동생인 데다 딸 마리아는 조반니 델레 반데 네레와 혼인했으니 과연 볼로냐 최고의 유명 인사였다.

원정을 떠나거나 전쟁터에 있는 것이 일상인 조반니 델레 반데 네레가 이날은 아내보다 여섯 살 난 아들을 보러 돌아오는 길이었다. 내가 아직 거동이 느리고 불안정해서 마달레나의 부축을 받으면서 살비아티의 저택으로 향하고 있을 때 용병대가 행진하는 소리가 들렸다. 말을 탄 용병 40명이 대장을 호위하고 있었다. 지나가는 사람들이 그의 이름을 수군거렸고, 환호를 보내는 이들이 있는가 하면 걸음을 재촉하며 지나가는 이들도 있었다. 나는 행렬이 지나가게 비켜섰다. 그가 저택에 이르기도 전에 소리쳐 불렀다.

"코시모!"

2층 창문에 한 아이가 나타났다. 조반니는 속보로 말을 몰아서 그 창문 바로 밑에 이르자 검으로 아이를 가리키며 외쳤다.

"뛰어내려!"

마달레나가 질겁하면서 눈을 가렸다. 나도 아연실색했다. 그렇지만 사위를 맞이하려고 나와 있던 살비아티는 잠자코 있었다. 그는 손자가 다칠까 봐 못마땅하지만, 오랜만의 부자 상봉인 만큼 참견하지 않으려는 것 같았다. 어린 코시모는 놀라지도 두려워하지도 않는 것 같았다. 아이가 창틀에 올라서더니 허공으로 뛰어내렸다. 그 순간 아버지가 검을 놓고 두 팔로 아들을 받아서 머리 위로 들어 올렸다.

"나의 왕자, 잘 지냈느냐?"

아들과 아버지가 웃자 호위대도 따라 웃었다. 야코포 살비아티는 애써 미소를 지었다. 내가 오는 걸 본 살비아티는 그 기회에 분위기를 풀기 위해 사위에게 나를 가리키면서 격식을 차려서 말했다.

"지리학자이자 시인이고 교황청의 외교관 조반니 레오 경이라네."

콘도티에로가 말에서 내렸다. 부하 중 한 명이 대장의 검을 주워 주자 그는 검집에 넣으면서 나에게 지나칠 정도로 쾌활하게 자신을 소개했다.

"나는 교황 수하의 콘도티에로요!"

짧은 머리, 숱진 갈색 콧수염의 조반니는 날카로운 눈초리로 나를 뜯어봤다. 나는 그 태도가 몹시 불쾌했지만, 일단 거실에 들어서자 피렌체의 메디치가 일원으로 돌아오기 위해 빠르게 검투사의 영혼을 버리는 태세 전환에 매료되었다.

"파비아에 오신 적이 있다고 들었습니다."

"프란체스코 귀차르디니 경과 함께 며칠간 머물렀을 뿐이지요."

"나도 멀지 않는 곳에 있었지요. 부대를 이끌고 밀라노 쪽 전황을 살피고 돌아왔더니 오스만의 밀사는 떠나고 없더군요. 경도 그때 떠났나 봅니다."

조반니는 잘 알고 있다는 듯한 미소를 지었다. 나는 임무의 비밀을 누설하지 않으려고 침묵하면서 그의 눈을 피했다. 조반니가 말을 이었다.

"카를 5세가 이탈리아에서 관심을 돌릴 수밖에 없도록 오스만 제국에게 헝가리를 공격해 달라고 요청하는 전언이 최근에 파리에서 콘스탄티노플에 전달되었다는 정보를 입수했거든요."

"프랑스의 왕은 생포되어 에스파냐에 있지 않은가요?"

"그렇다고 해서 교황과 술탄의 협상을 막을 수는 없지요. 프랑수아 1세를 대신하여 모후가 섭정을 맡고 있으니 불가능한 일이 아니지요."*

"프랑수아 1세의 죽음이 임박해 있답니까?"

"아니, 죽음이 생각을 바꿨는지 멀쩡하답니다."

계속 질문만 하면서 내 생각을 드러내지 않자, 조반니가 단도

---

* 파비아 전투에서 대패하고 생포된 프랑수아 1세가 마드리드에 감금되자, 모후 루이즈는 아들의 석방을 위해 오스만 제국에 도움을 요청했다. 프랑수아 1세는 1526년 1월 14일 카를 5세에게 이탈리아에 대한 모든 권리를 포기하고 두 아들을 인질로 보내겠다고 약속하는 마드리드 조약을 체결한 후에야 풀려났다.

직입적으로 물었다.

"교황이 프랑수아 1세와 동맹을 맺고, 오스만 제국과도 동맹을 맺는다는 건 너무 이상한 연합이라고 생각지 않습니까?"

오스만 제국에 대한 내 감정을 떠보려는 걸까? 아니면 하룬 파샤와 무슨 말을 주고받았는지 알아내려는 걸까?

"나는 오스만 제국이 아무리 강대국이라고 해도 이탈리아 땅에서 일어나는 전쟁의 승패를 결정할 수는 없다고 생각합니다. 대륙 반대편에 있는 십만 명보다 전쟁터에 있는 백 명의 병사가 더 중요하지요."

"이탈리아를 지배하기 위해 벌이는 전쟁에서 누가 가장 강하다고 생각합니까?"

"파비아 전투에서 프랑스군이 제국군에게 대패했는데 결론은 이미 나와 있는 거 아닌가요?"

내 대답이 마음에 들었는지 조반니가 호의적인 걸 넘어서 존경하는 어조로 말했다.

"그렇게 말씀하시니 마음이 좀 놓이는군요. 로마에서는 지금 귀차르디니 경이 우유부단한 클레멘스 교황에게 카를 5세와 맞서 싸우자고 독려하면서 황제의 포로가 되어 있는 프랑수아 1세와 동맹을 추진하고 있지요. 나야 용병대장이니까 제국군과의 대적을 두려워하지 않는 인상을 줘야 하지만, 당신도 머지않아 깨닫게 될 겁니다. 그 식견 높은 귀차르디니가 자기가 세운 미친 계획을 교황에게 저지르게 하고 있다는 걸 모를 정도로 이 조반니가 그렇게 멍청하지 않다는 걸."

너무 진지한 얘기만 했다고 느꼈는지 조반니가 멧돼지 사냥을 나갔던 일화로 분위기를 푸는가 싶더니 또다시 진지해졌다.

"당신의 생각을 교황에게 말해야 합니다. 나와 함께 로마로 가지 않겠소?"

그렇지 않아도 너무 오래 볼로냐에 머물고 있던 터라 이제는 그만 떠날 생각을 하고 있던 참이었다. 나는 그 제안을 즉시 받아들였다. 조반니와 함께 떠나면 용병대 행렬에 산적은 감히 얼씬도 못 할 것이니 위험이 없는 즐거운 여행길이 될 것 같았다. 그리하여 그 이튿날 나는 특별히 호의를 베풀어주는 검은 군단의 무시무시한 전사들의 호위를 받으며 마달레나와 주세페를 데리고 길을 나섰다.

*

사흘 뒤, 우리는 조반니의 저택에 이르렀는데, 일 트레비오라고 불리는 근사한 성이었다. 우리는 거기서 하룻밤을 묵고 다음 날 일찍 피렌체를 둘러보기로 했다.

"당신은 피렌체에 와보지 않은 유일한 메디치 사람이군요." 조반니가 말했다.

"귀차르디니와 함께 파비아로 가는 길에 둘러보려고 했는데 시간이 없었죠."

"그러니 그가 잘못한 거죠. 피렌체를 둘러볼 시간도 없게 일정을 짜다니!"

그러고는 조반니가 덧붙였다.

"이번에도 시간이 많은 건 아니지만, 내가 후회하지 않도록 도시를 구경시켜드릴 겁니다."

나는 지금까지 군대의 안내를 받으면서 도시를 방문한 적이 없었다. 우리는 라르가 가도를 따라 메디치궁에 이르렀고, 어쩌다 보니 아침부터 호위대를 이끌고 회랑으로 둘러싸인 마당으로 들어가게 되었다. 그러자 하인 한 명이 뛰어나와서 들어오라고 했지만, 조반니는 단호하게 거절했다.

"알레산드로*는 안에 있는가?"

"주무실 겁니다."

"이폴리토**는?"

"주무시는데 깨울까요?"

조반니는 거만하게 어깨를 으쓱하고는 돌아섰다. 마당을 나오자 그는 오른쪽으로 몇 걸음을 떼더니 공사 중인 건축물을 가리키면서 말했다.

"산 로렌초 성당입니다. 지금 미켈란젤로 부오나로티가 여기서 작업하고 있는데*** 감히 들어갈 수는 없겠어요. 화가에게 쫓겨날 수 있어서. 미켈란젤로는 성격이 아주 괴팍한 데다 메디치가를 별로 좋아하지 않거든요.**** 그런데도 미켈란젤로가 피렌체에 돌아와 있는 건 그만한 이유가 있죠. 메디치가 출신으로 교황으로

---

* 1510년 출생으로 1531년부터 피렌체를 통치했고, 1532년부터 1537년까지 초대 세습 피렌체 공작이었다.
** 1511년 줄리아노 데 메디치의 혼외자로 태어나 삼촌인 클레멘스 7세에 의해 18세 나이에 추기경이 된 후 교황의 특별한 배려와 지원 속에 주요 요직을 거쳤으나 24세 나이로 요절했다.
*** 메디치 가문의 산 로렌초 성당 2층에 자리한 라우렌치아나 도서관은 미켈란젤로가 1524년부터 1534년까지 설계한 건축물로 유명하다.

선출된 레오 10세가 수많은 인재를 불러들이면서 우리의 위대한 예술가들은 대부분 로마에 거주하고 있죠. 그런데 레오 10세가 미켈란젤로를 피렌체로 보내서 작품 활동을 계속하게 했거든요."

조반니가 두오모 성당 방향으로 앞장섰다. 길 양쪽으로 늘어선 건축물들은 조화롭게 배치되어 있고, 세련되게 장식되어 있지만 로마의 건축물만큼 호화롭지는 않았다.

"영원의 도시 로마에는 예술 작품이 넘쳐나지만, 피렌체는 도시 자체가 하나의 예술 작품이고, 모든 분야에서 최고는 전부 피렌체 사람들이지요."

마치 페스 사람이 하는 말을 듣는 것 같았다.

우리가 시뇨리아 광장에 이르렀을 때 긴 로브 차림의 나이 지긋한 신사가 다가와서 조반니와 몇 마디 얘기를 나누었다. 한 무리의 사람들이 "팔레! 팔레!"***** 하면서 메디치가 만세라는 뜻의 구호를 외치기 시작하자 조반니는 경례로 답하면서 내게 말했다.

"모든 메디치가 사람이 피렌체 시민의 환호를 받는다고는 생각

**** 미켈란젤로(1475~1564)는 천부적인 재능을 알아본 로렌초의 배려로 15세에 메디치가의 저택에 들어와 살게 되면서 그의 아들들과 함께 플라톤 철학을 배우고 문학에 대해서도 수준 높은 소양을 갖추게 되는 등 파격적인 대우를 받았다. 미켈란젤로는 피렌체 시의 의뢰로 1501년에서 1504년 사이에 '다비드상'을 제작하게 되는데, 이 조각상은 골리앗으로부터 이스라엘을 구해낸 다윗을 형상화한 것으로 외부 세력과 로마의 세속화된 교회 세력으로부터 피렌체를 지켜주는 도시의 수호신이자 시민 자유의 수호를 상징한다. 따라서 다비드상의 결의에 찬 눈, 그 경고의 눈빛이 당시의 새로운 골리앗인 로마와 메디치가의 절대 권력을 향하고 있다는 해석이 많은 만큼 갈등 관계였을 것으로 추정해볼 수 있다.
***** 메디치가의 문장에 있는 여섯 개의 구(球, 이탈리아어로 팔레)에서 따온 것으로 메디치 가문을 가리킨다.

지 마세요. 현재 피렌체 사람들에게 환대받는 사람은 내가 유일하지요. 예를 들어 나의 사촌 줄리오, 다시 말해 클레멘스 교황이 오늘 여길 온다면 야유받으면서 쫓겨날 거예요. 클레멘스도 그걸 잘 알고 있고요."

"고향이잖아요?"

"메디치가 사람들에게 피렌체란 변덕스러운 애인 같다고 하면 딱 맞을 겁니다! 멀리 떠나 있으면 소리를 질러서 우리를 불러들이고, 찾아오면 저주를 퍼붓거든요."

"오늘은 피렌체가 무엇을 원할까요?"

조반니는 걱정스러운 얼굴이었다. 그가 베키오 다리 앞의 길거리에서 말을 멈춰 세우자 군중이 지나가게 비켜서면서 환호를 보냈다.

"피렌체 사람들은 공화정으로 다스려줄 군주를 원하고 있죠. 그걸 잊고 우리 메디치가 조상들이 독재정치를 할 때마다 피렌체 사람들은 한탄하죠. 지금은 어린 알레산드로가 주제넘게도 피렌체에서 메디치가를 대표하고 있지요. 겨우 열다섯 살인 아이가 자기는 메디치가의 자손이자 교황의 아들이니 피렌체의 여자와 재산은 전부 다 자기 것이라고 생각하고 있으니……."

"교황의 아들이라고요?"

나는 진짜로 깜짝 놀랐다. 조반니가 웃음을 터뜨렸다.

"로마에서 7년을 살았으면서 알레산드로가 클레멘스의 사생아인지 몰랐다고요?"

내가 정말 몰랐다고 말하자 조반니는 웃으면서 알려주었다.

"내 사촌이 교황도 추기경도 아니었던 시절에 나폴리에서 만난 무어인 노예가 낳은 아들이죠."

우리는 피티 궁전 쪽으로 가다가 포르타 로마나 성문을 통과했고, 조반니는 문 앞에 있던 시민들로부터 또다시 환호받았다. 하지만 생각에 잠긴 조반니는 군중에게 답례하지 않았다. 내가 그를 대신하여 군중에게 경례를 붙이자, 내 아들 주세페가 너무나 재미있어했다. 주세페는 가는 동안 내내 경례 붙이는 동작을 해달라고 졸랐고, 내가 해줄 때마다 깔깔대고 웃었다.

*

우리가 로마에 도착한 날, 검은 군단의 조반니는 당장 함께 교황을 만나러 가야 한다고 주장했다. 교황과 밀담을 나누고 있던 귀차르디니는 우리가 온 걸 전혀 반기지 않는 것 같았다. 간신히 교황을 설득해서 힘든 결정을 내리게 했는데 조반니가 마음을 바꾸게 할까 봐 걱정하는 것이 틀림없었다. 귀차르디니는 불안한 마음을 애써 감추고 우리의 의중을 떠보기 위해 평소대로 농담을 던졌다.

"이제는 무어인이 끼지 않으면 피렌체 사람들끼리는 모이지도 못하게 된 건가!"

교황은 어색한 미소를 지었지만, 조반니는 미소 짓지 않았다. 나는 어깨를 으쓱하면서 귀차르디니와 같은 어조로 대답했다.

"이제는 서민이 끼지 않으면 메디치가 사람들끼리는 모이지도 못하게 된 건가!"

이번에는 조반니가 웃음을 터뜨리면서 친근한 표시라기에는 너무 세게 내 등짝을 쳤다. 그러자 귀차르디니가 웃으면서 말했다.

"방금 아주 중요한 서찰을 받았는데, 프랑수아 1세가 재의 수요일* 전에 석방되어 에스파냐를 떠난다는군."

토론이 이어졌고, 조반니와 나는 소극적이긴 하지만 카를 5세와 타협하는 것이 좋겠다는 주장을 폈다. 하지만 허사였다. 교황은 이미 반(反)제국 연합의 중심이 되어 카를 황제에게 맞서자는 귀차르디니의 설득에 완전히 넘어간 상태였다.

*

1526년 5월 22일, 프랑스의 도시 코냑에서 신성 동맹**, 일명 코냑 동맹이 결성되었다. 프랑수아 1세와 교황 외에 동맹에 참여한 나라는 밀라노와 피렌체, 베네치아였고, 동맹의 목적은 이탈리아 반도 내에서 지나치게 커진 카를 5세의 세력을 몰아내는 것이었다. 로마 역사상 이제껏 경험해보지 못한 가장 끔찍한 전쟁 중 하나를 맞게 된 것이다. 파비아 전투에서 승리를 거둔 뒤에 병력을 독일에 투입했던 카를 5세는, 밀라노에 대한 권리를 포기하겠다는 약속을 하고 석방되었으나 피레네산맥을 넘기가 무섭게 마드리드 조약이 무효라고 선언한 프랑수아 1세는 물론이고, 그런 식으로 조약을 파기한 자와 동맹을 맺은 클레멘스 7세에게 격분하여 갈 데까지 가기로 작정했던 것이다. 밀라노, 트리엔트, 나폴리 쪽에서 제국군이 재집결하기 시작했다. 클레멘스 7세가 제국군에

---
* 부활절을 준비하는 사순절이 시작되는 날.
** 교황이 참가한 기독교 국가들의 군사 동맹.

맞서기 위해 믿는 구석이라고는 검은 군단의 용맹함과 그 용병대장밖에 없었다. 북쪽에서 내려오는 주축 군대를 막아야 한다고 판단한 조반니 콘도티에로는 적군이 포강*을 건너지 못하게 저지하기 위해 만토바로 출정했다.

아뿔싸, 교황청 내에도 카를 5세를 지지하는 자들이 있었으니! '제국주의파'라고 불리는 그 파벌의 수장은 폼페오 콜론나 추기경이었다. 폼페오 추기경은 9월에 검은 군단이 만토바로 떠난 틈을 이용해 해적 부대를 앞세우고 보르고 구역과 트라스테베레 구역을 급습하여 곳곳에 불을 지르고, 광장에서 선언했다. "교황의 폭정으로부터 로마를 구하겠다!" 클레멘스 7세는 황급히 산탄젤로 성으로 피신했고, 폼페오 콜론나 추기경의 부대가 교황의 거처인 사도궁을 약탈하는 사이 성문을 굳게 닫았다. 나도 마달레나와 주세페를 데리고 산탄젤로성으로 피신하려다가 이런 상황에서는 산탄젤로 다리를 건너는 것이 더 위험하다고 판단하고 포기했다. 나는 집에서 꼼짝 않고 있으면서 사태가 수습되길 기다렸다.

결국 클레멘스 7세는 폼페오 콜론나 추기경의 모든 요구 사항을 받아들여야 했다. 교황은 황제에게 대항하는 코냑 동맹에서 탈퇴하고, 폼페오 추기경을 파문하지 않겠다는 약속에 서명했다. 그러나 폼페오 추기경이 부대를 이끌고 물러가자마자 클레멘스 7세는 공포 행위와 신성모독 행위를 저지르면서 강제로 요구한 약속은 지킬 필요가 없다고 하면서 추기경을 파문하고 그의 요새를 파괴했다.

---

* 알프스산맥에서 발원하여 이탈리아 북부를 가로질러 동쪽 아드리아해까지 흐르는 강.

그러고 나서도 클레멘스 7세가 카를 5세와 내통하는 자들에 대한 분노로 치를 떨고 있을 때 오스만 제국의 술탄 술레이만이 모하치* 전투에서 승리하고, 카를 5세의 처남인 헝가리 국왕이 사망했다는 소식이 로마에 전해졌다. 교황은 나를 불러들여서 오스만군이 빈을 공격하고 독일로 진격할지 아니면 베네치아로 향할지 내 의견을 물었다. 나는 전혀 모르겠다고 솔직하게 말했다. 교황은 몹시 걱정하고 있었다. 귀차르디니는 기독교 세력이 패배한 책임은 전적으로 카를 황제에게 있다면서, 그가 오스만군으로부터 기독교 국가의 영토를 방어하는 대신에, 독일을 휩쓸고 있는 이단자들을 처단하는 대신에 이탈리아를 노리면서 프랑스의 왕을 응징하기 위해 전쟁을 벌이고 있기 때문이라고 열변을 토했다. 그러고는 덧붙였다.

"루터가 아침저녁으로 '오스만군은 하느님이 우리에게 보내신 형벌이다. 그들과 대립하는 것은 창조주의 뜻에 반하는 것이다!'라고 설교하는데, 독일군이 헝가리를 도우러 가길 바랄 수 있겠습니까?"

클레멘스 7세는 고개를 끄덕였다. 귀차르디니는 밖으로 나오자 기다렸다는 듯 몹시 만족스러운 얼굴로 속내를 털어놨다.

"오스만 제국의 승리로 운명의 흐름이 바뀔 거야. 어쩌면 그게 우리가 기다리는 기적일지도."

---

* 헝가리 남부 다뉴브강 중류 우측에 있는 도시.

*

 이 시기에 나는 《아프리카 지리지》 마무리 작업에 착수했다. 단 하루도 쉬지 않고 내 삶과 내가 직면한 사건들을 연대순으로 기록하기로 했다. 마달레나는 그렇게 작업에 열중해 있는 나를 보면서 불길한 징조로 여겼다.
 "왜 그래요, 마치 살날이 얼마 안 남은 사람처럼."
 마달레나를 안심시키고 싶었지만, 내가 강박적인 불안에 사로잡혀 있는 건 사실이었다. 로마가 죽어 가고 있으니 이탈리아에서의 내 삶이 끝나 가고 있다는 건데 그러면 또 글 쓸 시간이 없을지 모른다는 불안이었다.

란츠크네히트*

헤지라력 933
(1526. 10. 8. – 1527. 9. 26.)

내가 마지막으로 다시 개종할 수 있기를 바라던 나이, 그 마흔 살에 가까워지고 있었다.

검은 군단의 용병대장 조반니는 전선에서 상당히 안심되는 소식을 교황에게 보냈다. 교황청과 로마에 위안을 주는 그 소식이 전쟁은 아직 멀었다는 오해를 불러일으켰다. 제국군은 포강 북쪽에 있으며, 그들은 결코 강을 건너지 못할 것이라는 조반니의 호언장담에 트라스테베레에서 트레비 구역까지 거리를 메운 로마 시민들은 메디치가 출신의 용병대장과 그 용병대의 용맹을 찬양하고 있었다. 토박이든 잠시 체류하는 로마 시민이든 서로 앞다투어 게르만족은 영원의 도시 로마가 부러워서 탐욕을 부리는 무지한 야만인들이라고 경멸했다.

이렇듯 로마는 낙관론에 들떠 있었지만, 나는 그 분위기에 휩

---

* 15세기 후반부터 16세기 후반까지 특히 독일에서 창의 일종인 파이크를 주요 무기로 사용했던 용병 보병대를 가리키며, 스위스 용병대에 대항하기 위해 신성 로마 제국의 장군 게오르크 폰 프룬츠베르크가 창설했다.

싸일 수 없었다. 그러나다 최후의 날들에 관한 여러 이야기가 머릿속에 각인되어 있는 나는 그럴 수 없었다. 아버지와 어머니, 방물장수 사라 그리고 나중에 망명길에 올랐던 많은 이들이 해방의 날이 틀림없이 온다고 확신했을 때, 승리에 취해 있는 카스티야를 저마다 경멸했을 때, 누군가가 지원군이 곧 온다는 걸 감히 의심이라도 했다가는 잡아먹을 듯이 일축해버리던 때가 생각났기 때문이다. 내 가족에게 닥친 불행으로 인해 나는 명백해 보이는 것도 일단 불신하게 되었다. 모든 사람이 같은 의견으로 뭉칠 때도 나는 동조하지 않는다. 대체로 진실은 다른 데 있다는 걸 경험으로 터득했기 때문이다.

귀차르디니도 나와 같은 반응을 보였다. 교황군의 사령관으로 임명되어서 검은 군단의 용병대장과 함께 이탈리아 북부에 있는 귀차르디니는 감탄과 분노가 뒤섞인 감정으로 조반니를 지켜보고 있었다. "조반니는 대단히 용맹하지만, 사소한 전투에 목숨을 걸고 있습니다. 그런데 그에게 무슨 일이 생기면, 우리는 쇄도하는 제국군을 저지하는 것이 불가능할 것입니다." 교황에게 보내는 서찰에 쓰인 이 하소연은 그 용병대장을 잃은 후에야 로마에 알려졌다. 조반니가 소형 경포 포탄을 맞고 오른쪽 다리가 으스러졌는데 절단 수술이 필요한 위급한 상황이었다. 날이 어두워지고 있었다. 조반니는 군의관에게 자신이 횃불을 들고 비출 테니 톱으로 다리를 자르라고 했다. 그 고통을 참으면서 다리를 절단했건만 안타깝게도 조반니는 수술 직후 숨을 거뒀다.

체르케스 출신의 맘루크 술탄 투만베이와 검은 군단의 조반니는 내가 아는 사람 중 가장 용감한 이들이었다. 한 사람은 동방의 술탄 때문에 목숨을 잃었고, 또 한 사람은 서방의 황제 때문에 목숨을 잃었다. 전자는 카이로를 구하지 못했고, 후자는 살아서 돌아왔더라도 로마에서 그에게 예정된 수난을 피하지 못했을 터였다.

조반니의 죽음이 알려지자마자 로마는 패닉 상태에 빠졌다. 제국군은 이제 겨우 수 킬로미터를 남진했을 뿐이건만 용병대장 조반니가 없다는 것은 마치 요새들이 파괴되고, 강물이 마르고, 산이 깎이기라도 한 듯 심정적으로는 이미 적군이 성문 앞까지 쳐들어와 있는 느낌이었다.

실제로 용병대장 조반니는 사망하기 전까지 불가항력으로 쇄도해 오는 두 개의 막강한 제국군이 이탈리아 북부에서 합류하지 못하게 필사적으로 노력하고 있었다. 하나는 밀라노에 주둔하고 있는 카스티야군으로 이뤄진 제국군이었고, 다른 하나는 바이에른과 작센, 프랑켄 지역의 루터파 독일 용병대 란츠크네히트로 이뤄진 제국군이었다. 그들은 기독교 세계를 타락시킨 교황을 처벌하는 것이 신성한 사명이라는 확신에 차서 알프스를 넘어 트렌티노를 침략했다. 광적인 이단자 1만 명이 가톨릭 황제의 깃발 아래 가톨릭의 수장인 교황에 맞서 진격하고 있는 것이었다. 유례없는 재앙이 이탈리아를 덮치고 있었다.

조반니의 죽음으로 인해 검은 군단이 즉시 퇴각하면서 모든 제국군은 재집결하여 포강을 건너서 사도궁까지 진격할 수 있었다. 제대로 입지도 먹지도 못하고 봉급도 받지 못한 3만에 이르는 병사들은 이탈리아에서 배불리 먹게 되길 기대하고 있었다. 제국군이 접근하자 볼로냐는 엄청난 돈을 주는 것으로 침략을 면했다.

이어서 흑사병이 발생한 피렌체에서도 약탈을 면하기 위해 막대한 대가를 치렀다. 두 도시가 돈으로 협상하는 데 일조했던 귀차르디니는 교황에게도 같은 방식으로 협상하라고 조언했다.

또다시 평화가 가까워졌다고 확신하는 낙관론이 퍼졌다. 1527년 3월 25일, 협상을 체결하기 위해 나폴리 총독 카를 데 라노이가 카를 5세의 특사 자격으로 로마에 왔다. 나는 해방의 순간을 목격하기 위해 성 베드로 광장에 모인 군중 속에 있었다. 봄이 완연한 화창한 날, 특사가 호위대에 에워싸인 채 나타났다. 하지만 그가 바티칸 궁전의 문을 넘어서는 순간 번개가 번쩍하더니 세상이 끝날 것처럼 요란하게 폭우가 쏟아지기 시작했다. 놀란 가슴을 진정시키면서 나는 한 처마 밑으로 피신했는데 어느새 사방이 진흙 바다가 되어 있었다.

내 옆에서 한 여자가 불길한 징조라고 한탄하면서 통곡했다. 그 말을 들으면서 나는 어머니에게서 들었던 그라나다의 홍수가 기억났다. 이번에도 재앙을 알리는 하늘의 신호인가? 그렇지만 이날은 테베레강이 범람하지도 않았고, 모든 것을 휩쓸어 가는 격류도 없고, 희생자도 생기지 않았다. 그리고 심지어 늦은 오후에는 평화 협정이 체결되었다. 교황은 로마를 구하기 위해 특사의 요청에 따라 막대한 배상금을 약속했다.

클레멘스 7세는 협정에 따라 6만 두카트에 이르는 배상금을 지불하고, 모집했던 용병대를 돌려보내기로 했다. 하지만 제국군은 진격을 멈추지 않았다. 프룬츠베르크가 지휘하는 란츠크네히트 용병대 내부에서는 일부 장교가 철수하자는 말을 꺼냈다가 부대원들로부터 죽이겠다는 협박을 받는 등 내분이 격해지고 있었다.

이에 절망한 프룬츠베르크 사령관이 뇌졸중으로 쓰러지는 바람에 신임 사령관으로 샤를 드 부르봉이 임명되었는데, 그는 프랑스 왕과 사촌지간이지만 철천지원수였다. 그런데 신임 사령관은 용병대를 장악하지 못해서 제국군을 지휘하기보다는 휘둘리고 있었다. 아무도 프룬츠베르크라는 구심점을 잃은 용병대를 통제할 수 없었고, 에스파냐에 있는 카를 5세도 마찬가지였다. 통제 불능의 란츠크네히트 용병대는 무자비하게 닥치는 대로 파괴하면서 로마를 향해 남진하고 있었고, 평화를 기대하던 로마는 날이 갈수록 패닉 상태에 빠지고 있었다. 특히 추기경들은 숨거나 재물을 챙겨서 도망칠 궁리만 했다.

한편 클레멘스 교황은 마지막 순간까지도 나폴리 총독과 체결한 협정이 지켜질 거라고 굳게 믿고 있었다. 4월 말, 제국군이 로마에서 몇 킬로미터 떨어진 테베레강 상류에 도착하고 나서야 교황은 수비군을 동원하기로 했다. 교황청의 금고가 텅 비었기 때문에 교황은 20만 두카트를 받고 부자 상인 여섯 명을 추기경직에 올렸다. 이 돈으로 스위스 용병 2천 명과 검은 군단의 병사 2천 명, 로마 시민 중에서 자원한 4천 명, 총 8천 명으로 이뤄진 군대를 동원할 수 있었다.

나는 마흔을 바라보는 나이라서 무기를 들 수는 없을 것 같았다. 그래서 산탄젤로성에서 무기고와 탄약고 관리를 맡겠다고 제안했다. 나는 밤낮으로 세심한 주의가 필요한 이 임무를 잘 수행하기 위해 마달레나와 주세페를 산탄젤로성에 마련한 거처에서 지내게 했다. 요새로 지어진 산탄젤로성은 로마에서 가장 안전하게 피신해 있을 수 있는 곳이어서 피난민들이 몰려들었다. 내가 마련한 거처는 예전에 내가 수감 생활을 했던 감방이었다. 새로 온 사람들은 가족이 복도에서 지내야 하는 상황이라서 그들에 비하면 우리는 부자가 된 기분이었다.

5월 초에는 작은 일에도 흥분해서 시끄러워지기 십상인 임시 피난소를 발칵 뒤집는 사건이 일어났다. 로마 수비군으로 참전해 있는 교황청 교향악단의 플루트 연주자가 헐레벌떡 뛰어와서 목청껏 소리치던 순간을 나는 영원히 잊지 못할 것이다.

"적군 대장 부르봉을 내가 죽였다! 적군 대장을 내가 죽였다!"

그는 피렌체 출신의 벤베누토 첼리니였다. 그의 형제 중 한 명은 검은 군단 용병대의 전사지만, 조각가이자 금속 세공사이기도 한 첼리니는 군대에 소속된 적이 없었다. 그는 트리토네 성문 부근에서 친구 두 명과 함께 적군과 대치하고 있었다.

"짙은 안개 속에 말을 탄 적군 대장의 모습이 보이는 거예요. 그래서 화승총 한 발을 발사했죠. 얼마 후, 그 장소의 안개가 걷히면서 땅바닥에 쓰러져 있는 적군 대장이 보였는데 죽은 게 틀림없었어요."

첼리니의 말을 들으면서 나는 그저 어깨를 으쓱했지만, 다른 사람들은 호되게 핀잔했다. 특히 보르고 쪽 성벽에서 벌어지는 격렬한 전투로 도시 전체가 포화에 휩싸여 있어서 모두가 고통으로 신음하고 두려움에 떨고 있는 때에 그런 허튼소리를 늘어놓다니 제정신이냐며 나무랐다.

그렇지만 해가 저물 무렵, 놀랍게도 첼리니의 말이 사실로 확인되었다. 샤를 드 부르봉 적군 대장이 정말로 트리토네 성문 근처에서 사망한 것이었다. 한 추기경이 환한 미소를 지으면서 그 소식을 알려주었을 때 사람들은 승리의 함성을 질렀다. 내 옆에 있는 남자는 전혀 기뻐하지 않고 탄식했는데, 그는 검은 군단의 노병이었다.

"그 혐오스러운 화승총만 있으면 일개 플루트 연주자도 멀리서 용맹한 기사를 쓰러뜨릴 수 있다니, 이게 오늘날의 전쟁이란 말인가? 검술로 싸우는 기사의 시대는 이제 끝났구나! 명예로운 전쟁의 종말이로다!"

하지만 대중의 눈에 피렌체 출신의 플루트 연주자는 영웅이었다. 사람들은 첼리니에게 마실 것을 주면서 그때의 상황을 다시 한번 얘기해 달라고 했고, 그를 번쩍 들어서 헹가래까지 쳤다. 샤를 드 부르봉이 사망했는데도 제국군의 공격이 조금도 늦춰지지 않았기 때문에 마냥 기뻐하고 있을 때가 아니었다. 한편 란츠크네히트 용병들은 봉급을 받지 못해 불만이 가득한 데다 공성전 중에 지휘관을 잃으면서 지휘 체계가 무너지자 분노가 폭발하면서 폭도로 변했다. 산탄젤로성에 배치된 대포들을 무용지물로 만드는 짙은 안개 때문에 여러 곳에서 성벽을 기어 오를 수 있었던 란츠크네히트 용병들이 로마 시내로 쏟아져 들어왔다. 용병들의 만행을 목격한 로마 시민 중에는 용케 도망쳐서 산탄젤로성으로 피신한 이들이 있어서 차마 입에 담지 못할 정도로 끔찍한 증언을 들을 수 있었다.

넓은 세상을 두루 돌아다니게 해주신 신이시여, 그라나다의 형벌, 카이로의 형벌을 겪게 하신 신이시여, 살인, 강간, 파괴, 방화, 학살, 신성모독을 많이 들어봤지만, 이토록 잔혹하고 무자비한 약탈은 이제껏 본 적이 없나이다!

란츠크네히트 용병들이 성당 제단에서 수녀들을 강간한 뒤 히죽거리면서 목 졸라 죽였다고 하면 내 말이 믿길까? 수도원들이 약탈당하고, 수도사들이 옷이 벗겨진 채로 채찍을 맞고, 강제로 십자고상을 짓밟으면서 악마 사탄을 숭배한다고 외치게 했다고 하면 내 말이 믿길까? 술에 취한 병사들이 도서관의 필사본들을 불사르고 그 주위에서 광란의 춤을 췄다고 하면, 성소든, 궁전이든, 집이든 약탈을 면하지 못했고, 가난한 로마 시민 8천 명이 사망했고, 부자는 몸값을 줄 때까지 인질로 잡혀 있었다고 하면 내 말이 믿길까?

산탄젤로 성벽에 서서 점점 더 많이 치솟는 시커먼 연기 기둥을 바라보면서 나는 처음 만났을 때 레오 10세가 예언했던 말이 떠올랐다. 지금 내 눈앞에서 잿더미로 변하고 있는 로마, 교황은 바로 이 재앙을 예언했던 걸까? 나는 중얼거렸다. "로마는 이제 막 새로 태어났건만, 어느새 죽음이 로마를 엿보고 있구나! 영원의 도시 로마에 퍼지고 있는 죽음이 바로 내 앞에 있구나."

*

이따금 일부 민병들과 검은 군단의 생존자들이 산발적으로 광장 진입을 막으려 했지만, 너무 빠르게 물밀듯이 몰려드는 제국군을 당해낼 수는 없었다. 특히 바티칸 궁전에 인접한 보르고 구역에서는 스위스 근위병들이 거리마다 건축물마다 수십 명, 수백 명이 목숨을 걸고 용맹하게 저항했다. 하지만 수적 열세를 극복하지 못한 스위스 근위병 수백 명이 장렬하게 전사했고, 란츠크네히트 용병들은 성 베드로 광장을 점령하고 외쳤다.

"루터 교황! 루터 교황!"

클레멘스 7세는 위험을 모른 채 기도실에 있었다. 한 주교가 뛰어와서 다급하게 교황의 소매를 잡아당겼다.

"교황 성하! 교황 성하! 적군이 쳐들어왔습니다! 빨리 피하셔야 합니다!"

꿇어앉아서 기도를 드리던 교황이 일어나서 산탄젤로성 방향의 복도를 따라 달렸고, 주교는 발이 걸려서 넘어질까 봐 교황복의 자락을 잡아주었다. 뛰면서 한 창문 앞을 지나가는데 한 제국군 병사가 사격을 가했지만, 총알이 빗나갔다.

"교황복이 하얘서 너무 눈에 띕니다, 성하!" 주교는 덜 눈에 띄는 자신의 보라색 어깨 망토를 씌워주면서 말했다.

그들은 파세토 디 보르고라고 불리는 비밀 통로를 따라 무사히 산탄젤로성에 도착했지만, 먼지를 뒤집어쓴 교황의 초췌해진 얼굴은 일그러져 있었다. 교황은 성의 살문을 내려서 봉쇄하라고 명하고는 기도를 하는 건지, 우는 건지 홀로 자신의 거처에 틀어박혔다.

란츠크네히트 용병들이 점령한 로마 시내에서는 며칠째 약탈이 계속되고 있었다. 하지만 산탄젤로성은 별로 영향을 받지 않았다. 제국군은 성을 포위하고 있으면서도 공격할 엄두를 내지 못하고 있었다. 성벽은 단단했고, 소형 경포와 장포 등 다양한 대포들이 많이 배치되어 있었고, 수비대는 로마 시민들처럼 비참하게 죽느니 최후의 순간까지 죽기를 각오하고 싸울 태세였다.

초반에 로마 시민은 동맹군이 오길 기다렸다. 로마에서 그리 멀지 않은 우르비노의 공작 프란체스코 델라 로베레*가 동맹군 총사령관을 맡고 있다는 걸 알고 있었기 때문이다. 한 프랑스인 주교가 내게 와서 6만 군사를 이끌고 알프스를 넘은 오스만 제국의 술탄이 후방에서 제국군을 공격할 것이라고 속삭였다. 확인된 소식은 아니지만, 사실이라면 술에 취해서 무자비하게 약탈과 유린을 일삼은 란츠크네히트 용병대를 모조리 죽이고 어려움 없이 로마를 탈환할 수 있을 터였다. 하지만 동맹군은 매우 소극적이었다.** 동맹국들의 우유부단함과 비겁함으로 인해 사기가 떨어진 교황은 협상에 들어갔고, 5월 21일부터 제국군의 사절을 받기 시작했다.

  이틀 후, 또 한 명의 특사가 왔다. 특사로 온 추기경이 성으로 올라오는 동안 수군거리는 소리가 들리는데 그의 이름에 아주 경멸적인 수식어가 붙어 있었다. 이 특사는 바로 해적 부대를 이끌고 와서 사도궁을 약탈했던 폼페오 콜론나 추기경의 사촌이었으니 그런 소리를 들을 만도 했다. 피렌체 출신의 한 사제가 콜론나 가문의 특사를 모욕하기 시작했지만, 사람들이 입을 다물게 했다. 나를 비롯해 많은 사람이 이 콜론나 가문의 특사가 올곧은 사람이며, 로마에 닥친 재앙을 직접 목격하고는 자신의 가문이 저지른 반역 행위를 후회하면서 속죄하는 의미로 로마와 교황의 존엄

---

* 로베레 가문은 두 명의 교황 식스토 4세(재위 1471~1484)와 율리우스 2세(재위 1503~1513)를 배출한 귀족 가문이다.

** 우르비노의 공작은 레오 10세와의 갈등 끝에 공작 작위를 박탈당한 적이 있었기 때문에 메디치가 출신의 교황 클레멘스 7세가 주도하는 전쟁에 적극적일 이유가 없었고, 프랑스와 베네치아는 전쟁 초반에 밀라노와 롬바르디아가 제국군에 넘어갔기 때문에 전쟁에 소극적이었다.

성을 지키기 위해 최선을 다하리라는 걸 알고 있었기 때문이다.

그래서 나는 콜론나 추기경이 온 것에 대해 그리 놀라지 않았다. 그런데 추기경이 교황과 회담 중에 나에 대한 말을 할 줄이야, 전혀 생각지도 못한 일이었다. 전에 한 번도 만난 적이 없는 사람인데, 민병이 와서 나를 교황의 거처로 데려갈 때는 나를 무슨 일로 부르는 건지 전혀 예측할 수 없었다.

두 사람이 서재에 나란히 놓인 안락의자에 앉아 있었다. 클레멘스 7세는 로마와 자신에게 가해진 운명에 대한 애도와 항의의 표시로 2주 동안 면도를 안 한 상태였다. 교황이 나에게 앉으라고 하면서 콜론나 추기경에게 나를 '사랑하는 아들이자 소중하고 헌신적인 친구'라고 소개했다. 콜론나 추기경이 나를 호의적으로 대하면서 전할 말이 있다고 했다.

"작센 란츠크네히트 용병대의 부속 사제로부터 고마웠던 마음과 자신의 우정을 그대에게 전해 달라는 부탁을 받았지요."

나를 아는 작센 사람은 단 한 명밖에 없었다. 독일 루터파 용병대의 공격을 피해 숨어 있는 상황에서는 입 밖에 내기 쉽지 않은 이름이 승리의 외침처럼 내 입에서 새 나왔다.

"한스!"

"그대의 옛 제자 중 한 명이라고 들었소. 그는 인내심으로 자기에게 가르쳐준 모든 것에 대한 고마움의 표시로 그대가 아내와 아들을 데리고 이곳을 빠져나갈 수 있게 도와주고 싶다는군요."

내가 대답하기 전에 교황이 개입했다.

"물론 나는 그대가 어떤 결정을 내리든 전혀 반대하지 않을 것이다. 하지만 그대가 가족을 데리고 나가는 건 상당히 위험하다는 것도 알아야 한다."

콜론나 추기경이 내게 설명했다.

"산탄젤로성을 포위하고 있는 용병대는 대다수가 교황청을 모욕해서 극단의 상황까지 몰고 가려는 과격파들이지요. 루터에게 열광하는 독일인들이니까요! 반면에 포위 공략을 끝내고 기독교에 대한 모욕을 끝낼 해결책을 찾으려고 하는 이들도 있죠. 하지만 지금은 교황 성하께서 나가더라도 가차 없이 잡아서 잔혹한 형벌을 가할 용병들이 훨씬 많다는 겁니다."

클레멘스 7세가 얼굴이 창백해지는 사이 콜론나 추기경이 말을 이었다.

"문제는 나도 카를 황제도 그걸 막을 수가 없다는 겁니다. 그러니 우리는 긴 시간 협상하면서 어떻게든 설득할 방법을 모색하고 계책을 세울 필요가 있어요. 일례를 만드는 것이 도움이 될 겁니다. 우리는 오늘 루터파 설교자의 특별 요청에 따라 포위된 사람 중 한 명을 내보낼 수 있는 뜻밖의 기회를 얻은 거니까요. 그 설교자가 작센의 루터파 별동대를 거느리고서 지금 그대를 기다리고 있는 겁니다. 그대를 여기서 멀리 벗어나게 하려고. 일이 잘돼서 내일 작센의 란츠크네히트 용병대 부속 사제가 산탄젤로성에 포위된 사람 중 한 명을 해방했다는 소식을 모든 군대가 접하게 되면, 며칠 또는 몇 주 내에 다른 사람들의 해방도 어렵지 않게 제안할 수 있을 겁니다. 어쩌면 존엄성과 안전을 보장한다는 조건으로 교황 성하의 해방도 제안할 수 있을 겁니다."

클레멘스 7세가 또다시 개입했다.

"거듭 말하지만, 위험을 무시해서는 안 된다. 추기경께서 내게 말한 바에 따르면 광신적인 일부 병사들이 달려들어 그대를 갈기갈기 찢어버릴지도 모른다. 그대의 가족, 호위대, 심지어는 그 사제도 예외는 아닐 것이다. 쉽게 내릴 수 있는 결정이 아니지만 생각할 시간이 없다. 추기경은 이미 떠날 채비를 하고 있으니 따라나서거라."

성격상 나는 용병대가 언제 들이닥쳐서 방화와 유혈의 도가니로 만들지 모를 곳에서 꼼짝도 못 한 채 갇혀 있느니 단기적인 위험을 감수하는 쪽이었다. 다만 마달레나와 주세페가 마음에 걸렸다. 학살과 약탈을 벌이는 폭도들 속으로 아내와 어린 아들을 데리고 나가는 건 쉬운 일이 아니었다. 하지만 내가 있든 없든, 그들을 산탄젤로에 남겨 둔다고 해도 안전을 확신할 수 없었다. 콜론나 추기경이 재촉했다.

"선택했소?"

"하늘에 맡기겠습니다. 아내에게 짐을 꾸리라고 하겠습니다."

"아무것도 가지고 나갈 수 없소. 작은 봇짐이라도 피 냄새가 야수들을 날뛰게 만드는 것처럼 란츠크네히트 용병들을 흥분시킬 수 있어요. 그대는 지금의 차림 그대로 빈손으로 나가야 해요."

나는 군소리 없이 따랐다. 어차피 죽을 때는 누구나 빈손으로 떠나기 마련이거늘, 나는 다 포기하고 산탄젤로성을 나가기로 했다.

내가 상황을 짤막하게 설명하자 마달레나는 늘 그렇듯 천천히 일어났다. 하지만 마치 내가 망명을 떠나자고 할 걸 오래전부터 알고 있었다는 듯 주저하는 기색이라곤 없었다. 마달레나는 주세페의 손을 잡고 교황에게 인사하러 가는 나를 따라나섰다. 교황은 우리를 축복해주고, 용기를 칭찬하면서 신의 가호를 빌어주었다. 나는 교황의 손에 입을 맞추고 나서 둘둘 말아서 허리춤에 감춘 미완성 연대기만 빼고 내가 쓴 글을 모두 교황에게 맡겼다.

한스는 레골라 구역의 입구에서 기다리고 있다가 우리를 맞아주었다. 예전에 우리가 함께 거닐었던 레골라는 이제 시커멓게 탄 폐허였다. 짧은 로브 차림에 탈색된 샌들을 신은 한스가 머리에 쓴 투구를 벗고 나를 끌어안았다. 전쟁으로 인해 머리가 하얗게 셌고, 얼굴은 그 어느 때보다 더 각져 보였다. 한스가 형제들이라고 소개한 란츠크네히트 별동대 열두 명이 주위에 있었는데, 팔과 다리를 부풀린 화려한 복장에 깃털 장식이 달린 모자를 쓰고 있었다.

우리가 몇 걸음을 떼자마자 카스티야 출신의 장교가 부하들을 데리고 길을 막아섰다. 한스가 내게 가만 있으라는 손짓을 하고는 장교에게 단호하지만 도발적이지 않은 어조로 무슨 말인가 하면서 호주머니에서 통행증을 꺼내 보이자 즉각 길이 열렸다. 목적지에 도착할 때까지 우리는 몇 번이나 이런 식으로 불심 검문을 받았던가? 스무 번, 아니 한 서른 번쯤 됐을 거다. 하지만 한스는 한 번도 억류되지 않았다. 그는 이런 상황을 대비하여 정말 놀랍게도, 나폴리 총독, 콜론나 추기경 외에도 다양한 군대의 지휘관들이 서명한 통행증 한 뭉치를 지니고 있었다. 게다가 무장한 거구의 작센 출신 '형제들'이 한스를 호위하고 있어서 강도질할 기회를 노리며 어슬렁거리는 술 취한 병사들은 얼씬도 하지 못했다.

한스는 자신이 마련한 안전장치가 효력을 발휘하자 마음이 놓였는지 나에게 전쟁에 대해 말하기 시작했다. 이상하게도 한스가 말하는 내용이 내가 알고 있던 한스와 일치하지 않았다. 그는 사태가 이 지경까지 된 걸 한탄하면서 흥분했고, 로마에서 지내던 때를 떠올리면서 이토록 무자비하게 도시를 약탈하는 것을 비난했다. 처음에는 우회적으로 말하던 한스가 사흘날, 나폴리가 가까워지고 있을 때 나와 발이 서로 부딪힐 정도로 바짝 말을 내 옆으로 붙였다.

"이렇게 로마를 파괴하는 것 역시 억제할 수 없는 분노가 폭발한 거지. 루터의 가르침에 고무된 작센의 농민들이 반란*을 일으켰지만 결국은 비난받으면서 진압되는 꼴을 봤으니 이번에는 더 과격해질 수밖에."

한스는 처음에 아랍어로 말하다가 계속해서 히브리어로 유창하게 말했다. 한 가지는 분명했다. 한스는 그를 수행하는 병사들이 이런 의심과 죄책감을 알아차리는 걸 원치 않는 것이었다. 그는 루터파 설교자라는 역할이 편치 않은 것 같았다. 나폴리에 이르렀을 때 내가 튀니스까지 함께 가자고 제안하자 한스는 씁쓸한 미소를 지었다.

"이 전쟁은 나의 전쟁이네. 내가 원한 전쟁이었고, 내 형제들, 사촌들, 내 교구의 젊은이들을 끌어들였어. 이제는 피할 수도 없

---

* 1524년 8월에 서남부 독일을 중심으로 일어난 대규모의 농민 반란. 루터의 종교 개혁에 자극받아 교회와 제후의 압박에 신음하던 농민들이 튀링겐에서 일으킨 봉기가 작센 지방으로 확대되었고, 농민들은 사회적인 요구와 종교적인 요구 12개 조항을 제시했다. 처음에 루터는 양비론을 폈지만, 제후들의 후원으로 종교 개혁 운동을 벌이던 루터는 끝내 농민 편에 서지 않았다. 루터는 농민군이 약탈과 살육을 일삼고 있다고 비난하면서 제후들에게 강경 진압을 촉구했고, 결국 농민군은 1525년 5월경 제후의 용병대에 의하여 진압되었다.

고, 도망칠 수도 없지. 전쟁이 나를 지옥으로 떨어뜨린다고 해도. 자네야 신의 섭리로 예기치 않게 연루되었을 뿐이지만."

나폴리에 도착하자 한 소년이 우리를 아바드의 별장으로 안내했다. 아바드가 나와서 우리를 맞아들이는 걸 보고 나서야 한스는 떠났다. 나는 이 넓은 세상 어딘가에서 언젠가 다시 만나길 바라는 마음을 표현할 뻔했다. 하지만 그에게 진심으로 감사한 마음을 그런 헛된 표현으로 망치고 싶지 않았다. 그래서 나는 한스를 꼭 끌어안았고, 아버지 같은 마음으로 그가 떠나는 뒷모습을 그저 지켜보는 것으로 만족했다.

이번에는 수스 출신의 아바드가 나를 뜨겁게 부둥켜안았다. 몇 달 전부터 그는 날마다 우리가 도착하길 고대하고 있었다. 그는 우리와 함께하지 않으면 떠나지 않기로 결심하고 모든 여행을 취소했다. 이제부터 그의 발길을 잡는 건 아무것도 없었다. 목욕, 향연, 한잠 자고 난 뒤, 우리는 새 옷으로 갈아입고서 모두 항구로 나갔다. 튀니스를 향해 떠날 만반의 준비를 마친 아바드의 근사한 갤리선이 우리를 기다리고 있었다.

*

마지막 페이지에 마지막 글을 쓰는 순간, 어느새 아프리카 해안에 당도했다.

감마르트의 하얀 미너렛, 카르타고*의 고귀한 유적, 그 그늘에서 나를 기다리는 망각, 수많은 풍파를 거듭한 끝에 나의 남은 생이 그곳으로 향하고 있다. 그라나다의 몰락 다음에는 화마에 휩싸인 팀북투, 카이로의 징벌 다음에는 로마 약탈. 화가 나를 부르는 걸까, 아니면 내가 화를 부르는 걸까?

아들아, 내 모든 방랑을 목격해 온 이 바다가 이번에는 너의 첫 망명지가 될 곳으로 나를 함께 데려가는구나. 로마에서 너는 '아프리카인의 아들'이었고, 아프리카에서는 '유럽인의 아들'이라고 불릴 것이다. 네가 어디에 있든, 네 피부색을 살피며 어떤 신에게 기도하는지 파헤치려는 사람들이 있을 것이다. 아들아, 그 사람들의 본능에 아첨하지 않도록 조심하고, 군중 앞에서 굴복하지 않도록 조심하여라! 무슬림이든 유대인이든 기독교인이든, 그들은 너를 있는 그대로 받아들이거나 아니면 너를 파멸시키려 할 것이다. 그들의 정신이 편협해 보이거든 신의 땅은 광활하고, 신의 손과 마음은 크고 넓다고 말하거라. 모든 바다 너머, 모든 국경 너머, 모든 나라 너머, 모든 믿음 너머로 떠나는 걸 결코 주저하지 말거라.

내 삶의 여정이 저물어 가고 있다. 40년간의 여행에서 겪은 우여곡절로 내 발걸음과 내 숨결이 무거워졌다. 나는 이제 가족들과 함께 오랫동안 평온한 나날을 보내다가 내가 사랑하는 모든 사람 중에서 가장 먼저, 창조주 앞에서는 그 누구도 이방인이 아닌 종착지를 향해 떠나는 것 말고는 다른 소망이 없다.

---

* 기원전 814년경 오늘날의 튀니지 지역에 세워진 도시국가를 중심으로 발전했던 셈족 문명으로 지중해권을 차지하기 위해 고대 로마와 경쟁했으며, 감마르트에 카르타고의 유적이 많이 남아 있다.

| 역자 후기 |

《레오 아프리카누스》는 세계 지형도를 그리듯이 섬세한 필치로 당시의 모습을 재현했다는 평과 함께 '쥘 베른의 소설을 연상케 하는 플롯과 모험이 담겨 있다'라는 찬사를 받은 작품이다.

아민 말루프의 첫 소설이지만 우리나라에 번역되지 않았던 작품인데, 세 대륙에 걸쳐 르네상스 시대를 관통한 여행가 레오 아프리카누스의 삶을, 역사와 신화를 넘나드는 뛰어난 상상력으로 그려냈다.

711년부터 무려 800년 동안 이베리아반도를 지배했던 이슬람 세력은 카스티야의 이사벨 여왕이 주축을 이룬 기독교 세력의 국토회복운동으로 안달루시아의 코르도바, 세비야가 함락되고, 1492년 마지막 근거지였던 그라나다가 함락되면서 이베리아반도에서 완전히 축출당한다. 나스르 왕조의 마지막 술탄이 알람브라 궁전에서 쫓겨난 1492년은 크리스토발 콜론(크리스토퍼 콜럼버스)이 이사벨 여왕의 후원을 받아 신대륙을 발견하면서 무적함대를 자랑하는 에스파냐의 전성시대가 시작된 해이기도 하다.

대항해 시대가 막을 열면서 지중해 무역의 중심인 이탈리아를 차지하기 위한 강대국들의 쟁탈전이 벌어지는 16세기, 이 격동의 시기에 그라나다에서 태어나 어린 나이에 망명길에 올랐던 하산이 훗날 레오 아프리카누스가 되기까지 겪는 거대한 역사적 서사 속에는 그라나다 왕국의 마지막 술탄 보아브딜, 에스파냐의 이사벨 여왕과 페르난도 왕, 페스의 무함마드 2세, 서아프리카 송가이 제국의 아스키아 무함마드, 교황 레오 10세, 하드리아노 6세, 클레멘스 7세, 신성 로마 제국의 카를 5세, 프랑수아 1세, 오스만 제국의 황제 셀림 1세, 술레이만 1세, 라파엘로 등 당대의 무대 위에 등장했던 역사적, 문화적 인물들이 함께하고 있다.

모로코 페스에 정착한 뒤 마드라사에서 교육받은 하산은 17세 때 외교관인 외숙부를 따라 사하라 사막을 횡단하면서 송가이 제국의 팀북투까지 북아프리카를 두루 돌아다녔다. 이때 보고 들은 사실을 기록한 《아프리카 지리지》는 14세기에 아프리카, 아라비아, 인도를 거쳐 중국에 갔던 이븐 바투타의 《여행기》 이후 아프리카와 이슬람 신앙에 대한 중세 유럽인들의 시각에 지대한 영향을 미친 것으로 평가되고 있다.

외숙부의 뒤를 이어 외교관과 사업가, 여행가로 활동하던 하산은 아라비아반도의 메카에서 성지 순례를 마치고 튀니지로 돌아가던 중에 기독교인 해적에게 나포되었고, 로마로 보내져 교황 레오 10세의 눈에 들어 교황의 양자가 되고 세례를 받아 로마 가톨릭으로 개종했다. 이때 교황이 자신의 이름을 세례명으로 주면서 '아프리카인 레오' 즉 '레오 아프리카누스'라고 불리게 된다. 그리하여 이전의 삶과는 전혀 다른 기독교 세계에서 새로운 학문을 배우고 가르치는 학자의 삶을 살아간다. 작품 속에는 이슬람과 기독교 두 세계의 중간에 선 존재로서 혼란과 갈등, 이해와 공감을 겪으며 성장하는 하산의 파란만장한 삶이 생생하게 펼쳐진다. 그는 16세기의 코스모폴리탄이었다.

아민 말루프는 이슬람교와 기독교의 대립과 두 종교가 각각의 통치자들에게 끼친 영향을 탐구할 뿐만 아니라 면벌부를 판매함으로써 촉발된 종교 개혁에 이르기까지 역사상 가장 큰 변혁의 소용돌이를 깊숙한 곳에서 들여다본다.

《사마르칸트》《타니오스의 바위》에서와 마찬가지로 아민 말루프는 이 책에서도 문화 충돌, 종교 분쟁의 시대에 화해의 정신이 소중하고 또 가능하다는 사실을 레오 아프리카누스라는 특별한 역사적 인물을 통해 주장하고 있다.

이원희

프랑스 아미앵대학에서 〈장 지오노의 작품 세계에 나타난 감각적 공간에 관한 문체 연구〉로 석사 학위를 받았다. 옮긴 책으로 장 지오노의 《언덕》《세상의 노래》《영원한 기쁨》, 장자크 상페의 《사치와 평온과 쾌락》《각별한 마음》, 다이 시지에의 《발자크와 바느질하는 중국소녀》, 장 크리스토프 뤼펭의 《붉은 브라질》《아담의 향기》, 칼릴 지브란의 《예언자》, 카트린 클레망의 《테오의 여행》《세상의 피》, 마르크 레비의 《그녀, 클로이》《고스트 인 러브》《달드리 씨의 이상한 여행》, 소피 오두인 마미코니안의 《타라 덩컨》 시리즈, 엘레오노르 드빌푸아의 《아르카》, 아민 말루프의 《마니》《사마르칸트》《타니오스의 바위》 등 다수가 있다.

레오 아프리카누스

2025년 6월 13일 초판 1쇄 발행

- 지은이 ────── 아민 말루프
- 옮긴이 ────── 이원희
- 펴낸이 ────── 한예원
- 편집 ────── 이승희, 양경아
- 본문 조판 ──── 성인기획
- 펴낸곳 교양인
  우04015 서울 마포구 망원로6길 57 3층
  전화 : 02)2266-2776 팩스 : 02)2266-2771
  e-mail : gyoyangin@naver.com

ⓒ 교양인, 2025
ISBN 979-11-93154-42-7 03860

* 잘못 만들어진 책은 바꾸어드립니다.
* 값은 뒤표지에 있습니다.